suhrkamp taschenbuch 370

Alejo Carpentier, als Sohn eines Franzosen und einer Russin 1904 in La Habana/Cuba geboren, nach langen Jahren in Frankreich Professor für Völkerkunde und Musikwissenschaft in La Habana und unter Castro zum Leiter des Staatsverlags »Imprenta Nacional« ernannt, seit 1966 Kulturattaché der cubanischen Botschaft in Paris, gilt seit Jahren als Anwärter auf den Nobelpreis. Von seinen Werken – Essays, Lyrik, Erzählungen und sechs Romane – erschienen in deutscher Übertragung im Suhrkamp Verlag außer dem vorliegenden Buch *Das Reich von dieser Welt, Barockkonzert, Krieg der Zeit, Die verlorenen Spuren, Die Harfe und der Schatten, Stegreif und Kunstgriff.*
Dieses im Original ironisch *El siglo de las luces*, »Das Jahrhundert der Aufklärung«, betitelte Werk ist ein im besten Sinn traditionell geschriebener, im Tenor aber moderner historischer Roman: Sein indirekter Hinweis auf das Zeitgeschehen in Cuba ist unverkennbar. Sein Thema: die Begegnung verschiedener Kulturen beim Transport der Französischen Revolution und ihrer Freiheitsideen auf die Antillen, Perversion der Ziele durch den Widerstand von Menschen und Dingen. Seine Zentralfigur: der historische Victor Hugues, Emissär der französischen Revolutionsregierung nach Guadaloupe. Er bringt das Dekret zur Aufhebung der Sklaverei und, im Bug seines Schiffes, die Guillotine. Von den beiden Instrumenten der Freiheit verwendet er bald nur mehr das zweite. Die eigentlichen Träger der Handlung, seine Mitspieler und späteren Gegenspieler sind erfundene Personen, junge, zunächst begeisterte, dann von der Revolution enttäuschte Cubaner. Die Revolution frißt ihre Kinder. Dennoch hat, in dem scheinbar tödlichen Kreislauf der Geschichte, Geschichte stattgefunden und die Explosion in der Kathedrale, die Revolution, ihre wandelnde Kraft bewiesen.

Alejo Carpentier
Explosion in der Kathedrale

Roman

Suhrkamp

Originaltitel: *El siglo de las luces*
Aus dem Spanischen übersetzt von Hermann Stiehl
Umschlagfoto von Jerry Bauer

suhrkamp taschenbuch 370
Erste Auflage 1977

Lizenzausgabe mit freundlicher Genehmigung
des Insel Verlags, Frankfurt am Main
Suhrkamp Taschenbuch Verlag

Druck: Nomos Verlagsgesellschaft, Baden-Baden
Printed in Germany
Umschlag nach Entwürfen von
Willy Fleckhaus und Rolf Staudt

3 4 5 6 7 8 – 90 89 88 87 86 85

Für Lilia, meine Frau

Die Worte fallen nicht ins Leere. SOHAR

Heute nacht sah ich die Maschine wieder aufragen. Sie stand im Bug wie eine offene Tür vorm weiten Himmel, der uns schon Erdgerüche zutrug über ein Meer so still, so sehr Herr des eigenen Rhythmus, daß das Schiff, wiegend getragen, einzuschlummern schien auf seinem Kurs, zwischen einem Gestern und einem Morgen schwebend, die sich mit uns fortbewegten. Zeit, festgehalten zwischen dem Polarstern, dem Großen Bären und dem Kreuz des Südens – ich weiß nicht, denn dies zu wissen ist nicht meines Amtes, ob solcherart die Konstellationen waren, Konstellationen so zahlreich, daß ihre Scheitel, ihre astralen Positionslichter sich zu einem Wirrwarr verwoben, ihre Allegorien einander gesellend, sie wie Karten mischend im Licht eines von der Weiße der Milchstraße gebleichten Vollmonds ... Aber im Bug stand aufrecht die Tür ohne Flügel, nur mit Oberschwelle und Seitenpfosten, mit der Winkelfläche dazwischen, dem schiefen Halbgiebel, dem schwarzen Dreieck mit der scharf geschliffenen, kalten Schneide, das an seinen senkrechten Balken hing. Da stand die Maschine, nackt und kalt, von neuem aufgerichtet über dem Schlaf der Menschen, wie eine Gegenwart – eine Mahnung –, die uns alle betraf. Wir hatten sie weit hinter uns zurückgelassen in kalten Aprilstürmen, und jetzt tauchte sie wieder vor uns auf, vorn im Bug, ein Leitstern, ein riesiges nautisches Gerät mit einer unerbittlichen Geometrie, der zwangsläufigen Exaktheit seiner Parallelen. Bunte Fahnen und Menschenmengen waren nicht mehr ihre Begleiter; sie kannte nicht die Gefühlserregung, die Wut und nicht die Tränen derer, die sie, dort hinter uns, umgaben als Chor der antiken Tragödie unter dem Knarren der Karren und dem zu doppelter Kraft anschwellenden Trommelwirbel. Hier stand die Tür ganz allein, in die Nacht hinausblickend, die Maske des Schutzheiligen überragend, erleuchtet

von ihrer diagonalen Schneide, mit dem hölzernen Rahmen, der zum Bilderrahmen eines Sternenpanoramas wurde. Die Wellen eilten herbei, öffneten sich, um an der ganzen Schiffslänge vorbeizustreifen, schlossen sich wieder hinter uns in so stetem Taktgeräusch, daß ihre fortwährende Dauer der Stille glich, dem glich, was der Mensch für Stille hält, wenn er nicht Stimmen hört, die von seinesgleichen stammen könnten. Lebendige Stille, pulsend und gemessen, die vorläufig noch nicht die Stille des Abgetrennten und Erstarrten war ... Als die diagonale Schneide mit pfeifender Schnelligkeit fiel und der Querbalken sich in seinen geraden Linien abzeichnete, wirklicher Türsturz, der auf seinen Pfosten ruhte, murmelte der Bevollmächtigte, dessen Hand den Mechanismus ausgelöst hatte, zwischen den Zähnen: »Wir müssen sie vor dem Salpeter schützen.« Und er hüllte die Tür in einen Umhang aus geteerter Leinwand. Die Brise roch nach Erde — Humus, Mist, Ähren, Trauben —, nach der Erde jener Insel, die vor Jahrhunderten unter den Schutz einer Lieben Frau von Guadalupe gestellt worden war, deren Gestalt sich in Cáceres de Extremadura und Tepeyac de América aufrichtete auf einem Mondbogen, den ein Erzengel in die Höhe hielt.
Zurück blieb eine Jugendzeit, deren vertraute Landschaften mir jetzt nach drei Jahren so fern standen wie das kränkliche, erschöpfte Wesen, das ich war, ehe *jemand* eines Nachts in unser Leben eindrang unter dem dumpfen Lärm der Türklopfer; so fern, wie mir jetzt der Zeuge, der Führer, der Ausmaler anderer Zeiten war, der nun als Bevollmächtigter, an die Schiffsbrüstung gelehnt, vor sich hin sann — dicht bei dem schwarzen Dreieck in seinem Inquisitionsumhang, das mit jeder Welle wie ein Waagezünglein schwankte ... Das Wasser erhellte bisweilen ein Schuppenglanz oder eine vorübergleitende Seegraskrone.

ERSTES KAPITEL

1

Hinter ihm fing der Testamentsvollstrecker mit gedämpfter Stimme abermals von Totengebeten, Kreuzträgern, Opfergaben, von Trauerkleidung, Kerzenleuchtern, schwarzem Tuch und Blumen, Totenregister und Requiem zu sprechen an — und jener war in großer Uniform gekommen und dieser hatte geweint und ein anderer hatte gesagt, wir seien alle nichts —, ohne daß der Gedanke an den Tod sich als etwas Düsteres darzustellen vermochte an Bord der Barke, die die Bucht durchschnitt unter der dörrenden Sonne des hohen Nachmittags, deren Licht auf den Wellen funkelte, verstärkt durch Schaum und Wasserblase, brennend im Freien, brennend unter der Plane, in die Augen dringend, in alle Poren, unerträglich den Händen, die an der Brüstung einen Halt suchten. In seiner improvisierten Trauerkleidung, die nach Farben von gestern roch, blickte der Jüngling auf die Stadt, die in dieser Stunde der Rückstrahlungen und langen Schatten auf eigenartige Weise einem barocken Leuchter glich, dessen grünes, rotes und gelbes Kristall eine wirre Gesteinsmasse von Balkonen, Arkaden, Kuppeln, Belvederes und Jalousienreihen färbte — die Stadt, die ständig von Gerüsten, Kreuzbalken, Gabelstützen und Pfählen starrte, seit sich das Baufieber ihrer durch den letzten Krieg in Europa reich gewordenen Bewohner bemächtigt hatte. Es war eine Stadt, ausgeliefert der in sie eindringenden Luft, dürstend nach frischer Brise oder Wind vom Lande her, dem ersten kühlen Hauch, der sie traf, sich öffnend mit Läden, Türflügeln, ihrem ganzen Schoß. Dann begannen die Lüster und Leuchter, die Fransenlampen, die Perlenvorhänge und die Wetterfahnen zu klingen und zu tönen, das Ereignis zu verkünden, und inne hielten die Fächer aus Baumblatt, Seide und bemaltem Papier. Doch war die flüchtige Erleichterung vorüber, rührten die Leute die leblose Luft wieder auf, die abermals erstarrt zwischen den hohen Wänden der Gemächer stand. Hier gerann das Licht zu Farben, vom schnellen Morgengrauen an, das es in die abgeschirmtesten Schlafzimmer einließ und Vorhänge und Fliegenschleier durchstieß; und erst recht jetzt, in der Regenzeit, nach dem heftigen Mittagsschauer — einem wahren Wasserfall, begleitet von Donner und Blitz —, der urplötzlich die Wolken entleerte, daß die Straßen unter Wasser standen und in der bald wieder herrschenden Schwüle dampften. Wohl mochten sich die Paläste ihrer herrschaftlichen Säulen und in Stein gehauenen Wappen rühmen — in diesen Monaten standen sie in einem Schlamm, der ihnen am Leib klebte wie ein hoffnungsloses Übel. Fuhr ein Wagen vorüber, spritzte Dreck bündeldick gegen Türeingänge und Fenstergitter aus den Pfützen, die sich überall bildeten, die Bürgersteige unterhöhlten, ineinanderflossen und Seuchen heraufbeschworen. Schmückten sich die Herrenhäuser auch mit kostbarem Marmor und Tafelwerk, mit Rosengewächsen und Mosaiken — mit Fenstergittern, die zu grazilen Schneckenmustern zerflossen, welche der dicken Gitterstange so fremd waren, daß sie den Fenstern aufgesteckte eiserne Pflanzen hätten sein können —, so konnten sie sich doch nicht vom alten Sumpf befreien, der aus dem Boden zu ihnen emporquoll, kaum daß die Ziegeldächer zu tropfen begonnen hatten ... Carlos dachte daran, daß gewiß viele, die der Totenwache beigewohnt hatten, auf Brettern oder über große Schrittsteine von einem Bürgersteig zum anderen den Morast überquert oder übersprungen hatten, um nicht mit den Schuhen in den Tiefen der eigenen Fußspur zu versinken. Die Fremden rühmten die Farbe und Anmut der Stadt, nachdem sie drei Tage in ihren Tanzsälen, Gasthöfen und Spielhöllen zugebracht hatten, wo zahllose Orchester die mit Geld großzügig umgehenden Seeleute aufpeitschten, daß sie am Hüftenschwingen der Frauen Feuer fingen; wer sie aber das ganze Jahr hindurch ertragen mußte, wußte von ihrem Staub und ihrem Schlamm und auch von dem Salpeter, der die Türklopfer grün färbte, das Eisen zerfraß, das Silber schwitzen machte, auf alten Stichen Pilze wachsen ließ und ständig das Glas vor Zeichnungen und Radierungen trübte, deren Figuren, von der Feuchtigkeit schon gewellt, dem Betrachter wie durch ein vom Nordwind vernebeltes Fenster erschienen. Dort an der San-Francisco-Mole hatte gerade ein nordamerikanisches Schiff festgemacht, dessen Name Carlos ganz mechanisch buchstabierte: ›The Arrow‹ ... Und der Testamentsvollstrecker malte die Beerdigungszeremonien noch weiter aus, die ganz gewiß großartig gewesen waren und durchaus eines Mannes von solchen Tugenden würdig — so viele Küster und Ministranten und so viel prunkvolles Tuch, und das Ladenpersonal hatte verstohlen geweint, männlich, wie es sich eben für Männer schickt, von den Psalmen der Totenwache bis zum Memento —, aber der Sohn blieb abwesenden Sinnes, versunken in seinen Verdruß und seine Müdigkeit, war er doch seit dem ersten Tageslicht über Landstraßen und nicht enden wollende Abkürzungswege geritten. Kaum auf dem Landgut eingetroffen, wo ihm die Einsamkeit die Illusion der Unabhängigkeit erweckte — dort konnte er seine Sonaten spielen bis zum Morgengrauen, im Schein einer Kerze, ohne jemanden zu stören —, hatte ihn die Nachricht erreicht, die ihn zwang, ohne das Pferd zu schonen, sofort zurückzukehren, wenn er auch bei aller Eile nicht mehr rechtzeitig bis zur Beerdigung eintraf. (»Ich möchte schmerzliche Einzelheiten übergehen«, sagte der andere. »Aber wir konnten nicht mehr länger warten. Schließlich haben nur noch ich und Ihre liebe Schwester ganz dicht beim Sarg gewacht ...«) Und er dachte an die Familientrauer, eine Trauer, die ein Jahr lang seine neue Flöte, die dorther stammte, wo man die besten Flöten machte, dazu verurteilen würde, in ihrem mit schwarzem Wachstuch gefütterten Futteral zu bleiben, weil man sich den Leuten gegenüber zu der dummen Vorstellung bekehren mußte, daß keine Musik erklingen durfte, wo der Schmerz eingekehrt war. Der Tod des Vaters würde ihn alles dessen berauben, was er liebte, seine Pläne zunichte machen, ihn aus seinen Träumen herausreißen. Er würde zur Führung des Geschäfts verurteilt sein, er, der nichts von Zahlen verstand, schwarz gekleidet an einem Pult voller Tintenflecken sitzen, umgeben von traurigen Buchhaltern und Angestellten, die einander nichts mehr zu sagen hatten, weil sie sich zu gut kannten. Und er betrachtete beklommen sein Schicksal und nahm sich vor, eines baldigen Tages zu entfliehen, ohne Abschied und Bedenken, an Bord eines Schiffes, das sich dazu anbot – als die Barke am Pfahlwerk festmachte, wo Remigio wartete, verstört, mit einem Trauerflor an der Hutkrempe. Kaum war der Wagen in die erste Straße eingebogen, da blieben die Meeresgerüche auch schon hinter ihnen zurück, verdrängt vom Atem weiträumiger Häuser, die angefüllt waren mit Leder, Pökelfleisch, Wachsbroten, schwärzlichen Zuckersorten und Zwiebeln, die seit langem schon lagerten und in ihren dunklen Winkeln Keime trieben dicht beim grünen Kaffee und dem beim Wiegen verschütteten Kakao. Schellenlärm erfüllte den Nachmittag und begleitete den üblichen Wanderzug der gemolkenen Kühe hinaus zu den Gehegen vor der Stadt. Alles roch kräftig in dieser Stunde kurz vor einer Abenddämmerung, die bald einige Minuten lang den Himmel entzünden würde, ehe sie sich in eine jähe Nacht auflöste: das Holz, das noch nicht recht brennen wollte, und der gestampfte Kuhmist, die feuchte Leinwand der Sonnendächer, das Leder der Sattlerläden und das Futter in den Kanarienkäfigen an den Fenstern. Nach Ton rochen die nassen Ziegeldächer, nach altem Moos die noch feuchten Mauern, nach heißem Öl das Backwerk und die ›armen Ritter‹ der Händler an den Straßenecken, nach Flackerfeuer, im Gewürzviertel, die Kaffeeösttrommeln mit dem trüben Rauch, den sie in heftigen Atemstößen zu den klassisch aufgemachten Simsen hinaufschickten, wo er zwischen Brüstung und Brüstung verweilte, ehe er sich auflöste, gleich einem warmen Nebel, um irgendein Heiligenbild an einem Kirchturm herum. Aber das Rauchfleisch roch ganz zweifellos nach Rauchfleisch; allgegenwärtiges Rauchfleisch, aufbewahrt in allen Kellern und Lagerräumen, Rauchfleisch, dessen scharfer Geruch in der ganzen Stadt herrschte, in alle Paläste, durch alle Vorhänge und sogar in die Opernvorstellungen eindrang und dem Weihrauch der Kirchen trotzte. Das Rauchfleisch, der Schlamm und die Stechmücken waren der Fluch dieses Handelsplatzes, den alle Schiffe der Welt anliefen, an dem sich aber – so dachte Carlos – nur die Statuen auf ihren mit roter Erde befleckten Sockeln wohl fühlen konnten. Als Gegengeruch zu so viel Räucherware wehte kurz darauf aus dem Kellerloch in einer Sackgasse das edle Aroma des Tabaks heraus, der in großen Schuppen aufgehäuft lag, verzurrt, zusammengepreßt, zerdrückt von den Knoten in den Palmfibern, die die Bündel umspannten – noch mit zartem Grün in der Dicke der Blätter, mit Augen von hellem Gold im weichen Deckblatt –, lebendig noch und pflanzlich inmitten des Rauchfleischs, das ihn einfaßte und abteilte. Endlich einen Geruch atmend, der ihm angenehm war und der mit den Schwaden einer neuen Kaffeerösterei hinter einer Kapelle abwechselte, dachte Carlos kummervoll an das monotone Dasein, das ihn jetzt erwartete, wo seine Musik zum Schweigen verurteilt und er dazu verdammt war, in dieser überseeischen Stadt zu leben, einer Insel innerhalb einer Insel, umschlossen von den Schranken des Meeres, die jedes Abenteuer unmöglich machten, lebendig begraben im Gestank des Rauchfleisches, der Zwiebeln und der Pökelbrühe, Opfer eines Vaters, dem er – und das zu tun war ungeheuerlich – das Verbrechen zum Vorwurf machte, zu früh gestorben zu sein. Der Jüngling empfand in diesem Augenblick so heftig wie noch nie zuvor das Gefühl des Eingeschlossenseins, wie es das Leben auf einer Insel hervorruft; zu leben in einem Land ohne Wege zu anderen Ländern, zu denen man mit dem Wagen, zu Pferde, zu Fuß gelangen könnte, Grenzen überschreitend, in Herbergen für eine Nacht schlafend, auf einer Wanderschaft ohne anderen Leitstern als die Laune, den Reiz, den ein Berg ausübt und den man bald, um einen anderen Berg zu betrachten, verschmäht – oder vielleicht um des Körpers einer Schauspielerin willen, der man in einer gestern noch ungekannten Stadt begegnet ist und der man Monate hindurch folgt, von einer Bühne zur anderen, das unstete Leben der Mimen teilend ... Der Wagen bog, leicht zur Seite geneigt, um die Ecke, die unter dem Schutz eines von Salpeter grün gefärbten Kreuzes stand, und hielt vor der mit Nägeln beschlagenen Tür, von deren Klopfer ein Trauerflor herabhing. Flur, Vestibül und Patio waren von Jasminblüten, Narden, weißen Nelken und Immortellen übersät, Blumen, herausgefallen aus Kränzen und Sträußen. Im großen Salon, mit übernächtigen Augen, entstellt – eingehüllt in Kleider, die sie, weil sie ihr zu groß waren, wie eine Pappschachtel umgaben –, wartete Sofia im Kreise von Klarissinnen, die, in einer plötzlichen betulichen Geschäftigkeit, die den Neuankömmlingen galt, Fläschchen mit Melissengeist, Orangenblütenessenz, Riechsalz und Aufgüssen ausschütteten. Im Chor erhoben sich Stimmen, Mut und Ergebung empfehlend denen, die hienieden zurückblieben, während andere schon die Herrlichkeit schauten, die nicht trügt und nicht endet. »Jetzt werde ich euer Vater sein«, sagte mit weinerlicher Stimme der Testamentsvollstrecker in der Ecke mit den Familienporträts. Vom Glockenturm der Espíritu-Santo-Kirche schlug es sieben. Sofia machte eine verabschiedende Handbewegung, und die anderen zogen sich nach teilnahmsvollem Abgang ins Vestibül zurück. »Wenn ihr etwas braucht...«, sagte Don Cosme. »Wenn ihr etwas braucht . . .«, fielen die Nonnen ein. Die große Tür wurde fest verriegelt. Den Patio durchquerend, wo mitten zwischen den Malangapflanzen, Säulen gleich, die mit der übrigen Architektur nicht harmonisierenden Stämme zweier Palmen aufragten, deren Wipfel in der einfallenden Nacht ineinander verschmolzen, suchten Carlos und Sofia das an den Pferdestall anstoßende Zimmer auf, das vielleicht das feuchteste und dunkelste im ganzen Hause war, aber auch das einzige, in dem Esteban bisweilen eine ganze Nacht hindurch zu schlafen vermochte, ohne einen seiner Anfälle zu bekommen.

Jetzt aber hing er, durch die Anstrengung in die Länge gezogen, wie ein Gekreuzigter mit dem Gesicht nach draußen an den höchsten Eisenstangen des Fensters, den Oberkörper nackt, daß sich alle Rippen abzeichneten, nur mit einem um die Taille geschlungenen Tuch bekleidet. Seine Brust stieß ein dumpfes, eigenartig auf zwei gleichzeitige Töne abgestimmtes Pfeifen aus, das manchmal in einem Klagelaut erstarb. Die Hände suchten am Gitter eine noch höhere Eisenstange, als hätte sich der Körper in seiner von dunkelvioletten Adern zerfurchten Schlankheit noch weiter strecken mögen. Sofia, machtlos einem Übel gegenüber, das allen Arzneitränken und Senfpflastern trotzte, wischte dem Kranken mit einem in frischem Wasser angefeuchteten Tuch über Stirn und Wangen. Bald ließen die Finger die Stangen los, und dann sank Esteban, von den Geschwistern wie in einer Kreuzabnahme hinübergetragen, in einen Korbsessel, die Augen mit der schwarzen Netzhaut weit aufgerissen, abwesenden, obwohl festen Blickes. Seine Nägel waren blau; sein Hals verschwand zwischen den Schultern, die so weit hochgezogen waren, daß sie fast über den Ohren zusammenstießen. Mit den weit gespreizten Knien, den vorgestreckten Ellenbogen, in der wächsernen Blässe seines Körperbaus hätte er ein Asket auf einem frühen Gemälde sein können, der sich irgendeiner ungeheuerlichen Züchtigung des Fleisches hingibt. »Das kommt von dem verdammten Weihrauch«, sagte Sofia, an den schwarzen Kleidern riechend, die Esteban auf einen Stuhl gelegt hatte. »Als ich sah, daß er in der Kirche wieder keine Luft bekam . . .« Aber sie verstummte bei dem Gedanken, daß der Weihrauch, dessen Schwaden der Kranke nicht vertrug, verbrannt worden war bei dem feierlichen Leichenbegängnis dessen, den der Hauptpfarrer in seiner Predigt als inniggeliebten Vater, Vorbild der Güte und beispielhaften Menschen bezeichnet hatte. Jetzt hatte Esteban die Arme über eine Decke geworfen, die, zu einem Seil zusammengedreht, zwischen zwei an den Wänden befestigten Haken hing. Die trauervolle Haltung des Überwundenen wirkte noch grausamer im Umkreis der Dinge, mit denen Sofia ihn seit ihrer Kindheit bei seinen Anfällen abzulenken versucht hatte: da waren die Schäferin auf der Spieldose, das Affenorchester mit der gebrochenen Feder, der Globus mit den Luftschiffen, der an der Decke hing und den man an einer Schnur hinaufziehen und herunterlassen konnte, die Uhr, die einen Frosch auf einer bronzenen Estrade tanzen ließ, und das Puppentheater mit seiner mittelmeerischen Hafenszenerie, dessen Türken, Gendarmen, Kammerfräulein und Rauschebärte jetzt kunterbunt auf der Bühne lagen, der eine mit herumgedrehtem Kopf, der andere von den Küchenschaben seines Haarschopfs beraubt, der dritte ohne Arme; dem Messerhelden rieselte Holzkäfersand aus Augen und Nase. »Ich geh nicht mehr ins Kloster zurück«, sagte Sofia. Sie zog Esteban, der, die sichere Kühle der Steinfliesen suchend, zu Boden gesunken war, zu sich empor und bettete seinen Kopf in ihren Schoß. »Mein Platz ist hier.«

2

Der Tod des Vaters war ihnen sehr nahegegangen, gewiß, aber als sie sich im Licht des Tages allein gegenüberstanden im Eßzimmer mit den von der Zeit geschwärzten Stilleben – Fasanen und Hasen zwischen Weintrauben, Lampreten mit Weinflaschen, ein Kuchen, so schön braun, daß man hätte hineinbeißen mögen –, da hätten sie sich eingestehen können, daß ein köstliches Gefühl der Freiheit sie träge verweilen ließ bei einem Essen, das sie im nahen Gasthof bestellt hatten – sie hatten vergessen, jemanden auf den Markt zu schicken. Remigio hatte mit Tüchern zugedeckte Tabletts gebracht mit Pargofischen *aux amandes*, Marzipan, jungen Tauben vom Rost, Getrüffeltem und Zuckerwerk, Speisen, die etwas ganz anderes waren als die Suppen und Spickfleischgerichte, die für gewöhnlich im Hause auf den Tisch kamen. Sofia war im Morgenrock heruntergekommen und hatte sich ein Vergnügen daraus gemacht, von allem zu versuchen, während Esteban am Feuer eines dunkelroten Garnachaweins wieder zu Kräften kam, den Carlos für ausgezeichnet erklärte. Das Haus, das sie stets mit Augen betrachtet hatten, die an sein Vorhandensein gewöhnt waren wie an etwas zugleich Vertrautes und Fremdes, erlangte eine eigenartige, von Wünschen erfüllte Bedeutung, jetzt, da sie sich für seine Erhaltung und Dauer verantwortlich wußten. Es war deutlich zu sehen, daß der Vater – der so sehr in seinen Geschäften gesteckt hatte, daß er sogar sonntags, vor der Messe, aus dem Haus gegangen war, um einen Handel abzuschließen und auf den Schiffen Waren zu beschaffen in Erwartung der Käufer vom Montag – daß der Vater also dieses Haus, das durch eine in der Stadt wütende Influenzaepidemie frühzeitig der Mutter beraubt worden war, sehr vernachlässigt hatte. Im Patio fehlten Bodenfliesen, die Statuen hatten Flecken; zuviel Schmutz wurde von der Straße in das Empfangszimmer hineingetragen; das Mobiliar in den Salons und Gemächern bestand nur aus ungleichen Stücken und schien eher für eine Versteigerung bestimmt als zur Ausstattung eines achtbaren Wohnhauses. Seit vielen Jahren schon kam kein Wasser mehr aus dem Brunnen mit den verstummten Delphinen, und den Glastüren im Inneren fehlten die Scheiben. Einige Bilder zierten jedoch die von Feuchtigkeitsflecken verdunkelten Wandstellen über den Kopfenden der Betten, wenn auch mit dem Durcheinander von Motiven und Schulen, das dem Zufall einer Beschlagnahme zu verdanken war, der wahllos die unverkäuflichen Stücke einer unter Auktion gestellten Gemäldesammlung ins Haus gebracht hatte. Vielleicht hatten die Stücke einigen Wert, vielleicht waren sie Werke von Meistern und nicht von Kopisten; aber das ließ sich unmöglich feststellen in dieser Stadt der Händler, der es an Sachverständigen mangelte, die das Moderne hätten einschätzen oder den großen alten Stil unter den Sprüngen einer mißhandelten Leinwand hätten erkennen können. Nach einem ›Bethlehemitischen Kindermord‹, der sehr wohl von einem Schüler Berruguetes stammen konnte, und einem ›San Dionisio‹, den ein Epigone Riveras gemalt haben mochte, tat sich ein sonnenbeschienener Garten mit schwarz maskierten Harlekinen auf, der Sofias große Freude war, wenn auch Carlos meinte, die Künstler zu Anfang des Jahrhunderts hätten übermäßigen Gebrauch von der Gestalt des Harlekins gemacht, einfach weil sie gern mit Farben spielten. Er liebte realistische Szenen, Ernte und Weinlese, wobei er jedoch anerkannte, daß verschiedene im Vestibül hängende Bilder ohne dramatisches Motiv – Kochtopf, Obstschale, Klarinette, neben einem Notenblatt ruhend – einer allein auf die handwerkliche Ausführung zurückgehenden Schönheit nicht entbehrten. Esteban gefiel das Imaginäre, das Phantastische, er träumte mit offenen Augen vor Gemälden neuerer Maler, die seltsame Wesen darstellten, geisterhafte Pferde, unmögliche Perspektiven – einen Baummenschen mit Trieben als Finger, einen Schrankmenschen, dem leere Schubladen aus dem Bauch herauskamen ... Sein Lieblingsbild war aber ein großes Gemälde von einem unbekannten Künstler, das aus Neapel stammte und das, allen Gesetzen der Plastik zuwider, die apokalyptische Erstarrung einer Katastrophe darstellte. ›Explosion in der Kathedrale‹ nannte sich dieses Bild eines Kreuzgangs, der in Stücken durch die Luft flog – nur zögernd seine gerade Form aufgebend, schwebend noch, um desto besser fallen zu können –, ehe er seine Gesteinsmassen auf entsetzte

Menschen herabstürzen lassen würde. (»Ich verstehe nicht, wie man sich das ansehen kann«, sagte seine Cousine, obgleich sie in Wirklichkeit merkwürdig gebannt war durch dieses statische Erdbeben — den stummen Aufruhr, ein Bild vom Ende der Zeiten —, das hier greifbar in der Schwebe hing. »Ich will mich eben daran gewöhnen«, erwiderte Esteban, ohne zu wissen, warum, mit der automatischen Hartnäckigkeit, die uns dazu bringen kann, ein Wortspiel, das keinerlei Reiz hat und niemanden zum Lachen bringt, jahrelang unter den gleichen Umständen zu wiederholen.) Nach soviel Tragödie brachte der französische Meister, ein Stück weiter, der ein Monument eigener Erfindung mitten auf einen leeren Platz gestellt hatte — eine Art asiatisch-romanischen Tempel mit Arkaden, Obelisken und Federbüschen — eine friedliche Note des Stabilen ins Spiel, ehe man ins Speisezimmer gelangte, dessen Inventar sich aus Stilleben und gewichtigen Möbelstücken zusammensetzte: da waren zwei Geschirrschränke von äbtlich-behäbigen Ausmaßen, die dem Holzwurm widerstanden hatten, acht Polsterstühle und der große Eßtisch mit den gewundenen Beinen. Aber alles andere galt bei Sofia als ›Trödelkram‹ — wobei sie an ihr schmales Bett aus Mahagoniholz dachte, und sie hatte doch immer von einem Bett geträumt, in dem man sich um und um wälzen und quer herüber und zusammengerollt und alle viere von sich gestreckt schlafen konnte, wie es einem gerade Spaß machte. Der Vater hatte, getreu den von bäuerlichen Großeltern ererbten Gewohnheiten, immer in einem Zimmer des ersten Stockwerks geschlafen, auf einem bescheidenen Segeltuchlager mit einem Kruzifix am Kopfende, zwischen einer Truhe aus Nußbaumholz und einem kleinen, aus Mexiko stammenden Nachtgeschirr, das er selber jeden Morgen mit erhaben-schwungvoller Sämannsgeste in die Abflußrinne im Pferdestall entleerte. »Meine Vorfahren waren in Estremadura zu Hause«, sagte er, als hätte er alles erklärt, wenn er rühmend auf eine Sittenstrenge verwies, die nichts von Abendgesellschaft und Handküssen wußte. Er trug seit dem Tode seiner Frau Schwarz, und schwarz gekleidet war er auch, als ihn Don Cosme aus dem Kontor hinausgetragen hatte — er war dort gerade damit beschäftigt gewesen, ein Dokument zu unterzeichnen, und der Schlaganfall hatte ihn vornübersinken lassen auf die frische Tinte seines Namenszugs. Noch im Tode bewahrte er sich das undurchdringliche, harte Gesicht dessen, der niemandem Gefälligkeiten erwies, weil auch er nie um Gefälligkeiten gebeten hatte. Sofia hatte ihn in den letzten Jahren nur ab und zu sonntags zu Gesicht bekommen aus Anlaß eines Mittagessens im häuslichen Kreis, zu dem sie für ein paar Stunden das Kloster der Klarissinnen verlassen durfte. Was Carlos anging, so hatte man ihn nach Abschluß seiner Schulzeit fast ständig mit Reisen zum Landgut beschäftigt, mit Botengängen, die Anweisungen zum Abholzen, Ausputzen und Säen betrafen und die man sehr wohl schriftlich hätte erledigen können, zumal die Ländereien nicht sehr umfangreich waren und in der Hauptsache Zuckerrohr angebaut wurde. »Ich bin achtzig Meilen geritten, um ein Dutzend Kohlköpfe zu holen«, bemerkte der Jüngling, als er wieder einmal nach einer solchen Reise seine Tragtaschen leerte. »So werden spartanische Charaktere herangebildet«, erwiderte der Vater, ebensosehr bestrebt, Sparta mit den Kohlköpfen in Verbindung zu bringen, wie er die aufsehenerregenden Levitationen des Simon Magus mit der gewagten Hypothese zu erklären versuchte, dieser habe irgendeine Kenntnis von der Elektrizität besessen — wobei er den Plan, den Sohn Jurisprudenz studieren zu lassen, immer wieder hinausschob aus einer instinktiven Furcht vor den neuen Ideen und den gefährlichen politischen Schwärmereien, die im Schoß der Universitäten zu wuchern pflegten. Um Esteban kümmerte er sich nur wenig; dieser schwächliche Neffe, elternlos seit seiner Kindheit, war zusammen mit Sofia und Carlos wie ein drittes Kind im Hause aufgewachsen; was die anderen hatten, würde stets auch er besitzen. Aber dem Kaufmann waren Menschen mit schwacher Gesundheit ein Ärgernis — besonders, wenn sie zur Familie zählten —, eben weil er selbst nie krank war und das ganze Jahr hindurch von morgens bis abends arbeitete. Er zeigte sich manchmal im Zimmer des Kranken und runzelte verächtlich die Stirn, wenn dieser gerade wieder einen Anfall hatte. Er murmelte etwas von der Feuchtigkeit des Gemachs, von Leuten, die unbedingt in Höhlen schlafen wollten wie die alten Keltiberer, und nachdem er wehmütig des Tarpejischen Felsens gedacht hatte, erbot er sich, kürzlich aus dem Norden hereingekommene Weintrauben schicken zu lassen, erinnerte an berühmte Gichtbrüchige und ging achselzuckend wieder hinaus – teilnahmsvolle Worte vor sich hin brummend, mutspendende Phrasen, Hinweise auf neue Medikamente, und sich dafür entschuldigend, daß er nicht mehr Zeit verschwenden konnte über der Pflege derer, die wegen ihrer Leiden an den Rand eines schöpferischen und fortschrittlichen Lebens verbannt blieben.

Nachdem sie im Eßzimmer verweilt und wahllos dieses und jenes gekostet hatten, die Feigen vor den Sardinen, das Marzipan zusammen mit den Oliven und der Bratwurst, öffneten ›die Kleinen‹ – wie sie der Testamentsvollstrecker nannte – die Tür zum angrenzenden Haus, das Kontor und Laden beherbergte, die jetzt wegen des Trauerfalls drei Tage lang geschlossen waren. Hinter den Pulten und Schränken begannen die Straßen und Gassen, die sich auftaten zwischen Bergen von Säcken, Fässern und Ballen aus aller Herren Ländern. Am Ende der Mehlstraße, die nach überseeischen Roßmühlen roch, fing die Straße der Weine von Fuencarral, Valdepeñas und Puente la Reina an, die aus all ihren Spunden Rotwein schwitzte und Bodegagerüche ausschickte. Die Straße des Seil- und Takelwerks führte zur stinkenden Ecke der eingesalzenen Fische, wo Pökelbrühe auf den Boden tropfte. In die Wildledergasse einbiegend, kehrten die jungen Leute sodann in das Gewürzviertel zurück, dessen Schubladen, wenn man nur daran roch, von Ingwer, Lorbeerblatt, Safran und Veracruzpfeffer kündeten. Die Manchakäse reihten sich auf den Brettergestellen, sie führten zum Patio des Essigs und des Öls hin, in dessen Hintergrund unter Gewölben verschiedene Waren lagerten: Bündel von Kartenspielen, Barbieretuis, Trauben von Vorhängeschlössern, grüne und rote Sonnenschirme, Kakaomühlen, zusammen mit den andinischen Decken, aus Maracaibo importiert, dem Wirrwarr der Schminkstifte und den Büchlein mit den Blättern zum Vergolden und Versilbern, die aus Mexiko kamen. Ein Stück weiter fort standen die Pritschen, auf denen die Säcke mit Vogelfedern lagerten – plump und weiß wie große Etaminplumeaus –, auf die Carlos sich mit ausgebreiteten Armen warf, um Schwimmbewegungen nachzuahmen. Eine Himmelskugel, deren Ringe Esteban mit zerstreuter Hand in Bewegung setzte, stand da wie ein Symbol des Handels und der Schiffahrt mitten in dieser Welt weitgereister Dinge — die beherrscht wurde vom Geruch des Rauchfleischs, das auch hier gegenwärtig war, obschon weniger unangenehm, weil es in den Untergründen des Hauses lagerte. Entlang der Honigstraße fanden die Geschwister dann zum Territorium der Schreibpulte zurück. »Dieser Geruch!« murmelte Sofia, das Taschentuch vor der Nase. »Dieser Geruch!« Von der Höhe der Gerstensäcke aus betrachtete Carlos jetzt das ganze Panorama, und er dachte mit Schrecken an den Tag, an dem er sich anschicken mußte, das alles zu verkaufen und neue Ware hereinzunehmen und diese wieder zu verkaufen und zu handeln und zu feilschen, wo er doch von Preisen nichts verstand und kein Korn vom anderen unterscheiden konnte, darauf angewiesen, zu den Quellen zurückzukehren auf dem Weg über Tausende von Briefen, Rechnungen, Zahlungsanweisungen, Empfangsbestätigungen, Zollbescheinigungen, die alle in den Kisten und Laden aufbewahrt lagen. Ein Schwefelgeruch drückte Esteban die Kehle zu, daß ihm die Augen tränten und er niesen mußte. Sofia setzten die Ausdünstungen des Weins und der Salzheringe zu. Auf den Vetter gestützt, den ein neuerlicher Anfall bedrohte, kehrte sie rasch ins Wohnhaus zurück, wo die Oberin der Klarissinnen schon mit einem erbaulichen Buch auf sie wartete. Carlos kam als letzter, mit der Himmelskugel unterm Arm, die er in seinem Zimmer aufstellen wollte. Im Halbschatten des Salons mit den geschlossenen Vorhängen erzählte die Nonne mit ruhiger Stimme von den Trugbildern der Welt und den Freuden des Klosterlebens, während die beiden Jünglinge sich die Zeit damit vertrieben, Wendekreise und Ellipsen um das Erdenrund herum zu bewegen. Ein neues Leben begann in der Trunkenheit jenes Nachmittags, den die Sonne besonders unerträglich machte, indem sie üble Dünste von den Straßenpfützen aufsteigen ließ. Von neuem vereint zum Abendessen, unter den Stilleben mit Früchten und Federvieh an den Wänden, schmiedeten die jungen Leute Pläne. Der Testamentsvollstrecker riet ihnen, das Trauerjahr auf dem Landgut zu verbringen, während er selber die Angelegenheiten des Dahingeschiedenen in Ordnung brachte – die gewohnheitsgemäß mündlich abgemacht worden waren, von einigen Verträgen ganz abgesehen, die nur er in seinem Gedächtnis bewahrte. Carlos würde dann bei seiner Rückkehr alles geregelt vorfinden, wenn er sich entschloß, die Leitung des Handelsgeschäfts zu übernehmen. Sofia aber erinnerte sich, daß alle Versuche, Esteban aufs Land zu bringen, damit er ›reine Luft atmen‹ konnte, den Zustand des Kranken nur verschlimmert hatten. Am wenigsten litt er schließlich noch immer in seinem niedrigen Zimmer neben dem Pferdestall ... Man sprach von möglichen Reisen: Mexiko mit seinen tausend Kuppeln lockte ans andere Ufer des Golfs. Aber die Vereinigten Staaten mit ihrem überwältigenden Fortschritt hatten es Carlos angetan, der sich sehr gern den Hafen von New York, das Schlachtfeld von Lexington und die Niagarafälle angesehen hätte. Esteban träumte von Paris, von seinen Gemäldeausstellungen und ›intellektuellen‹ Kaffeehäusern, seinem literarischen Leben; er wollte eine Vorlesung in jenem Collège de France belegen, wo man orientalische Sprachen lehrte, deren Studium zwar nicht von praktisch-lukrativem Wert, aber doch sehr aufregend war für jemanden, der wie er die kürzlich entdeckten asiatischen Texte gern im Originalmanuskript gelesen hätte. Sofia mochte die Oper besuchen und das Théâtre Français, in dessen Foyer man etwas so Berühmtes wie den Voltaire von Houdon bewundern konnte. In seinen Träumen schlenderten sie schon von den Tauben von Sankt Markus zum Derby von Epsom, von der Vorstellung im Saddler's Wells Theater zum Besuch des Louvre, von den weltbekannten Bibliotheken zu den berühmten Zirkusveranstaltungen, wobei sie im Vorübergehen die Ruinen von Palmyra und Pompeji besichtigten, die etruskischen Pferdchen und die marmorierten Vasen, die in der Greek Street ausgestellt waren; alles würden sie sehen wollen, sich für nichts entscheiden können – insgeheim angezogen, was die beiden Jünglinge betraf, von einer Welt der ausschweifenden Vergnügungen, nach der sie ihre Sinne lockten und die sie schon auffinden und genießen wollten, wenn die Schwester und Cousine Einkäufe machte oder Denkmäler besuchte. Ohne einen Entschluß gefaßt zu haben, umarmten sie sich nach dem Gebet unter Tränen in dem Gefühl, allein zu sein im weiten Universum, schutzlose Waisenkinder in einer gleichgültigen, seelenlosen Stadt, der alles fremd war, was Kunst und Poesie hieß, und die sich allein dem Handel und der Häßlichkeit verschrieben hatte. Erschöpft von der Hitze und dem Geruch nach Rauchfleisch, Zwiebeln und Kaffee, der von der Straße hereindrang, stiegen sie auf den Altan hinauf, eingehüllt in ihre Morgenröcke, mit Decken und Kissen beladen, auf denen sie schließlich einschliefen, nachdem sie, mit himmelwärts gerichteten Gesichtern, von bewohnbaren – und ganz gewiß bewohnten – Planeten gesprochen hatten, wo das Leben vielleicht besser war als das auf dieser Erde, das sich ständig mit dem Vorgang des Todes beschäftigte.

3

Umgeben von den Nonnen, die sie dazu drängten – hartnäckig, aber ohne Übereilung, sanft, aber immer wieder –, eine Magd des Herrn zu werden, beschwichtigte Sofia die eigenen Zweifel, indem sie sich alle Mühe gab, Esteban als Mutter zu dienen – als so leidenschaftlich von ihrem neuen Amt besessene Mutter, daß sie nicht zögerte, ihn zu entkleiden und mit dem Schwamm zu baden, wenn er selber es nicht tun konnte. Die Krankheit dessen, den sie immer als einen Bruder angesehen hatte, unterstützte ihren instinktiven Widerwillen gegen ein von der Welt abgeschiedenes Leben und ließ ihre Anwesenheit im Hause als eine Notwendigkeit erscheinen. Was Carlos betraf, so ignorierte sie anscheinend seine gesunde Konstitution, steckte ihn beim leisesten Husten ins Bett und ließ ihm schwere Glühweine bringen, die ihn in die beste Stimmung versetzten. Eines Tages machte sie einen Rundgang durch alle Zimmer, den Federkiel in der Hand – gefolgt von der Mulattin, die das Tintenfaß wie das Allerheiligste hinter ihr hertrug –, und stellte eine Liste jedweden unbrauchbaren Hausrats zusammen. Dann fertigte sie eine genaue Liste der Gegenstände an, die man benötigte, um ein Haus anständig auszustatten, und übergab sie dem Testamentsvollstrecker –

der immer bemüht war, als ›zweiter Vater‹ zu fungieren, um jedem Wunsche der armen Waisenkinder nachzukommen ... Vor Weihnachten trafen Kisten und Ballen ein, die man, wie sie kamen, in die Räume des Untergeschosses verwies. Zwischen dem großen Salon und den Wagenschuppen stapelten sich tausend Dinge, halb sich selbst überlassen in ihren Lattenverschlägen, verkleidet mit Stroh und Hobelspänen, einer endgültigen Verfügung harrend. So blieb eine schwere Anrichte, mit der sechs Neger ihre Last gehabt hatten, im Vestibül stehen, während ein an die Wand gerückter lackierter Paravent aus seiner vernagelten Verkleidung gar nicht erst herauskam. Die Porzellantassen ließ man in dem Sägemehl ruhen, in dem sie ihre Reise angetreten hatten, und die Bücher, die für eine Bibliothek neuer Gedanken und neuer Poesie bestimmt gewesen waren, türmten sich auf, ein Dutzend hier, ein Dutzend dort, wie es sich gerade ergab, in Sesseln und auf Marmortischchen, die noch nach frischem Firnis rochen. Das Tuch des Billardtisches war eine grüne Wiese, gespannt zwischen dem Mond eines Rokokospiegels und dem strengen Profil eines englischen Marketeriesekretärs. Eines Nachts hörte man aus einer Kiste heraus Schüsse knallen: die Harfe, die Sofia bei einem neapolitanischen Geschäft bestellt hatte, ließ in dem feuchten Klima ihre Saiten platzen. Da sich die Ratten der Nachbarschaft überall einnisteten, kamen Katzen, die ihre Krallen an den neuesten Erzeugnissen der Feintischlerkunst schliffen und die von Einhörnern, Kakadus und Windhunden bevölkerten Teppiche auszupften. Das Durcheinander erreichte aber seinen Höhepunkt, als die Apparate eines Physikkabinetts eintrafen, das Esteban bestellt hatte, um seine Automaten und Spieldosen zu ersetzen durch Dinge, die auf vergnügliche Weise lehrreich waren. Da waren Teleskope, hydrostatische Waagen, Bernsteinstücke, Kompasse, Magneten, Wasserschrauben, Hebebockmodelle, kommunizierende Röhren, Leydener Flaschen, Pendel und Schwungarme, Maschinen en miniature, denen der Fabrikant, um das Fehlen gewisser Dinge auszugleichen, ein Reißzeug neuester Konstruktion beigegeben hatte. So beschäftigten sich die jungen Leute an gewissen Abenden damit, die eigenartigsten Apparate zusammenzubauen, vertieft in die

Anweisungen, Theorien austauschend und auf den Morgen wartend, um die Nützlichkeit eines Prismas unter Beweis stellen zu können – entzückt und verwundert, wenn sie dann sahen, wie sich die Regenbogenfarben auf einer Wand abzeichneten. Sie hatten sich allmählich daran gewöhnt, die Nacht zum Tag zu machen, dem Beispiel Estebans folgend, der tagsüber besser schlief und lieber bis zum Morgengrauen wachte, weil die Stunden des heraufdämmernden Tages oft Anfälle mit sich brachten, die ihn in seiner Schlaftrunkenheit überraschten. Die Köchin Rosaura, eine Mulattin, deckte den Tisch für das Mittagessen um sieben Uhr und bereitete ein kaltes Gericht vor, das um Mitternacht eingenommen wurde. Von Tag zu Tag war das Labyrinth der Kisten und Kasten im Haus wirrer geworden; jeder hatte darin seinen Winkel, seine Ecke, sein Stockwerk, wo sie sich absondern oder zum Gespräch zusammenkommen konnten über einem Buch oder einem physikalischen Apparat, den man plötzlich auf ganz unerwartete Art zum Funktionieren gebracht hatte. Es gab da so etwas wie eine Rampe, einen Gebirgssteig, der von der Schwelle des Salons aus über einen schräg liegenden Schrank zu den drei Geschirrkisten hinaufführte, die übereinander lagen, von denen aus man die unten sich ausbreitende Landschaft betrachten konnte, ehe man über riskante Bergpfade aus zerbrochenen Brettern und als Disteln aufgestellten Latten – mit einem herausstehenden Nagel als Dorn – zur großen Terrasse gelangte, die aus den neun Möbelkisten bestand und dem kühnen Alpinisten zwischen Nacken und Deckensparren keinen Raum mehr ließ. »Welch schöner Ausblick!« rief Sofia, lachend und den Rock am Knie glattstreifend, wenn sie zu solchen Höhen aufgestiegen war, die Carlos auf anderen, gefahrvolleren Wegen erreichen zu können glaubte, indem er das Massiv der Ballen und Kisten von der anderen Seite her anging und mit Bergsteigergeschick hinaufkletterte, bis er, hechelnd wie ein edler Bernhardiner, bäuchlings oben eintraf. Auf den Wegen und Hochebenen, in den Verstecken und auf den Brücken las jeder, was ihm gerade in den Sinn kam: Zeitungen vergangener Tage, Almanache, Reiseführer oder eine Naturgeschichte, eine klassische Tragödie oder einen neuen Roman, den der eine bisweilen dem anderen entwendete und dessen Handlung im Jahre 2240 spielte — wenn nicht Esteban, auf einem Gipfel sitzend und respektlos das Kauderwelsch eines bekannten Predigers nachahmend, einen feurigen Vers des Liedes der Lieder glossierte, um sich am Ärger Sofias zu ergötzen, die sich die Ohren zuhielt und laut schrie, alle Männer seien Schweine. Im Patio aufgestellt, hatte sich die Sonnenuhr in eine Monduhr verwandelt und zeigte die verkehrtesten Stunden an. Die hydrostatische Waage diente dazu, das Gewicht der Katzen festzustellen; das kleine Teleskop, durch das zerbrochene Glas eines Oberlichtes hinausgesteckt, erlaubte es, Dinge in den Nachbarhäusern zu sehen, und entlockte Carlos, der als einsamer Astronom oben auf einem Schrank saß, manches vieldeutige Lachen. Die neue Flöte war übrigens aus ihrem Futteral heraus und in ein wie Irrenzellen mit Matratzen tapeziertes Zimmer gewandert — damit die Nachbarn nichts merkten. Dort saß mit geneigtem Kopf, vor dem Notenpult und mitten zwischen Partituren, die auf den Teppich gefallen waren, der Jüngling und gab sich langen nächtlichen Konzerten hin, die sein Klangspiel und seine Geschicklichkeit verbesserten, wenn ihn nicht das Gelüst ankam, auf der jüngst erworbenen Querpfeife ein paar ländliche Tänze zum besten zu geben. Immer wieder nahmen sich die drei jungen Menschen, heilige Eide schwörend, gerührt vor, sich nie zu trennen. Sofia, der die Nonnen ein frühzeitiges Grauen vor der Natur des Mannes eingeflößt hatten, ärgerte sich, wenn Esteban zum Spaß — und vielleicht, um sie auf die Probe zu stellen — von einer zukünftigen, mit einem Haufen Kinder gesegneten Ehe sprach. Ein auch nur in Gedanken in dieses Haus gebrachter ›Ehegatte‹ wurde von vornherein als ein Greuel betrachtet — als ein Angriff auf das als heilig geltende Fleisch, das allen gemeinsam war und unverletzt bleiben mußte. Gemeinsam wollten sie reisen, gemeinsam die weite Welt kennenlernen. Der Testamentsvollstrecker würde das gewiß verstehen, wenn er die üblen ›Gerüche‹ bedachte, die durch die Zwischenwand der beiden Gebäude drangen. Er zeigte sich ihren Reiseplänen gegenüber eigentlich sehr aufgeschlossen und versicherte ihnen, sie würden überallhin Kreditbriefe mitbekommen können. »Ihr müßt nach Madrid gehen«, sagte er, »und euch das Postamt ansehen und die Kuppel von San Francisco el Grande, denn solche Wunder der Architektur kennt man hierzulande nicht.« In diesem Jahrhundert hatte die Schnelligkeit der Verkehrsmittel alle Entfernungen abgeschafft. Von den jungen Leuten hing es ab, wann die zahllosen, für die ewige Ruhe des Vaters bezahlten Messen aufhörten — denen Sofia und Carlos jeden Sonntag beiwohnten, ohne sich vorher zu Bett gelegt zu haben, zu Fuß gehend durch verlassene Gassen bis zur Espíritu-Santo-Kirche. Vorläufig konnten sie sich nicht entschließen, endlich die Kisten und Ballen zu öffnen und die neuen Möbel aufzustellen, ja, diese Aufgabe ermüdete sie von vornherein, vor allem Esteban, dem die Krankheit jede körperliche Anstrengung verbot. Außerdem hätte eine frühmorgendliche Invasion von Tapezierern, Lackierern und fremden Leuten einen Einbruch in ihren gewohnten Tagesplan bedeutet. Früh erhob sich, wer sein Tagwerk um fünf Uhr nachmittags damit begann, daß er Don Cosme empfing, der sich väterlicher und gütiger gab als je, wenn es darum ging, Aufträge entgegenzunehmen, das zu beschaffen, was man verlangte, und zu bezahlen, was auch immer zu bezahlen war. Das Geschäft blühe, sagte er, und immer sorgte er sich darum, daß Sofia über das nötige Geld verfügte, um den Haushalt in der gewohnten Weise führen zu können. Er lobte sie dafür, daß sie mütterliche Pflichten übernommen hatte und für die ›Männer‹ sorgte, und schoß im Vorübergehen einen leichtgefiederten, aber genau ins Ziel treffenden Pfeil auf die Nonnen ab, die die jungen Damen aus vornehmen Kreisen aufforderten, sich von der Welt abzuschließen, damit sie, die Nonnen, sich um so leichter ihrer weltlichen Güter bemächtigen konnten — und dessen durfte man sich bewußt sein, ohne deshalb aufzuhören, ein guter Christ zu sein. Der Besucher ging mit einer Verbeugung und der Versicherung davon, daß man vorläufig der Anwesenheit Carlos' im Geschäft nicht bedürfe, und die jungen Leute kehrten zu ihren Besitztümern und Labyrinthen zurück, wo alles auf die Namen eines Geheimcodes hörte. Jener Kistenberg, der so gefährlich schwankte, war der ›Schiefe Turm‹; der Koffer, der zwischen zwei Schränken eine Brücke bildete, war der ›Druidensteig‹. Wer von ›Irland‹ sprach, meinte den Harfenwinkel; wer den ›Carmel‹ erwähnte, dachte an die aus halb geöffneten spanischen Wänden bestehende Ecke, in die sich Sofia zurückzuziehen pflegte, um geheimnisvolle Schauerromane zu lesen. Wenn Esteban sich an seinen physikalischen Apparaten zu schaffen machte, hieß es, ›da ist Albertus Magnus am Werk‹. Alles war verwandelt in einem ewigen Spiel, das zur Außenwelt neue Distanzen schuf, innerhalb des willkürlichen Kontrapunkts der drei Menschenleben, die auf verschiedenen Ebenen abliefen: da war die irdische Ebene, auf der Esteban sich bewegte, bergsteigerischen Kühnheiten wenig geneigt wegen seiner Krankheit, aber stets Carlos mit neidischen Blicken verfolgend, der sich von Kiste zu Kiste schwingen konnte – bis zu den Gipfeln hinauf – und sich an die Rippen der Täfelung anklammerte oder als Hängematte an den Deckenbalken schwebte, während Sofia ihr Eigendasein führte in einer Zwischenzone, zehn Handbreit überm Fußboden, die Absätze in Höhe der Schläfen ihres Vetters, Bücher in verschiedene Verstecke schaffend, die sie ihre ›Lagerstätten‹ nannte und wo sie sich bequem rekeln und sich aufknöpfen, die Strümpfe herunterstreifen und den Rock bis zum Oberschenkel hochziehen konnte, wenn ihr zu heiß war ... Im übrigen fand das Abendessen bei Morgengrauen statt im Schein von Kerzenleuchtern, in einem von Katzen bevölkerten Eßzimmer, in dem, als Reaktion auf die bei den Mahlzeiten en famille früher stets gepflegte Steifheit, die jungen Leute sich wie Barbaren aufführten, tranchierend, wie es sich gerade ergab, sich der besten Stücke bemächtigend, Orakeln nachspürend in den Geflügelknochen, sich gegenseitig unter dem Tisch Kartoffeln zuwerfend, plötzlich die Kerzen ausblasend, um dem Tischnachbar eine Pastete zu rauben, schlampig, in lässiger, unvornehmer Haltung. Wer keine Lust hatte, legte eine Patience oder baute Kartenhäuser; wer *gar* keine Lust hatte, brachte sich seinen Roman mit. Wenn Sofia das Opfer einer Verschwörung der beiden Jünglinge war, die sich über sie lustig machen wollten, gab sie Ausdrücke zur Antwort, die eines Maultiertreibers würdig gewesen wären; in ihrem Munde haftete den Schimpfworten jedoch eine überraschende Keuschheit an, so daß sie, der eigentlichen Bedeutung entkleidet, nur noch Trotz besagen wollten – Revanche für soundso viele im Kloster eingenommene Mahlzeiten, eingenommen mit dem starr auf den eigenen Teller gerichteten Blick nach dem Hersagen des Tischgebets. »Wo hast du das her?« fragten sie lachend die beiden Jünglinge. »Aus dem Bordell«, erwiderte sie, mit der Selbstverständlichkeit dessen, der dort verkehrt. Müde schließlich des schlechten Benehmens – man hatte zu guter Letzt keinen Spaß mehr daran, sich der ›Urbanität‹ zu widersetzen und Nüsse über das Tischtuch zu schnicken, das Weinflecken aufwies von einem umgestürzten Glas –, sagten sie sich im Morgengrauen gute Nacht – wonach sie eine Frucht mit auf ihr Zimmer nahmen oder ein Glas Wein, in eine umgekehrte Dämmerung hinein, die erfüllt war von öffentlichen Ausrufen und dem Läuten zur Frühmesse.

4

Siempre sucede. GOYA

Das Trauerjahr verstrich, und das Jahr der Halbtrauer begann, ohne daß die jungen Leute, die sich immer tiefer in ihre neuen Gewohnheiten verstrickten, unersättliche Leser wurden und durch die Bücher das Universum kennenlernten, ihre Lebensweise änderten. Sie lebten in ihrem eigenen Kreis, vergessen von der Stadt, unbeachtet von der Welt, und erfuhren nur beiläufig, was draußen geschah, durch irgendeine ausländische Zeitung, die mit mehreren Monaten Verspätung eintraf. Die Chance ›guter Partien‹ in dem verschlossenen Haus witternd, hatten einige Leute von Stand versucht, sich ihnen auf dem Wege über verschiedene Einladungen zu nähern; scheinbar empfanden sie Mitleid mit diesen armen Waisen, die so allein lebten; aber ihre freundlichen Schritte begegneten kühl ausweichenden Antworten. Sie nahmen die Trauerzeit als willkommenen Vorwand, um außerhalb jeder Verpflichtung zu bleiben, und kümmerten sich nicht um eine Gesellschaft, die mit ihren provinziellen Vorurteilen das Leben aller gemeinsamen Normen zu unterwerfen trachtete und zu bestimmten Stunden am selben Ort spazierenging, am Nachmittag dieselben Modekonditoreien aufsuchte und die Weihnachtstage in den Zuckersiedereien oder auf jenen Landgütern von Artemisa verbrachten, wo die reichen Plantagenbesitzer darin wetteiferten, mythologische Statuen am Rand der Tabakpflanzungen aufzustellen... Man ließ allmählich die Regenzeit hinter sich, die die Straßen mit neuem Schlamm beschmutzt hatte, als Carlos eines Morgens, mitten im Traum seiner beginnenden Nacht, den Türklopfer am Haupteingang dröhnen hörte. Der Umstand hätte nicht weiter seine Aufmerksamkeit erregt, wenn es nicht wenige Augenblicke später auch am Tor und dann an allen übrigen Türen des Hauses geklopft hätte, worauf die ungeduldige Hand an den Ausgangspunkt zurückkehrte, um zum zweiten und schließlich zum dritten Mal an allen Pforten zu rütteln. Es war, als ginge jemand, der unbedingt Einlaß begehrte, ums Haus herum und suchte eine Öffnung, durch die er hineingelangen konnte — und dieser Eindruck, daß er das Haus umschlich, drängte sich um so stärker auf, als das laute Klopfen auch dort widerhallte, wo kein Ausgang zur Straße war, in einem Echogedröhn, das sich bis in die entlegensten Winkel fortpflanzte. Weil man Ostersamstag schrieb und nicht gearbeitet wurde, war der Laden — Zuflucht Durchreisender, die eine Auskunft suchten — geschlossen. Remigio und Rosaura wohnten gewiß der Auferstehungsmesse bei oder kauften gerade auf dem Markt ein, denn sie antworteten nicht. ›Er wird schon Ruhe geben‹, dachte Carlos und legte seinen Kopf auf das Kissen. Als aber die Schläge weitergingen, warf er sich schließlich einen Morgenrock um und stieg zornig in die Diele hinunter. Er öffnete die Tür und sah gerade noch einen Mann mit einem riesigen Regenschirm eiligen Schritts um die nächste Ecke biegen. Auf dem Boden lag eine Visitenkarte, die er unter der Tür hindurchgeschoben hatte:

VICTOR HUGUES
Négociant
à
Port-au-Prince

Carlos verwünschte den Unbekannten und legte sich dann, ohne noch einen Gedanken an ihn zu verschwenden, wieder schlafen. Beim Aufwachen fiel sein Blick auf die Karte, die von einem letzten durch das grüne Glas eines Oberlichts fallenden Sonnenstrahl seltsam grün gefärbt wurde. Und ›die Kleinen‹ waren zwischen den Kisten und Ballen des Salons versammelt, Albertus Magnus seinen Physikexperimenten hingegeben, als die Hand vom Morgen wiederum die Türklopfer in Bewegung setzte. Es war etwa zehn Uhr abends, eine für die jungen Leute frühe, aber für die Bräuche der Stadt späte Stunde. Sofia wurde von einer jähen Furcht gepackt: »Wir können doch hier keinen Fremden empfangen«, sagte sie, zum ersten Mal die Wunderlichkeit alles dessen bemerkend, was sich im natürlichen Rahmen ihrer Existenz zusammengefunden hatte. Außerdem bedeutete einen Unbekannten in das vertraute Labyrinth einlassen so etwas wie Verrat, wie Preisgabe eines Geheimnisses, Zerstörung eines Zaubers. »Um Gottes willen, mach nicht auf!« flehte sie Carlos an, der sich schon mit gereiztem Gesichtsausdruck erhob. Aber es war bereits zu spät: Remigio, vom Türklopfer am großen Tor aus dem ersten Schlaf gerissen, geleitete, einen Leuchter hochhaltend, den Fremdling herein. Sie erblickten einen Mann ohne Alter — er konnte dreißig, vierzig Jahre alt sein, vielleicht aber auch bedeutend jünger —, mit Zügen von einer Unveränderlichkeit, wie frühzeitige Furchen auf Stirn und Wangen sie jedem Gesicht verleihen, Furchen, geprägt von der Beweglichkeit einer Physiognomie, die darin geübt war — und das sollte man schon gleich bei den ersten Worten sehen —, ganz plötzlich von äußerster Spannung in eine ironische Passivität zu verfallen, von hemmungslosem Lachen zu einem eigenwilligen und harten Ausdruck überzuwechseln, in dem sich die herrische Leidenschaft widerspiegelte, anderen die eigene Meinung und Überzeugung aufzuzwingen. Im übrigen vervollständigten die von der Sonne stark gebräunte Haut und das der neuen Mode entsprechend auf zerzaust gekämmte Haar den Eindruck einer gesunden, kräftigen Erscheinung. Die Kleider waren ein wenig zu knapp für den wuchtigen Rumpf mit muskelschwellenden Armen, der auf zwei festen, mit sicherem Schritt auftretenden

Beinen stand. Waren seine Lippen plebejisch und sinnlich, so leuchteten die sehr dunklen Augen mit herrischer, fast hochmütiger Intensität. Eine eigenständige Persönlichkeit, die aber sowohl Sympathie wie Abneigung einflößen konnte. (›Nur solche Bauernlümmel‹, dachte Sofia, ›können so laut an ein Haus klopfen, wenn sie eingelassen werden wollen.‹) Nachdem sich der späte Besucher mit steifer Höflichkeit verneigt hatte, die kaum die Unhöflichkeit seines hartnäckigen und lärmenden Klopfens vergessen machen konnte, begann er schnell zu sprechen, ohne den anderen Zeit zu einer Bemerkung zu lassen, indem er erklärte, er trage Briefe für den Vater bei sich, von dessen Klugheit man ihm Wunderdinge berichtet habe; die Zeiten verlangten nach neuen Beziehungen und neuem Handelsaustausch, und die Kaufleute hier am Ort, mit ihrem Recht auf freien Handel, müßten sich mit denen auf den anderen Karibischen Inseln zusammentun, und er habe, als bescheidenes Geschenk, einige Flaschen Wein von einer hier noch unbekannten Eigenart mitgebracht, und ... Als er die von den dreien ihm laut zugeschriene Mitteilung vernahm, daß der Vater schon seit langer Zeit tot und begraben sei, hielt der Fremdling – der sich in einem anmutigen Kauderwelsch ausdrückte, etwas Spanisch, viel Französisch, durchsetzt mit englischen Redewendungen – mit einem bekümmerten »Oh!« inne, so enttäuscht, so jäh in seiner Suada unterbrochen, daß die anderen, ohne daran zu denken, daß Lachen in diesem Augenblick nicht angebracht war, laut herausplatzten. Alles kam so schnell, so unerwartet, daß der Kaufmann aus Port-au-Prince, plötzlich verwirrt, in das Lachen der anderen einstimmte. Ein »Mein Gott!«, das Sofia entfuhr, die sich der Pietätlosigkeit bewußt geworden war, zog die Gesichter in die Länge. Aber die Stimmung hatte sich entspannt. Der Besucher trat näher, ohne dazu aufgefordert worden zu sein und als finde er an dem Bild der Unordnung, welches das Haus bot, nichts Ungewöhnliches und auch nicht an der seltsamen Aufmachung Sofias, die zum Spaß ein Hemd von Carlos angezogen hatte, dessen Schöße ihr bis an die Knie reichten. Er versetzte dem Porzellan einer großen Ziervase einen fachmännischen Stüber mit dem Fingerknöchel, fuhr streichelnd über die Leydener

Flasche, lobte die feine Ausführung eines Kompasses, stieß die Wasserschraube an, daß sie sich drehte, etwas von den Hebeln murmelnd, die die Welt in Schwung bringen, und begann von seinen Reisen zu erzählen, die er als Schiffsjunge im Hafen von Marseille begonnen hatte, wo sein Vater — und ihn hielt er hoch in Ehren — Bäckermeister gewesen war. »Die Bäcker sind für die Gesellschaft sehr nützlich«, bemerkte Esteban, erfreut darüber, einen Fremden vor sich zu haben, der sich beim Betreten dieses Landes nicht einer vornehmen Abkunft rühmte. »Straßen pflastern ist mehr wert als Porzellanblumen herstellen«, erwiderte der andere mit einem klassischen Zitat, ehe er von seiner aus Martinique stammenden Amme sprach, einer richtigen Negerin, die so etwas wie eine Vorankündigung seiner zukünftigen Reiserouten gewesen war, denn obwohl er in seiner Jugend von den Straßen Asiens träumte, hatten alle Schiffe, die ihn an Bord nahmen, die Antillen oder den Golf von Mexiko zum Ziel. Er erzählte von den Korallenwäldern der Bermudas, vom Reichtum Baltimores, vom Mardi Gras in New Orleans, der dem von Paris gleichkam, von dem Branntwein aus Brunnenkresse und Minze, den es in Veracruz gab, ehe er weiter hinunter zum Golf von Paria gelangte, an der Perleninsel und dem fernen Trinidad vorüber. Zum Steuermann befördert, war er bis ins entlegene Paramaribo gekommen, einer Stadt, die gewiß von vielen anderen beneidet werden konnte, die sich etwas einbildeten — und dabei deutete er auf den Fußboden —, denn sie hatte breite Alleen mit Orangen- und Zitronenbäumen, deren Stämme man des schöneren Aussehens wegen mit Muscheln schmückte. An Bord der ausländischen Schiffe, die am Fuße des Forts Zeelandia vor Anker lagen, wurden rauschende Bälle gegeben, und dabei — das sagte er mit einem Augenzwinkern zu den beiden Jünglingen hin — sparten die Holländerinnen nicht mit Beweisen ihrer Gunst. Alle Weine und Liköre der Welt kostete man in dieser schillernden Kolonie, bei deren Festmählern mit Halsbändern und Armreifen geschmückte Negerinnen bedienten, die Röcke aus indischem Tuch und eine leichte, fast durchsichtige, über den zitternden, harten Brüsten zusammengesteckte Bluse trugen — und um Sofia zu besänftigen, die über dieses Bild schon die Stirn runzelte, zitierte er ihr einen sehr gelegen kommenden französischen Vers, der auf die persischen Sklavinnen anspielte, die am Hofe Sardanapals in ähnlichem Gewand umherliefen. »Danke«, sagte das Mädchen zwischen den Zähnen, wenn sie auch das Geschick anerkannte, mit dem er ihren aufkeimenden Unmut pariert hatte. Im übrigen — fuhr er, den Breitengrad wechselnd, fort — stellten die Antillen ein herrliches Archipel dar, wo man die seltensten Dinge fand: an einsamen Gestaden zurückgelassene riesige Anker, Häuser, die mit Eisenketten am Fels befestigt waren, damit sie der Zyklon nicht ins Meer hinausriß, einen großen sephardischen Friedhof auf Curaçao, Inseln, bewohnt von Frauen, die Monate und Jahre hindurch allein lebten, während die Männer auf dem Kontinent arbeiteten, versunkene Galeonen, versteinerte Bäume, phantastische Fische und auf der Insel Barbados das Grab eines Nachkommens Konstantins XI., des letzten Kaisers von Byzanz, dessen Geist sich in Sturmnächten einsamen Wanderern zeigte ... Plötzlich fragte Sofia den Gast ganz ernst, ob er in den tropischen Meeren Sirenen gesehen habe. Und ehe der Fremde noch antworten konnte, zeigte ihm das Mädchen eine Seite aus ›Entzückendes Holland‹, einem alten Buch, in dem berichtet wurde, daß einmal nach einer Sturmflut, die die Deiche Westfrieslands zerbrochen hatte, eine halb im Schlick steckende Meerfrau aufgetaucht war. Man hatte sie nach Haarlem gebracht, mit Kleidern versehen und sie spinnen gelehrt. Aber noch nach vielen Jahren sprach sie die Landessprache nicht und fühlte sich immer zum Wasser hingezogen. Ihr Weinen war wie die Klage einer Sterbenden ... Durch diese Begebenheit nicht im mindesten erschüttert, erzählte der Gast von einer Sirene, die man vor Jahren im Maroní gefunden hatte. Sie war von einem Major Archicombie, einem sehr geschätzten Militär, in einem Bericht an die Pariser Akademie der Wissenschaften beschrieben worden. »Ein englischer Major kann sich nicht irren«, setzte er mit fast störendem Ernst hinzu. Carlos, der merkte, daß der Gast in Sofias Wertschätzung einige Punkte gewonnen hatte, brachte die Rede wieder auf das Thema der Reisen. Aber jetzt wußte er nur von Basse-Terre auf Guadeloupe zu erzählen, mit seinen sprudelnden Quellen und seinen Häusern, die an die Häuser von Rochefort und La Rochelle erinnerten – kannten die jungen Leute Rochefort und La Rochelle nicht? ... »Das muß gräßlich sein«, sagte Sofia. »Natürlich werden wir uns auch an diesen Orten ein paar Stunden aufhalten, wenn wir nach Paris fahren. Erzählen Sie uns lieber von Paris, das Sie doch gewiß ganz genau kennen.« Der Fremde warf ihr einen Blick von der Seite zu und erzählte, ohne auf ihre Bemerkung einzugehen, wie er von Pointe-à-Pitre nach Santo Domingo gefahren war in der Absicht, dort ein Handelsgeschäft zu eröffnen, und wie er sich dann schließlich in Port-au-Prince niedergelassen hatte, wo er jetzt einen gutgehenden Laden besaß: einen Laden mit vielen Waren, Häuten, Pökelfleisch (»Wie schrecklich!« rief Sofia aus), Fässern, Gewürzen – »mehr oder weniger *comme le vôtre*«, betonte er auf französisch – mit dem Daumen über die Schulter hinweg zur Trennwand zeigend, eine Geste, die das Mädchen für den Gipfel der Frechheit hielt. »Um den kümmern wir uns nicht selbst«, bemerkte sie. »Es wäre auch keine *leichte* und *mühelose* Arbeit«, gab er zurück, worauf er davon berichtete, daß er gerade von Boston komme, einem bedeutenden Handelszentrum, wo man Weizenmehl beträchtlich billiger einkaufen konnte als in Europa. Er erwartete jetzt eine größere Schiffsladung, die er zum Teil hier am Platze abstoßen, zum Teil nach Port-au-Prince weiterdirigieren wollte. Carlos war im Begriff, den Fremdling höflich zu verabschieden, der nach der interessanten autobiographischen Einleitung auf das verhaßte Thema des Kaufs und Verkaufs abschweifen wollte, als der andere wie einer, der sich ganz zu Hause fühlt, vom Sessel aufstand und auf die in einem Winkel aufgestapelten Bücher zuschritt. Er griff nach einem Band und gab mit großem Nachdruck seine Befriedigung zu erkennen, als er den Namen des Autors mit irgendeiner fortschrittlichen Idee auf dem Gebiet der Politik oder Religion in Verbindung bringen konnte. »Ich sehe, Sie sind sehr *au courant*«, sagte er, den Widerstand der anderen beschwichtigend. Gleich darauf zeigten sie ihm die Ausgaben ihrer Lieblingsautoren, die der Fremde behutsam befingerte, am Korn des Papiers riechend und am Leder der Einbände. Dann wandte er sich den Geräten des

Physikkabinetts zu und schickte sich an, einen Apparat zusammenzubauen, dessen Einzelteile über verschiedene Möbelstücke verstreut lagen. »Auch das Ding hier dient zur Navigation«, sagte er. Und da es sehr warm war, bat er um die Erlaubnis, in Hemdsärmeln dasitzen zu dürfen, was er auch tat, vor den erstaunten Augen der jungen Leute, die ein wenig entgeistert waren über die Selbstverständlichkeit, mit der er in eine Welt eindrang, die ihnen an diesem Abend äußerst ungewohnt vorkam, als sich auf einmal neben dem ›Druidensteig‹ oder dem ›Schiefen Turm‹ eine fremde Gegenwart zeigte. Sofia wollte ihn zum Essen einladen — nur zögerte sie noch, weil sie sich schämte, offenbaren zu müssen, daß man bei ihnen um Mitternacht ein Mahl einnahm, das aus Speisen bestand, die im allgemeinen auf den Mittagstisch gehörten — als der Fremde, einen Quadranten justierend, der ihnen bis dahin ein Geheimnis gewesen war, mit einer Kopfbewegung zum Eßzimmer hindeutete, wo der gedeckte Tisch stand, den er schon beim Eintreten bemerkt hatte. »Ich habe meinen eigenen Wein dabei«, sagte er. Und er ging hinaus und holte die Flaschen, die er vorhin im Patio auf einer Bank abgestellt hatte, baute sie zeremoniös auf dem Tischtuch auf und lud die anderen ein, Platz zu nehmen. Von neuem erregte sich Sofia über die Ungezwungenheit, mit der sich dieser Eindringling im Hause die Allüren eines pater familias anmaßte. Aber die Jünglinge kosteten bereits einen elsässischen Most mit solchem Vergnügen, daß sie, an den armen Esteban denkend — er war in der letzten Zeit sehr krank gewesen und schien sich über die Gegenwart des Gastes sehr zu freuen —, die Haltung der vornehmen, höflichen Dame annahm und dem Fremden, den sie mit zischelndem Akzent »Monsieur Jiug« nannte, die Kredenzteller weiterreichte. »Üüüüüg«, berichtigte sie der andere, einen mündlichen Zirkumflex auf jedes einzelne ›ü‹ setzend, um dann abrupt mit dem ›g‹ zu enden, ohne daß Sofia jedoch ihre Aussprache verbesserte. Obwohl sie ganz genau wußte, wie der Name auszusprechen war, genoß sie boshaft das Vergnügen, ihn jedesmal neu zu entstellen, so daß ein ›Iug‹, ein ›Juk‹, ein ›Uges‹ daraus wurde und schließlich zungenbrecherische Wortgebilde herauskamen, die zu guter Letzt lautes

Lachen herausforderten bei Pasteten und Karwochenkuchen, welche Rosaura mitgebracht hatte und die Esteban auf einmal daran erinnerten, daß Ostersamstag war. »*Les cloches! Les cloches!*« rief der Gast aus, mit verärgertem Zeigefinger nach oben deutend, um auszudrücken, daß die Glocken und Glöckchen der Stadt am Morgen zuviel geläutet hatten. Dann holte er einen anderen Wein – diesmal einen Arbois –, den die ein wenig beschwipsten Jünglinge, über der Flasche ein Kreuzeszeichen schlagend, lärmend begrüßten. Als die Gläser geleert waren, gingen sie in den Patio hinaus. »Was ist da oben?« fragte Monsieur Jiug, auf die breite Treppe zugehend. Und schon stand er im anderen Stockwerk, nachdem er, immer zwei Stufen auf einmal nehmend, hinaufgeeilt war, und zeigte sich in der Galerie unter dem Dach, zwischen deren Säulen eine hölzerne Geländerschwelle entlanglief. »Wenn er es wagt, mein Zimmer zu betreten, treibe ich ihn mit Fußtritten hinaus«, murmelte Sofia. Doch der ungenierte Besucher näherte sich einer letzten, nur angelehnten Tür, die er leicht anstieß. »Das ist so eine Art Bodenkammer«, sagte Esteban. Und er war es, der jetzt, den Leuchter in die Höhe haltend, einen alten Salon betrat, den er seit Jahren nicht mehr aufgesucht hatte. Koffer, Kisten, Kasten und Reisetaschen standen an den Wänden, in einer Anordnung, die einen eigenartigen Kontrast darstellte, wenn man an das Durcheinander dachte, das im Untergeschoß herrschte. Im Hintergrund stand ein Sakristeischrank, dessen Holz wegen seiner herrlichen Maserung Monsieur Jiugs Aufmerksamkeit erweckte: »Solide Arbeit ... Sehr schön.« Damit man das Solide auch befühlen konnte, öffnete Sofia das Möbelstück und wies auf die Dicke des Türflügels hin. Doch jetzt interessierte sich der Fremde mehr für die alten Kleider, die an einer Metallstange hingen: Kleider, die Angehörigen der mütterlichen Seite der Familie gehört hatten, von der das Haus einst erbaut worden war. Da war das Gewand eines Akademiemitglieds, eines Prälaten, eines Schiffsfähnrichs, eines Richters; da waren Großmütterkleider, verblichene Atlasstoffe, strenge Gehröcke, Ballkleider mit Spitzeneinsatz, vom Salpeter grün gefärbte Gewänder aus Musselin, Perkal und feinem Kattun; Masken von früher: Schäferin, Kartenschlägerin, Inkaprinzessin, alte Dame. »Herrlich zum Darstellen von Gestalten aus der Geschichte!« rief Esteban. Und jäh von der gleichen Idee gepackt, begannen sie diese verstaubten Reliquien unter großem Mottengeschwirr über das gewachste Geländer aus Mahagoniholz hinunterzuwerfen. Kurz darauf führten die vier im Großen Salon, der zum Theater geworden war, ihre Rollen auf, wobei sie diese abwechselnd darstellen und erraten mußten: man brauchte nur die Kleidungsstücke ein wenig zu vermischen, ihre Form mit Stecknadeln zu verändern, anzunehmen, daß ein Schlafrock eine römische Toga oder eine antike Tunika war, und schon war ein Held aus Geschichte oder Roman charakterisiert mit Hilfe eines Fältelkragens, der einen Lorbeerkranz, einer Pfeife, die eine Pistole, und eines in den Gürtel gesteckten Stocks, der einen Degen darstellte. Monsieur Jiug, dem es offenbar die Antike angetan hatte, präsentierte sich als Mucius Scaevola, Gaius Gracchus und Demosthenes – der Demosthenes war schnell identifiziert, als man ihn in den Patio hinausgehen sah, um Steinchen aufzusammeln. Carlos, mit Flöte und Pappdreispitz, wurde als Friedrich der Große eingestuft, wie sehr er auch zu beweisen suchte, daß er den Flötisten Quantz hatte darstellen wollen. Esteban holte einen Spielzeugfrosch aus seinem Zimmer und ahmte die Experimente Galvanis nach – womit seine Schauspielkünste ein Ende fanden, weil ihn der Staub in den Kleidern zu einem allzu gefährlichen Niesen veranlaßte. Sofia, überzeugt davon, daß Monsieur Jiug mit spanischen Dingen wenig vertraut war, trat boshafterweise als Ines de Castro, Johanna die Wahnsinnige und ›La ilustre Fregona‹ auf, und zu guter Letzt machte sie sich so häßlich wie möglich, verzerrte das Gesicht zu einem blöden Ausdruck, um einer Gestalt Leben einzuhauchen, die trotz heftiger Proteste der anderen drei ›irgendeine bourbonische Infantin‹ sein sollte. Als der Morgen schon heraufdämmerte, schlug Esteban ein ›großes Massaker‹ vor. Sie hängten die Gewänder an dünnen Drähten auf, die sie zwischen den Palmstämmen gespannt hatten, liehen ihnen groteske Gesichter aus bemaltem Papier und bemühten sich alle vier, sie mit Bällen herunterzuwerfen. »Auf sie!« schrie Esteban, das Zeichen zum Angriff gebend. Und da fielen sie herunter, die Prälaten und Hofdamen und Schäfer, unter lautem Gelächter, das aus dem engen Patio heraus die ganze Straße hinunterhallte ... Der Tag überraschte sie mitten in diesem Treiben, und sie waren des Spiels noch nicht müde und schleuderten, der fröhlichsten Wildheit hingegeben, Briefbeschwerer, Kasserollen, Blumentöpfe und Nachschlagewälzer nach den Kleidern, welche die Bälle noch nicht heruntergerissen hatten. »Auf sie!« schrie Esteban. »Auf sie!« ... Remigio wurde schließlich beauftragt, den Gast ins nahe Hotel zu fahren. Der Franzose verabschiedete sich unter herzlichen Freundschaftsbeteuerungen und mit dem Versprechen, am Abend wieder vorzusprechen. »Er ist schon jemand«, sagte Esteban. Aber jetzt mußten alle schwarze Kleidung anlegen und in die Espíritu-Santo-Kirche gehen, wo eine weitere Messe für den Seelenfrieden des Vaters gelesen wurde. »Und wenn wir nicht hingehen?« schlug Carlos gähnend vor. »Die Messe wird sowieso gelesen.« — »Ich gehe allein«, sagte Sofia streng. Nach kurzem Zögern jedoch berief sie sich innerlich auf das unmittelbare Bevorstehen eines sehr natürlichen Unwohlseins, zog in ihrem Zimmer die Vorhänge zu und legte sich ins Bett.

5

Victor, wie sie ihn jetzt schon nannten, kam Abend für Abend ins Haus und erwies sich als sehr geschickt auf den verschiedensten Gebieten. Einmal drängte es ihn, die Hände in den Teigtrog zu stecken und Hörnchen zu backen, die seine Kenntnisse in der Bäckerkunst kundtaten. Bei anderen Gelegenheiten komponierte er herrliche Soßen, zu denen er die am wenigsten zueinander passenden Ingredienzen verwandte. Unter Zuhilfenahme von Fenchel und gemahlenem Pfeffer verwandelte er kaltes Fleisch in ein moskowitisches Gericht, setzte allen Speisen heißen Wein und Gewürze zu und gab ihnen dann pompöse Namen, die das Gedächtnis berühmter Köche wachhielten. Als unter verschiedenen ausgefallenen Büchern, die man aus Madrid bezogen hatte, die ›Arte Scisoria‹ des Marqués de Villena zum Vorschein kam, war dies der Anlaß für eine Woche der nittelalterlichen Zubereitung, bei der jede Kalbslende als Stück edlen Jagdwilds diente. Victor baute außerdem die kompliziertesten Apparate des Physikkabinetts zusammen – sie funktionierten schon fast alle –, demonstrierte an ihnen Theorien, analysierte das Spektrum, brachte deutlich sichtbare Funken zum Vorschein und dozierte über das alles in jenem pittoresken Spanisch, das er sich auf seinen Fahrten im Golf von Mexiko und zu den Karibischen Inseln angeeignet hatte und dem sich täglich und mühelos neue Worte und Redewendungen hinzugesellten. Gleichzeitig übte er mit den jungen Leuten die Aussprache des Französischen ein, indem er sie eine Seite aus einem Roman oder, was noch besser war, eine Komödie lesen ließ, mit verteilten Rollen, beinahe wie im Theater. Und laut mußte Sofia lachen, als Esteban einmal im Abenddämmerschein, der für sie das Morgengrauen war, mit starkem, seinem Lehrmeister abgelauschtem meridionalem Akzent die Verse aus ›Le Joueur‹ zitieren hörte:

Il est, parbleu, grand jour. Déjà, de leur ramage
Les coqs ont éveillé tout notre voisinage.

Einmal herrschte schlechtes Wetter, und da lud man Victor ein, in einem der Zimmer des Hauses zu schlafen, und als die anderen am Nachmittag aufstanden – die Hähne der Nachbarschaft steckten schon bald die Köpfe unter die Flügel –, bot sich ihnen ein unglaubliches Schauspiel: mit entblößter Brust und zerrissenem Hemd, schwitzend wie ein schwarzer Lastträger, war der Franzose gerade dabei, die letzten Dinge auszupacken, die monatelang halb verwahrt in ihrer Umhüllung geblieben waren, und die Möbelstücke, Draperien und Schmuckvasen mit Remigios Hilfe nach seinem Geschmack anzuordnen. Der erste Eindruck war ein enttäuschender, melancholischer. Eine ganze Bühnenkulisse von Träumen stürzte ein. Allmählich jedoch begannen die jungen Leute an dieser unverhofften Verwandlung ihr Vergnügen zu finden, die Winkel erwiesen sich als geräumiger, das Licht als heller – und sie entdeckten die weiche Höhlung eines Lehnstuhls, die reine Einlegearbeit einer Anrichte, die warmen Schattierungen des Coromandelholzes. Sofia wanderte von einem Zimmer ins andere, sie schritt wie durch ein neues Haus und betrachtete sich in unbekannten

Spiegeln, die, einander gegenüber aufgestellt, ihr Bild bis in nebelhafte Fernen vervielfachten. Und da einige Winkel von der Feuchtigkeit Flecke bekommen hatten, stieg Victor auf eine Handleiter und pinselte hier und dort Farbe hin, wobei er sich Augenbrauen und Backen bespritzte. Von einem plötzlichen Ordnungsfieber gepackt, stürzten sich die anderen auf das, was noch in den Kisten war, rollten Teppiche aus, falteten Vorhänge auseinander, fischten Porzellan aus dem Sägemehl und warfen alles Zerbrochene in den Patio — wobei sie es vielleicht bedauerten, daß es nicht mehr Scherben gab, die sie an der Zwischenwand zerschellen lassen konnten. Es gab an jenem ›Morgen‹ ein großes Galaabendessen im Eßzimmer, das man sich in Wien gelegen dachte, weil Sofia seit einiger Zeit mit Leidenschaft lobende Artikel über die Marmorkunstwerke, Kristallwaren und Glasperlen dieser Stadt las, die musikalisch war wie keine andere und unter dem Zeichen der Stephanskirche stand, deren Schutzpatron an einem 26. Dezember geboren sein sollte ... Dann gab es einen Botschafterball vor den schräggeschliffenen Spiegelglasscheiben des Salons, beim Klang der Flöte, gespielt von Carlos, dem es bei solch außergewöhnlicher Festlichkeit gleich war, was die Nachbarn dachten. Auf Kredenztellern wurde ein Punsch mit Schaum aus Zimtstaub serviert, den der Ratgeber Seiner Majestät zubereitet hatte, während Esteban, als mißgelaunter ordengeschmückter Dauphin auftretend, bemerkte, daß alle bei diesem Fest sehr schlecht tanzten — Victor, weil er umherhopste wie ein Seemann an Deck, Sofia, weil die Nonnen sie nicht tanzen gelehrt hatten, Carlos, weil er, zum Klang seiner eigenen Musik sich drehend, wie ein kreiselnder Automat wirkte. »Los!« schrie Esteban und bombardierte sie mit Haselnüssen und Zuckererbsen. Doch schlecht bekamen dem Dauphin seine Späße, denn plötzlich kündete das Pfeifen seiner Luftröhre eine neue Krise an. Minutenlang war sein Gesicht von Falten verzerrt, jäh gealtert in einem Krampf des Leidens. Schon traten ihm am Hals die Adern hervor, und er spreizte die Knie, so weit es ging, die Ellenbogen vorstoßend, die Schultern hochziehend und nach einer Luft verlangend, die er im ganzen weiten Haus nicht fand ... »Wir müssen ihn irgendwohin bringen, wo es nicht so heiß ist«, sagte Victor.

(Daran hatte Sofia nie gedacht. Der Vater hätte es, streng wie er war, zu seinen Lebzeiten nie geduldet, daß jemand nach der Stunde des Rosenkranzes das Haus verließ.) Victor nahm den Asthmakranken in die Arme und trug ihn zum Wagen, während Carlos Kummet und Geschirr des Pferdes vom Haken griff. Und so sah sich Sofia zum ersten Mal im Freien, zwischen Häusern, denen die Nacht ein größeres Maß an Tiefe verlieh, höhere Säulen, eine ausschwingendere Breite der Dächer, deren Vorsprünge an den Ecken Fenstergitter überragten, die abgeschlossen waren von einer Lyra, einer Sirene oder von Ziegenköpfen, deren Eisen seine Schatten warf auf irgendein Wappen voller Schlüssel, Löwen oder Jakobsmuscheln. Sie fuhren auf die Allee hinaus, wo noch einige Lampen brannten. Seltsam verlassen leuchtete sie, mit ihren geschlossenen Läden, ihren schattendunklen Arkaden, den stummen Brunnen und den Lichtern in den Kronen der Schiffsmaste, die mit Waldesdichte hinterm Kai aufragten. Über dem Geräusch des ruhigen, von dem Pfahlwerk der Molen in seinem stillen Gang gebrochenen Wassers schwebte ein Geruch nach Fisch, Öl und Meeresfäulnis. In einem der schlafenden Häuser rief eine Kuckucksuhr, und der Nachtwächter sang die Stunde aus, in seinem Ruf den Himmel als klar und wolkenlos bezeichnend. Nach drei langsamen Runden gab Esteban durch ein Zeichen zu erkennen, daß er gern noch ein Stück weitergefahren wäre. Der Wagen schwenkte um zur Werft, wo die im Bau befindlichen Schiffe mit ihrem Rippenwerk riesige Fossilien hätten sein können. »Nicht dorthin«, sagte Sofia, als sie sah, daß man schon über die Deiche hinaus war und die Knochengerüste der Schiffe zurückblieben und sich immer mehr Menschen verdächtigen Aussehens zeigten. Ohne auf den Zuruf zu achten, schlug Victor dem Pferd mit der Peitsche leicht auf die Hinterbacken. In der Nähe waren Lichter, und als sie um eine Ecke bogen, gerieten sie in eine von lärmenden Seeleuten bevölkerte Gasse, wo aus den geöffneten Fenstern verschiedener Tanzsäle Musik und Lachen herausdrangen. Zum Takt von Trommeln, Flöten und Geigen tanzten Paare mit einer Schamlosigkeit, daß Sofia das Blut in die Wangen stieg und das Mädchen stumm dasaß, empört, aber ohne den Blick wenden zu können von diesem Menschengewühl in den Räumen, das von der schrillen Stimme der Klarinetten beherrscht wurde. Mulattinnen sah man, die die Hüften wiegten und sich jedem von hinten zeigten, der ihnen folgte, um geschickt der hundertmal herausgeforderten Handbewegung auszuweichen. Auf einem Gerüst stampfte eine Negerin, die die Röcke bis über die Oberschenkel hochgezogen hatte, mit den Füßen den Rhythmus einer Guaracha mit dem ewigen absichtsvollen Kehrreim »Wann, Schätzchen, wann?« Eine Frau zeigte für ein Maß Wein ihre Brüste, neben einer anderen, die auf einem Tisch lag, die Strümpfe zum Dach hinaufwarf und die Schenkel aus den Röcken streifte. Männer jeden Aussehens und jeder Hautfarbe suchten, die Hand auf eine weibliche Hinterbacke gedrückt, die Tiefe der Tavernen auf. Victor, der den Betrunkenen mit der Geschicklichkeit eines Kutschers auswich, schien dieses liederliche Treiben zu genießen, er erkannte die Nordamerikaner an der Art, wie sie hin und her schwankten, die Engländer an ihren Liedern, die Spanier daran, daß sie den Rotwein in Lederflaschen oder langhalsigen Gefäßen mit seitlichem Trinkrohr bei sich führten. Vor dem Eingang eines üblen Hauses sprachen Dirnen die Passanten an, ließen sich betasten, umarmen, in die Höhe heben; eine von ihnen, von einem schwarzbärtigen Riesen auf eine Lagerstätte gepreßt, hatte nicht einmal Zeit gehabt, die Tür zu schließen. Eine andere entkleidete einen schmalbrüstigen Schiffsjungen, der so betrunken war, daß er nicht mehr mit seinen Kleidern zurechtkam. Sofia hätte am liebsten laut aufgeschrien vor Ekel, vor Empörung, aber mehr noch um Carlos' und Estebans als um ihrer selbst willen. Diese Welt war ihr so fremd, daß sie sie wie eine höllische Vision betrachtete, die mit den ihr bekannten Welten nicht das geringste zu tun hatte. Sie hatte nichts zu schaffen mit dem lockeren Treiben dieses Menschengewimmels ohne Glaube und Gesetz. Sie bemerkte aber, daß dem Gesichtsausdruck der Männer an ihrer Seite etwas Unruhiges, Eigenartiges, Erwartungsvolles — um nicht zu sagen Billigendes — innewohnte, das sie bestürzte. Es war, als fänden sie ›das‹ keineswegs so abstoßend wie sie, Sofia; als gäbe es zwischen ihren Sinnen und diesen den Wesen des normalen Universums fremden Leibern eine Spur von Einverständnis. Sie stellte sich Esteban, Carlos bei diesem Tanz, in jenem Haus vor, auf einem elenden Lager ruhend, ihren reinen Schweiß den scharfen Ausdünstungen dieser Weiber gesellend . . . Sie richtete sich auf, entriß Victor die Peitsche und versetzte dem Pferd einen solchen Hieb, daß das Tier im Sprung davongaloppierte und die Deichsel die Metallbecken einer Garköchin umstieß. Heißes Öl, Fische, Krapfen und Pasteten ergossen sich über den Boden, worauf ein Hund zu jaulen begann, der verbrüht worden war und sich nun im Staub wälzte und noch dazu an Glasscherben und Pargofischdornen das Fell aufriß. Die ganze Gasse geriet in Aufruhr, und mehrere Negerinnen liefen hinter dem Wagen her, bewaffnet mit Stangen, Messern und leeren Flaschen, und warfen Steine, die auf die Dächer klatschten und beim Abprall Ziegelsplitter losschlugen. Und als sie sahen, daß ihnen der Wagen entkam, riefen sie den Davoneilenden Schimpfworte nach, die in ihrer erschöpfenden, unübertrefflichen Lästerung und Frechheit fast zum Lachen reizten. »Was ein Fräulein so alles zu hören bekommt«, sagte Carlos, als sie auf einem Umweg wieder die Allee erreicht hatten. Vor dem Haus angelangt, verschwand Sofia in den Schatten des Patios, ohne gute Nacht zu sagen.

Victor stellte sich wie üblich am späten Nachmittag ein. Nach einer vorübergehenden Besserung war Estebans Anfall im Laufe des Tages immer heftiger geworden und hatte solche Erstickungskrämpfe mit sich gebracht, daß man schon daran dachte, einen Arzt zu holen – ein außerordentlich schwerwiegender Entschluß, wußte doch der Kranke, durch häufige Erfahrung gewitzigt, daß die Apothekerrezepte, wenn sie überhaupt eine Wirkung hatten, seinen Zustand nur verschlimmerten. An seinem Fenstergitter hängend, mit dem Gesicht zum Patio, hatte sich der Jüngling in seiner Verzweiflung aller Kleider entledigt. Rippen und Schulterblätter standen ihm so weit ab, fast außerhalb der Haut, daß sein Körper an gewisse gedärmlose, nur noch aus dem zähen Balg über dem Skelett bestehende liegende Bildstatuen spanischer Grabmäler erinnerte. Im Ringen um den Atem besiegt, ließ sich Esteban zu Boden sinken, an die Wand gelehnt, mit dunkelviolettem Gesicht, die Fingernägel fast schwarz, und blickte die anderen mit den Augen eines

Sterbenden an. Der rasende Puls klopfte in seinen Adern. Sein ganzer Körper war von einer wächsernen Schicht überzogen, während die Zunge, die keinen Speichel fand, auf Zähne drückte, die in ihrem weißen Zahnfleisch zu wackeln begannen ... »Wir müssen etwas tun!« rief Sofia. »Wir müssen doch etwas tun ...!« Nach einigen Minuten scheinbarer Gleichgültigkeit verlangte Victor, wie von einem schwierigen Entschluß getrieben, nach dem Wagen und kündigte an, er werde jemand holen, der sich zur Überwindung der Krankheit außergewöhnlicher Kräfte rühmen könne. Nach einer halben Stunde kehrte er zurück in Gesellschaft eines mit bemerkenswerter Eleganz gekleideten Mestizen von kräftigem Aussehen, den er als Doktor Ogé, einen ihm persönlich aus Port-au-Prince her bekannten ausgezeichneten Arzt und Philanthropen, vorstellte. Sofia verneigte sich ein wenig vor dem Neuankömmling, ohne ihm die Hand zu reichen. Er konnte sich auf die relativ helle Färbung seiner Haut wohl etwas einbilden: sie war wie eine dem Gesicht mit den breiten Nasenflügeln und dem reich gelockten Haar aufgeklebte Maske. Wer Neger war, wer etwas vom Neger hatte, war für sie gleichbedeutend mit Diener, Lastträger, Kutscher oder Straßenmusikant – wenn auch Victor, durch die unfreundliche Geste gewarnt, erklärte, daß Ogé, Sproß einer wohlhabenden Familie auf Saint-Domingue, in Paris studiert habe und Titel besitze, die seine Gelehrsamkeit bestätigten. Sicher war, daß er über einen äußerst gewählten Wortschatz verfügte – er benutzte altmodische, ungebräuchliche Redewendungen, wenn er französisch sprach, und unterschied, was das Spanische betraf, übertrieben scharf zwischen ›c‹ und ›z‹ –, und fest stand weiterhin, daß er sich in seinem Gebaren um bedingungslose Höflichkeit bemühte. »Aber ... er ist doch ein Neger!« flüsterte Sofia mit pochendem Atemhauch Victor ins Ohr. »Alle Menschen sind gleich geboren«, erwiderte dieser und schob sie mit leichter Handbewegung beiseite. Seine Auffassung versteifte ihren Widerstand noch. Sie akzeptierte diese Vorstellung zwar als humanitäre Spekulation, vermochte aber nicht hinzunehmen, daß ein Neger als Arzt ihres Vertrauens fungierte, noch daß sie den Leib eines Verwandten einem Individuum von gemischter Hautfarbe überließ. Keiner würde einem Neger den Bau eines Palastes, die Verteidigung eines Angeklagten, die Leitung einer theologischen Kontroverse oder die Lenkung eines Staates anvertrauen. Aber Esteban röchelte und rief so verzweifelt, daß sie alle in sein Zimmer eilten. »Lassen wir den Arzt ans Werk gehen«, entschied Victor. »Diesem Anfall muß so oder so abgeholfen werden.« Der Mestize blieb, ohne den Kranken zu untersuchen oder auch nur anzusehen, unbeweglich stehen und sog auf merkwürdige Art die Luft ein. »Es wäre nicht das erste Mal, daß so etwas vorkommt«, sagte er nach einer Weile, und er blickte zu einem kleinen Rundfenster auf, das sich in der Dicke der Wand oben zwischen zwei Balken öffnete, die das Dach stützten. Er fragte, was hinter der Wand sei. Carlos erinnerte sich, daß dort ein kleiner Hofraum lag, sehr feucht, voller alter Möbel und unnützen Geräts, eine Art unüberdachter Korridor, der von der Straße durch ein von Winden überwuchertes Gitter abgetrennt war und den niemand mehr benutzte. Der Arzt bestand darauf, an diesen Ort geführt zu werden. Nachdem man durch das Zimmer Remigios geschritten war, der in der Stadt irgendeinen Arzneitrank holte, wurde eine knarrende, blau bemalte Tür geöffnet. Und dann sah man etwas sehr Überraschendes: in zwei großen parallelen Beeten wuchsen Petersilie und Ginster, Nesseln, Mimosen und Unkraut um mehrere herrlich in Blüte stehende Resedenbüsche herum. Wie auf einem Altar stand eine Sokrates-Büste, die Sofia in ihrer Kindheit einmal im Kontor des Vaters gesehen hatte, in einer Nische, umgeben von seltsamen Opfergaben, ähnlich denen, wie sie gewisse mit Zauberei sich abgebende Leute bei ihren Beschwörungen benutzten: Tassen und Schalen mit Maiskörnern, Schwefelsteinen, Schneckenhäusern, Eisenfeilspänen. »*C'est ça*«, sagte Ogé, das Gärtchen betrachtend, als sage es ihm sehr viel. Und von einem jähen Impuls getrieben, begann er die Resedenbüsche mit der Wurzel auszureißen und sie zwischen den Beeten aufzuhäufen. Dann ging er in die Küche, holte eine Schaufel voll glühender Kohlen und zündete ein Feuer an, in das er alles hineinwarf, was in dem kleinen Hofraum wuchs. »Wahrscheinlich haben wir die Wurzel des Übels schon beseitigt«, sagte er, zu einer Erklärung ansetzend, die

Sofia alles in allem wie eine Lektion in Schwarzkunst vorkam. Nach Ogés Ansicht standen gewisse Krankheiten in einem geheimnisvollen Zusammenhang mit dem Wachstum eines Krautes, einer Pflanze oder eines Baumes in der Nähe. Jeder Mensch hatte in irgendeinem pflanzlichen Wesen sein ›Double‹. Und es gab Fälle, in denen dieses ›Double‹ um der eigenen Entfaltung willen dem Menschen, dessen Existenz mit der seinen verknüpft war, Lebensenergien raubte und ihn zur Krankheit verurteilte, wenn es blühte oder Samenkörner trieb: *»Ne souriez pas, Mademoiselle.«* Er, Ogé, hatte das in Saint-Domingue, wo das Asthma Kinder und junge Leute quälte und sie an Erstickung oder Blutarmut zugrunde gehen ließ, mehr als einmal feststellen können. Bisweilen genügte es jedoch, den Pflanzenwuchs zu verbrennen, der den Kranken, ob im Haus oder in der Nähe, umgab, und schon erlebte man die erstaunlichsten Heilerfolge . . . »Hexenkünste«, sagte Sofia. »Es konnte ja auch nicht anders sein.« Da erschien Remigio, und er erregte sich sehr, als er sah, was vor sich ging. Heftig und respektlos schleuderte er seinen Hut zu Boden und rief, man habe *seine* Pflanzen verbrannt; er hege sie seit langer, langer Zeit, um sie auf dem Markt zu verkaufen, denn es handele sich um Arzneipflanzen; man habe ihm seinen mit vieler Mühe akklimatisierten *Caisimón* vernichtet, der zur Heilung aller Unterleibskrankheiten des Mannes diene, wenn man seine Blätter gleichzeitig mit einem Gebet an den heiligen Hermenegild anwende, der vom Sultan der Sarazenen an seinen Geschlechtsteilen gefoltert worden sei; man habe sich mit dieser Tat schwer am Herrn der Wälder versündigt, jenem Wesen, dessen ›Bildnis‹ mit den spärlichen Barthaaren, die es kennzeichneten – und dabei deutete er auf die Sokrates-Büste –, diesen Ort heilige, den niemand für irgend etwas benutzt habe. Und in Tränen ausbrechend, fügte er dann wimmernd hinzu, wenn der selige gnädige Herr ein wenig mehr seinen, Remigios, Kräutern vertraut hätte – er hatte sie ihm angeboten, da er sehr wohl sah, daß es ihm schlecht erging mit dieser seiner letzten Leidenschaft, Frauen ins Haus zu holen, während Carlos auf dem Landgut weilte und Sofia im Kloster lebte und der andere zu krank war, um irgend etwas zu bemerken – wenn er also auf ihn, Remigio, gehört hätte, wäre er nicht auf diese Art gestorben, auf einer Dirne liegend, und dies gewiß nur deshalb, weil er sich zugetraut hatte, was seinem Alter versagt war. »Morgen verläßt du das Haus!« rief Sofia, der häßlichen Szene ein Ende bereitend, benommen, angewidert, unfähig, das ganz zu begreifen, was sich als eine niederschmetternde Enthüllung darstellte . . . Sie kehrten in Estebans Zimmer zurück, wobei Carlos — der die Tragweite dessen, was Remigio gesagt hatte, noch nicht vollständig erfaßte — die Zeit bedauerte, die, wie er meinte, mit unnützen Aufregungen versäumt worden war. Doch mit dem Kranken ging etwas Erstaunliches vor: die eben noch langen und schrillen Pfeifgeräusche seiner Luftröhre setzten ab und zu aus und hörten bisweilen sekundenlang völlig auf. Es war, als söge Esteban jeden Atemzug in kurzen Schlukken ein, und mit dieser Erleichterung kehrten die Rippen und Schulterblätter an ihren Ort innerhalb des eigenen Körperumrisses zurück. »So wie es Menschen gibt, die vom Framboyánbaum und von der Karfreitagsdistel dahingerafft werden«, sagte Ogé, »so wäre dieser hier langsam von den gelben Blüten getötet worden, die sich von seiner Lebenssubstanz ernährten.« Und jetzt setzte er sich vor den Kranken hin, drückte ihm die Knie mit den seinen zusammen und sah ihm mit gebieterischem Blick in die Augen, während seine Hände, mit den Fingern eine Wellenbewegung vollführend, über seine Schläfen ein unsichtbares Fluidum auszugießen schienen. Eine fassungslose Dankbarkeit breitete sich auf dem Gesicht des Patienten aus, einem Gesicht, in dem jetzt der Blutandrang zurückging, das hier und dort erblaßte, so daß an diesen Stellen die anomale Schwellung einer blauen Ader noch sichtbar blieb. Die Methode wechselnd, rieb ihm Ogé jetzt mit der Daumenspitze über den Brauenbogen, wobei beide Hände parallel arbeiteten. Plötzlich ließ er die Hände erstarren, zog sie an sich, schloß die Finger und hielt sie auf der Höhe seiner Wangen in die Luft, als wolle er auf diese Weise eine Ritualhandlung beenden. Esteban ließ sich seitlich auf den Korbdiwan zurückfallen und schwitzte aus allen Poren, von einer jähen schläfrigen Benommenheit befallen. Sofia deckte seinen nackten Leib mit einer Decke zu. »Einen Tee aus Brechwurz und Arnikablättern, wenn er aufwacht«, sagte der Arzt und rückte sich dann den Anzug zurecht vor einem Spiegel, in dem er dem forschenden Blick Sofias begegnete, die ihm mit den Augen folgte. Sehr viel vom Magier, vom Scharlatan wohnte seinen theatralischen Gesten inne, aber mit ihnen hatte er ein Wunder vollbracht. »Mein Freund«, sagte Victor erklärend zu Carlos, während er eine Flasche portugiesischen Weins öffnete, »gehört der ›Harmonie‹ von Cap Français an.« – »Ist das eine musikalische Gesellschaft?« fragte Sofia. Ogé und Victor blickten sich an und fingen wie aus einem Mund laut zu lachen an. Erzürnt über diese unerklärliche Ausgelassenheit kehrte das Mädchen in Estebans Zimmer zurück. Der Kranke schlief fest und schwer und atmete normal, während seine Nägel allmählich wieder ihre gewöhnliche Farbe annahmen. Victor erwartete sie an der Schwelle des Salons: »Das Honorar für den Neger«, sagte er flüsternd. Beschämt über ihre Vergeßlichkeit eilte Sofia in ihr Zimmer und kam mit einem Umschlag zurück, den sie dem Arzt reichte. »*Oh! Jamais de la vie!*« rief der Mestize aus und wies das Angebot mit hochfahrender Geste zurück. Er begann sogleich von der modernen Medizin zu sprechen, die sich seit einigen Jahren durchaus geneigt zeigte, gewisse Kräfte anzuerkennen, die noch nicht genau untersucht waren, aber sehr wohl auf die Gesundheit des Menschen Einfluß nehmen konnten. Sofia warf Victor einen zornigen Blick zu, der aber ins Leere fiel: der Franzose war von Rosaura, der Mulattin, fasziniert, die den Patio durchquerte und dabei mit den von einem ziemlich durchsichtigen blaugeblümten Kleid verhüllten Hüften wackelte. »Wie interessant!« murmelte Sofia, als hätte sie Ogés Vortrag aufmerksam zugehört. »*Plaît-il?*« erwiderte der Arzt ... Ein Palmblatt fiel mitten auf den Boden des Patios mit dem Geräusch eines zerreißenden Vorhangs. Der Wind trug den Geruch des Meeres herüber, eines so nahen Meeres, daß man hätte glauben können, das Wasser müsse sich in alle Straßen der Stadt ergießen. »In diesem Jahr werden wir einen Zyklon bekommen«, sagte Carlos, der beim Anblick eines Thermometers des Albertus Magnus Fahrenheitgrade mit Réaumurgraden in Einklang zu bringen suchte. Es herrschte ein latentes Unbehagen. Die Worte waren von den Gedanken losgelöst. Jeder sprach durch einen Mund, der nicht der seine war, auch wenn der Klang über dem eigenen Kinn herausdrang. Weder interessierte sich Carlos für Albertus Magnus' Thermometer, noch hatte Ogé den Eindruck, daß man ihm zuhörte, noch gelang es Sofia, sich von dem insgeheimen Prickeln einer Gereiztheit zu befreien, die sich gegen Rosaura richtete — und womit sich ihr nur etwas offenbarte, was sie seit langem schon ahnte und was sie die armselige Beschaffenheit des Mannes verachten machte, die ebendiesen Mann außer Stand setzte, das einmalige Dasein des Ledigen oder Witwers mit Würde zu bestehen. Und dieser Ärger auf das schamlose Hausmädchen nahm noch zu, als sie bemerkte, daß die Worte des Negers sie zu dem Eingeständnis veranlaßten, daß sie ihren Vater nie geliebt hatte, dessen nach Süßholz und Tabak schmeckende Küsse, widerwillig ihrer Stirn und ihren Wangen verabreicht, wenn sie nach einem langweiligen sonntäglichen Mittagessen wieder ins Kloster zurückgeschickt wurde, ihr schon seit den Tagen der Pubertät ein Grauen gewesen waren.

6

Sofia kam sich selbst fremd vor, sie war aus dem alten Ich herausgerissen, sie stand auf der Schwelle zu einer Zeit der Wandlungen. Nachmittags hatte sie manchmal den Eindruck, das mehr auf dieses als auf jenes gerichtete Licht verleihe den Dingen eine neue Persönlichkeit. Ein Christus trat aus den Schatten heraus, um sie aus traurigen Augen anzusehen. Ein bis dahin unbeachtet gebliebener Gegenstand rühmte die handwerkliche Kunst seines Schöpfers. Im gemaserten Holz dieser Kommode hier zeichnete sich ein Klipper ab. Jenes Bild dort sprach eine andere Sprache, mit dieser Figur, die plötzlich wie restauriert erschien, mit den Harlekinen, die sich jetzt weniger tief im Laub ihrer Parks versteckten, während die zerbrochenen, aufgeschleuderten, aber noch immer im Raum schwebenden Säulen der ›Explosion in der Kathedrale‹ sie zur Verzweiflung brachten mit ihrer erstarrten Bewegung, ihrem ewigen Fallen, ohne zu fallen. Aus Paris trafen Bücher ein, die man vor Monaten noch heiß begehrt und dringend nach Katalog bestellt hatte, die aber jetzt, noch halb eingepackt, in einem Fach in der Bibliothek liegenblieben. Sie schritt von einem Ding zum anderen, schob die nützliche Arbeit auf, um statt dessen Unnützes auszubessern, klebte die Scherben zerbrochener Schmuckvasen zusammen, säte Pflanzen aus, die in den Tropen nicht wuchsen, ließ sich von einem biologischen Traktat ablenken, um sich darauf einer langweiligen Lektüre voller Patroklos und Äneas hinzugeben, die sie dann wieder im Stich ließ, um in einem Koffer mit Tuchresten zu wühlen, unfähig, bei irgend etwas zu bleiben, mit irgendeinem Teilstück, irgendeiner Haushaltsrechnung oder der — im übrigen unnötigen — Übersetzung einer ›Ode an die Nacht‹ des Engländers Collins zu Ende zu kommen ... Auch Esteban war nicht mehr der gleiche; viele Veränderungen gingen in seinem Charakter und Gebaren vor sich seit der Nacht seiner wunderbaren Heilung — denn Tatsache war, daß ihn seit der Zerstörung des heimlichen Kräutergartens die Krankheit nicht mehr angefallen hatte. Jetzt, da er sich nicht mehr vor nächtlichen Erstickungsanfällen zu fürchten brauchte, war er der erste, der das Haus verließ, und er wachte jeden Tag ein wenig früher auf. Er aß, wann er Lust hatte, ohne auf die anderen zu warten. Eine ständige Gefräßigkeit — Revanche für so viele von den Ärzten verordnete Diäten — trieb ihn in die Küche, wo er in Kochtöpfe guckte, die erste aus dem Ofen gezogene Pastete erwischte und die gerade auf dem Markt gekaufte Frucht verschlang. Der Ananaslimonaden und Mandelmilchgetränke überdrüssig, die sich mit der Erinnerung an sein Leiden verbanden, stillte er zu jeder Tageszeit seinen Durst mit großen Schlucken Rotweins, dessen Farbe ihm allmählich ins Gesicht stieg. Bei Tisch war er unersättlich, vor allem, wenn er allein aß, um die Mittagsstunde, in aufgeknöpftem, an den Armen hochgestreiftem Hemd, arabische Pantoffeln an den Füßen, und, den Nußknacker in der Hand, über einen Teller mit Seemuscheln so ungestüm herfiel, daß die Schalensplitter an die Wände spritzten. Als Morgenrock trug er auf dem nackten Körper, die haarigen Beine unter dem Amarantrot hervorstreckend, ein aus dem Familienkleiderschatz stammendes Bischofsgewand, dessen Atlas ihm angenehm kühl auf dem Leib lag unter dem als Gürtel um die Taille geschlungenen Rosenkranz. Und dieser Bischof war von ständiger Unrast erfüllt – er kegelte in der Patiogalerie, rutschte das Treppengeländer hinunter, zog sich an Brüstungen hoch oder vergnügte sich damit, Uhren schlagen zu lassen, die zwanzig Jahre lang geschwiegen hatten. Sofia, die ihn während seiner Anfälle so oft gebadet hatte, ohne die weichen Schatten anzusehen, die seine Anatomie hier und dort zu schwärzen begannen, hütete sich jetzt, aus einem zunehmenden Schamgefühl heraus, den Altan zu betreten, wenn sie wußte, daß der Jüngling dort im Freien ein Bad nahm und sich anschließend, auf den Ziegelsteinen ausgestreckt und nicht einmal mit einem Tuch bekleidet, von der Sonne trocknen ließ. »Er wird uns zum Mann«, sagte Carlos erfreut. »Zu einem richtigen Mann«, ergänzte Sofia, wohl wissend, daß er sich seit einigen Tagen mit einem Barbiermesser den jungen Flaumbart scherte. Auf den Stufen der Zeit zurückgehend, hatte Esteban den durch die Bräuche des Hauses durcheinandergebrachten Stunden wieder einen Sinn gegeben. Er stand jeden Tag früher auf und nahm schließlich den Morgenkaffee zusammen mit der Dienerschaft ein. Sofia beobachtete sein Tun voller Staunen und erschrak fast ein wenig vor der neuen Persönlichkeit, die sich aus jenem Wesen entwickelte, das vor wenigen Wochen noch ein leidendes, bedauernswertes Dasein geführt hatte und das jetzt, aus der richtig eingeatmeten und wieder ausgeatmeten Luft, von Trägheit und Blutandrang geheilt, Energien bezog, die mit seinen knochigen Schultern, seinen dünnen Beinen, seiner von der langen Krankheit ausgemergelten Silhouette noch schlecht in Einklang standen. Das Mädchen empfand die Unruhe einer Mutter, die an ihrem Sohn die ersten Anzeichen der Männlichkeit bemerkt. An einem Sohn, der immer häufiger seinen Hut nahm, um unter irgendeinem Vorwand durch die Straßen zu schlendern, wobei er im übrigen verschwieg, daß seine Spaziergänge ihn immer zu den Gassen am Hafen oder in die Gegend der Allee und zur alten Kirche führten, die an der Grenze des Werftviertels stand. Schüchtern zuerst, dann sich erkühnend, heute bis zu dieser, morgen bis zur nächsten

Ecke vordringend, die letzten Strecken der Entfernung überwindend, gelangte er schließlich zur Gasse der Spielhöllen und Tanzsäle, die in den Nachmittagsstunden seltsam friedlich dalag. Schon erschienen gerade dem Bett und dem Bad entstiegene Frauen auf den Türschwellen, Tabakrauch einatmend und dem Jüngling spöttische Bemerkungen zuwerfend, der die zudringlicheren unter ihnen floh, um langsamer an denen vorüberzugehen, die ihre Angebote flüsternd vorbrachten, so daß nur er sie hören konnte. Von diesen mit Stimmen begabten Häusern ging ein vermischter Geruch aus, Geruch nach Essenzen und Seifen, nach trägen Körpern, bettwarmen Schlafzimmern, der ihm den Puls schneller schlagen ließ, wenn er daran dachte, daß es nur des Entschlusses einer Sekunde bedurfte, um in diese an geheimnisvollen Möglichkeiten überreiche Welt einzudringen. Zwischen der abstrakten Vorstellung der physischen Vorgänge und dem wirklichen Vollzug des Aktes lag die ungeheure Distanz, die nur das Jünglingsalter ermessen kann – mit dem unbestimmten Gefühl der Schuld, der Gefahr, des Beginns von irgend etwas, das die Tatsache des besitzergreifenden Umarmens eines fremden Körpers einschloß. Zehn Tage hindurch ging er bis zum Ende der Gasse, fast entschlossen, dort einzutreten, wo ein immer lässig auf einem Schemel sitzendes Mädchen das Geschick besaß, schweigend zu warten. Zehn weitere Male ging er vorüber, ohne sich ein Herz zu fassen, während die Frau, überzeugt, ihn heute oder morgen zu bekommen – wußte sie sich doch schon auserwählt –, ihn ohne Drängen erwartete. Eines Nachmittags endlich schloß sich die blaue Tür des Hauses hinter ihm. Nichts was in einem heißen, engen Zimmer geschah, das als einzigen Schmuck an Nägeln hängende Unterröcke aufwies, dünkte ihn besonders wichtig oder außergewöhnlich. Gewisse moderne Romane von einer unerhörten Realistik hatten ihm offenbart, daß die wahre Wollust subtileren und von beiden Seiten geteilten Impulsen gehorchte. Dennoch kehrte er wochenlang täglich an den gleichen Ort zurück; er mußte sich beweisen, daß er ohne Gewissensbisse und physische Hemmungen – allmählich auf andere Körper und die Erfahrung mit ihnen neugierig werdend – imstande war, das zu tun, was die jungen Burschen seines Alters für ganz natürlich hielten. »Wo hat man dir denn dieses gräßliche Parfüm übergegossen?« fragte ihn seine Cousine eines Tages, als sie an seinem Kragen roch. Kurz darauf fand Esteban auf seinem Nachttisch ein Buch vor, das von den schrecklichen, dem Manne als Strafe für seine fleischlichen Sünden geschickten Krankheiten handelte. Der Jüngling behielt das Buch, ohne zu erkennen zu geben, daß er sich angesprochen fühlte.

Sofia hatte sich daran gewöhnt, während langer Nachmittagsstunden allein im Haus zu sein, seit Esteban immer öfter fortging und Carlos, von einer neuen Laune gepackt, die Reitbahn des Marsfeldes aufsuchte, wo ein berühmter Reiter die Künste der spanischen Schule vorführte und den Pferden beibrachte, sich in edler Haltung aufzubäumen, wie man das bei Reiterstandbildern sah, und die Füße mit Anmut im Takt aufzusetzen, wobei er den Zügel auf die portugiesische oder friderizianische Art hielt. Victor stellte sich wie immer gegen Abend ein. An Stelle eines Grußes fragte ihn Sofia stets nach der Mehlsendung aus Boston, die nicht eintreffen wollte. »Wenn sie da ist«, sagte der Kaufmann, »kehre ich nach Port-au-Prince zurück, zusammen mit Ogé, der dort einige Geschäfte zu erledigen hat.« Diese Aussicht erschreckte das Mädchen, dachte sie doch, daß Esteban einen Rückschlag erleiden könnte. »Ogé bildet hier Schüler heran«, sagte Victor, um sie zu beruhigen, wenn er auch nicht mitteilte, wo dieser Unterricht stattfand, noch wie sich der in Fragen der Zulassung sehr strenge Ärzteprüfungsausschuß dazu stellte. Oft zog er über Don Cosme her, den er für einen sehr schlechten Geschäftsmann hielt: »Er ist ein *gagne-petit,* der nicht über seine Nase hinaussieht.« Und obwohl er Sofias Abneigung gegen alles kannte, was sich auf den hinter der Zwischenwand stets gegenwärtigen Laden bezog, gab er ihr immer wieder gute Ratschläge: sie seien noch zu jung, um so ein Geschäft zu führen, sie und ihr Bruder sollten sich von dem Testamentsvollstrecker trennen und die Wahrung ihrer Interessen einer fähigeren Person anvertrauen, die das Geschäft in Schwung brachte. Er zählte sodann die neuen Waren auf, mit denen man jetzt gute Profite erzielen konnte. »Man könnte glauben, mein

Vater spricht – Gott habe ihn selig«, sagte Sofia, um der lästigen Unterhaltung ein Ende zu machen, mit so falsch tönender Stimme, daß schon der Klang allein ihre Ironie ausdrückte. Victor stieß das laute Lachen aus, das bei ihm jeden jähen Stimmungswechsel begleitete, und sprach dann von seinen Reisen – nach Campeche, Marie-Galante oder Dominica –, wobei er sich selbst mit offenkundiger Zufriedenheit zuhörte. Sein Verhalten war eine verwirrende Mischung von Vulgarität und Vornehmheit. Er konnte von der lärmendsten meridionalen Redegewandtheit zu äußerster Wortknappheit überwechseln, je nach der Richtung, die das Gespräch einschlug. Seiner Person schienen mehrere Individuen innezuwohnen. Wenn er von Kauf und Verkauf sprach, gestikulierte er wie ein Geldwechsler, mit Händen, die sich in Waagschalen verwandelten. Kurz darauf vertiefte er sich in ein Buch und verharrte unbeweglich, mit unveränderlich gefurchter Stirn, ohne daß sich die Lider zu bewegen schienen über den dunklen Augen, deren Blick mit seiner Festigkeit die Seiten durchdrang. Wenn es ihn danach gelüstete, Speisen zuzubereiten, wurde er zum Koch, legte sich ausbalancierte Schaumlöffel über die Stirn, machte viereckige Mützen aus irgendeinem Tuch und trommelte auf den Töpfen herum. An gewissen Tagen waren seine Hände hart und geizig – sie hatten dann eine Art, sich um den Daumen zur Faust zu ballen, die Sofia unangenehm vielsagend dünkte. Bei anderen Gelegenheiten waren sie leicht und feinfühlig und streichelten den Gedanken, als wäre er eine im Raum schwebende Kugel. »Ich bin ein Plebejer«, sagte er wie jemand, der sich seines Familienwappens rühmt. Sofia hatte aber bemerkt, daß er, wenn sie lebende Bilderrätsel spielten, gern Gesetzgeber und Tribunen der Antike darstellte, wobei er sich sehr ernst nahm – vielleicht in dem Glauben, ein guter Schauspieler zu sein. Verschiedentlich hatte er darauf bestanden, Episoden aus dem Leben Lykurgs zu spielen, einer Gestalt, die er sehr zu bewundern schien. Klug im Geschäft, Kenner der Vorgänge bei Banken und Versicherungen, Kaufmann von Beruf, trat Victor dennoch für die Aufteilung von Grundbesitz und Eigentum, für die Erziehung der Kinder durch den Staat, die Abschaffung des Vermögens und die Prägung von Eisengeld ein, das man, wie das spartanische Geld, nicht anhäufen konnte. Eines Tages, als Esteban sich ganz besonders gut aufgelegt und gesund fühlte, schlug er die Improvisation eines häuslichen Festes zur Feier der ›Wiedereinführung normaler Essenszeiten‹ vor. Pünktlich um acht Uhr sollte ein großes Bankett gegeben werden, wobei die Tischgäste aus verschiedenen, vom Eßzimmer möglichst weit entfernt gelegenen Winkeln des Hauses herbeieilen mußten innerhalb des Zeitraums, in dem die Glocken der Espíritu-Santo-Kirche läuteten. Wem das nicht gelang, dem drohten verschiedene Strafen. Was die Kleidung betraf, sollte man sich an die Kostüme oben im alten Kleiderschrank halten. Sofia wählte die Maske der verschuldeten Herzogin und bemühte sich, von Rosaura unterstützt, ihrem Rock ein zerlumptes Aussehen zu geben. Esteban hatte schon seit einiger Zeit den Bischofsornat in seinem Zimmer. Carlos wollte als Schiffsfähnrich erscheinen, während Victor sich für eine Richtertoga entschied – »*elle me va très bien*« –, ehe er in die Küche ging, um die Ringeltauben des zweiten Gangs anzurichten. »Dann sind also Adel, Kirche, Marine und Obrigkeit vertreten«, sagte Carlos. »Fehlt noch die Diplomatie«, bemerkte Sofia, und lachend kam man überein, Ogé die Rolle des Bevollmächtigten Seiner abessinischen Majestät zu übertragen ... Aber Remigio, den man ausgeschickt hatte, ihn einzuladen, kehrte mit einer bestürzenden Nachricht zurück: Der Arzt hatte schon sehr früh das Hotel verlassen und war nicht wieder zurückgekehrt. Und jetzt erschien die Polizei mit dem Auftrag, sein Zimmer zu durchsuchen und alle seine Papiere und Bücher mitzunehmen. »Das verstehe ich nicht«, sagte Victor. »Das verstehe ich nicht.« – »Man wird ihn doch nicht wegen illegaler Ausübung der Medizin angezeigt haben?« fragte Carlos. »Seine *illegale* Medizin ist es, die den Kranken Hilfe bringt!« schrie Esteban, der ganz außer sich war ... Erregt, eiligst einen Hut suchend, der sich nicht finden lassen wollte, verließ Victor das Haus, um Erkundigungen einzuziehen. »Das ist das erste Mal, daß ich ihn über etwas beunruhigt sehe«, sagte Sofia und fuhr sich mit dem Taschentuch über die schweißfeuchten Schläfen. Es war unerträglich heiß. Die Luft stand erstarrt zwischen leblosen Vorhängen, welken Blumen und Pflanzen, die aus Metall zu sein schienen. Die Blätter der Palmen hatten die Schwere von Schmiedeeisen angenommen.

7

Kurz nach sieben Uhr kehrte Victor zurück. Er hatte nicht erfahren können, wo Ogé sich aufhielt, glaubte aber nicht, daß er verhaftet worden war. Vielleicht hatte er, rechtzeitig von einer Anzeige in Kenntnis gesetzt, über deren Umstände man nichts wußte, das Glück gehabt, Freunde zu finden, bei denen er sich eine Zeitlang verbergen konnte. Die Polizei hatte tatsächlich sein Zimmer durchsucht und Papiere, Bücher und Reisetaschen mit persönlichen Dingen mitgenommen. »Morgen werden wir sehen, was los ist«, sagte er, zu einem Thema übergehend, das er im Vorbeigehen auf der Straße aufgeschnappt hatte: In der Nacht sollte ein Hurrikan über die Stadt hinwegfegen. Die Mitteilung hatte offiziellen Charakter. An den Molen herrschte große Aufregung. Die Seeleute sprachen von einem Zyklon und trafen Vorkehrungen zum Schutz ihrer Schiffe. Die Stadtbewohner deckten sich mit Kerzen und Nahrungsmitteln ein. Überall wurden Türen und Fenster vernagelt... Keineswegs beunruhigt durch diese Nachricht, holten Carlos und Esteban Hämmer und Bretter. Zu dieser Jahreszeit war der Zyklon – so in der Einzahl bezeichnet, weil es immer nur einen gab, der verheerende Wirkung hatte – etwas, womit man in der Stadt rechnete. Und wenn er sich dieses Mal nicht einstellte, weil er vorher abbog, kam er eben nächstes Jahr. Es ging nur darum, zu wissen, ob er die Stadt mit voller Wucht treffen und Dächer mitnehmen und Kirchenfenster eindrücken und Schiffe versenken würde oder ob er an ihr vorbeistreifte und die Felder verwüstete. Wer auf der Insel wohnte, nahm den Zyklon als eine schreckliche himmlische Realität hin, der früher oder später keiner entrann. Jeder Landstrich, jedes Dorf, jeder Weiler erinnerte sich an irgendeinen Zyklon, der besonders schlimm gewesen war. Man konnte nur hoffen, daß er nicht zu lange dauerte und nicht zu sehr wütete. »*Ce sont de bien charmants pays*«, brummte Victor, der sich beim Festnageln eines der äußeren Fensterläden daran erinnerte, daß auch Saint-Domingue die alljährliche Gefahr kannte ... Ein plötzlicher, heftiger Platzregen rührte die Luft auf. Das Wasser stürzte senkrecht und schwer auf die Pflanzen des Patios, daß die Erde aus den Beeten gerissen wurde. »Es fängt schon an«, sagte Victor. Ein großes Brausen bedeckte, umschloß das Haus und vereinigte die Einzelstimmen des Ziegeldachs, der Jalousien, der Oberfenster mit den Klängen zähflüssigen oder zerplatzenden, spritzenden Wassers, von oben heruntergefallen, ausgespien von einer Traufe oder aufgeschluckt von einer Abflußrinne. Dann eine kurze Ruhepause, schwüler, mit tieferem Schweigen beladen als die Ruhe der ersten Nachtstunde. Und dann der zweite Regenguß — die zweite Warnung —, ungestümer noch als beim ersten Mal, begleitet nun von unregelmäßigen Windstößen, die sich zu einem ununterbrochenen drückenden Ansturm zusammenfanden. Victor trat auf die Patiogalerie hinaus, über die der Wind dahinstrich, ohne innezuhalten oder einzudringen, vorwärtsgetrieben von dem Impuls, der ihn, kreiselnd, drängend, die Rotation verstärkend, aus der Weite des Golfes von Mexiko oder der Sargassosee herüberjagte. Mit seemännischer Geste prüfte er das Regenwasser: »Salzig. Meerwasser. *Pas de doute.*« Er machte eine resignierende Bewegung, und um darzutun, daß die nächsten Stunden eine Zeit der Prüfung seien, holte er Weinflaschen, Gläser und Backwerk, ließ sich in einem Lehnstuhl nieder und verschanzte sich hinter Büchern. Man stellte Laternen und Kerzen in die Nähe der Lampen, die bei jedem Windstoß zu verlöschen drohten. »Bei so etwas bleibt man am besten wach«, sagte der Franzose. »Es könnte eine Tür nachgeben oder ein Fenster eingedrückt werden.« Ein Berg von Brettern mit Zimmermannsgerät lag griffbereit am Boden. Aufgefordert, die Geborgenheit des Salons mit ihnen zu teilen, vereinten Remigio und Rosaura ihre Stimmen zu einem Gebet, in dem oft die heilige Barbara angerufen wurde ... Kurz nach Mitternacht fiel die Hauptwucht des Hurrikans über die Stadt her. Ein ungeheures Brüllen erhob sich, das alles Klatschen und Prasseln mit sich fortriß. Gegenstände rollten durch die

Straßen, andere flogen über die Kirchtürme hinaus. Vom Himmel stürzten Balkenstücke herab, Trümmer von Warenauslagen, Dachziegel, Fensterscheiben, abgebrochene Äste, Laternen, Fässer, zersplitterte Schiffsmasten. An allen Türen rüttelten unvorstellbare Türklopfer. Die Fenster zitterten zwischen zwei Stößen. Die Häuser bebten vom Keller bis zum Dach und stöhnten mit ihrem Balkenwerk. Dies war der Augenblick, in dem sich ein Sturzbach schmutzigen, schlammigen Wassers, aus den Ställen, dem kleinen hinteren Hofraum, der Küche kommend und gleichzeitig von der Straße hereindringend, über den Patio ergoß und dessen Abflußrinnen mit einem Morast von Kuhmist, Asche, Unrat und welkem Laub verstopfte. Victor stieß einen Alarmruf aus und rollte den großen Teppich des Salons zusammen. Nachdem er ihn auf einen hohen Treppenabsatz geworfen hatte, näherte er sich dem schlammigen Wasser, das von Minute zu Minute stieg, in das Eßzimmer eindrang und über die einzelnen Schwellen glitt. Sofia, Esteban und Carlos griffen schnell einige Möbelstücke und stapelten sie auf Anrichten, Tischen, Kommoden und Schränken übereinander. »Nein!« schrie Victor. »Dort!« Und er öffnete, bis zur halben Höhe der Beine in der dreckigen Brühe stehend, die Tür zum Laden. Auch hier hatte die Überschwemmung schon begonnen, und im Laternenschein sah man vieles träge dahintreiben. Befehle erteilend, laut rufend, die Arbeitskräfte zusammenfassend, hieß Victor die Männer und die Mulattin anpacken und bezeichnete die Sachen, die gerettet werden mußten. Ballen mit verderblichen Dingen, Stoffe, Bündel mit Federn, wertvolle Waren wurden oben auf die Sackberge geworfen, wo das Wasser sie nicht erreichte. »Die Möbel kann man ausbessern«, schrie Victor. »Aber das hier verdirbt!« Als er sah, daß die anderen begriffen hatten und aus Leibeskräften arbeiteten, ging er wieder ins Wohnhaus zurück, wo Sofia, von der Furcht gepackt und in Tränen aufgelöst, auf einem Diwan kauerte. In ihrer Nähe stand das Wasser schon eine Handbreit hoch. Victor nahm sie in die Arme, trug sie auf ihr Zimmer hinauf und ließ sie aufs Bett fallen: »Rühren Sie sich hier nicht von der Stelle. Ich kümmere mich um die Möbel.« Und dann rannte er von oben nach unten und von unten nach oben und schleppte Wandteppiche, Paravents, Hokker, Stühle hinauf und was sich sonst noch in Sicherheit bringen ließ. Das Wasser ging ihm schon bis an die Knie. Plötzlich ein Getöse fallender Gegenstände: ein seitliches Dach des Hauses ließ seine Ziegel wie ein Kartenspiel auf den Boden des Patios rutschen. Jetzt versperrte ein Berg von Trümmern, von Ziegelscherben den Zugang zum Laden. Sofia streckte den Kopf über das Obergeschoßgeländer und schrie ihre Angst hinaus, Victor packte eine Truhe mit allen möglichen kleineren Dingen voll, stieg abermals hinauf, schob das Mädchen mit fester Hand in sein Zimmer, ließ sich in einen Sessel fallen und keuchte: »Ich kann nicht mehr.« Und um die Beistand Erflehende zu beruhigen, sagte er, das Schlimmste sei bereits vorüber, die anderen befänden sich im Laden hoch oben auf den Säcken in Sicherheit, und man könne jetzt nur noch auf das Morgengrauen warten. Das Wichtigste sei, daß die Fenster gehalten hätten. Außerdem erlebe das große, feste Haus ja nicht zum ersten Mal einen Hurrikan. Und einen fast heiteren Ton anschlagend, wies er Sofia darauf hin, daß sie einfach häßlich aussehe in diesem von der Schmutzbrühe befleckten Kleid, den schlammverkrusteten Strümpfen und mit ihrem feuchten, zerzausten Haar, in dem sich welke Blätter verfangen hatten. Sofia ging in ihr Ankleidezimmer und kehrte bald darauf, frisch gekämmt, in einen Schlafrock gehüllt, zurück. Draußen zerfaserte sich allmählich der anhaltende Druck des Zyklons zu einzelnen Windstößen – schwächeren, heftigeren, mit immer größeren Abständen dazwischen. Was jetzt vom Himmel herabfiel, war wie ein meerfarbener Wassernebel. Der Lärm angehobener, fortgefegter, dahingepeitschter, von oben herabstürzender Gegenstände ließ bereits nach. »Das beste ist jetzt, man legt sich ins Bett«, sagte Victor zu Sofia und brachte ihr ein großes Glas Wein. Und dann zog er sich mit verblüffender Ungezwungenheit das Hemd vom Leib, so daß er mit entblößtem Oberkörper dastand. ›Gerade als ob er mein Mann wäre‹, dachte Sofia und drehte sich zur Wand um. Sie wollte noch etwas sagen, aber der Schlaf erstickte ihre Worte ... Sie wachte bald wieder auf – es war noch Nacht – mit dem Gefühl, daß jemand neben ihr lag. Ein Arm ruhte auf ihrer Taille, und dieser Arm wurde immer schwerer, umfing sie, umspannte sie. In der jähen Verwirrung begriff sie nicht, was geschah: nach den gerade überstandenen Schrecknissen war es gut, sich beschützt zu fühlen, geborgen, umhüllt von der Wärme eines anderen Wesens. Sie wollte schon wieder einschlafen, als sie sich, fast erstarrend, bewußt wurde, daß sie diese Situation unmöglich dulden konnte. Indem sie sich plötzlich herumdrehte, begegnete ihr Körper der Nacktheit eines anderen Körpers. Eine große Erregung packte sie auf einmal. Sie stieß mit den Fäusten, mit den Ellenbogen, mit den Knien, die Stellen suchend, wo sie kratzen, wo sie weh tun konnte, ohne dabei jedoch der unbekannten Heftigkeit der eigenartigen Berührung auszuweichen, die ihren Leib umschloß. Die Hände des anderen versuchten sie an den Handgelenken zu fassen; ein gefährlicher Atem streifte ihr Ohr; erstaunliche Worte wurden aus dem Dunkel zu ihr gesprochen. Ein Ringen hielt sie miteinander verbunden, verknüpft, verstrickt, ohne daß der Mann einen Vorteil hätte erreichen können. Beseelt von einer neuen, ungeheuren, gleichsam aus ihren bedrohten Eingeweiden hervorbrechenden Kraft tat die Frau mit jeder Bewegung weh, sich zusammenziehend, verkrampft und hart, keinen Augenblick verlockt, keinen Augenblick besänftigt. Endlich ließ der Mann von seinem Vorhaben ab und gab seine Niederlage mit einem trockenen Lachen kund, das kaum seinen Ärger verbarg. Und die Frau kämpfte weiter mit der Stimme, Empörung, höhnische Bemerkungen über den Geschlagenen ausschüttend, in denen sich eine Natur offenbarte, die zu demütigen und dort zu treffen verstand, wo es am meisten schmerzte. Das Bett wurde um die Schwere eines Körpergewichts leichter. Im Zimmer umhergehend jetzt, bat sie der Mann in flehendem Ton, doch nicht so streng zu ihm zu sein. Er versuchte sich zu entschuldigen und führte Gründe an, welche sie, die zweifache Siegerin, sprachlos machten, hätte sie doch nie gedacht, daß dieser festgefügte, reife, erfahrene, mit solcher Vergangenheit begabte Mensch ihr die Statur einer Frau zuerkennen könnte – ihr, die sich der Kindheit noch so nahe fühlte. Nun, da ihre Fleischlichkeit vor unmittelbarer Gefahr gerettet war, sah Sofia, daß ihr eine größere Gefahr drohte: die, sich angesprochen zu fühlen von der Stimme, die aus den Schatten heraus auf sie eindrang — manchmal mit unerträglicher Süße — und ihr die Türen einer bis dahin unbekannten Welt öffnete. In dieser Nacht waren die Spiele der Jugend zu Ende gegangen. Die Worte gewannen ein neues Gewicht. Was geschehen war — was *nicht* geschehen war —, erlangte eine ungeheure Dimension. Die Tür knarrte, und vom fahlen Licht eines grünlichen Morgendämmers hob sich im Umriß eine Gestalt ab, die sich langsam entfernte, die Beine nachschleppend, wie erschöpft. Sofia blieb allein zurück, voller Herzklopfen, wirren Haares, der Unruhe überantwortet, mit dem Gefühl, eine schreckliche Prüfung hinter sich zu haben. Ihre Haut hatte einen eigenartigen Geruch — einen vielleicht wirklichen, vielleicht eingebildeten —, von dem sie nicht loskam: ein dunkler, animalischer Geruch, dem sie selbst nicht fremd war. In ihrem Zimmer wurde es immer heller. Neben ihr blieb noch eine Gegenwart zurück in den Mulden, die sein Körper hinterlassen hatte. Das Mädchen strich schnell das Bett glatt, hier und dort drückend und glättend, damit die Federn wieder ihre Umhüllung ausfüllten. Als sie das getan hatte, fühlte sie sich zutiefst gedemütigt; so ordneten gewiß die Dirnen ihre Betten — die Weiber dort unten im Werftviertel ... — nachdem sie bei einem Unbekannten gelegen hatten. Und auch die urbar gemachten, befleckten Jungfrauen beim Aufwachen nach der Hochzeitsnacht. Das war das Schlimmste gewesen: dieses Ordnen, dieses Glattstreichen, das etwas von Mitschuld hatte, von Einverständnis; verschämtes Wiederausbügeln, heimliche Geste der Geliebten, welche die nach einer Umarmung zurückgebliebene Unordnung rasch verwischen möchte. Sofia legte sich erneut nieder, von einer solchen Ermattung überwunden, daß Carlos sie schluchzend, wenn auch so fest schlafend vorfand, daß sein Rufen sie nicht aufzuwecken vermochte. »Laß sie«, sagte Esteban, »sie hat sicher wieder ihre Zeit.«

8

Der Tag hellte sich langsam auf, wenn auch noch immer mit verspätetem Licht im Vergleich zur Stunde, brach an über einer Stadt ohne Dächer, voller Trümmer und Überbleibsel, einer Stadt, bloßgelegt bis auf das Gerüst ihrer nackten Sparren. Hunderte von bescheidenen Häusern bestanden nur noch aus den Eckstützbalken mit wackeligen Holzböden über dem Morast, Kulissen des Elends, vor der schicksalergebene Familien die wenigen Dinge zählten, die ihnen verblieben waren — da war die Großmutter, die nicht richtig in den Wiener Schaukelstuhl paßte, die Schwangere, die fürchtete, die Wehen könnten sie jetzt in dieser Not überfallen, der Schwindsüchtige und der Asthmatiker, in Decken gehüllt am Rande der Szene sitzend, wie Jahrmarktsakteure, die ihre Rollen schon gespielt haben. Aus dem schmutzigen Wasser des Hafens ragten die Masten gesunkener Klipper heraus, zwischen umgestürzten Booten, die ziellos dahinschwammen, bis sie sich zu Trauben zusammenfanden. Die Leiche eines Matrosen wurde an Land gezogen, dessen Hände sich in einem Gewirr von Tauen verfangen hatten. Im Werftviertel hatte der Zyklon, am Boden entlangfegend, die Balken der in Bau befindlichen Schiffe verstreut und die zerbrechlichen Wände der Tavernen und Tanzsäle eingedrückt. Die Straßen waren Schlammgräben. Einige alte Herrenhäuser waren trotz ihrer dicken Steinwände vom Wind besiegt worden und hatten ihre Türen und Fenster dem Hurrikan preisgegeben, der sie, in ihren Mauern wütend, von innen verwüstet und Säulengänge und Fassaden umgelegt hatte. Die Möbel einer berühmten Kunsttischlerei — der des ›Pequeño San José‹, dicht bei den Hafenmolen — waren, vom Wind davongetragen, aufs freie Feld gefallen, vor den Mauern der Stadt, noch außerhalb der Gärten, dort, wo Hunderte von Palmen im Überschwemmungsgebiet der angeschwollenen Bäche umgeknickt dalagen wie vom Erdbeben gestürzte antike Säulenschäfte. Und dennoch, trotz der Größe der Katastrophe, begannen die Menschen, an die regelmäßige Wiederkehr einer Geißel gewohnt, die als unvermeidliche Erschütterung des Wendekreises betrachtet wurde, mit Insektenfleiß zu nageln, auszubessern und zu spachteln. Alles war durchnäßt, alles roch nach Feuchte, faßte sich naß an. Trocknen, auspumpen, das Wasser aus allen Winkeln fegen, damit hatte man den ganzen Tag zu tun. Und als der Nachmittag zur Hälfte um war, boten die Zimmerleute, Maurer, Glaser und Schlosser, die die eigenen Häuser wiederhergerichtet hatten, ihre Dienste an. Als Sofia aus ihrer Benommenheit emportauchte, hatte Remigio schon Arbeiter herbeigeholt, die das Dachgerüst wieder mit Ziegeln deckten, während andere die Trümmer aus dem Patio hinausschafften. Es war ein Kommen und Gehen von Mörtel, Gips und auf Schultern wiegenden Balken, ein Hin und Her durch Gänge und Galerien, indes Carlos und Esteban, immer zwischen Laden und Wohnhaus unterwegs, eine Liste der beschädigten Möbel und verdorbenen Waren aufstellten. Victor, der sich, angetan mit einem zu engen Anzug aus Carlos' Kleiderschrank, im Salon niedergelassen hatte, war mit einer ausführlichen Prüfung der Kontobücher des Ladens beschäftigt. Als er Sofia erblickte, versteckte er den Kopf hinter den Seiten des Hauptbuchs und tat so, als habe er sie nicht bemerkt. Das Mädchen kümmerte sich um die Dinge des Haushalts und suchte die Küche und die Vorratskammer auf, wo Rosaura, die noch kein Auge zugetan hatte, Töpfe, Teller und anderes Küchengerät aus dem Schlamm herausklaubte, der auf dem Fußboden bereits verkrustete. Sofia war wie betäubt von der Betriebsamkeit, von dem Einfall der vielen Menschen in das Haus, von der ganzen ungewöhnlichen Situation, die Unordnung in die Ordnung gebracht hatte, so daß nun in den Zimmern das Durcheinander von einst herrschte. Neue ›Schiefe Türme‹ entstanden an diesem Nachmittag, neue ›Druidensteige‹, neue Gebirgspfade zwischen Kisten, Möbelstücken, abgenommenen Vorhängen und auf den Schränken liegenden zusammengerollten Teppichen — wenn auch inmitten von Gerüchen, die nicht die Gerüche früherer Tage waren. Und die Einmaligkeit des Ganzen, die Wucht eines Ereignisses, das alle aus dem normalen Tagesablauf herausgerissen hatte, trug dazu bei, daß Sofia die widerspruchsvollen Gefühle, mit denen sie beim Gedanken an die Geschehnisse der Nacht erwacht war, noch stärker empfand. Dies gehörte mit zu dem Chaos, in dem die Stadt lebte, und fügte sich in das Bild der Verwüstung ein. Ein Umstand jedoch ließ die eingedrückten Mauern, eingestürzten Kirchtürme und gesunkenen Schiffe in ihrer Bedeutung weit hinter sich: sie war *begehrt* worden. Das war so ungewöhnlich, so unvorhergesehen, so beunruhigend, daß sie es sich gar nicht als wirklich geschehen eingestehen mochte. Im Laufe weniger Stunden war sie aus der Mädchenzeit herausgetreten, mit dem Gefühl, daß ihr Fleisch gereift sei an der Begierde eines Mannes. Man hatte sie als Frau angesehen, ehe sie selbst sich als Frau sehen konnte — noch sich vorzustellen vermochte, daß andere ihr den Status einer Frau zuerkannten. »Ich bin eine Frau«, murmelte sie gekränkt und wie erschöpft unter einer ihren Schultern aufgebürdeten ungeheuren Last, und sie betrachtete sich im Spiegel, wie man einen anderen Menschen betrachtet, der von irgendeinem Schicksal befallen ist, und sie fand sich groß und linkisch und reizlos mit ihren zu schmalen Hüften, den dünnen Armen und jener Asymmetrie der Brüste, die der Anlaß dafür war, daß sie sich zum ersten Mal über ihre Figur ärgerte. Die Welt war voller Gefahren. Sie hatte eine geschützte Wegstrecke zurückgelegt und stand nun vor einer anderen, einer Strecke der Prüfungen, auf der jeder ihr wirkliches Ich mit ihrem eingebildeten Ich verglich und die sie gewiß nicht ohne Unfälle und schwindelnde Augenblicke hinter sich brachte ... Schnell brach die Nacht herein. Die Arbeiter gingen, und ein großes Schweigen — Schweigen der Trümmer und der Trauer — senkte sich auf die Stadt nieder. Erschöpft legten sich Sofia, Esteban und Carlos schlafen, nach einem kalten Abendessen, bei dem nur wenig gesprochen wurde, außer über die Schäden, die der Zyklon angerichtet hatte. Victor, in sich selbst versunken, mit dem Daumennagel Zahlen auf das Tischtuch malend — die er addierte, subtrahierte, wieder auswischte —, bat um die Erlaubnis, noch eine Weile im Salon bleiben zu dürfen — genauer gesagt: bis zum nächsten Morgen. Die Straßen waren unsicher. Es gab gewiß Plünderer und Diebe, die im Schatten der Nacht ihrem Geschäft nachgingen. »Ich glaube, ich bin da auf etwas gestoßen, das Sie interessieren wird«, sagte er. »Morgen sprechen wir darüber.«

Die Uhr hatte, am nächsten Morgen, noch nicht neun geschlagen, als Sofia, aus dem Schlaf gerissen von dem Hämmern und Sägen und dem Quietschen der Flaschenzüge und den Stimmen der Arbeiter im Haus, in den Salon hinunterging, wo sich ihr ein ungewöhnliches Bild bot. Der Testamentsvollstrecker saß, mit einem dünnen Lächeln auf dem Gesicht, in einem Lehnstuhl, und ihm gegenüber hatten, in zwei anderen Lehnstühlen, Carlos und Esteban Platz genommen, ganz wie Richter in einem Tribunal, stirnrunzelnd, überernst, übererwartungsvoll. Victor schritt im Zimmer auf und ab, die Hände auf dem Rücken verschränkt. Hin und wieder blieb er vor dem Angeklagten stehen, blickte ihn fest an und faßte seinen Gedanken in einem knurrend zwischen den Zähnen hervorgestoßenen »*Oui!*« zusammen. Schließlich setzte er sich in einen Sessel in der Ecke. Er zog ein Notizbuch hervor, in dem er etwas vermerkt zu haben schien *(Oui!...)*, und begann im Ton nachsichtiger Ungezwungenheit zu sprechen, wobei er sich am Ärmel die Nägel polierte, mit dem Bleistift spielte oder sich plötzlich sehr für etwas interessierte, was auf dem kleinen Finger seiner linken Hand vor sich gehen mußte. Er wies zunächst darauf hin, daß er nicht zu denen gehöre, die sich in fremder Leute Angelegenheiten einmischten. Er lobte den Eifer, mit dem Monsieur Cosme (er sagte Coooome, den Zirkumflex übermäßig in die Länge ziehend) den Wünschen seiner Schutzbefohlenen nachgekommen war – mit dem er alles bestellt und dafür gesorgt hatte, daß es im Hause an nichts fehlte. Aber dieser Eifer – »*n'est-ce pas?*« – konnte dazu gedient haben, von vornherein jeden Argwohn einzulullen. »Argwohn – wieso?« fragte der Testamentsvollstrecker, als wisse er nicht, was der andere wolle, und schob seinen Lehnstuhl mit kleinen Rucken zu den beiden Jünglingen hin, um seine Zugehörigkeit zur Familie deutlicher zum Ausdruck zu bringen. Aber Victor wies mit einer Handbewegung auf ebendiese Jünglinge und legte einen höchst vertraulichen Tonfall an den Tag, der den anderen in den Stand des Eindringlings versetzte: »Wir haben jetzt gerade Regnard gelesen, *mes amis* – erinnern Sie sich der Verse, die Sie heute zu mir sprechen könnten: *›Ah! qu' à notre secours à propos vous venez! – Encore un jour plus tard, nous étions ruinés‹!*« – »Dann spielen wir hier also französische Komödie«, sagte Don Cosme, inmitten eines betretenen Schweigens wie über einen guten Witz lachend. »Sonntags«, fuhr Victor fort, »während die jungen Leute schliefen« (und er deutete zu der Tür hin, die in den Laden führte), sei er manchmal in das Gebäude nebenan gegangen, neugierig, interessiert, und habe seine Beobachtungen angestellt und gezählt und addiert und sich Notizen gemacht. Und auf diese Weise — er sei Geschäftsmann und leugne das keineswegs — habe er festgestellt, daß der Lagerbestand gewisser Artikel nicht mit den Zahlen auf den Unterlagen übereinstimmte, die der Testamentsvollstrecker regelmäßig Carlos ausgehändigt habe. Er wisse wohl (»Schweigen Sie!« rief er Don Cosme zu, der etwas sagen wollte), er wisse wohl, daß die Geschäfte heute schwieriger seien als früher und daß der Freihandel seine Tücken habe. Aber das sei noch kein Grund (und an dieser Stelle schwoll seine Stimme ganz laut an), den Waisenkindern falsche Zahlenbilanzen zu präsentieren, wo man zudem noch gewußt habe, daß sie sie nie prüfen würden . . . Don Cosme versuchte sich zu erheben. Aber Victor war schon aufgesprungen, eilte mit großen Schritten auf ihn zu und stand dann mit starrem Zeigefinger vor ihm. Seine Stimme klang jetzt wie hartes Metall; was im Laden vor sich gehe, sei ein Skandal — ein Skandal, der mit dem Tode von Carlos' und Sofias Vater begonnen habe. Mit einer simplen, von ihm vor Zeugen vorgenommenen Inventur wollte er beweisen, daß der falsche Vertrauensmann, der angebliche Beschützer, der räuberische Testamentsvollstrecker dabei war, sich ein Vermögen zu verschaffen auf Kosten unglücklicher Kinder, die er auf verbrecherische Weise täuschte, weil er wußte, daß sie sich aus Mangel an Erfahrung nicht in ihren eigenen Besitzangelegenheiten auskannten. Und das sei noch nicht alles: er wisse von riskanten Spekulationen, die der ›zweite Vater‹ mit dem Geld seiner Schützlinge getrieben habe, von Käufen, die durch Strohmänner getätigt worden seien, welche er, mit pathetischer Stimme an die Verrinischen Reden Ciceros erinnernd, als *canes venaticos* bezeichnete . . . Don Cosme versuchte diesen Redeschwall zu unterbrechen, aber der andere setzte mit immer lauterer Stimme die Anklagerede fort, schwitzend und schrecklich anzusehen — man hätte meinen können, er habe an Körpergröße zugenommen. Er hatte sich mit so heftiger Bewegung den Kragen gelockert, daß ihm die beiden losen Spitzen vorn über die Weste hingen und einen sehnigen Hals freigaben, der ganz der letzten Anstrengung einer mit Stentorstimme vorgebrachten Ansprache hingegeben war. Zum ersten Mal fand Sofia ihn schön, wie er nun in der Pose eines Tribuns mit der Faust auf den Tisch klopfte, um den Höhepunkt eines Satzes zu unterstreichen. Plötzlich trat er zurück und lehnte sich an die Wand. Er verschränkte mit ausholender Geste die Arme und schloß, nach einer Pause, die sein Gegenspieler nicht zu nützen wußte, schneidend und trokken im erhabenen Tonfall der Verachtung: »*Vous êtes un misérable, Monsieur.*«

Don Cosme saß wie zusammengesunken, eingeschrumpft in der Tiefe seines Lehnstuhls, der zu breit war, um als Rahmen für seine Person dienen zu können. Ein zorniges Beben hielt seine Lippen in stummer Bewegung, während seine Fingernägel den Samt des Sitzpolsters furchten. Dann richtete er sich jäh auf und bellte Victor ein einziges Wort zu, das in Sofias Ohren wie die Explosion in einer Kathedrale klang: »Freimaurer!« Das Wort verpuffte, zerbarst von neuem mit ungeheurem Widerhall: »Freimaurer!« Und das Wort wurde mit immer höherer, erregterer Stimme wiederholt, als besitze es allein Kraft genug, um jeden Ankläger zu verdammen, jedem Vorwurf den Boden zu entziehen, jeden, der es aussprach, von aller Schuld zu reinigen. Als der Testamentsvollstrecker sah, daß der andere nur mit einem trotzigen Lächeln antwortete, sprach er von jener Ladung Weizenmehl, die nicht eintraf und die auch nie eintreffen würde: sie diene nur dazu, die Tätigkeit eines Mannes zu bemänteln, der Agent der Freimaurerei von Santo Domingo sei, zusammen mit dem Mulatten Ogé, einem Magnetiseur und Hexenkünstler, den er bei der Ärzteschaft anzeigen werde, weil er diese jungen Leute betrogen habe mit ausgefallenen Kunstgriffen, von deren Unwirksamkeit Esteban sich früher oder später werde überzeugen können, wenn sich die Krankheit wieder einstellte. Und jetzt ging Don Cosme zum Angriff über und umschwirrte den Franzosen wie eine wütende Schmeißfliege: »Das sind die Menschen, die zu Luzifer beten; das sind die Leute, die Christus auf hebräisch beleidigen; die das Kruzifix bespeien, die in der Nacht des Gründonnerstags bei einem scheußlichen Fest auf einem Tisch ein Lamm zerschneiden, dem sie eine Dornenkrone aufgesetzt und Nägel durch die Füße geschlagen haben!« Deshalb hätten die Heiligen Väter Clemens und Benedikt diese Infamen exkommuniziert und sie zum Feuer der Hölle verdammt ... Und im entsetzten Tone dessen, der die Mysterien eines selbst miterlebten Hexensabbats enthüllt, sprach er von den unheiligen Menschen, die den Erlöser verleugneten: Sie beteten einen Hiram-Abi, Baumeister des Tempels Salomos, an, und verehrten mit ihren geheimen Zeremonien Isis und Osiris, wobei sie sich die Titel eines Königs der Tyrier, Erbauers des Turms von Babel, Ritters Kadosch und Großmeisters der Templer zulegten – letzteren in Erinnerung an Jacques de Molay, den Menschen mit den schändlichen Praktiken, welcher, der Ketzerei überführt, bei lebendigem Leibe verbrannt worden sei, weil er den Dämon in der Gestalt eines Idols namens Bafomet angebetet habe. »Sie beten nicht zu den Heiligen, sondern zu Belial, zu Aschtoret und zu Behemoth.« Die Sippschaft schleiche sich überall ein und bekämpfe den christlichen Glauben und die Autorität der rechtmäßigen Regierungen im Namen einer ›Philanthropie‹, eines Sehnens nach Glückseligkeit und Demokratie, aber hinter dem allem verberge sich nichts anderes als eine internationale Verschwörung zur Beseitigung der hergebrachten Ordnung. Und dann trat er auf Victor zu und schrie ihm so oft das Wort ›Verschwörer‹ ins Gesicht, daß er, von der Anstrengung erschöpft, nicht mehr weitersprechen konnte und einen Hustenanfall bekam. »Ist das alles wahr?« fragte Sofia mit furchtsam leiser Stimme, zugleich benommen und geblendet von dieser unerwarteten Erscheinung von Isis und Osiris im machtvollen Rahmen des salomonischen Tempels und der Templerburg. »Wahr ist einzig und allein, daß es mit diesem Haus abwärts geht«, sagte Victor ruhig. Und zu Carlos gewandt, fügte er hinzu: »Der Casus des ungetreuen Vormunds war schon im römischen Recht vorgesehen. Gehen Sie vor ein Gericht.« Das Wort ›Gericht‹ versetzte den Testamentsvollstrecker wieder in heftige Erregung: »Wir werden sehen, wer zuerst in den Kerker geht!« krächzte er. »Wie ich höre, wird man bald eine Razzia auf alle Freimaurer und unerwünschten Ausländer machen. Die Tage der törichten Nachsicht sind vorbei.« Dann ergriff er seinen Hut und sagte: »Werfen Sie diesen Abenteurer hinaus, ehe man *Sie alle* festnimmt!« Er verbeugte sich mit einem »Guten Tag . . . *allerseits«*, das die Drohung wiederholte, schritt aus dem Salon und knallte so heftig die Tür hinter sich zu, daß alle Scheiben im Haus erzitterten. Die jungen Leute erwarteten von Victor eine Erklärung. Der Franzose aber war jetzt damit beschäftigt, einige dicke Schnüre zu versiegeln, die er um die Kontobücher aus dem Laden geschlungen hatte. »Bewahren Sie die hier auf«, sagte er. »Sie sind Ihr Beweismaterial.« Später trat er nachdenklich in den Patio hinaus, wo es von Handlangern wimmelte, die unter Aufsicht Remigios, der sich in dieser Rolle sehr großartig vorkam, die letzten Schäden beseitigten. Plötzlich ergriff er, als müsse er sich einer körperlichen Tätigkeit hingeben, eine Maurerkelle, mischte sich unter die Arbeiter und half mit, die eine Hofwand, die am meisten von den herabstürzenden Ziegeln in Mitleidenschaft gezogen worden war, zu bewerfen und zu glätten. Sofia sah ihn auf ein Gerüst klettern, das Gesicht mit Gips und Mörtel beschmiert, und dachte an den Mythos von Hiram-Abi: Trotz gewisser Bannflüche, die sie in der Kirche gehört hatte, trotz des dornengekrönten Lammes, der in hebräischer Sprache ausgestoßenen Lästerungen und der schrecklichen Bullen der Päpste fühlte sie sich von dem Geheimnis angezogen, dessen Träger — nun tatsächlich einem Tempelerbauer gleich — Victor war. Sie sah in ihm auf einmal einen Menschen, der verbotene Länder bereist, Geheimwissenschaften kennengelernt und Asien erforscht hatte und dabei auf irgendein unbekanntes Buch von Zarathustra gestoßen war — so eine Art Orpheus, der auf der Fahrt in die Unterwelt den Avernus passiert hatte. Und sie erinnerte sich jetzt daran, daß er bei einem ihrer mimischen Spiele die Rolle eines Baumeisters der Antike übernommen hatte, der heimtückisch mit einem Holzhammer ermordet wurde. Auch hatte sie ihn als Templer verkleidet gesehen, in einer Tunika, geschmückt mit einem Kreuz, den Feuertod Jacques de Molays darstellend. Die Anschuldigungen des Testamentsvollstreckers schienen einer gewissen Wirklichkeit zu entsprechen. Diese Wirklichkeit dünkte sie aber jetzt verlockend, wegen des Geheimnisvollen, Rätselhaften, des verborgenen Tuns, das damit zusammenhing. Interessanter war das Leben im Dienst einer gefährlichen Überzeugung als in der tatenlosen, frommen Erwartung einiger Säcke Mehl. Ein Verschwörer war einem Krämer vorzuziehen. Die Begeisterung der Jugend für die Verkleidung, für Losungsworte, geheime Briefkästen, Geheimschriften und mit Klammern verschlossene Tagebücher wurde wiederbelebt durch diesen kurzen Blick in das Abenteuerliche. »Aber sind sie denn wirklich so schrecklich, wie man sich erzählt?« fragte sie. Esteban zuckte die Achseln: Alle Sekten und Geheimbünde waren verschrien von den frühen Christen, denen man vorwarf, Kinder geschlachtet zu haben, bis zu den Illuminaten in Bayern, die nichts weiter verbrochen hatten, als das Wohl der Menschheit anzustreben. »Natürlich haben sie sich mit Gott entzweit«, sagte Carlos. »Gott ist für sie nichts weiter als eine Hypothese«, sagte Esteban. Plötzlich brach Sofia, als müsse sie sich von einem unerträglichen Druck befreien, in laute Schreie aus: »Ich habe genug von Gott, genug von Mönchen und Vormunden und Testamentsvollstreckern, von Notaren und Papieren, von Diebstählen und Schweinereien; ich habe genug von Dingen wie diesem hier, das ich nicht mehr sehen will!« Und sie sprang auf einen an der Wand stehenden Sessel, hängte das Porträt des Vaters ab und warf es so heftig zu Boden, daß der Rahmen sich von der Rückwand löste. Und angesichts der von den anderen zur Schau getragenen Gleichgültigkeit stampfte sie mit den Absätzen wütend auf der Leinwand herum, daß die Farbe in Splittern davonflog. Als das Bild richtig zerstört, richtig zerschlitzt, richtig geschmäht war, ließ sich Sofia keuchend und stirnrunzelnd in einen Sessel sinken. Victor hatte die Maurerkelle fallen lassen und machte eine überraschte Bewegung: Ogé betrat eiligen Schritts den Patio. »Wir müssen fliehen«, sagte er und berichtete in knappen Worten, was er in seinem Versteck im Hause eines *Bruders* hatte erfahren können: Der Zyklon hatte die Aufmerksamkeit der Behörden auf dringlichere Geschäfte gelenkt und eine gerade eingeleitete Polizeiaktion gegen die Freimaurer unterbrochen. Es lagen Anweisungen aus dem Mutterland vor. Hier konnte man zur Zeit nichts ausrichten. Das Klügste war, man nutzte die augenblickliche Verwirrung aus, in der die Leute nur daran dachten, Hauswände auszubessern und Wege freizukehren, um die Stadt zu verlassen und von irgendeinem abgelegenen Ort aus zu beobachten, welchen Verlauf die Ereignisse nahmen. »Dazu haben wir unser Landgut«, sagte Sofia mit fester Stimme und ging in die Vorratskammer, um einen Korb mit dem Notwendigsten zu füllen. Dort auf dem Land, bei kaltem Fleisch, Mostrich und Brot, wollten sie vorläufig alle ausharren, bis auf Carlos, der zu Hause bleiben und versuchen sollte, Erkundigungen einzuziehen. Esteban nahm das Pferdegeschirr vom Nagel, während Remigio zum Kutschenpark auf der Plaza del Cristo geschickt wurde, um zwei Ersatzpferde zu besorgen.

9

Auf ausgehöhlten Wegen, in einem letzten Sprühregen, der das schwarze Wachstuch erglänzen ließ und den aufkommender Wind bis auf den Rücksitz wehte, nachdem er schon Esteban und Ogé durchnäßt hatte, die auf dem Kutschbock saßen, rollte der Wagen knarrend, hüpfend, hinkend dahin, so schräg geneigt bisweilen, daß er umzustürzen schien, so tief in eine Furt eintauchend, daß das Wasser die Laternen bespritzte, über und über beschmutzt von dem roten Erdschlamm der Zuckerrohrfelder, von dem grauen Erdschlamm der dürftigen Äcker, wo Friedhofskreuze aufragten – vor denen sich Remigio bekreuzigte, der, auf einem der Ersatzpferde reitend, die Nachhut bildete. Trotz des unangenehmen Wetters lachten und sangen die Reisenden, tranken Malvasier, aßen belegte Weißbrotschnitten, Gebäck, Zuckererbsen, seltsam heiter gestimmt durch eine neue Luft, die nach grünen Weiden roch, nach Kühen mit vollem Euter, nach dem reinen Holz der Lagerfeuer – fern von Pökelbrühe, Räucherfleisch und keimenden Zwiebeln, deren Gerüche in den engen Straßen der Stadt aufeinanderprallten. Ogé sang ein kreolisches Lied: *»Dipi mon perdi Lisette – mon pas souchié kalenda; – mon quitté brambram sonnette – mon pas battre bamboula.«* Sofia sang auf englisch eine hübsche schottische Ballade, ohne auf Esteban zu hören, den sie mit einem gräßlich übertriebenen Akzent ärgern wollte. Victor sang, ziemlich falsch, dafür mit um so größerem Ernst, etwas, das immer mit *»Oh Richard! Oh, mon Roi!«* begann, ohne je über diese Stelle hinauszukommen, da er nicht wußte, wie es weiterging. Im Laufe des Nachmittags wurde der Regen stärker und der Weg schlechter, jener fing zu husten, dieser zu krächzen an, während Sofia in ihren feuchten Kleidern zitterte. Die drei Männer wechselten sich auf dem Bock ab in einem ständigen Hin und Her von drinnen nach draußen, das jedes zusammenhängende Gespräch ausschloß. Die große Frage – das große Rätsel – der wirklichen Tätigkeit Victors und Ogés blieb unberührt; keiner hatte das Thema angeschnitten, und vielleicht sang man unterwegs so viel, weil man auf den geeigneten Augenblick zur Aufklärung des Geheimnisses wartete ... Die Nacht war schon hereingebrochen, als sie bei dem Landhaus anlangten. Es war ein Gebäude aus ziemlich vernachlässigtem, ziemlich rissigem Mauerwerk mit zahllosen Zimmern, langen Korridoren und vielen Arkaden, mit einem Dach, das eingesunken war, wo die Tragbalken nachgegeben hatten. Trotz ihrer Müdigkeit und der Furcht vor den Fledermäusen, die überall umherflatterten, kümmerte sich Sofia um Bett, Bettzeug und Decke jedes einzelnen, ließ Waschkrüge füllen und durchlöcherte Moskitonetze flicken und versprach noch weitere Bequemlichkeiten für die nächste Nacht. Victor hatte inzwischen zwei Hühner geschlachtet, indem er sie an den Hälsen packte und wie Federräder in der Luft herumwirbelte, ehe er sie in kochendes Wasser legte, rupfte und in kleine Stücke schnitt, um ein schnelles Frikassee zu bereiten, in dessen Tunke er viel Weinbrand und gemahlenen Pfeffer hineintat – *»pour réchauffer Messieurs les voyageurs«*. Als er entdeckte, daß im Patio Fenchelstauden wuchsen, schlug er Eier auf und verkündete, es werde *omelette-aux-fines-herbes* geben. Sofia deckte den Tisch, in dessen Mitte sie Auberginen, Zitronen und Koloquinten anordnete. Von Victor aufgefordert, den herrlichen Duft des Frikassees zu kosten, stellte sie fest, daß die Hand des Mannes sich auf ihre Hüfte legte, aber diesmal mit so ungezwungener, brüderlicher Geste, ohne Druck und Drängen, daß sie sich nicht beleidigt fühlte. Dem Koch darin beipflichtend, daß er vorzügliche Arbeit geleistet habe, löste sie sich mit einer Pirouette von ihm und ging ohne jedes Zeichen der Verärgerung ins Eßzimmer zurück. Fröhlich verlief das Mahl und fröhlicher noch die Zeit danach, in dem Gefühl des Wohlbefindens und der Geborgenheit, das man, mit einem Dach überm Kopf, in dem Haus empfand, welches nun von stärkerem Regen gepeitscht wurde, der auf die Zehrwurzblätter trommelte wie auf Pergamentbögen und im Garten Granatäpfel und Rosenäpfel von den Bäumen riß ... Einen ernsteren Ton anschlagend, begann Victor dann plötzlich ganz ruhig von dem zu erzählen, was ihn zu seiner Reise in dieses Land veranlaßt hatte. Vor allem Geschäfte: auf Lyoneser Seide lag ein sehr hoher Zoll, wenn sie nach Spanien ausgeführt und von dort nach Havanna und Mexiko verschifft wurde; exportierte man sie aber über Bordeaux nach Saint-Domingue, konnten nordamerikanische Schiffe, die Weizenmehl für die Antillen geladen hatten, sie heimlich auf dem Rückweg hierher bringen. Hunderte von Ballen waren eingeführt worden, in Säcken versteckt, die den anderen genau glichen, mit Hilfe einer Schmugglerorganisation, die von fortschrittlich denkenden kreolischen Kaufleuten als Gegenmaßnahme gegen den von den Spaniern geforderten hohen Zoll ins Leben gerufen und von manchen Hafenbehörden begünstigt worden war. Auf eigene Rechnung für die Fabrik von Jean Baptiste Willermoz arbeitend (der, so dachte Esteban, zweifellos eine bedeutende Persönlichkeit war, wenn man sich beim Aussprechen seines Namens dermaßen die Zunge zerbrechen mußte), hatte er, Victor, große Mengen Lyoneser Seide bei Kaufleuten in der Stadt abgesetzt. »Und ist dieser Handel sehr ehrlich?« fragte Sofia spitz. »Er ist ein Mittel im Kampf gegen die Tyrannei der Monopole«, erwiderte der Franzose. »Die Tyrannei muß bekämpft werden, in welcher Form sie auch auftritt.« Und mit irgend etwas mußte man beginnen, denn hier schienen die Menschen ja zu schlafen und teilnahmslos in einer zeitlosen Welt, abseits von allem, zwischen Tabak und Zucker dahinzuträumen. Die ›Philanthropie‹ dagegen war in Saint-Domingue, wo man über alles Bescheid wußte, was auf der Welt vorging, sehr mächtig. Da man glaubte, die Bewegung habe sich auf dieser Insel ebenso weit verbreitet wie in Spanien, hatte man ihn beauftragt, die Verbindung mit den hiesigen Anhängern herzustellen und eine heimliche Zusammenkunft in die Wege zu leiten, wie sie auch andernorts schon abgehalten worden war. Doch groß war seine Enttäuschung gewesen. Auf dieser reichen Insel gab es nur sehr wenige und sehr furchtsame Philanthropen. Sie schienen sich nicht bewußt zu sein, was die soziale Frage bedeutete. Sie empfanden eine gewisse Sympathie gegenüber einer Bewegung, die eine weltweite Bedeutung gewann, entfalteten aber keine größere eigene Aktivität. Aus Angst, aus Feigheit setzte man die Legenden von bespienen Kreuzen, Schmähungen Christi, Lästerungen und Entweihungen in Umlauf, die sich andernorts schon als Lügen herausgestellt hatten. *(»Nous avons autre chose à faire, croyez-moi.«)* Man hatte ja keine Ahnung von der weltweiten Auswirkung der Ereignisse, die sich jetzt in Europa abspielten. »Die Revolution ist im Gang, und niemand wird sie aufhalten«, sagte Ogé in dem eindrucksvoll vornehmen Tonfall, den er gewissen Feststellungen unterzuschieben wußte. Eine Revolution, dachte Esteban, die sich in der Lokalzeitung auf die vier den Nachrichten aus Frankreich gewidmeten Zeilen beschränkte, auf vier Zeilen zwischen einem Theaterspielplan und einem Inserat, das Gitarren zum Kauf anbot. Victor selbst gab zu, daß er seit seiner Ankunft in Havanna jeden Kontakt mit der Aktualität verloren hatte, die in Saint-Domingue mit Leidenschaft verfolgt wurde. »Zunächst einmal«, sagte Ogé, »versetzt ein kürzlich erlassenes Dekret einen Menschen meiner Hautfarbe (und dabei deutete er mit dem Finger auf seine Wangen, die dunkler waren als seine Stirn) in den Stand, dort jedes öffentliche Amt auszuüben. Das ist eine Maßnahme von ungeheurer – aber wirklich un-ge-heu-rer Tragweite.« Einander antreibend, die Stimmlage wechselnd, sich das Wort aus dem Mund nehmend, fuhren Victor und Ogé nun sprunghaft in einer interessanten und wirren Darstellung fort, aus der Esteban im Vorübergehen einige präzise Grundsätze herausgreifen konnte: »Wir haben die religiösen und metaphysischen Epochen hinter uns gelassen und treten jetzt in die Epoche der Wissenschaft ein.« – »Die Einteilung der Welt in

Klassen entbehrt jeden Sinnes.« — »Man muß das merkantile Interesse der furchtbaren Macht berauben, Kriege auslösen zu können.« — »Die Menschheit ist in zwei Klassen eingeteilt: Unterdrücker und Unterdrückte. Gewohnheit, Bedürftigkeit und Mangel an Muße hindern die Mehrheit der Unterdrückten daran, sich ihrer Lage bewußt zu werden: wenn das aber der Fall ist, bricht der Bürgerkrieg aus.« Die Begriffe *Freiheit, Glück, Gleichheit, Menschenwürde* kehrten in dieser überstürzten Darstellung immer wieder und rechtfertigten das unmittelbare Bevorstehen eines großen Brandes, den Esteban an diesem Abend als eine notwendige Reinigung akzeptierte, als eine Apokalypse, der er so bald wie möglich beiwohnen wollte, um sein Dasein als Mann in einer neuen Welt zu beginnen. Der Jüngling glaubte jedoch zu bemerken, daß Victor und Ogé, wenn auch durch die gleichen Worte verbunden, nicht völlig einer Meinung waren, was gewisse Dinge, Menschen und Methoden anging, die etwas mit den sich vorbereitenden Ereignissen zu tun hatten. Der Arzt erzählte jetzt von einem Martínez de Pasqually, einem berühmten, vor einigen Jahren auf Saint-Domingue verstorbenen Philosophen, dessen Lehren in den Köpfen mancher Leute tiefe Spuren hinterlassen hatten. »Ein Schwindler!« sagte Victor und begann voller Ironie von einem Mann zu sprechen, der vorgab, über Land und Meer hinweg eine geistige Verbindung herstellen zu können mit seinen Schülern, die zur Zeit der Sonnwenden und Tagundnachtgleichen genau wie er auf weißen Kreidekreisen niederknieten, zwischen brennenden Kerzen, Kabbalazeichen, aromatischen Dämpfen und anderen asiatischen Requisiten. »Was wir anstreben«, sagte Ogé verärgert, »ist die Entwicklung der im Menschen schlummernden transzendentalen Kräfte.« — »Beginnen Sie lieber damit, seine Ketten zu zerbrechen«, gab Victor zurück. »Martínez de Pasqually«, entgegnete der Arzt heftig, »erklärte, daß die Evolution der Menschheit ein kollektiver Akt sei, und daß deshalb jede individuelle Initiative zwangsläufig das Vorhandensein einer kollektiven sozialen Aktion voraussetze: Wer mehr *weiß*, wird auch mehr für seine Mitmenschen *tun*.« Diesmal stimmte ihm Victor großzügig zu, eine Vorstellung akzeptierend, die mit seiner eigenen Ansicht einigermaßen übereinstimmte. Sofia gab der Verwirrung Ausdruck, die ihr eine Ideenbewegung von so verschiedenen, widersprüchlichen Formen bereitete. »Derartig komplexe Fragen lassen sich so einfach nicht behandeln«, sagte Ogé zweideutig, so daß sie das Gefühl hatte, in die Nebel einer unterirdischen Welt hineinzuspähen, deren Geheimnisse ihr weiterhin verschlossen blieben. Esteban hatte plötzlich den Eindruck, wie ein Blinder am Rande der aufregendsten Wirklichkeit dahingelebt zu haben, ohne das einzige zu sehen, was in dieser Epoche sehenswert war. »Und dann der Umstand, daß man uns keine Nachrichten zukommen läßt«, sagte Victor. »Und wir werden ohne Nachrichten bleiben, weil die Regierungen sich fürchten; sie haben eine panische Angst vor dem Gespenst, das durch Europa eilt«, schloß Ogé in prophetischem Ton. »Die Zeiten sind gekommen, Freunde, die Zeiten sind gekommen.«

Zwei Tage vergingen bei Gesprächen über Revolutionen, und Sofia wunderte sich im stillen darüber, wie erregend das neue Thema war. Von Revolutionen zu sprechen, sich Revolutionen auszumalen, sich im Geist in den Mittelpunkt einer Revolution hineinzustellen heißt in gewissem Sinne sich zum Herrn der Welt zu machen. Wer von einer Revolution spricht, sieht sich dazu veranlaßt, sie auch zu machen. Daß dieses oder jenes Privileg abgeschafft werden muß, ist so offensichtlich, daß man es dann auch abschafft; daß diese oder jene Zwangsherrschaft verhaßt ist, steht so sehr außer Zweifel, daß man Maßnahmen gegen sie ergreift; daß dieser oder jener ein Bösewicht ist, ist allen so klar, daß man ihn einstimmig zum Tode verurteilt. Und wenn das Gelände dann gesäubert ist, geht man daran, die Stadt der Zukunft aufzubauen. Esteban sprach sich für die Abschaffung des Katholizismus und die Festsetzung exemplarischer Strafen für alle diejenigen aus, die weiterhin den Kult der ›Idole‹ pflegten. Darin stimmte ihm Victor zu, während Ogé anderer Meinung war; da der Mensch schon immer eine hartnäckige Tendenz zu einem Streben an den Tag gelegt habe, das man als ›Nachfolge Christi‹ umschreiben könne, sollte sich diese innere Einstellung in ein noch weiter gehendes Verlangen verwandeln, das den Menschen dazu bringe, Christus gleichzukommen und sich zu einem Archetypus menschlicher Vollkommenheit zu erheben. Transzendentalen Spekulationen wenig geneigt, rief Sofia die anderen wieder auf die Erde zurück, indem sie sich sehr konkret nach der Lage der Frau und der Erziehung der Kinder in der neuen Gesellschaftsordnung erkundigte. Und die Diskussion kreiste mit heftiger Lautstärke um die Frage, ob die spartanische Erziehung der modernen Zeit wirklich angemessen sei. »Nein«, sagte Ogé. »Ja«, sagte Victor. Und so hitzig debattierte man am dritten Tag über die Verteilung der Reichtümer in der neuen Gesellschaft, daß Carlos, als er nach einem anstrengenden Ritt auf dem Landgut eintraf, zuerst glaubte, alle lägen sich in den Haaren. Sein Erscheinen dämpfte die erregten Stimmen. Man sah seinem Gesicht an, daß er schlimme Nachrichten mitbrachte. Und sie waren in der Tat schlimm: Die Treibjagd auf Freimaurer und verdächtige Ausländer hatte begonnen. Fand die Regierung des Mutterlandes sich auch mit ihren liberalen Ministern ab, so war sie doch entschlossen, in den Kolonien alle fortschrittlichen Ideen auszurotten. Don Cosme hatte sich ein Vergnügen daraus gemacht, Carlos von einem ihm bekannten Haftbefehl gegen Ogé und Victor zu berichten. »*Décidément, il faut filer*«, sagte der Kaufmann, ohne sich weiter aufzuregen. Und er holte eine Landkarte aus seinem Handkoffer und zeigte auf eine Stelle an der Südküste der Insel. »Das ist gar nicht weit von hier«, sagte er. Und er erzählte, daß er in seiner Seemannszeit Schwämme, Kohle und Häute an Bord genommen habe an diesem Ankerplatz, wo er einige Leute kenne. Ohne noch ein Wort zu wechseln, suchten die beiden ihre Sachen zusammen, während die anderen in benommenem Schweigen zusahen. Nie hätten sie geglaubt, daß der Aufbruch Victors, dieses Fremden, dieses Eindringlings, der auf fast unerklärliche Weise in ihr Leben eingetreten war, ihnen so nahegehen würde. Sein vom Gedröhn der Türklopfer begleitetes Erscheinen hatte etwas Diabolisches gehabt — diese Art, wie er sich so selbstsicher des Hauses bemächtigt, am Kopfende des Tisches Platz genommen, die Schränke umgerückt hatte. Auf einmal hatten die Apparate des Physikkabinetts funktioniert, die Möbelstücke waren aus ihren Kisten herausgekommen,

Kranke waren gesund geworden, die Lahmen konnten plötzlich gehen. Jetzt blieben sie allein, wehrlos, freundlos zurück, den Umtrieben einer ebenso nachlässigen wie betrügerischen Obrigkeit ausgeliefert – sie, die von Geschäften wenig und von Gesetzen noch weniger verstanden. Falls die Lauterkeit eines Vormunds in Zweifel stand – hatte sich Carlos von einem Advokaten sagen lassen –, schritt das Gericht zur Ernennung eines Mitvormunds oder Vormundschaftsrats, der besondere Befugnisse hatte, bis die jungen Herren mündig waren. Auf jeden Fall aber sollten sie vor Gericht gehen und etwas unternehmen. Carlos hatte schon als Verbündeten einen ehemaligen Buchhalter in Betracht gezogen, der kürzlich von Don Cosme entlassen worden war und der sich rühmte, über dessen Machenschaften sehr gut Bescheid zu wissen. Indes dies in die Wege geleitet wurde, kam die Verfolgung der Freimaurer wahrscheinlich wieder zur Ruhe. Solche Sommergewitter waren bei der spanischen Verwaltung keine Seltenheit; später wanderten die Erlasse dann wieder in die Schubladen, und alles fiel in den alten Schlendrian zurück. Sie würden mit Victor in ständiger Verbindung bleiben. Der Franzose konnte für ein paar Wochen zurückkehren, um die geschäftliche Situation des Ladens zu überprüfen und ihr vielleicht einen neuen Auftrieb zu verleihen. Er konnte sich sogar überlegen, ob er nicht lieber sein eigenes Geschäft in Port-au-Prince aufgab, das von geringerer Bedeutung war als der Laden hier. Er wäre für sie der gegebene Geschäftsführer, und vielleicht erzielte er mit seiner Begabung für Zahlen einen größeren Profit, wenn er sich in einer Stadt mit lebhafter Handelstätigkeit niederließ. Im Augenblick gab es jedoch nur eines: Victor und Ogé mußten fliehen. Sie liefen beide Gefahr, festgenommen und ›aus den Königreichen ausgewiesen‹ zu werden, wie man dies mit anderen Franzosen gemacht hatte, die immerhin einen langen Aufenthalt in Spanien aufweisen konnten. Sofia und Esteban sollten sie bis zum Ankerplatz begleiten – an dem sie drei Tage später ohne Zwischenfälle eintrafen mit Staub an den Füßen, Staub im Haar, Staub unter den Kleidern, hinter den Ohren, nach einer unbequemen Reise vorbei an Landgütern, deren Gastlichkeit sie scheuten, vorbei an Zuckerplantagen, die ihre Jahresernte schon gemahlen hatten, und an trostlosen Dörfern, die sich von einer häufig überschwemmten Savannenlandschaft kaum abzeichneten. Die Hütten der kleinen Fischeransiedlung zogen sich an einem schmutzigen, von toten Algen und Teerplacken bedeckten Strand entlang, an dem es zwischen zerbrochenen Balken und verfaulten Seilen von Krebsen wimmelte. Eine Bretter-mole, die beim Ausladen von Marmorbrocken einige Tage zuvor beschädigt worden war, ragte in das trübe, wie von Öl überzogene Meer hinaus, dessen Wellen nicht schäumten. Mitten unter den Kohlenkähnen und Schwammbarken sah man mehrere mit Holz und Säcken beladene Küstenschoner. Ein Schiff, das alle anderen mit seinen hohen, schlanken Masten überragte, versetzte Victor, der stundenlang müde vor sich hin sinniert hatte, in gute Laune. »Dieses Schiff kenne ich«, sagte er. »Wir müssen jetzt nur noch feststellen, ob es auf dem Hinweg oder auf dem Rückweg ist.« Von einer plötzlichen Ungeduld gepackt, betrat er ein Haus, das gleichzeitig Gasthof, Laden, Seilerei und Taverne zu sein schien, und erkundigte sich nach freien Zimmern. Es gab nur einige Zellen mit einfachem Lager und Waschbecken, und die gekalkten Wände waren mit mehr oder weniger obszönen Inschriften und Malereien bekritzelt. Ein Stück weit vom Ankerplatz weg gab es ein etwas besseres Hotel, aber Sofia war so erschöpft, daß sie lieber hier blieb – immerhin waren die Zimmer sauber, eine frische Brise wehte, und in Tonkrügen stand Süßwasser bereit, mit dem man sich den Staub vom Leibe spülen konnte. Während die Reisenden sich einrichteten, so gut es ging, schritt Victor zur Mole hinunter, um Erkundigungen einzuziehen. Nachdem sie sich ein wenig die Beine vertreten hatten, trafen sich Sofia, Ogé und Esteban am Abendtisch wieder. Es gab Bohnen und Fisch, im Schein einer Laterne, gegen deren Scheiben prasselnd die Insekten stießen. Und man hätte angenehm gegessen, wären nicht mit Einbruch der Nacht ganze Schwärme von kleinen Mücken aus den nahen Sümpfen herübergeflogen gekommen. Sie setzten sich in Ohren, Nasenlöcher, flogen in den Mund und rieselten den Nacken hinunter wie kalter Streusand. Ohne sich an dem Rauch trockener Kokosnüsse zu stören, die man auf einem Ofenrost verbrannte, drängten die Mücken in Schwaden, in Wolken herbei und ließen Gesicht, Hände und Beine anschwellen. »Ich kann nicht mehr!« rief Sofia und floh auf ihr Zimmer, wo sie sich unter den Fliegenschleier legte, nachdem sie die zwei Kerzen ausgelöscht hatte, die auf dem als Nachttisch dienenden Schemel standen. Sie hörte, wie es rings um sie summte. Unter dem groben, von der Feuchtigkeit zerfressenen, durchlöcherten Tüll ging die Qual weiter. Das helle, spitze Singen ging von der Schläfe zur Schulter, von der Stirn zum Kinn und setzte nur aus beim Sichniederlassen des Insekts, das die Haut meldete. Sofia warf sich herum, ohrfeigte sich, klatschte sich mit den Handflächen hierhin, dorthin, auf die Schenkel, zwischen die Schulterblätter, in die Kniekehlen, auf die Hüften. Sie hörte, wie es erkundend ihre Schläfen umschwirrte, immer näher kam, immer toller sang. Schließlich rollte sie sich in eine Decke so rauh wie Segeltuch und steckte auch den Kopf noch darunter. Und schlief ein, schweißbenetzt, auf der von ihrem Schweiß klebrigen Bettdecke, die Wange in ein unbequemes schweißfeuchtes Kopfkissen gedrückt ... Als sie die Augen aufschlug, graute der Morgen; in der Nähe krähten die kahlhälsigen Kampfhähne eines Hahnenkampfplatzes; die Mücken waren verschwunden, aber sie fühlte sich so erschöpft, daß sie glaubte, sie sei krank. Die Vorstellung, noch einen Tag — und noch eine Nacht an diesem Ort mit seinem Brackwasser, seiner schon in der Morgenfrühe sich ankündigenden Hitze, seiner Insektenplage zu verbringen, wurde ihr unerträglich. Sie schlüpfte in einen Morgenrock und ging in den Laden hinunter, um Essig für ihre von Mückenstichen bedeckte Haut zu kaufen. Am Tisch vom Vorabend traf sie Ogé, Esteban und Victor, die schon aufgestanden waren und schwarzen Kaffee tranken in Gesellschaft eines Schiffskapitäns, der trotz der frühen Stunde für den Landgang seine beste Uniform angelegt hatte — blaues Tuch mit goldenen Knöpfen. Seine scharf rasierten Wangen trugen die Spuren eines schlechten Rasiermessers. »Caleb Dexter«, sagte Victor. Und die Stimme dämpfend, setzte er hinzu: »Auch ein Philanthrop.« Dann schloß er in seinem üblichen gebieterischen Ton: »Packen Sie Ihre Sachen. Die ›Arrow‹ lichtet um acht Uhr abends die Anker. Wir reisen alle nach Port-au-Prince.«

Jetzt die Frische des Meeres, der große Schatten des Segelwerks. Die von Norden wehende Brise schöpfte, nachdem sie über Land gezogen war, in der Weite neuen Atem und brachte jene pflanzlichen Gerüche mit, die der Späher im Mastkorb witternd zu entwirren wußte: dieses roch nach Trinidad, jenes nach Sierra Maestra, anderes nach Cabo Cruz. Mit einer Rute, an der man ein kleines Netz befestigt hatte, holte Sofia Wunderdinge aus dem Wasser: ein Büschel Seegras, dessen Früchte sie zwischen Daumen und Zeigefinger aufspringen ließ; einen noch mit zarten Austern bekleideten Manglebaumzweig; eine Kokosnuß von der Größe einer Walnuß und so glänzend grün, daß sie wie frisch gelackt aussah. Das Schiff fuhr über Schwammbänke hinweg, die sich als trübe Buschmassive vom klaren Meeresgrund abzeichneten, und zwischen weißen Sandklippen hindurch, stets in Sichtweite einer dunstverhangenen Küste, die immer gebirgiger und schroffer wurde. Sofia hatte diese Reise freudig begrüßt, befreit plötzlich von der Hitze, den Mücken, der Aussicht auf eine langweilige Rückkehr zum eintönigen Alltag — der noch eintöniger als sonst gewesen wäre, weil der gefehlt hätte, der die Kraft besaß, die Realität zu verwandeln — hatte sie begrüßt, als handele es sich um eine Bootsfahrt auf einem Schweizer See mit romantischem Felsengestade, eine *promenade en bateau,* die, gestern noch nicht zu ahnen, Victor in einem kritischen Augenblick aus seinen Taschenspielerärmeln geschüttelt hatte. Nachdem sie an Bord Platz gefunden hatten — für Sofia war eine kleine Kajüte unter Deck freigemacht worden —, hatte der Freund ihnen diese Seereise geboten, um, wie er sagte, seinen Dank für die Zuneigung und Großzügigkeit auszudrücken, die ihm in ihrem Haus stets widerfahren seien. Sie konnten einige Wochen in Port-au-Prince verbringen und mit demselben Schiff die Heimreise antreten — bei der Fahrt mit dem philanthropischen Kapitän bedurfte es keiner Geleitbriefe —, wenn es von Surinam zurückkam, wo es Fracht abzuliefern hatte. Das Ganze als einen kurzen Ausflug betrachtend, als etwas, das ihnen die angenehmen Tage des ungeregelten Lebens von einst zurückbringen würde, hatten sie an Carlos einen Brief abgeschickt und ihn von einem Abenteuer in Kenntnis gesetzt, das nach so vielen Träumen von großen Reisen, so vielen nur auf dem Papier erlebten Fahrten, so vielen Abschieden, zu denen es nie gekommen war, für Sofia die Bedeutung einer Fügung gewann. Wenigstens lernte man etwas Neues kennen; Port-au-Prince war nicht London, nicht Paris und nicht Wien, aber es bedeutete doch eine große Veränderung. Sie würden sich in einem überseeischen Frankreich befinden, wo man eine andere Sprache sprach und andere Lüfte atmete. Sie würden nach Cap Français gehen, um dort im Théâtre de la Rue Vaudreuil irgendeiner Aufführung beizuwohnen – vielleicht gab man gerade ›Le Légataire universel‹ oder ›Zémire et Azor‹. Die neuesten Musikstücke würden sie kaufen, für Carlos' Flöte, und Bücher, viele Bücher, die von der ökonomischen Wandlung Europas in diesem Jahrhundert handelten und von der derzeitigen Revolution – jener, die bereits *en marche* war ... Stimmenlärm riß Sofia aus ihrem Fischerinnenidyll – sie lag gerade auf dem Bauch im Bug und ließ sich die Sonne auf die Haut brennen: Im Achterkastell, nur mit Unterhosen bekleidet, überschütteten sich Victor und Ogé in einem scherzhaften Kampf mit Wasser, das sie um die Wette in Eimern an Lederriemen heraufzogen. Der Oberkörper des Mulatten war von stolzer Derbheit, mit der schlanken Taille unter Schultern, die sich, glänzend und hart, zu machtvoller Breite dehnten. Victors Brust, wuchtiger, untersetzter, ließ jedesmal deutlich die Muskeln hervortreten – die Rückenmuskeln schienen ihm über das Knochengerüst dahinzulaufen –, wenn er einen Eimer heraufzog, um ihn dem anderen ins Gesicht zu schütten. »Das ist das erste Mal, daß ich mich richtig jung fühle«, sagte Esteban. »Ich frage mich, ob wir überhaupt irgendwann einmal jung gewesen sind«, erwiderte Sofia und befaßte sich wieder mit ihrem Angelnetz. Das Wasser hatte sich mit irisierenden Medusen überzogen, deren Farben im Rhythmus der Wellen wechselten – gleichbleibend war nur ein von roten Girlanden gesäumtes Indigoblau. Die ›Arrow‹ durchschnitt langsam dahingleitend einen riesigen Wanderzug von Quallen, die der Küste zustrebten. Bei der Beobachtung der Vielzahl dieser kurzlebigen Tierchen verwunderte sich Sofia über die ständige Zerstörung des Geschaffenen, die einem ewigen Luxus der Schöpfung gleichkam: Luxus des Vervielfachens, um in desto größerem Maße ausrotten zu können; Luxus des Zeugens auf der elementarsten Ebene wie auf der Ebene der Götter-Menschen, um die Frucht dann einer Welt zu überlassen, die sich im Zustand immerwährender Gefräßigkeit befand. Vom Horizont her eilten in schönen Festgewändern diese Myriaden von Lebewesen herbei, die noch zwischen der Pflanze und dem Tier standen, um der Sonne zum Opfer gebracht zu werden. Sie würden auf dem Ufersand stranden, wo ihre glitzernde Masse allmählich vertrocknete, ihren Glanz verlor, schrumpfte, ein meergrünes Etwas, nur noch Schaum, bloße Feuchte, bald aufgesogen von der Hitze. Eine vollständigere Vernichtung konnte man sich nicht vorstellen, nichts blieb zurück, keine Spur, nicht einmal der Beweis, daß hier einmal etwas Lebendiges gewesen war ... Und nach den Medusen kamen gläserne Meerfahrer – rosig, gelb, gestreift – in solcher, das helle Mittagslicht widerspiegelnden Farbenvielfalt, daß das Schiff einen Jaspisozean zu zerteilen schien. Mit glühenden Wangen und in der Brise wehendem Haar genoß Sofia ein nie gekanntes körperliches Wohlbehagen. Sie konnte sich stundenlang im Schatten eines Segels aufhalten und die Meereswogen betrachten, ohne an etwas zu denken, einer Wollust des ganzen Körpers hingegeben – in sanfter Trägheit, mit Sinnen, die auf jede angenehme Anregung sofort antworteten. Sogar ihr Appetit erwachte auf dieser Überfahrt, seit der Kapitän ihr zu Ehren Speisen, Getränke, Früchte auftragen ließ, die mit ihrem neuen Aroma ihren Gaumen überraschten – da waren geräucherte Austern, die berühmten Bostoner Zwiebäcke, englischer Cider, Rhabarberkuchen – die sie zum ersten Mal kostete – und die saftigen Pensacola-Mispeln, die unterwegs reiften, zusammen mit den Melonen aus den Gärten New Yorks. Alles war anders, alles riß sie aus dem Gewohnten heraus und trug dazu bei, daß sie ununterbrochen in einer Atmosphäre der Unwirklichkeit schwebte. Wenn sie fragte, wie diese seltsam geformte Klippe, jenes Felseneiland, jener Kanal hieß, stimmten ihre spanischen Karten entnommenen Bezeichnungen nie mit den Namen ein, die Caleb Dexter gebrauchte, für den dies *Caymanbrack*, jenes *Nordest Kaye* und das dort *Portland Rock* war. Das Schiff selber hatte etwas Magisches, mit seinem ›philanthropischen‹ Kapitän, der der Geheimwelt Victors und Ogés angehörte – der Welt der Isis und Osiris, der Welt Jacques de Molays und Friedrichs des Großen – und der seinen mit der Akazie, dem Tempel-mit-den-sieben-Stufen, den zwei Säulen, der Sonne und dem Mond verzierten Schurz in einer Vitrine aufbewahrte, zusammen mit seinen Navigationsinstrumenten. Nachts, unter der Heckplane, sprach Ogé von den Wunderkräften des Magnetismus, vom Zusammenbruch der traditionellen Psychologie oder von den Geheimorden mit Namen wie Brüder Asiens, Ritter vom Schwarzen Adler, Cohens Auserwählte, Philaleten, Erleuchtete von Avignon, Brüder vom Wahren Licht, Philadelphier, Rosenkreuzritter und Ritter vom Tempel, die überall in Blüte standen, die ein Ideal der Gleichheit und Harmonie verfolgten und gleichzeitig an der Vervollkommnung des Individuums arbeiteten, das dazu bestimmt war, mit Hilfe der Vernunft und der Aufklärung zu den Sphären aufzusteigen, wo sich der Mensch für immer von Ängsten und Zweifeln befreit sehen würde. Sofia bemerkte übrigens, daß Ogé kein Atheist nach der Art Victors war, für den die christlichen Priester ›Harlekine in Schwarz, die Marionetten bewegen‹ darstellten, während er den ›Großen Baumeister‹ nur als vorläufiges Symbol wenigstens so lange hinnehmen wollte, bis es der Wissenschaft gelungen war, die Geheimnisse der Schöpfung zu enträtseln. Der Mestize pflegte sich auf die Bibel zu beziehen und erkannte einige ihrer mythischen Grundlagen an, wie er auch Begriffe gebrauchte, die der Kabbala und dem Platonismus entstammten, und oft von den Katharern sprach, deren Prinzessin Esclarmunde Sofia aus einem jüngst gelesenen lieblichen Roman kannte. Ogé zufolge wurde die Erbsünde durch den Begattungsakt nicht verewigt, sondern jedesmal abgewaschen. Unter Gebrauch diskreter Euphemismen versicherte er, die Gatten verwirklichten eine Rückkehr zur Ersten Unschuld, wenn der vollkommenen und paradiesischen Nacktheit der Umarmung eine Besänftigung der Sinne entspringe, eine freudige und zarte Ruhe, welche die ewig wiederholte Versinnbildlichung der Reinheit von Mann und Frau vor dem

Sündenfall sei ... Victor und Caleb Dexter, die einander mit kollegialem Respekt begegneten, sprachen von der Kunst des Navigierens und diskutierten über eine *Rocky Shoal*, die, wie verschiedene Abhandlungen berichteten, in vier Faden Tiefe als gefährliches Hindernis verborgen sein sollte, aber von niemandem auf der Fahrt an diesen Küsten gesichtet worden war. Mr. Erastus Jackson, der Zweite Offizier, näherte sich der Gruppe, um schreckliche Seefahrtsgeschichten zu erzählen, so zum Beispiel die von jenem Kapitän Anson, der, nachdem er den Längengrad verloren hatte, einen Monat lang im Pazifik umhersegelte, ohne die Insel Juan Fernández zu erreichen, oder die von einem Schoner, den man in der Nähe der Insel Grand Caicos gefunden hatte ohne ein einziges Besatzungsmitglied an Bord, aber mit noch brennendem Feuer in der Kombüse – ein nach dem Waschen aufgehängtes Kleidungsstück war noch nicht trocken und eine für die Offiziersmesse bestimmte Suppe noch lauwarm in ihrer Schüssel. Die Nächte waren herrlich. Immer wieder glitt ein Meeresleuchten über die Karibische See sanft zur Küste hin, die stets sichtbar blieb mit ihrem Gebirgsprofil, das ein im ersten Viertel stehender Mond matt bestrahlte. Sofia gab sich den Schauspielen hin, die diese unvorhergesehene, unwahrscheinliche Reise ihren Blicken darbot in Gestalt von treibenden Pflanzen, seltenen Fischen, grünen Blitzen und wunderbaren Sonnenuntergängen, die Allegorien an einen Himmel malten, an dem man jede einzelne Wolke als eine Standbildgruppe deuten konnte – kämpfende Titanen, Laokoonfiguren, Quadrigen und Höllensturz der Engel. Hier betrachtete sie hingerissen einen Korallengrund, dort entdeckte sie die ›schnarchenden‹ Inseln mit der tiefen Stimme ihrer von ewig rollendem Gestein erfüllten Höhlen. Sie wußte nicht, ob sie glauben sollte, daß die Holothurien Sand schluckten, und ob es stimmte, daß die Wale bis in die Tropen hinunter vorstießen. Aber auf dieser Reise wurde alles möglich. Eines Nachmittags machte man einen seltsamen Fisch aus, der Einhorn des Meeres hieß – was sie an Victors erstes Erscheinen im Haus mit den Türklopfern erinnerte. Damals hatte sie ihn zum Spaß gefragt, ob es in der Karibischen See Sirenen gebe. »An diesem Abend hätten Sie mich beinahe hinausgeworfen«, sagte Victor jetzt. »Ich war mehrmals im Begriff, es zu tun«, erwiderte sie, mit der Zweideutigkeit spielend, ohne einzugestehen, wie hart sie diese Tatsache jetzt ankam, wo sie, wenn sie beide in der Enge eines Schiffsgangs einander streiften oder auf einer steilen Treppe, den Schritt verhielt in der verschämten Erwartung, abermals um die Hüfte gefaßt zu werden. Schließlich war *das,* mit all seiner Gewalttätigkeit, das einzige wirklich wichtige Ereignis in ihrem Leben gewesen – das einzige aufwühlende Erlebnis. Sie stieg in ihre Kajüte hinunter und warf sich aufs Bett. Ein lästiger Schweiß klebte in ihren faltenwerfenden Strümpfen, auf ihren Brüsten in der eng geschnürten Bluse, auf ihrer ganzen Haut, die gereizt war durch die rauhe Wolldecke auf ihrem Bett. Da wurde an Deck geschrien, und man hörte schnelle Schritte. Sofia machte sich notdürftig zurecht und stieg hinauf, um zu sehen, was den Lärm ausgelöst hatte. Das Schiff fuhr durch einen Schwarm von Karettschildkröten hindurch; von einem gerade hinabgelassenen Boot aus versuchten zwei Matrosen das größte Tier mit Laufschlingen zu fangen. Aber zwischen den prächtigen Rückenschilden waren die Flossen eines Haifischs aufgetaucht, der das Boot angriff. Die Fischer kehrten zurück, vor Ingrimm fluchend angesichts alles dessen, was ihnen nun in Gestalt von kostbaren Kämmen, Buchzeichen und Schnallen aus Schildpatt verlorenging, und sie teilten nach links und rechts wütende Hiebe mit ihren Harpunen aus. Als ob der Tod einiger weniger Haie ihren Zorn auf die ganze Sippe hätte besänftigen können, warfen die an sicherem Bord stehenden Matrosen Angelhaken mit Ketten daran hinunter, in die die Raubfische gierig bissen, daß ihnen die Haken zu den Augen herauskamen. Und sie wurden unter wilden Rucken und Schwanzhieben bis auf die Höhe des Decks hinaufgezogen, wo man mit Stöcken, Stangen, Eisenstäben und sogar mit den Speichen der Ankerwinde auf sie einschlug. Blut floß aus den aufgerissenen Bälgen und färbte das Wasser, bespritzte die Segel, lief in die Deckabflußrinnen. »Das ist eine gute Tat!« schrie Ogé, der ebenfalls darauflos schlug. »Diese Fische sind schrecklich.« Die ganze Mannschaft war draußen; einige saßen rittlings auf den Segelstangen, andere suchten näher heranzukommen, jeder mit einem Pfahl, einem Zimmermannsgerät, einer Säge, einem Drehbohrer bewaffnet, auf die Gelegenheit hoffend, zuschlagen und treffen zu können, mit einer Erbitterung, die sie dann abermals Ketten und Haken hinabwerfen ließ. Sofia ging in ihre Kajüte, um die Bluse auszuziehen, die bei dem Tumult von Tran und Galle befleckt worden war. In dem kleinen Spiegel unter dem als Bullauge dienenden Guckloch sah sie Victor eintreten. »Ich bin es«, sagte er und schloß die Tür hinter sich. Oben ging das Schreien und Fluchen weiter.

11

Qué alboroto es éste? GOYA

Als das Schiff in den Hafen von Santiago einlief, machte Victor, der im Bug Ausschau hielt, eine überraschte Bewegung. Da lagen die ›Salamandre‹, die ›Vénus‹, die ›Vestale‹, die ›Méduse‹, Schiffe, die gewöhnlich zwischen Le Havre, dem Cap und Port-au-Prince verkehrten, und dazu eine Menge kleinerer Fahrzeuge – Frachtkähne, Schoner, Kutter –, die ihm bekannt waren, weil sie Kaufleuten in Léogane, Les Cayes und Saint-Marc gehörten. »Haben sich alle Schiffe von Saint-Domingue hier versammelt?« fragte er Ogé, der sich diesen ungewöhnlichen Umstand ebenfalls nicht erklären konnte. Nachdem die Anker ausgeworfen waren, gingen sie schnell an Land, um zu hören, was geschehen war. Sie erfuhren wahrlich erschütternde Kunde: Vor drei Wochen war in der nördlichen Region eine Negerrevolution ausgebrochen. Der Aufstand hatte um sich gegriffen, und die Behörden hatten die Herrschaft über die Lage verloren. Die Stadt war voller geflüchteter Siedler. Man erzählte sich von entsetzlichen Massakern unter den Weißen, von Bränden und Grausamkeiten, gräßlichen Vergewaltigungen. Die Sklaven hatten sich über die Töchter ihrer Herren hergemacht und sie den schlimmsten Qualen unterworfen. Das Land war der Ausrottung, der Plünderung und der Unzucht preisgegeben ... Kapitän Dexter, der eine kleine Ladung für Port-au-Prince an Bord hatte, wollte in der Hoffnung auf beruhigendere Nachrichten ein paar Tage abwarten.

Gingen die Unruhen fort, würde er nach Puerto Rico und anschließend nach Surinam weiterfahren, ohne Haiti anzulaufen. Victor, der sich Sorgen um sein Geschäft machte, wußte nicht, was er tun sollte. Ogé dagegen blieb ganz ruhig: Diese Aufstandsbewegung wurde zweifellos in allzu grellen Farben geschildert. Sie fiel allzu deutlich mit anderen Ereignissen von weltweiter Bedeutung zusammen, um eine simple Revolte brandstifterischer und notzüchtigender Barbaren zu sein. Auch nach einem gewissen 14. Juli, der die Welt umzugestalten im Begriffe war, hatten einige von tollwütigen, bluttrunkenen Menschenmengen gesprochen. Einer der bedeutendsten Beamten der Insel war sein gleich ihm in Frankreich ausgebildeter Bruder Vincent, Mitglied des Clubs der Negerfreunde von Paris, ein höchst aufgeklärter Philanthrop, der gewiß imstande gewesen wäre, die aufrührerischen Massen zurückzuhalten, hätten sich diese nicht um der Durchsetzung irgendeiner gerechten Forderung willen auf die Straßen und auf die Felder gestürzt. Menschen wie Vincent gab es jetzt viele, Menschen, die philosophisch gebildet waren und wußten, was die Zeiten erforderten. Man mußte einfach noch ein wenig warten, die nächsten Tage würden schon eine deutlichere Darstellung der Ereignisse bringen. Wenn Dexter dann noch immer nicht Port-au-Prince anlaufen wollte, würden die nach Santiago geflüchteten Schiffe schon bald dorthin zurückkehren. An Bord des einen oder anderen von ihnen würde die Reise zur Nachbarinsel nur eine angenehme Spazierfahrt sein ... Inzwischen aber mußte man mit der Hitze fertig werden. Mit einer Hitze, die aus den Zwischendecks, den Laderäumen, den Luken, ja von den Deckplanken der ›Arrow‹ aufzusteigen schien, während das Schiff mit gerefften Segeln im Hafen vor Anker lag — einem Hafen, der eben der von Santiago war, und das im September. Ein allgemeiner Geruch nach lauwarmem Teer drang in Kajüten und Gänge ein, der jedoch nicht stark genug war, um das Deck von gewissen anderen Ausdünstungen — von Kartoffelschalen, ranzigem Fett, Spülwasser — zu befreien, die aus der Kombüse aufstiegen. Keiner konnte hoffen, an Land eine Bleibe zu finden, da die Gasthäuser, Herbergen und Hotels von Flüchtlingen überfüllt waren, die sich schon mit einem Billardtisch oder irgendeinem in die Ecke geschobenen Sessel als Nachtlager zufriedengaben. Ogé und Esteban schliefen auf dem Deck der ›Arrow‹ und sehnten den Morgen herbei, um mit der ersten Schaluppe an Land setzen zu können in der Hoffnung, ein wenig Kühle anzutreffen in den Straßen dieser Stadt, die, gesäumt von rosenfarbenen, blauen, orangeroten Häusern mit hölzernen Fenstergittern und nägelbeschlagenen Türen, an die frühen Tage der Kolonisation gemahnten – als Hernan Cortés, bescheidener Bürgermeister noch, die ersten aus Spanien nach den jüngst entdeckten Antillen gebrachten Reben anpflanzte. Später verzehrten sie in irgendeiner Garküche ihr Frühstück – was es gerade gab, denn sogar die Nahrungsmittel wurden knapp – und suchten dann den Schutz der malerischen Palmblattdächer auf, die französische Komödianten unter geschickter Ausnutzung einer nicht alltäglichen Lage vor den Toren Santiagos errichtet hatten als eine Art Vergnügungspark, der am Nachmittag seine Pforten öffnete. Esteban wunderte sich darüber, daß weder Sofia noch Victor sie auf ihren abwechslungsreichen Gängen durch die Stadt begleiten wollte. Beide zogen es – trotz der drückenden Hitze – vor, an Bord der ›Arrow‹ zu bleiben, die während dieser Tage des Zwangsaufenthaltes von ihrer Mannschaft entblößt war, da alle Matrosen bei der ersten besten Gelegenheit an Land gingen und erst abends oder nachts betrunken und lärmend in den Schaluppen zurückkehrten. Sofia sagte, die hohe Temperatur halte sie bis in das Morgengrauen hinein wach, so daß sie, von der Erschöpfung überkommen, erst Schlaf finde, wenn die anderen erwachten. Victor seinerseits richtete sich, sowie der Tag anbrach, im Vorderkastell ein, der Stadt gegenüber, und erledigte eine umfangreiche Korrespondenz, die seine Geschäfte betraf. Und so vergingen mehrere Tage – die einen verbrachten sie an Land, die anderen an Bord, die einen von den üblen Schiffsgerüchen belästigt, die anderen von ihnen unbehelligt –, bis Dexter eines Morgens verkündete, ein am Abend zuvor aus Port-au-Prince eingetroffener Matrose habe ihm gesagt, dort herrsche offene Revolution. Er, Dexter, könne jetzt nicht länger warten; er werde am Nachmittag die Anker lichten und seine Fahrt fortsetzen, ohne die Insel Saint-Domingue anzulaufen. Nachdem sie ihre Sachen gepackt und zum Frühstück westfälischen Schinken gegessen und Bier dazu getrunken hatten, das so warm war, daß der Schaum sich nicht von den Bechern löste, nahmen die Reisenden von dem philanthropischen Kapitän und der Mannschaft der ›Arrow‹ Abschied. Unter einem Torbogen am Kai auf ihrem Gepäck sitzend, besprachen sie ihre Lage. Ogé hatte von einem heruntergekommenen kubanischen Klipper gehört, der, von hiesigen Kaufleuten gemietet, am nächsten Tag nach Port-au-Prince in See stach, um nach Flüchtlingen Ausschau zu halten. Das Vernünftigste war, Sofia blieb in Santiago zurück, während die drei Männer sich einschifften. Wenn die Lage nicht so war, wie man sie ausmalte – und Ogé ließ sich nicht davon abbringen, daß die Ereignisse zwangsläufig einem komplexeren und edleren Unternehmen entsprachen als einem bloßen Plünderungsdrang –, dann sollte Esteban mit demselben Schiff zurückkehren und seine Cousine holen. Ogé setzte außerdem großes Vertrauen in die Autorität seines Bruders Vincent, von dem er seit einigen Monaten nichts mehr gehört hatte, der aber, wie er wußte, einen hohen Posten in der Verwaltung der Kolonie innehatte. Für Victor gab es nicht viel zu überlegen; er hatte in Port-au-Prince ein Geschäft, ein Haus, Besitztümer. Sofia wurde ärgerlich und bat, man möchte sie mitnehmen; sie versicherte, sie werde niemandem im Wege sein; sie brauche keine Kajüte und habe keine Angst. »Darum geht es nicht«, sagte Esteban. »Wir dürfen nicht riskieren, daß dir das widerfährt, was dort Hunderten von Frauen widerfahren ist.« Victor war der gleichen Ansicht. Falls man auf der Insel bleiben konnte, wollte man sie holen. Wenn nicht, würde er Ogé als seinen Bevollmächtigten zurücklassen und nach Santiago zurückkehren, um dort das Ende der Unruhen abzuwarten. Bei so vielen französischen Flüchtlingen in der Stadt würde niemand nachprüfen, ob der Victor Hugues von hier derselbe war, der in Havanna als Freimaurer denunziert worden war. Santiago beherbergte jetzt Hunderte von Mitgliedern der Logen von Port-au-Prince, von Le Cap, von Léogane. Dem Beschluß der Männer zustimmend, blieb Sofia mit Victor inmitten des verstreuten Gepäcks allein, während Ogé und Esteban sich auf die schwierige Suche nach einer anständigen Unterkunft für das Mädchen machten. An Bord der ›Arrow‹, die schlank und herrlich anzusehen war mit ihrem leicht geneigten Mastwerk, den dünnen Wanttauen, den flatternden Wimpeln, traf man unter dem geschäftigen Hin und Her der Matrosen an Deck die ersten Vorbereitungen zum Auslaufen.

Das Schiff, das am nächsten Morgen den Hafen von Santiago verließ zu einer Reise längs einer immer höher aufsteigenden Küste, war ein alter kubanischer Kutter mit geflickten Segeln. Das Fahrzeug schien gar nicht von der Stelle zu kommen, so sehr mußte es lavieren, um die Gegenströmung zu überwinden ... Ein endloser Tag verging und eine so mondhelle Nacht, daß Esteban im Halbschlaf, unbequem am Fuß des Mastes ruhend, zwanzigmal den Tag heraufdämmern sah. Der Kutter bog in den Golf von Gonave ein, und bald sichtete man die Küsten einer Insel, auf der es, wie Ogé behauptete, Wasserfälle gab, deren Wasser die Fähigkeit besaß, Frauen in einen Zustand orphischen Hellsehertums zu versetzen. Jedes Jahr pilgerten sie zu diesem funkelnden Altar der Göttin der Fruchtbarkeit und des Wassers und tauchten in den von hohem Fels herabstürzenden Schaum ein. Und manche krümmten sich und schrien, von einem Geist besessen, der ihnen Wahrsagungen und Prophezeiungen eingab — Prophezeiungen, die mit erstaunlicher Genauigkeit einzutreffen pflegten. »Es überrascht ein wenig, daß ein Arzt an so etwas glaubt«, sagte Victor. »Doktor Mesmer«, erwiderte Ogé sarkastisch, »hat in eurem kultivierten Europa Tausende von Wunderheilungen vollbracht, indem er das Wasser in seinen Schüsseln magnetisierte und seine Patienten in einen Zustand der Inspiration versetzte, den die Neger von hier schon seit eh und je kennen. Nur hat er Geld dafür verlangt, während die Götter der Insel Gonave gratis arbeiten — das ist der ganze Unterschied ...« Man fuhr bis zum Einbruch der Nacht weiter zwischen Ufern dahin, die im Dunst verschwammen ... Victor, der den ganzen Tag über größte Ungeduld gezeigt hatte, fiel nach einem aus Heringen und Zwieback bestehenden Abendessen in einen schweren Schlaf — als dränge es ihn, die verschwendete Nervenkraft wiederzuerlangen. Esteban weckte ihn kurz nach Tagesanbruch.

Der Kutter lag vor Port-au-Prince. Die Innenstadt stand in Flammen. Ein riesiger Brand rötete den Himmel und schleuderte Funken zu den umliegenden Bergen hinauf. Victor verlangte, daß man sofort ein Boot ins Wasser lasse, und kurz darauf stieg er an der Fischermole an Land. Gefolgt von Esteban und Ogé schritt er durch die Straßen. Ein paar Neger sammelten Uhren, Bilder und Möbelstücke auf, die von den Flammen verschont worden waren. Die drei kamen an ein ödes Grundstück, auf dem noch einige verkohlte Balken aufragten, rauchend, bedeckt von Ascheschuppen zwischen vereinzelten Glutstellen. Der Franzose blieb zitternd stehen, verkrampft, Schweiß rann ihm von Stirn, Schläfen und Nacken. »Bitte erweisen Sie mir die Ehre, in mein Haus einzutreten«, sagte er. »Hier war die Bäckerei, dort der Laden und dahinter meine Wohnung.« Er hob eine halb verbrannte Eichenholzplatte auf: »Das war eine gute Theke.« Sein Fuß stieß gegen eine vom Feuer geschwärzte Waagschale. Er hob sie auch auf und sah sie lange an. Plötzlich warf er sie zu Boden, daß sie wie ein Gong tönte und Rußflocken aufwirbelten. »Verzeihung«, sagte er, in Schluchzen ausbrechend. Ogé machte sich auf die Suche nach Freunden, die er in der Stadt hatte.

Unter niedrigen, rauchschweren, von den Bergen rings um den Golf eingezwängten Wolken wurde es Tag. Auf dem Backofen sitzend – dem einzigen inmitten von soviel Zerstörung noch identifizierbaren Gegenstand –, blickten Victor und Esteban auf eine Stadt, die noch während der Vernichtung ihren städtischen Rhythmus wiedererlangte. Bauern mit Früchten, Käse, Kohlköpfen, Zuckerrohrbündeln trafen ein, um ihre Ware auf einem Markt feilzubieten, der aufgehört hatte, Markt zu sein. Aus alter Gewohnheit ließen sie sich an der Stelle ihres nicht mehr existierenden Standes nieder und errichteten im Freien Geschäfte, die genau die Gassenanordnung früherer Tage einhielten. Es war, als hätten sich die Aufrührer, nachdem durch ihre Hand alles in Flammen aufgegangen war, in Rauch aufgelöst. Eine friedliche Ruhe, hervorgerufen von erloschener Holzkohle, heißer Asche und lebendiger Glut über der von Trümmern bedeckten Erde, verlieh dem, der mit Ausruferstimme die Milch seiner gesprenkelten Ziegen, den Duft seines Jasmins, die Güte seines Honigs pries, einen bukolischen Anstrich. Der Riese, der dort hinten am Ende des Hafendammes auf der Suche nach einem Käufer einen großen Tintenfisch in die Höhe hob, wurde zu dem Perseus von Cellini. In der Ferne nahmen Mönche das verkohlte Gerüst einer im Bau befindlichen Kirche ab. Lastesel trotteten durch Straßen, die keine Straßen mehr waren, folgten aus Gewohnheit dem alten Weg, bogen ab, wo man jetzt hätte geradeaus gehen können, blieben an einer imaginären Hausecke stehen, wo der Wirtshausbesitzer auf Brettern, über Steine gelegt, schon wieder seine Schnapsflaschen aufgestellt hatte. Victor durchmaß immer wieder mit dem Blick das Areal seines zerstörten Geschäfts, und während sein Zorn sich langsam legte, überkam ihn seltsamerweise das befreiende Gefühl, allen Eigentums ledig zu sein, nichts mehr zu besitzen, kein einziges Möbelstück, keinen Vertrag, kein Buch – nicht einmal einen vergilbten Brief, über dessen Handschrift er hätte sentimental werden können. Sein Leben war auf den Nullpunkt zurückgefallen, es gab keine bindenden Abmachungen, keine zu bezahlenden Schulden mehr, er befand sich in der Schwebe zwischen dem zerstörten Gestern und dem unvorstellbaren Morgen. Auf den Hügeln am Stadtrand brachen neue Brände aus. »Bei dem wenigen, das noch übrig ist, sollten sie gleich alles auf einmal verbrennen«, sagte er. Und am Mittag hockte er noch immer da, unter dem weißen Glanz der von Berg zu Berg gespannten Wolken, als Ogé zurückkam. Das Gesicht des Arztes hatte sich verhärtet, war zerfurcht von neuen Falten, die Esteban nicht an ihm kannte. »Gut gemacht«, sagte er, während er den Blick über die Brandstätte schweifen ließ. »Sie haben es nicht besser verdient.« Auf den fragenden, empörten Blick Victors antwortend, fuhr er fort: »Mein Bruder Vincent ist auf der Place d'Armes in Cap Français hingerichtet worden: man hat ihm mit eisernen Stangen die Glieder zerbrochen. Man erzählt sich, seine Knochen hätten geknackt wie Nüsse, die man mit dem Hammer zerschlägt.« – »Die Aufständischen?« fragte Victor. »Nein. Sie«, erwiderte der Arzt mit Augen von finsterer

Starre, die sahen, ohne zu sehen. Und mitten auf dem verödeten Grundstück erzählte er die schreckliche Geschichte des jüngeren Bruders, der, auf einen wichtigen Posten in der Verwaltung berufen, sich den französischen Siedlern widersetzt, die sich weigern, das Dekret der Nationalversammlung zu beachten, demzufolge die entsprechend gebildeten Neger und Mestizen das Recht erhalten sollten, auf Saint-Domingue ein öffentliches Amt zu bekleiden. Des Plädierens und Forderns müde, greift Vincent zu den Waffen, an der Spitze einer Schwadron Unzufriedener, die von der Unduldsamkeit – dem Ungehorsam – der Weißen gleichermaßen betroffen sind. Unterstützt von einem anderen Mestizen, Jean Baptiste Chavannes, rückt er auf Cap Français vor. Im ersten Treffen zurückgeschlagen, suchen Vincent und Jean Baptiste Schutz im spanischen Teil der Insel. Dort aber werden sie von den Behörden festgenommen, in Ketten gelegt und unter Bewachung nach Cap Français zurückgebracht. Man sperrt sie auf einem öffentlichen Platz hinter Gitter und setzt sie mehrere Tage lang dem Spott der Passanten aus: sie werden geschmäht, bespien, mit Unrat beworfen und mit schmutzigem Wasser übergossen. Aber schon ragt der Schandpfahl auf; der Henker packt seine Eisenstange, die ihre Wut an den Beinen, Armen und Schenkeln der Verurteilten ausläßt. Nachdem diese Arbeit getan ist, kommt das Beil. Die Köpfe der jungen Männer, auf Lanzen aufgespießt, werden, um ein Exempel zu statuieren, den Weg entlanggetragen, der zur Grande Rivière führt. Die niedrig fliegenden Geier hacken im Vorbeiflattern nach den schwarzblau gedunsenen Köpfen, die schon jedes menschliche Aussehen verloren hatten, nur noch fleischerne Schwämme waren, mit scharlachroten Höhlungen, schwankend dahingetragen von betrunkenen Wachsoldaten, die an jeder Kneipe haltmachten, um zu trinken ... »Es gibt noch viel zu verbrennen«, sagte Ogé. »Die kommende Nacht wird furchtbar werden. Reisen Sie so bald wie möglich ab!« ... Sie wandten sich der Mole zu, deren Bohlen über große Strecken hin verbrannt waren, so daß sie auf den aus feuerfestem Quebrachoholz gefertigten Stützbalken gehen mußten, unter denen von Krebsen angefressene Leichen schwammen. Der mit Flüchtlingen beladene kubanische Kutter war davongesegelt, ohne auch nur eine Stunde zu warten, wie sie von einem alten Neger erfuhren, der unerschütterlich seine Netze flickte, als wäre ein Loch in deren Fadenwerk ein Problem von größter Wichtigkeit inmitten der riesigen Katastrophe. Alle Schiffe hatten den Hafen verlassen, bis auf eines, das gerade eingetroffen war und dessen Mannschaft inzwischen vernommen hatte, was in Port-au-Prince vorging; es war eine Dreimastfregatte mit hohem Bord, auf die vom Ufer aus immer mehr Barken zuhielten. »Das ist Ihre letzte Chance«, sagte Ogé. »Gehen Sie, ehe man Ihnen den Bauch aufschlitzt.« Der Fischer fuhr sie hinaus in einem so verwahrlosten Boot, daß sie ständig mit Tassen das Wasser herausschöpfen mußten, und sie legten an der ›Borée‹ an, deren Kapitän, über die Bordbrüstung gelehnt, Flüche ausspie und sich weigerte, sie aufzunehmen. Da machte Victor eine seltsame Bewegung — eine Art Zeichnung, in die Luft gemalt —, und der Kapitän verstummte. Man ließ ihnen eine Strickleiter hinunter, und kurz darauf standen sie an Deck, neben dem, der das Zeichen — die abstrakte Bitte — des um alle Habe gebrachten Kaufmanns verstanden hatte. Das Schiff, gerammelt voll von Flüchtlingen — sie waren überall, schwitzend in verschwitzten Kleidern, schlecht riechend, krank vor Fieber, Schlaflosigkeit, Erschöpfung, man kratzte sich die ersten Wunden, fing die ersten Läuse, der war verprügelt, dieser verwundet, jene geschändet worden — das Schiff also würde auf der Stelle wieder in See stechen und nach Frankreich zurückkehren. »Es gibt keine andere Lösung«, sagte Victor, als er sah, daß Esteban noch zögerte angesichts der Weite einer Reise, die in seinen Plänen nicht vorgesehen war. »Wenn Sie bleiben, wird man Sie heute nacht umbringen«, sagte Ogé. »*Et vous?*« fragte Victor. »*Pas de danger*«, erwiderte der Mulatte und deutete auf seine dunklen Wangen. Sie umarmten sich. Dennoch hatte Esteban den Eindruck, daß der Arzt ihn nicht so überschwenglich an sich drückte wie früher. Eine gewisse Starrheit, eine neue Distanz, ein ungekannter Ernst schob sich als unsichtbare Trennmauer zwischen ihre Körper. »Ich bedaure, was geschehen ist«, sagte Ogé, zu Victor gewandt, als übernehme er auf einmal die Vertretung eines ganzen Landes. Und dann machte er eine verabschiedende Geste und stieg in das Boot hinunter, gegen dessen Bord eine Pferdeleiche angetrieben war, die der Fischer mit dem Ruder fortzustoßen versuchte ... Kurz darauf erhob sich über Port-au-Prince ein Trommelwirbel, der bis zu den Gipfeln der umliegenden Berge hinaufdrang. Neue Brände entfachten sich im roten Schein der Abenddämmerung. Esteban dachte an Sofia, die jetzt vergebens in Santiago wartete, wo sie im Haus achtbarer Kaufleute untergekommen war, die schon seit vielen Jahren das Geschäft ihres Vaters mit Waren versorgten. Aber es war besser so. Ogé würde sie schon irgendwie verständigen, und Carlos konnte sie dann zu sich holen. Das einmalige Abenteuer, das heute begann, war kein Unternehmen für Frauen, befand man sich doch auf einem Schiff, wo alle zusahen, wenn sich jemand zurechtmachen wollte – und noch manches andere gab es, das sich zwangsläufig vor aller Augen abspielen würde. Hin und her gerissen zwischen Erregung und Reue, von einem Glücksgefühl erfüllt angesichts des Unerhörten, das ihm widerfuhr, kam sich Esteban sicherer, reifer, männlicher vor an der Seite Victor Hugues'. Jetzt, da der Franzose der Stadt den Rücken gekehrt hatte und sich gleichsam damit brüstete, seine Vergangenheit unter einem Haufen Asche begraben zu haben, erkundigte er sich, mehr Franzose denn je, nach den neuesten Nachrichten aus seinem Heimatland. Die waren gewiß interessant, ungewöhnlich, außerordentlich. Die sensationellste aber bezog sich auf die Flucht des Königs und seine Festnahme in Varennes. Das war etwas so Ungeheuerliches, so Neues, daß die Worte ›König‹ und ›Festnahme‹ sich einfach nicht miteinander verbinden, keine ohne weiteres vorstellbare Realität ergeben wollten. Ein Monarch verhaftet, beschämt, gedemütigt, von eben dem Volk in Gewahrsam genommen, das zu regieren er vorgab, wo er doch dessen unwürdig war! Die erlauchteste Krone, die erhabenste Macht, das stolzeste Zepter des Universums – abgeführt, von zwei Gendarmen in die Mitte genommen! »Und da habe ich mit geschmuggeltem Seidentuch gehandelt, wo auf der Welt solche Dinge geschehen«, sagte Victor und faßte sich an den Kopf. »Dort hat man inzwischen der Geburt einer neuen Menschheit beigewohnt ...« Die ›Borée‹, von der nächtlichen Brise getragen, trieb langsam dahin unter einem so sternklaren Himmel, daß die Gebirge im Osten sich als vorwitzige Schleier abhoben, die in das helle, reine Bild der Konstellationen hineinschnitten. Zurück blieben die Brandschwaden eines vergänglichen Tages. Gen Osten erhob sich, steil aufragend und prächtig, von den Augen des Geistes schon ahnend geschaut, die Feuersäule, die den Weg wies zum Gelobten Land.

ZWEITES KAPITEL

12

Sanos y enfermos. GOYA

Wenn Esteban an die Vaterstadt dachte, die Stadt, die ihm, so weit fort jetzt, fern und fremd geworden war, sah er sie immer in den Farben einer Radierung vor sich, mit ihren Schatten, die mit einem Übermaß an Licht kontrastierten, mit ihrem plötzlich von Gewitterwolken schweren Himmel, ihren engen, morastigen Gassen voller Neger, die ihren Geschäften nachgingen zwischen Teer, Tabak und Rauchfleisch. Mehr Kohle als Flammen gab es auf dem Bild dieser Wendekreiszone, die sich, von hier aus gesehen, statisch darstellte, beklemmend und eintönig mit ihrem immer wiederkehrenden Farbenrausch, ihren zu kurzen Abenddämmerungen und ihren so jäh vom Himmel fallenden Nächten, daß man die Lampen stets zu spät anzündete — langen Nächten, länger erscheinend noch denen, die sich dem Schlaf hingaben, ehe der Nachtwächter die zehnte Stunde sang bei der heiligen Maria, ohne Sünde empfangen im ersten Augenblick ihres natürlichen Lebens ... Hier, in den satten Schattierungen eines beginnenden Herbstes, der etwas unerhört Neues war für den, der von den Inseln herkam, wo die Bäume den Übergang vom Grün zum Blutrot und Sepiaton nicht kannten, war alles fahnenflatternde Freude, Blütenvielfalt von Kokarden und Hutbändern, Blumen, dargeboten an den Straßenecken, dünne Umschlagtücher und städtisch zur Schau getragene Unterröcke mit sehr viel Rot und Blau daran. Nach so langen Jahren weltabgeschiedenen, zurückgezogenen Lebens glaubte Esteban, plötzlich auf einen Jahrmarktsplatz geraten zu sein, dessen Gestalten und Szenerie sich ein großer Theaterintendant ausgedacht hatte. Alles drehte sich, lenkte ab, betäubte in dem ständigen lauten Geschwätz, zu dem sich gesprächige Frauen aus dem Volk zusammenfanden, redselige Kutscher, die einander von Bock zu Bock anriefen, neugierige Ausländer, fluchende Lakaien, Müßiggänger, Klatschmäuler, Kommentatoren der neuesten Ereignisse, Zeitungsleser, Wortfechter, die sich auf eine hitzige Debatte mit einem Lügenverbreiter einließen, mit dem Neunmalklugen, dem, der dabeigewesen war und es ganz genau wußte – ohne den weinseligen glühenden Patrioten zu vergessen, den Journalisten, der gerade drei Artikel verfaßt hatte, den Polizisten, der einen Katarrh vorschützte, um das Tuch vor dem Gesicht zu rechtfertigen, den heimlichen Antipatrioten, der zu patriotisch ausstaffiert war, als daß die Aufmachung nicht nach Maskerade gerochen hätte – alle jene, die zu jeder Stunde das große Panoptikum der Volksmassen mit irgendeiner erstaunlichen Neuigkeit in Atem hielten. Die Revolution hatte der Straße neues Leben eingeflößt – der Straße, die für Esteban ungeheuer wichtig war, da er in ihr lebte und von ihr aus die Revolution erlebte. ›Fröhlichkeit und Überschwang eines freien Volkes‹, dachte der Jüngling, der alles hörte, alles sah, stolz auf den Titel eines ›Freiheitsliebenden Ausländers‹, den ihm alle verliehen. Der eine oder andere mochte sich rasch an das alles gewöhnt haben, aber er, der plötzlich aus seiner tropischen Trägheit herausgerissen war, glaubte sich in einer exotischen Umgebung – diese Bezeichnung traf es genau –, in einer Welt mit viel mehr malerischer Exotik als die des Landes der Palmen und Zuckerrohrplantagen, in dem er aufgewachsen war, ohne daran zu denken, daß das stets und immer Gesehene auf einen anderen exotisch wirken könnte. Exotisch – wirklich exotisch – dünkten ihn hier die Fahnenstangen und Banner, die Allegorien und Zeichen, die Pferde mit den breiten Kruppen, die dem phantasievollen Karussell eines Paolo Ucello hätten entsprungen sein können, so ganz anders als die knochigen, aber flinken, von guten Andalusiern abstammenden Schindmähren seines Heimatlandes. Alles war ihm ein Schauspiel, vor dem man stehenbleiben und staunen konnte: das auf chinesisch ausgeschmückte Café, die Taverne, deren Aushängeschild ein Silen zierte, der rittlings auf einem Faß saß. Die Seiltänzer, die unter freiem Himmel die Tricks berühmter Akrobaten nachahmten, und der Hundefriseur, der sein Atelier am Flußufer eingerichtet hatte. Alles war einzigartig, unvorhergesehen, anmutig: die Kleidung des Waffelverkäufers und die Kollektion der feilgebotenen Anstecknadeln, die rot bemalten Eier und die von einer Geflügelrupferin auf dem Markt als ›Aristokraten‹ angepriesenen Truthähne. Jeder Laden stellte sich ihm als ein Theater dar, bei dem die Auslage, in der vielleicht Hammelkeulen auf Papierspitzen ruhten, als Bühnenszenerie diente; die Parfümverkäuferin nebenan war zu hübsch, als daß man ihr glauben mochte, sie lebe von den wenigen ausgestellten Artikeln; und dann der Laden der Fächermacherin und der jener Schönen mit den schwellend zur Schau getragenen Brüsten, die revolutionäre Embleme aus Marzipan anbot. Alles war gestreift, mit Schleifchen verziert, ausgeschmückt in den Farben von Zuckerbonbons, Montgolfierballons, Bleisoldaten und bunten Illustrationen. Man schien sich weniger in einer Revolution als in der gigantischen Allegorie einer Revolution zu befinden; in der Metapher einer Revolution, die anderswo stattfand und sich um eine verborgene Achse drehte, einer Revolution, auf unterirdischen Konzilien ausgearbeitet, welche für die, die alles wissen wollten, unsichtbar blieben. Mit den neuen, gestern noch unbekannten und Tag für Tag wechselnden Namen nur mangelhaft vertraut, vermochte Esteban nicht herauszubringen, wer nun die Revolution eigentlich machte. Auf einmal tauchten obskure Provinzler auf, ehemalige Notare, Seminaristen, Advokaten ohne Mandanten und sogar Ausländer, die innerhalb von Wochen zu Rang und Würden kamen. Die äußerste Nähe der Ereignisse betäubte ihn mit der Vielzahl neuer Gesichter auf den Tribünen und in den Clubs, wo bisweilen die jugendlichen Stimmen solcher erklangen, die man noch kaum Männer nennen konnte. Die Versammlungen, denen er in der Menschenmenge beiwohnte, sagten ihm auch nicht viel: Da er die Männer nicht kannte und der Wortschwall ihn verwirrte, stand er den Rednern verwundert gegenüber, wie es vielleicht einem Lappen ergangen wäre, den man plötzlich zum Kongreß der Vereinigten Staaten geschleppt hätte. Der eine war ihm sympathisch wegen seiner gewandten, stählernen Ausdrucksweise, die sich mit jugendlichem Feuer verband; jener wegen der volkstümlichen Anklänge seiner rauhen Stimme; ein dritter, weil er ätzender und schneidender sprach als die anderen ... Victor Hugues erwies sich in diesen Tagen als schlechter Berichterstatter, denn Esteban bekam ihn nur selten zu Gesicht. Sie wohnten beide in einer bescheidenen, schlecht beleuchteten und noch schlechter gelüfteten Herberge, wo es zu jeder Zeit nach Hammelfleisch, Kohl und Lauchsuppe roch, abgesehen von dem Geruch nach ranziger Butter, der von den abgeschabten Teppichen ausging. Zunächst hatten sie sich dem Genuß des Lebens in der Hauptstadt hingegeben und die Vergnügungsstätten besucht, wo es Esteban mit vielen Ausschweifungen und manchem Attentat auf seinen Beutel gelang, die klassische Lüsternheit aller an die Seine pilgernden Ausländer zu befriedigen. Nach einiger Zeit jedoch dachte Victor, der ja nichts mehr besaß außer dem Geld, das er auf Kuba verdient hatte, an die Zukunft, während Esteban an Carlos schrieb und ihn um einen Kreditbrief bat, vermittelt durch die Firma Laffon in Bordeaux, die in Frankreich die Weine – Garnacha und Muskateller – des Grafen von Aranda vertrat. Der Franzose hatte sich angewöhnt, früh aus dem Hause zu gehen und erst sehr spät zurückzukommen. Da der Jüngling ihn kannte, stellte er ihm keine Fragen. Victor war ein Mensch, der von seinen Erfolgen erst sprach, wenn er sie errungen hatte und schon wieder neue, noch höher gesteckte Pläne verfolgte.

Auf sich selbst angewiesen, ließ sich Esteban vom Rhythmus der Tage treiben. Er folgte den Trommeln einer Wachtparade, besuchte irgendeinen politischen Club, schloß sich irgendeiner improvisierten Kundgebung an und gab sich französischer als ein Franzose, revolutionärer als die Großen der Revolution – er forderte stets unwiderrufliche Maßnahmen, drakonische Strafen, abschreckende Beispiele. Seine Zeitungen waren die der Extremisten, seine Redner die, die am unerbittlichsten auftraten. Jedes Gerücht, das von einer konterrevolutionären Verschwörung wissen wollte, ließ ihn das erste beste Küchenmesser packen und auf die Straße stürzen. Sehr zum Ärger seiner Herbergswirtin war er eines Morgens, gefolgt von allen Kindern des Viertels, erschienen und hatte einen Tannenschößling mitgebracht, den er im Hof als neuen Baum der Freiheit einpflanzte. Eines Tages ergriff er in einem Jakobinerclub das Wort und verblüffte die Anwesenden mit der Vorstellung, daß es, um die Revolution in die Neue Welt hinüberzutragen, genüge, den aus den überseeischen Besitzungen vertriebenen und jetzt in Italien und Polen umherziehenden Jesuiten das Ideal der Freiheit einzuimpfen ... Die Buchhändler des Viertels nannten ihn den ›Huronen‹, und er, durch diesen Spitznamen geschmeichelt, der die Erinnerung an Voltaire mit dem Bild Amerikas verband, tat alles, was er konnte, um gegen die urbanen Sitten des alten Regimes zu verstoßen, indem er sich einer Offenmütigkeit, einer Brutalität des Ausdrucks und einer Urteilsstrenge befleißigte, die bisweilen sogar die Revolutionäre verletzten. »Mir bereitet es Vergnügen, ins Fettnäpfchen zu treten und im Hause des Gehenkten vom Strick zu sprechen«, sagte er und genoß es, unerträglich und ruppig zu sein. Und so ging er, auf neue ›Huronaden‹ aus, von einer Gruppe, einer Klatschecke zur anderen, bis zu den Stammtischen, an denen sich die in Paris lebenden Spanier versammelten, Freimaurer und Philosophen, Philanthropen und Pfaffenfresser, die eifrig bemüht waren, die Revolution auf die Halbinsel hinüberzutragen. Hier redete man ständig von gehörnten Bourbonen, lasterhaften Königinnen und geisteskranken Infanten und faßte die Rückständigkeit Spaniens zusammen in einem düsteren Bild von konspirierenden Nonnen, Wundertätern, Lumpenelend, Verfolgungen und Gewalttaten, die alles, was zwischen den Pyrenäen und Ceuta lebte, in die Nebel eines wiedererstandenen Konservativismus stürzten. Man verglich dieses schlafende, tyrannisierte, einer Aufklärung ermangelnde Land mit dem aufgeklärten Frankreich, dessen Revolution begrüßt, bejubelt worden war von Männern wie Jeremy Bentham, Schiller, Klopstock, Pestalozzi, Robert Bruce, Kant und Fichte. »Aber es genügt nicht, die Revolution nach Spanien hineinzutragen, wir müssen sie auch nach Amerika hinübertragen«, sagte Esteban bei diesen Zusammenkünften, wobei er stets die Billigung eines gewissen Feliciano Martínez de Ballesteros fand, der aus Bayonne kam und bald seine Sympathie errang, weil er sehr gut Anekdoten zu erzählen verstand und manchmal Lieder von Blas de Laserna sang, wobei er sich selbst mit Witz und Schwung auf einem alten ausrangierten Cembalo begleitete. Es war wunderbar, in einem solchen Augenblick den um die Tasten versammelten Spaniern zuzuhören, wenn sie im Kontrapunkt die Copla sangen:

Cuando Majoma vivía
Allá en la era pasada
Era tanto lo que bebía
Que del suelo se elevaba
Con las monas que cogía,
Con las monas que cogía.

Aus Großtuerei trugen sie alle Westen, deren Verkauf durch königliche Verfügung in Spanien und seinen amerikanischen Besitzungen verboten war und in deren Futter man das mit rotem Faden eingestickte Wort ›Freiheit‹ lesen konnte. Und die Nächte verbrachte man im Kreise Gleichgesinnter mit Pläneschmieden und Projektemachen: Man unternahm im Geist Einfälle, ließ ganze Provinzen sich erheben, landete bei Cádiz oder an der Costa Brava, ernannte aufgeklärte Minister, gründete imaginäre Zeitungen, redigierte Proklamationen, wobei jedem das Vergnügen zuteil wurde, sich selbst reden zu hören in einem Palaver, in dem man Köpfe rollen und Kronen wakkeln ließ unter Kraftausdrücken, die alle Mitglieder der iberischen Dynastie zu Hahnreien und Huren machten. Einige beklagten sich darüber, daß der Preuße Anacharsis Cloots, Apostel der Universellen Republik, als er sich der Konstituierenden Versammlung als Botschafter des Menschengeschlechts vorstellte, keinen einzigen Spanier ihrer Gruppe in sein Gefolge von Engländern, Sizilianern, Holländern, Russen, Polen, Mongolen, Türken, Afghanen und Chaldäern in Nationaltrachten aufgenommen und sich zur würdigen Vertretung des so nahe gelegenen Landes, das unter dem Knebel und den Ketten des Despotismus schmachtete, mit irgendeinem unbedeutenden Komparsen begnügt hatte. Deshalb war die Stimme Spaniens nicht erklungen in jener denkwürdigen Zeremonie, bei der sogar ein Türke das Wort ergriff. »Gut tun sie daran, uns zu verachten, denn wir sind ja noch nichts«, sagte Martínez de Ballesteros achselzuckend. »Aber auch unsere Stunde wird kommen.« Er wußte von tapferen Männern, die sich anschickten, nach Frankreich zu gehen, um sich in den Dienst der Revolution zu stellen. Unter ihnen war ein junger Abbé namens Marchena, der – urteilte man nach dem Ton seiner Briefe und den Übersetzungen lateinischer Gedichte, die er ihm geschickt hatte – für einen überragenden Geist gelten mußte ... Doch die Nächte bei angeregten Debatten verbringen und tagsüber wie die schaulustige Einfalt durch die Straßen zu schlendern, Vorbeimärschen zuzusehen, Bürgerdemonstrationen beizuwohnen – das war für Esteban nicht alles. Eines denkwürdigen Tages wurde er in die Loge der Vereinigten Ausländer eingeführt und drang in die weite brüderliche und tätige Welt ein, in die Victor ihn bis dahin nur flüchtige Blicke hatte tun lassen. Für ihn hatte man den glänzenden, geheimen Tempel erleuchtet, in dem er, bebend und benommen, im Blitzen der Degen auf die beiden Säulen Jachin und Boas, auf das Delta und das Tetragramm, das Siegel Salomos und den Stern der Goldenen Zahl zutreten mußte. Dort standen sie alle, eingehüllt in ihre Aureolen und Embleme, die Kadoschritter und die Rosenkreuzritter und die Ritter von der Bronzenen Schlange und die Ritter von der Königlichen Arche und die Fürsten vom Tabernakel und die Fürsten vom Libanon und die Fürsten von Jerusalem und der Große Meisterarchitekt und der Erhabene Fürst vom Königlichen Geheimnis – Grade, zu denen aufzusteigen begann, wer, bleich vor Erregung, sich solcher Ehre nicht würdig fühlend, zuschritt auf die Mysterien des Grals, der Verwandlung des Rohen Steins in den Kubischen Stein, der Auferstehung der Sonne in der Akazie, Mysterien, ruhend im Herzen einer überlieferten, wiedergewonnenen Tradition, die schwindelerregend weit in die Zeit zurückreichte und zu den großen Einweihungszeremonien Ägyptens führte, über Jakob Böhme, die Chemische Hochzeit des Christian Rosenkreutz und das Geheimnis der Templer hinweg. Esteban hatte sich mit Allem Eins gefühlt, erleuchtet, angesichts der Arche, die er jetzt in seinem eigenen Sein würde bauen müssen nach dem Vorbild des Tempels des Meisters Hiram-Abi. Er stand im Mittelpunkt des Kosmos: Über seinem Kopf würde sich das Firmament öffnen; seine Füße berührten den Weg, der vom Okzident zum Orient führt. Aus den Schatten der Kammer des Nachdenkens herausgetreten, die Brust entblößt über dem Herzen, entblößt das rechte Bein, den linken Fuß, hatte der Lehrling auf die rituellen drei Fragen geantwortet, die sich auf das bezogen, was der Mensch Gott, sich selbst und den anderen schuldig sei, und dann war es ganz hell geworden, hell von der großen Erleuchtung eines Jahrhunderts, auf dessen wunderbaren Aufbruch er blind, mit verbundenen Augen, wie von einem höheren Willen mitgezerrt, zugeschritten war seit dem Nachmittag des großen Brandes von Port-au-Prince. Er verstand jetzt den genauen Sinn seiner erstaunlichen Schiffsreise, die ihn gleich einem Parzival auf der Suche nach dem eigenen Ich zur Stadt der Zukunft führte, welche ausnahmsweise nicht in Amerika gelegen hatte wie die des Thomas Morus oder die Campanellas, sondern mitten in der Wiege der Philosophie ... In dieser Nacht wanderte er, da er nicht schlafen konnte, bis zum Morgengrauen durch patinaüberzogene alte Stadtviertel, deren gewundene Gassen ihm unbekannt waren. Spitzwinkelige Ecken kamen unverhofft ihm entgegen wie Buge riesiger Schiffe ohne Mast und Segel, von Schornsteinen bedeckt, die sich mit dem phantastischen Umriß bewaffneter Ritter vom Himmel abzeichneten. Aus Halbschatten und Dunkel heraustauchend, erschienen, ohne die genaue Art ihrer Formen zu offenbaren, Gerüste, Aushängeschilder, eiserne Buchstaben und schlaffe Fahnen. Hier standen die kleinen Karren eines Marktes beieinander, dort hing ein Rad über den verwirrten Strähnen halbfertig geflochtener Körbe. Ein geisterhaftes Pferd ließ schnaubend die Lefzen erzittern im Schatten eines Hofes, wo ein Wagen seine Deichselstangen in einen Mondstrahl hinein hochreckte mit der beunruhigenden Unbeweglichkeit eines Insekts, das gleich seine Pfeile abschießen wird. Der Route der alten Santiagopilger folgend, blieb Esteban dort stehen, wo der Himmel am Ende der Straße den zu erwarten schien, der den Hang hinaufsteigt, um ihm schon den Geruch geschnittenen Weizens, das gute Vorzeichen des Klees, den feuchten, warmen Atem der Weinpressen zu schenken. Der Jüngling wußte, daß dies nur eine Täuschung war – daß dort oben weitere Häuser standen, ihrer viele noch dort, wo sie sich zum Labyrinth der Vorstädte verwirrten. Dennoch hielt er inne, wo er stehenbleiben mußte, wenn er nicht auf das Vorrecht einer herrlichen Himmelsansicht verzichten wollte, und schaute, was Jahrhunderte hindurch, Gesänge anstimmend, die Männer mit Jakobsmuschel, Stab und Pilgermantel geschaut haben mußten, die ihre Sandalen dieses Wegs geschleppt hatten, nahe schon sich fühlend dem Portico de la Gloria, wußten sie doch, daß nun nur noch wenige Tagereisen sie trennten vom Hospital Saint-Hilaire in Poitiers, von den harzreichen ›Landes‹ und den Ruhetagen in Bayonne, wo man schon im Geist den Zusammenfluß der vier Pilgerstraßen bei Puente la Reina im Arga-Tal vor sich sah. Und Jahr um Jahr waren sie hier durchgezogen, Generation um Generation, bewegt von einer unaufhörlichen Inbrunst, dem herrlichen Werk des Meisters Mathieu entgegen, der ganz bestimmt – es konnte da gar keinen Zweifel geben – Freimaurer gewesen war wie Brunelleschi, Bramante, Juan de Herrera oder Erwin von Steinbach, der Erbauer des Straßburger Münsters. An seine Initiation zurückdenkend, kam sich Esteban unwissend und leichtfertig vor. Eine ganze zu seiner Vervollkommnung nötige Literatur war ihm fremd. Gleich morgen wollte er die Bücher kaufen, die ihm nützen konnten, und auf eigene Faust die bis jetzt gewonnenen Elementarkenntnisse bereichern ... So gab er sich denn, weniger empfindlich jetzt für den revolutionären Lärm, der zu jeder Stunde die Straßen aufrührte, langen nächtlichen Studien hin und unterrichtete sich genauer über den geheimen, aber sicheren Durchlauf der Dreizahl durch die Zeitalter. Eines Tages – es war ungefähr sieben Uhr – traf Victor ihn wach an; er träumte gerade vom Wermutstern der Apokalypse, nachdem er sich zuvor in die ›Ankunft des Messias‹ von Juan Josaphat Ben Ezra vertieft hatte, eines Autors, hinter dessen arabisch verkleidetem Namen sich ein amerikanischer Unabhängigkeitskämpfer verbarg. »Willst du für die Revolution arbeiten?« fragte ihn die Stimme des Freundes. Aus seinen in die Ferne schweifenden Meditationen herausgerissen, der erregenden, unmittelbaren Wirklichkeit zurückgegeben, die schließlich nur ein erster Erfolg der großen traditionellen Bestrebungen war, antwortete er, ja, er wolle das voller Stolz und mit Begeisterung tun, und er gestatte nicht, daß sein Eifer, sein Verlangen, für die Freiheit zu arbeiten, in Zweifel gezogen werde. »Frage nach mir um zehn Uhr im Büro des Bürgers Brissot«, sagte Victor, der einen sehr gut geschneiderten neuen Anzug trug und dazu Stiefel, die noch ladenfrisch knarrten. »Ah – falls er darauf zu sprechen kommt: nichts von der Freimaurerei. Wenn du bei uns bleiben willst, dann setz nie mehr den Fuß in eine Loge. Wir haben schon viel zuviel Zeit verloren mit diesen Dummheiten.« Als er Estebans entgeisterten Gesichtsausdruck bemerkte, setzte er hinzu: »Die Freimaurerei ist konterrevolutionär. Über diese Frage gibt es keine Diskussion. Es gibt nur eine Moral, und zwar die jakobinische.« Und dann nahm er einen ›Katechismus des Lehrlings‹, der auf dem Tisch lag, riß ihn entzwei und warf die Stücke in den Papierkorb.

13

Um halb elf war Esteban von Brissot empfangen worden, und um elf hatte er schon eine Route vor sich, die, bis zur spanischen Grenze, eine der alten Wallfahrtsstraßen nach Santiago war. »Sandalen mußte die Freiheit mir geben und eine Kokarde als Pilgerzeichen«, sagte der Jüngling, sehr zufrieden mit seiner improvisierten Rhetorik, als er hörte, was man von ihm erwartete. In diesen Tagen brauchte man Männer von fester Überzeugung, die spanisch schreiben und Dokumente aus dem Französischen übersetzen konnten, denn es sollte eine revolutionäre Literatur vorbereitet werden, die für Spanien bestimmt war und in Bayonne und an anderen Orten in Grenznähe, wo Druckerpressen zur Verfügung standen, schon gedruckt wurde. Der Abbé José Marchena, dessen Talente und voltairianische Art viele rühmten und dessen Rat Brissot eifrig befolgte, empfahl eine rasche doktrinäre Durchdringung der Halbinsel, damit endlich die Feuer einer Revolution angezündet würden, die dort bald ausbrechen mußte, stand sie doch auch in anderen Ländern, welche die schmachvollen Ketten der Vergangenheit abschütteln wollten, kurz bevor. Marchena zufolge war Bayonne – ohne daß man deshalb Perpignan geringschätzte – »der geeignetste Ort, um die spanischen Patrioten zu vereinigen, die an der Erneuerung ihres Landes mitarbeiten wollten«, wenn man sich auch vor allem auf intelligente Leute stützen mußte, die begriffen, daß »die Sprache der erneuerten und republikanischen Franzosen noch nicht die der Spanier« sein konnte. Diese mußten sich »stufenweise vorbereiten«, wobei man während einer Übergangszeit »auf gewisse ultramontane Vorurteile Rücksicht zu nehmen hatte, die zwar mit der Freiheit unvereinbar, aber zu tief verwurzelt waren, als daß man sie mit einem Schlag zerstören« konnte. »Ist das klar?« hatte Victor Esteban gefragt, wie um vor Brissot die Verantwortung für seinen Schützling zu übernehmen. Die Gelegenheit ergreifend, hatte der Jüngling mit einer kurzen, aber überzeugend vorgebrachten, mit spanischen Zitaten untermalten Rede geantwortet, um zu zeigen, daß er nicht nur mit Marchena einer Meinung war, sondern sich auch ebenso korrekt im Französischen wie in seiner Muttersprache auszudrücken verstand ... Einige Stunden später jedoch, als er über sein Schicksal nachgedacht hatte, sagte er sich, daß die ihm anvertraute Mission keineswegs beneidenswert war: in diesem Augenblick von Paris fortzugehen, das hieß, das größte Welttheater aus den Augen verlieren, um sich in eine entlegene Provinz zurückzuziehen. »Jetzt ist nicht die Zeit, sich zu beklagen«, sagte Victor in strengem Ton, als er von Estebans Zweifeln hörte. »Ich werde bald für längere Zeit nach Rochefort beordert werden. Auch ich würde lieber hierbleiben. Aber jeder hat dorthin zu gehen, wohin man ihn schickt.« Es folgten drei Tage des Wohllebens bei Schlemmermahlzeiten und charmanten Abenteuern, welche die Bande der Freundschaft zwischen den beiden Männern wieder fester knüpften. Esteban machte, als er einmal ganz offen mit Victor sprach, kein Hehl daraus, daß er, wenn er auch den Rat des Freundes befolge und die Freimaurerei zu vergessen suche, die Zeit in der Loge der Vereinigten Ausländer in sehr angenehmer Erinnerung habe. Dort habe man ihn ›jungen amerikanischen Bruder‹ genannt und ihm bei der Initation eine männliche Toga umgelegt. Man könne auch nicht sagen, daß dort kein gesundes, demokratisches Denken herrsche, wo ein Karl Konstantin von Hessen-Rotenburg auf vertrautem Fuße verkehrte mit einem Mischling und Patrioten aus Martinique; mit einem ehemaligen Jesuiten aus Paraguay, der sich nach seinen kommunitären Missionsstationen sehnte; mit dem Buchdrucker aus Brabant, der des Landes verwiesen worden war, weil er Proklamationen verbreitet hatte; mit dem ebenfalls ausgewiesenen Spanier, der tagsüber als Hausierer und abends als Redner tätig war und für den die Freimaurerei in Ávila schon seit dem 16. Jahrhundert bestand, wie gewisse ausschmückende Darstellungen – Zirkel, Winkelmaß, Schlegel – bewiesen, die man angeblich vor kurzem in der Kirche Unserer Lieben Frau von der Auferstehung gefunden hatte, welche von dem jüdischen Baumeister Rubi de Braquemonte erbaut worden war. Dort wurde auch oft die Musik eines genialen freimaurerischen Komponisten namens Mosar oder Motzarth oder so ähnlich gespielt – ein Bariton aus Wien sang nämlich einige seiner Hymnen bei den Initiationszeremonien »O heiliges Band der Freundschaft treuer Brüder« und »Die ihr des unermeßlichen Weltalls Schöpfer ehrt, Jehova nennt ihn oder Gott, nennt Fu ihn oder Brahma«. Dort kam man mit sehr interessanten Menschen in Berührung, für die die Revolution einen Sieg materieller und politischer Art darstellte, den man zu einem totalen Sieg des Menschen über sich selbst erhöhen mußte. An Ogé dachte Esteban, wenn gewisse Brüder, Dänen und Schweden, von dem wunderbaren Hof des Prinzen von Hessen sprachen – und Karl Konstantin, immer Grandseigneur, pflichtete dem bei –, wo die Somnambulen befragt wurden über den Fall der Engel, die Erbauung des Tempels oder die chemische Zusammensetzung der Aqua Tofana. Am Hofe zu Schleswig wurden mit Hilfe des Magnetismus Wunderheilungen vollbracht, wobei man eine Birke, einen Nußbaum, eine Tanne in Quellen heilkräftigen Fluidums verwandelte. Man stieß mit Gewalt die Türen ein, die den Blick in die Zukunft verwehrten, und verglich die Orakelsprüche, die man auf fünfundachtzig verschiedene Formen der Wahrsagerei gewonnen hatte, darunter die der Bibliomantie, Kristallomantie, Gyromantie und Xylomantie. Äußerste Feinheit erreichte man bei der Traumdeutung, und mittels der automatischen Schrift unterhielt man sich mit dem Ich der Tiefe, das sich in jedem Menschen verbirgt und das Bewußtsein früherer Existenzen aufbewahrt. So erfuhr man zum Beispiel, daß die Großherzogin von Darmstadt auf dem Berge Golgatha am Fuße des Kreuzes geweint und daß die Großherzogin von Weimar im Palast des Pilatus der Aburteilung des Herrn beigewohnt hatte — wie auch der weise Lavater sich jahrelang deutlich erinnern konnte, Joseph von Arimathia gewesen zu sein. Bisweilen senkten sich nachts im magischen Schlosse zu Gottorp — es war ganz eingehüllt in Nebeldünste, so daß die Bänder seiner ägyptischen Mumien feucht wurden — die Kronleuchter auf Tische herab, an denen eine erhaben-illustre Runde Karten spielte: da waren ein Graf von Bernstorf, der der Apostel Thomas gewesen, ein Ludwig von Hessen, der sich an ein früheres Leben als Evangelist Johannes erinnerte, ein Christian von Hessen, der einst als Apostel Bartholomäus auf dieser Erde geweilt hatte. Prinz Karl blieb diesen nächtlichen Runden oft fern; er schloß sich gern in seinem Zimmer ein, um zu *arbeiten*, indem er ein Stück Metall, das die Griechen *Electronum* nannten, so fest anstarrte, daß sich seinem Blick kleine Wolken darstellten, deren Form man als Mitteilungen und Botschaften des Anderen Ufers auslegen konnte ... »Dummheiten!« rief Victor, verärgert, angesichts dieser Wunderdinge aus. »Die Zeit zu verlieren mit Geschwätz über solchen Mist, wo es so viele *wirkliche* Dinge gibt, an die man denken kann, das kommt einer konterrevolutionären Einstellung gleich. Wir haben gerade noch rechtzeitig erkannt, was sich hinter all diesen salomonischen Maskeraden versteckt: eine verräterische Neigung, der Epoche den Rücken zu kehren und die Leute von den Pflichten abzuhalten, die sie hier und jetzt zu erfüllen haben. Außerdem predigen die Freimaurer im Namen ihrer Bruderschaften eine verbrecherische Mäßigung. Jeder Gemäßigte muß von uns als Feind betrachtet werden ...« Esteban hatte verschiedene Hinweise zu einem Bild zusammengesetzt und Licht in das Dunkel der früheren Beziehungen Victors zur Freimaurerei gebracht: Jean Baptiste Willermoz, sein Seidenlieferant, Großkanzler des Konvents von Gallien, der bei den Prinzen von Hessen in großer Achtung stand, war der Leiter eines Ordens, der sich zur Mystik und zum Orphismus hin entwickelt hatte infolge des Einflusses von Martínez de Pasqually, des auf Saint-Domingue gestorbenen Erleuchteten.

Der mysteriöse portugiesische Jude hatte in Port-au-Prince und Léogane Kapitel gegründet und sich die Gefolgschaft von Männern wie Ogé erworben, die esoterischen Spekulationen zugetan waren. Er hatte aber mit seinen strengen Regeln diejenigen enttäuscht, die wie der Exkaufmann eher einem Ideal politischer Subversion zuneigten. Eingedenk des ungeheuren Ansehens, das Willermoz als Philanthrop wie als Industrieller genoß – in seinen Fabriken in Lyon waren Tausende von Arbeitern beschäftigt –, hatte Victor die Grundelemente der Lehre akzeptiert und war gemäß dem Ritus des ›Grand Orient‹ aufgenommen worden, man hatte ihn aber (und daher rührten seine Auseinandersetzungen mit Ogé) nicht zu den spiritualistischen Praktiken zugelassen, wie sie Martínez de Pasqually vorsah, ebenjener Mann, der sich rühmte, im Geiste mit seinen Schülern in Europa in Verbindung zu treten ... »Alle diese Magier und Inspirierten sind weiter nichts als *emmerdeurs*«, sagte Victor, der sich jetzt etwas darauf einbildete, mit beiden Beinen fest auf der Erde zu stehen, und oft bei den Jakobinern das Wort ergriff, wo er Gelegenheit hatte, mit Billaud-Varenne und Collot d'Herbois zusammenzutreffen und sich ab und zu auch Maximilien Robespierre zu nähern, den er über alle anderen Tribune der Revolution stellte und dem er einen so leidenschaftlichen Kult darbrachte, daß Esteban, wenn er die überschwenglichen Lobeshymnen hörte, mit denen der andere seine Beredsamkeit, seine politischen Konzeptionen, sein Gebaren, ja sogar seine ungewöhnlich gepflegte Kleidung inmitten der für alle Versammlungen typischen Nachlässigkeit und Liederlichkeit bedachte, schließlich einmal in scherzhaftem Ton sagte: »Na, der muß ja so etwas wie ein Don Juan für Männer sein.« Victor, den solche Späße ärgerten, antwortete mit einer Obszönität groben Kalibers, bei der er sich mit der Hand an die Naht der Kniehose faßte.

Nach einer langen Reise über verschlammte Straßen, wo die Tannenzapfen unter den Radfelgen der Kutsche knarrten, traf Esteban schließlich, tüchtig durchgeschüttelt, in Bayonne ein und meldete sich bei denen, die den Ausbruch der Revolution in Spanien vorbereiteten: bei dem einstigen Seefahrer Rubín de Celis, dem Bürgermeister Bastarreche und dem Journalisten

Guzmán, der mit Marat befreundet und Mitarbeiter des ›Ami du Peuple‹ war. Er hatte den ein wenig entmutigenden Eindruck, daß sein neues Gesicht, sein Verlangen nach sofortigen Taten hier nicht gern gesehen wurden, wo viele sich in einem Jakobinismus eingerichtet hatten, dem hispanische Skrupel einen Dämpfer aufsetzten und der bei allem, was sich auf Frankreich bezog, immer virulent war, aber sofort behutsam wurde, wenn die Blicke sich dem Bidasoa zuwandten, der auf zwölf Kilometer Länge Frankreich von Spanien trennte. Der Jüngling wurde schnell nach Saint-Jean-de-Luz weitergeschickt, einer Stadt, die jetzt zu Ehren eines ihren Mauern entstammenden republikanischen Kriegshelden Chauvin-Dragon hieß. Dort gab es eine kleine, aber höchst betriebsame Druckerei, der zahlreiche Proklamationen und revolutionäre Schriften übergeben werden sollten, Texte, ausgewählt von Abbé Marchena, der als guter Agitator zwar stets geneigt war, die Feder im Rhythmus der Ereignisse zu führen, aber nur noch selten in die Grenzgebiete vordrang, da er zumeist in Paris weilte, wo ihm Brissot des öfteren Audienzen gewährte. Esteban, der sich an dieser Küste ohne Freunde glaubte, begegnete eines späten Nachmittags zu seiner großen Freude am Ufer des Untzin einem einsamen Angler, den er stürmisch begrüßte: es war der witzige Feliciano Martínez de Ballesteros, der, jetzt kein Freimaurer mehr, den nagelneuen Titel eines Obersten führte, weil er eine ›Gebirgsjäger‹ genannte Abteilung von Füsilieren aufgestellt hatte, die im Falle einer Aggression gegen die spanischen Truppen kämpfen und deren Soldaten dazu bewegen sollte, zur Republik überzugehen. »Wir müssen vorbereitet sein«, sagte er. »In unserem Vaterland führt der Satan das Regiment: man braucht sich ja nur unsere Godoys und unsere Messalinas von Bourbon anzusehen.« Mit dem fröhlichen Logroñesen unternahm Esteban weite Ausflüge, die sie in Ortschaften führten, welche erst kürzlich ihren Namen geändert hatten: Ixtasson hieß jetzt ›Union‹, Arbonne nannte sich ›Constante‹, aus Ustarritz war ›Marat-sur-Nive‹ und aus Baigorry ›Les Thermopyles‹ geworden. Während der ersten Wochen verwunderte sich der Jüngling über die plumpen baskischen Kirchen mit ihren stumpfen, kriegerischen Türmen und den Gärten mit den in die Erde geschlagenen Steinplatten darum herum; er blieb stehen, um das mit dem Pikenstock angetriebene Ochsengespann vorüberziehen zu sehen, über dessen Joch ein Lammfell gespannt war; er schritt über die Brücken mit den gewölbten Rücken, die sich über Gießbäche bäumten, und rupfte im Vorbeigehen einen orangegelben Pilz aus einer versteckten Spalte im Mauerwerk. Ihm gefielen die Bauweise der Häuser, die indigoblauen Tragbalken, die sanft abfallenden Dächer, die in die vorspringenden Mauersteine eingeschlagenen schmiedeeisernen Anker; das gewaltige Gebirge aus den Heldenliedern von Karl dem Großen, zusammengeschrumpft zu steil abfallenden Vorbergen, auf deren Pfaden hinter einer Felsnase, die vielleicht den Paladin Roland gesehen hatte, blökende, ungestüme Herden auftauchten, und die Weiden vor allem – feuchte, weiche, grüne Weiden, von einem hellen Apfelgrün, die stets einander glichen – diese Weiden vor allem gaben ihm den Gedanken an die Möglichkeit eines bukolischen Glücks ein, eines Geschenks der revolutionären Prinzipien an den Menschen. Aber je besser er die Leute hier kennenlernte, desto mehr enttäuschten sie ihn: diese Basken mit den bedächtigen Bewegungen, mit ihren Stiernacken und Pferdeprofilen, die groß waren im Aufrichten von Steinen und im Bäumefällen und sich als Seefahrer würdig denen an die Seite stellen konnten, die auf der Suche nach der Islandroute als erste das zu Eisbergen erstarrte Meer geschaut hatten – sie hielten zäh an ihren Traditionen fest. Keiner übertraf sie an Listenreichtum, wenn es darum ging, heimlich eine Messe zu hören, Hostien unter den runden Mützen zu verstecken, Glocken zu verbergen in Schobern und Kalköfen und verstohlen Altäre zu errichten – in Scheunen, in der Hinterstube einer Wirtschaft, in einer von Hirtenhunden bewachten Höhle – eben dort, wo man am wenigsten damit rechnete. Mochten einige Gewalttätige die Idole der Kathedrale von Bayonne zerbrochen haben – der Bischof hatte Helfer gefunden, die ihn samt Monstranzen, Priestergürteln und Gepäck über die Grenze nach Spanien brachten. Man mußte ein Mädchen erschießen, das nach Vera zur Kommunion gegangen war. Bewohner verschiedener Grenzdörfer, die widerspenstigen Geistlichen Unterschlupf und Unterstützung gewährt hatten, wurden massenweise in die ›Landes‹ deportiert. Chauvin-Dragon war für seine Fischer noch immer Saint-Jean-de-Luz, wie auch Baigorry für seine Bauern weiterhin unter dem Schutz des heiligen Stephan stand. La Soule hielt so starr an seinen Johannisfeuern fest und an seinem mittelalterlich anmutenden Tänzen, daß niemand es gewagt hätte, dort jemanden zu denunzieren, der im Familienkreis den Rosenkranz betete oder von den Hexen von Zagarramurdi sprach und sich dabei bekreuzigte ... Seit zwei Monaten schon lebte Esteban in dieser Welt, die ihn immer fremder, verschlagener, unbeständiger dünkte mit jener baskischen Sprache, die er nie verstehen würde und deren Worte er nie mit den Gesichtern in Einklang bringen konnte, als ihn wie ein Blitz die Nachricht traf, daß man sich mit Spanien im Kriegszustand befand. Nun würde er nicht mehr auf die Halbinsel hinübergelangen, um der Geburt eines neuen Landes beizuwohnen, ein Schauspiel, von dem er so gern geträumt hatte, wenn er den hoffnungsvollen Reden Martínez de Ballesteros' lauschte, der immer wieder die unmittelbar bevorstehende Erhebung des Volkes von Madrid verkündete. Er blieb gefangen in einem Frankreich, dessen Atlantikküste die englischen Geschwader blockierten und von dem aus er nicht das Land der Seinen erreichen konnte. Er hatte bis jetzt nicht daran gedacht, nach Havanna zurückzukehren, denn es verlangte ihn danach, in der Revolution, die dazu bestimmt war, die Welt zu verändern, die ihm zugeteilte Rolle zu spielen, mochte sie auch noch so unbedeutend sein. Doch jetzt packten ihn schon bei der Vorstellung, daß eine Rückkehr einfach unmöglich war, ein fast schmerzhaftes Heimweh und eine Sehnsucht nach den Lichtern und Gerüchen einer anderen Welt, so daß er vor seiner gegenwärtigen Aufgabe – die schließlich nichts weiter war als eine langweilige bürokratische Funktion – auf einmal Abscheu empfand. Es war nicht der Mühe wert, von so weit her gekommen zu sein, um eine Revolution zu erleben, und zu guter Letzt nichts von ihr zu sehen und lediglich den Lauscher zu spielen, der von einem nahen Park aus die Fortissimi einer Oper hört, zu der ihm der Zutritt versagt war.

Mehrere Monate verstrichen, indes Esteban sich mit der Erfüllung monotoner Pflichten nützlich zu machen suchte. In Spanien traf keines der erhofften Ereignisse ein. Sogar der Krieg bot sich in dieser Ecke Frankreichs träge und routinemäßig dar und beschränkte sich auf eine defensive Wachsamkeit angesichts der starken, unter dem Befehl von General Ventura Caro an der Grenze aufmarschierten Truppenteile – auch der spanische General schien trotz der zahlenmäßigen Überlegenheit seiner Streitkräfte einem Angriff abgeneigt zu sein. Nachts hörte man im Gebirge einzelne Gewehrschüsse, aber es kam nur zu Scharmützeln oder Begegnungen zwischen Erkundungstrupps. Ein langer sonniger und friedlicher Sommer verging, es kehrten die Herbstwinde wieder, und man trieb das Vieh in die Ställe zurück beim ersten Anzeichen der Winterstürme. Esteban bemerkte, daß in dem Maße, wie die Zeit verrann, das Leben so fern von Paris seine Vorstellungen verwirrte, bis er sich schließlich gar nicht mehr auskannte mit den Vorgängen einer Politik, die in ständiger widersprüchlicher, hitziger, selbstzerfleischender Veränderung begriffen war, verstrickt in Ausschüssen und Mechanismen, die man aus der Entfernung schlecht erfassen konnte, wo so viele unerwartete Nachrichten eintrafen vom Aufstieg gestern noch unbekannter Personen und vom Sturz dieses oder jenes Mannes, den man gerade noch mit den größten Helden der Antike verglichen hatte. Es regnete Verfügungen, Gesetze, Erlasse, die schon durch Notmaßnahmen überholt oder ins Gegenteil verkehrt waren, wenn die Provinz sie noch für gültig hielt. Die Wochen sollten jetzt zehn Tage haben; das Jahr begann nicht mehr mit dem Januar; die Monate hießen ›Brumaire‹, ›Germinal‹, ›Fructidor‹ und stimmten nicht mit den alten Monaten überein; Gewichte und Maße änderten sich, so daß umlernen mußte, wer immer in Klaftern, Spannen und Metzen gedacht hatte. Hier an der Küste vermochte niemand zu sagen, was in Wirklichkeit vor sich ging, noch wem man vertrauen durfte in diesem Land, wo der französische Baske dem spanischen Navarresen näher stand als den Funktionären, die da plötzlich aus dem fernen Norden kamen und fremde Kalender einführen oder die Ortsnamen verändern wollten. Der Krieg, der da entbrannt war, würde ein langer Krieg werden, weil er kein Krieg war wie die anderen, kein Krieg, der geführt wurde, um den Ehrgeiz eines Fürsten zu befriedigen oder fremdes Gebiet zu erobern. »Die Könige wissen« – so redete man auf den jakobinischen Tribünen –, »daß es für philosophische Ideen keine Pyrenäen gibt: Millionen von Menschen stehen auf, um das Gesicht der Welt zu verändern.« ... Und man schrieb März – März blieb für Esteban März, wenn ihm auch die ›Nivôse‹ und ›Pluviôse‹ des neuen Kalenders schon ganz vertraut im Ohr klangen. Es war ein aschfarbener März, eingefangen in Regenmassen, welche die Hügel von Ciboure in verschwommene Schleier hüllten und die Barken recht gespenstisch erscheinen ließen, die in den Hafen zurückkehrten nach dem Fischfang auf einem unruhigen und traurigen graugrünen Meer, dessen horizontlose Fernen sich in einem weißlichen, dunstigen, verspäteten Winterhimmel auflösten. Durch das Fenster des Zimmers, in dem der Jüngling als Übersetzer und Korrektor von Druckfahnen arbeitete, sah man auf verlassene, mit Pfählen gespickte Strandflächen, wo der Ozean erstarrte Algen, zerbrochene Balken und Segeltuchfetzen zurückließ nach den nächtlichen Stürmen, die in den Ritzen der Fensterflügel stöhnten und die quietschenden, vom Grünspan angefressenen Wetterfahnen wie toll im Kreise drehten. Dort, auf der früheren Place Louis XVI und jetzigen Place de la Liberté ragte die Guillotine auf. Aus dem eigentlichen, ihr gemäßen Rahmen herausgerissen, fern jenes mit dem Blut eines Monarchen bespritzten Platzes, auf dem sie in einer transzendentalen Tragödie mitgewirkt hatte, erinnerte diese hier vom Himmel herabgefallene Maschine – sie war nicht einmal schrecklich, sondern häßlich, nicht einmal unheimlich, sondern traurig und klebrig – erinnerte diese Maschine, wenn sie ihres Amtes waltete, auf armselige Weise an jene Theater, in denen umherziehende Komödianten bei Provinzvorstellungen den Stil der großen Mimen der Hauptstadt nachzuahmen versuchen. Angesichts des Schauspiels einer Hinrichtung hielten einige Fischer, die gerade Reusen verluden, inne; drei, vier Passanten blieben stehen, mit unergründlichem Gesichtsausdruck, Tabaksaft aus dem Mundwinkel ausspukkend; dazu kamen noch ein Junge vielleicht, ein Hanfschuhmacher, ein Tintenfischverkäufer, die ruhigen Schritts wieder ihres Wegs gingen, wenn der Körper irgend jemandes angefangen hatte, Blut wie Wein aus einem Schlauchhals herausschießen zu lassen. Es war März. Ein aschfarbener März, eingehüllt in Regengüsse, die in den Ställen das Stroh auftrieben, das Vlies der Ziegen beschmutzten und beißende Schwaden in den Küchen mit den hohen Kaminen schweben ließen, die nach Knoblauch und dickflüssigem Öl rochen. Esteban hatte seit Monaten nichts mehr von Victor gehört. Er wußte, daß er – und dies mit schrecklicher Strenge – in Rochefort die Funktion eines Öffentlichen Anklägers ausübte vor dem dortigen Revolutionsgericht. Er hatte sogar verlangt – und der Jüngling billigte diese Forderung –, daß die Guillotine im Gerichtssaal selbst aufgestellt wurde, damit man zwischen Urteilsspruch und Vollstreckung keine Zeit verlor. Seiner menschlichen Wärme, seiner Härte, seines Elans beraubt, ohne den Glanz seiner direkten Beziehungen zu einem Billaud, einem Collot – zu irgendeinem Hochgestellten des Tages, des Tages, der nicht der von Bayonne oder Saint-Jean-de-Luz war –, glaubte Esteban langsam zu schrumpfen, kleiner zu werden, jede Persönlichkeit zu verlieren, verschluckt zu werden vom Geschehen, in dem seine höchst bescheidene Mitarbeit hoffnungslos anonym blieb. Er hätte bei dem Gedanken, daß er nur ein kleines Rädchen war, am liebsten geweint. Er hätte in seinem Kummer den tröstenden Schoß Sofias aufsuchen mögen, in dem er so oft seine Stirn ausgeruht hatte, wenn er beruhigender, mütterlicher Kraft bedurfte, die von diesem jungfräulichen Leib wie von einer wirklichen Mutter ausging ... Und dann begann er tatsächlich zu weinen und dachte an seine Einsamkeit, sein unnützes Dasein, als er auf einmal den Obersten Martínez de Ballesteros in sein Büro eintreten sah, das gleichzeitig auch sein Wohnraum war. Der Kommandeur der Gebirgsjäger war äußerst erregt, seine schweißfeuchten Hände zitterten – er stand offensichtlich unter dem Eindruck einer gerade erhaltenen Nachricht.

»Ich habe diese Franzmänner satt!« rief der Spanier und ließ sich auf Estebans Lager fallen. »Mehr als satt! Sollen sie doch alle zum Teufel gehen!« Er schlug die Hände vors Gesicht und sagte lange Zeit kein Wort. Der Jüngling reichte ihm eine Schale mit Wein, die der andere auf einen Zug leerte, worauf er nach mehr verlangte. Dann begann er im Zimmer auf und ab zu gehen, von einer Wand zur anderen, und erzählte mit sprudelnden Worten von dem Grund seines Zorns. Er war seines militärischen Kommandos enthoben worden, abgesetzt – AB-GE-SETZT – von irgendeinem Kommissär aus Paris, der mit unbegrenzten Vollmachten hierhergesandt worden war, um die Truppen in diesem Abschnitt neu zu formieren. Daß er so plötzlich in Ungnade gefallen war, hatte er einer in Paris ausgelösten ausländerfeindlichen Strömung zu verdanken, die jetzt bis in die Grenzlande Wellen schlug: »Nachdem sie die Freimaurer diskreditiert haben, fallen sie jetzt über die besten Freunde der Revolution her.« Man sprach davon, daß der Abbé Marchena, der verfolgt wurde und sich verborgen hielt, jeden Augenblick guillotiniert werden konnte: »Ein Mann, der so viel für die Freiheit getan hat!« Jetzt hatten sich die Franzosen des Ausschusses von Bayonne bemächtigt und die Spanier ausgeschlossen – diesen, weil er zu gemäßigt, jenen, weil er verdächtig, den dritten, weil er Freimaurer gewesen war. »Seien Sie vorsichtig, mein Freund, auch Sie sind Ausländer. Ausländer zu sein ist in ein paar Monaten in Frankreich ein Verbrechen.« Und Martínez fuhr in seinem abgehackten Monolog fort: »Während man sich in Paris damit vergnügte, eine Dirne als Göttin der Vernunft zu verkleiden, hat man hier aus Unfähigkeit und mit Eifersüchteleien die große Gelegenheit verpaßt, die Revolution nach Spanien hinüberzutragen. Sollen sie jetzt ruhig warten ... Außerdem haben sie gar keine Lust mehr, eine universelle Revolution zu machen! Sie denken nur noch an die französische Revolution! Die andern ... die können ja verfaulen! Hier dreht man mit allem den Spieß um. Da lassen sie uns eine Proklamation der Menschenrechte ins Spanische übersetzen, von deren siebzehn Grundsätzen sie Tag für Tag ein Dutzend mit Füßen treten. Sie haben die Bastille erstürmt, um vier Fälscher, zwei Verrückte und einen Homosexuellen zu befreien, aber sie haben das Straflager von Bayonne geschaffen, das schlimmer ist als alle Bastillen.« ... Esteban, der fürchtete, ein Nachbar könnte zuhören, schützte einen angeblich notwendigen Kauf von Schreibpapier vor, um den Wütenden auf die Straße hinauszulocken. Sie suchten, an dem früheren Haus Haraneder vorübergehend, die ›Librairie de la Trinité‹ auf, die inzwischen in eine solche ›de la Fraternité‹ umbenannt worden war, wie das neue Aushängeschild verkündete. Es war ein recht schlecht beleuchteter Laden mit sehr niedriger Decke, von deren Balken am hellen Vormittag eine brennende Lampe herunterhing. Esteban pflegte hier lange Stunden zu verbringen, in neuen Büchern blätternd, in einer Atmosphäre, die ein wenig an den hintersten Raum des Ladens in Havanna erinnerte, weil sich auch hier verstaubte Dinge aufhäuften, aus denen Planetenringkugeln, Halbkugelkarten, Seemannsfernrohre, Physikapparate hervorstachen. Martínez de Ballesteros zuckte vor einigen jüngst eingetroffenen Stichen die Achseln, Stichen, welche die großen Stunden der Geschichte Griechenlands und Roms heraufbeschworen: »Heute hält sich jeder Geck für einen Gracchus, Cato oder Brutus«, murmelte er. Dann näherte er sich einem übel zugerichteten Klavier und begann in den letzten von Frère herausgegebenen Liedern François Girouets zu blättern, die überall zu Gitarrenbegleitung nach einem Ziffernschlüssel gesungen wurden, der leicht zu verstehen war. Er zeigte Esteban die Titel: ›Der Baum der Freiheit‹, ›Hymne an die Vernunft‹, ›Der zertretene Despotismus‹, ›Die republikanische Amme‹, ›Hymne an den Salpeter‹, ›Der Erwecker der Patrioten‹, ›Gesang der tausend Schmiede der Waffenfabrik‹. »Sogar die Musik wird rationalisiert«, sagte er. »Jetzt glauben sie schon, wer eine Sonate schreibt, kommt seinen revolutionären Pflichten nicht nach. Grétry bringt sogar am Ende seiner Balletts die ›Carmagnole‹, um bürgerliche Gesinnung darzutun.« Und um auf irgendeine Weise seinen Protest gegen die Schöpfungen François Girouets auszudrücken, klimperte er mit infernalischem Brio eine heitere Sonate herunter, wobei er seinen Zorn an den Tasten abreagierte. »Ich sollte kein Stück von einem Freimaurer wie Mossar spielen«, sagte er, als er fertig war. »Im Klangboden könnte sich ein Denunziant versteckt haben.« Nachdem Esteban sein Papier gekauft hatte, verließ er den Laden, gefolgt von dem Spanier, der nicht mit seinem Zorn allein bleiben wollte. Trotz des eisigen Regens, der herabzurieseln begann, nahm ein Scharfrichter mit Baskenmütze die Hülle von der Guillotine in Erwartung irgendeines Verurteilten, der seinen Kopf lassen würde, ohne daß es jemand bemerkte, außer den Wachsoldaten, die sich schon am Fuße des Gerüsts aufgestellt hatten. »Nur lustig drauflos geköpft«, brummte Martínez des Ballesteros. »Hinrichtungen in Nantes, Hinrichtungen in Lyon, Hinrichtungen in Paris.« – »Die Menschheit wird neu geboren aus diesem Blutbad emportauchen«, sagte Esteban. »Kommen Sie mir nicht mit Phrasen anderer Leute«, erwiderte der andere, »und vor allem nicht mit Saint-Justs Rotem Meer (er sprach Saint-Just immer nur Sen-Yu aus), denn das ist nichts weiter als schlechte Rhetorik.« Sie begegneten dem wohlbekannten Karren, auf dem ein Geistlicher mit gefesselten Händen zum Schafott gefahren wurde, und an der Mole blieben sie dann vor einem Fischerboot stehen, an dessen Deck inmitten zappelnder Sardinen und Thunfische ein fahler Rochen lag, der aus einem flandrischen Stilleben hätte stammen können. Martínez de Ballesteros riß sich einen eisernen Schlüssel von der Uhrkette und warf ihn mit einer wütenden Handbewegung ins Wasser. »Ein Schlüssel der Bastille«, sagte er. »Noch dazu ein nachgemachter. Es gibt spitzbübische Schlosser, die sie in riesigen Mengen herstellen. Die ganze Welt ist voll von diesen Talismanen. Jetzt haben wir mehr Bastilleschlüssel als Stücke vom Kreuz Christi . . .« Als Esteban nach Ciboure hinüberblickte, bemerkte er auf der Straße nach Hendaye ein ungewöhnliches Menschengewimmel. Soldaten vom Regiment der Pyrenäenjäger kamen in aufgelöster Marschordnung gruppenweise dahergezogen; einige sangen, aber die meisten waren so müde, so sehr bestrebt, sich auf irgendeinen Karren fallen zu lassen, um ein Stück Wegs gefahren zu werden, daß diejenigen, die sangen, dies nur deshalb taten, weil sie getrunken hatten. Das Bild erweckte den Eindruck einer ziellos zurückflutenden

Armee, um die sich die berittenen Offiziere nicht mehr kümmerten, die jetzt dort am Ufer der Bucht auftauchten und vor einem Wirtshaus absaßen, um sich die durchnäßten Kleider am Feuer eines Kamins zu trocknen. Eine große Furcht umkrallte Esteban bis in die Gedärme hinein bei dem Gedanken, daß diese Truppen als Besiegte daherkommen könnten – verfolgt vielleicht von den feindlichen Streitkräften unter dem Befehl des Marquis de Saint-Simon, des Führers einer Gruppe von Emigranten, von dem man schon seit einiger Zeit eine kühne Offensive erwartete. Betrachtete man aber diese Soldaten näher, sahen sie eher verschmutzt und verregnet aus und nicht wie Besiegte auf der Flucht. Während die Verschnupften und Kranken den Schutz der Wetterdächer und regensicheren Mauerwinkel aufsuchten, schlugen die anderen ihr Biwak auf, wobei Schnaps, Heringe und Kommißbrot von Hand zu Hand wanderten. Schon stellten die Marketender ihre Roste auf und ließen von feuchtem Holz dicken Rauch aufsteigen, als Martínez de Ballesteros auf einen Kanonier zutrat, der einen Zopf Knoblauch über der Schulter trug, und ihn nach dem Grund dieser unerwarteten Truppenbewegung fragte. »Wir gehen nach Amerika«, sagte der Soldat und sprach damit ein Wort aus, das wie ein Blitzstrahl in Estebans Denken fuhr. Zitternd, aufgeregt, mit der gereizten ungewissen Erwartung dessen, der sich von einem Fest ausgeschlossen sieht, das in seinem eigenen Haus stattfindet, betrat der Jüngling zusammen mit dem abgesetzten Obersten die Taverne, in der die Offiziere Rast hielten. Bald hatten sie erfahren, daß das Regiment für die Antillen bestimmt war. Noch andere Regimenter sollten zu dieser Streitmacht stoßen, bis eine ganze Armee zusammenkam, die sich in Rochefort formierte. Die Truppen sollten an Bord kleiner Transportschiffe in See stechen, in mehreren aufeinanderfolgenden Fahrten dicht an den Küsten entlang, denn man mußte wegen der englischen Blockade Vorsicht walten lassen. Zwei Kommissare der Konvention sollten die Expedition begleiten: Chrétien und ein gewisser Victor Hugues, der angeblich ein alter Seefahrer war und die Karibische See sehr gut kannte, in der gerade eben ein starkes britisches Geschwader kreuzte ... Esteban stürzte auf den Marktplatz hinaus und hatte solche Angst, er könnte diese

Gelegenheit einer Flucht aus drohender Umgebung versäumen – und dazu das Bewußtsein, eine Arbeit zu verrichten, deren Nutzlosigkeit bald von denen bemerkt werden würde, die jetzt noch dafür bezahlten –, daß er sich, des eisigen Windes nicht achtend, der ihm die Wangen spannte, auf eine Steinstufe fallen ließ. »Da Sie schon mit Hugues befreundet sind, lassen Sie nichts unversucht, daß man Sie mitnimmt. Hugues ist zu einem mächtigen Mann geworden, seit er auf die Unterstützung Dalbarades zählen kann, den wir alle noch aus der Zeit kennen, als er in Biarritz Korsar war. Hier verfaulen Sie ja. Die Schriften, die Sie übersetzen, bleiben hübsch aufgestapelt in einem Keller liegen. Und Sie sind *Ausländer*, vergessen Sie das nicht.« Esteban drückte ihm die Hand. »Und was werden Sie jetzt tun?« Der andere antwortete mit einer resignierten Handbewegung: »Ich werde trotz allem so weitermachen wie bisher. Wenn man einmal an der Revolution mitgearbeitet hat, fällt die Rückkehr zum früheren Leben schwer.«

Nachdem Esteban an Victor Hugues einen langen Brief geschrieben hatte – einen Brief, von dem er Kopien an das Marineministerium, an das Revolutionstribunal von Rochefort und an einen ehemaligen Logenbruder schickte, den er inständig bat, den Adressaten ausfindig zu machen, wo er sich auch aufhalte –, wartete er das Ergebnis seiner Bemühungen ab. Mit klaren Worten hatte er sich als ein Opfer der administrativen Gleichgültigkeit und der Uneinigkeit der spanischen Republikaner bezeichnet und den geringen Erfolg seiner Arbeit der Unfähigkeit der Männer zugeschrieben, die hier in den Kommandostellen einander abgelöst hatten. Er beklagte sich über das Klima und deutete an, daß es ihn vielleicht seiner alten Krankheit wieder in die Arme trieb. Die Saite der Freundschaft anzupfend, erinnerte er den Empfänger des Briefes an Sofia und das Haus im fernen Havanna, wo sie alle ›wie Brüder gelebt hatten‹, und zählte sodann ausführlich die Fähigkeiten auf, mit denen er der Sache der Revolution in Amerika dienen konnte. ›Du weißt‹, schloß er, ›daß der Status eines Ausländers in diesen Tagen kein beneidenswerter ist.‹ Für den Fall, daß der Brief abgefangen wurde, fügte er hinzu: ›In Bayonne sind einige Spanier, wie es scheint, in beklagenswerte konterrevolutionäre Irrtümer verfallen. Das hat eine Säuberung notwendig gemacht, bei der, wenn es das Unglück will, Unschuldige für die Taten der Schuldigen büßen müssen!‹... Darauf folgten mehrere Wochen beklommenen Wartens, eine Zeit, in der ihn eine ständige Angst von Martínez de Ballesteros und allen solchen fernhielt, bei denen zu befürchten war, daß sie eine kürzlich eingetroffene Nachricht in Gegenwart eines Dritten mit gefährlichen Reden kommentierten. Einige versicherten, der Abbé Marchena, über dessen Aufenthaltsort man nichts wußte, sei guillotiniert worden. Eine große Angst schlich durch die Nächte an der Küste. Viele Augen beobachteten die Straßen durch die einen Spaltbreit geöffneten Fensterläden der vom Dunkel eingehüllten Häuser. Esteban floh kurz vor Morgengrauen aus seinem Unterschlupf und ging zu Fuß durch den Regen in dieses oder jenes Nachbardorf, wo er schweren Wein trank in irgendeinem Wirtshaus, irgendeinem Krämerladen — von der Sorte, die Knöpfe im Dutzend verkauft, Nadeln stückweise, eine Viehglocke, einen Stoffrest, irgendein Eingemachtes in einer Spankiste —, um seine Unruhe zu betäuben. Er kehrte nach Einbruch der Abenddämmerung zurück mit dem unbestimmten Gefühl, den Besuch eines Unbekannten erhalten zu haben oder plötzlich auf das in eine Kaserne nebst Kommissariat verwandelte Alte Schloß von Bayonne bestellt zu werden, um sich in irgendeiner ›Angelegenheit, die ihn betraf‹, zu verantworten. Dieses abgeschiedene, schweigende, jetzt von Gefahren erfüllte Land widerte ihn so sehr an, daß er alles häßlich fand, was hier für schön gelten konnte: die Nußbäume und die Eichen, die Herrenhäuser, den Flug des Milans, die Friedhöfe voll seltsamer Kreuze mit Sonnenzeichen ... Als er den Wachsoldaten eintreten sah, der ihm einen Brief überbrachte, zitterten seine Hände so sehr, daß er den Umschlag nicht öffnen konnte. Er mußte das Siegel mit den Zähnen abreißen, die wenigstens seinem Willen noch gehorchten. Die Handschrift war ihm wohlbekannt. Unter Angabe genauer Instruktionen ersuchte ihn Victor dringend, sofort nach Rochefort zu kommen und das Amt eines Schreibers bei dem Geschwader zu übernehmen, das sehr bald von der Insel Aix aus nach Amerika aufbrechen würde. Im Besitz des Papiers, das einem Geleitbrief gleichkam, sollte sich Esteban in Saint-Jean-de-Luz einem der baskischen Jägerregimenter anschließen, die an der Expedition teilnahmen: einer sehr gewagten Expedition, die unterwegs mit unbekannten Problemen rechnen mußte, da man aus Mangel an Nachrichten nicht wußte, ob sich die Engländer der französischen Besitzungen auf den Antillen bemächtigt hatten. Das theoretische Ziel der Reise war die Insel Guadeloupe, und falls man dort nicht landen konnte, sollte die Flotte nach Saint-Domingue weiterfahren . . . Victor umarmte den Jüngling kühl nach der langen Trennung. Er war schlanker geworden, und sein Gesicht mit den kräftig geschnittenen Zügen spiegelte eine durch die Befehlsgewalt vermehrte Energie wider. Umgeben von Offizieren traf er in mühsamer Arbeit die letzten Vorbereitungen, studierte Seekarten und diktierte Briefe in einem großen Raum, angefüllt mit Waffen, chirurgischen Instrumenten, Trommeln und eingerollten Fahnen. »Wir sprechen uns später«, sagte er und kehrte ihm den Rücken zu, um eine Depesche zu lesen. »Geh auf die Intendantur.« Er verbesserte sich sogleich: »*Gehen Sie* auf die Intendantur und erwarten Sie dort meine weiteren Befehle.« Obwohl das Duzen in jenen Tagen für ein Zeichen revolutionärer Gesinnung galt, hatte der Franzose soeben eine Nuancierung vorgenommen. Esteban begriff, daß Victor sich die erste Disziplin auferlegt hatte, die das Amt eines Menschenführers erforderte: die, keine Freunde zu haben.

15

Fuerte cosa es. GOYA

Am 4. Floréal des Jahres II stach das kleine, aus den beiden Fregatten ›Pique‹ und ›Thetis‹, der Brigg ›L'Espérance‹ und fünf Truppentransportern bestehende Geschwader in See. Es hatte eine Kompanie Artillerie, zwei Kompanien Infanterie und das Bataillon Pyrenäenjäger an Bord, mit dem Esteban nach Rochefort gekommen war. Zurück blieben die Insel Aix mit ihrer von Wachttürmen starrenden Festung und ein schwimmender Kerker, ›Les Deux Associés‹, in dem über siebenhundert Gefangene auf die Deportation nach Cayenne warteten, dicht gedrängt in den Laderäumen, wo sie sich nicht einmal ausstrecken konnten, durcheinandergewürfelt in Schlaf und Krankheit, gemeinsam befallen von Krätze, Seuchen und Eiterbeulen. Die Seefahrt begann unter ungünstigen Vorzeichen: Die Inseln Tobago und Santa Lucia waren den Engländern in die Hände gefallen, und auf Martinique hatte Rochambeau kapitulieren müssen. Guadeloupe war das Ziel ständiger Angriffe, welche die Hilfsmittel des Militärgouverneurs allmählich erschöpften. Außerdem wußte man sehr wohl, daß die Siedler auf den französischen Antillen monarchistische Kanaillen waren; seit der Hinrichtung des Königs und der Königin standen sie in offenem Gegensatz zur Republik, strebten eine endgültige Besetzung durch die Engländer an und begünstigten die Unternehmungen des Feindes. Das Geschwader fuhr auf gut Glück ab und mußte sich heimlich durch die Blockade der französischen Küsten schleichen, um sich schnell von Europa zu entfernen, und zu diesem Zwecke waren strenge Befehle ausgearbeitet worden: Es war verboten, nach Sonnenuntergang Licht anzuzünden, und die Soldaten mußten sich früh in die Hängematten begeben. Man lebte mit griffbereiten Waffen in ständigem Alarmzustand, in Anbetracht eines möglichen Zusammenstoßes mit dem Feind. Das Wetter war für das Unternehmen jedoch günstig und legte vollkommene Dunstschleier über ein ruhig sich darbietendes Meer. Beladen mit Geschützen und Vorräten, waren die Schiffe vollgestopft mit Kisten, Fässern, Ballen und Bündeln, und die Männer mußten den engen Raum, der an Deck noch frei blieb, mit den Pferden teilen, die ihr Heu aus Rettungsbooten fraßen, welche als Krippen dienten. Man führte Schafe mit, deren klägliches Blöken zu jeder Stunde aus den Laderäumen aufstieg, und in Kästen, die mit Erde gefüllt waren und auf Schemeln standen, wuchsen Rettiche und Gemüse für die Offiziersmesse. Esteban hatte seit der Abfahrt noch keine Gelegenheit gehabt, mit Victor zu sprechen; er verbrachte seine Zeit in der Gesellschaft zweier Buchdrucker, der Loeuillets, Vater und Sohn, die die Reise mitmachten zusammen mit einer kleinen Druckerpresse, auf der Bekanntmachungen und Proklamationen hergestellt werden sollten ... In dem Maße, in dem die Flotte sich vom Kontinent entfernte, nahm die zurückgebliebene Revolution in den Köpfen der Männer eine vereinfachte Gestalt an: Fern vom Tumult der Ansammlungen auf den Gassen, fern der Rhetorik der Tribünen, der Rednerschlachten büßte das auf einen schematischen Abriß zusammengeschrumpfte Ereignis seine Widersprüche ein. Die noch nicht lange zurückliegende Verurteilung und Hinrichtung Dantons stellte sich als ein bloßer Wechselfall in einem Entwicklungsvorgang dar, den jeder mit den Augen seiner eigenen Wünsche sah. Es fiel natürlich schwer, an die Treulosigkeit von Tribunen zu glauben, die gestern noch Idole des Volkes, gefeierte Redner, Anfeuerer der Massen gewesen waren. Aber bald würde man in etwas einmünden, das nach dem miterlebten Sturm alle zufrieden machte: Weniger unreligiös würde die unmittelbare Zukunft sein, dachte der Baske, der sich mit seinen Skapulieren eingeschifft hatte; weniger freimaurerfeindlich, dachte der, der sich nach den Logen sehnte; von mehr Gleichberechtigung erfüllt stellte sie sich vor, wer von dem endgültigen Schlag träumte, der mit den letzten versteckten Privilegien Schluß machte. Inzwischen fuhr man einer Aufgabe entgegen, bei der sich Franzosen mit Engländern messen würden: Fern der Tavernen und der Stadtgerüchte wurden die Zweifel früherer Tage ausgelöscht. Nur eine Sorge quälte Esteban: Wenn er an Marchena dachte – der ganz gewiß gestürzt war, da er mit den Girondisten gemeinsame Sache gemacht hatte –, beklagte er den Umstand, daß viele Ausländer, die die Freiheit liebten und eben deshalb in ihrem Vaterland mit dem Tod rechnen mußten, beseitigt wurden, nur weil sie zu sehr auf die Ausdehnungskraft der Revolution vertraut hatten. Man gab viel zuviel auf die Flüsterparolen und Anklagen, die jeder vorbringen konnte. Sogar Robespierre hatte in seiner Rede vor der Gesellschaft der Freunde der Freiheit und Gleichheit die wahllosen Denunziationen verurteilt und sie als Anschläge bloßgestellt, welche die Gegner der Republik anzettelten, um deren beste Männer in Verruf zu bringen. Esteban sagte sich, daß er gerade rechtzeitig gegangen sei, zählte er doch in der Tat zu denen, die in Ungnade gefallen waren. Und dennoch sehnte er sich nach der Illusion einer Mitarbeit an Dingen von gewaltigem Ausmaß, eines Teilhabens an etwas Großem, das ihn so sehr beflügelt hatte, als Brissot ihn zu den Pyrenäen schickte mit der Versicherung, er trage zur Vorbereitung großer Ereignisse bei – großer Ereignisse, die schließlich zum Stehen gekommen waren am Fuße der Pyrenäen, hinter denen der Tod, seinem mittelalterlichen Gebaren treu, auch weiterhin im Zeichen der theologischen Allegorien flämischer Malkunst stehen würde, die Philipp der Zweite an den Wänden des Escorial aufgehängt hatte ... Esteban wäre in solchen Stunden gern zu Victor Hugues gegangen, um ihm diese Gedanken anzuvertrauen, aber der Kommissar ließ sich nur selten blicken. Wenn er sich unverhofft einmal zeigte, dann tat er dies, um streng nach dem Rechten zu sehen. Als er einmal nachts in einem Zwischendeck auftauchte, ertappte er vier Soldaten, die beim Schein einer mit Packpapier abgeschirmten Lampe Karten spielten. Er ließ sie an Deck steigen, indem er ihnen die Spitze seines Säbels auf den Hosenboden drückte, und zwang sie, die Karten über Bord zu werfen. »Beim nächsten Mal«, sagte er, »sind Sie selber die Könige in diesem Kartenspiel.« Er schlich unter den Hängematten der schlafenden Männer umher und tastete sie nach harten Stellen ab, die auf gestohlene Weinflaschen hindeuteten. »Leih mir dein Gewehr«, sagte er zu einem Infanteristen, als wolle er schnell auf ein paar Fischflossen anlegen, die sich auf dem Meeresspiegel abzeichneten. Doch dann schien er diese Zielscheibe zu vergessen, betrachtete die Waffe und sah, daß sie schmutzig und schlecht eingefettet war. »Du bist ein Schwein!« schrie er und warf das Gewehr zu Boden. Am nächsten Tag glänzten alle Gewehre wie frisch aus der Waffenkammer geholt. Manchmal kletterte er nachts in die Toppen hinauf, mit den Stiefeln in die Stufen der Strickleiter tretend, im Leeren schwankend, wenn er einmal ausrutschte, um dann schließlich neben dem Ausguck zu erscheinen, gravitätisch und mit Federbusch, mehr geahnt als wirklich gesehen im Dunkeln, wie ein Albatros, der sich flügelschlagend auf dem Schiff niedergelassen hatte. ›Theater‹, dachte Esteban. Theater aber, das ihn wie jeden anderen Zuschauer fesselte und ihm das Format dessen offenbarte, der sich zu solchen Rollen aufschwang.

Ein von den Hornisten an Bord der Schiffe mit vollen Lungen geblasener Weckruf verkündete den Soldaten eines Morgens, daß man die Gefahrenzone hinter sich gelassen hatte. Der Steuermann stellte die Sanduhr zurück und verwahrte die Pistolen, die ihm bis dahin als Kartenbeschwerer gedient hatten. Man feierte den Beginn der normalen Seefahrt mit einem Schluck Branntwein, und dann gingen die Männer wieder an ihre übliche Arbeit, erfüllt von einer stürmischen Freude, die jäh die Spannung, die Unruhe, das Stirnrunzeln der vergangenen Tage auslöschte. Es sang der Soldat, der mit schwingender Schaufel den Mist der Pferde ins Meer warf, die ihre Köpfe in die Krippenboote steckten. Es sangen die Männer, die ihre Waffen putzten. Es sangen die Metzger, die die Messer schliffen, mit denen sie heute die ersten Hammel töten würden. Es sangen das Eisen und der Schleifstein, der Pinsel und die Säge, der Striegel und die glänzende Kruppe, der Amboß in seinem Schuppen im Rhythmus von Blasebalg und Hammerschlag. Die letzten Nebel Europas verschwanden unter einer noch verschleierten, zu weißen, aber schon heißen Sonne, die vom Bug bis zum Heck die Uniformschnallen aufblinken ließ, das Gold der Stickereien, das Lackleder, die Bajonette, die ans Tageslicht heraufgeholten Sattelbögen. Man befreite die Geschütze von ihren Planen, aber noch nicht in der Absicht, sie zu laden, sondern um ihnen den Wischer in die Mündung zu schieben und die Bronze zu polieren. Auf dem Achterkastell übte die Kapelle der Pyrenäenjäger einen Marsch von Gossec, dem man ein Trio für Trommel und Baskenflöte hinzugefügt hatte, das so viel besser gespielt wurde als der Teil, der in Noten geschrieben stand, daß der Rest mit seinen rauhen Mißklängen den Spott der Soldaten herausforderte. Und ein jeder war mit seiner Aufgabe beschäftigt, blickte ohne Beklommenheit zum Horizont hin, sang, lachte, in einer guten Laune, die das Schiff von den Toppen bis zum Unterdeck ergriffen hatte, als auf einmal Victor Hugues auftauchte in großer Kommissarsgala, mit lächelndem Gesicht, obzwar nicht weniger unnahbar als in den vergangenen Tagen. Er schritt an Deck entlang, sah zu, wie man die Lafette einer Kanone ausbesserte, beobachtete, was ein Stück weiter der

Zimmermann trieb, klopfte einem Pferd den Hals, versetzte dem Fell einer Trommel einen Stoß, interessierte sich für das Befinden des Kanoniers, der den Arm in der Binde trug ... Esteban bemerkte, daß die Männer, wenn sie ihn erblickten, plötzlich verstummten. Der Kommissar flößte Furcht ein. Mit langsamen Schritten stieg er die Leiter zum Vorderschiff hinauf. Dort auf dem Oberdeck standen Seite an Seite Fässer unter einer großen Plane, die mit Seilen an der Bordbrüstung befestigt waren. Victor gab einem Offizier Anweisungen, der die Fässer sofort an einen anderen Ort schaffen ließ. Dann wurde eine wimpelgeschmückte Schaluppe ins Wasser gelassen: der Kommissar wollte an diesem ersten Tag der Ruhe und des Friedens an Bord der ›Thetis‹ zusammen mit Kapitän de Leyssegues, dem Kommandeur des Geschwaders, das Frühstück einnehmen. Chrétien, der seit der Abfahrt seekrank war, blieb in seiner Kajüte zurück. Als Hugues' Federbuschhut hinter der ›Espérance‹ verschwand, die jetzt zwischen den zwei Fregatten fuhr, herrschte wieder Freude an Bord der ›Pique‹. Sogar die von Sorgen befreiten Offiziere hatten teil an der guten Laune, dem Gesang, den Witzen der Soldaten über die Kapelle, die nach ihren baskischen Weisen und virtuosen Pfeifentrillern nicht einmal eine anständige Marseillaise spielen konnte. »Es ist das erste Mal, daß wir alle zusammen proben«, rief der Dirigent entschuldigend als Antwort auf die spöttischen Zurufe. Aber die Männer lachten über ihn, wie sie über alles gelacht hätten: es drängte sie einfach zum Lachen, um so mehr als die Batterien der ›Thetis‹ gerade jetzt den Kommissar des Nationalkonvents begrüßten und ihn dadurch in einen fremden, fernen Raum entrückten. Der Bevollmächtigte war gefürchtet. Vielleicht genoß er es.

16

Es vergingen drei Tage. Jedesmal, wenn der Steuermann die Sanduhr zurückstellte, tauchte die Sonne voller auf und roch das Meer stärker nach einem Meer, das mit allen seinen Ausdünstungen zu Esteban sprach. Eines Nachts ging der Jüngling an Deck, um der Hitze zu entrinnen, die sich schon in den Schiffsräumen ansammelte, und die ungeheure Weite des ersten ganz klaren Himmels ihrer Seereise zu betrachten. Eine Hand legte sich auf seine Schulter. Hinter ihm stand Victor, mit offenem Hemd, ohne Rock, das Lächeln früherer Tage auf den Lippen: »Uns fehlt eine Frau, findest du nicht auch?« Und von Sehnsucht getrieben, begann er von jenen Orten zu erzählen, die sie beide bald nach ihrer Ankunft in Paris kennengelernt und wo sie so viele willfährige und anziehende Frauen angetroffen hatten. Er hatte seither weder Rosamunde vergessen, die Deutsche vom Palais Royal, noch Zaïre, das Mädchen mit dem voltairianischen Namen, und genausowenig Dorine mit ihren Kleidern aus rosenfarbenem Musselin und jenen Entresol, in dem man gegen Bezahlung von zwei Louis nacheinander die fein nuancierten Künste Angéliques, Adèles, Zéphires, Zoés, Esthers und Zilies genießen konnte, die verschiedene Frauentypen verkörperten und sich – in strikter Observanz einer herrlich auf den Charakter ihrer Schönheit abgestimmten Komödie – als verschüchterte Demoisellen, ausschweifende Bürgersfrauen, heruntergekommene Tänzerinnen, als Venus von der Insel Mauritius – das war Esther – oder trunkene Bacchantin – das war Zilie – vor dem Gast aufspielten. Nachdem dieser das Ziel des listigen Eifers jedes einzelnen Archetypus geworden war, wurde er zu guter Letzt in den festen Schoß Aglaés mit den hohen, zu einem königlichen Kinn aufragenden Brüsten geworfen, deren Person stets in unübertrefflicher Weise die ansteigende Skala der Begierden abschloß. In einem anderen Augenblick hätte Esteban über diese spaßhaften Erinnerungen gelacht. Jetzt aber konnte er sich nicht mitteilen – was daher kam, daß der andere sich seit der Wiederbegegnung in Rochefort nicht mehr um ihn gekümmert hatte –, und dies bereitete ihm ein Unbehagen, so daß er der auf ihn einstürmenden Redseligkeit nur einsilbige Antworten entgegenzusetzen hatte. »Du könntest ja von Haiti kommen!« sagte Victor. »Dort kriegt man auch immer nur ein ›Oh! Oh!‹ zu hören, ohne daß man weiß, was der, zu dem man spricht, eigentlich denkt. Gehen wir in meine Kajüte.« Das erste, was man dort sah – zwischen Nägeln, an denen Hugues' Hut und Rock hingen –, war ein Bild des ›Unbestechlichen‹, zu dessen Füßen gleichsam als Votivlicht eine Lampe brannte. Der Kommissar stellte eine Flasche Branntwein auf den Tisch und goß zwei Gläser voll. »Zum Wohl!« Dann blickte er Esteban ein wenig spöttisch an und entschuldigte sich – mit einer Stimme, die nach reiner Höflichkeit klang – dafür, daß er ihn seit der Abfahrt von der Insel Aix nicht zu sich gerufen hatte: die vielen Sorgen und Pflichten, nicht wahr, und die Lage war ja auch recht unklar gewesen. Jetzt hatte man der englischen Blockade ein Schnippchen geschlagen, das stand fest. Aber ungewiß war noch immer, was dem Geschwader bevorstand, wenn es am Ziel eintraf. Sein Hauptauftrag war, in den französischen Kolonien in Amerika die Autorität der Republik wiederherzustellen und mit allen Mitteln gegen separatistische Tendenzen anzukämpfen, wobei – falls sich dies als notwendig erwies – Gebiete zurückgewonnen werden mußten, die inzwischen vielleicht verlorengegangen waren. Lange Minuten des Schweigens schoben sich in seinem Monolog ein und wurden nur von jenem halb gebrummten, halb geknurrten *»Oui!«* unterbrochen, das Esteban so gut kannte. Er lobte den Ton höchster bürgerlicher Gesinnung, der, wie er versicherte, ihn aus dem Brief des Jünglings angesprochen und ihn dazu veranlaßt hatte, auf seine Dienste zurückzugreifen. »Wer den Jakobinern untreu ist, ist der Republik und der Sache der Freiheit untreu!« setzte er hinzu. Aber Esteban machte eine gereizte Handbewegung. Nicht die Phrase ärgerte ihn, sondern der Umstand, daß sie von Collot d'Herbois stammte, der sie ständig wiederkäute, und dieser ehemalige Komödiant, der sich immer mehr dem Alkohol ergab, dünkte ihn nicht der rechte Mann, wenn es darum ging, Normen für die revolutionäre Moral aufzustellen. Unfähig, diese Überlegung für sich zu behalten, machte Esteban seinem Herzen ungestüm Luft. »Vielleicht hast du recht«, erwiderte Victor. »Collot trinkt zuviel, aber er ist ein guter Patriot.« Von zwei Glas Branntwein befeuert, deutete Esteban auf das Porträt des Unbestechlichen: »Wie kann dieser Gigant einem Trinker so sehr vertrauen? Collots Reden riechen nach Wein.« Die Revolution hatte große Männer hervorgebracht, gewiß, aber sie hatte auch vielen gescheiterten und verbitterten Existenzen Flügel verliehen, die sich die Schreckensherrschaft zunutze machten und, um ihren Bürgersinn zu beweisen, Texte der Verfassung in Menschenhaut einbinden ließen. Das waren keine Märchen. Er hatte sie selber gesehen, diese gräßlichen Büchlein, die eingeschlagen waren in ein trübgraues Leder mit zu vielen Poren — das etwas von einem verwelkten Blütenblatt hatte, von Packpapier, von Gamshaut und Eidechse — Büchlein, welche anzufassen die vom Ekel gepackten Hände sich scheuten. »Beklagenswert, in der Tat«, sagte Victor — sein Gesichtsausdruck wurde merklich kälter —, »aber wir können nicht überall sein.« Esteban glaubte sich dazu verpflichtet, ein Glaubensbekenntnis abzulegen, das an seiner revolutionären Gesinnung keinen Zweifel ließ. Er stieß sich jedoch an der Lächerlichkeit gewisser bürgerlicher Zeremonien, an gewissen ungerechtfertigten Ämterzuweisungen, an dem Dünkel, den Hochgestellte bei vielen Mittelmäßigen förderten. Man begünstigte Aufführungen stupider Stücke, wenn nur am Ende als Höhepunkt eine phrygische Mütze gezeigt wurde; man schrieb bürgerliche Epiloge zum ›Misanthrope‹, und in dem verjüngten ›Britannicus‹ der Comédie Française wurde Agrippina als ›Bürgerin‹ bezeichnet; viele klassische Tragödien waren verboten worden, aber der Staat subventionierte ein Theater, auf dessen Bühne man in einem albernen Schauspiel Papst Pius VI. sehen konnte, wie er sich, Zepter und Tiara schwingend, mit Katharina II. und einem König von Spanien stritt, der, bei der Prügelei zu Boden geworfen, seine riesige Pappnase verlor. Außerdem begünstigte man seit geraumer Zeit eine gewisse Geringschätzung der Intelligenz. In mehr als einem Ausschuß hatte man den barbarischen Ausruf gehört: »Mißtraut dem, der ein Buch geschrieben hat.« Alle literarischen Zirkel von Nantes, das war allgemein bekannt, hatte Carrier schließen lassen. Und der Dummkopf von Henriot hatte sogar gefordert, man solle die Bibliothèque Nationale anzünden, während der Wohlfahrtsausschuß berühmte Ärzte, hervorragende Chemiker, Gelehrte, Dichter, Astronomen aufs Schafott schickte ... Esteban hielt inne, als er sah, daß der andere ungeduldig wurde. »Noch ein Wortfechter mehr!« sagte Victor schließlich. »Du redest, wie man wahrscheinlich in Koblenz redet, und da fragst du noch, weshalb die literarischen Zirkel von Nantes geschlossen wurden?« Er hieb mit der Faust auf den Tisch. »Wir verändern das Angesicht der Welt – und worüber regt man sich auf? Über ein schlechtes Theaterstück. Wir gestalten das Leben des Menschen um, aber man beklagt sich darüber, daß sich ein paar Literaten nicht mehr treffen können, um Idylle und schmutzige Romane zu lesen. Man wäre wohl noch imstande, einem Verräter, einem Feind des Volkes das Leben zu schenken, wenn er nur schöne Verse geschrieben hat!« Man hörte an Deck polternde, schleifende Geräusche. Die Zimmerleute machten sich die jetzt frei gewordenen Gänge zwischen den Ballen zunutze und schleppten Balken ins Vorderschiff, gefolgt von Matrosen, die große, längliche Kisten trugen. Als eine von ihnen geöffnet wurde, fing sich das Mondlicht auf einem dreieckigen, stählernen Gegenstand, bei dessen Enthüllung der Jüngling erschauerte. Diese Männer, die sich als Silhouetten vom Meer abhoben, schienen einen blutigen, geheimnisvollen Ritus zu vollziehen, mit diesem Wippbrett, diesen Pfosten, die dort auf dem Boden zusammengefügt wurden – horizontal sich abzeichnend –, gemäß der Anleitung des Instruktionsheftchens, das man stumm, im Licht einer Laterne, um Rat fragte. Was da entstand, war eine Projektion, eine darstellende Geometrie des Vertikalen; eine falsche Perspektive, eine zweidimensionale Gestaltung dessen, was bald Höhe, Breite und erschreckende Tiefe haben würde. Fast feierlich-zeremoniell gingen die schwarzen Männer ihrer Arbeit nach, setzten zusammen, holten Einzelteile, Gleitbahnen, Scharniere aus den Kisten heraus, die wie Särge aussahen: Särge jedoch, die für Menschen zu lang waren, breit genug hingegen, um ihnen die Flanken zu umfassen, und versehen mit jenem Block, jenem Rahmen, der einen Halbkreis beschrieb gemäß den durchschnittlichen Körpermaßen des Menschen von Schulter zu Schulter. Man hörte Hammerschläge, die sich in düsterem Rhythmus auf die ungeheure Stille des Meeres legten, auf dem sich schon einiges Seegras zeigte ... »Das Ding reist also *auch* mit uns!« rief Esteban. »Zwangsläufig«, entgegnete Victor, in die Kajüte zurückgehend. »Das und die Druckerpresse sind die beiden wichtigsten Dinge, die wir an Bord haben, abgesehen von den Kanonen.« – »Ohne Weh – kein ABC«, sagte Esteban. »Komm mir nicht mit Sprichwörtern«, erwiderte der andere und füllte abermals die Gläser. Dann blickte er Esteban absichtlich fest an, griff nach einer Mappe aus Kalbsleder, öffnete sie langsam und zog ein Bündel versiegelter Papiere heraus, das er auf den Tisch warf... »Ja, wir haben auch die Maschine mitgenommen. Aber weißt du, was ich den Menschen der Neuen Welt überbringen werde?« Er hielt einen Augenblick inne und setzte dann, jedes einzelne Wort betonend, hinzu: »Den Erlaß vom 16. Pluviôse des Jahres II, *durch den die Sklaverei abgeschafft wird.* Von jetzt an gelten, ohne Unterschied der Rasse, alle in unseren Kolonien wohnenden Menschen als französische Bürger und sind absolut gleichberechtigt.« Er trat in die Kajütentür und beobachtete die Zimmerleute bei ihrer Arbeit. Und dann spann er, dem anderen den Rücken zukehrend, aber sehr wohl wissend, daß er einen aufmerksamen Zuhörer hatte, seinen Monolog weiter: »Zum ersten Mal fährt eine Flotte nach Amerika, die nicht unter dem Zeichen des Kreuzes segelt. Die Schiffe des Kolumbus hatten sich das Kreuz auf die Segel gemalt. Es war das Zeichen einer Sklaverei, der man die Menschen der Neuen Welt unterwerfen wollte im Namen eines Erlösers, der, wie die Kaplane dann verkündeten, gestorben war, um die Menschen zu retten, die Armen zu trösten und die Reichen zuschanden zu machen. Wir« – und dabei wandte er sich jäh um und wies auf den Erlaß – »wir, die Kreuzlosen, die Erlöserlosen, die Gottlosen, wir fahren jetzt dorthin in Schiffen ohne Kaplane, um die Privilegien abzuschaffen und die Gleichheit aufzurichten. Ogés Bruder wird gerächt werden ...« Esteban senkte den Kopf, er schämte sich der Worte, mit denen er kurz zuvor so überstürzt herausgeplatzt war, als hätte er sich unerträglicher Zweifel entledigen wollen. Er legte die Hand auf den Erlaß und klopfte auf das von dicken Siegeln geschwellte Papier. »Auf jeden Fall«, sagte er, »wäre es mir lieber, wenn das durchgesetzt werden könnte, ohne daß wir die Guillotine gebrauchen müssen.« – »Das hängt von den Leuten ab«, erwiderte Victor. »Von den anderen und auch von den unsrigen. Glaube nicht, daß ich allen vertraue, die mit uns reisen. Man wird sehen müssen, wie sich der eine oder der andere aufführt, wenn wir an Land sind.« — »Sagst du das meinetwegen?« fragte Esteban. »Deinetwegen und der anderen wegen. Ich bin von Amts wegen verpflichtet, keinem zu trauen. Es gibt welche, die diskutieren zuviel. Es gibt welche, die denken noch zu sehr an die Vergangenheit. Es gibt welche, die noch das Skapulier versteckt halten. Es gibt welche, die der Ansicht sind, unter dem verkommenen alten Regime habe man besser gelebt. Und es gibt Militärs, die sich untereinander zu gut verstehen und davon träumen, die Kommissare in Verruf zu bringen, wenn sie erst den Säbel aus der Scheide gezogen haben. Aber ich erfahre alles, was man spricht, was man denkt, was vor sich geht an Bord dieser verdammten Schiffe. Halte deine Worte im Zaum. Man würde sie mir auf der Stelle zutragen.« — »Hältst du mich für verdächtig?« fragte Esteban mit säuerlichem Lächeln. »Verdächtig sind alle«, sagte Victor. »Warum weihst du dann die Maschine nicht mit meinem Hals ein?« — »Die Zimmerleute müßten sich allzusehr sputen, sie aufzustellen. Zuviel Mühe für eine so geringfügige Lektion.« Victor begann sich das Hemd auszuziehen: »Geh schlafen.« Er gab ihm herzlich und klatschend wie in alten Zeiten die Hand. Als der Jüngling ihn anschaute, überraschte ihn die Ähnlichkeit zwischen dem Unbestechlichen, wie er auf dem Bild an der Kajütenwand zu sehen war, und dem lebenden Gesicht, das er hier vor sich hatte und das doch irgendwie verändert wirkte durch die offensichtliche Nachahmung der Kopfhaltung, des etwas starren Blicks und des zugleich höflichen und unerbittlichen Ausdrucks des Abgebildeten. Der sich hier andeutende Zug der Schwäche, dieses Bestreben, physisch dem Manne zu gleichen, den er über die anderen stellte, war für Esteban so etwas wie ein leiser ausgleichender Sieg. Da versuchte also der Mann, der sich früher so oft als Lykurg und Themistokles verkleidet hatte bei den Spielen im Haus in Havanna und der jetzt, als Bevollmächtigter, am Ziel seines Ehrgeizes angelangt war, einen anderen nachzuahmen, dessen Überlegenheit er akzeptierte. Zum ersten Mal beugte sich Victor Hugues' Stolz — vielleicht unbewußt — einer Gestalt von größerem Format.

17

Die Maschine blieb vorn im Bug stehen, in eine Plane gehüllt, auf eine horizontale und eine vertikale Ebene beschränkt, im Umriß nüchtern wie eine Lehrsatzfigur, als das Geschwader endlich mit vollen Segeln in die tropischen Meere eindrang und Land nicht mehr weit entfernt sein konnte, wie sich an den von der Strömung mitgerissenen Baumstämmen, Bambuswurzeln, Manglebaumzweigen und Kokospalmenblättern erkennen ließ, die auf dem bisweilen hellgrün über dem sandigen Grund schimmernden Wasser schwammen. Wiederum war eine Begegnung mit britischen Kriegsschiffen möglich, und die Ungewißheit darüber, was seit den letzten, zur Zeit der Abfahrt von Frankreich erhaltenen Nachrichten auf Guadeloupe geschehen war, versetzte jedermann in einen Zustand unruhiger Erwartung, und jeder Tag ohne Zwischenfälle erhöhte die Spannung nur noch. Wenn man auf Guadeloupe nicht landen konnte, würden die Schiffe nach Saint-Domingue weiterfahren. Die Engländer mochten sich aber Saint-Domingues bereits bemächtigt haben. In diesem Falle wollten Chrétien und Victor Hugues versuchen, auf irgendeinem Wege die Küsten der Vereinigten Staaten zu erreichen und sich in den Schutz der befreundeten Nation begeben. Wütend auf sich selbst, fast angeekelt von dem, was er bei kühlem Verstand als ein Zeichen unverzeihlichen Egoismus betrachtete, konnte Esteban nicht verhindern, daß sein Herz einen Schlag aussetzte, wenn von der Möglichkeit gesprochen wurde, daß die Flotte Baltimore oder New York anlief. Das wäre das Ende eines Abenteuers, das sich für ihn auf schon lächerliche Weise in die Länge zog; zu nichts mehr nütze in der französischen Armee, würde er seine Freiheit fordern — oder sie sich einfach nehmen, was auf dasselbe herauskam — und, berstend vor Geschichte und Geschichten, dorthin zurückkehren, wo man ihm mit Staunen lauschen würde, wie man dem Pilgersmann lauschte, der das Heilige Land geschaut hat. Auf dem Gebiet der Taten hatte er nichts ausrichten können, aber Erfahrungen hatte er doch gewonnen, und so kam sein erster Auftritt auf der großen Weltbühne einer Initiative gleich, die zu künftigen Unternehmungen führen mochte. Zunächst mußte er etwas tun, was seinem Leben einen Sinn verlieh. Ihn verlangte danach, zu schreiben, durch das Mittel des Schreibens und der Zucht, die es erfordert, zu den Schlüssen zu gelangen, die sich vielleicht der Sicht entzogen. Er vermochte nicht zu bestimmen, wie diese Arbeit aussehen würde. Etwas Wichtiges würde es auf jeden Fall sein, etwas, dessen die Zeit bedurfte. Etwas, das Victor Hugues vielleicht sehr mißfiel — und diesen Gedanken genoß er. Vielleicht kam eine neue Staatstheorie dabei heraus. Vielleicht eine Neufassung des ›Esprit des Lois‹. Vielleicht eine Studie über die Irrtümer der Revolution. ›Genau das, was so ein Schwein von Emigrant schreiben würde‹, sagte er sich und gab den Plan von vornherein auf. In den letzten Jahren hatte Esteban einen Hang zur Kritik entwickelt, der ihn bisweilen ärgerte, weil er ihn daran hinderte, sich gleich den meisten anderen ungestüm gewissen begeisterten Impulsen hinzugeben, und der sich nicht von allgemeinen Kriterien überrumpeln ließ. Wenn die Revolution ihm in der Form eines erhabenen Ereignisses vorgestellt wurde, eines Ereignisses ohne Fehl und Tadel, erschien ihm die Revolution plötzlich als ein mit Mängeln und Verzerrungen behaftetes Ding. Vor einem Monarchen jedoch hätte er sie mit eben den Argumenten verteidigt, die ihn zur Verzweiflung brachten, wenn sie aus dem Munde eines Collot d'Herbois kamen. Er verabscheute die zügellose Demagogie eines Père Duchesne ebensosehr wie das apokalyptische Geschwätz der Emigranten. Gegenüber den Pfaffenfressern fühlte er sich als Geistlicher, gegenüber den Geistlichen als Pfaffenfresser; monarchistisch wurde ihm zumute, wenn man ihm erzählte, alle Könige — ein Jakob von Schottland, ein Heinrich IV., ein Karl von Schweden! — seien Schwachköpfe gewesen, antimonarchistisch, wenn er hörte, wie man gewisse spanische Herrscher aus dem Hause Bourbon in den Himmel hob. ›Ich bin ein Diskutierer, gut‹, gestand er sich ein, als er an das dachte, was Victor ihm vor einigen Tagen gesagt hatte, ›aber ich diskutiere mit mir selbst, und das ist schlimmer.‹ Nachdem ihm die Loeuillets, denen sich allmählich die Zunge löste, von der durch den Öffentlichen Ankläger in Rochefort aufgerichteten Schreckensherrschaft berichtet hatten, betrachtete er Victor mit einer Mischung von Groll und Unbehagen, von Sanftmut und Neid. Groll – weil er sich aus seinem Umkreis ausgeschlossen sah, Unbehagen – seit er von seinem grimmigen Auftreten vor dem Tribunal wußte, fast weibische Sanftmut schon bei der Erwartung jedweden Zeichens der Freundschaft, das der andere ihm zu gewähren vielleicht geruhte, Neid – weil der Erlaß, den er bei sich trug, diesem Bäckerssohn, der zwischen Ofen und Teigmulde geboren war, eine historische Dimension verleihen würde. Tagelang führte Esteban im Geist Zwiegespräche mit einem abwesenden Victor, dem er Ratschläge gab, von dem er Rechenschaft forderte, die Stimme erhebend in innerlicher Vorbereitung eines Gesprächs, das vielleicht nie zustande kam und das, wenn es stattfand, den Ton seiner vorgefaßten Reden verändern und Sentimentalität und sogar Tränen dort hervorbringen würde, wo er jetzt mit leiser Stimme Vorwürfe, Anklagen, kategorische Fragen und Freundschaftsaufkündigungen formulierte ... In diesen Tagen der ungewissen Erwartung ließ sich Victor schon frühmorgens in der bewimpelten Schaluppe zur ›Thetis‹ hinüberfahren, um mit de Leyssegues Eindrücke auszutauschen – beide über Karten gebeugt, zwischen deren Klippen und Untiefen das Geschwader gerade hindurchsegelte. Esteban versuchte sich ihm in den Weg zu stellen, wenn er ging oder kam, wobei er vortäuschte, stark von irgendeiner Beschäftigung in Anspruch genommen zu sein, während der andere an ihm vorüberschritt. Doch Victor sprach ihn nie an, wenn er von Hauptleuten und Adjutanten umgeben war. Diese federbuschschüttelnde, litzenglänzende Gruppe bildete eine Welt für sich, zu der er keinen Zutritt hatte. Wenn Victor sich entfernte, blickte Esteban fasziniert und zugleich zornig den kräftigen Schultern nach, die sich unter dem schweißfeuchten Tuch des Uniformrocks spannten; es waren die Schultern dessen, der die verborgensten Geheimnisse seines Vaterhauses kannte, dessen, der in sein Leben eingedrungen war wie das Schicksal selbst und es immer ungewissere Wege geführt hatte. ›Klammere dich nicht an eiskalte Statuen‹, sagte sich der Jüngling, Epiktet zitierend, mit schmerzvoller Bitterkeit, indes er den Abstand ermaß, der ihn jetzt von dem Gefährten früherer Zeiten trennte. Aber er hatte gesehen, wie diese eiskalte Statue sich mit sehr kampferprobten Weibern amüsierte — ausgesucht eben deshalb, weil sie dies waren — bei den Streifzügen, die sie in den ersten Pariser Tagen so oft unternommen hatten und deren Ziel allein das Vergnügen gewesen war. *Dieser* Victor Hugues, der Kleider ledig, muskelstrotzend vor seinem Liebchen für einen Abend dem Wein und dem ungehobelten Scherz hingegeben, bewahrte eine Charakterfrische, die älter war als die zusammengezogenen Brauen des auf seine republikanischen Insignien stolzen, flitterglänzenden Mannes, der jetzt die Geschicke des Geschwaders lenkte mit einer Selbstsicherheit, die sogar de Leyssegues einschüchterte. ›Die Uniform ist dir zu Kopf gestiegen‹, dachte Esteban. ›Hüte dich vor dem Rausch der Uniform — einen schlimmeren gibt es nicht.‹

Eines Morgens, als der Tag heraufdämmerte, ließen sich zwei Pelikane auf der Spiere der ›Pique‹ nieder. Die Brise roch nach Weidegrün, nach Melasse und Holzfeuerrauch. Das langsam dahingleitende Geschwader näherte sich, ununterbrochen die Tiefe auslotend, den gefürchteten Riffen der Insel La Désirade. Seit Mitternacht befanden sich alle Männer in Alarmzustand, und jetzt blickten sie, an die Bordbrüstung gedrängt, zu der Insel mit dem strengen Profil hinüber, das sich schon im frühen Morgengrauen wie ein riesiger Schatten zwischen dem Meer und einem über dem Land festgehaltenen Massiv niedriger Wolken abzeichnete. Das Wasser war in diesen ersten Junitagen so ruhig, daß man das Klatschen eines fliegenden Fisches weithin hören konnte, und so klar, daß man die Aale unter der Oberfläche dahinziehen sah. Die Schiffe hielten vor einer Steilküste an, die keine Anzeichen von Bebauung oder Besiedelung bot. Eine Schaluppe mit mehreren Matrosen stieß von der ›Thetis‹ ab und hielt mit voller Ruderkraft auf die Insel zu. Bald darauf stiegen Kapitän de Leyssegues und die Generäle Cartier und Rouger an Bord der ›Pique‹, um zusammen mit Chrétien und Victor Hugues auf das Ergebnis der Erkundungsfahrt zu warten . . . Nach zwei Stunden, als die Spannung auf dem Höhepunkt angelangt war, kam die Schaluppe wieder in Sicht. »Was gibt's?« schrie der Kommissar den Matrosen zu, als er glaubte, sie mit seiner Stimme erreichen zu können. »Die Engländer sind auf Guadeloupe und Santa Lucia«, brüllte einer von ihnen, worauf man an den Decks der Schiffe laut durcheinanderfluchte. »Sie haben die Inseln eingenommen, als wir von Frankreich abfuhren.« Der Spannung folgte die Enttäuschung. Nun würde man zur Ungewißheit der vorangegangenen Tage zurückkehren, eine neuerliche, dem Zufall anheimgegebene Seefahrt würde beginnen über Meere, die von feindlichen Schiffen wimmelten, mit Kurs auf eine Insel Saint-Domingue, die — damit mußte man rechnen — ebenfalls von Streitkräften besetzt war, welche auf die Unterstützung der durchweg monarchistisch eingestellten Siedler zählen konnten, die sich samt ihren Scharen von Negern den Engländern angeschlossen hatten. Und der britischen Gefahr würde man — vielleicht — entrinnen, nur um anschließend zu versuchen, die spanische Gefahr zu überlisten auf hundert Umwegen, die das Geschwader in das Gebiet der Bahamas brachten zur ärgsten Zeit des Jahres — und Esteban erinnerte sich einiger Verse aus ›Der Sturm‹, in dem von den Hurrikanen auf den Bermudas die Rede war. Mutlosigkeit bemächtigte sich der Männer. Nun, da man auf Guadeloupe nichts ausrichten konnte, suchte man am besten möglichst schnell das Weite. Und einige ärgerten sich über die Hartnäckigkeit Victor Hugues', der sich immer wieder von dem, der die Nachrichten erhalten hatte, die Geschichte seines kurzen Landaufenthalts wiederholen ließ. Es gab keinen Zweifel. Die Nachricht stammte von verschiedenen Personen, von einem schwarzen Fischer, einem Bauern und einem Kneipenbediener. Alle hatten sie die Schiffe des Geschwaders ausgemacht, wenn sie sie auch, durch die Entfernung, mit den Schiffen des Admirals Jarvis verwechselten, die von La Pointe-à-Pitre mit Kurs auf Saint Christopher ausgelaufen waren oder gerade zu dieser Stunde ausliefen. Diese Stelle hier, umgeben von Riffen, war höchst gefährlich. »Ich glaube, wir dürfen nicht länger warten«, sagte Cartier. »Wenn sie uns hier erwischen, schießen sie uns in Stücke.« Rouger war derselben Meinung. Aber Victor wollte nichts davon wissen. Bald erhob sich lautes Stimmengewirr. Die Führer und Kommissare stritten sich, daß die Säbel, Litzen, Schärpen und Kokarden zitterten, und stießen so viele Schimpfworte hervor, wie einem Franzosen des Jahres II nur erlaubt waren, nachdem er Themistokles und Leonidas zum

Zeugen angerufen hatte. Plötzlich brachte Victor Hugues die anderen mit schneidender Stimme zum Schweigen: »In einer Republik diskutieren die Militärs nicht – sie gehorchen. Nach Guadeloupe hat man uns geschickt, und nach Guadeloupe gehen wir.« Die anderen ließen die Köpfe hängen, als fürchteten sie die Peitsche eines Löwenbändigers. Der Kommissar gab den Befehl, sofort die Salinen von Grande Terre anzusteuern. Bald sichtete man in einem Wirbel schillernder Nebeldünste die Insel Marie-Galante, und die Schiffe wurden gefechtsklar gemacht. Und indes der Lärm rollender Lafetten anschwoll, indes Kabel und Flaschenzüge quietschten, laute Rufe ertönten, Vorbereitungen getroffen und eilig Formationen gebildet wurden unter dem Wiehern der Pferde, die das nahe Land und die frische Weide witterten, ließ sich Victor Hugues von den Drukkern einige hundert während der Überfahrt hergestellte klecksige Plakate übergeben, auf denen in großen Lettern der Text des Erlasses vom 16. Pluviôse gedruckt stand, der die Abschaffung der Sklaverei verfügte und Gleichberechtigung vor dem Gesetz für alle Bewohner der Insel ohne Ansehen von Rasse und Stand proklamierte. Dann durchmaß er mit festem Schritt das Oberdeck, trat auf die Guillotine zu und nahm die geteerte Umhüllung ab, daß das Blutgerüst zum ersten Mal im Licht der Sonne erstrahlte, mit nackter, scharf geschliffener Beilschneide. Im Glanz aller Insignien seiner Autorität, unbeweglich, zur Statue erstarrt, die rechte Hand an die Pfosten der Maschine gestützt, hatte sich Victor Hugues plötzlich in eine Allegorie verwandelt. Zusammen mit der Freiheit hielt die erste Guillotine ihren Einzug in der Neuen Welt.

18

Estragos de la guerra. GOYA

Chrétien und Victor Hugues gingen mit einer der ersten Barken an Land – vielleicht um den Soldaten zu beweisen, daß sie in der Stunde der Aktion genauso wagemutig waren wie die Militärs. Als die Truppen gelandet waren, hörte man einzelne Detonationen, gefolgt von einem kurzen Schußwechsel, der sich in der Ferne verlor. Die Nacht fiel herein, und Stille senkte sich auf die Schiffe, auf denen die Matrosen zusammen mit den zwei Kompanien Pyrenäenjäger unter dem Befehl des Kapitäns de Leyssegues zurückgeblieben waren. Und es vergingen drei Tage, und es geschah nichts, man hörte nichts, erfuhr nichts. Um sich die angstvolle Sorge zu vertreiben, gab sich Esteban in Gesellschaft der jetzt zur Untätigkeit verurteilten Drucker dem Angeln hin. So viel freier Raum bot sich nun an Bord der Schiffe, nachdem das Gros der Streitkräfte an Land gegangen war, daß die Decks an eine Bühne nach der Aufführung eines Schauspiels mit großem Apparat erinnerte. Dort hingen lose Seile, lagen verlassene Ballen, leere Kisten. Man konnte unbehindert auf und ab gehen, im Schatten der Segel ein Schläfchen halten, sein Suppengeschirr dorthin tragen, wo es einem beliebte, sich im Freien entlausen – Karten spielen, mit einem Blick zum Horizont hin vor jedem Bieten Ausschau haltend nach dem Segelwerk eines feindlichen Kriegsschiffes, das in der Ferne auftauchen mochte. Alledem wäre ein Anschein glücklicher Ferien auf den Inseln über dem Winde eigen gewesen, hätte das Ausbleiben von Nachrichten nicht viele niedergedrückt. Es nützte nichts, die Landschaft an der Küste zu befragen. Dort geschah nichts. Ein Junge suchte im Sand herum, Hunde tollten im seichten Wasser umher, eine Negerfamilie zog vorüber wie auf ständiger Wanderschaft, mit riesigen Bündeln auf den Köpfen ... Einige vermuteten schon das Schlimmste, als am Morgen des vierten Tages ein Bote eintraf, der an Bord der ›Thetis‹ ging und den Befehl überbrachte, die Flotte sofort nach La Pointe-à-Pitre zu verlegen. Das Heer der Republik war siegreich gewesen. Nach einem Scharmützel, zu dem es im Anschluß an die Landung kam, waren die Franzosen vorsichtig vorgerückt, ohne auf den erwarteten Widerstand zu stoßen. Victor Hugues schrieb das unablässige Zurückweichen der englischen Truppen dem Schrecken der monarchistischen Siedler vor denen zu, die, das Banner der Republik schwingend, ihre unreinen weißen Fahnen angriffen. Die beherzteren Besatzungen der im Hafen überraschten Handelsschiffe hatten im Fort Fleur d'Epée hinter siebzehn Kanonen Widerstand geleistet. Aber in der vergangenen Nacht waren Cartier und Rouger zum Sturm auf diese von neunhundert Mann verteidigte Feste angetreten und hatten sie im Handstreich mit blanker Waffe erobert. Chrétien war, ein Beispiel großer Tapferkeit gebend, vor dem Feinde gefallen. Die durch diesen Sieg entmutigten Engländer hatten sich jetzt auf Basse Terre verschanzt, hinter der Salée, einem kleinen Wasserlauf, aus dem Manglebäume herauswuchsen und der trotz seiner geringen Breite Guadeloupe in zwei Stücke teilte. Victor Hugues hielt sich seit Mitternacht in La Pointe-à-Pitre auf, wo er sich als Statthalter einrichtete. Vierundachtzig im Hafen zurückgebliebene Handelsschiffe waren den Franzosen in die Hände gefallen. Die Läden barsten vor Waren. Das Geschwader wurde dringend erwartet ... Es begannen die Manöver, indes die Transportschaluppen zu ihren Schiffen zurückkehrten. Eine ungeheure, fast leibliche Freude ergriff die Männer von den Toppen bis in die Laderäume; sie kletterten, rannten, schoben den Kanonenwischer, zogen Flaggen in die Höhe, rollten Segel auf, andere zusammen, warfen sich Gegenstände zu. Der Sieg – das war gut. Aber außerdem würde es heute nacht Wein und frische Schweinskeulen gespickt mit Knoblauchzehen geben; viel Wein und Ochsenfleisch mit jungen Karotten; sehr viel Wein würde es geben und vom besten Rum, Kaffee von der Sorte, die Flecken an der Tasse hinterließ, und vielleicht Frauen, rothaarige, kupferbraune, bleichhäutige und schwarze – solche, die hohe Absätze trugen unter den Spitzen ihrer Unterkleider; solche, die nach Frangipan rochen, nach Orangenblütenwasser, nach Vetiver und vor allem – nach Weib. Und unter Gesang und Jubelgeschrei und Hochrufen auf die Republik, die am Kai angestimmt wurden und von Schiff zu Schiff weiterflogen, fuhr das Geschwader an jenem Tag im Monat Prairial des Jahres II in den Hafen der Stadt ein und mit ihm, im Bug der ›Pique‹ hoch aufgerichtet, die Guillotine, blank poliert als fabrikneues Exemplar, ihrer Hülle bar, damit alle sie sähen und kennenlernten. Victor und de Leyssegues umarmten sich. Dann gingen sie gemeinsam zum ehemaligen Statthaltergebäude – wo der Kommissar schon seine Amtsräume einrichtete –, um sich vor dem Leichnam Chrétiens zu verneigen, der mit Schärpe und Kokarde auf einem schwarzen Erdhügel voller roter Nelken, weißer Narden und blauer Winden ausgestreckt lag. Esteban wurde zum Außenhandelsspeicher geschickt. Noch an diesem Tage würde er mit seiner eigentlichen Arbeit beginnen und ein Prisenregister eröffnen, angesichts der vom Feind im Hafen zurückgelassenen Schiffe. Überall sah man die Plakate, auf denen die Abschaffung der Sklaverei proklamiert wurde. Die von den sogenannten ›Großen Weißen‹ eingekerkerten Patrioten wurden befreit. Eine buntgescheckte, jubelnde Menge bewegte sich durch die Straßen und begrüßte die Neuankömmlinge. Den Höhepunkt erreichte die Freude, als man erfuhr, daß General Dundas, der britische Gouverneur von Guadeloupe, am Vorabend des französischen Angriffs auf Basse Terre gestorben war. Das Schicksal war dem Heer der Republik günstig. Doch die vergnügte Nacht, die sich alle machen wollten, mußte verschoben werden: Kapitän de Leyssegues ließ kurz nach Mittag mit den Arbeiten zur Befestigung und Verteidigung des Hafens beginnen, mehrere alte Schiffe wurden im Fahrwasser auf Grund gesetzt, um die Einfahrt zu versperren, und am Kai fuhren Kanonen auf, deren Mündungen meerwärts zeigten ... Vier Tage darauf wandte sich jäh das Blatt. Eine auf dem Saint-Jean, einem Berghügel jenseits der Salée, in Stellung gegangene Batterie leitete die systematische Beschießung von La Pointe-à-Pitre ein, und Admiral Jarvis, der mit seinen Truppen in Gosier gelandet war, schickte sich an, die Stadt zu belagern ... Schrecken bemächtigte sich der Bevölkerung unter den vom Himmel fallenden Granaten, die zu jeder Stunde wahllos herüberflogen, Dächer durchlöcherten, die Bretterböden durchschlugen, Ziegel als Lawinen roter Erde herabstürzen ließen, vom Mauerwerk, vom Pflaster, von den Grenzsteinen an den Ecken abprallten, ehe sie mit Donnergrollen auf etwas zurollten, das sie umwerfen konnten — eine Säule, eine Geländerbrüstung, einen Menschen, den die Schnelligkeit dessen, was da auf ihn zukam, betäubt hatte. Ein Geruch nach altem, trockenem, aschigem Kalk hüllte die Stadt in eine Atmosphäre der Zerstörung ein, dörrte die Kehlen aus, entzündete die Augen. Eine Kugel, die auf eine Mauer aus

Quadersteinen traf, sprang auf die Holzhäuser zu, rollte die Stufen hinunter, flog gegen einen Schanktisch voller Flaschen, in die Auslage eines Töpferladens, in einen Keller, wo ihre Bahn in einem Zersplittern von Faßdauben auf dem zerstükkelten Leib einer Gebärenden ein Ende fand. Durch den Anprall eines Geschosses war eine Glocke mit so lautem Bronzegetön herabgestürzt, daß sogar die feindlichen Kanoniere den Umstand wahrnahmen. Schlecht geschützt gegen das Eisen bot sich dieses Reich der Jalousien, spanischen Wände, leichten Balkone, Veranden, Holzgitter, Bogenlauben und dünnen Latten dar, in dem alles darauf angelegt war, den geringsten Lufthauch auszunützen. Jeder Schuß war ein Hammerschlag auf einen Weidenkäfig, der Leichen unter dem Tisch aus Nußbaumholz zurückließ, wo eine Familie Schutz gesucht hatte. Bald verbreitete sich eine neue entsetzliche Nachricht: eine auf dem Savon-Hügel aufgefahrene, mit Öfen ausgerüstete Batterie beschoß die Stadt mit rotglühend erhitzten Kugeln. Was da noch stehenblieb, begann zu brennen. Auf den Kalkgeruch folgte der Brandgeruch. Noch hatte man ein Feuer nicht gelöscht, da brannte es schon ein Stück weiter, im Tuchladen, im Sägewerk, im Rumlager, und der Rum, der ebenfalls Feuer fing, ergoß einen langsamen Strom blauer Flammen über die Straßen, den die Bürgersteige zum nächsten Abhang lenkten. Da viele ärmliche Häuser Dächer aus Blättern und geflochtenen Pflanzenfasern hatten, vermochte schon ein einziges rotglühendes Geschoß ein ganzes Viertel einzuäschern. Um das Maß voll zu machen, war man wegen des Wassermangels gezwungen, die Brände mit Axt, Säge und Machete zu bekämpfen. Der vom Himmel gefallenen Zerstörung gesellte sich die bewußte Zerstörung hinzu, an der Kinder, Frauen und Greise arbeiteten. Ein dichter, schwarzer Rauch, der von unten kam, von dort, wo viele alte und schmutzige Sachen brannten, legte bisweilen am hellen Mittag eine jähe Dämmerung über die gequälte Stadt. Und das, was eine Stunde lang zu ertragen schon unmöglich war, setzte sich über Tag und Nacht fort unter ständigem Krachen, in dem der Einsturzlärm mit dem Schrei, das Knistern der Flammen mit dem Rumpeln alles dessen verschmolz, was auf der Erde umherrollte, aufprallte, anstieß und abprallte wie ein Rammbock. Man lebte in der Katastrophe, und obwohl ihr Gipfel erreicht zu sein schien, vergrößerte sie sich von einer Schreckensnachricht zur anderen. Drei Versuche, die Batterien zum Schweigen zu bringen, waren gescheitert. General Cartier, der sich keinen Schlaf gegönnt hatte, war an Erschöpfung und am ungewohnten Klima soeben gestorben. General Rouger lag, von einer Granate getroffen, in einem Saal des Gebäudes, das man in ein Lazarett verwandelt hatte, im Sterben. Einige geheimnisvolle, aus ihren Verstecken hervorgekrochene Dominikaner waren wiederaufgetaucht und stellten sich an den Krankenbetten ein, einen Arzneitrank oder Kräuteraufguß in der Hand. In solchen Augenblicken achtete niemand auf ihr Gewand, man nahm die Pflege und unmittelbare Erleichterung gern hin, denen bald die Wiederauferstehung des Kruzifixes und des Salböls folgte. Dieser Schmuggel mit dem Religiösen schlich sich dort ein, wo der Wundbrand grassierte, wo es die meisten Verwundeten gab, und mancher riß sich die Kokarde herunter und verlangte nach den Sakramenten, wenn er sich seiner letzten Stunde nahe wußte ... Zu den zahllosen Qualen kam jetzt noch der Durst hinzu. Da Leichen in die Zisternen gefallen waren, konnte man das vergiftete Wasser nicht mehr trinken. Die Soldaten kochten Meerwasser ab und bereiteten einen brakkigen Kaffee, den sie später mit großen Mengen Zucker süßten und mit etwas Alkohol versetzten. Die Wasserträger, die mit ihren auf Booten oder Karren verladenen Fässern zur Versorgung der Bevölkerung immer ausgereicht hatten, konnten jetzt wegen des feindlichen Artilleriebeschusses die Bäche der Nachbarschaft nicht mehr erreichen. Auf den Straßen wimmelte es von Ratten, die zwischen den Trümmern umherhuschten und überall eindrangen, und als ob diese Plage noch nicht genügt hätte, krochen graue Skorpione aus dem alten Holz hervor und stachen zu, wo sie nur ein Opfer fanden. Von mehreren Schiffen im Hafen waren lediglich schwimmende Berge verkohlten Holzes übrig. Die ›Thetis‹, vielleicht schon zu Tode getroffen, versteckte sich in einem Panorama zerbrochener Masten und skelettkahler Schiffsrippen. Am zwanzigsten Tag der Belagerung stellte sich die Darmgicht ein. Die Menschen entleerten sich innerhalb weniger Stunden und ließen ihr Leben durch die Därme ausströmen. Da es unmöglich war, ihnen ein christliches Begräbnis zu geben, vergrub man die Leichen, wo es gerade ging, unter einem Baum, in irgendeinem Loch, neben den Latrinen. Granaten, die auf den Alten Friedhof fielen, hatten Gebeine zutage gefördert und sie zwischen eingeschlagenen Grabsteinen und ausgerissenen Kreuzen verstreut. Gefolgt von den letzten Offizieren, über die er noch verfügte, und seinen besten Truppen hatte sich Victor Hugues auf dem ›Morne du Gouvernement‹ verschanzt, einer Höhe, die die Stadt beherrschte und den Schutz einer in ihrem Bereich stehenden Kirche aus Quadersteinen zu bieten hatte ... Benommen, betäubt, unfähig, an irgend etwas zu denken inmitten der Katastrophe, die nun schon seit fast vier Wochen andauerte, verbrachte Esteban die Zeit in einer Art Höhle liegend, einem Stollen, den er sich zwischen Zuckersäcken gebohrt hatte, die im Hafenschuppen lagerten, wo er, gerade mit der Bestandsaufnahme beschäftigt, von der Beschießung überrascht worden war. Ihm gegenüber, seinem Beispiel folgend, verbargen sich die Loeuillets in einem ähnlichen, aber breiteren Stollen, wo sie auch einen Teil ihrer Druckerutensilien untergebracht hatten — die Typenkästen vor allem, die hier nicht ersetzt werden konnten. Durst litten sie nicht, denn viele Fässer mit Wein lagerten an diesem Ort, und manchmal zur Erfrischung, manchmal aus Angst, manchmal aus Durst leerten sie ganze Krüge dieser lauwarmen Flüssigkeit, die immer säuerlicher schmeckte und ihre Lippen violett färbte. Loeuillet Vater, Sohn eines Camisards, hatte sich in solchen Augenblicken der Not nicht versteckt, wenn er die Familienbibel hervorholte, die er in einer Papierkiste verborgen mit sich führte. Wenn die Kugeln in der Nähe einschlugen, schrie er, durch den Wein ermutigt, vom hintersten Winkel seiner Höhle aus einen Vers der Apokalypse in das Getöse hinein. Und nichts stimmte besser mit der Wirklichkeit draußen überein als diese Sätze, die die Hand des Apostels Johannes dem prophetischen Delirium entrissen: »Und der erste Engel posaunte, und es ward ein Hagel und Feuer, mit Blut gemengt, und fiel auf die Erde; und der dritte Teil der Bäume verbrannte, und alles grüne Gras verbrannte.« – »Soviel Gottlosigkeit hat uns an das Ende der Zeiten gebracht«, jammerte der Drucker. Die Batterien des Generals Jarvis stellten für ihn in diesen Augenblicken den schrecklichen Zorn der alten großen Götter dar.

19

Eines Morgens schwiegen die Batterien. Die Menschen atmeten auf, die Tiere ließen die aufgerichteten Ohren sinken; was lag, was leblos war, lag jetzt da und war leblos, ohne bisweilen zusammenzuzucken. Man hörte das Klatschen der Wellen im Hafen, und ein letztes Glasklirren, verursacht durch den Steinwurf eines Jungen, erschreckte die Leute, weil es ein so ungewohnt geringfügiges Geräusch war. Die Überlebenden kamen aus ihren Löchern, Höhlen, Schlupfwinkeln, rußbedeckt, dreckverkrustet, kotbeschmiert, mit flatternden, schmutzigen Binden, die ihnen lose von den Wunden hingen. Und da erfuhr man von dem Wunder: Vor zwei Nächten war Victor Hugues, als er hörte, daß die Engländer seine Vorposten hinmetzelten und in die Stadt einzudringen begannen, zu einem verzweifelten Ausfall vom Morne du Gouvernement heruntergestiegen und mit solchem Elan vorgerückt, daß der mehrfach zurückgeschlagene und schließlich in die Flucht gejagte Feind wieder über die Salée setzte und auf das befestigte Lager von Berville auf Basse Terre zurückwich. Die Franzosen waren hier in der Mitte der Insel die Sieger ... Ein erster Trupp Wasserträger erschien um Mittag, bestürmt von einer zerlumpten Menge mit Kochtöpfen, Zubern, Trögen, Becken. Auf dem Bauch liegend tranken die Familien, angestoßen von den Schnauzen und Mäulern ihrer Tiere, steckten die Köpfe in die Gefäße, sich schiebend, leckend, das zu schnell Getrunkene wieder von sich gebend, einander die Krüge stehlend in einem Tumult, den man mit Kolbenhieben schlichten mußte. Als der Durst gestillt war, begann man die Hauptstraßen zu säubern und die Toten unter den Trümmern herauszuholen. Noch fiel ab und zu eine feindliche Granate herab, riß einen Passanten nieder, löste ein Gitter von einem Fenster, zersplitterte einen Stall. Aber niemand kümmerte sich um eine solche Kleinigkeit nach alledem, was man vier furchtbare Wochen lang mitgemacht hatte. Man erfuhr jetzt, daß General Aubert, das letzte Mitglied des Generalstabs, vom gelben Fieber gepackt, im Sterben lag. Victor Hugues war alleiniger Herr von Grande Terre de la Guadeloupe. Er rief die Loeuillets zu sich in sein Amtszimmer mit den zerbrochenen Fenstern, deren halb verbrannte Vorhänge wie Girlanden des Elends herabhingen, und diktierte ihnen den sofort zu druckenden Text einer öffentlichen Bekanntmachung, in welcher der Belagerungszustand und die zwangsweise Aushebung einer Miliz von zweitausend waffenfähigen Farbigen verfügt wurde. Jeder Einwohner, der falsche Gerüchte verbreitete, der sich als Feind der Freiheit erwies oder nach Basse Terre hinüberzugelangen versuchte, werde, so hieß es weiter, sofort hingerichtet werden. Gleichzeitig forderte man die guten Patrioten zur Denunzierung aller staatsfeindlichen Elemente auf. Durch Erlaß wurden der Hauptmann Pélardy zum Divisionsgeneral und Oberkommandierenden der Streitkräfte und der Major Boudet zum Brigadegeneral und Instrukteur und disziplinarischen Vorgesetzten der zu bildenden lokalen Truppen befördert ... Esteban staunte über die Energie, die der Kommissar seit der Landung bei den Salinen entfaltet hatte. Er besaß eine außergewöhnliche Führerbegabung, der sich ein unwahrscheinliches Glück hinzugesellte. Nichts hätte ihm in diesen Stunden gelegener kommen können als der Umstand, daß Chrétien, Cartier, Rouger und Aubert nacheinander gefallen oder gestorben waren. Mit ihnen waren die letzten Männer verschwunden, die sich ihm in irgendeiner Weise hätten widersetzen können. Jetzt war die zwischen militärischem Kommando und Zivilgewalt existierende Rivalität tatsächlich aufgehoben. Victor Hugues, der verschiedene Male heftig mit den auf ihre Litzen, Federbüsche und Veteranenrechte stolzen Expeditionsgenerälen gestritten hatte, stützte sich jetzt auf zwei Mitarbeiter, die ihm ergeben waren und die im übrigen wußten, daß es von ihm abhing, ob der Konvent ihre Beförderung bestätigte ... In dieser Nacht floß der Wein in der Stadt, und wo noch Kräfte dazu vorhanden waren, fanden die Soldaten Gelegenheit, sich für ihre lange geschlechtliche Enthaltsamkeit zu entschädigen. Der Kommissar gab sich leutselig, geistreich, gesprächig bei einem

Offiziersbankett, dem Esteban zusammen mit den Loeuillets beiwohnte. Die bedienenden Mulattinnen trugen auf Tabletts Rumpunsch auf und hatten nichts dagegen einzuwenden, daß man sie um die Hüften faßte oder unterm Rock in die Schenkel kniff. Zwischen zwei Trinksprüchen verkündete Victor Hugues, man werde den Morne du Gouvernement in Morne de la Victoire und die Place Sartines, die sich so schön zum Hafen hin öffnete, in Place de la Victoire umbenennen. La Pointe-à-Pitre werde in Zukunft Port-de-la-Liberté heißen. (Man wird es weiterhin La Pointe-à-Pitre nennen, dachte Esteban, so wie Chauvin-Dragon Saint-Jean-de-Luz bleiben wird.) Als die Desserts gereicht wurden – gegen Morgengrauen –, lernte Esteban durch den Mund einer zum Singen aufgeforderten Dienerin die wehmütigen Couplets des Marquis de Bouillé, eines Vetters von La Fayette, kennen, der als junger Mann Gouverneur von Guadeloupe gewesen war. Vor vierundzwanzig Jahren nach Frankreich zurückbeordert, schrieb er vor seiner Abreise ein Klagelied im Dialekt der Insel, das seitdem jeder auswendig kannte:

Adieu foulard, adieu madras,
Adieu grains d'or, adieu collier-chou
Doudou an moin i ka pati
Hélas, hélas, cé pou toujou.

Bonjou, Missié le Gouveneu,
Moin vini faire en ti petition
Pou mandé ou autorisation
Laissé Doudou au moin ban moin.

Mademoiselle c'est bien trop ta
Doudou a ou ja embaqué.
Bâtiment la ja su la boué
Bientôt i ke apareillé.

Trunken vom vielen Punsch erhob sich Esteban, von einer fixen Idee getrieben, und bat, auf das Wohl der ›Doudou‹ zu trinken, die mit einer so angenehmen Stimme begabt war, forderte aber gleichzeitig, die Begriffe ›Missié‹ und ›Mademoiselle‹, die gegen die demokratische Gesinnung verstießen, durch ›Citoyen Gouverneur‹ und ›Citoyenne‹ zu ersetzen. Victor Hugues warf dem Jüngling einen stirnrunzelnden Blick zu und winkte ab, als ob dieses gut republikanischen Vorschlags Beifall laut wurde. Aber schon sangen alle im Chor *›J'ai tout perdu et je m'en fous‹*, das neue Lied von François Girouet, das wunderbar zu dem Hintergrund des gerade errungenen Sieges paßte:

J'avais jadis sur ma table
bon poulets et chapons gras,
du pain comme on en voit pas,
du pain comme on en voit pas.

Depuis la durée de la Guerre
je fais assez maigre chère,
mais je chante de bon coeur:
Georges Tyran d'Angleterre
bois l'opprobre et nous l'honneur,
bois l'opprobre et nous l'honneur.

Als der Tag anbrach, schliefen alle in ihren Sesseln, zwischen halb geleerten Gläsern, Schalen mit Früchten und Bratenresten, während der Kommissar sich am offenen Fenster seines Zimmers mit einem Schwamm ausgiebig wusch und dabei mit dem Barbier plauderte, der schon sein Messer schärfte . . . Kurz darauf wurde zum Wecken geblasen, und gegen acht Uhr begann ein großes Hämmern: Masten wurden errichtet, Wimpel hochgezogen, Girlanden geknüpft und allegorische Bilder aufgestellt auf der *ci-devant* Place Sartines, wo die Kapelle der Pyrenäenjäger in Galauniform revolutionäre Weisen spielte unter herrlich lautem Hörnerklang und Janitscharengetrommel. Zimmerleute stellten eine Estrade auf, von der aus die Amtspersonen einer angekündigten bürgerlichen Zeremonie beiwohnen sollten. Ihre eingestürzten Häuser sich selbst überlassend, strömte eine große Menschenmenge auf dem Platz zusammen, angelockt durch das ungewöhnliche Morgenkonzert. Esteban begab sich zum Außenhandelsspeicher, wo er sein Lager hatte, um sich mit Essigkompressen den schweren Kopf zu erleichtern und einige Löffel Rhabarber einzunehmen, der für die Leber gut war; einen Augenblick ruhte er sich dann noch aus in Erwartung dessen, was – wie er aus seiner Zeit im revolutionären Paris sehr wohl wußte – immer mit einiger Verspätung begann. Zehn Uhr mochte es sein, als er sich wieder auf dem Platz einfand, auf dem eine buntscheckige, lebhafte Menge wogte, die ihre Leiden und Entbehrungen bereits vergessen hatte. Schon zeigten sich die zivilen und militärischen Führer auf der Estrade, an ihrer Spitze Victor Hugues, die Generäle Pélardy und Boudet und der Kapitän de Leyssegues. Die Menschen umdrängten die neuen Führer, die man zum ersten Mal in festlicher Uniform sah, und es trat ein Schweigen ein, das die Tauben eines benachbarten Hofes mit ihrem Flügelschlag untermalten. Nachdem der Kommissar des Nationalkonvents den Blick langsam über den ganzen Platz hatte schweifen lassen, ergriff er das Wort. Er beglückwünschte die Sklaven von gestern dazu, freie Bürger geworden zu sein. Er lobte die Standhaftigkeit, mit der die Bevölkerung die unheilschweren Tage der Beschießung ertragen hatte, erwies den Opfern die Ehre und schloß den ersten Teil seiner Ansprache ab mit einer ergreifenden Leichenrede auf Chrétien, Cartier, Rouger und Aubert – letzterer war vor kaum einer Stunde im Lazarett verschieden, und die Hand des Redners wies zornig auf das Gebäude, als hätte es der Tod dort gerade auf die Besten abgesehen. Dann sprach er von Christoph Kolumbus, der auf seiner dritten Reise nach Amerika diese von glücklichen, schlichten, dem gesunden, allen Menschen natürlichen Leben hingegebenen Wesen bevölkerte Insel entdeckt und ihr den Namen seines Schiffes verliehen hatte. Mit dem Entdecker waren aber die christlichen Priester gekommen, Agenten des Fanatismus und der Ignoranz, die auf der Welt lasteten wie ein Fluch, seit der Apostel Paulus die falschen Lehren eines jüdischen Propheten und Sohnes eines römischen Legionärs namens Pantherus verbreitet hatte – denn der Joseph von der Krippe war ja eine von den Philosophen als solche bloßgestellte Legende. Er deutete mit dem Arm zum Morne du Gouvernement hinauf und kündigte an, man werde die Kirche dort oben abreißen, um jeden Überrest des Götzendienstes zu beseitigen, und die Priester, die sich, wie er erfahren hatte, in der Nähe von Le Moule und Sainte-Anne noch verborgen hielten, würden den Eid auf die Verfassung leisten müssen... Esteban, der hingerissen die Gesten einer Mulattin verfolgte, deren dreizipfliges Madrastuch ›Ich habe noch Platz für dich‹ sagte in der Knotensprache dieser Kopfbedeckung, die alle Inselbewohner verstanden — Esteban war viel zu sehr in die Betrachtung sanfter Grübchen, an Armreifen spielender Finger und über zartdunkel getöntem Rückgrat sich rundender Schultern vertieft, um der Rede, in der jetzt die Place Sartines den neuen Namen Place de la Victoire erhielt, die schuldige Aufmerksamkeit zu widmen. Victors Stimme, metallisch und klar, wellte in Stößen auf ihn zu, in denen, durch den Nachdruck herausgehoben, hier und da eine Begriffsbestimmung, ein Konzept der Freiheit aufleuchtete, ein klassisches Zitat. Er konnte reden und besaß Verve. Und dennoch wollten sich die Worte der Mentalität der Menschen nicht recht anpassen, die hier zusammengeströmt waren wie zu einem Fest, ihre Spiele trieben, schäkerten und sich bisweilen wenig um eine Sprache kümmerten, die — mit jenem südfranzösischen Akzent, den Victor auch noch wie einen Wappenschild zur Schau trug — sich sehr von dem saftigen lokalen Idiom unterschied. Aber der Kommissar kam schon zum Schluß, nachdem er der Westindischen Kompanie und den ›Großen Weißen‹ von Guadeloupe den Prozeß gemacht und verkündet hatte, daß der Kampf noch nicht beendet war: noch mußten die Engländer auf Basse Terre vernichtet werden, und bald würde man mit der letzten Offensive beginnen, worauf dann in diesem für immer von der Sklaverei befreiten Lande der Friede einkehren konnte. Die Ansprache war klar und ohne übertriebene Rhetorik vorgetragen worden, und schon spendete die Menge einem abschließenden Zitat aus Tacitus Beifall, als de Leyssegues bemerkte, daß ein Schiff sich die Einfahrt in den Hafen erzwang und auf die nächste Mole zuhielt. Man brauchte sich jedoch wegen eines so elenden Nachens nicht zu beunruhigen: es war ein alter, so heruntergekommener, verschmutzter Kutter, daß er mit seinen Segeln aus roh zusammengenähten Säcken wie ein geisterhafter Kahn aus der Erzählung von irgendeinem Schiffbruch aussah. Der Kutter legte an, und in der Menschenmenge entstand Bewegung: Auf die Tribüne schritten Männer mit verunstalteten Händen und Ohren zu, Zahnlose, Hinkende, die Haut von schuppigen Blasen silbrig gefärbt. Es waren Leprakranke von der Insel Désirade, gekommen, um den Treueid auf die Republik zu leisten. Mit angemessenem Takt ließ ihnen Victor Hugues die Behandlung kranker Bürger zuteil werden, überreichte ihnen eine Trikolore und versprach ihnen, sie bald auf ihrer Insel aufzusuchen, um sich nach ihren Bedürfnissen zu erkundigen und ihre Not zu lindern. Nach diesem unerwarteten Zwischenfall, der seiner aufkeimenden Popularität sehr zustatten kam, zog er sich, nachdem ihn lautes Rufen und Klatschen noch mehrmals auf die Estrade geholt hatte, gefolgt von den Militärs in sein Arbeitszimmer zurück. Über den Köpfen zog noch eine schlecht gezielte feindliche Kugel ihre Bahn durch den strahlenden Himmel und fiel, ohne größeren Schaden anzurichten, in das Wasser der Bucht. In der Stadt herrschte ein Aasgeruch. Doch gegen Abend erblühten die Zitronenbäume – und das war nach so vielen Rumpelmetten wie eine Epiphanie des Baumes.

20

Extraña devoción. GOYA

Victor Hugues hatte zwar einen baldigen Angriff auf Basse Terre angekündigt, aber er zögerte ihn noch hinaus. Vielleicht verzagte er angesichts des Mangels an Waffen; er hielt die Farbigenmiliz für noch nicht genügend ausgebildet und wartete mit offenkundiger Ungeduld auf Verstärkungen, die er schon am ersten Tag der Belagerung von La Pointe-à-Pitre in Frankreich angefordert hatte. Es vergingen mehrere Wochen, und das feindliche Artilleriefeuer schwoll bisweilen wieder an. Nach allem, was sie durchgemacht hatten, ertrugen die Menschen aber die geringe Belästigung mit einem Achselzucken, einem Fluch oder einer dem Himmel geltenden obszönen Geste. Klugerweise hatte man die Guillotine noch nicht aus dem fest verschlossenen Raum herausgeschafft, in dem sie, fertig montiert und geölt, darauf wartete, daß Monsieur Anse, ehemaliger Scharfrichter des Tribunals von Rochefort – ein in Paris erzogener Mulatte von feiner Lebensart und angenehmer Violinspieler, der in seinen Taschen stets Zuckerbonbons für die kleinen Kinder bei sich trug –, den verläßlichen, von einem Klavierbauer erfundenen Mechanismus auslöste. Der Kommissar wußte, wie teuer Frankreich bei der Besetzung der Grenzgebiete die zu eilfertige Tätigkeit der Maschine zu stehen gekommen war. Er wollte vermeiden, daß aus Guadeloupe ein kleines Belgien wurde. Außerdem waren keine Klagen eingegangen von einer Bevölkerung, die sich im Laufe ihrer langen und wechselhaften Geschichte daran gewöhnt hatte, mit dem jeweiligen Herrn der Stunde gut auszukommen. Er stützte sich im Augenblick auf die große Masse der Freigelassenen, die sich der Freude über ihre neuen Bürgerrechte hingaben, wenn ihm auch ebendiese Freude ein erstes Regierungsproblem eintrug: In dem Glauben, keinen Herrn mehr zu haben, dem sie gehorchen mußten, zögerten die einstigen Sklaven, den Boden zu bestellen. Fruchtbare Landstriche wurden vom Unkraut befallen, ohne daß man doch jene mit ganzer Strenge bestrafen konnte, die patriotische Entschuldigungen anführten für die Weigerung, den Rücken krumm zu machen über einem Acker, dessen Furchen sich schon wieder zu schließen begannen, indes ihr Boden, so weit das Auge reichte, nutzloses Buschwerk und Dornen hervorbrachte unter einer Sonne, die allem Pflanzenwuchs gleich wohl gesinnt war, ohne Rücksicht darauf, welchen Arten der Mensch den Vorzug gab ... Da traf die ›Bayonnaise‹ ein mit Waffen und Kriegsmaterial und einigen Fußsoldaten an Bord – die bei weitem nicht der Anzahl entsprachen, welche die Militärs angefordert hatten. Der Nationalkonvent, dem es an Menschen mangelte, konnte sich nicht um der Verteidigung einer fernen Insel willen größerer Truppenkontingente entblößen. Esteban, unverhofft in Victor Hugues' Amtszimmer gerufen, um einen Satz Korrekturfahnen in Empfang zu nehmen, bemerkte, daß der Kommissar mit der Lektüre dessen beschäftigt war, was er nach den offiziellen Depeschen am sehnsüchtigsten erwartete: der Pariser Presse, in der er hin und wieder erwähnt wurde. In den Zeitungen blätternd, die der andere schon überflogen hatte, las Esteban zu seiner großen

Verwunderung von dem Fest des Höchsten Wesens und, was noch verwirrender klang, von der Verurteilung des Atheismus als einer unmoralischen und folglich aristokratischen und konterrevolutionären Gesinnung. Die Atheisten wurden plötzlich als Feinde der Republik betrachtet. Das französische Volk erkannte die Existenz eines Höchsten Wesens und die Unsterblichkeit der Seele an. Der Unbestechliche hatte gesagt, auch wenn die Existenz Gottes und die Unsterblichkeit der Seele nur Träume gewesen wären, wären sie doch die schönsten Vorstellungen des menschlichen Geistes. Menschen ohne Gott wurden jetzt als ›trostlose Ungeheuer‹ bezeichnet . . . Esteban mußte so herzhaft lachen, daß Victor ihn stirnrunzelnd über seine Zeitungen hinweg anblickte und fragte: »Was findest du denn so witzig?« – »Um *das* jetzt zu hören, hätten wir die Kapelle auf dem Morne du Gouvernement nicht abreißen zu lassen brauchen«, sagte Esteban, der seit einigen Tagen die gute Laune der Menschen seines Schlages wiedergefunden hatte in einer Umgebung, die ihm im Duft der Früchte, in den Meeresgerüchen, in der Erscheinung gewisser Bäume etwas von seiner alten Persönlichkeit zurückgab. »Mich dünkt das alles sehr gut«, sagte Victor, ohne direkt auf seine Worte einzugehen. »Ein Mann wie er kann sich nicht irren. Wenn er es für nötig hielt, dann war es gut.« – »Und man preist ihn dafür sogar mit Lobeshymnen, die aus dem Tedeum, dem Laude und dem Magnifikat stammen könnten«, fuhr Esteban fort. »Das paßt zu seinem Format«, erwiderte Victor. »Also ich sehe keinen Unterschied zwischen Jehova, dem Großen Baumeister und dem Höchsten Wesen«, meinte Esteban. Und er erinnerte den Kommissar an seine gottlose Einstellung in früheren Tagen, an seine spöttischen Bemerkungen über die ›salomonischen Maskeraden‹ der Freimaurer. Der andere hörte aber nicht auf ihn: »In den Logen hat noch zuviel Jüdisches fortbestanden. Was den Gott der Katholiken betrifft, der durch seine Mönche mit den übelsten Agenten der Inquisition und der Tyrannei verbündet ist, so hat der nichts mit dem Bewußtsein zu tun, daß es ein Höchstes Wesen gibt, unbegrenzt und ewig, das man in vernünftiger und würdiger Weise verehren muß, wie es sich für freie Menschen schickt. Wir rufen nicht den Gott Torquemadas an, sondern den Gott der Philosophen.« Esteban stand ziemlich verwirrt der unglaublichen Knechtschaft eines Geistes gegenüber, der kraftvoll und tätig war, aber so bedingungslos politisiert, daß er eine kritische Prüfung der Tatsachen ablehnte und sich weigerte, die offenkundigsten Widersprüche zu erkennen, bis zum Fanatismus — denn das konnte man schon als Fanatismus bezeichnen — den Willensäußerungen des Mannes die Treue haltend, der ihn mit seinen Vollmachten versehen hatte. »Und wenn man morgen wieder die Kirchen öffnet, hören die Bischöfe dann auf, ›Mitra tragende Zweibeiner‹ zu sein, und ziehen dann die Heiligen und die Jungfrau in großer Prozession durch die Straßen von Paris?« fragte der Jüngling. »Ein zwingender Grund dafür würde schon vorhanden sein.« — »Aber du ... du glaubst an Gott?« rief Esteban, der wähnte, ihn in die Enge drängen zu können. »Das ist eine rein persönliche Frage, die nichts an meinem revolutionären Gehorsam ändern würde«, erwiderte Victor. »Für dich ist die Revolution unfehlbar.« — »Die Revolution ...«, sagte Victor langsam, zum Hafen hinunterblickend, wo man damit beschäftigt war, den schrägliegenden Rumpf der ›Thetis‹ geradezurichten, »die Revolution hat meinem Leben ein Ziel gegeben. Man hat mir eine Rolle zugeteilt im großen Geschäft der Epoche. Ich werde versuchen, in ihr mein Bestes zu geben.« Eine Pause entstand, so daß man die Rufe der Matrosen, die an Seilen zogen, besonders laut hörte. »Und — wirst du hier den Kult des Höchsten Wesens einführen?« fragte Esteban, den die Möglichkeit, daß wieder ein Gott inthronisiert wurde, der Gipfel aller Abschwörungen dünkte. »Nein«, antwortete der Kommissar nach kurzem Zögern. »Die Kirche auf dem Morne du Gouvernement ist noch nicht ganz abgerissen. Es wäre noch zu früh. Dabei muß man langsamer vorgehen. Wenn ich jetzt vom Höchsten Wesen spräche, würden die Leute hier es sich sofort an ein Kreuz genagelt vorstellen, mit Dornen gekrönt und einer Lanzenwunde in der Seite, und dann wären wir auch nicht weiter. Wir stehen hier nicht auf dem Breitengrad des Marsfeldes.« Esteban hatte in diesem Augenblick die böse Genugtuung, aus dem Munde Victor Hugues' das zu hören, was Martínez de Ballesteros hätte gesagt haben können. Immerhin waren *dort* viele Spanier verfolgt und guillotiniert worden, weil sie behauptet hatten, die in Paris diktierten Methoden seien in Ländern, die an gewissen Traditionen hingen, nicht anwendbar: »Man darf nicht nach Spanien einrücken«, rieten sie, »und den Atheismus predigen.« In der Kathedrale von Saragossa konnte man nicht die schönen Brüste irgendeiner als Göttin der Vernunft verkleideten Mademoiselle Aubry zur Schau stellen, wie das in der Kirche von Notre-Dame geschehen war – die man kurz darauf zum Verkauf angeboten hatte, wenn sich auch niemand entschließen konnte, ein so altes, monumentales und ungastliches Gebäude zum eigenen Gebrauch zu erwerben ... »Widersprüche auf Widersprüche«, murmelte Esteban. »Ich hatte von einer ganz anderen Revolution geträumt.« – »Und wer hat dich geheißen, an etwas zu glauben, was nicht ist?« fragte Victor. »Außerdem ist das alles leeres Geschwätz. Noch stehen die Engländer auf Basse Terre. Das ist das einzige, was uns jetzt zu kümmern hat.« Und in schneidendem Ton setzte er hinzu: »Eine Revolution wird nicht argumentiert – sie wird *gemacht.*« – »Wenn ich daran denke«, sagte Esteban, »daß der Altar auf dem Morne du Gouvernement hätte gerettet werden können, wenn die Post aus Paris früher eingetroffen wäre! Hätte Gott überm Atlantik einen schnelleren Wind wehen lassen, wäre er jetzt noch in seinem Hause! Wer weiß, wer hier eigentlich etwas macht!« – »Geh an deine Arbeit!« sagte Victor und schob ihn zur Tür mit einer Hand, die sich schwer auf seine Schulter legte. Dann wurde die Tür so laut zugeschlagen, daß die singende Mulattin, die gerade das Treppengeländer putzte, scheinheilig fragte: *»Monsieur Victor fâché?«* Und Esteban schritt durch das Eßzimmer, verfolgt von dem Gekicher der Mädchen, die sich über ihn lustig machten.

Die Druckerpresse der Loeuillets druckte eifrig Flugschriften, die für die auf den neutralen Inseln lebenden französischen Revolutionäre bestimmt waren und diesen Ämter und Landbesitz versprachen, wenn sie die Segnungen der revolutionären Regierung annahmen. Auf diese Weise wurden die verfügbaren Kontingente verstärkt, wenn auch Wochen vergingen, ohne daß man sich entschloß, den Übergang über die Salée zu erzwingen. Ende September war die Lage noch immer die gleiche, als der Kommissar plötzlich erfuhr, daß das gelbe Fieber in den Reihen der Briten wütete und daß General Grey aus Furcht vor den Zyklonen, die um diese Jahreszeit die Inseln über dem Winde heimsuchten, das Gros seines Geschwaders nach Fort-Royal auf Martinique abgezogen hatte, dessen Hafen gegen Hurrikane sicheren Schutz bot. Man beriet, wie diese Lage am besten zu nützen sei, und kam schließlich überein, das französische Heer in drei Kolonnen unter dem Befehl de Leysségues', Pélardys und Boudets aufzuteilen und es mit einer dreifachen Landung auf Basse Terre zu versuchen. Kleine Boote, Schaluppen, Kajuken und sogar indianische Pirogen wurden beschlagnahmt, und eines Nachts begann der Angriff. Zwei Tage darauf waren die Franzosen Herren von Le Lamentin und Petit-Bourg, und am Morgen des 6. Oktober schickte man sich zur Belagerung der befestigten Stellungen von Berville an ... In La Pointe-à-Pitre durchlebte man Stunden der Spannung. Die einen meinten, die Belagerung werde lange dauern, da die Engländer Zeit gehabt hätten, sich tüchtig zu verschanzen. Andere sagten, die Kampfmoral des Generals Graham sei erschüttert durch die Festigung des revolutionären Regimes auf Grande Terre, dessen Bevölkerung sich über die Granaten lustig zu machen schien, die er vom Morne Savon aus noch aus reiner Wut zur Stadt hinüberschickte ... In jenen Tagen kam Esteban oft mit Monsieur Anse zusammen, dem Hüter und Betätiger der Guillotine, der sich ein Kuriositätenkabinett anlegte, indem er Seefächer, Gesteinsbrocken, ausgestopfte Mondfische, Wurzeln mit tierischen Formen und bunte Muscheln sammelte. Oft ruhten sie sich an der herrlichen Bucht von Gosier mit ihrer wie ein Edelsteinherz leuchtenden kleinen Insel aus. Nachdem Monsieur Anse einige Flaschen Wein zum Kühlen in Sandlöcher gesteckt hatte, holte er eine Violine aus ihrem Kasten und spielte, mit dem Rücken zum Meer, eine hübsche Pastorale von Philidor, die er mit eigenen Variationen ausschmückte. Er war für Exkursionen ein angenehmer Begleiter und stets geneigt, voller Bewunderung vor einem Stück Schwefel, einem irgendwie ägyptisch aussehenden Schmetterling oder einer Blume stehenzubleiben, auf die sein Blick gerade fiel. Um die Mittagsstunde des 6. Oktober erhielt Monsieur Anse die Anweisung, die Guillotine auf einen Wagen zu laden und schleunigst nach Berville zu kommen. Das Lager war in französischer Hand. Victor Hugues hatte nicht einmal den Angriff befohlen, sondern General Graham zur Kapitulation vier Stunden Frist gegeben. Und als der Kommissar in das befestigte Lager einrückte, in dem das Durcheinander eilig weggeworfener Sachen herrschte, fand er zwölfhundert englische Soldaten vor, die kein Englisch sprachen: Graham hatte bei seinem Rückzug nur zweiundzwanzig monarchistische Siedler mitgenommen, die ihm besonders ergeben waren, und die übrigen an Land zurückgelassen. Noch völlig betäubt von der ungeheuren Treulosigkeit dessen, der ihr Führer gewesen war, standen die Franzosen, die unter britischen Fahnen gekämpft hatten, in kläglichen Grüppchen umher – sie hatten noch nicht einmal Zeit gehabt, sich ihrer Uniformen zu entledigen. »Es gibt unmögliche Sachen«, sagte Monsieur Anse bei der Abfahrt mit einem zweideutigen Zeichen zu dem Wagen hin, auf dem die Maschine stand, in Planen eingehüllt, denn der Wind trug den Geruch eines Regens herüber, der schon auf der Insel Marie-Galante niederfiel, deren Farbe sich jäh von hellem Grün zu bleiernem Grau gewandelt hatte unter der funkelnden Wolke, die ihr Profil verdeckte ... »Es gibt unmögliche Sachen«, wiederholte Monsieur Anse, als er am nächsten Morgen zurückkehrte, durchnäßt und verfroren, nachdem er versucht hatte, sich in den Wirtshäusern mit Rum aufzuwärmen. Und leicht berauscht erzählte er Esteban, die Guillotine sei für Massenhinrichtungen nicht zu gebrauchen. Die Arbeit erfordere ihre Zeit und ihren Rhythmus, und er vermöchte sich nicht zu erklären, wie der Kommissar, der doch ein guter Kenner der Maschine sei, habe verlangen können, er solle achthundertfünfundsechzig zum Tode Verurteilte unter seinem Fallbeil hindurchdefilieren lassen. Man hatte getan, was menschlich vertretbar war, um die Prozedur zu beschleunigen, aber um Mitternacht hatten erst dreißig der Gefangenen für ihren Verrat gebüßt. »Genug damit!« hatte da der Kommissar geschrien, und dann waren die übrigen, immer zehn, zwanzig auf einmal, erschossen worden, indes die Maschine unter Vermeidung der schlechten Wege nach La Pointe-à-Pitre zurückrumpelte. Was die wenigen in Berville gefangenen englischen Soldaten betraf, hatte sich Victor Hugues gnädig gezeigt und ihnen, nachdem sie entwaffnet worden waren, gestattet, ihrer auf dem Rückzug befindlichen Armee nachzulaufen. Und zu einem jungen britischen Hauptmann, der nicht sogleich gehen wollte, hatte er gesagt: »Ich *muß* mich hier aufhalten, das ist meine Pflicht. Aber wer heißt dich, das französische Blut zu begaffen, das zu vergießen ich gezwungen bin?«... Die Zeit der ›Großen Weißen‹ auf Guadeloupe war vorüber, die Nachricht wurde unter lautem Trommelwirbel auf der Place de la Victoire bekanntgemacht. »Es gibt unmögliche Sachen«, wiederholte Monsieur Anse, niedergedrückt durch das wenig glanzvolle Debüt, das er in seiner amtlichen Eigenschaft gegeben hatte. »Achthundertfünfundsechzig waren es. Eine Römerarbeit.« Und Esteban hörte sich immer wieder den Bericht an, als handele er von einem Vulkanausbruch in einem ganz fernen Land. Berville war für ihn nur ein Name. Was das andere anging, so waren achthundertfünfundsechzig Gesichter zuviel, um sich ein einzelnes darunter vorstellen zu können.

21

Einige Widerstandsnester hielten auf Basse Terre noch aus, aber der Mut der von Graham verratenen Männer schwand, wenn sie sich eines Kutters bemächtigen und auf eine benachbarte Insel entfliehen konnten. Als Fort-Saint-Charles gefallen war, erklärte man den Feldzug für beendet. La Désirade und Marie-Galante – deren Gouverneur, ein zu den Engländern übergetretener ehemaliger Angehöriger der verfassunggebenden Versammlung, es vorgezogen hatte, sich das Leben zu nehmen – waren in französischem Besitz. Victor Hugues war Herr über Guadeloupe und konnte allen verkünden, daß man jetzt in Frieden arbeiten werde. Und um seinen Worten durch eine symbolische Geste Nachdruck zu verleihen, pflanzte er die Bäume, die einmal der Place de la Victoire Schatten spenden sollten. Dann fand das Ereignis statt, auf das alle schon seit einiger Zeit mit beklommener Neugierde warteten: Die Guillotine begann in aller Öffentlichkeit ihre Arbeit zu verrichten. An dem Tag, an dem sie aus Anlaß der Enthauptung zweier monarchistischer Kaplane vorgeführt wurde, die man in einer Scheune überrascht hatte, in der Gewehre und Munition verborgen lagen, strömte die ganze Stadt zu dem freien Platz, auf dem sich ein auf vier Zedernholzpfosten stehendes starkes Brettergerüst mit seitlicher Treppe im Stil von Paris erhob. Und da die republikanische Mode schon in die Kolonie Eingang gefunden hatte, erschienen Mestizen in kurzen blauen Jacken und weißen Hosen mit roten Streifen, während die Mulattinnen neue Madrastücher in den Farben des Tages trugen. Noch nie hatte man eine ausgelassenere Menge gesehen mit diesen fröhlichen Farbtönen, Indigoblau und Erdbeerrot, die im Rhythmus der Fahnen zu erbeben schienen an diesem klaren, sonnenhellen Morgen. Die Dienstmägde des Kommissars lehnten sich zu den Fenstern hinaus und schrien und lachten — und lachten noch mehr, wenn die zitternde Hand eines Offiziers ihnen die Beine entlang bis zu den Schenkeln hinauffuhr. Viele Jungen waren auf die Dächer geklettert, um besser sehen zu können. Bratendunst hing in der Luft, Krüge mit Obstsaft und Ananaslimonade leerten sich, und der zu früher Stunde getrunkene Rum erhitzte die Gemüter. Dennoch trat, als Monsieur Anse sich auf dem Gerüst in seiner besten Amtsrobe zeigte — ebenso ernst in seinem Gebaren wie scharf rasiert —, eine tiefe Stille ein. La Pointe-à-Pitre war nicht Cap Français, wo es seit einiger Zeit ein ausgezeichnetes Theater gab, in dem Schauspielertruppen, die auf dem Weg nach New Orleans waren, die neuesten Stücke aufführten. Hier kannte man dergleichen nicht; noch nie hatte man eine allen offenstehende Bühne gesehen, und deshalb entdeckten die Menschen in diesem Augenblick das Wesen der Tragödie. Das Schicksal war schon gegenwärtig, seine Schneide in der Schwebe haltend, unerbittlich und pünktlich, denen auflauernd, die sich hatten verleiten lassen, die Waffen gegen die Stadt zu erheben. Und der Geist des Chors war in jedem Zuschauer lebendig, mit den Strophen und Gegenstrophen, die man einander über das Gerüst hinweg zurief. Plötzlich erschien ein Bote, die Wachen bahnten sich eine Gasse, und der Karren fuhr auf die weite Bühnenszenerie des Platzes und brachte die beiden Verurteilten mit, deren Hände, über den gefesselten Handgelenken, mit ein und demselben Rosenkranz umwunden waren. Man hörte einen feierlichen Trommelwirbel, das bewegliche Brett wippte unter dem Gewicht eines korpulenten Mannes, und das Beil fiel herab, begleitet von einem erregten Aufschrei. Minuten später waren die zwei ersten Hinrichtungen vollzogen ... Aber die Menge zerstreute sich nicht, überrascht vielleicht im ersten Augenblick, daß das tragische Schauspiel so kurz gewesen war – angesichts des noch flüssigen Blutes, das durch die Ritzen der Bühne rann. Dann aber gingen viele, um sich von dem Schrecken zu befreien, der sie in Bann geschlagen hatte, plötzlich zu lärmender Festlichkeit über, die diesen Tag, der jetzt als arbeitsfrei galt, in die Länge ziehen sollte. Man mußte die zum ersten Mal angelegten Kleider zeigen. Man mußte etwas tun, was gegenüber dem Tod eine Bestätigung des Lebens darstellte. Und da die Figurentänze besonders geeignet waren, um den Festtagsstaat zur Geltung und den Glanz der Jackenschöße zum Schillern zu bringen, begannen einige mit Kontertänzen, bei denen man in einer Reihe vorschritt und zurücktrat, den Partner wechselte, sich verneigte und in den Hüften wiegte, und um die Zeremonienmeister, die vergeblich versuchten, in den Reihen und Gruppen ein wenig Ordnung zu halten, kümmerte sich bald niemand mehr. Schließlich wurde so umhergetollt, wollte man so gern tanzen und springen und lachen und schreien, daß sich alle zu einem großen Kreis zusammenfanden, der sich bald in einen Rundtanz auflöste und, nach einigen Runden um die Guillotine, durch die anstoßenden Gassen führte in einem wilden Hin und Her durch Hinterhöfe und Gärten, bis in die Nacht hinein. An jenem Tag begann die große Schreckensherrschaft auf der Insel. Die Maschine auf der Place de la Victoire kam nicht mehr zur Ruhe und beschleunigte den Rhythmus ihrer Hiebe. Und da das Verlangen, den Hinrichtungen beizuwohnen, stets lebendig war an einem Ort, wo alle sich vom Sehen oder persönlich kannten – dieser hatte nicht seinen Groll gegen jenen und jener nicht die durch einen anderen erlittene Demütigung vergessen –, wurde die Guillotine allmählich zum Mittelpunkt des städtischen Lebens. Die Menschenmenge vom Marktplatz zog um zu dem schönen Platz am Hafen mit seinen Schanktheken und Bratöfen, Eckläden und Hökerständen im Freien, und man pries zu jeder Tagesstunde, zwischen Fallbeilhieben, die gestern noch geachteten und gerühmten Köpfen galten, Spritzkuchen und Gewürze, Flaschenbaumfrüchte, Blätterteigwaren, Honigäpfel und frischen Pargofisch. Und da man hier auch gut Geschäfte abschließen konnte, verwandelte sich der Ort in eine Art fliegende Börse für Trümmer und von ihren Besitzern zurückgelassene Gegenstände, wo man ein Gitter, einen Aufziehvogel oder ein unvollständiges Porzellanservice ersteigern konnte. Dort tauschte man Pferdegeschirre gegen Kochtöpfe, Spielkarten gegen Brennholz, elegante Uhren gegen Perlmuscheln. Innerhalb eines Tages wurden der Gemüsestand, die Trödlerauslage in den Rang eines Gemischtwarenladens erhoben – aber wirklich gemischt, was gemischt hieß –, in dem Küchengeschirr, wappenverzierte Soßenschalen, Silberteller, Schachfiguren, Tapisserien und Miniaturen einträchtig nebeneinander angeboten wurden. Das Blutgerüst war zum Zentrum einer Bank, eines Forums, einer ständigen Auktion geworden. Man ließ sich beim Handeln und Feilschen durch die Hinrichtungen schon gar nicht mehr stören. Die Guillotine gehörte nun zum alltäglichen Getriebe. Zwischen Petersilie und Majoran bot man kleine Zierguillotinen an, die viele sich mit nach Hause nahmen. Die Jungen konstruierten in geschärftem Erfindergeist kleine Maschinen zur Enthauptung von Katzen. Eine schöne Mulattin, der ein Leutnant aus de Leyssegues' Stab seine besondere Gunst erwies, bot ihren Gästen Liköre an in hölzernen Flaschen von menschlicher Gestalt, die, wenn man sie auf ein Kippbrett legte, ihre, versteht sich, mit komischen Gesichtern bemalten Korken verloren beim Fallen eines Spielzeugbeilchens, das ein kleiner automatischer Henker auslöste. Doch trotz der vielen in jenen Tagen in das pastorale, abgeschlossene Leben der Insel eingeführten Neuheiten und Zerstreuungen konnten einige feststellen, daß die Schreckensherrschaft die gesellschaftliche Stufenleiter hinabzusteigen begann und schon ganz unten zum Schnitterhieb ansetzte. Davon unterrichtet, daß in der Gemarkung Les Abysses zahlreiche Neger sich weigerten, enteignete Landgüter weiter zu bestellen, mit dem Hinweis darauf, daß sie ja freie Menschen seien, ließ Victor Hugues die Widerspenstigsten unter ihnen verhaften und zur Guillotine verurteilen. Esteban beobachtete, mit einiger Verwunderung übrigens, daß der Kommissar, nachdem er soviel von der Erhabenheit des Erlasses vom 16. Pluviôse des Jahres II gepredigt hatte, für die Neger deshalb keine größere Sympathie empfand: »Sie sollen zufrieden sein, daß wir sie als französische Bürger betrachten«, pflegte er in schroffem Ton zu sagen. Ein gewisses Rassenvorurteil steckte noch in ihm aus der Zeit seines langen Aufenthalts in Santo Domingo, wo die Siedler besonders streng gewesen waren zu ihren Sklaven, die von denen, welche sie von morgens bis abends arbeiten ließen, stets als Faulenzer, Dummköpfe, Diebe, nur auf Flucht sinnendes Gesindel und Taugenichtse bezeichnet wurden. Die Soldaten der Republik andererseits, die sich von der dunklen Haut durchaus angezogen fühlten, wenn es sich um Frauen handelte, gingen bei jeder Gelegenheit unter irgendeinem Vorwand mit Stöcken und Peitschen auf die Neger los, obzwar sie immerhin zugaben, daß einige von ihnen, wie zum Beispiel ein korpulenter Aussätziger namens Vulcain, das Zeug zu ausgezeichneten Artilleristen hatten. Im Krieg brüderlich vereint, entzweiten Weiße und Schwarze sich im Frieden. Inzwischen dekretierte Victor Hugues die Zwangsarbeit. Jeder als faul oder ungehorsam, störrisch oder aufsässig gemeldete Neger wurde zum Tode verurteilt. Und da der ganzen Insel ein abschreckendes Beispiel gegeben werden sollte, ging die Guillotine von der Place de la Victoire aus auf Reisen: montags sah sie in Le Moule die Sonne aufgehen, dienstags arbeitete sie in Gosier, wo einer wegen Faulheit sein Leben lassen mußte, mittwochs rechnete sie mit sechs Monarchisten ab, die sich in der früheren Pfarrei von Sainte-Anne verborgen hatten. Man schleppte sie von Dorf zu Dorf, von einem Wirtshaus zum anderen. Der Scharfrichter und seine Gehilfen führten sie ›trocken‹ vor, gegen ein Glas von diesem und jenem und ein kleines Trinkgeld, damit alle ihren Mechanismus kennenlernten. Und da die Trommelschläger, die in La Pointe-à-Pitre die letzten Schreie der Verurteilten unter ihrem dröhnenden Wirbel erstickten, bei diesen Ausflügen nicht mitkommen konnten, hatte man eine große Pauke auf den Wagen geladen, die den Demonstrationen die

Atmosphäre eines Jahrmarkts verlieh. Die Bauern, die sich von der Durchschlagskraft der Maschine überzeugen wollten, legten Stücke von Bananenbaumstämmen auf das Kippbrett – nichts ähnelt einem menschlichen Hals mit seinen Strängen von porösen und feuchten Kanälen so sehr wie ein Stück Bananenbaumstamm –, um zu sehen, wie sie durchgeschnitten wurden. Und einmal bewies man sogar, um einen Streit zu schlichten, daß das Messer auch ein Bündel von sechs Zuckerrohrstangen glatt durchhieb. Dann setzten die gefeierten Gäste die Reise zu ihrem Bestimmungsort fort und rauchten und sangen im Takt der großen Pauke, indes die roten phrygischen Mützen vom Schweiß allmählich braun wurden.

Der Beginn des Jahres III brachte Victor Hugues den größten Erfolg. In seiner Begeisterung über die erhaltenen Nachrichten bestätigte der Nationalkonvent alle durch ihn ausgesprochenen militärischen Beförderungen, billigte seine Ernennungen und Erlasse, beglückwünschte ihn überschwenglich zu seinen Maßnahmen und kündigte die Entsendung von Verstärkungen an – Soldaten, Waffen und Munition. Aber der Kommissar bedurfte ihrer nicht mehr: seine Zwangsaushebung hatte ein Heer von zehntausend befriedigend ausgebildeten Rekruten auf die Beine gebracht. An allen ungeschützten Punkten der Küste legte man Befestigungen an. Beschlagnahmungen hatten die Truhen gefüllt, und die Läden boten feil, was benötigt wurde. Auf seiner Reise durch die andere Hälfte der Insel hatte sich Victor Hugues – des Umstands gedenkend, daß er vor vielen Jahren schon einmal dort gewesen war – von der Schönheit der Stadt Basse Terre anrühren lassen, in der es von fließendem Wasser plätscherte, von öffentlichen Brunnen, die in den Tamarindenalleen für eine köstliche Frische sorgten. Mit ihren gepflasterten Straßen, ihrem schattigen Kai, ihren Quadersteinhäusern, die an gewisse Winkel in Rochefort, Nantes und La Rochelle erinnerten, war sie ein viel adligerer, vornehmerer Ort als La Pointe-à-Pitre. Gern hätte der Kommissar seine Residenz in die stille, freundliche Pfarrei von Saint-François verlegt, aber der Hafen, der zum Ausladen des von den nahen Inseln herübergebrachten Viehs taugen mochte – man warf die Tiere bei der Ankunft über Bord und ließ sie ans Ufer schwimmen –, bot seiner Flotte keinen ausreichenden Schutz. Im weiteren Verlauf seiner Rundreise als triumphierender Oberkommandierender wurde er von den Leprakranken der Insel Désirade, von den ›kleinen Weißen‹ von Marie-Galante und sogar von den indianischen Kariben jener Insel begeistert willkommen geheißen, die ihn durch den Mund ihres Häuptlings um die Ehre baten, der Segnungen der französischen Staatsbürgerschaft teilhaftig zu werden. Da er wußte, daß diese Männer vortreffliche Seeleute waren und sich sehr gut auskannten in einem Archipel, in dem sie mit ihren schnellen Booten schon lange vor dem Eintreffen des Großadmirals von Isabella und Ferdinand in jenen Breiten hin und her fuhren, verteilte er Kokarden und versprach ihnen, was sie wollten. Den Kariben zeigte sich Victor Hugues geneigter als den Negern: ihm gefielen ihr Stolz, ihre Angriffslust, ihr hochmütiger Wahlspruch ›Nur der Karibe ist ein Mensch‹ – und erst recht jetzt, da sie die Farben der Trikolore am Riemen ihres Lendenschurzes trugen. Bei seinem Besuch auf Marie-Galante ließ der Kommissar sich den Strand zeigen, an dem diese um ihren Erfolg gebrachten ersten Eroberer der Antillen eine Anzahl französischer Seeräuber aufgepfählt hatten, die vor vielen Jahren in der Absicht gekommen waren, ihnen einige Frauen zu rauben. Skelette, Knochen, Schädel staken noch an den dicht am Ufer in die Erde gerammten Stöcken: vom Holz durchbohrt wie ein Insekt von der Nadel des Naturforschers, hatten die Leichen Tage hindurch so viele Geier angelockt, daß der Küstenstrich, aus der Ferne gesehen, von kochender Lava bedeckt zu sein schien ... Überschüttet mit Geschenken und Zurufen, vergaß der Kommissar jedoch keinen Augenblick, daß die Engländer in diesen Gewässern kreuzten und eine Art Blockade auszuüben gedachten. Victor pflegte sich nachts zusammen mit de Leyssegues, der bereits die Streifen eines Konteradmirals trug, in seinem Zimmer einzuschließen und Pläne für ein Flottenunternehmen zu entwerfen, das den ganzen karibischen Raum umfassen sollte. Das Projekt wurde streng geheimgehalten, und so standen die Dinge, als Esteban eines Morgens sein Amtszimmer betrat und ihn mit zerzaustem Haar, verschwitzt und zornrot im Gesicht vorfand. Er schritt um den großen Beratungstisch herum und blieb hinter den Amtsangestellten stehen, die sich, ihre eigentlichen Pflichten vernachlässigend, die kürzlich eingetroffenen Zeitungen streitig machten. »Hast du's schon gehört?« rief er dem Jüngling zu und deutete mit zitternder Hand auf eine Meldung. Dort stand die unglaubliche Chronik dessen gedruckt, was in Paris am 9. Thermidor geschehen war. »*Misérables!*« rief Victor aus. »Sie haben die besten Männer gestürzt!« Die Ungeheuerlichkeit des Ereignisses erschütterte Esteban. Alles erhielt zudem durch die Entfernung einen zweifach dramatischen Akzent. So wie man im Geist das Bild eines lange geschauten Gegenstands vor sich sieht und es gegenwärtig hat, wenn auch der Gegenstand selbst vielleicht verschwunden ist, so hatte man, hier in diesem Raum, in der Gegenwart, mit Bezug auf eine unmittelbare Wirklichkeit und sogar die Zukunft, von einem Manne gesprochen, der schon seit mehreren Monaten nicht mehr lebte. Als man hier an diesem Platze über den Kult des Höchsten Wesens diskutierte, hatte dessen Stifter schon am Fuß des Blutgerüsts seinen schrecklichen Klageschrei ausgestoßen, den ihm der Schmerz in der zerschmetterten, von der Hand des Henkers brutal aus der Binde gestoßenen Kinnlade entriß. Für Victor Hugues war der Vorfall doppelt grausig, der solche Auswirkungen erwarten ließ, daß der Verstand sich weigerte, den Mutmaßungen eine Grenze zu setzen. Nicht nur war der Gigant gestürzt, dessen Bild hier noch an der Wand hing, wo alle ihn betrachten konnten, wie er sich in den Tagen seines größten Ruhms gezeigt hatte; nicht nur sah sich der Kommissar des Mannes beraubt, der ihm sein Vertrauen geschenkt und ihn mit Macht und Autorität ausgestattet hatte – er mußte jetzt noch Wochen und Wochen, vielleicht Monate, warten, bis er erfahren würde, welche Wendung die Dinge in Frankreich nahmen. Es war damit zu rechnen, daß die Reaktion unerbittlich Rache nahm. Vielleicht gab es eine neue Regierung, die alles Geleistete wieder zunichte machte. Dann würden auf Guadeloupe neue Bevollmächtigte erscheinen, mit finsterem Gesicht, verneinender Geste, um geheimnisvolle Befehle auszuführen. Der Bericht über das Blutbad von Berville, den Victor Hugues an den Konvent gesandt hatte, konnte ihm jetzt zum Verhängnis werden. Vielleicht war er schon abgesetzt oder in einen Prozeß verwickelt, der ebensogut das Ende seiner Laufbahn wie das seines Lebens bedeuten konnte. Immer wieder las er die Namen der Gestürzten vom Thermidor, als vermöchte er in ihnen den Schlüssel zu seinem Schicksal zu entziffern. Einige der Anwesenden meinten mit halblauter Stimme, jetzt werde eine Zeit der Milde, der Nachsicht, der Wiedereinführung der Kulte beginnen. ›Oder der monarchistischen Restauration‹, dachte Esteban, in dem diese Vorstellung ein Gefühl der Erleichterung, des nach so vielen Stürmen wiedergewonnenen Friedens, zugleich aber auch der Ablehnung, des Abscheus vor dem Thron auslöste. Wenn die Menschen sich so sehr gemüht hatten, wenn so viele prophezeit, gelitten, gejubelt, ihren Sturz erlebt hatten zwischen Bränden und den Triumphbögen eines apokalyptischen Traums, dann durfte die Zeit doch wenigstens nicht zurückgestellt werden. Man würde das vergossene Blut nicht gegen die verblichene Krone der Könige eintauschen. Noch konnte etwas Gerechtes erstehen, etwas, das gerechter war als das, was so oft aufgehört hatte, es zu sein, weil man zu oft – das war eines der Übel der Epoche gewesen – in abstrakten Begriffen gesprochen hatte. Man durfte auf eine Freiheit hoffen, die mehr wirklich erlebt und dafür weniger laut verkündet wurde; auf eine Gleichheit, die sich weniger in Worten erschöpfte und dafür stärker durch das Gesetz erzwungen wurde; auf eine Brüderlichkeit, die weniger auf Denunzianten gab und sich dafür in der Neueinsetzung wirklicher, wieder mit Geschworenen amtierender Gerichte ausdrückte ... Victor ging noch immer auf und ab, ein wenig ruhiger jetzt, die Hände auf dem Rücken verschränkt; dann blieb er vor dem Bild des Unbestechlichen stehen. »Nun, hier geht alles weiter wie bisher«, sagte er schließlich. »Ich ignoriere diese Meldung. Ich akzeptiere sie nicht. Ich kenne auch in Zukunft keine andere Moral als die jakobinische. Hier wird mich niemand herausbringen. Und wenn die Revolution in Frankreich zugrunde geht – in Amerika geht sie weiter. Wir müssen uns jetzt um das Festland kümmern, die Stunde dazu hat geschlagen.« Dann wandte er sich an Esteban: »Du übersetzt sofort die Erklärung der Menschen- und Bürgerrechte und den Text der Verfassung ins Spanische.« – »Welcher – der von

91 oder der von 93?« fragte der Jüngling. »Der von 93. Ich kenne keine andere. Von dieser Insel müssen die Ideen ausgehen, die das spanische Amerika aufrühren. Wenn wir Parteigänger und Bundesgenossen in Spanien hatten, werden wir sie auch auf dem amerikanischen Kontinent finden. Und vielleicht in noch größerer Zahl, weil es in den Kolonien mehr Unzufriedene gibt als im Mutterland.«

22

Als der alte Camisard Loeuillet erfuhr, daß er spanische Texte drucken sollte, bemerkte er zu seinem Entsetzen, daß ihm in seinem Typenkasten die Tilde für den Buchstaben ñ fehlte. »Wer kommt auch auf den Gedanken, diesen Laut mit einem maskierten Buchstaben zu bezeichnen!« sagte er, wütend auf sich selbst. »Würde man vielleicht ein so majestätisches, erhabenes Wort wie ›cygne‹ etwa ›ciñe‹ schreiben?« Die Tatsache, daß er nicht darauf aufmerksam gemacht worden war, wies im übrigen auf die Gedankenlosigkeit und Unordnung hin, in der die Menschen lebten, die die Welt zu regieren vorgaben: »Daß es im Spanischen Tilden gibt, daran denkt keiner!« rief er aus. »Ignoranten — die ganze Gesellschaft!« Schließlich entschied er sich dafür, die Tilden durch Zirkumflexe zu ersetzen, die aus anderen Buchstaben herausgeschnitten werden mußten, was die Arbeit des Setzens beträchtlich erschwerte. Aber bald war die *Erklärung der Menschen- und Bürgerrechte* gedruckt, und man brachte die ganze Auflage in die Amtsräume des Kommissars, in denen eine drückende Atmosphäre der Unruhe und Besorgnis herrschte. Der Thermidorwind wehte das Gewissen vieler kalt an. Die Kritik, die manch einer für sich behalten hatte, begann sich in getuschelten Beratungen auszuwirken, deren Teilnehmer jedem mißtrauten, der sich ihnen zu sehr näherte. Als Esteban dem alten Loeuillet seine spanische Version der Verfassung von 93 brachte, wies ihn der Drucker auf das Trügerische des Vorgehens einer Propaganda hin, die sich auf ideale Konstruktionen stützt, um gerade dort die Illusion einer bereits erreichten Realität zu erwecken, wo diese Realität nicht erreicht worden war — auf einem Gebiet, wo bisher die besten

Absichten schreckliche Rückwirkungen gehabt hatten. Vielleicht versuchten jetzt die Amerikaner Prinzipien anzuwenden, die die Schreckensherrschaft in ihrer Gesamtheit vergewaltigt hatte, um sie dann ihrerseits, durch die Erfordernisse der Stunde gedrängt, ebenfalls zu verletzen. »Hier spricht man weder von Beilmessern noch von alten Kähnen«, sagte der Camisard, auf die Lastschiffe anspielend, die noch in allen französischen Atlantikhäfen lagen mit ihrer stöhnenden Fracht von Gefangenen an Bord — wie etwa die zu trauriger Berühmtheit gelangte ›Bonhomme Richard‹, ein Schiff, dessen Name, an den Almanach Benjamin Franklins erinnernd, wie ein Hohn klang. »Kehren wir zu unseren Drucksachen zurück«, meinte Esteban. Im Augenblick war eine tägliche Arbeit zu verrichten, die der Jüngling gewissenhaft ausführte und die ihm eine gewisse Erholung und eine Beruhigung seiner aufgewühlten Gedanken bedeutete, indem er übersetzte, so gut er nur konnte; er achtete auf fast puristische Genauigkeit bei der Suche nach dem richtigen Wort, dem besten Synonym, der eindrucksvollsten Interpunktion, und litt darunter, daß das Spanische nur sehr widerwillig die knappen und modernen französischen Wendungen übernehmen wollte. Gut zu übersetzen bereitete ihm so etwas wie ein ästhetisches Vergnügen, wobei ihm der Inhalt des Satzes völlig gleichgültig war. Er brachte Tage damit zu, die spanische Version eines Berichts auf Hochglanz zu bringen, den Billaud-Varenne über ›Die Theorie der demokratischen Regierung und die Notwendigkeit, Liebe zu den bürgerlichen Tugenden mittels öffentlicher Lustbarkeiten und moralischer Einrichtungen zu inspirieren‹ verfaßt hatte, wenn ihn auch die schwerfällige Prosa eines Mannes, der ständig die Geister Tarquins, Catos und Catilinas zu Hilfe rief, genauso altmodisch, falsch und abgestanden dünkte wie die Texte der Freimaurerhymnen, die man ihn einst in der Loge der Vereinigten Ausländer gelehrt hatte. Die Loeuillets, Vater und Sohn, die Texte in einer ihnen fremden Sprache setzen mußten, gingen ihn oft um Hilfe an, baten ihn, die Bedeutung eines orthographischen Zeichens zu erklären oder sie zu beraten, was die Trennung dieses oder jenes Wortes am Ende einer Zeile betraf. Der alte Camisard, ein guter Handwerker, der seine Arbeit liebte, legte großen

Wert auf eine saubere Aufmachung seiner Seiten und bedauerte sehr das Fehlen eines Druckervermerks oder einer Vignette, die einen Text erst gehörig abgeschlossen hätten. Weder der Redakteur und Übersetzer noch die Drucker glaubten so recht an die Worte, die durch ihr Dazutun vervielfältigt und verbreitet werden sollten. Aber wenn man schon arbeitete, mußte man korrekt zu Werke gehen und durfte weder der Sprache Gewalt antun noch dem Papier verweigern, was des Papieres war. Jetzt bereitete man den Druck einer ›Carmañola Americana‹ vor, der Variante einer früheren, in Bayonne geschriebenen Carmagnole, die für die Völker des neuen Kontinents bestimmt war:

Strophe: *Yo que soy un sin camisa*
un baile tengo que dar
y en lugar de guitarras
cañones sonarán,
cañones sonarán,
cañones sonarán.

Kehrreim: *Bailen los sin camisa*
y viva el son y viva el son,
bailen los sin camisa
y viva el son del cañon.

Strophe: *Si alguno quisiera saber*
porqué estoy descamisado:
resulta que con los tributos
el Rey me ha desnudado,
el Rey me ha desnudado,
el Rey me ha desnudado.

Kehrreim: *Bailen los sin camisa . . .*

Strophe: *Todos los reyes del mundo*
son igualmente tiranos,
y uno de los mayores
es el infame Carlos,

es el infame Carlos,
es el infame Carlos.

Kehrreim: *Bailen los sin camisa . . .*

In den nächsten Strophen rechnete der anonyme Verfasser, der über die Verhältnisse in Amerika gut Bescheid zu wissen schien, mit den Gouverneuren, Amtmännern und Alkalden ab, mit der Rechtsprechung vor den Gerichten, mit den der Krone hörigen Vorstehern und Verwaltern. Und dem Liederdichter mußte der Kult des Höchsten Wesens bekannt sein, denn ein Stück weiter hieß es: ›Gott schützt unsere Sache – Er lenkt unseren Arm – denn der König mit seinen Missetaten – hat seinen Zorn erregt.‹ – ›Es lebe die Liebe zum Vaterland!‹ schloß er. ›Und es lebe die Freiheit! – Tod den Tyrannen – und dem Despotismus der Könige!‹ Genauso hatten sich stets die spanischen Verschwörer von Bayonne ausgedrückt, über deren Schicksal Esteban nur sehr verworrene Dinge gehört hatte. Sicher war, daß man Guzmán, den Freund Marats, guillotiniert hatte. Von dem Abbé Marchena hieß es, er sei vielleicht – vielleicht – den gegen die Girondisten gerichteten Schlägen entkommen. Was den guten Martínez de Ballesteros betraf, so sollte dieser noch immer eine Lebensberechtigung suchen – die man besser Überlebensberechtigung nannte –, indem er einer Revolution seine Dienste anbot, die mit der Revolution, welche einst seine Begeisterung erweckte, nichts mehr gemein hatte. In diesen Zeiten brachte es ein einmal genommener Anlauf, ein noch wirksamer Impuls mit sich, daß viele an einer Welt arbeiteten, die sich von der, die sie gern geschaffen hätten, sehr unterschied, Menschen, die enttäuscht und verbittert waren, aber – wie zum Beispiel die Loeuillets – einfach nicht anders konnten, als ihre tägliche Arbeit zu verrichten. Sie hatten schon keine Meinung mehr: die Hauptsache war, man lebte, indem man eine Tätigkeit ausübte, die es einem erlaubte, jeden Morgen in Frieden an den Arbeitsplatz zurückzukehren. Und man lebte von einem Tag zum anderen und dachte an die Freude, die ein Gläschen am späten Nachmittag spenden würde, an ein Bad in frischem Wasser, an die Brise, die bei Einbruch der Nacht herüberwehte, an das Aufbrechen einer Orangenblüte, an das Mädchen, das am Abend vielleicht seine Reize verschenkte. Inmitten von Ereignissen, deren Größe alles bisher gekannte Maß überstieg und die Vorstellungskraft des gewöhnlichen Menschen überforderte, bereitete es auf einmal ein wunderbares Vergnügen, die Verwandlungen mimetischer Insekten, das Liebestreiben eines Skarabäus, die plötzliche Vermehrung von Schmetterlingen zu beobachten. Die Anteilnahme am ganz Kleinen — am Zucken von Kaulquappen in einem mit Wasser gefüllten Faß, am Aufkeimen eines Pilzes, an den Ameisen, die die Blätter eines Zitronenbaumes zernagten, bis nur das Skelett übrig blieb —, nie verspürte Esteban sie stärker als in diesen Tagen, die auf das Universale und Maßlose gerichtet waren. Eine hübsche Mulattin war eines Tages in sein Zimmer getreten unter dem fadenscheinigen Vorwand, Tinte und Feder zu benötigen; sie trug blitzende Armbänder und über dem rauschenden, nach Vetiver duftenden Unterkleid einen sauber gebügelten Rock. Ihrer beider Körper waren bald in eine köstlich wirre Verflechtung eingetaucht, und eine halbe Stunde später hatte sich die Frau ohne die geringste Hülle auf dem Leibe mit einer anmutigen Verbeugung vorgestellt: »*Mademoiselle Athalie Bajazet, coiffeuse pour dames.*« — »Welch wunderbares Land!« hatte der Jüngling ausgerufen und all seine Sorgen vergessen. Von da an schlief Mademoiselle allnächtlich bei ihm. »Jedesmal, wenn sie die Röcke auszieht, schenkt sie mir zwei Tragödien von Racine«, sagte Esteban unter lautem Lachen zu den Loeuillets … In seiner Eigenschaft als Buchführer — er mußte gewisse Ladungen aufnehmen, die in die Häfen der Insel gebracht wurden — reiste der Jüngling bisweilen nach Basse Terre, und dabei ritt er auf seinem Pferd über hügelige Wege, wo der Pflanzenwuchs besonders dicht war wegen der vielen Gießbäche, die von den stets in Nebel und Dunst eingehüllten Bergen herabstürzten. Auf diesen Fahrten entdeckte er eine Vegetation, die der seiner Heimatinsel glich, welche kennenzulernen ihm seine Krankheit untersagt hatte und die ihm jetzt entgegenkam und die Lücke ausfüllte, die im Erleben seiner Jünglingszeit noch bestand. Er atmete mit Wonne den Wohlgeruch der Honigäpfel ein, die dunkle Säure des Tamarindenbaums, die saftige Zartheit so vieler Früchte mit rotem und violettem Fleisch, die in ihren versteckten Winkeln prächtige Samenkerne bargen, Kerne von einer Struktur in Schildpatt, Ebenholz oder poliertem Mahagoniholz. Er tauchte das Gesicht in die weiße Kühle der Flaschenbaumfrüchte; er schlitzte den Amarant des Sternapfels auf, um mit gierigen Lippen die glasigen Perlen zu suchen, die sich in den Tiefen seines Fruchtfleisches versteckten. Eines Tages, als sich sein abgesatteltes Pferd, alle viere in die Luft streckend, im Wasser eines Baches tummelte, unternahm er das Abenteuer, auf einen Baum zu klettern. Und nachdem er die einführende Prüfung bestanden hatte — das Erreichen der schwierigen unteren Äste —, begann er zur Höhe eines Wipfels hinaufzusteigen auf einer Spirale immer dichter beieinanderstehender, immer leichterer Arme, die das große Laubkleid trugen, den grünen Bienenkorb, die prächtige, zum ersten Mal von innen geschaute Dachwölbung. Eine unerklärliche, eigenartige, tiefe Freude erfüllte Esteban, als er sich rittlings auf der höchsten Gabel dieses zitternden Gebäudes aus Ästen und Fasern ausruhen konnte. Einen Baum erklettern ist ein persönliches Unternehmen, das sich vielleicht nie mehr wiederholt. Wer sich an die hohen Brüste eines Stammes klammert, vollbringt eine Art Hochzeitsakt, defloriert eine geheime, noch nie von anderen Menschen geschaute Welt. Der Blick fängt plötzlich alle Schönheiten und alle Unvollkommenheiten des Baumes ein. Man weiß jetzt von den zwei zarten Zweigen, die sich spreizen wie Frauenschenkel und in ihrem Winkel eine Handvoll grünes Moos verbergen; man weiß von den herrlichen Spitzbögen im Wipfel wie auch von den seltsamen Gabelungen, die alle Säfte einem begünstigten Ast zugeführt und den anderen zum bloßen Reisigstock verurteilt haben, der gerade gut genug fürs Feuer ist. Während Esteban seinen Auslug erklomm, verstand er die geheime Beziehung, die man so oft zwischen dem Mast, dem Pflug, dem Baum und dem Kreuz hergestellt hatte. Er erinnerte sich der Worte des heiligen Hippolytus: ›Dieser Baum gehört mir. Ich nähre mich von ihm, von ihm lebe ich; ich stütze mich auf seine Wurzeln, ruhe mich aus auf seinen Zweigen, gebe mich seinem Atem hin wie dem Wind. Dies ist mein schmaler Pfad, mein schmaler Weg, Leiter

Jakobs, an deren Ende der Herr ist.‹ Die großen Zeichen des ›Tau‹, des Andreaskreuzes, der bronzenen Schlange, des Ankers und der Leiter wohnten jedem Baum inne, wobei das Geschöpfte dem Erbauten vorausging und dem Erbauer zukünftiger Archen Normen gesetzt wurden... Die Schatten der Dämmerung überraschten Esteban im wiegenden Sitz eines hohen Baumes, einer träumerischen Wollust hingegeben, die ewig hätte dauern können. Da zeichneten sich unten pflanzliche Wesen mit neuen Silhouetten ab: die Papayobäume mit ihren Eutern am Hals schienen Leben zu gewinnen und sich auf den Weg zu den dunstigen Fernen von La Soufrière zu begeben; der Käsebaum – ›Mutter aller Bäume‹, wie ihn die schwarzen Weisen nannten – hob sich deutlicher denn je als Obelisk, als mit Schiffsschnäbeln verzierte Säule, als Denkmal und erhabene Größe ab im Schein des Abendrots. Ein toter Mangobaum wurde zu einem Bündel im Vorschnellen erstarrter Schlangen oder blühte, lebend und strotzend von einem Saft, der ihm durch die Rinde und die marmorierten Fruchtschalen drang, plötzlich auf und stand in gelben Flammen. Esteban verfolgte das Leben dieser Wesen so interessiert, als hätte es sich um die Entwicklung tierischen Lebens gehandelt. Zunächst erschienen die Früchte im Keim, grünen Glasperlen gleich, deren herber Saft nach kandierten Mandeln schmeckte. Dann gewann dieser herabhängende Organismus Gestalt und Kontur und verlängerte sich nach unten, um sein fertiges Profil mit einem Hexenkinn abzuschließen. Sein Gesicht bekam Farbe, Moosgrün ging in Safrangelb über, und er reifte zum Glanz herrlicher Keramik heran, – kretischer, mittelmeerischer, stets westindischer –, ehe die ersten Flecken des Verfalls in kleinen schwarzen Kreisen sein nach Gerbstoff und Jod duftendes Fleisch zu durchlöchern begannen. Und eines Nachts löste er sich los und fiel mit dumpfem Laut in die taufeuchten Gräser, und das war das Zeichen baldigen Todes für die Frucht mit ihren Malen, die größer wurden, sich vertieften, bis sie sich zu Wunden öffneten, in denen Fliegen hausten. Als Leiche eines Prälaten bei einem exemplarischen Totentanz entblößte sich das Herabgestürzte seiner Haut und seiner Eingeweide und war schließlich nur das Knochengerüst eines gestreiften, farblosen, in Schweißtuchfetzen eingehüllten Samenkerns. Doch hier in dieser Welt ohne winterlichen Tod und österliche Auferstehung ging der Zyklus des Lebens ohne Aufschub weiter: Nur Wochen später entsproß dem am Boden liegenden Kern gleich einem japanischen Zwergbäumchen ein Trieb, rosige Blätter so zart wie menschliche Haut und ihr so ähnlich, daß die Hand sie nicht zu berühren wagte ... Manchmal wurde Esteban bei seinen Reisen durch das Laubwerk von einem jähen Regenguß überrascht, und dann stellte der Jüngling mit seinem auditiven Gedächtnis Vergleiche an zwischen den Regenfällen der Tropen und dem monotonen Nieseln der Alten Welt. Hier kündete ein mächtiges, ausholendes Brausen in majestätischem Takt, so lange angehalten wie das Vorspiel einer Symphonie, von fern das Nahen des Wolkenbruchs an, indes die grindigen Geier, niedrig fliegend in immer engeren Kreisen, das Landschaftsbild verließen. Ein köstlicher Geruch nach feuchtem Gehölz, nach Erde, getränkt von Humus und Säften, erfüllte die ganze Natur, plusterte das Federkleid der Vögel auf, machte die Pferde die Ohren zurücklegen und flößte dem Menschen ein eigenartiges Gefühl körperlichen Verlangens ein, die unbestimmte Begierde, einen gleich empfindenden Körper zu umfangen. Das schnelle Verblassen des Lichts wurde von trokkenen Tropflauten auf den höchsten Zweigen begleitet, und dann goß es auf einmal, köstlich und kühl, und jede getroffene Substanz antwortete mit einer anderen Resonanz – der Akkord der Schlingpflanzen und Bananenbäume gesellte sich den Tönen des membranenfeinen Laubs und dem trommelnden Klang der ganz großen Blätter. Das Wasser brach sich weit oben am Wipfel der Palmen, die es wie mit Speiern hinunterschickten auf den ernsten, dumpf klopfenden Klangboden der kleineren Palmen, und dann prallten die Tropfen von dem zartgrünen Trommelfell ab, ehe sie auf so dichtes Laubwerk fielen, daß sie auf der Höhe der wie ein Tamburin so straff gespannten Malangablätter schon tausendmal zerteilt, zerstückelt, zerstäubt worden waren von den einzelnen Stockwerken des Pflanzenmassivs – um dann schließlich, auf der Erde angelangt, den Jubel der Quecke und des Espartograses auszulösen. Der Wind zwang der umfassenden Symphonie seine Tempi auf, dem Brausen, das bald die Bäche in Ströme verwandelte unter dem Gepolter lawinenartig sich losreißender Kiesel: donnernde Talfahrt, die über die Ufer trat, Felsbrocken mitnahm und tote Stämme, vielarmige Äste, Wurzeln, so behangen mit Fransen und Strängen, daß sie, wenn sie weiter unten in den Morast stießen, innehielten wie gestrandete Schiffe. Und dann beruhigte sich der Himmel, die Wolken zerstoben, die Abenddämmerung entzündete ihre Feuer, und Esteban setzte seine Reise fort auf einem durchnäßten, munteren Pferd, unter dem Sprühtau der Bäume, deren einzelne Stimmen sich zu einem großen Magnifikat von Gerüchen zusammenfanden . . . Wenn Esteban von einem solchen Ritt nach La Pointe-à-Pitre zurückkehrte, fühlte er sich, seiner Zeit entrückt, als Fremdling in einer blutigen, fernen Welt, in der ihn alles absurd dünkte. Die Kirchen blieben geschlossen und waren doch in Frankreich vielleicht schon wieder geöffnet. Die Neger waren zu freien Bürgern erklärt worden, aber diejenigen, die man nicht zwangsweise als Soldaten oder Matrosen rekrutiert hatte, beugten von morgens bis abends wie eh und je den Rücken unter der Peitsche ihrer Aufseher, hinter denen sich dazu noch der unerbittliche Azimut der Guillotine abzeichnete. Die jüngst geborenen Kinder hießen jetzt Cincinatus, Leonidas oder Lykurgus, und man lehrte sie einen Revolutionskatechismus hersagen, der schon nicht mehr der Wirklichkeit entsprach — so wie man im kürzlich gegründeten Jakobinerclub noch vom Unbestechlichen sprach, als weilte dieser noch unter den Lebenden. Die gemästeten Fliegen schwirrten über den schmierigen Brettern des Blutgerüsts dahin, indes Victor Hugues und seine Militärs sich mit Unbehagen daran gewöhnten, unter Tüllschleiern lange Siesten zu halten an der Seite von Mulattinnen, die ihren Schlaf bewachten und ihnen mit Palmblättern Kühlung zufächerten.

23

Mit fast weiblicher Empfindsamkeit beklagte Esteban die Einsamkeit, in der Victor Hugues immer tiefer versank. Der Kommissar spielte seine Rolle mit unerbittlicher Strenge weiter; er ließ die Gerichte nicht zu Atem kommen, gönnte der Guillotine keine Pause und bestand hartnäckig auf der Rhetorik von gestern, diktierte, redigierte, erließ Gesetze, richtete, kümmerte sich um alles — aber wer ihn gut kannte, merkte, daß seiner übertriebenen Geschäftigkeit der geheime Wunsch nach Betäubung innewohnte. Er wußte, daß viele seiner gehorsamen Untergebenen davon träumten, den versiegelten Umschlag eintreffen zu sehen, dessen von einer treuen Schreiberfeder kopierter Inhalt seine Entlassung verfügte. Der Jüngling hätte an seiner Seite sein, ihn begleiten, beruhigen mögen in solchen Augenblicken. Aber der immer ungeselligere Kommissar schloß sich in seinem Zimmer ein, um bis zum Morgen zu lesen, oder fuhr gegen Abend, nur bisweilen in Gesellschaft de Leyssegues', in der Kutsche zur Bucht von Gosier, wo er, einzig mit einer Leinenhose bekleidet, bis zur unbewohnten Insel hinausruderte, von der er erst zurückkehrte, wenn die allnächtliche Insektenplage aus den Manglehainen am Ufer herausströmte. Er ging die Werke der großen Redner der Antike durch, wenn er vielleicht eine Verteidigungsrede vorbereitete, bei der er sich besonders hervortun wollte. Seine Befehle nahmen sich bald überstürzt und widerspruchsvoll aus. Er litt unter unvorhersehbaren Wutanfällen, die sich in der plötzlichen Absetzung enger Mitarbeiter oder einem Todesurteil auswirkten, von dem alle angenommen hatten, es werde in eine mildere Strafe umgewandelt. Eines Morgens, nach einem schlechten Erwachen, gab er den Befehl, die sterblichen Überreste des einstigen britischen Gouverneurs der Insel, General Dundas, auszugraben und über die Straße zu verstreuen. Stundenlang balgten sich die Hunde um die besten Aasstücke und zerrten, von einer Gasse in die andere hetzend, grausige menschliche Leichenteile durch die Stadt, an denen noch die Galauniform hing, in der der Tote bestattet worden war. Esteban hätte die Macht besitzen mögen, diesen aufgewühlten Geist zu besänftigen, den das erste unverhoffte Segel am Horizont in Aufregung versetzte und dessen Einsamkeit zunahm in dem Maße, wie seine historische Größe wuchs. Starr und hart, mit militärischem Blick begabt, mutig wie kaum ein anderer, hatte er auf dieser Insel einen Erfolg davongetragen, der andere Taten der Revolution bei weitem übertraf. Und dennoch setzte eine politische Schwen-

kung, die, weit fort von hier, dort stattgefunden hatte, wo, wie man bereits wußte, auf die rote Schreckensherrschaft eine weiße gefolgt war, die unbekannten Kräfte in Bewegung, welche die Kolonie wahrscheinlich Leuten anvertrauen würden, die nicht verstanden, sie zu regieren. Und außerdem wußte man auch, daß Dalbarade, Victor Hugues' Gönner, den Robespierre so eindrucksvoll verteidigt hatte, als er angeklagt war, einen Freund Dantons protegiert zu haben, zur Thermidor-Partei übergewechselt war. Angewidert durch solche Vorkommnisse, ankämpfend gegen die Furcht vor Nachrichten, die dann doch nicht eintreffen wollten, beschleunigte der Kommissar die Vorbereitungen eines Unternehmens, das er, zusammen mit dem Konteradmiral de Leyssegues, schon seit Monaten plante. »Sollen sie alle zum Teufel gehen!« rief er eines Tages, wobei er an diejenigen dachte, die sich in Paris mit der Überprüfung seiner Stellung befaßten. »Wenn sie mit ihren Arschwischen hier ankommen, werde ich so mächtig sein, daß ich ihnen die Gesichter damit abreiben kann!«
Und eines Morgens bemerkte man im Hafen ein ungewöhnlich lebhaftes Treiben. Mehrere leichte Schiffe – Kutter vor allem – wurden an Land gezogen und gekielholt. An den größeren Schiffen arbeiten Zimmerleute und Kalfaterer, und es wurde geteert, gepinselt, gesägt und gehämmert in lärmender Geschäftigkeit, während die Kanoniere leichte Geschütze an Bord brachten, die sie in Ruderbooten heranfuhren. Von einem Fenster des ehemaligen Außenhandelsspeichers aus beobachtete Esteban, daß eine der kleineren Aufgaben darin bestand, die Schiffe umzutaufen. Bald war aus der ›Calypso‹ eine ›Tyrannicide‹, aus der ›Sémillante‹ eine ›Carmagnole‹, aus der ›Hirondelle‹ eine ›Marie-Tapage‹, aus der ›Lutin‹ eine ›Vengeur‹ geworden. Und dann erschienen auf den alten Bohlen, die so lange dem König gedient hatten, weitere neue Namen: ›Tintamarre‹, ›Cruelle‹, ›Ça-Ira‹, ›Sans-Jupe‹, ›Athénienne‹, ›Poignard‹, ›Guillotine‹, ›Ami du Peuple‹, ›Terroriste‹, ›Bande Joyeuse‹. Und die von ihren während der Beschießung erlittenen Wunden wieder genesene ›Thetis‹ hieß jetzt › L'Incorruptible‹, gewiß auf Anweisung Victor Hugues', der mit der generischen Neutralität gewisser Worte wohl zu spielen wußte. Esteban

fragte sich noch, was dieses Klarmachen zu bedeuten habe, als Mademoiselle Athalie Bajazet ihm mitteilte, man erwarte ihn sofort im Amtszimmer des Kommissars. Die Punschgläser, die eine der Dienstmägde abtrug, deuteten darauf hin, daß Victor Hugues ein wenig getrunken hatte – wenn er sich auch in Gestik und Denken eine überraschende Sicherheit bewahrte, die der Alkohol bei ihm nicht minderte, sondern erhöhte. »Ist dir sehr viel daran gelegen, in La Pointe-à-Pitre zu bleiben?« fragte er lächelnd. Die Frage kam so unerwartet, daß Esteban sich an die Wand lehnte und mit aufgeregter Hand durchs Haar fuhr. Bis jetzt war es so offenkundig unmöglich gewesen, Guadeloupe zu verlassen, daß ihn dieser Gedanke überhaupt nicht beschäftigt hatte. Der andere ließ nicht locker: »Liegt dir viel daran, in La Pointe-à-Pitre zu bleiben?« Im Geiste stellte Esteban sich auf einer von der Vorsehung gesandten, strahlenden Bark vor, einem Schiff, das eine heimliche Flucht unternehmen sollte und dessen Segel im Abendschein golden aufleuchteten. Vielleicht hatte sich der Kommissar, durch irgendeinen Brief bedroht oder von inneren Ängsten bedrängt, entschlossen, seine Machtstellung aufzugeben und einen holländischen Hafen anzusteuern, von dem aus man ungehindert in alle Welt reisen konnte. Es war bekannt, daß viele der Robespierristen, die jetzt untertauchen mußten, einzig danach strebten, nach New York zu gelangen, wo es einige französische Druckereien gab, die bereit waren, Memoiren und Rechtfertigungen zu veröffentlichen. Und auch in der Kolonie träumte manch einer von New York. Von der eigenen Person ausgehend, sprach Esteban ganz offen: Er sehe nicht, von welchem Nutzen er sei auf der Insel, die bald von unbekannten Kräften regiert werden würde. Es sei offensichtlich, daß die Reaktion alle derzeitigen Beamten beseitigen würde. (Sein Blick wanderte zu den Koffern und Taschen hin, die von Trägern bereits in das Amtszimmer hinaufgeschafft wurden und sich in den von Victor bezeichneten Winkeln stapelten.) Außerdem sei er kein Franzose, und deshalb werde er so behandelt werden, wie Leute einer politischen Richtung Ausländer behandelten, die mit einer anderen Partei gemeinsame Sache gemacht hatten. Er werde vielleicht das Schicksal Guzmáns oder Marchenas erleiden. Wenn sich ihm die Gelegenheit biete, abzureisen, werde er sie ohne Zögern ergreifen... Victors Gesicht hatte sich während dieses Geständnisses verhärtet, aber als Esteban das merkte, war es schon zu spät. »Du armer Narr!« rief der Kommissar. »Dann hältst du mich also schon für besiegt, abgesetzt und von dem Thermidor-Pöbel vernichtet? Gehörst du zu denen, die den geheimen Wunsch haben, mich von zwei Wachen abgeführt zu sehen? Ja, diese Mulattin, deine Geliebte, hat mir gesagt, daß du deine Zeit damit verbringst, mit dem alten Loeuillet, diesem Hurensohn, defaitistische Gespräche zu führen! Gutes Geld habe ich der Dirne dafür bezahlt, daß sie mir alles erzählt! Du willst also von hier fort, ehe die Geschichte zu Ende geht? Ich sage dir aber: sie geht nicht zu Ende. Hast du gehört? Sie geht nicht zu Ende!« – »So eine Schweinerei!« rief Esteban, wütend auf sich selbst, weil er dem gegenüber offen gewesen war, der ihn durch die Frau, die sein Bett teilte, hatte bespitzeln lassen, um ihm dann eine Falle zu stellen. Der andere schlug einen gebieterischen Ton an: »Du gehst noch heute samt deinen Registern, Schreibutensilien, Waffen und deinem Gepäck an Bord der ›Ami du Peuple‹. Dort kannst du dich ein wenig von dem erholen, was du – ich weiß es – heuchlerisch ›meine unvermeidlichen Grausamkeiten‹ nennst. Ich bin nicht grausam. Ich tue das, was ich tun muß. Das ist nicht dasselbe.« Er sprach jetzt wieder ruhiger, als plaudere er beiläufig mit einem seiner Leutnants, und blickte zu den Bäumen der Place de la Victoire hinüber – die jüngst gepflanzten Schößlinge trugen schon neue Blätter. Der britische Druck laste weiter auf der Insel, fuhr er fort. Auf Barbados versammle sich eine feindliche Flotte, und man müsse den Ereignissen zuvorkommen. In der Frage der Seestrategie habe nur der Kaperkrieg – der klassische, große, einzigartige Seekrieg – im karibischen Raum Erfolg gehabt, ein Krieg, geführt mit beweglichen, leichten Schiffen, die mühelos in seichten Buchten Unterschlupf fanden und auch in Regionen mit Korallenriffen operieren konnten, kurz, mit Schiffen, die stets den schwerfälligen spanischen Galeonen überlegen gewesen seien und jetzt auch den zu schwer bestückten englischen Kriegsschiffen überlegen sein würden. Die Korsarenflotte der Französischen Republik werde in kleinen Geschwadern operieren, denen volle Handlungsfreiheit gegeben sei, innerhalb einer durch das Festland begrenzten Zone, die den gesamten Kreis der englischen und spanischen Besitzungen auf den Antillen umfasse und, was den Breitengrad betreffe, keine Beschränkung aufweise. Allerdings müsse man sich davor hüten, die Holländer zu belästigen. Dabei könne natürlich das eine oder andere Schiff in die Hände des Feindes fallen, zur großen Zufriedenheit derer, die der Revolution untreu geworden seien. (»Denn die gibt es, die gibt es«, sagte Victor, wobei er mit der Hand streichelnd über ein dickes Aktenbündel mit vertraulichen Berichten fuhr, in dem die auf Packpapier gekritzelte Anzeige dicht bei der subtilen, anonymen, ohne orthographische Fehler auf feinem Papier mit Wasserzeichen vorgebrachten Denunziation lag). Die Deserteure genössen die größte Nachsicht, wenn sie es beizeiten verstünden, sich die phrygische Mütze herunterzureißen. Sie würden den Journalisten als Opfer eines unerträglichen Regimes vorgestellt, und dies besonders, wenn es sich um Franzosen handelte. Man lasse sie von ihren Enttäuschungen und Leiden unter einer Tyrannei erzählen, die angeblich schlimmer war als alle bisher bekannten Gewaltherrschaften, und stelle ihnen die Mittel zur Rückreise in die Heimat zur Verfügung, wo sie dann von ihrem Mißgeschick in den Abgründen undurchführbarer Utopien berichten konnten. Esteban wies die Absicht, die ihm unterschoben wurde, empört zurück: »Wenn du glaubst, daß ich mich zu so etwas hergebe, warum verfrachtest du mich dann an Bord eines deiner Schiffe?« Der andere stieß ihm mit der Nase ins Gesicht, als wollte er einen Streit zwischen Marionetten nachahmen: »Weil du ein ausgezeichneter Schreiber bist und wir bei jedem Geschwader einen brauchen, der die Prisen registriert und schnell eine Bestandsaufnahme macht, ehe irgendein Schurke sich an dem vergreift, was der Republik gehört.« Und dann nahm der Kommissar eine Feder und ein Lineal und zeichnete auf einem großen Blatt Papier sechs Spalten ein. »Komm näher«, sagte er, »und schau nicht drein wie ein störrischer Esel. Du führst das Prisenbuch folgendermaßten: Erste Spalte – *Bruttoerlös;* zweite Spalte – *Erlös aus Verkäufen und Versteigerungen* (falls es diese geben sollte); dritte Spalte – *fünf Prozent für die auf den*

Schiffen befindlichen Invaliden; vierte Spalte – *15 Céntimos für den Kassierer der Invaliden;* fünfte Spalte – *Anteile der Kaperkapitäne;* sechste Spalte – *legale Kosten für die Übersendung der flüssigen Aktiva* (falls diese aus irgendeinem Grund durch ein anderes Geschwader weitergeleitet werden müssen). Ist das klar?« ... Victor Hugues glich in diesem Augenblick einem biederen Ladenbesitzer aus der Provinz, der gerade über einer Jahresabschlußbilanz sitzt. Sogar die Art, wie er die Feder hielt, erinnerte noch ein wenig an den einstigen Kaufmann und Bäcker aus Port-au-Prince.

DRITTES KAPITEL

24

Se aprovechan. GOYA

Unter dem frohlockenden Flattern der Trikoloren begannen, von Salven und revolutionären Weisen begleitet, die kleinen Geschwader aus dem Hafen von La Pointe-à-Pitre auszulaufen. Nachdem Esteban sich zum letzten Mal mit Mademoiselle Athalie Bajazet vergnügt und ihr mit einer Wildheit in die Brüste gebissen hatte, die zum großen Teil seinem Groll zuzuschreiben war, verbleute er ihr das Hinterteil — ihr Körper war wirklich zu schön, als daß man sie auf eine andere Stelle hätte schlagen können — wegen ihrer Spitzeldienste für die Polizei und ließ sie dann stöhnend und von Reue erfüllt und vielleicht zum ersten Mal richtig verliebt zurück. Sie half ihm beim Ankleiden, redete ihn mit *›Mon doux seigneur‹* an, und jetzt, im Heck des Zweimasters stehend, der schon die Schweineinsel passiert hatte, blickte der Jüngling mit einem köstlichen Gefühl der Erleichterung zur fernen Stadt hinüber. Das Geschwader, das aus zwei kleineren Fahrzeugen und einem größeren Schiff bestand, auf dem er selbst die Reise mitmachte, dünkte ihn recht unbedeutend und zu schwach, um es mit den starken Loggern der Engländer und ihren schmalen und deshalb äußerst wendigen Kuttern aufnehmen zu können. Doch lieber wollte er in solcher Gefahr leben als in der immer dämonischeren Welt eines Victor Hugues, der entschlossen war, an historischer Größe noch zuzunehmen und dem Namen ›Robespierre der Inseln‹, den amerikanische Zeitungen ihm bereits gaben, Ehre zu machen... Esteban tat einige ganz tiefe Atemzüge, als wollte er seine Lungen von giftigen Dünsten reinigen. Jetzt fuhr man auf die freie Karibische See hinaus und dem weiten Ozean der Odysseen und Kriegszüge entgegen. Je weiter die Küste zurückblieb, desto mehr dunkelte das Blau des Meeres, dessen Rhythmus sich das Leben immer mehr unterwarf. Eine seemännische Bürokratie herrschte nun an Bord, wo jeder seinen Geschäften nachging — der Proviantmeister steckte die Nase in seine Vorratskammer, der Zimmermann wechselte die Bootshaken einer Schaluppe aus, jener kalfaterte, dieser stellte die Uhren, von dem gleichen Eifer beseelt wie der Koch, der darauf zu achten hatte, daß der Dorsch, den es als erste Mahlzeit geben sollte, pünktlich um sechs in der Offiziersmesse aufgetragen werden konnte, während die Lauchsuppe mit Kohl und Bataten in die Näpfe auf den Mannschaftstischen wandern mußte, ehe das Licht der Abenddämmerung erlosch. An diesem Nachmittag hatten alle das Gefühl, wieder einem normalen Leben zurückgegeben zu sein, einer langen täglichen Stundenfolge, welcher der schreckliche Takt der Guillotine fremd war — sie wurden einer gewalttätigen Zeitlichkeit entrückt, um in das Unveränderliche und Ewige einzutauchen. Jetzt würde man ohne Zeitungen aus Paris leben, nichts mehr von Verteidigungsreden und nichts mehr von Untersuchungen lesen, keine widersprüchlichen Gerüchte mehr hören, sondern mit den Himmelskörpern Zwiesprache halten und den Almukantarat und den Polarstern befragen ... Kaum hatte die ›Ami du Peuple‹ die hohe See erreicht, als ein junger Wal, der mit der Anmut einer Fontäne das Wasser ausspie, auftauchte und ebenso plötzlich wieder untertauchte, weil er sich von einem der großen Kutter angegriffen glaubte. Und Esteban sah auf dem im Abendschein fast violetten Spiegel die Silhouette des riesigen Tieres sich abzeichnen, in einem Meer, das sein Schatten noch verdunkelte, wie das Bild eines Wesens aus anderen Zeiten, das vielleicht seit vier, fünf Jahrhunderten in fremden Breiten umherirrte ... Tage hindurch kam kein einziges Schiff in Sicht, und das Geschwader, das außer der Brigg aus der ›Décade‹ und der ›Tintamarre‹ bestand, schien eher auf einer Vergnügungsreise als auf kriegerischer Fahrt begriffen zu sein. Man ging in irgendeiner Bucht vor Anker, strich die Segel, und dann eilten die Matrosen an Land, der eine, um Holz, der andere, um Miesmuscheln zu sammeln — die schon eine halbe Handbreit unterm Sand in großer Zahl vorhanden waren —, und man benutzte die Gelegenheit, um zwischen den Uverobäumen zu faulenzen oder an einer geschützten Stelle zu baden. Die Klarheit, die Transparenz und die Frische des Wassers in den frühen Morgenstunden schenkten Esteban ein körperliches Hochgefühl, das dem einer leichten Trunkenheit sehr ähnlich war. Indem er sich dort tummelte, wo er noch stehen konnte, lernte er schwimmen und konnte sich nicht entschließen, zum Ufer zurückzukehren, wenn es Zeit war; er fühlte sich so glücklich, so eingehüllt und gesättigt von Licht, daß er manchmal, wenn er wieder festen Boden unter den Füßen hatte, im benommenen, schwankenden Gang eines Betrunkenen ausschritt. Das nannte er seinen ›Wasserrausch‹; er bot den nackten Körper der aufsteigenden Sonne dar, warf sich bäuchlings oder rücklings in den Sand, alle Glieder von sich gestreckt, den Ausdruck solcher Wonne auf dem Gesicht, daß er ein glückseliger Mystiker hätte sein können, dem eine unauslöschliche Vision zuteil geworden war. Von den neuen Kräften getrieben, die dieses Leben ihm zuführte, erforschte er die Steilküsten, kletterte, sprang, spritzte Wasser auf und wunderte sich über die vielen Dinge, die er am Fuß der Felsen fand. Da gab es die lebenden Blätter der Madreporen, das gesprenkelte Gehäuse der Porzellanschnecken, die domgleiche Schlankheit gewisser Schnecken, die wegen ihrer Giebel und Nadelzinnen nur als Schöpfungen der Gotik eingestuft werden konnten, die stachlige Rocaille der Purpurschnekken, die pythagoreische Spirale der Spindelschnecke – die Scheinheiligkeit vieler Muscheln, die unter der ärmlichen, gipsernen Schale das tiefe Leuchten eines schimmernden Palastes verbargen. Nahte der menschliche Schritt, richtete der Seeigel seine Stacheln auf, schloß sich die furchtsame Auster, schrumpfte der Seestern zusammen, während die unter Wasser an einem Fels klebenden Schwämme sich in einem Hin und Her von Reflexen wiegten. In diesem wunderbaren Inselmeer besaßen sogar die Kiesel Stil und Reiz; einige waren so vollkommen rund, daß ein Steinschneider sie hätte geschliffen haben können; andere hatten abstrakte Formen, schienen aber vor Begierde zu tanzen, schwebend, in die Länge geschossen, pfeilgespitzt, unter dem Einfluß eines der Materie selbst entstammenden Impulses. Und es gab den durchsichtigen Stein von der Klarheit des Alabasters und den Stein aus veilchenblauem Marmor und den Granit, der unter Wasser Lichtfunken aussandte, und den bescheidenen Stein, der von Schnecken starrte – deren nach Algen schmeckendes Fleisch der Mensch aus der winzigen Muschel mit einem Kaktusstachel herausholte. Denn die wunderlichsten Kakteen hielten Wache an den Flanken dieser namenlosen Hesperiden, die die Schiffe auf ihrer abenteuerlichen Fahrt anliefen: hohe Kerzen, Panoplien von grünen Helmen, grüne Fasanenschwänze, grüne Säbel, grüne Hügel, abweisende Melonen, kriechende Quitten mit heimtückischen Stacheln unter trügerischer Glätte – argwöhnische Welt, stets bereit, Schmerz zuzufügen, doch immer zerrissen durch die Geburt einer roten oder gelben Blume, dem Menschen dargeboten nach dem Stich, zusammen mit dem hinterhältigen Geschenk der indischen Feige und der Nopalfrucht, an deren Fleisch man erst herankam, wenn man eine Barriere brennender Borsten überwunden hatte. Im Gegensatz zu dieser dornenbewehrten Vegetation, die es geraten sein ließ, nicht zu gewissen, von reifen Honigäpfeln gekrönten Höhen hinaufzuklettern, weste unten die Welt des Kambrischen: Korallenwälder, unendlich und immer wieder anders mit ihrem Gewebe wie Fleisch, Spitze und Wolle, ihren flammenden, verwandelten, goldglänzenden Bäumen; alchimistische Bäume, wie aus einem Zauberbuch oder magischen Lehrwerk; Nesseln, deren Unterseite sich nicht berühren ließ, flammensprühender Efeu, verschlungen in Kontrapunkten und Rhythmen so zweideutig, daß jede Trennlinie zwischen dem Leblosen und dem Zuckenden, dem Pflanzlichen und dem Tierischen verwischt wurde. Der Korallenwald ließ, inmitten immer verhaltenerer zoologischer Formen, die erste Barockkunst der Schöpfung fortbestehen, ihre frühe luxuriöse Vielfalt und Verschwendung: ihre Schätze, so tief verborgen, daß der Mensch, wollte er sie sehen, den Fisch nachahmen mußte, der er einmal gewesen war, als ihn noch keine Gebärmutter fertig ausbildete – den Kiemen und dem Schwanz nachtrauernd, die es ihm ermöglicht hätten, diese prunkvolle Landschaft zum ständigen Wohnsitz zu wählen. Esteban sah in den Korallenwäldern ein greifbares Bild, eine faßliche und doch so unzugängliche Figuration des verlorenen Paradieses, wo die Bäume, von der unbeholfenen, zögernden Zunge eines Kind-Menschen kaum mit Namen benannt, die scheinbare Unsterblichkeit dieser reichen, monstranzgleichen, an den brennenden Busch gemahnenden Flora besessen haben mußten, für die Herbst und Frühling sich einzig in verschiedenen Tönungen oder leichten Schattenverschiebungen darstellten... Von Überraschung zu Überraschung eilend, entdeckte Esteban die große Zahl der Uferstrände, an denen das Meer drei Jahrhunderte nach ihrer Entdeckung seine ersten Stücke geschliffenen Glases abzulagern begann; in Europa erfundenes, in Amerika unbekanntes Glas; Scherben von schlanken Flaschen, bauchigen Flaschen, von Flakons, deren Formen für den neuen Kontinent neu gewesen waren; grünes Glas mit trüben Stellen und Blasen; feines Glas, für entstehende Kathedralen bestimmt, Glas, dessen Heiligenbild das Wasser verwischt hatte; Glas, das, aus Schiffen gefallen, von Schiffbrüchigen gerettet, hier an dieses Ufer des Ozeans geworfen worden war als geheimnisvolle Neuheit und jetzt aufs Land hinaufzusteigen begann, poliert von den Wellen, die ihm mit dem Geschick der Schleifer und Goldschmiede ein wenig von seinem erloschenen Glanz zurückgaben. Es gab schwarze Strände aus Schiefergestein und pulverisiertem Marmor, wo die Sonne Funkenbahnen ausgoß; gelbe Strände von veränderlicher Neigung, wo jede Flut im ewigen Spiel des Glättens und Wiederausmalens die Spur ihrer Arabeske im Sand hinterließ; weiße Strände, weiß, so glänzend weiß, daß sich ein Sandkorn als Fleck davon abgehoben hätte, denn dies waren Friedhöfe zerbrochener, umhergerollter, angestoßener, zerriebener Muscheln, zerrieben und zermahlen zu so feinem Staub, daß er den Händen entrann wie flüchtiges Wasser. Wunderbar war es, in der Vielzahl dieser Ozeaniden überall das Leben anzutreffen, stammelndes, keimendes, kriechendes Leben, auf verwitterten Felsen wie auf dahintreibenden Stämmen, in ständigem Zweifel zwischen dem, was pflanzlich, und dem, was tierisch war, zwischen dem Getriebenen, Gestoßenen, Getragenen und dem, was aus eigenem Impuls handelte. Hier gestalteten einige Felsenriffe sich selbst und wuchsen; das Gestein reifte; die ins Wasser eintauchende Klippe meißelte seit Jahrtausenden an sich selbst, in einer Welt der Pflanzenfische, Medusenpilze, fleischigen Sterne, wandernden Pflanzen und der Farnkräuter, die sich, je nach der Tageszeit, safrangelb, indigoblau oder purpurn färbten. Auf dem Holz der im

Wasser stehenden Manglebäume zeigte sich auf einmal ein weißer Mehlstaub. Aus den Mehlstäubchen wurden Pergamentblättchen, und das Pergament verdickte, verhärtete sich und verwandelte sich in Schuppen, die mit Saugnäpfen am Holz hingen, bis sich eines Morgens die Austern am Baum abzeichneten und ihn mit grauen Muschelschalen bekleideten. Und Austern am Zweig brachten die Matrosen aufs Schiff zurück, nachdem sie mit dem Machetemesser einen Ast abgehauen hatten: Muschelstrauch, Traube und Zweig zugleich, Büschel von Blättern, Muscheln und Salzschuppen, die sich dem menschlichen Hunger anboten als ungewöhnlichste, unerklärlichste aller Speisen. Kein Symbol wollte besser zur Idee des Meeres passen als das der amphibischen Frauen der Sagen des Altertums, deren zartes Fleisch sich der Hand des Menschen darbot in der rosigen Höhlung der Flügelschnecken, in die seit Jahrhunderten die Ruderer des Archipels hineingeblasen hatten, den Mund an die Muschel gepreßt, um ihnen den rauhen Ton einer Trombe zu entlocken, Gebrüll eines neptunischen Stiers, eines Sonnentiers, über die der Sonne ausgelieferten Weiten hin ... Ins Universum der Symbiosen versetzt, bis zum Hals in Tümpeln stekkend, deren Wasser ständig schäumten, weil Fetzen von Wellen herabfielen, die der lebendige, beißende ›Hundszahn‹-Fels zerbrochen, zerrissen, zerstäubt hatte, verwunderte sich Esteban, wenn er beobachtete, wie die Sprache auf diesen Inseln von der Agglutination, der Wortverquickung und der Metapher hatte Gebrauch machen müssen, um die formale Zweideutigkeit von Dingen wiederzugeben, denen Wesenszüge verschiedener Ebenen zu eigen waren. So wie gewisse Bäume ›Armband-Akazie‹, ›Porzellan-Ananas‹, ›Rippen-Holz‹, ›Zehn-Uhr-Besen‹, ›Klee-Vetter‹, ›Krug-Pinienkern‹, ›Wolken-Tee‹, ›Leguan-Stab‹ hießen, erhielten viele Meereslebewesen Namen, die, um ein Bild zu erwecken, eine verbale Doppeldeutigkeit darstellten und eine phantastische Zoologie hervorbrachten, in der es ›Hunds-Fische‹ gab und ›Ochsen-Fische‹, ›Tiger-Fische‹, ›Schnarcher‹, ›Bläser‹, ›Flieger‹, ›Rotschwänzer‹, ›Gestreifte‹, ›Tätowierte‹, ›Falbe‹, mit dem Mund oben oder dem Schlund mitten auf der Brust, ›Weiß-Bäuche‹, ›Schwert-Fische‹ und ›Königs-Fische‹; da war ein Fisch, der nach den Hoden schnappte — man hatte solche Fälle beobachtet –, ein anderer fraß Pflanzen, ferner kannte man die rotgefleckte Sandmuräne und jenen Fisch dort hinten, der giftig war, wenn er Manzanillaäpfel gefressen hatte; ja, und nicht zu vergessen den ›Alte-Frau-Fisch‹, den ›Kapitäns-Fisch‹ mit seiner goldglänzenden Schuppenhalskrause und den ›Frauen-Fisch‹ – die geheimnisvolle, scheue Seekuh, die sich flüchtig in Flußmündungen zeigte, wo sich Süßwasser und Salzwasser einander gesellten und wo sie, mit ihrem weiblichen Aussehen und ihren Sirenenbrüsten, sich in fröhlichen Hochzeitsspielen tummelte auf ihren Unterwasserweiden. Doch nichts ließ sich an Heiterkeit, Eurhythmie und Anmut der Bewegung mit den Spielen der Delphine vergleichen, die zu zweien, zu dreien, ja zwanzig auf einmal aus dem Wasser sprangen oder die Arabeske der Wellen mit ihrem schnellen Umriß untermalten. Zu zweien, zu dreien, zu zwanzig fügten sich die Delphine in abgestimmter Runde der Wellenkurve ein und lebten deren Bewegungen – Stillstand, Sprung, Fall und Auslaufen – mit einer solchen Übereinstimmung nach, daß sie sie auf ihren Leibern zu tragen, ihr Takt und Maß, Rhythmus und Sequenz aufzuprägen schienen. Und dann verschwanden sie, sich auflösend gleichsam, auf der Suche nach neuen Abenteuern, bis die Begegnung mit einem Schiff abermals diese Wassertänzer zum Vorschein brachte, die, wie man glauben mochte, zur Illustration ihrer eigenen Mythen nur Pirouetten und Tritonaden kannten ... Bisweilen sank ein großes Schweigen auf die Wasser herab, ahnte man das Ereignis voraus und erschien, riesig, plump, überfällig, ein Fisch aus anderen Zeiten, den Kopf schlecht untergebracht an einem Ende des massigen Körpers, eingeschlossen in eine ewige Furcht vor der eigenen Langsamkeit, die Haut bedeckt von pflanzlichen und tierischen Schmarotzern wie ein lange nicht überholter Schiffsrumpf, ein Ungetüm, das seinen breiten Rücken aus dem Wasser hob unter dem Gewimmel von Saugfischen, mit der Gravität einer wieder flottgemachten Galeone, eines Patriarchen der Tiefsee, eines ans Licht gezogenen Leviathans, in Strömen Schaum aufwühlend bei seiner Ausfahrt zur Meeresoberfläche, vielleicht der zweiten erst, seit das Astrolabium in diese Breiten Eingang gefunden hatte. Das Monstrum öffnete seine kleinen Dickhäuteraugen, und als es sah, daß neben ihm eine alte Sardinenkajuke dahinglitt, tauchte es abermals, beklommen und ängstlich, der Einsamkeit seiner Abgründe entgegen, um ein weiteres Jahrhundert abzuwarten, ehe es einer Welt voller Gefahren den nächsten kurzen Besuch abstattete. Erst als das Ereignis sich vollzogen hatte, kehrte das Meer zu seinen Geschäften zurück. Die Seepferdchen strandeten an sandigen Ufern, die bedeckt waren mit leeren, ihrer Stacheln beraubten Seeigeln, welche sich, wenn sie vertrockneten, in geometrische Äpfel von so herrlicher Anordnung verwandelten, daß sie aus der *Melancholie* von Dürer hätten stammen können; der Papageienfisch ließ seine Farben leuchten, während der Engels-Fisch und der Teufels-Fisch, der Hahnen-Fisch und der Sankt-Petrus-Fisch sich zu dem sakramentalen Drama gesellten, das im Großen Theater des Universellen Verschlingens gespielt wurde und bei dem alle von allen gefressen wurden, schon von vornherein zu einem einzigen Wesen vereint und übereinandergefügt innerhalb des flüssigen Ganzen ... Da die Inseln manchmal schmal waren, ging Esteban, um die Zeit, in der er lebte, zu vergessen, allein am entgegengesetzten Ufer entlang, wo er sich als Herr über alles fühlte: sein waren die Schneckenmuscheln und ihre Musik zur Zeit der Flut, sein die mit Topasen gepanzerten Karettschildkröten, die ihre Eier in Löchern versteckten, die sie dann zufüllten und mit ihren schuppigen Füßen glattstrichen; sein die leuchtenden blauen Steine, die im jungfräulichen Sand der nie von eines Menschen Fuß betretenen Untiefe aufglänzten. Sein waren auch die Pelikane, die sich kaum vor dem Menschen fürchteten, weil sie ihn kaum kannten, und die im Schoß der Wellen flogen mit dünkelhaft aufgeblasenen Backen und Wammen, ehe sie sich plötzlich in die Lüfte erhoben, um fast senkrecht herabzufallen, den Schnabel vom ganzen Körpergewicht hinuntergedrückt, die Flügel angelegt, um eine größere Geschwindigkeit zu erreichen. Der Vogel reckte triumphierend den Kopf, die Dicke der Beute rutschte ihm durch den Schlund, und dann folgte ein fröhliches Schütteln der Schwanzfedern als Zeichen der Befriedigung, als Danksagung, ehe er zu einem neuen niedrigen, wiegenden Flug ansetzte, einem Flug, der den Bewegungen des Meeres so genau angepaßt war wie die schwindelnmachende Bahn der Delphine unter der Wasseroberfläche. Ausgestreckt auf einem Sand, der so feinkörnig war, daß selbst das kleinste Insekt ihm die Spur seiner Schritte einprägte, betrachtete Esteban, nackt, allein auf der Welt, die leuchtenden, unbeweglichen Wolken, die ihre Form so langsam nur veränderten, daß ihnen manchmal ein ganzer Tag noch nicht genügte, um einen Triumphbogen oder einen Prophetenkopf an den Himmel zu zeichnen. Grenzenloses Glücksgefühl, ohne Ort in Zeit und Raum. Tedeum ... Oder er vertiefte sich, ein frisches Uveroblatt unter das Kinn geschoben, in die Betrachtung einer Schnecke — einer einzigen —, die in der Höhe seiner Augenbrauen aufragte wie ein Denkmal, das ihm den Horizont versperrte. Die Schnecke war der Mittler zwischen dem, was dahinschwand, vorüberhuschte, dem Flüchtigen ohne Gesetz und Maß, und der Erde mit ihren Kristallisationen, Strukturen und Wechselspielen, an der alles greifbar und wägbar war. Dem Meer, das Mondzyklen unterworfen war, das wetterwendisch war, heiter oder wild, zusammengerollt oder ausgebreitet, für alle Zeiten dem Model, dem Lehrsatz, der Gleichung fremd — dem Meer entstiegen diese erstaunlichen Muscheln, in Zahlen und Proportionen Symbol gerade dessen, was der Mutter fehlte. Gestalt gewordenes Beispiel für lineare Entfaltungen, für gesetzmäßig gebildete Konvoluten, für konische Bauwerke von herrlicher Präzision, für das Gleichgewicht von Massen, für greifbare Arabesken, die auf alle zukünftigen Barockeigenheiten hindeuteten. Wenn Esteban eine Schnecke betrachtete — nur eine einzige —, mußte er daran denken, daß die Spirale Jahrtausende hindurch sich täglich dem Blick von Fischervölkern dargeboten hatte, die noch unfähig waren, sie zu begreifen oder die Wirklichkeit ihres Vorhandenseins auch nur zu erfassen. Er sann über den Apfel des Seeigels nach, über die Schiffsschraube der Messermuschel, die Riefelung der Jakobsmuschel, und er verwunderte sich über diese Wissenschaft von den Formen, die während so langer Zeit offen dagelegen hatte vor einer Menschheit, der noch die Augen fehlten, sie sich vorzustellen. Was mag wohl jetzt um mich sein, das schon festgelegt, bezeugt, gegenwärtig ist, ohne daß ich es doch schon begreife? Welches Zeichen, welche Botschaft, welche Mitteilung in den gekräuselten Blättern der wilden Zichorie, im Alphabet der Moose, in der Geometrie des Rosenapfels? Eine Schnecke anschauen. Nur eine einzige. Tedeum.

25

Nachdem Esteban beim ersten Klarmachen zum Gefecht einen großen Schreck bekommen und in den innersten Tiefen des Schiffes Schutz gesucht hatte — in seiner Eigenschaft als unersetzlicher Schreiber war er dazu berechtigt —, bemerkte er recht bald, daß das Metier des Korsaren, so wie Kapitän Barthélémy, der Geschwaderführer, es verstand, im allgemeinen als ein sehr ruhiges Leben betrachtet werden konnte. Wenn man auf ein großes oder gut bestücktes Schiff stieß, fuhr man weiter, ohne die Flagge der Republik zu zeigen. Wenn eine Prise möglich schien, verlegten die leichten Fahrzeuge dem Opfer den Weg, während die Brigg einen Warnschuß abfeuerte. Die feindliche Fahne wurde widerstandslos gestrichen zum Zeichen der Kapitulation. Die Schiffe fuhren heran, die Franzosen sprangen auf das andere Schiff hinüber, und die Ladung wurde in Augenschein genommen. War sie unbedeutend, nahm man alles mit, was man brauchen konnte — auch Bargeld und persönliches Eigentum der eingeschüchterten Besatzung —, und brachte es an Bord der ›Ami du Peuple‹. Dann gab man das Schiff dem gedemütigten Kapitän wieder zurück, der seinen Kurs fortsetzte oder den Ausgangshafen anlief, um von seinem Mißgeschick zu berichten. War die Ladung wertvoll, mußte, so lauteten die Anweisungen, das Schiff samt seiner Besatzung nach La Pointe-à-Pitre gebracht werden — besonders dann, wenn das Schiff in gutem Zustand war. Doch dieser Fall hatte sich für das kleine Geschwader Barthélémys, dessen Register Esteban mit bürokratischer Genauigkeit führte, noch nicht ergeben. Denn es befuhren gewöhnlich mehr Kutter und kleine Segler als richtige Frachter diese Meere, und ihre Ladung war zumeist uninteressant. Schließlich war man nicht von Guadeloupe ausgelaufen, um ausgerechnet Zucker, Kaffee oder Rum als Beute heimzubringen. Doch selbst an Bord der unscheinbarsten Fahrzeuge fanden die Franzosen noch etwas, das sie gebrauchen konnten: einen neuen Anker, Waffen, Pulver, Zimmermannsgerät, Ankertaue, eine Karte neueren Datums mit nützlichen Angaben, was die weitere Fahrt entlang der Küste des Festlands betraf. Und dann gab es noch die Dinge, die man entdeckte, wenn man in Truhen und Winkeln herumschnüffelte. Der eine fand zwei schöne Hemden und eine Nankinghose, der andere hieß eine Tabaksdose aus Email mitgehen oder den juwelenbesetzten Kelch eines aus Cartagena kommenden Geistlichen, den man ins Meer werfen wollte, wenn er nicht ›die ganze Messe‹ herausgab: das Kruzifix und die Monstranz, die sehr wohl aus Gold sein mochten. Es handelte sich hier um ein Kapitel privater ›Prisen‹, die Estebans Buchführung zwangsläufig entgingen und über die Barthélémy hinwegsah, um es nicht mit seinen Leuten zu verderben, wußte er doch, daß bei einem Streit mit dem republikanischen Schiffsvolk der Kapitän stets den kürzeren zog, zumal wenn er, wie dies auf ihn zutraf, einst bei der Kriegsmarine des Königs gedient hatte. So kam es, daß im Heck der ›Ami du Peuple‹ alle möglichen Dinge auf Kisten ausgebreitet und an Schnüren aufgehängt wurden und eine Art Tauschbörse und Verkaufsbasar stattfand, ein Markt, den die Matrosen der ›Décade‹ und der ›Tintamarre‹ zu besuchen pflegten und zu dem sie ihre eigenen Tauschgegenstände mitbrachten, wenn man, um Brennholz zu sammeln, in irgendeiner Bucht vor Anker ging. Inmitten von Kleidern, Mützen, Gürteln und Tüchern tauchten dann die merkwürdigsten Dinge auf: Reliquienkästchen aus Schildpatt; Morgenröcke aus Havanna, mit duftigen Spitzen; Nußschalen mit einer ganzen Hochzeitsgesellschaft von mexikanisch gekleideten Flöhen darin; präparierte Fische mit Zungen aus karmesinrotem Atlas; kleine mit Stroh ausgestopfte Kaimane; schmiedeeiserne tanzende Teufel; Kistchen mit Muscheln, Vögel aus Kandiszucker, dreisaitige Gitarren aus Kuba oder Venezuela; Aphrodisiaka, hergestellt aus Garañon-Kraut oder der berühmten Liane von Santo Domingo; und dann alle möglichen Trophäen, die mit der holden Weiblichkeit zu tun hatten: Ohrringe, Halsbänder aus Glasperlen, Unterröcke, Lendenschurze, mit Bändern umflochtene Haarlocken, Aktzeichnungen, schamlose Bilder und, als Krönung des Sammelsuriums, eine Puppe in Gestalt einer Schäferin, die unter ihren Röcken mit einer seidenweichen, wohlgestalteten, in ihren verkleinerten Proportionen so perfekt nachgebildeten Anatomie versehen war, daß man nur noch staunen konnte. Und da ihr Besitzer einen ungeheuren Preis dafür forderte, so daß er von denen, die das Prunkstück nicht erwerben konnten, als Dieb bezeichnet wurde, ließ Barthélémy, der einen Streit befürchtete, die Puppe durch den Ladeoffizier kaufen in der Absicht, sie Victor Hugues zu schenken — der seit dem 9. Thermidor ostentativ unzüchtige Bücher las, vielleicht um damit kundzutun, daß ihn die Pariser Politik nicht mehr interessierte ... Glücklich priesen sich die Matrosen eines Tages, als sie ein portugiesisches Schiff aufgebracht hatten und entdeckten, daß die ›Andorinha‹ so viel Wein mit sich führte — Rotwein, Weißwein und Madeira —, daß es in den Laderäumen roch wie in einer Kelterei. Esteban beeilte sich, den Segen in sein Register aufzunehmen, denn die durstigen Seeleute hatten bereits einige Fässer mit Beschlag belegt und gossen den Inhalt in großen Schlucken hinunter. Allein, in einem Schiffsraum, der gleichzeitig Weinkeller war, bediente der Schreiber sich selbst, vor Streit und Raufereien sicher, mit einem großen Mahagoninapf, in dem sich das Aroma des Mostes mit dem Duft des dicken, frischen Holzes vermählte, das sich den Lippen wie Fleisch anfügte. In Frankreich hatte Esteban gelernt, den edlen Wein zu schätzen, der mit den Zitzen seiner Reben die ungestüme und stolze Kultur des Mittelmeerraums genährt hatte — die sich jetzt in diesem Karibischen Mittelmeer fortpflanzte, wo die Vermischung der Charaktere weiterging, die vor Jahrtausenden im Bereich der Seevölker ihren Ausgang genommen hatte. Hier begegneten sich nach langer Zerstreuung in alle Winde, Akzente und Haarfarben verwirrend, erneuernden Kreuzungen ausgeliefert, die Nachkommen der Verlorenen Stämme, vermischt, miteinander verflochten, verblaßt und erneut von Farbe geprägt, eines Tages aufgehellt, um sich in einem Sprung nach rückwärts wieder zu verdunkeln, mit einer endlosen Vielfalt von neuen Profilen, Inflexionen und Proportionen, wie nur noch der Wein sie erreichte, der von den phönikischen Schiffen in die Warenlager von Gades, in die Amphoren des Maarkos Sestios und schließlich an Bord der Entdeckerkaravellen gekommen war, zusammen mit der Gitarre und den Kastagnetten, um an diesen der transzendentalen Begegnung der Olive und des Maises so förderlichen Ufern einzutreffen. Den Duft des feuchten Bechers riechend, mußte Esteban mit plötzlicher innerer Bewegung an die alten, patriarchalischen Fässer des Kaufmannshauses in Havanna denken — es lag seinem augenblicklichen Kurs so fern, aber das gleichzeitige Tropfen mehrerer Spunde hatte dort genau den Klang, den man auch hier hörte. Auf einmal wurde ihm das Absurde seines derzeitigen Lebens so deutlich — er stand vor einem Theater des Absurden —, daß er sich, als hätte ihn die Betrachtung seiner eigenen Gestalt auf einer Bühne betäubt, an die Schiffswand lehnte. In der letzten Zeit hatten ihn das Meer, das physische Dasein, die Wechselfälle der Seefahrt in eine Art Selbstvergessenheit hineingewiegt, in der er sich der rein animalischen Befriedigung überließ, sich von Tag zu Tag gesünder und kräftiger zu fühlen. Doch jetzt erblickte er sich hier in der Szenerie eines ihm gestern noch unbekannten Schiffsweinkellers, und da fragte er sich, was er hier zu suchen habe. Er forschte nach einem Weg, der ihm versperrt war. Er erhoffte eine Gelegenheit, die sich nicht einstellen würde. Bürger von Geburt, amtierte er als Korsarenschreiber — ein Beruf, dessen bloßer Name schon ein Absurdum war. Er war kein Gefangener und war es praktisch doch, denn sein augenblickliches Schicksal band ihn an ein Volk, das von der ganzen Welt bekämpft wurde. Nichts glich mehr einem Alptraum als diese Szenerie, in der er sich nun betrachtete, im Wachen schlafend, Richter und Partei zugleich, Hauptdarsteller und Zuschauer, umgeben von Inseln, die alle der einen ähnelten, die er nicht erreichen konnte, vielleicht ein Leben lang dazu verurteilt, die Gerüche seiner Kindheit zu riechen, in Häusern, Bäumen, besonderen Lichteffekten (oh, gewisse verschmierte orangerote Farbflächen, gewisse blaue Türen, gewisse über eine Lehmmauer geneigte Granatapfelbäume!) den Rahmen seiner Kindheit wiederzuerkennen, ohne daß ihm das Seine, das, was ihm seit Kindheit und Jugendzeit angehörte, zurückgegeben wurde. Eines Abends hatte der große Türklopfer des Hauses gedröhnt und die teuflische Entwicklung ausgelöst, die damit begann, daß das friedliche Zusammenleben dreier Menschen aufgewühlt wurde durch Spiele, die einen Lykurg und einen Mucius Scaevola aus ihren Gräbern heraufholten, ehe sie zu einer Stadt mit ihren Blutgerichten führte, zu einer Insel, vielen Inseln, einem ganzen Meer, wo der Wille eines einzigen, des postumen Vollstreckers eines zum Schweigen gebrachten Willens, auf dem Leben aller lastete. Seit dem Erscheinen Victor Hugues' – das erste, was man von ihm gewußt hatte, war der Umstand gewesen, daß er einen grünen Regenschirm besaß – hatte das Ich, das sich in dieser Szenerie von Fässern betrachtete, aufgehört, sich selbst zu gehören: seine Existenz, seine Zukunft unterstanden dem fremden Willen ... Lieber trinken und eine unerwünschte Klarsichtigkeit verdunkeln, die ihn in diesen Augenblicken in solche Verzweiflung stürzte, daß er hätte schreien mögen. Esteban hielt den Trinknapf unter einen Hahn und ließ ihn bis an den Rand vollaufen. Oben sangen die Männer im Chor die Strophen des Liedes von den *›Trois Canoniers d'Auvergne‹*.

Am nächsten Tag ging man an einem verlassenen, bewaldeten Ufer an Land, wo es, wie der Steuermann der ›Ami du Peuple‹, ein von der Insel Marie-Galante stammender Zambo, der einen Neger zum Vater und eine Indianerin zur Mutter hatte und dem seine Kenntnis des Antillenarchipels eine wirkliche Autorität verlieh, zu berichten wußte, wilde Schweine gab, aus denen sich auf einem Räucherrost, einem *boucan*, ein Schmaus bereiten ließ, der des Weines würdig war, den man in den Bachmündungen kühlen wollte. Die Jagd war bald im Gange, und die erlegten Tiere, die Rüssel noch so wütend verzerrt wie die in die Enge getriebener Eber, wurden den Köchen anvertraut. Nachdem die Tiere mit Abschuppmessern von Borsten und schwarzem Fell gesäubert worden waren, wurden sie, mit dem Rücken zur Kohlenglut, über Roste gebreitet, wobei dünne Holzstäbchen den Leib offenhielten. Über diese Fleischmasse ergoß sich dann ein feiner Regen von Zitronensaft, Bitterorange, Salz, Pfeffer, wildem Majoran und Knoblauch, während auf die Glut gelegte grüne Guavenblätter das Gekräusel ihres weißen Rauches emporschickten – Berieselung von oben, Berieselung von unten – zu der Haut, die beim Rösten allmählich die Farbe von Schildpatt annahm und hin und wieder mit trokkenem Knall zu einem langen Riß aufplatzte, der das Fett freigab, das auf dem Grund der Grube, wo selbst die Erde schon nach versengtem Schwein roch, ein fröhliches Prasseln hervorrief. Kurz bevor die Tiere fertiggebraten waren, wurden die offenen Bäuche mit Wachteln, Ringeltauben, Perlhühnern und anderen frisch gerupften Vögeln gefüllt. Dann zog man die Stäbchen heraus, die die Bäuche offenhielten, und die Rippenteile schlossen sich über dem Geflügel, dem sie als dehnbarer Ofen dienten, der sich genau dem Druck anpaßte und den Geschmack des dunklen und mageren Fleisches mit dem des hellen, fetten Fleisches verschmolz in einem *boucan*, der, wie Esteban sich ausdrückte, der ›*Boucan* der *Boucane*‹ war — das Lied der Lieder. Der Wein floß so schnell in die Tassen wie in die Kehlen, und in solchen Mengen — Fässer wurden in der Trunkenheit mit Beilhieben zerbrochen; Fässer wurden vom Schiff auf das kiesige Ufer hinuntergeworfen, wo ihnen an scharfen Steinen die Dauben abrissen; Fässer wurden in kämpferischem Elan von einer Gruppe zur anderen gerollt, wobei sie platzten; Fässer wurden zerschmettert, von Gewehrkugeln durchlöchert, mit Füßen getreten von einem schlechten Flamencotänzer mit spanischem Einschlag, den die ›Décade‹ als Küchenjunge an Bord genommen hatte, weil er ein Freund der Freiheit war — in solchen Mengen also floß der Wein, daß die Mannschaften übersättigt und völlig erschöpft unter den Uverobäumen oder auf dem Sand, der noch die Wärme der Sonne barg, einschliefen ... Im mühsamen Erwachen bei Morgengrauen bemerkte Esteban, daß viele Matrosen sich dem Ufer genähert hatten und zu den Schiffen hinüberblickten — die ›Andorinha‹ mitgerechnet waren es jetzt ihrer fünf. Das zuletzt hinzugekommene sah so alt und altmodisch aus mit seiner halb zerbrochenen Galionsfigur, dem verwitterten, schmutzigen Achterkastell, daß man glauben mochte, es stamme aus einer Zeit, als die Leute noch glaubten, der Atlantik gehe in einem Meer der Dunkelheit zu Ende. Da löste sich auch schon ein Kaik von der windschiefen Bordwand, bemannt mit mehreren fast nackten Negern, die stehend die Paddel bewegten im Takt eines barbarischen Flußderersingsangs. Der Mann, der das Kommando zu haben schien, sprang an Land, machte kniefällige Gesten, die als Zeichen der Freundschaft ausgelegt werden konnten, und wandte sich an einen der schwarzen Köche in einem Dialekt, den der Angesprochene, der vielleicht in der Gegend von Calabar geboren war, offenbar halbwegs verstand. Nach einem Hin und Her, bei dem viel gestikuliert wurde, erklärte der Dolmetscher, das alte Schiff sei ein spanischer Negertransporter, dessen Besatzung von den meuternden Sklaven, die sich jetzt unter den Schutz der Franzosen stellten, über Bord geworfen worden war. An allen Küsten Afrikas wußte man schon, daß die Republik in ihren amerikanischen Kolonien die Sklaverei abgeschafft hatte und daß dort die Neger freie Bürger waren. Kapitän Barthélémy streckte dem Sprecher der Neuankömmlinge die Hand hin und übergab ihm eine Trikolore, die von seiner Begleitung mit Jubelschreien begrüßt und von Hand zu Hand gereicht wurde. Der Kaik brachte immer mehr Neger an Land, während die Ungeduldigen schwimmend herüberkamen, um zu hören, was es Neues gab. Und plötzlich fielen alle – es gab kein Halten mehr – über die Reste des *boucans* her und nagten die Knochen ab, verschlangen vertrocknetes Gedärm, schleckten das erkaltete Fett auf, um einen Wochen alten Hunger loszuwerden. »Arme Leute«, sagte Barthélémy mit verschleierten Augen. »Das allein würde uns von mancher Schuld reinwaschen.« Esteban füllte tief bewegt seinen Weinnapf und bot ihn Sklaven von gestern dar, die ihm die Hände küßten. Der Ladeoffizier der ›Ami du Peuple‹, der sich auf dem neuen Schiff umgesehen hatte, traf unterdessen mit der Nachricht ein, daß sich Frauen an Bord befänden, viele Frauen, die sich in den Zwischendecks verborgen hatten, zitternd vor Elend und Angst, und nicht wußten, was an Land vor sich ging. Barthélémy gab den von der Klugheit diktierten Befehl, sie nicht von Bord gehen zu lassen. Eine Schaluppe brachte ihnen Fleisch, Zwieback, Bananen und etwas Wein, während die Mannschaften die Arbeiten vom Vortage wiederaufnahmen und Jagd auf weitere Schweine machten. Am nächsten Tag würde man mit dem portugiesischen Schiff, den verschiedenen hier und dort erbeuteten Waren, der Ladung Wein und den Negern nach La Pointe-à-Pitre zurückfahren, die als Verstärkung der Farbigenmiliz sehr zustatten kamen, der es immer an kräftigen Armen für die mühsamen Befestigungsarbeiten mangelte, auf die Victor Hugues seine Machtstellung gründete ... Gegen Abend begann das Gelage vom Vortage, aber in ganz anderer Stimmung. Indes den Männern der Wein zu Kopfe stieg, schien ihnen die Gegenwart der Frauen zu schaffen zu machen, deren Öfen vor dem letzten Schimmer des Sonnenuntergangs brannten, eingehüllt von lautem Lachen, das man vom Ufer aus hören konnte. Einige wandten sich an die Matrosen, die an Bord des Negerschiffes gewesen waren, und erkundigten sich nach Einzelheiten. Ja, es gab sehr junge Frauen, es gab stramme und gutgebaute – denn die Sklavenhändler übernahmen keine alten, die eine unverkäufliche Ware darstellten. Und unter dem Einfluß des Weins erfuhr man dann Näheres: »*Y'en a avec des fesses comme ça ... Y'en a qui sont à poil ... Y'en a une, surtout ...*« Auf einmal stürzten zehn, zwanzig, dreißig Männer in die Boote und ruderten auf Teufelkommheraus zu dem alten Schiff hinüber, ohne auf die Rufe Barthélémys zu hören, der sie zurückzuhalten versuchte. Die Neger hatten zu essen aufgehört, erhoben sich und gestikulierten erregt. Und dann kamen, von heftiger Begierde umlauert, die ersten Negerinnen herüber, weinend, flehend, vielleicht wirklich erschrocken, aber ergeben denen sich fügend, die sie ins nahe Gebüsch zerrten. Niemand kümmerte sich um die Offiziere, obwohl diese ihre Säbel gezogen hatten. Und inmitten des Aufruhrs trafen weitere Negerinnen ein, die, von den Matrosen verfolgt, den Strand entlangliefen. In dem Glauben, Barthélémy einen Gefallen zu tun, der fluchte und sich heiser schrie und Befehle erteilte, auf die niemand hörte, stürzten sich die Neger, mit Stöcken bewaffnet, auf die Weißen. Es kam zu einer handfesten Prügelei; Leiber rollten über den Sand, mit Füßen getreten, mit Knüppeln geschlagen; Leiber wurden emporgehoben und gegen Kiesel geschleudert; andere fielen ins Meer, miteinander ringend, und einer versuchte den Kopf des anderen unter das Wasser zu drücken. Schließlich wurden die Neger in einer Felsenhöhle zusammengetrieben, während man von ihrem Schiff Ketten und Fußeisen in ausreichender Zahl holte, um sie zu fesseln. Barthélémy fuhr angewidert zur ›Ami du Peuple‹ zurück und überließ seine Leute der Gewalttat und der Orgie. Esteban, der so klug gewesen war, sich als Unterlage ein feuchtes Segeltuch mitzunehmen—er kannte die Tücken des Sandes—, führte eine der Sklavinnen zu einer mit trockenen Flechten ausgelegten Mulde, die er zwischen den Klippen entdeckt hatte. Sehr jung, willfährig hingegeben, dieses Schicksal Ärgerem vorziehend, schlug das Mädchen das zerrissene Tuch zurück, das sie umhüllte. Ihre jungen Brüste, deren Spitzen großzügig mit Ocker gefärbt waren, ihre Schenkel, fleischig und hart, bereit, sich zusammenzupressen, in die Höhe zu stemmen oder die Knie bis zu der Brust hochzuziehen, boten sich dem Manne in sanfter Straffheit dar. Auf der ganzen Insel erklang gedämpftes Lachen, Rufen, Flüstern, ein Geräusch, über das sich bisweilen ein unbestimmtes Geheul erhob, wie die Klage eines kranken Tieres in einer nahen Höhle. Manchmal entzündete sich der Lärm eines Streits — vielleicht kämpften zwei Männer um dieselbe Frau. Esteban begegnete wieder dem Geruch, der Haut, dem Keuchen jenes Mädchens, das ihm, in einem Haus im Hafenviertel von Havanna, die Wollustschauer seines eigenen Fleisches offenbart hatte. Eines nur galt in dieser Nacht: der Sexus. Sexus, seinen eigenen Ritualen hingegeben, vervielfältigt in einer Art kollektiver, gewalttätiger Liturgie, die sich triumphierend über Autorität und Gesetz erhob . . . Das Morgengrauen zeichnete sich ab in einem Konzert von Weckrufen, und Barthélémy, der entschlossen war, seine Befehlsgewalt durchzusetzen, wies die Besatzungen an, sofort zu ihren Schiffen zurückzukehren. Wer auf der Insel verweilte, würde dort zurückgelassen werden. Es gab neue Auseinandersetzungen mit Matrosen, die ihre Negerinnen als rechtmäßige, persönliche ›Prisen‹ behalten wollten. Der Geschwaderkapitän beruhigte sie mit dem formellen Versprechen, daß die Frauen ihnen übergeben werden würden, sobald man in La Pointe-à-Pitre eintraf. Dort würde die Freilassung stattfinden und nicht früher, gemäß dem gesetzlich vorgeschriebenen Instanzenweg der Namensgebung und Einschreibung, der aus ehemaligen Sklaven französische Staatsbürger machte. Die Neger und Negerinnen kehrten zu ihrem Schiff zurück, und das Geschwader trat den Heimweg an . . . Nach kurzer Fahrt jedoch glaubte Esteban, dessen

Orientierungssinn sich in der letzten Zeit geschärft hatte – er hatte außerdem noch einige Kenntnisse in der Navigation erworben – nach kurzer Fahrt also glaubte Esteban schon zu bemerken, daß der Kurs, dem die Schiffe folgten, sie nicht auf dem kürzesten Weg nach Guadeloupe bringen würde. Barthélémy zog die Brauen zusammen, als der Schreiber ihm diesen Eindruck mitteilte. »Behalten Sie das für sich«, sagte der Kapitän. »Sie wissen so gut wie ich, daß ich das Versprechen nicht halten kann, das ich diesen Piraten gegeben habe. Das wäre ein übler Präzedenzfall. Der Kommissar würde dergleichen nicht dulden. Wir laufen eine holländische Insel an, und dort werden wir die Ladung Neger verkaufen.« Esteban blickte ihn entgeistert an und berief sich auf den Erlaß zur Abschaffung der Sklaverei. Der Kapitän ging in seine Kajüte und kam mit einem Schriftstück wieder zurück. Es waren Anweisungen, die Victor Hugues selbst handschriftlich niedergelegt hatte: »In Anbetracht seiner demokratischen Prinzipien kann Frankreich nicht dem Sklavenhandel nachgehen. Die Kapitäne der Korsarenschiffe sind jedoch ermächtigt, wenn sie es für angebracht oder notwendig halten, in holländischen Häfen diejenigen Sklaven zu verkaufen, die sie den Engländern, Spaniern oder anderen Feinden der Republik abgenommen haben.« – »Aber das ist ja niederträchtig!« rief Esteban aus. »Haben wir den Sklavenhandel abgeschafft, um in ebendiesem Sklavenhandel als Mittelsmänner anderer Nationen aufzutreten?« – »Ich halte mich an das, was ich schriftlich habe«, erwiderte Barthélémy trokken. Und da er sich verpflichtet glaubte, eine unzulässige Rechtsprechung anzurufen, setzte er hinzu: »Wir leben in einer verworrenen Welt. Vor der Revolution bediente ein Negertransporter diese Inseln hier, der einem aufgeklärten, mit Jean Jacques befreundeten Reeder gehörte. Und wissen Sie, wie dieses Schiff hieß? Es hieß ›Le Contrat Social‹.«

26

Innerhalb weniger Monate entwickelte sich der revolutionäre Kaperkrieg zu einem ungeheuer einträglichen Geschäft. Durch ihre Erfolge und Prämien ermutigt und begierig, noch größere einzuheimsen, unternahmen die Kapitäne von La Pointe-à-Pitre aus immer kühnere, weitere Fahrten — zum Festland hin, nach Barbados oder zu den Jungferninseln — und fürchteten sich auch nicht, dort aufzukreuzen, wo ihnen sehr wohl ein feindliches Geschwader von beachtlicher Stärke begegnen mochte. Mit der Zeit vervollkommneten sie ihre Methoden. Die alten Korsarentraditionen erneuernd, zogen es die Matrosen vor, in Verbänden von kleinen Fahrzeugen zu segeln — Bilandern, Kuttern, Schonern mit guter Breitseite —, die, leicht zu handhaben und zu verstecken, auf der Flucht ebenso schnell waren wie in der Verfolgung. Große Fahrzeuge waren weniger wendig und boten der feindlichen Artillerie ein gutes Ziel, vor allem der britischen, deren Kanoniere sich von denen der französischen Artillerie dadurch unterschieden, daß sie nicht die Masten, sondern das Holz des Rumpfs zu treffen suchten, wenn die Welle die Mündungen nach unten schwenkte und die Schüsse gar nicht fehlgehen konnten. Unterdessen war der Hafen von La Pointe-à-Pitre voller neuer Schiffe, und die Läden der Stadt faßten schon die vielen Waren nicht mehr; man hatte am Rand der Manglehaine vor der Stadt Schuppen errichten müssen, um alles das aufnehmen zu können, was Tag für Tag eintraf. Victor Hugues war ein wenig dicker geworden, ohne jedoch in seiner Geschäftigkeit nachzulassen, seit sich das Tuch seiner Uniformröcke zu spannen begann. Entgegen den Erwartungen vieler hatte das ferne und mit Arbeit überhäufte Direktorium die Leistungen des Kommissars bei der Rückgewinnung und Verteidigung der Kolonie anerkannt und ihn in seinem Amt bestätigt. So hatte denn der Bevollmächtigte der Republik in diesem Teil der Welt eine Art autonome und unabhängige Einpersonenregierung aufgerichtet und in erstaunlichem Maße das Ziel seines uneingestandenen Ehrgeizes verwirklicht, den Wunsch, sich mit dem Unbestechlichen zu identifizieren. Er hatte Robespierre *sein* wollen, und er *war* auf seine Weise ein Robespierre. Wie Robespierre zu seiner Zeit von *seiner* Regierung, *seinem* Heer, *seinem* Geschwader hätte sprechen können, so sprach Victor Hugues jetzt von *seiner* Regierung, *seinem* Heer, *seinem* Geschwader. Zur Arroganz seiner frühen Tage zurückgekehrt, übertrug der Bevollmächtigte zur Stunde des Schachspiels und der Karten sich selbst die Rolle des einzigen Fortsetzers der Revolution. Er brüstete sich damit, die Pariser Zeitungen schon gar nicht mehr zu lesen, weil sie ihm ›nach Schurkerei stanken‹. Esteban bemerkte jedoch, daß Victor Hugues, stolz auf den Wohlstand der Insel und das Geld, das er ständig nach Frankreich schickte, allmählich zum Denken des vermögenden Kaufmannes zurückfand, der mit befriedigter Geste seine Reichtümer abwägt. Wenn seine Schiffe mit begehrten Waren heimkamen, wohnte der Kommissar dem Entladen bei und schätzte die Ballen, Fässer, Gerätschaften und Waffen mit Kennerblick ab. Strohmänner vorschickend, hatte er in der Nähe der Place de la Victoire einen Gemischtwarenladen eröffnet, der das Monopol für bestimmte Artikel hatte, die nur hier zu willkürlich festgesetzten Preisen eingehandelt werden konnten. Victor versäumte nie, gegen Ende des Tages diesen Laden zu besuchen, um die Rechnungsbücher zu prüfen im Halbdunkel eines nach Vanille riechenden Kontors, dessen gewölbte, mit schönen Eisenbeschlägen versehene Türen auf zwei im Eck zusammentreffende Straßen hinausführten. Auch die Guillotine hatte spießbürgerliche Gewohnheiten angenommen und arbeitete jetzt, ziemlich lässig, nur noch alle fünf Tage, bedient von den Gehilfen des Monsieur Anse, der den größten Teil seiner Zeit darauf verwandte, die Sammlungen seines Kuriositätenkabinetts zu vervollständigen, das schon über sehr viele durch eindrucksvolle lateinische Namen geadelte Hartflügler und Schuppenflügler verfügte. Alles war sehr teuer, und immer war Geld da, um es zu kaufen in dieser Welt der nach außen abgeschlossenen Wirtschaft, in der die Preise ständig stiegen und die Münzen immer wieder in dieselben Taschen zurückkehrten und immer höher im Kurs standen, auch wenn sie noch abgegriffener waren als vorher und in ihrem Metallgehalt gemindert, weil sie Kratzspuren und von der Feile aufgerauhte Stellen aufwiesen, die man beim Anfassen spürte ... Während eines seiner Aufenthalte in La Pointe-à-Pitre erfuhr Esteban — er sah wie ein Mulatte aus, so verbrannt war seine Haut — zu seiner großen Freude, wenn auch mit ziemlicher Verspätung, daß Spanien und Frankreich Frieden geschlossen hatten. Er glaubte, nun würden sich die Beziehungen zum Festland, zu Puerto Rico und Havanna normalisieren – aber groß war seine Enttäuschung, als er hörte, daß Victor Hugues sich weigerte, von den in Basel getroffenen Vereinbarungen Kenntnis zu nehmen. Entschlossen, auch weiterhin spanische Schiffe zu kapern, verdächtigte er diese, ›den Engländern Kriegsmaterial zu liefern‹, und ermächtigte seine Kapitäne, sie zu ›requirieren‹ und selbst zu bestimmen, was man unter Kriegsmaterial zu verstehen habe. Esteban würde auch in Zukunft beim Geschwader Barthélémys seines Amtes walten müssen, und in neue Fernen rückte die Möglichkeit, einer Welt zu entfliehen, die das zeitlose und nur vom Gesetz der Winde bestimmte Seemannsleben ihm immer mehr entfremdete. Indes die Monate dahineilten, fand er sich damit ab, in den Tag hinein zu leben – in Tage hinein, die nicht gezählt wurden –, und gab sich mit den kleinen Freuden zufrieden, die ein friedlicher Stundenablauf oder die Beschäftigung mit der Angel ihm bringen mochte. Er hatte sich mit einigen seiner Schicksalsgefährten angefreundet: mit Barthélémy, der sich die Manieren eines Offiziers des Ancien régime bewahrt hatte und selbst in den kritischsten Augenblicken darauf achtete, daß er untadelig gekleidet war; mit dem Wundarzt Noël, der an einer höchst wirren Abhandlung über die Vampire von Prag, die Besessenen von Loudun und die Konvulsionäre vom Friedhof Saint-Médard schrieb und einfach nicht damit fertig wurde; mit dem Schlächter Achilles, einem Neger von der Insel Tobago, der, auf Kesseln von verschiedener Größe klopfend, die erstaunlichsten Sonaten spielen konnte; mit dem Bürger Gibert, dem Kalfaterermeister, der seitenlang aus klassischen Tragödien deklamierte mit so meridionalem Akzent, daß die Verse, denen er immer zusätzliche Silben verlieh, nicht in das Metrum des Alexandriners passen wollten, wenn er aus *Brutus* einen *Brutusse* oder aus *Epaminondas* einen *Epaminondasse* machte. Im übrigen faszinierte die Welt der Antillen den Jüngling, diese Welt mit ihren schillernden Lichtern, die über vielgestaltige, wunderbar vielgestaltige Formen hinspielten im Schoße eines gemeinsamen Klimas und einer gemeinsamen Vegetation. Er liebte die gebirgige Insel Dominica, mit ihrem satten Grün und ihren Dörfern Bataille und Massacre – so genannt in Erinnerung schauriger Ereignisse, die von der Geschichte nur unvollständig weitererzählt worden waren. Er kannte die Wolken von Nevis, die so sanft auf den Hängen der Insel lagen, daß der Großadmiral sie für Schneeflächen gehalten hatte. Er träumte davon, einmal bis zum Gipfel der Bergspitze von Santa Lucia hinaufzusteigen, deren dem Meer eingepflanzte Masse sich in der Ferne wie ein Leuchtturm abzeichnete, den unbekannte Ingenieure hätten errichtet haben können in Erwartung der Schiffe, die einst den Baum des Kreuzes mitbringen würden im Gewirr ihres Mastwerks. Sanft und dem Menschen gastlich sich darbietend, wenn er sich ihnen von Süden näherte, waren die Inseln dieses nicht endenden Archipels steil, unwegsam und von hohen, zu Schaum zersplitternden Wogen angenagt an den Küsten, die sie den Nordwinden entgegenstemmten. Eine ganze Mythologie von Schiffbrüchen, verlorenen Schätzen, Gräbern ohne Grabspruch, trügerischen, in Sturmnächten angezündeten Lichtern, vorherbestimmten Geburten — der einer Madame de Maintenon, der eines sephardischen Wundertäters, der einer Amazone, die Königin von Konstantinopel wurde — verband sich mit diesen Eilanden, deren Namen Esteban oft mit leiser Stimme aussprach, um sich am Wohlklang der Worte zu ergötzen: Tórtola, Santa Ursula, Virgen Gorda (›Dicke Jungfrau‹), Anegada, Grenadinen, Jerusalem Caída ... An manchen Tagen erwachte das Meer so ruhig und schweigend, daß sich das gleichzeitige Knarren der Taue — die je nach ihrer Länge einen höheren oder tieferen Ton von sich gaben — zu einem solchen Konzert verwob, daß man vom Bug bis zum Heck Auftakte und Fortissimi, Vorschläge und Koloraturen hörte, untermalt von der rauhen Fermate einer Harfe von straff gespannten Wurfankertauen, in die plötzlich ein Windstoß fuhr. Doch an diesem Tage waren die leichten Winde plötzlich angeschwollen und schoben immer höhere, festere Wellen vor sich her. Das hellgrüne Meer hatte sich in ein stumpfes efeugrünes Meer verwandelt, das ständig ungestümer wogte und vom Tintengrün ins Rauchgrün überging. Die alten Seebären prüften schnuppernd die Windstöße und wußten sogleich, daß sie anders rochen mit diesem Schattendunkel, das sie begleitete, und den jähen Pausen, die von lauen Regengüssen unterbrochen wurden, bei denen Tropfen herabfielen, schwer wie Quecksilber. Gegen Abend zeichnete sich die wandernde Säule einer Wasserhose ab, und die Schiffe glitten, wie auf Handflächen getragen, von Wellenkamm zu Wellenkamm und zerstreuten sich in der Nacht, daß keines mehr die Positionslaternen des anderen sah. Man eilte jetzt auf dem unregelmäßigen Kochen eines aus eigenem Antrieb aufgewühlten Meeres dahin, das von vorn herandrängte und auch gegen die Breitseite anstürmte. Mit dem Ruder wurde das Schiff schnell wieder geradegerichtet, aber nicht schnell genug, um den Wogen aus dem Wege zu gehen, die das Deck von der einen Seite zur anderen überspülten, wenn der Bug nicht genau auf sie zuhielt. Barthélémy ließ Gangseile heraufholen, um den Matrosen die Arbeit zu erleichtern. »Wir sind mitten hineingeraten«, sagte er, indes der klassische Oktobersturm immer stärker heranbrauste, dessen Anzeichen unverkennbar waren und der nach Mitternacht seinen Höhepunkt erreichen würde. Esteban, der einsehen mußte, daß es vor dem Unwetter kein Entrinnen gab, schloß sich in seine Kajüte ein und versuchte zu schlafen. An Schlaf war aber nicht zu denken, solange man das Gefühl hatte, die Gedärme verschöben sich im Leibe, wenn der Körper ausgestreckt dalag. Das Schiff war in ein großes Brüllen eingedrungen, das von Horizont zu Horizont eilte und den hölzernen Rumpf in jeder Planke, jeder Rippe aufheulen ließ. Und die Stunden zerrannen unter dem Kampf, den die Männer an Deck den Naturgewalten lieferten, während die Brigg mit unglaublicher Geschwindigkeit durch die Fluten zu schießen schien, hochgehoben, hinabgestürzt, hin und her geworfen, und immer tiefer in den Bereich des Hurrikans geriet. Esteban versuchte nicht mehr, sich zu beherrschen, er lehnte sich an sein Bett, von Übelkeit und Schrecken gepackt, und rechnete jeden Augenblick damit, daß das Wasser durch die Luken kam, in die Laderäume lief, die Türen eindrückte ... Und auf einmal, kurz vor dem Morgengrauen, war ihm, als tönte das Geheul des Himmels leiser, als würden die Brecher seltener. Oben an Deck hatten sich die Matrosen zu einem großen Chor vereinigt und sangen aus voller Lunge das Loblied an die ewig hilfreiche Jungfrau, die Nothelferin der Seeleute angesichts des göttlichen Zorns. In zweckmäßiger Erneuerung einer alten spanischen Tradition riefen die Korsaren der Republik in ihrer Not die Mutter des Erlösers an, damit sie die Wogen besänftige und den Wind beruhige. Die Stimmen, die so oft gemeine Lieder gesungen hatten, flehten nun die, die ohne Sünde empfangen hatte, in der Sprache der Liturgie um ihren Beistand an. Esteban bekreuzigte sich und stieg zur Brücke hinauf. Die Gefahr war vorüber. Allein auf weiter Flur – von den anderen Schiffen wußte man nichts, sie waren vielleicht vom Wind verschlagen worden, vielleicht untergegangen –, fuhr die ›Ami du Peuple‹ in einen von Inseln bevölkerten Golf ein.

Bevölkert von Inseln, ja, aber es handelte sich um höchst seltsame, sehr kleine Inseln, gleichsam Skizzen, Projekte von Inseln, die sich dort angesammelt hatten, wie sich Studien, Entwürfe, Teilabgüsse ansammeln im Atelier eines Bildhauers. Keine dieser Inseln glich der anderen, und keine zwei bestanden aus der gleichen Materie. Die einen schienen aus weißem Marmor zu sein, vollkommen unfruchtbar, monolithisch und glatt, irgendwie an eine bis zu den Schultern im Wasser stehende römische Büste erinnernd; andere waren Haufen von parallel geriefelten Schiefergesteinsmassen, in deren obere Terrassen zwei, drei Bäume mit altem, windgepeitschtem Astwerk ihre vielfältigen Krallen schlugen – manchmal auch nur ein einziger, der unendlich einsam dastand, den Stamm vom Salpeter gebleicht, wie eine riesige Alge. Einige Inseln waren vom rastlosen Werk der Wellen so sehr unterhöhlt, daß sie ohne sichtbares Fundament auf dem Wasser zu schwimmen schienen, andere waren von Disteln zerfressen oder in sich zusammengestürzt. An ihren Flanken öffneten sich Höhlen, von deren Decken riesige Kakteen kopfüber herabhingen, die gelben oder roten Blüten zu Girlanden ausgebreitet gleich Theaterlüstern, als Heiligtum dienend für das Rätsel irgendeiner seltsamen geometrischen, einzeln auf einem Sockel stehenden Form – eines Zylinders, einer Pyramide oder eines Polyeders – von der Art eines geheimnisvollen Gegenstands der Verehrung, Stein von Mekka, pythagoreisches Symbol, Materialisierung irgendeines abstrakten Kultes. Je tiefer die Brigg in diese merkwürdige Welt eindrang, die der Steuermann noch nie geschaut hatte und nach der gewaltigen Abtrift in der vergangenen Nacht auch nicht nach der Karte bestimmen konnte, desto mehr fühlte sich Esteban gedrängt, sein Erstaunen über diese dort aufgebauten *Dinge* auszudrücken und ihnen Namen zu geben: das dort konnte nichts anderes als die Engelsinsel sein, mit diesen ausgebreiteten byzantinischen Flügeln, die sich auf einem Steilhang wie ein Freskengemälde abzeichneten; und jenes dort war die Gorgoneninsel, gekrönt von grünen Schlangen, gefolgt von der Verstümmelten Kugel, dem Roten Amboß und der Sanften Insel, die so dicht von Guano und Pelikanexkrementen bedeckt war, daß sie wie eine helle Masse ohne Festigkeit aussah, die in der Strömung dahintrieb. Von der Kerzenfreitreppe fuhr man zur Luginsmeer-Felskuppe, von der Gestrandeten Galeone zum Schloß, dem die Wogen, die, in zu enge Vorhöfe gedrängt, sich in riesige Federn verwandelten, wenn sie sich oben an der Senkrechten eines kleinen Leuchtturms brachen, Schaumzinnen aufsetzten. Von der Klippe mit den dichten Brauen gelangte man zum Pferdeschädel – mit greulichen schwarzen Flecken in Augen und Nasenlöchern – und begegnete unterwegs den Zerlumpten Inseln, Felsen so alt, so arm, so bescheiden, daß sie wie in Lumpen gehüllte Bettler wirkten zwischen anderen, die strahlend elfenbeinern leuchteten – und einige Jahrtausende jünger waren. Von der Tempelhöhle, die der Anbetung eines Dioritdreiecks geweiht war, ging es zur Verdammten Insel, die zerstückelt war von den Wurzeln der Seefeigenbäume, welche ihre Arme zwischen die Steine drückten wie Schiffstaue und von Jahr zu Jahr dicker wurden, bis sie einst den endgültigen Einsturz herbeiführen würden. Esteban verwunderte sich, als er feststellte, daß der Wundergolf so etwas wie eine Frühform der Antillen war – ein erster Entwurf en miniature, der alles vereinte, was man in größerem Maßstab im Archipel sehen konnte. Auch hier gab es mitten aus den Wellen herausragende Vulkane, aber schon fünfzig Seemöwen genügten, um sie mit einer Schneedecke zu überziehen. Auch hier gab es Dicke Jungfrauen und Dünne Jungfrauen, nur daß bereits zehn nebeneinander wachsende Seefächer ihre Leiber hätten umspannen können ... Nachdem man einige Stunden sehr langsam gesegelt war und ständig die Tiefe ausgelotet hatte, befand sich die Brigg vor einem grauen Strand, der von Pfählen starrte, an denen große Netze trockneten. Man machte ein Fischerdorf aus – sieben Laubhütten mit gemeinsamen Schuppen für die Boote –, eine Ansiedlung, beherrscht von einem Wachtturm aus Kieselsteinen, auf dem ein störrisch dreinblickender Späher, das Muschelhorn griffbereit neben sich, nach irgendeinem Fischschwarm Ausschau hielt. In der Ferne, auf dem Gipfel einer Klippe, tauchte eine zinnenbewehrte, zyklopische Burg auf, düster anzusehen, über einem Gemäuer aus violettem Felsgestein errichtet. »Die Salinen von Araya«, sagte der Steuermann zu Barthélémy, der den Befehl gab, sofort zu wenden, um aus der Nähe dieser furchtgebietenden Festung zu fliehen, die das Werk der Antonelli war, der Festungsbaumeister Philipps des Zweiten, und seit Jahrhunderten vor der Schatzkammer Spaniens Wache hielt. Alle Klippen umsteuernd, fuhr das Schiff mit vollen Segeln aus dem jetzt als solchen erkannten Golf von Santa Fe hinaus.

27

So vergingen mehrere Monate. Barthélémy, der immer auf sicher ging, nie Unmögliches anstrebte und sich keineswegs als Geißel der Meere betrachtete, besaß ein unwahrscheinliches Gespür für die wehrloseste Prise mit der wertvollsten Ladung. Abgesehen von einer unangenehmen Begegnung mit einem dänischen Schiff aus Altona, dessen Besatzung sich mutig verteidigte, sich weigerte, die Flagge zu streichen, und auf die Fahrzeuge losging, die sich ihm in den Weg legten, führte das Geschwader ein friedliches, einträgliches Dasein, mit einem durchaus nicht zum Helden geeigneten, zumeist den Kopf in Bücher steckenden Schreiber an Bord, dem die anderen zum Spaß empfahlen, sich im Laderaum zu verstecken, wenn man nur von fern ein Fischerboot sichtete. Doch jetzt zeigte die ›Ami du Peuple‹, der keine Ruhe vergönnt war – heute kehrte man zurück, und morgen lief man schon wieder aus, denn der Gewinnteufel hatte sich ihres Kapitäns bemächtigt, den der Anblick so vieler schnell reich gewordener Kollegen nicht schlafen ließ – jetzt also zeigte das brave Kaperschiff Anzeichen der

Erschöpfung. Kaum brach das geringste schlechte Wetter herein, da wurde es weibisch und nörglerisch und stöhnte und wollte nicht mehr recht. Es quietschte mit allen seinen Planken. Es bekam Farbabszesse an Masten und Halsen. Die Bordbrüstungen sahen schmutzig und abgewetzt aus. Reparaturarbeiten erwiesen sich als unumgänglich, und so fand sich Esteban eines Tages unvermittelt auf ein Guadeloupe versetzt, dessen Veränderungen er bei seinen kurzen Aufenthalten in der letzten Zeit nicht deutlich hatte wahrnehmen können. La Pointe-à-Pitre war jetzt tatsächlich die reichste Stadt Amerikas. Man konnte sich nicht vorstellen, daß Mexiko, von dem man sich Wunderdinge erzählte, Mexiko mit seinen Juwelieren und Goldschmieden, seinen Minen von Taxco, seinen großen Spinnereien je einen solchen Wohlstand gekannt hatte. Hier blitzte das Gold an der Sonne in einem unbekümmerten Strom von Louisdors, in Tours geprägt, von Quadrupeln, britischen Guineen, portugiesischen *›Moëdas‹* mit dem Bildnis Johanns V., der Königin Maria oder Pedros III., während das Silber in den Escudos zu sechs Pfund, im philippinischen und mexikanischen Piaster umlief; dazu kamen noch acht verschiedene Scheidemünzen, die jeder nach Gutdünken stutzte, durchlöcherte oder verkleinerte. Ein Rausch hatte die kleinen Ladenbesitzer von gestern gepackt, die nun Korsarenschiffe ausrüsteten, auf eigene Rechnung oder zu Gesellschaften zusammengeschlossen. Die alten Westindienkompanien mit ihren Schatzkisten und Edelsteintruhen verjüngten sich in diesem entlegenen Winkel der Karibischen See, wo die Revolution für das Glück vieler sorgte, und zwar in einem sehr realen Sinn. Das Prisenregister wurde immer dicker, fünfhundertundachtzig Schiffe jeden Typs und jeder Herkunft standen schon in den Akten, Schiffe, die von den Geschwadern geentert, geplündert oder abgeschleppt worden waren. Man interessierte sich kaum noch dafür, was in diesen Tagen in Paris geschehen mochte. Guadeloupe genügte sich selbst und wurde von einigen Festlandspaniern, die auf dem Umweg über die holländischen Besitzungen seine Propagandaliteratur zu lesen bekamen, bereits mit freundlichen und sogar neidischen Blicken betrachtet. Und es war wirklich ein wunderbares Schauspiel, wenn die Abenteurer von einer erfolgreichen Kaperfahrt heimkehrten, an Land gingen und in farbigem Zug durch die Straßen schritten. Sie prunkten mit feinem Kattun, orangefarbenem und grünem Musselin, Seide aus Mazulipatan, Madrasturbanen, Manilatüchern und was sie sonst noch an kostbaren Stoffen vor den Augen der Frauen flattern lassen konnten und kamen selber in einer recht phantastischen, von der Mode der Insel bereits sanktionierten Aufmachung daher: über bloßen Füßen – oder bestrumpften Füßen ohne Schuhe – trug man in allen Farben schillernde tressenbesetzte Uniformröcke, pelzverbrämte Hemden und Halsbänder, und natürlich durfte, das war Ehrensache, als Abschluß der Filzhut mit der halb heruntergeschlagenen Krempe und den Federn in den Farben der Republik nicht fehlen. Vulcain, der Neger, verbarg seinen Aussatz unter solcher Galapracht, daß man glaubte, einen im Triumphzug in die Stadt geleiteten Kaiser vor sich zu haben. Der Engländer Joseph Murphy, der auf Stelzen ging, ließ seine Zimbel auf der Höhe der Balkone erklingen. Und alle suchten nach Verlassen ihrer Schiffe unter den Hochrufen der Menge das Viertel des Morne-à-Cail auf, wo ein invalider Kapergefährte eine Kneipe aufgemacht hatte. Sie hieß *›Au rendez-vous des Sans-Culottes‹*, neben der Theke hing ein Käfig mit Tukanen und *Cenzontles*, und die Wände waren von karikaturhaften Allegorien und obszönen Kohlezeichnungen bedeckt. Das fröhliche Gelage begann, und drei Tage lang vergnügte man sich mit Branntwein und Frauen, indes die Korsarenreeder das Löschen der Beute überwachten und an Tischen, die man dicht an die Schiffe herangerückt hatte, um die Ware spielten, die gerade aus dem Laderaum herausgetragen wurde ... Eines Abends begegnete Esteban in der Kneipe im Morne-à-Cail-Viertel zu seiner Überraschung Victor Hugues, im Kreis von Kapitänen, die an diesem Ort ausnahmsweise einmal von ernsten Dingen sprachen. »Setz dich, Junge, und bestell dir was ...«, sagte der Agent des Direktoriums, der, vor kurzem mit diesem Amt betraut, gewiß nicht mehr ganz nüchtern war, nach einer Rede zu urteilen, die er im Tone dessen von sich gab, der allzusehr die Zustimmung der anderen sucht. Auf Einzelheiten und Zahlen verweisend und Absätze aus mehr oder weniger amtlichen Mitteilungen zitierend, warf er den Nordamerikanern vor, sie verkauften den Engländern Waffen und Schiffe in der Absicht, Frankreich aus seinen amerikanischen Kolonien zu vertreiben, wobei sie offenbar völlig vergaßen, was man für sie getan hatte. »Das bloße Wort Amerikaner«, rief er, den Text eines kürzlich erlassenen Aufrufs wiederholend, »erweckt hier Verachtung und Schrecken. Der Amerikaner hat sich zum Reaktionär entwickelt, zum Feind aller freiheitlichen Ideale, nachdem er die Welt mit seinen Quäkerkomödien hinters Licht geführt hat. Die Vereinigten Staaten sind in einem überheblichen Nationalismus erstarrt und stehen allem feindlich gegenüber, was ihre Machtstellung gefährden kann. Die gleichen Männer, die diesem Land die Unabhängigkeit verschafft haben, verleugnen heute alles das, was sie groß gemacht hat. Wir sollten diese Leute daran erinnern, daß George Washington ohne uns, die wir unser Blut und unser Geld geopfert haben, um ihnen ihre Unabhängigkeit zu ermöglichen, als Verräter gehenkt worden wäre.« Der Agent brüstete sich damit, das Direktorium in einem Brief aufgefordert zu haben, den Vereinigten Staaten den Krieg zu erklären. Aber die Antwort auf diesen Brief hatte eine beklagenswerte Unkenntnis der Tatsachen offenbart – erst hatte man ihn zur Besonnenheit gemahnt und dann bestürzt getan und ihn zur Ordnung gerufen. Schuld daran trugen – sagte Victor – die Karrieremilitärs wie Pélardy, die er nach heftigen Auseinandersetzungen um Dinge, die sie nichts angingen, nach Hause geschickt hatte und die jetzt in Paris gegen ihn intrigierten. Er wies auf die Erfolge seiner Maßnahmen hin, auf die Säuberung der Insel, den herrschenden Wohlstand. »Was mich betrifft, so stehe ich den Vereinigten Staaten auch weiterhin feindlich gegenüber, denn das Interesse Frankreichs erfordert es«, schloß er mit der aggressiven Bestimmtheit dessen, der von vornherein jeden Einwand ausschalten will. Esteban wurde deutlich, daß der Mann, der bisher mit absoluter Autorität regiert hatte, um sich her die mächtige Gegenwart anderer zu spüren begann, denen Erfolg und Glück eine ungeahnte Größe verliehen hatte. Antoine Fuet, ein Seemann aus Narbonne, dem Victor das Kommando über ein herrliches Schiff mit amerikanischem Mastwerk und kupferverkleideter Reling aus Mahagoniholz anvertraut hatte, war zu einer legendären, von den Volksmassen stürmisch begrüßten Gestalt geworden, seit er ein portugiesisches Schiff unter Kartätschenfeuer genommen hatte, indem er, in Ermangelung anderer Geschosse, seine Kanonen mit Goldstücken laden ließ. Anschließend hatten die Wundärzte der *Sans-Pareil* sich lange über die Toten und Verwundeten gebeugt und das im Fleisch und Gedärm steckende Geld mit der Skalpellspitze wieder herausgeholt. Und besaß dieser Antoine Fuet — ›Kapitän Moeda‹, wie er mit Spitznamen hieß — nicht die Kühnheit, dem Agenten, weil er der Vertreter der zivilen und nicht der militärischen Obrigkeit war, den Zutritt zu einem Klub zu verbieten, den die reichen Flottenkapitäne in einem zum Spott ›Kirche des Palais Royal‹ genannten Gotteshaus eröffnet hatten, dessen Gärten und Nebengebäude einen ganzen Häuserblock umfaßten. Und Esteban erfuhr zu seinem großen Erstaunen, daß unter den französischen Korsaren die Freimaurerei wieder zu kräftigem neuem Leben erwacht war. Im Palais Royal hatten sie ihre Loge, wo man abermals die Säulen Jachin und Boas errichtete. Nach dem kurzen Abstecher zum Höchsten Wesen war man zum Großen Baumeister zurückgekehrt — zur Akazie und zu Hiram-Abis Holzschlegel. Die Kapitäne Lafitte, Pierre Gros, Mathieu Goy, Christophe Chollet, der Renegat Joseph Murphy, Langlois ›Holzbein‹ und sogar ein Mestize namens Petreas der Mulatte fungierten als Meister und Ritter im Schoße einer durch den Eifer der Brüder Modeste und Antoine Fuet wiedererweckten Tradition. Fern der Gewehre mit den gestutzten Läufen, die man beim Entern gebrauchte, erklangen also bei den Initiationszeremonien die adligen Degen des Rituals, Klingen, gezogen von Händen, die im Fleisch von Leichen gewühlt hatten, um Geldstücke in Sicherheit zu bringen, die schwarz geworden waren von allzu klebrigem Blut ... ›Diese ganze Verwirrung‹, dachte Esteban, ›hängt damit zusammen, daß sie sich nach dem Kruzifix sehnen. Man kann weder Torero noch Korsar sein, ohne einen Tempel zu haben, in dem man irgendeinem Wesen dafür dankt, daß man noch am Leben ist. Bald werden die Votivbilder der Jungfrau von der ewigen Hilfe wieder zum Vorschein kommen.‹ Und er freute sich insgeheim dar-

über, daß verborgene Kräfte die Herrschaft Victor Hugues' zu untergraben begannen. In ihm spielte sich jener umgekehrte Prozeß der Zuneigung ab, der dazu führt, daß man die Erniedrigung oder den Sturz gestern noch bewunderter Menschen herbeiwünscht, wenn diese zu stolz oder überheblich werden. Er blickte zum Gerüst der Guillotine hin, das immer noch an seinem Platz stand. Von sich selbst angewidert, erlag er der Versuchung, sich vorzustellen, die Maschine, die jetzt langsamer arbeitete und manchmal wochenlang nicht aus ihrer Umhüllung herauskam, warte auf den Bevollmächtigten. Ähnliche Fälle hatte man schon erlebt. »Ich bin ein Schwein«, sagte er mit halblauter Stimme. »Wenn ich ein Christ wäre, würde ich jetzt zur Beichte gehen.«
Einige Tage darauf gab es einen Aufruhr im Hafenviertel, das praktisch so viel wie die ganze Stadt war. Kapitän Christophe Chollet, von dem man seit zwei Monaten nichts mehr gehört hatte, kehrte unter donnernden Salven mit seinen Leuten zurück, gefolgt von neun Schiffen, die das Geschwader bei einer Seeschlacht in den Gewässern von Barbados erbeutet hatte. Die Prisenschiffe zeigten die spanische, englische und nordamerikanische Flagge, und auf einem der letzten segelte eine seltene Fracht: eine Operntruppe samt Partituren und Kulissen. Es handelte sich um die Truppe Monsieur Faucomprés, eines stimmgewaltigen Tenors, der seit Jahren zwischen Cap Français, Havanna und New Orleans unterwegs war mit Grétrys ›Richard Löwenherz‹ und einem ganzen Repertoire, das ›Zémire et Azor‹, ›La Serva Padrona‹, ›La Belle Arsène‹ und andere Werke in prächtiger Ausstattung umfaßte, deren Wirkung bisweilen durch die neuesten Errungenschaften der Bühnenmaschinerie, durch magische Spiegel und Gewitterszenen noch untermalt wurde. Man hatte die Absicht gehabt, Caracas und anderen Städten des amerikanischen Festlands, wo die kleineren, bei Reisen von Ort zu Ort weniger aufwendigen Ensembles große Geschäfte zu machen begannen, die Kunst der Oper nahezubringen, und war nun in La Pointe-à-Pitre gelandet, einer Stadt ohne Theater. Doch Monsieur Faucompré, Künstler sowohl als Impresario, der von dem jungen Reichtum der Insel gehört hatte, war entzückt, hierhin verschlagen worden zu

sein nach dem Schrecken eines Enterkampfes, bei dem er die Geistesgegenwart besessen hatte, seinen Landsleuten dadurch zu helfen, daß er ihnen aus dem sicheren Schutz einer Schiffsluke nützliche Hinweise über die örtlichen Verhältnisse an Bord gab. Franzosen waren die Mitglieder seiner Truppe, unter Franzosen weilte man, und der Tenor, der früher die royalistischen Siedler mit der Arie *›Oh Richard! Oh mon roi‹* beflügelt hatte, war zur revolutionären Gesinnung übergegangen und sang, im Kastell des Admiralsschiffes stehend, zum Ergötzen der Besatzung *›Le réveil du peuple‹*, und zwar mit solchen Tremoli, daß – der Ladeoffizier behauptete es jedenfalls – in der Offiziersmesse die Gläser zitterten. Zusammen mit Faucompré reisten Madame Villeneuve, deren vielseitiges Talent sich notfalls für die Rolle der naiven Schäferin ebensogut eignete wie für die der Mutter des Gracchus oder der unglücklichen Königin, und die Demoisellen Montmousset und Jeandevert, munter plappernde Blondinen, die geradezu herrlich waren in der Darstellung alles dessen, was dem leichten Stil Paisiellos und Cimarosas entsprach. Vergessen waren die in schneidigem Kampf gekaperten Schiffe angesichts des Eintreffens der Theatertruppe, deren Damen prächtige Kleider nach der letzten Mode trugen, einer Mode, von der auf Guadeloupe noch nichts bekannt war, wo man noch kaum von Schleierhüten, griechischen Sandalen und fast durchsichtigen, dicht unter der Brust gegürteten Tuniken gehört hatte, die, weil sie sich der Silhouette des Körpers anpaßten, die Figur sehr vorteilhaft zur Geltung brachten. Und nach der Truppe kamen die Koffer voller ebenso prunkhafter wie verschwitzter Kostüme, Lastträger schwangen sich die Säulen und Throne auf die Schulter, und das Konzertklavichord schaffte man auf einem Eselskarren so behutsam ins Regierungsgebäude, als handelte es sich um einen Umzug der Bundeslade. Das Theater war in die theaterlose Stadt gekommen, und da Theater gespielt werden sollte, traf man die den Umständen entsprechenden Maßnahmen . . . Weil sich die Gerüstplattform sehr gut als Bühne eignete, wurde die Maschine in einem nahen Hinterhof abgestellt, wo sie den Hühnern überlassen blieb, die nachts auf dem hohen Querbalken schliefen. Die Bretter wurden gewaschen und geschrubbt, damit die Blutflecken verschwanden, und dann spannte man zwischen den Bäumen eine Plane und begann mit den Proben zu einem Stück, das vor allen anderen Werken des Repertoires beliebt war, einerseits wegen seiner allgemeinen Berühmtheit, andererseits wegen des Inhalts gewisser Lieder, die den Geist der Revolution angekündigt hatten: ›Le Devin du Village‹ von Jean-Jacques. Da Monsieur Faucompré nur wenige Musiker mitgebracht hatte, mußte das Orchester durch Mitglieder der Kapelle der baskischen Jäger verstärkt werden. Angesichts des geringen Kunstvermögens von Leuten, die mit ihrem Part ebenso tapfer wie hartnäckig stets fünf Takte hinterherhinkten, zog es der Konzertmeister der Truppe jedoch vor, auf ihre Dienste zu verzichten, so daß man, was die Gesangsbegleitung betraf, mit dem Tasteninstrument, einigen Holzbläsern und den unentbehrlichen Geigen auskommen mußte, die zu stimmen Monsieur Anse sich anheischig gemacht hatte. Und eines Abends fand auf der Place de la Victoire die Galavorstellung statt, zu der plötzlich die gesamte neureiche Klasse der Kolonie zusammenströmte. Nachdem sich die kleinen Leute bis an die mit blauem Samt gefütterten und mit blauweißroten Schleifen verzierten Seile vorgedrängt hatten, die den Raum absperrten, der für die großen Tiere reserviert war, erschienen die Kapitäne im Glanz ihrer Tressen, Orden, Schärpen und Kokarden, begleitet von ihren Doudous, die von echten und falschen Edelsteinen, mexikanischem Silber und Margeritenperlen funkelten, wo sich damit nur funkeln ließ. Esteban kam in Begleitung einer strahlenden, völlig verwandelten Mademoiselle Athalie Bajazet, die von Pailletten glitzerte und unter einer der neuesten Mode entsprechenden griechischen Tunika weiter nichts anhatte. Victor Hugues und seine Beamten, in der ersten Reihe sitzend, umgeben von schnatternden, emsig bemühten Frauen, ließen sich Tabletts mit Punsch und Wein bringen, ohne sich zu den letzten Reihen umzuwenden, wo sich die Mütter der glücklichen Kokotten drängten, dick, mit schweren Hängebrüsten, die man nicht mehr zur Schau stellen konnte, in altmodischen, mühsam mit Flicken und Zwickeln der überquellenden Leibesfülle angepaßten Kleidern. Esteban bemerkte, daß Victor die Stirn runzelte, als Antoine Fuets Eintreffen eine Ovation auslöste, aber da begann auch schon die Ouvertüre, und Madame Villeneuve setzte, den Applaus abwinkend, zur Arie der Colette an:

J'ai perdu tout mon bonheur,
J'ai perdu mon serviteur,
Colin me delaisse . . .

Der Wahrsager erschien, ein Mann mit starkem Straßburger Akzent, und die Handlung nahm ihren Fortgang inmitten des allgemeinen Vergnügens, bei dem niemand mehr an das Vergnügen dachte, das vor nicht allzu langer Zeit an ebendiesem Ort das neuartige Schauspiel der Guillotine ausgelöst hatte. Das Publikum, sehr hellhörig im Erfassen gewisser Anspielungen, begrüßte beifällig die Strophen mit revolutionärem Text, auf die Colin – er wurde von Monsieur Faucompré gespielt –, zu dem Agenten des Direktoriums und den Offizieren und Kapitänen mit ihren Freundinnen hinüberblickend, durch Augenzwinkern hinzuweisen sich bemühte.

Je vais revoir ma charmante maîtresse,
Adieu châteaux, grandeurs, richesses . . .

Que de seigneurs d'importance
Voudraient avoir sa foi;
Malgré toute leur puissance
Ils sont moins heureux que moi.

Und Rufe der Begeisterung erschollen, als man zum Finale kam, das fünfmal wiederholt werden mußte, weil das unersättliche Publikum nicht genug bekommen konnte:

A la ville on fait bien plus de fracas,
Mais sont-ils aussi gais dans leurs ébats?
Toujours contents,
Toujours chantant,
Beauté sans fard,
Plaisir sans arts,
Tous leurs concerts valent-ils nos musettes?

Und die Vorstellung klang aus mit revolutionären Hymnen, gesungen von Monsieur Faucompré, der dazu eine Sansculotte-

Hose angezogen hatte, und anschließend fand im Regierungspalast eine Gesellschaft statt, bei der man zu erlesenen Weinen Trinksprüche wechselte. Victor Hugues, der sich aus den zarten Aufmerksamkeiten Madame Villeneuves, deren reife Schönheit an die korpulenten Ledas der flämischen Malerei erinnerte, wenig machte, führte vertraute Zwiegespräche mit einer Mestizin aus Martinique, Marie-Anne Angélique Jacquin, der er merkwürdig innig zugetan schien, seit er, sich von Intrigen umgeben wissend, vielleicht der menschlichen Wärme bedurfte, die er als Bevollmächtigter zu verschmähen vorgezogen hatte. In dieser Nacht war der Mann ohne Freunde zu allen Anwesenden sehr freundlich. Als er hinter Esteban vorbeischritt, legte er ihm mit väterlicher Gebärde die Hand auf die Schulter. Aber kurz vor Morgengrauen zog er sich in seine Gemächer zurück, während Modeste Fuet und der Amtsbeauftragte Lebas – der Vertrauensmann des Agenten, den einige, vielleicht unbegründeterweise, für einen Spitzel des Direktoriums hielten – sich in die Außenbezirke der Stadt begaben in Gesellschaft der hübschen Damen Montmousset und Jeandevert. Der junge Schreiber, der ziemlich viel getrunken hatte, kehrte durch dunkle Gassen in seine Herberge zurück und vergnügte sich am Anblick Mademoiselle Athalie Bajazets, die, Griechensandalen in der Hand und Griechentunika bis zum halben Oberschenkel hochgeschürzt, über die Pfützen sprang, die der Regen vom Vortag zurückgelassen hatte. Schließlich wurde ihre Furcht vor Schmutzspritzern aber so groß, daß sie sich das Kleid über den Kopf zog und um den Hals legte. »Es ist heiß heute nacht«, sagte sie zur Entschuldigung und schlug klatschend die Mükken tot, die sie in die Hinterbacken stachen. Hinter ihnen ertönten die letzten Hammerschläge derer, die die Opernkulissen abbauten.

28

Am 7. Juli 1798 – für gewisse Ereignisse taugte die Zeitrechnung des republikanischen Kalenders nicht – erklärten die Vereinigten Staaten Frankreich den Krieg in den amerikanischen Gewässern. Wie ein Donner hallte es durch alle Regierungskanzleien Europas, doch die reiche, üppige und blutgetränkte Insel Unserer Lieben Frau von Guadeloupe wußte lange Zeit nichts von einer Nachricht, die zweimal den Atlantik überqueren mußte, ehe sie sie erreichte. Jeder ging seinen Geschäften nach und beklagte sich tagtäglich über einen Sommer, der dieses Jahr besonders heiß war. Ein Teil des Viehs starb an einer Epidemie; es gab eine Mondfinsternis, die Kapelle des Bataillons der baskischen Jäger spielte einige Zapfenstreiche, und hier und da kam es zu Bränden draußen auf den Feldern, weil die Sonne das Gras zu sehr ausgetrocknet hatte. Victor Hugues wußte, daß General Pélardy, den er nach Hause geschickt hatte, alles tat, um ihn beim Direktorium in Verruf zu bringen, aber der Agent hielt sich, nachdem er die Ängste früherer Tage überwunden hatte, in seinem Amt für unersetzlich. »Solange ich diesen Herren ihre Ration Gold schicken kann«, sagte er, »werden sie mich in Ruhe lassen.« Man flüsterte sich in den Klatschwinkeln von La Pointe-à-Pitre zu, sein persönliches Vermögen belaufe sich schon über eine Million Pfund. Man sprach von der Möglichkeit einer Ehe mit Marie-Anne Angélique Jacquin. So standen die Dinge, als er, durch wachsende Geldgier getrieben, eine Behörde gründete, die das Vermögen der Emigranten und die öffentlichen Finanzen verwalten und die Ausrüstung der Korsarenschiffe und das Zollmonopol übernehmen sollte. Groß war die Bestürzung, die diese Maßnahme auslöste, welche viele unmittelbar berührte, die bisher durch Victor Hugues' Regierung begünstigt worden waren. Auf den freien Plätzen, auf den Straßen sprach man über das Willkürliche dieses Vorgehens so unverblümt, daß man die Guillotine wieder herausholen mußte und eine neue, wenn auch nur kurze, als Abschreckung gedachte Schreckenszeit begann. Diejenigen, die sich bereichert hatten, die Günstlinge, die pflichtvergessenen Beamten und Nutznießer fremden, von ihren Besitzern zurückgelassenen Eigentums mußten ihren Unwillen hinunterschlucken. Behemot wurde Kaufmann und umgab sich mit Waagschalen und Gewichten, die zu jeder Tageszeit die Menge dessen maßen, was sich in seinen Lagerhäusern anhäufte. Als man von der Kriegserklärung der Vereinigten Staaten erfuhr, gaben eben die, welche nordamerikanische Segler geplündert hatten, Victor Hugues die Schuld an dem, was sie jetzt als eine Katastrophe betrachteten, deren Folgen für die Kolonie unheilvoll sein konnten. Da die Nachricht so lange unterwegs gewesen, war es sehr wohl möglich, daß die Insel bereits von feindlichen Kriegsschiffen umgeben war und vielleicht heute, vielleicht kommende Nacht oder auch morgen angegriffen wurde. Man erzähle sich von einem starken Geschwader, das angeblich aus Boston ausgelaufen war, von einer Truppenlandung auf Basse Terre, von einer bevorstehenden Blockade ... In dieser Atmosphäre der Unruhe und Ungewißheit lebte man, als eines Nachmittags die Kutsche, die Victor Hugues zu seinen Spazierfahrten vor die Stadt benutzte, vor der Druckerei der Loeuillets anhielt, wo Esteban gerade an der Korrektur einiger Druckfahnen arbeitete. »Laß das jetzt sein«, rief der Agent zum Fenster hinein. »Begleite mich nach Gosier.« Während der Fahrt sprach man von belanglosen Dingen. An der Bucht angelangt, hieß der Agent den Jüngling in ein Boot steigen, zog sich den Uniformrock aus und ruderte zur kleinen Insel hinüber. Am Strand reckte und streckte er sich ausgiebig, entkorkte eine Flasche mit englischem Cider und begann in bedächtigem Ton zu sprechen. »Sie werfen mich hier heraus. Anders kann man's nicht ausdrücken: sie werfen mich hier heraus. Die Herren vom Direktorium verlangen, daß ich nach Paris gehe und über meine Verwaltung Rechenschaft ablege. Und das ist noch nicht alles: so ein Säbelbaumler, General Desfourneaux, ist unterwegs, um mich abzulösen, während der treulose Pélardy im Triumphzug als Kommandant der bewaffneten Streitkräfte zurückkehrt.« Er legte sich zurück in den Sand, zum Himmel aufschauend, der langsam dunkel wurde. »Jetzt muß ich die Machtbefugnisse übergeben. Noch habe ich Leute, auf die ich zählen kann.« – »Willst du Frankreich den Krieg erklären?« fragte Esteban, der nach dem, was mit den Vereinigten Staaten geschehen war, Victor jeder Kühnheit für fähig hielt. »Frankreich nicht. Aber vielleicht seiner verdammten Regierung.« Es trat ein langes Schweigen ein. Der Jüngling fragte sich, weshalb der Agent, der so wenig geneigt war, sich anderen anzuvertrauen, gerade ihn auserwählt hatte, um den Druck einer Nachricht loszuwerden, die noch keiner kannte

– einer katastrophalen Nachricht für jemanden, der in seiner Laufbahn nie schwere Rückschläge erlitten hatte. Da begann der andere wieder zu sprechen: »Du hast jetzt keinen Grund mehr, auf Guadeloupe zu bleiben. Ich gebe dir einen Geleitbrief nach Cayenne. Von dort wirst du wohl nach Paramaribo hinüberkommen können, und da legen nordamerikanische und spanische Schiffe an. Du mußt sehen, wie du dich am besten durchschlägst.« Esteban unterdrückte seine freudige Erregung, da er fürchtete, in eine Falle zu geraten, wie ihm dies das letzte Mal widerfahren war. Aber jetzt war alles klar. Der Gestürzte erklärte auch, er unterstütze seit einiger Zeit mehr als einen der Deportierten von Sinnamary und Kourou mit Arzneien, Geld und allen möglichen Dingen. Der Jüngling wußte, daß einige der führenden Männer der Revolution nach Guayana verbannt worden waren, aber er konnte sich davon kein rechtes Bild machen, denn verschiedentlich hatte man die Namen von ›Deportierten‹ genannt, die später unter Artikeln in der Pariser Presse zu lesen waren. Er wußte nichts vom Schicksal Collot d'Herbois' in Südamerika. Von Billaud-Varenne hatte er erzählen hören, daß er irgendwo in der Nähe von Cayenne Papageien züchte. »Ich habe gerade erfahren, daß dieses Scheißdirektorium verboten hat, Billaud von Frankreich aus Pakete zu schicken«, sagte Victor. »War Billaud nicht einer von denen, die den Unbestechlichen verraten haben?« Der andere streifte sich die Ärmel hoch, um sich die Unterarme zu kratzen, die von einem Hautausschlag gerötet waren. »Es ist jetzt nicht der Augenblick, einem Menschen Vorwürfe zu machen, der ein großer Revolutionär war. Billaud hat seine Irrtümer begangen, ja, aber es waren patriotische Irrtümer. Ich lasse nicht zu, daß er im Elend zugrunde geht.« Unter den gegebenen Umständen müsse er jedoch vermeiden, fuhr er fort, daß man ihn für den Beschützer eines ehemaligen Mitglieds des Wohlfahrtsausschusses hielt. Worum er den Jüngling als Gegenleistung für seine Freiheit bitte, sei dies: er solle am nächsten Tag an Bord der ›Vénus de Médicis‹ gehen, eines Schoners, der mit einer Ladung Wein und Mehl nach Cayenne in See stach, und dem in Ungnade gefallenen Freund eine größere Summe Geldes übergeben. »Nimm dich dort vor Jeannet in acht, dem

Agenten des Direktoriums. Er ist von einem krankhaften Neid auf mich erfüllt. Er versucht, mich in jeder Beziehung nachzuahmen, aber es kommt nur eine Karikatur dabei heraus. Ein Schwachkopf. Ich war nahe daran, ihm den Krieg zu erklären.« Esteban bemerkte, daß Victor, der sonst immer gesund aussah, einen etwas gelblichen Teint hatte. Sein Bauch wölbte sich schon allzu stark unter dem nicht ganz zugeknöpften Hemd. »Schön, *petiot*«, sagte er mit einer Stimme, die auf einmal zärtlich klang, »ich werde diesen Desfourneaux ins Gefängnis stecken, wenn er eintrifft. Mal sehen, was dann passiert. Für dich ist das große Abenteuer zu Ende. Du kehrst nach Hause zurück, in das Geschäft deines Vaters. Es ist ein gutes Geschäft: führe es auch gut. Ich weiß nicht, was du von mir denkst. Vielleicht hältst du mich für ein Ungeheuer. Aber es gibt Zeiten, vergiß das nicht, die nicht von zartfühlenden Männern gestaltet werden.« Er hob ein wenig Sand auf und ließ ihn von der einen Hand in die andere rieseln, als wären sie die Gläser einer Wasseruhr. »Die Revolution zerbröckelt. Ich weiß nicht mehr, woran ich mich halten soll. Ich glaube an nichts.« Die Nacht fiel herein. Sie ruderten wieder zum Ufer der Bucht hinüber, bestiegen die Kutsche und fuhren zum Regierungsgebäude. Victor reichte Esteban einige Umschläge und versiegelte Päckchen. »Das ist der Geleitbrief – und Geld, für dich. Das ist für Billaud. Und dieser Brief ist für Sofia. Gute Reise ... du Emigrant.« Esteban umarmte den Agenten, jäh von einer zärtlichen Stimmung erfaßt: »Warum hast du dich bloß mit der Politik eingelassen?« fragte er, sich der Tage erinnernd, da der andere seine Freiheit noch nicht von sich gewiesen hatte in der Ausübung einer Macht, die sich schließlich als eine tragische Knechtschaft erweisen sollte. »Vielleicht weil ich als Bäcker auf die Welt gekommen bin«, sagte Victor. »Wenn die Neger damals meine Bäckerei nicht verbrannt hätten, wäre der Kongreß der Vereinigten Staaten wahrscheinlich nicht zusammengetreten, um Frankreich den Krieg zu erklären. ›Wenn Kleopatras Nase‹ ... wer hat das gesagt?« ... Als Esteban wieder auf der Straße war und auf seine Herberge zuging, hatte er jenes Gefühl, in der Zukunft zu leben, das die Nähe großer Veränderungen mit sich bringt. Er fühlte sich auf eigenartige Weise aus seiner Umgebung herausgelöst. Alles, was ihm bekannt und vertraut war, wurde ihm fremd. Er blieb vor der Loge der Korsaren stehen in dem Bewußtsein, daß er das Gebäude zum letzten Mal sah. Er betrat eine Taverne, um sich an diesem Ort von der eigenen Gegenwart zu verabschieden, allein, vor einem Glas Branntwein mit Zitrone und Muskatnuß. Die Bande lockerten sich. Der tropische Kreis, in dem er so lange ein fester Bestandteil gewesen war, fiel wieder in die exotische Ferne zurück. Auf der Place de la Victoire bauten Monsieur Anses Gehilfen gerade die Guillotine ab. Die Maschine hatte ihr schreckliches Geschäft auf dieser Insel beendet. Das funkelnde, stählerne Dreieck, das der Bevollmächtigte oben an die Pfosten gehängt hatte, kehrte in seine Kiste zurück. Man trug die Enge Pforte hinweg, durch die so viele unwiderruflich aus dem Licht in die Nacht geschritten waren. Das Instrument, das einzige, das nach Amerika gelangt war als säkularer Arm der Freiheit, würde jetzt unter dem alten Eisen irgendeines Schuppens verschimmeln. Kurz bevor er alles aufs Spiel setzte, versteckte Victor Hugues den Zauberapparat, den er in ursprünglicher Notwendigkeit zusammen mit der Druckerei und den Waffen eingesetzt hatte: vielleicht hatte er für sich selbst einen Tod ausersehen, in dem der Mensch, in erhabener Haltung des Stolzes, im Sterben sich selbst schauen konnte.

VIERTES KAPITEL

29

Las Camas de la Muerte. GOYA

Als sich Esteban, nachdem er lange genug zwischen der Porte de Remire und der Place d'Armes hin und her gegangen war, an einer Straßenecke auf einen Grenzstein setzte, hatte er das Gefühl, in das Irrenhaus von ›The Rake's Progress‹ geraten zu sein. Alles in dieser Inselstadt Cayenne dünkte ihn unwahrscheinlich, verrückt, unangebracht. Es stimmte also, was man ihm an Bord der ›Vénus de Médicis‹ erzählt hatte. Die Nonnen von Saint-Paul-de-Chartres, die das Hospital betreuten, gingen in ihren Ordenskleidern durch die Straßen, als wäre in Frankreich nichts geschehen, und pflegten Revolutionäre, die auf ihre Dienste nicht verzichten konnten. Die Grenadiere waren aus unerfindlichen Gründen allesamt Elsässer mit breiter Aussprache und für das Klima so wenig geeignet, daß sie das ganze Jahr mit Furunkeln und Hautausschlägen im Gesicht herumliefen. Mehrere Neger, die jetzt angeblich frei waren, konnte man auf einem Brettergerüst sehen, wo man sie mit Ringen um die Fußgelenke an Eisenstangen gekettet hatte, zur Strafe für arbeitsscheues Verhalten. Obwohl es auf der Insel Malingre ein Aussätzigenasyl gab, wanderten viele Todkranke umher, wo es ihnen gerade gefiel, und stellten alpdruckhafte Verstümmelungen zur Schau, um ein Almosen zu erhalten. Die Farbigenmiliz war eine Versammlung zerlumpter Gestalten; die Leute wirkten irgendwie ölig; alle nicht ganz schlecht gestellten Weißen schienen ständig mißgelaunt zu sein. Esteban, der die anmutige Kleidung der Frauen auf Guadeloupe gewohnt war, konnte sich nicht genug über die Schamlosigkeit der Negerinnen verwundern, die sich überall mit nacktem Oberkörper zeigten — was ein besonders unschöner Anblick war, wenn es sich um alte Weiber handelte, die dicke Kautabakklumpen in den Backen wälzten. Und dann war da für ihn noch ein neues Gesicht: das der Indios, die ziemlich wild aussahen. In ihren Pirogen kamen sie in die Stadt, um Guavenbirnen, Arzneikräuter, Orchideen und Teeblätter zu verkaufen. Einige brachten ihre Frauen mit, die sich in den Gräben des Forts, im Schatten des Pulvermagazins oder hinter der geschlossenen Saint-Sauveur-Kirche der Prostitution hingeben mußten. Man sah tätowierte oder mit eigenartigen Farben beschmierte Gesichter. Und das seltsamste war, daß diese buntscheckige Welt trotz einer Sonne, die in die Augen stach und das Exotische des sich darbietenden Bildes noch betonte, eine traurige niedergedrückte Welt war, in der alles wie in den Schatten einer Radierung sich auflöste. Ein Baum der Freiheit, vor dem zerbröckelnden Gebäude eingepflanzt, das als Regierungssitz diente, war vertrocknet, weil man ihm kein Wasser gegeben hatte. Ein großes Haus mit vielen Veranden war von den Beamten der Kolonie als politischer Klub eingerichtet worden; aber man besaß nicht mehr die Kraft, die Reden von einst zu wiederholen, und hatte diesen Ort in eine ständige Spielhölle verwandelt — man hob Karten ab unter einem von Fliegenschmutz getrübten Bild des Unbestechlichen, das herunterzunehmen niemand sich die Mühe machte, trotz aller Bitten des Agenten des Direktoriums, weil es durch die Ecken des Rahmens hindurch fest an die Wand genagelt war. Wer Vermögen besaß oder administrative Pfründen genoß, kannte keine andere Zerstreuung als Essen und Trinken; man versammelte sich zu Schlemmergelagen, die am Mittag begannen und bis in die Nacht hinein dauerten. Doch alledem fehlten das lärmende Treiben, die Farbenpracht der Frauenröcke, die modischen Kleider, die den Straßen von La Pointe-à-Pitre eine so heitere Note verliehen. Die Männer trugen vom alten Regime geerbte gestreifte Anzüge und schwitzten in ihren dicken Tuchröcken so sehr, daß sie auf den Schultern und unter den Achseln immer feuchte Flecken hatten. Ihre Frauen erinnerten in ihren Röcken und ihrem Putz an die Bäuerinnen der Chöre der Pariser Opern. Es gab kein schönes Wohnhaus, keine gemütliche Taverne, keinen Ort, an dem man sich gern aufgehalten hätte. Alles war mittelmäßig und eintönig. Wo offenbar einmal ein botanischer Garten gewesen war, sah man jetzt nur noch ein ekelerregendes gestrüppbewachsenes Feld, das als Kehrichthaufen und öffentliche Latrine diente und in dem räudige Hunde herumschnüffelten. Blickte man zum Festland hinüber, sah man eine dichte, feindliche Vegetation, die undurchdringlicher war als die Mauern eines Gefängnisses. Esteban verspürte eine Art Schwindelgefühl bei dem Gedanken, daß der Urwald, der dort begann, derselbe war, der sich ohne Unterbrechung bis zu den Ufern des Orinoco und Amazonas erstreckte; bis nach dem spanischen Venezuela, bis zur Laguna de Parima, bis zum fernen Peru. Alles, was am tropischen Bild Guadeloupes lieblich war, stellte sich hier aggressiv, unüberwindlich, verstrickt und hart dar, wo die Bäume größere Ausmaße hatten und, von Lianen gefesselt und von Schmarotzern angefressen, einander verschlangen. Für den, der Orte kannte, die auf die schönen Bezeichnungen ›Le Lamentin‹, ›Le Moule‹, ›Pigeon‹ hörten, waren Namen wie Maroni, Oyapok, Appronague schon dem Klang nach unangenehm wie der Biß eines reißendes Tieres, wie die Ankündigung großer Sümpfe, jäher Flußüberschwemmungen, unbarmherzig wuchernden Pflanzenwuchses ... Esteban stattete zusammen mit den Offizieren der ›Vénus de Médicis‹ Jeannet einen Höflichkeitsbesuch ab und übergab ihm einen Brief von Victor Hugues, den der Empfänger mit fast betont übler Laune las. Der Spezielle Agent des Direktoriums in Guayana – wer ihn sah, vermochte nicht zu glauben, daß er ein Vetter Dantons war – wirkte abstoßend mit seiner von einem Leberleiden herrührenden grünlichen Hautfarbe; außerdem fehlte ihm der linke Arm, den man ihm hatte abnehmen müssen, nachdem er von einem Eber gebissen worden war. Esteban wußte, daß man Billaud-Varenne nach Sinnamary verbannt hatte, gleich der Mehrzahl der französischen Deportierten – viele von ihnen hatten in Kourou und Conanama einen Aufenthaltsort zugewiesen bekommen –, die das Gebiet der Stadt nicht betreten durften. Sie hatten dort – sagte Jeannet – genügend bestellbaren Boden zur Verfügung sowie alles, dessen sie bedurften, um mit Anstand die von den verschiedenen Revolutionsregierungen ihnen auferlegten Strafen abzubüßen. »Sind viele widerspenstige Priester darunter?« fragte Esteban. »Sie finden da so ziemlich alles«, antwortete der Agent mit einstudierter Gleichgültigkeit, »Abgeordnete, Emigranten, Journalisten, Richter, Gelehrte, Dichter, franzö-

sische und belgische Pfarrer.« Esteban hielt es nicht für angebracht, sich nach dem genauen Aufenthaltsort bestimmter Personen zu erkundigen. Der Kapitän der ›Vénus de Médicis‹ hatte ihm geraten, das für Billaud-Varenne bestimmte Geld durch Mittelsmänner überbringen zu lassen. Bis dies bewerkstelligt war, stieg er im Gasthof eines gewissen Hauguard ab, dem besten am Platze, wo gute Weine ausgeschenkt und annehmbare Mahlzeiten aufgetragen wurden.
»Hier hat die Guillotine nicht gearbeitet«, sagte Hauguard, während die beiden Negerinnen namens Angesse und Scholastique, nachdem sie die Teller abgeräumt hatten, eine Flasche Zuckerrohrschnaps holen gingen, »aber was wir mitmachen, ist vielleicht noch schlimmer – lieber mit einem Schlag tot sein als auf Raten sterben.« Und er erklärte Esteban, wie das mit dem ›bestellbaren Boden‹ zu verstehen war, den Jeannet als die Hilfe der Vorsehung für die Deportierten hingestellt hatte. Wenn man in Sinnamary, wo sich Billaud-Varenne aufhielt, ein elendes Leben führte, das allenfalls etwas gemildert wurde durch die Nähe einer Zuckersiederei und einiger mehr oder weniger gut florierender Landgüter, so bedeuteten die bloßen Namen Kourou, Conanama und Iracoubo soviel wie langsamer Tod. Auf ein willkürlich bestimmtes Gebiet verbannt, das sie nicht verlassen durften, hausten die Deportierten zu neunt, zu zehnt in schmutzigen Hütten, Gesunde und Kranke durcheinander wie in Sträflingsschiffen, auf überschwemmtem Boden, der nichts hergab, an Hunger und Entbehrung leidend – der notwendigen Arzneien beraubt, wenn ihnen nicht ein vom Agenten des Direktoriums auf eine offizielle Inspektionsreise geschickter Wundarzt als Allheilmittel etwas Branntwein zukommen ließ. »Man nennt das hier die ›trockene Guillotine‹«, sagte Hauguard. »Das ist gewiß traurig«, erwiderte Esteban. »Aber nach hier sind nicht wenige der Henker von Lyon und viele öffentliche Ankläger und politische Mörder verbannt worden; Leute, die es fertiggebracht haben, die Leichen der Guillotinierten in obszönen Stellungen unten ans Blutgerüst zu legen.« – »Gerechte und Sünder gehen immer miteinander«, sagte Hauguard, mit einem Fächer die Fliegen verscheuchend. Der Jüngling wollte ihn gerade nach Bil-

laud fragen, als ein zerlumpter Alter, vom Geruch des Schnapses angelockt, sich dem Tisch näherte und laut rief, alle Übel, die den Franzosen zu schaffen machten, seien mehr als verdient. »Lassen Sie den Herrn in Ruhe«, sagte der Wirt, der dem beleibten Alten, dessen Art trotz seines elenden Aussehens etwas Majestätisches hatte, mit einer gewissen Achtung begegnete. »Wir waren wie biblische Patriarchen, umgeben von Kindern und Vieh, Herren über Scheuern und Tennen«, sagte der Alte mit altmodischem, schwerem, ein wenig zögerndem Akzent, den Esteban zum ersten Mal hörte. »Unser waren die Ländereien von Prés-des-Bourques, von Pont-des-Bout, von Fort-Royal und viele andere mehr, die ihresgleichen auf der Erde nicht hatten, weil unsere Frömmigkeit — unsere große Frömmigkeit — die Gnade Gottes auf sie hinablenkte.« Er bekreuzigte sich bedächtig, eine Geste, die in dieser Zeit so sehr in Vergessenheit geraten war, daß sie Esteban der Gipfel der Originalität dünkte. »Wir waren die Akadier von Neu-Schottland, dem König von Frankreich so treu ergebene Untertanen, daß wir uns vierzig Jahre lang weigerten, ein schnödes Papier zu unterzeichnen, auf dem wir als Herrscher die dicke Anna Stuart und einen König Georg anerkennen sollten, den der Teufel in seinem Höllenfeuer braten lassen wird. Und deshalb kam es zum großen Aufruhr. Eines Tages haben uns die englischen Soldaten aus unseren Häusern geworfen, haben unsere Pferde und unser Vieh genommen und unsere Truhen geplündert, und wir wurden in Massen nach Boston deportiert oder, was noch schlimmer war, nach Südkarolina oder Virginia, wo man uns ärger behandelte als die Neger. Und trotz des Elends und der Abneigung der Protestanten und des Hasses all derer, die uns durch die Gassen ziehen sahen wie Bettler, haben wir weiter unsere Herren gepriesen: den, der im Himmel regiert, und den, der, vom Vater auf den Sohn, auf Erden regiert. Und da das Akadien nicht mehr das wurde, was es einmal war, als der Allerhöchste unsere Pflüge segnete, boten sie uns hundertmal die Rückgabe unserer Ländereien und Scheuern an, wenn wir uns nur der britischen Krone unterwürfen. Und hundertmal haben wir nein gesagt, mein Herr. Und schließlich, nachdem unsere Zahl ganz klein geworden war und wir uns mit Hiobs Scherbe gekratzt und in der Asche gesessen hatten, wurden wir von den Kriegsschiffen Frankreichs befreit. Und wir kamen in unsere neue, ferne Heimat, mein Herr, sicher, gerettet zu sein. Aber sie haben uns über unfruchtbare Länder verstreut und unserer Bitten nicht geachtet. Und wir sagten: ›Die Schuld hat nicht der gute König, der von unserer gegenwärtigen Not vielleicht nichts weiß und sich nicht vorstellen kann, wie das Akadien unserer Väter aussah.‹ Und einige, wie auch ich, wurden in dieses Guayana gebracht, wo der Boden eine unbekannte Sprache spricht. Als Menschen von der Tanne, vom Ahorn, von der Eiche und der Birke waren wir nun hier, wo alles, was treibt und sprießt, böse Ausgeburt ist; wo das Tagewerk von heute in einer einzigen Nacht durch das Werk des Teufels mißrät. Hier, mein Herr, zeigt sich die Gegenwart des Teufels daran, daß es unmöglich ist, eine Ordnung aufzurichten. Was geradegemacht worden ist, wird krumm, und was krumm sein müßte, wird gerade. Der Erdboden, der Leben und Freude war in unserem Akadien nach dem Eisgang im Frühjahr, wird an den Ufern des Maroni zum Fluch. Was dort dazu diente, die Körner auf dem Halm zu schwellen, wird hier zur Geißel, die sie erstickt und verfaulen macht. Mir blieb jedoch der Stolz, meiner Treue zum König von Frankreich nicht abgeschworen zu haben. Ich war unter Franzosen, die mich wenigstens mit Respekt ansahen, weil ich einem freien Volk angehört hatte, wie es kein freieres gab und das doch eher Not, Verbannung und Tod erlitt, als daß es in seiner Treue nachgab ... Unser, mein Herr, waren die Äcker von Prés-des-Bourques, von Pont-à-Bouts, von Grand Pré. Und eines Tages wart ihr Franzosen es« – der Betrunkene schlug mit knotigen Fäusten auf den Tisch – »die es wagten, unseren König zu enthaupten, wodurch ein zweiter großer Aufruhr entstand, der uns um Ehre und Würde bringen sollte. Ich wurde als ›Verdächtiger‹ behandelt, als Feind von ich weiß nicht was, als Gegner von ich weiß nicht was, ich, der ich mehr als sechzig Jahre gelitten habe, weil ich nichts anderes sein wollte als Franzose; ich, der ich mein Erbteil verlor und meine Frau sterben sah bei einer Fehlgeburt im Laderaum eines Deportiertenschiffes, weil ich mein Vaterland und meinen Glauben nicht verleugnen wollte ... Die einzigen Franzosen, mein Herr, die es noch auf der Welt gibt, sind die Akadier. Die übrigen sind Anarchisten geworden, die keinem Gott und keinem Menschen mehr gehorchen und nur noch davon träumen, sich möglichst bald mit den Lappen, Mohren und Tataren zu vermischen.« Der Alte griff nach einer Flasche mit Zuckerrohrschnaps, goß sich einen großen Schluck in die Kehle und fiel auf einen Haufen Mehlsäcke, auf denen er bäuchlings einschlief, etwas über die Bäume brummend, die in diesem Land nicht wuchsen ... »Diese Leute waren zweifellos gute Franzosen«, sagte Hauguard. »Das Dumme ist nur, daß sie in einer Zeit weiterleben, die nicht mehr die ihre ist. Es sind Menschen, die aus einer anderen Welt stammen könnten.« Und Esteban dachte an das Absurde, das darin lag, daß hier in Guayana diese von der unveränderlichen Größe eines in seiner Pracht und seinen Allegorien, Bildern und Symbolen geschauten Regimes überzeugten Akadier anderen Menschen begegneten, die, weil sie die Schwächen dieses selben Regimes nur zu gut kannten, ihr Leben der Aufgabe geweiht hatten, es zu zerstören. Es gab Märtyrer aus Fernsein, die nie die Märtyrer aus Nahesein verstehen würden. Wer nie einen Thron gesehen hatte, stellte ihn sich monumental und ohne Risse vor. Wer ihn vor Augen gehabt hatte, wußte, wie bröckelig und glanzlos er war ... »Was werden die Engel Gottes denken?« sagte Esteban vor sich hin, eine Frage, die Hauguard der Gipfel des Gedankensprungs dünken mußte. »Daß Sie ein Narr sind, der viel zuviel nachdenkt«, erwiderte der Wirt lachend. »Aber da wir gerade von den Engeln Gottes sprechen — Collot d'Herbois hat in den letzten Tagen seines Lebens nichts anderes getan als ihre Hilfe anzurufen.« Und dann erfuhr Esteban, welches erbärmliche Ende der Henker von Lyon gefunden hatte. Nach seinem Eintreffen in Cayenne war er zusammen mit Billaud in das Hospital der Nonnen eingeliefert und, grausamer Zufall, in eine Zelle gebracht worden, die den Namen ›Zimmer des heiligen Ludwig‹ trug — er, der die sofortige, ohne Aufschub zu vollstreckende Verurteilung des letzten Ludwig von Frankreich gefordert hatte. Von Anfang an hatte er sich hemmungslos dem Trunk ergeben und in den Kneipen ungereimte Fragmente einer wahren

Geschichte der Revolution gekritzelt. Im Rausch beweinte er nachts sein Unglück, seine Einsamkeit in dieser Hölle und gestikulierte und gebärdete sich wie ein alter Komödiant, was den streng-stolzen Billaud aufbrachte: »Du bist hier nicht im Theater!« schrie er. »Bewahre dir doch wenigstens deine Würde im Gedanken daran, daß du gleich mir deine Pflicht erfüllt hast.« Der Peitschenhieb der Thermidor-Reaktion stachelte, als er die Kolonie mit einiger Verspätung erreichte, die Neger gegen die einstigen Mitglieder des Wohlfahrtsausschusses auf. Wenn sie sich auf der Straße zeigten, warf man ihnen spöttische Bemerkungen und Beleidigungen an den Kopf. »Wenn ich noch einmal von vorn anzufangen hätte«, murmelte Billaud zwischen den Zähnen, »würde ich Menschen nicht die Freiheit schenken, die nicht wissen, um welchen Preis sie errungen ist; ich würde den Erlaß vom 16. Pluviôse des Jahres II abschaffen.« (›Und wie stolz war Victor, daß er diesen Erlaß nach Amerika mitnehmen konnte‹, dachte Esteban.) Jeannet verwies Collot der Stadt und verbannte ihn nach Kourou. Dem Alkohol verfallen, irrte der ›bon père Gérard‹ dort auf den Wegen umher, mit zerrissenem Rock, die Taschen voller Zettel, sprach die Leute an, legte sich zum Schlafen in den Straßengraben und schlug in den Wirtshäusern Krach, wo man ihm keinen Kredit geben wollte. Eines Nachts trank er, vielleicht in dem Glauben, Schnaps vor sich zu haben, eine Arzneiflasche aus. Halb vergiftet wurde er auf Anordnung eines Gesundheitsbeamten nach Cayenne gebracht. Die Neger aber, die damit beauftragt waren, ließen ihn unterwegs liegen und beschimpften ihn als Mörder Gottes und der Menschen. Mit einem Sonnenstich wurde er schließlich ins Hospital der Nonnen von Saint-Paul-de-Chartres geschafft, wo er zum zweiten Mal mit dem Zimmer des heiligen Ludwig vorliebnehmen mußte. Schreiend begann er den Herrn und die Muttergottes anzurufen und flehte um Vergebung für seine Schuld. Er schrie so laut, daß ein elsässischer Wachtposten, den diese späte Reue empörte, ihn daran erinnerte, daß er ihn noch vor einem Monat dazu angestiftet habe, den heiligen Namen der Madonna zu schmähen, und daß er ihm außerdem gesagt habe, die Geschichte der heiligen Odilie sei eine Lüge, dazu erfunden, das Volk zu verdummen. Dann verlangte Collot einen Beichtvater, ganz schnell, so schnell wie möglich, und er schluchzte und zuckte an allen Gliedern und stöhnte, seine Gedärme brennten wie Feuer und das Fieber verzehre ihn und nichts könne ihn mehr retten. Schließlich rutschte er aus dem Bett auf den Fußboden und starb, während er noch Blut erbrach. Jeannet erfuhr von seinem Tod, als er gerade im Kreis einiger seiner Beamten Billard spielte. »Man soll ihn begraben. Er verdient keine größeren Ehren als ein Hund«, sagte er, ohne das Queue loszulassen, mit dem er gerade eine gute Karambolage auszuführen gedachte. Am Tag seiner Beerdigung erfüllte jedoch fröhlicher Trommelwirbel die Stadt. Die Neger, die sehr wohl wußten, daß sich in Frankreich etwas verändert hatte, hatten, wenn auch verspätet, daran gedacht, ihren Dreikönigskarneval zu feiern, der während der Jahre des offiziellen Atheismus in Vergessenheit geraten war. Seit dem frühen Morgen liefen sie als Könige und Königinnen von Afrika, als Teufel, Zauberer, Generäle und Narren verkleidet auf den Straßen umher mit Flaschenkürbissen und Trommelschellen und womit man sonst noch klopfen und schütteln konnte zu Ehren Melchiors, Kaspars und Balthasars. Die Totengräber, deren Füße sich ungeduldig im Takt der fernen Musik bewegten, hoben in aller Eile eine winzige Grube aus und stießen den aus gespaltenen Brettern gezimmerten Sarg hinein, dessen Deckel nicht einmal ganz zugenagelt war. Mittags, während man überall tanzte, tauchten mehrere Schweine auf – von der bleifarbenen, kahlhäutigen, langohrigen Art mit spitzem Rüssel und ewigem Hunger –, die an der frisch umgegrabenen Stelle wühlten und gutes Fleisch fanden unter einer Holzwand, die das Gewicht der Erde schon eingedrückt hatte. Und die schmutzige Sippschaft fiel sogleich über einen herumgestoßenen, umhergezerrten, von der Gier der Bestien durchbohrten Körper her. Das eine Tier riß sich eine Hand ab, die ihm wie Eicheln zwischen den Fängen knackte. Andere ließen ihren Eifer am Gesicht, am Hals, an den Lenden aus. Und die Geier, die schon auf der Friedhofsmauer warteten, besorgten den Rest. So endete die Geschichte von Jean Marie Collot d'Herbois unter der Sonne Guayanas. »Ein angemessener Tod für einen solchen Teufel«, sagte der alte Akadier, der, auf einem Mehlsack sitzend und sich kratzend, wo ihn der Ausschlag juckte, den Schluß der Erzählung mit angehört hatte.

30

Esteban hatte schon nach wenigen Tagen herausgefunden, daß Victor Hugues reichlich optimistisch gewesen war, als er ihm gesagt hatte, die Reise von Cayenne nach Paramaribo sei zur Zeit ein leichtes Unternehmen. Auch Jeannet, der auf den Wohlstand Guadeloupes neidisch war, hatte seine Korsaren: kleine habgierige Schiffsherren, die bei weitem nicht das Format eines Antoine Fuet besaßen und sich auf jedes einzeln fahrende oder verirrte Schiff stürzten – kein Wunder, daß die Nordamerikaner die Tätigkeit der Franzosen in der Karibischen See bereits ›Freibeuterkrieg‹ nannten. Und um sich Geld zu verschaffen, verkaufte Jeannet in Surinam zu jedem Preis die Beute, die diese Leute von ihren Fahrten mitbrachten, und er stellte nur denen, die sein Vertrauen besaßen und an den Geschäften beteiligt waren, Geleitbriefe zum Übertritt auf holländisches Gebiet aus. Er rechtfertigte diese strengen Maßnahmen mit der Behauptung, auf solche Weise hindere man die Deportierten an der Flucht – einige Monate zuvor hatten einige von ihnen dank der Mithilfe eines Feindes des Regimes fliehen können. In Cayenne war man im übrigen auf neue Gesichter nicht sonderlich gut zu sprechen. Jeder Fremde wurde von vornherein als ein möglicher Spitzel des Direktoriums betrachtet. Wenn Esteban nicht weiter auffiel, so lag das daran, daß er für ein Besatzungsmitglied der ›Vénus de Médicis‹ galt, die, auf Ladung wartend, im Hafen noch vor Anker lag. Aber eines Tages würde sie wieder die Segel setzen und für Esteban die Rückkehr nach La Pointe-à-Pitre unvermeidlich werden, wo vielleicht schon der Bürgerkrieg ausgebrochen war oder die inquisitorische Maschinerie des Weißen Terrors zu arbeiten begonnen hatte. Wenn der Jüngling nur an dergleichen dachte, war ihm, als stürze alles in ihm zusammen. Sein Puls schlug dann dumpf und heftig, und etwas legte sich ihm plötzlich auf die Brust, das ihm den Atem nahm. Eine Angst, wie er sie noch nicht kannte, bemächtigte sich seiner und war in ihm am Werk wie eine Krankheit. Schon konnte er nachts nicht mehr ruhig schlafen. Er wachte auf, kaum daß er sich niedergelegt hatte, mit dem Gefühl, alles laste drückend auf ihm: die Wände schienen nur dazusein, um ihn einzuschließen, das Dach, um seine Atemluft zu verringern; das Haus war ein Verlies, die Insel ein Kerker, das Meer und der Urwald Mauern von unermeßlicher Dicke. Der Schein des Morgengrauens brachte ihm eine gewisse Erleichterung. Er erhob sich voller Zuversicht und glaubte, heute werde etwas geschehen, werde irgendein unvorhergesehenes Ereignis ihm den Weg freimachen. Indes der Tag aber langsam ohne besondere Vorkommnisse verrann, packte ihn eine solche Verzweiflung, daß er, als es Abend wurde, keinen Mut und keine Kraft mehr hatte. Er ließ sich auf sein Bett fallen und blieb regungslos liegen – wie versteinert, unfähig, irgendeine Bewegung zu machen, als ob der Körper zu schwer für ihn wäre –, so daß Angesse, die Negerin, glaubte, ein Anfall von Wechselfieber habe ihn geschwächt, und ihm löffelweise einen Fieberrindentrank einflößte, der ihn wiederbeleben sollte. Dann kroch die Furcht vor der Einsamkeit in ihm hoch und trieb ihn in die Gaststube hinunter, wo er irgend jemanden suchte, der ihm Gesellschaft leistete – Hauguard, einen fröhlichen Trinker, den Akadier mit den biblischen Erinnerungen – und ihn auf andere Gedanken brachte ... Da erfuhr man, daß Jeannet vom Direktorium abgesetzt worden war zugunsten eines neuen Agenten namens Burnel, der – so hieß es – Billaud-Varenne sehr schätzte. Die Nachricht wurde von den Beamten der Kolonie mit Entsetzen aufgenommen. Aus Angst, die Deportierten von Sinnamary könnten Amtsmißbräuche und Veruntreuungen anzeigen, schickte man den bedeutenderen Persönlichkeiten unter ihnen, deren Anklagen dem neuen Bevollmächtigten sehr wohl zu Ohren kommen mochten, Arzneien und Lebensmittel. Es ergab sich die merkwürdige Situation, daß die letzten Jakobiner, die in Frankreich verfolgt wurden, in Amerika wieder den Kopf hoben, weil unerklärlicherweise Machtübertragungen und offizielle Ernennungen sich günstig für sie auswirkten. Auf einmal entwickelte sich ein geschäftiger Verkehr zwischen Cayenne, Kourou und Sinnamary, den sich Esteban zunutze machen wollte, um sich der Päckchen und Briefe zu entledigen, die Victor Hugues ihm anvertraut hatte. Nichts hinderte ihn daran, den Inhalt der in Leinwand eingenähten Sendungen zu vernichten oder sich das Geld in den versiegelten Schachteln anzueignen. Er konnte sich auf diese Weise von einem zu Zeiten polizeilicher Nachforschungen stets Argwohn erregenden Gepäck befreien und brauchte doch keine Rechenschaft abzulegen über seine häßliche Handlungsweise, die jetzt weniger häßlich war, da die Lage des hervorragendsten Deportierten ein ganz neues Aussehen bekam. Billaud-Varenne war andererseits ein Mensch, der eine hartnäckige Abneigung in ihm erweckte. Aber Esteban war, weil er so lange in revolutionären Kreisen verkehrt hatte, abergläubisch geworden. Er glaubte, wer sich seiner Gesundheit oder seines Glücks rühme, fordere Krankheit und Unglück heraus. Er glaubte, das Schicksal verfahre immer streng mit denen, die allzusehr ihrem guten Stern vertrauten. Und er glaubte vor allem, die Nichtausführung eines Auftrags oder in gewissen Fällen der bloße Umstand, daß man sich nicht die Mühe machte, einem Unglücklichen zu helfen, könnte zu einer Lähmung der für die eigene Person günstigen Energien und Strömungen führen, wenn ebendiese eigene Person sich gegenüber einer unbekannten, die Taten des Menschen abwägenden Kraft des Egoismus oder auch nur der Lässigkeit schuldig gemacht hatte. Und als er sah, daß es kein noch so abenteuerliches Mittel gab, nach Paramaribo zu gelangen, hoffte er, die Umstände zu seinen Gunsten wenden zu können, indem er sich bemühte, den Auftrag Victor Hugues' auszuführen. In Ermangelung eines anderen Vertrauten sprach er ganz offen mit Hauguard, einem Manne, der es gewohnt war, mit den verschiedensten Menschen Umgang zu haben, und der zwischen seinen Kochtöpfen und seinen Negerinnen hin und her ging, ohne sich von politischen Dingen den Schlaf rauben zu lassen. Durch Hauguard erfuhr Esteban, daß, während Collot d'Herbois ein Gegenstand der allgemeinen Verachtung gewesen war, wegen seiner Trunksucht, seines tränenreichen, an einen Schmierenkomödianten erinnernden Gejammers und seines feigen Benehmens in den letzten Tagen, Billaud sich von einem

Haß umgeben sah, der ihn keineswegs einschüchterte, sondern im Gegenteil einen Stolz in ihm weckte, der sogar die in Erstaunen versetzte, die ihm, mittelbar oder auf Grund einer seiner jetzt vergessenen Befehle, die Leiden der Deportation zu verdanken hatten. Inmitten so vieler, die mutlos waren, die bereuten, die ermattet und verbittert waren, weigerte sich der Unerbittliche von gestern, einsam, menschenscheu und wie aus einem einzigen Stück gegossen, seiner Überzeugung untreu zu werden, und versicherte, wenn die Geschichte einen Sprung nach rückwärts machte und ihn erneut vor die bereits erlebte Situation stellte, würde er noch einmal genauso handeln. Es stimmte, daß er Papageien und Kakadus züchtete — aber er tat es nur, um zum Spott sagen zu können, seine Vögel wiederholten gleich den Völkern alles, was man sie lehrte ... Esteban hätte gern die Reise nach Sinnamary vermieden und seine Päckchen und Briefe einer Vertrauensperson übergeben, die dem Wirt bekannt war. Zu seiner großen Überraschung gab ihm Hauguard den Rat, mit der Oberin der Nonnen von Saint-Paul-de-Chartres zu sprechen, die Billaud-Varennes Wertschätzung genoß und die er mit ›hochachtbare Schwester‹ anredete, seit er von ihr gepflegt worden war während einer schweren Krankheit, die er sich kurz nach seiner Ankunft in der Kolonie zugezogen hatte ... Am nächsten Tag wurde der Jüngling in einen engen Raum des Hospitals geführt, wo er verblüfft vor einem Kruzifix stehenblieb, das gegenüber einem aufs Meer hinausgehenden Fenster hing. Zwischen vier weiß getünchten Wänden, die an Mobiliar nichts weiter bargen als zwei Schemel, einen aus haarigem Leder, einen aus geflochtenen Mähnen — Stoff vom Ochsen, Stoff vom Esel —, gewann das Zwiegespräch zwischen dem Ozean und der Gestalt am Kreuz eine erhöhte, ewig währende, außerhalb der Bedingungen des Ortes und der Wechselfälle der Zeit stehende Feierlichkeit. Alles, was über den Menschen und seine Welt zu sagen war, was zwischen Licht und Finsternis Platz hatte, war gesagt — für alle Zeiten gesagt — in dem, was von der schlichten Geometrie schwarzen Holzes zur fließenden *einen* Unendlichkeit des Weltenschoßes führte, mit jenem Körper als Mittler, der im Todeskampf wiedergeboren wurde ... So lange hatte Esteban keinen Christus mehr gesehen, daß er eine zuinnerst betrügerische Handlung zu begehen glaubte, als er ihn jetzt von ganz nahem schaute mit den Augen dessen, der einen alten Bekannten trifft, welcher ohne Erlaubnis der Behörden in das gemeinsame Vaterland zurückgekehrt ist, aus dem er verbannt gewesen war. Diese Gestalt war der Zeuge und Vertraute seiner Kindheit gewesen, sie war noch jetzt gegenwärtig über dem Kopfende jedes Bettes im fernen Vaterhaus, wo man gewiß auf die Rückkehr des Verschollenen wartete. Und dann stellte sich die Erinnerung an die vielen Dinge ein, die sie beide wußten. Es bedurfte keiner Worte, um von einer gewissen Flucht nach Ägypten zu sprechen und von der berühmten Nacht in einem Stall, umgeben von so vielen Königen und Hirten (und ich erinnere mich jetzt an die Spieldose mit ihrer Hirtin, die mir diese Könige an einem Epiphanienfest, an dem ich besonders traurig war, weil ich das Bett hüten mußte, auf mein Zimmer brachten), umgeben von den Krämern, die Plunder verkauften an den Toren des Tempels, und von den Fischern vom See (ich stellte sie mir immer wie die vor, die, zerlumpt und bärtig, in meiner Heimatstadt mit lauter Stimme frische Tintenfische feilboten) und von besänftigten Stürmen und den grünen Palmzweigen eines Sonntags (Sofia brachte mir die Zweige, die sie von den Klarissinnen hatte, sie stammten von der Königspalme, waren weich und bitter und blieben, um die Stangen meines Bettes geflochten, mehrere Tage lang feucht) und auch von dem allergrößten Prozeß und vom Urteilsspruch und von der Kreuzigung. ›Wie lange hätte ich es ertragen?‹ fragte sich Esteban schon als kleines Kind und glaubte, daß Nägel, die die Handmitte durchbohrten, gewiß nicht allzu weh taten. Und er hatte es hundertmal ausprobiert, hatte sich mit einer Stricknadel, einem Bleistift, dem Schnabel eines Ölkrugs in die Hand gestochen und immer fester gedrückt, ohne große Schmerzen zu verspüren. Bei den Füßen würde die Probe zweifellos viel schwerer sein, wegen der größeren Dicke. Es bestand jedoch die Möglichkeit, daß die Kreuzigung nicht die schlimmste aller von Menschen erdachten Todesarten gewesen war. Aber das Kreuz war ein Anker und ein Baum, und es war nötig, daß der Sohn Gottes seinen Todeskampf auf der Form durchlitt, die zugleich die Erde und das Wasser symbolisierte – das Holz und das Meer, die Esteban an diesem Morgen bei ihrer ewigen Zwiesprache überrascht hatte in dem engen Raum des Hospitals. Aus seinen zeitlosen Überlegungen herausgerissen durch einen Hornstoß von den Zinnen der Festung, mußte er plötzlich daran denken, daß die Schwäche der Revolution, die die Welt so sehr betäubt hatte mit dem Geschrei eines neuen *Dies Irae,* in ihrem Mangel an starken Göttern begründet lag. Das Höchste Wesen war ein Gott ohne Geschichte. Ihm war kein Moses erstanden, der das Format besessen hatte, den Worten des Brennenden Busches zu lauschen und den Bund zwischen dem Ewigen und den Stämmen seiner Wahl zu schließen. Es war nicht Fleisch geworden, noch hatte es unter den Menschen gelebt. Den ihm zu Ehren abgehaltenen Zeremonien fehlte das Sakrale, fehlte die Kontinuität von Ziel und Zweck, die Unerschütterlichkeit gegenüber dem Zufälligen und Unmittelbaren, die in einer Jahrhunderte umgreifenden Bahn den Gesteinigten von Jerusalem mit den vierzig Legionären von Sebaste, den Bogenschützen Sebastian, den Bischof Irenäus, die Kirchenlehrer Augustinus, Anselm und Thomas mit Felipe de Jesús, dem Märtyrer der Philippinen, verband, dem zu Ehren in vielen mexikanischen Kapellen gelbhäutige Christusfiguren standen, die aus Zuckerrohrfibern gefertigt waren und in ihrem Material dem Fleisch so nahe kamen, daß die Hand, die sie berührte, zurückschreckte, weil sie glaubte, noch pulsendes Leben gefühlt zu haben in der Stichwunde, die in ihrer Seite klaffte und die von der Lanze stammte – der einzigen, die sich auf solche Weise gerötet hatte ... Esteban verspürte nicht das Bedürfnis, zu beten, denn er besaß keinen Glauben, aber die Gesellschaft des Gekreuzigten war ihm doch angenehm, und er fühlte sich in eine vertraute Atmosphäre zurückversetzt. Dieser Gott gehörte ihm als Erbteil an, er hatte einen Anspruch auf ihn; er konnte ihn ablehnen, aber er war Teil des Vermächtnisses seines Volkes. »Guten Tag«, sagte er fröhlich zu ihm mit halblauter Stimme. »Guten Tag«, antwortete hinter ihm die ruhige Stimme der Oberin. Ohne größere Umschweife schilderte er ihr den Zweck seines Besuchs. »Gehen Sie als unser Sendbote nach Sinnamary«, sagte die Nonne, »und fragen Sie dort nach

Abbé Brottier. Dem können Sie Ihre Pakete geben, er ist der einzige sichere Freund, den Monsieur Billaud-Varenne in dieser Kolonie hat ...« – ›Ohne Frage‹, dachte Esteban, ›hier geschehen die seltsamsten Dinge.‹

31

Die Deportierungen, das stand fest, hatten Sinnamary in einen sehr eigenartigen Ort verwandelt, der etwas Unwirkliches und Phantastisches hatte innerhalb der düsteren Wirklichkeit seines Elends und seiner Schwären. Inmitten einer Vegetation vom Urbeginn der Welt existierte hier so etwas wie ein von der Pest verheerter, von Leichenkondukten durchzogener antiker Staat, dessen Menschen, die ein Hogarth hätte gezeichnet haben können, eine ständige Karikatur ihrer früheren Ämter und Funktionen darstellten. Da waren die Priester, die ihre verbotenen Bücher wieder ans Tageslicht gefördert hatten und jetzt ihre Messen in der Urwaldkathedrale zelebrierten: einem indianischen Gemeinschaftshaus, dessen einziger Raum etwas von einem gotischen Kirchenschiff hatte mit seinen steil aufragenden Balken, die ein hohes Palmblattdach trugen. Da waren die Abgeordneten, stets in Fraktionen gespalten, Wortfechter, Schismatiker, die die Geschichte anriefen, klassische Texte zitierten und das Forum beherrschten, den Hinterhof eines Wirtshauses, der von Viehgehegen eingefaßt war – wenn die Diskussionen allzu hitzig geführt wurden, streckten die Schweine den Rüssel durch die Gitterstäbe. Da war die Armee, repräsentiert durch den unglaublichen Pichegru (es gelang Esteban nicht, das Bild dieses Mannes mit seiner guayanischen Gestalt in Einklang zu bringen), der einem Geisterheer Befehle erteilte und ganz vergaß, daß die Soldaten einen Ozean weit weg waren. Und inmitten dieser Leute bewegte sich, stumm, verabscheut wie ein Atride, der Tyrann von einst, von niemandem angesprochen, taub, abwesend, gleichgültig gegenüber dem Haß, den seine Gegenwart auslöste. Die Kinder blieben stehen, wenn der Expräsident der Jakobiner, Expräsident des Nationalkonvents und ehemalige Angehörige des Öffentlichen Wohlfahrtsausschusses vorüberging, der Mann, der die Massaker von Lyon, von Nantes, von Arras gebilligt und die Prairial-Gesetze unterzeichnet hatte, der Ratgeber Fouquier-Tinvilles, der nicht gezögert hatte, den Tod Saint-Justs, Couthons und sogar Robespierres zu fordern, nachdem er Danton aufs Schafott geschickt hatte — all dies bedeutete für die Neger von Cayenne jedoch noch wenig verglichen mit dem Muttermord, den für sie die Enthauptung einer Königin darstellte, die, wie sie sich ausmalten, die Königin eines so riesigen Reiches wie Europa gewesen war. Und — merkwürdiger Umstand — diese ganze vergangene Tragödie, die auf der größten Bühne der Welt gelebt worden war, verlieh Billaud-Varenne eine gruselige Majestät — die Kraft einer Faszination, welche er auf die ausübte, die ihn am meisten verabscheuten. Während andere, die man für seine Freunde hätte halten sollen, ihm ostentativ aus dem Weg gingen, näherten sich seinem Haus auf einmal unter dem seltsamsten Vorwand ein zerlumpter bretonischer Pfarrer, ein ehemaliger Girondist, ein durch die Sklavenbefreiung ruinierter Grundbesitzer oder ein feinsinniger Abbé von enzyklopädischer Bildung wie dieser Brottier, an dessen Tür Esteban nun anklopfte nach einer anstrengenden Fahrt an Bord eines Schoners längs einer niedrigen, versumpften, von Manglehainen bestandenen Küste. Den Jüngling empfing ein Schweizer Bauer mit der roten Nase des Weißweintrinkers; er hieß Sieger und wartete gerade auf den Abbé. »Er leistet mehreren Sterbenden Beistand«, sagte er. »Jetzt, wo dieses Schwein von Jeannet sich entschlossen hat, ihnen Arzneien, Kichererbsen und Anis zu schicken, krepieren die Deportierten gleich zu zehnt und zwölft an einem Tag. Wenn Burnel kommt, wird hier nur noch ein einziger Friedhof sein, wie schon in Iracoubo.« Esteban erfuhr von dem Schweizer, daß Billaud so sehr auf die Protektion des neuen Agenten des Direktoriums baute, daß er bereits mit einem wichtigen Posten in der Kolonie rechnete und inzwischen ein Programm verschiedener Verwaltungsreformen zusammenstellte. Mit zusammengezogenen Brauen, undurchdringlich, spazierte dieser Orest in den frühen Abendstunden draußen vor dem Ort umher, auf korrekte Kleidung eine Sorgfalt legend, die eigenartig von der zunehmenden Nachlässigkeit anderer Deportierter abstach, deren Leidensmonate man auf den ersten Blick am Zustand ihres Anzugs hätte abzählen können. Die zuletzt Eingetroffenen starrten vor Würde, ragten durch das Ansehnliche ihrer Kleider fast wie Giganten aus einer Welt gebeugter, nackter Wesen heraus. Umgeben von Bittstellern und Besiegten, hob der Richter den Kopf und versicherte, man werde ihn bald in Paris sehen, wo er seine Feinde zunichte machen und bestrafen wolle; seine Uniform trug ein in Ungnade gefallener Militärführer zur Schau, der von ›seinen‹ Offizieren, ›seiner‹ Infanterie und ›seinen‹ Kanonen sprach. Als Volksvertreter fühlte sich, wer für immer aufgehört hatte, ein solcher zu sein; satirische Stücke und Rachegesänge verfaßte der vergessene Autor, den sogar seine Eltern für tot hielten. Jeder fühlte sich gedrängt, Memoiren, Apologien, Geschichten der Revolution, unzählige Staatstheorien zu schreiben, und die Hefte wurden reihum gelesen im Schatten eines Johannisbrotbaums oder eines Bambusgebüschs. Diese Zurschaustellung von Stolz, Abneigung und Verachtung inmitten des tropischen Dickichts wurde zu einem neuen Totentanz, in dem jeder Amt und Würden herauskehrte, während er doch schon vom Hunger, von der Krankheit, von seinem Ende vorgeladen war. Jener vertraute auf die Freundschaft einer hochgestellten Persönlichkeit, ein anderer auf das zähe Ringen eines Advokaten, ein dritter auf eine unmittelbar bevorstehende Revision ›seines Falles‹. In ihre Hütten zurückgekehrt, sahen sie dann aber ihre Füße, die von Insekten zerfressen waren, welche sich ihnen unter die Nägel gruben, und Morgen für Morgen erhoben sich die Körper aus dem Schlaf mit neuen Wunden, Abszessen und Krätzestellen. Am Anfang geschah immer das gleiche: wenn die Angehörigen eines neuen Schubs noch einige Energie besaßen, fanden sie sich zu Rousseauschen Gemeinschaften zusammen, teilten sich in alle Arbeiten und erlegten sich einen festen Stundenplan und eine feste Ordnung auf – wobei sie sich, um sich Mut zu machen, Verse aus den ›Georgica‹ vorsprachen. Man besserte die Hütte aus, die durch den Tod ihrer letzten Bewohner frei geworden war; man ging Holz und Wasser holen, während die übrigen rodeten, die Erde umgruben und säten. Mit Hilfe der Jagd und des Fischfangs hoffte man die Zeit bis zur ersten Ernte zu überstehen. Und da der Richter nicht seinen einzigen

Rock beschmutzen, der Militärführer nicht seine Uniform verderben konnte, ging man zum Anzug aus grobem Tuch, zum Kittel aus Etamin über, die bald von Harz und Pflanzensäften befleckt waren, welche jeder Lauge trotzten. Alle wurden äußerlich immer mehr zu Bauern aus einem Gemälde von Le Nain, mit ihren struppigen Bärten und den allmählich tiefer ins Gesicht einsinkenden Augen. Der eifrige, geschäftige Tod war schon auf ihren Feldern am Werk und half jäten, umgraben, das Saatkorn in die Furche streuen. Der eine bekam Fieber, der andere begann grünliche Galle zu spucken, der dritte griff sich an den aufgeblähten, rumorenden Leib. Die Urwaldpflanzen fielen inzwischen wieder und wieder über das gerodete Land her, dessen Kräuter und Gewächse von hunderterlei Ungeziefer zerfressen wurden. Und schon waren die abgezehrte Bettler, die sich eben noch bemühten, dem Boden ein weniges zu entreißen, als auf einmal so dichter und heftiger Regen fiel, daß man eines Morgens in überschwemmten Hütten erwachte – das Wasser erreichte halbe Kniehöhe, und ringsum waren über die Ufer getretene Flüsse und Felder, die keine Feuchtigkeit mehr aufnehmen konnten. Das war der Augenblick, auf den die Neger gewartet hatten, um mit Zauberwerk über die Siedler aus Notdurft herzufallen, die sie für Eindringlinge hielten, welche sich auf einem Gebiet niedergelassen hatten, das sie letztlich für sich selbst beanspruchten. Wenn der Richter, der Militärführer, der Volksvertreter jetzt morgens aufstanden, sahen sie sich von seltsamen, ebenso schauerlichen wie unbegreiflichen Dingen bedroht: ein Ochsenschädel mit rot bemalten Hörnern stand vor einer Hütte aufgepflanzt; oder es waren Flaschenkürbisse voller Knöchelchen, Maiskörner und Eisenfeilspäne; oder Steine, von der Form von Gesichtern, in die man an der Stelle der Augen und Zähne Muscheln eingefügt hatte. Man fand in blutige Tücher eingehüllte Kieselsteine, kopfüber von einer Oberschwelle herabhängende schwarze Hühner, Schlingen aus Menschenhaar, an der Tür befestigt mit einem Nagel – einem plötzlich aufgetauchten Nagel, wo doch jeder Nagel seinen Preis kostete, hineingeschlagen kurz zuvor, ohne daß man einen Hammerschlag vernommen hatte. Eine Atmosphäre böser Zauberkünste umschlang die Deportierten unter den schwarzen Wolken, die auf den Dächern zu lasten schienen. Einige erinnerten, um sich zu beruhigen, an die Hexen der Bretagne und die bösen Geister von Poitou, vermochten aber nicht mehr ruhig zu schlafen, da sie sich umlauert, bewacht, heimgesucht wußten von nächtlichen Wesen, die nie eine Spur hinterließen und sich geheimnisvoller Zeichen bedienten, um anzudeuten, daß sie dagewesen waren. Von unsichtbaren Motten zernagt, waren eines Tages von der Galauniform des Militärführers, von dem besten Rock des Richters, vom letzen Hemd des Tribuns nur noch Fetzen übrig, wenn ihren Besitzern nicht schon vorher eine im Dickicht verborgene Klapperschlange, die, von einem kräftigen Stoß des Schwanzes getrieben, mit unbarmherziger Schnelligkeit wie eine Feder aus ihrem Versteck hervorschoß, derartige Sorgen abgenommen hatte. Im Lauf weniger Monate hatten sich der stolze Richter, der dünkelhafte Militärführer, der einstige Tribun, der Volksvertreter, der widerspenstige Priester, der Öffentliche Ankläger, der Polizist und Denunziant, der Einflußreiche von damals, der Kuhhandel-Advokat, der abtrünnige Monarchist und der Babouvist, der jedes Privateigentum abschaffen wollte, in erbarmungswürdige, in Lumpen gehüllte Kreaturen verwandelt, die sich einem Grab im kalten Lehm entgegenschleppten, dessen Kreuz und Namensinschrift von der Erde getilgt werden würden, wenn die nächsten Regengüsse herabstürzten. Und als ob das alles noch nicht genug gewesen wäre, fiel über diese Vernichtungslager der gierige Schwarm der kleinen Kolonialbeamten her, derer, die mit dem Elend Geschäfte machten und für die Beförderung eines Briefes, für das Versprechen, einen Arzt kommen zu lassen, einen Arzneitrank, eine Flasche Zukkerrohrschnaps oder Nahrung zu besorgen, den Trauring, einen Anhänger, ein Familienmedaillon an sich nahmen – irgendeinen Gegenstand, den der alte Besitzer bis zur Erschöpfung verteidigt hatte als letzten Anhaltspunkt und Vorwand für ein Weiterleben.

Die Nacht senkte sich schon herab, als Sieger, des Wartens müde, Esteban vorschlug, zusammen mit ihm zum Hause des Verhaßten zu gehen, wo sich Abbé Brottier wahrscheinlich aufhalte. Esteban hatte bis jetzt kein Interesse daran bekundet, den allzu berühmten Deportierten persönlich zu Gesicht zu bekommen, aber der Hinweis, daß dieser vielleicht demnächst in Cayenne ein Amt bekleiden werde, bestimmte ihn dazu, den Vorschlag des Schweizers anzunehmen. Und mit einer Mischung von Neugierde und Furcht betrat er das baufällige, aber peinlich sauber gehaltene Haus, in dem Billaud, mit Augen, die Monate der Langeweile widerspiegelten, in einem von Termiten zerfressenen Sessel sitzend, alte Zeitungen las.

32

Fiero monstruo. GOYA

Ein wenig von der Würde eines entthronten Königs haftete der distanzierten Höflichkeit an, mit der der Schreckliche von einst entgegennahm, was Victor Hugues ihm schickte. Er schien nicht sonderlich daran interessiert zu sein, zu erfahren, was die versiegelten Päckchen enthielten, sondern bot Esteban einen Platz an seinem Tisch und ein Bett an — von ihm vorsichtshalber als spartanisches Lager bezeichnet —, in dem er die Nacht verbringen konnte. Dann wollte er wissen, ob man auf Guadeloupe im Besitz von Nachrichten sei, die Cayenne, ›diesen Kielboden der Welt‹, noch nicht erreicht hatten. Und als er erfuhr, daß Victor Hugues nach Paris zurückgerufen worden war, um über seine Regierungstätigkeit Rechenschaft abzulegen, sprang er, von jähem Zorn gepackt, auf: »So etwas!... So etwas! Diese Schwachköpfe werden jetzt den vernichten, der verhindert hat, daß die Insel eine englische Kolonie wurde. Jetzt werden sie Guadeloupe verlieren und dem Tag entgegensehen, an dem ihnen das perfide Albion dieses Guayana wegnimmt!« (›Seine Sprache hat sich wenig verändert‹, dachte Esteban, der sich erinnerte, eine berühmte Rede übersetzt zu haben, in der Billaud ›das perfide Albion‹ beschimpfte, das sich die Herrschaft über die Meere sichern wollte, ›indem es den Ozean mit seinen schwimmenden Festungen bedeckte‹.) Aber da traf auch schon Abbé Brottier ein, den ein Vorfall, dessen Augenzeuge er gewesen war, sehr erregt hatte: Um die Toten des Tages schneller zu verscharren, hoben die Soldaten der schwarzen Garnison von Sinnamary empörend flache Gräber aus und hüpften dann den Leichen auf dem Leib herum, damit sie in die Mulden hineinpaßten, in denen kaum ein Ei Platz fand. An anderen Orten machte man sich nicht einmal die Mühe, die Toten auf einen Wagen zu laden, sondern schleifte sie an den Füßen bis zu ihrem Loch. »Und fünf haben sie unbestattet in ihren schon stinkenden Hängematten verschnürt liegenlassen — sie haben gesagt, sie hätten genug Aas herumgetragen und seien müde. Heute nacht schlafen in Sinnamary die Lebenden und die Toten gemeinsam in einem Haus.« (Esteban mußte jetzt an eine andere Stelle aus derselben Rede denken, die Billaud vor vier Jahren gehalten hatte: *›Der Tod ist ein Appell an die Gleichheit, den ein freies Volk durch einen öffentlichen Akt heiligen muß, der ihm ständig diese notwendige Warnung vor Augen führt. Das Trauergeleit ist die tröstende Ehrung, die sogar die grausige Spur des Todes tilgt: sie ist der letzte Gruß der Natur!‹)* »Wenn ich daran denke, daß wir diesem Volk die Freiheit geschenkt haben!« sagte Billaud, zu einer Vorstellung zurückkehrend, die ihm seit seinem Eintreffen in Cayenne keine Ruhe ließ. »Wir dürfen den Pluviôse-Erlaß auch nicht allzusehr als den erhabenen Irrtum des revolutionären Humanitarismus betrachten«, bemerkte Brottier ironisch im ungezwungenen Ton dessen, der sich die Freiheit herausnahm, mit dem Schrecklichen zu diskutieren. »Als Sonthonax auf Santo Domingo glaubte, die Spanier würden sich auf die Kolonie stürzen, erklärte er auf eigene Rechnung und Gefahr die Neger für frei. Das war ein Jahr, bevor Sie und die anderen Herren im Konvent vor Begeisterung weinten, als Sie die Gleichheit aller Bewohner der überseeischen französischen Besitzungen ausriefen. Auf Haiti hat man es getan, um die Spanier loszuwerden, auf Guadeloupe, um die Engländer desto sicherer vertreiben zu können, und hier, um die reichen Grundbesitzer und die alten Akadier kleinzukriegen, die durchaus bereit waren, sich mit den Engländern und Holländern zu verbünden, um zu vermeiden, daß die Guillotine von La Pointe-à-Pitre nach Cayenne gebracht wurde. Nichts weiter als Kolonialpolitik!« — »Die die schlimmsten Folgen hatte«, sagte Sieger, der infolge des Pluviôse-Erlasses ohne Arbeitskräfte auskommen mußte. »Sonthonax ist nach Havanna geflohen. Jetzt verlangen die Neger die Unabhängigkeit.« – »Wie sie sie auch hier fordern«, sagte Brottier, der sich daran erinnerte, daß man in Guayana schon zwei Verschwörungen zur Erlangung der Freiheit niedergeschlagen hatte – die Initiative zur zweiten wurde dabei, vielleicht etwas kühn, Collot d'Herbois zugeschrieben. (Esteban konnte ein den anderen unerklärliches Lachen nicht unterdrücken bei dem Gedanken daran, daß Collot hier eine Art schwarzes Koblenz hätte schaffen wollen.) »Ich erinnere mich noch«, sagte Sieger, »an diese lächerliche Proklamation, die Jeannet in Cayenne an allen Wänden anbringen ließ, als er das große Ereignis verkündete.« Und mit unnatürlich tiefer Stimme sprechend, fuhr er fort: »*Es gibt nicht mehr Herren und Sklaven . . . Die Bürger, die bis jetzt als entsprungene Neger bezeichnet wurden, können zu ihren Brüdern zurückkehren, die ihnen Sicherheit, Schutz und die Freude verschaffen werden, die der Genuß der Menschenrechte hervorruft. Die Sklaven waren, können von gleich zu gleich mit ihren einstigen Herren verkehren, was die zu beendenden oder neu aufzunehmenden Arbeiten betrifft.*« Dann dämpfte er die Stimme: »Die Französische Revolution hat in Amerika weiter nichts getan, als eine große Negerflucht zu legalisieren, die schon im 16. Jahrhundert anfing. Die Neger haben nicht auf Sie gewartet, um sich zahllose Male für frei zu erklären.« Und eine für einen Franzosen ungewöhnlich gute Kenntnis amerikanischer Ereignisse verratend (aber da fiel Esteban ein, daß er ja Schweizer war), berichtete der Pflanzer von den Negeraufständen, die in schrecklicher Kontinuität auf dem Kontinent einander gefolgt waren . . . Mit dumpfem Trommelwirbel hatte der Zyklus in Venezuela begonnen, als der Neger Miguel sich mit den Bergarbeitern von Buría erhoben und ein Königreich auf einer Erde gegründet hatte, die so blendend weiß war, daß sie gemahlenes Kristall hätte sein können. Und keine Orgelpfeifen, sondern Bambusrohre erklangen, rhythmisch auf den Boden gestampft, zur Weihezeremonie, als ein Bischof vom Kongo oder vom Jorubastamm, der von Rom zwar ignoriert wurde, aber Mitra und Hirtenstab trug, der Negerin Guiomar, der Gemahlin des ersten afrikanischen Monarchen Amerikas, die königliche Krone auf die Schläfen drückte: Guiomar war zur gleichen Macht aufgestiegen wie Miguel ... Und schon rollen die Trommeln im Tal der Neger, in Mexiko und längs der Küste von Veracruz, wo ein Vizekönig namens Martín Enríquez, um entlaufene Sklaven zu bestrafen, die Kastrierung der Geflüchteten befiehlt, ›ohne ihre Vergehen und Ausschreitungen weiter zu untersuchen‹ ... Und wenn diese Bestrebungen noch kurzlebig waren, so sollte die von dem Großhäuptling Ganga-Zumba mitten im brasilianischen Urwald angelegte starke ›Palisade der Palmenhaine‹ fünfundsechzig Jahre bestehen. An ihren nachgiebigen Befestigungswerken aus Holz und Pflanzenfasern scheiterten mehr als zwanzig holländische und portugiesische Militärexpeditionen, die mit ihrer Artillerie nichts auszurichten vermochten gegen eine Taktik, welche alte numidische Kriegslisten wiederaufleben ließ und manchmal Tiere verwandte, um in den Reihen der Weißen Panik auszulösen. Gegen Kugeln gefeit war Zumbi, Neffe des Königs Zumba und Marschall der Heerscharen – seine Männer konnten auf den Dächern des Urwalds dahingehen und fielen wie reife Früchte auf die feindlichen Kolonnen herab ... Und der Krieg der Palmenhaine sollte noch vierzig Jahre dauern, als die entlaufenen Neger von Jamaica sich in die Berge schlugen und einen freien Staat gründeten, der fast ein Jahrhundert lang bestand. Die britische Krone mußte sich den Gebirglern nähern und von Regierung zu Regierung mit ihnen verhandeln und ihrem Führer, einem Buckligen namens Old Cudjoe, die offizielle Freilassung aller seiner Leute und die Abtretung von fünfzehnhundert Morgen Land versprechen ... Zehn Jahre später rollten die Trommeln auf Haiti: In der Gegend von Cap Français begann der Moslem Mackandal, ein Einarmiger, dem man werwölfische Kräfte zuschrieb, eine Revolution, die mit Gift vorging; in die Häuser und Brunnen wurden unbekannte Giftstoffe gestreut, die Menschen und Haustiere dahinrafften. Und der Neger war auf dem Marktplatz noch nicht richtig verbrannt, da mußte Holland schon ein Heer von europäischen Söldnern bilden, um in den Urwäldern Surinams die schrecklichen Streitkräfte dreier populärer Häuptlinge, Zan-Zans, Bostons und Arabys, zu bekämpfen, die die Kolonie zu verheeren drohten. Vier aufreibende Feldzüge wurden nicht ganz fertig mit einer geheimen Welt, die die Sprache der Hölzer, Felle und Fibern verstand und spurlos in ihren im wirren Dickicht verborgenen Siedlungen verschwand, wo man wieder die altangestammten Götter verehrte . . . Und schon sah es so aus, als wäre die Ordnung der Weißen neu aufgerichtet auf dem Kontinent, da hatte sich, kaum sieben Jahre waren es jetzt her, ein anderer moslemischer Neger, Bouckman, im Kaiman-Wald von Santo Domingo erhoben und die Häuser verbrannt und die Felder verwüstet. Vor noch nicht drei Jahren hatten die Neger von Jamaica erneut rebelliert, um die Bestrafung zweier Räuber zu rächen, die in Trelawney-Town hingerichtet worden waren. Man hatte die Truppen von Port Royal mobilisieren und ganze Meuten abgerichteter kubanischer Hunde nach Montego Bay bringen müssen, um diesen Aufstand niederzuschlagen. Und in diesem Augenblick nun rührten in Bahia die Farbigen neue Trommeln: die der ›Rebellion der Schneider‹, die im Macumbarhythmus Gleichheit und Brüderlichkeit forderten—auf diese Weise wurden die Djuka-Trommeln Bundesgenossen der Französischen Revolution . . . »Man sieht also«, schloß Sieger, »daß der berühmte Pluviôse-Erlaß diesem Kontinent nichts Neues gebracht hat — wenn nicht für die Neger einen Grund mehr, sich wie eh und je in die Büsche zu schlagen.« — »Es muß eigentlich erstaunen«, sagte Brottier nach einer kurzen Pause, »daß die Neger von Haiti die Guillotine nicht haben wollten. Sonthonax konnte sie nur einmal aufstellen. Die Neger kamen in hellen Scharen, um zu sehen, wie man damit einen Menschen enthauptet, und als sie den Mechanismus der Maschine begriffen hatten, stürzten sie sich auf sie und schlugen sie in Stücke.« Der Abbé hatte seinen Pfeil abgeschossen und wußte, wo er hintreffen würde. »Mußte man sehr streng verfahren, um auf Guadeloupe die Ordnung wiederherzustellen?« fragte Billaud, der gewiß sehr genau über alles unterrichtet war, was sich dort zugetragen hatte. »Vor allem am Anfang«, sagte der Jüngling, »als die Guillotine auf der Place de la Victoire stand.« — »Harte Realität, die weder Männern noch Frauen verzeiht«, meinte Sieger zweideutig. »Ich kann mich nicht erinnern, daß eine Frau guillotiniert wurde«, sagte Esteban und war sich noch im selben Augenblick bewußt, daß er diese Bemerkung zur ungelegenen Zeit gemacht hatte. Der Abbé, eiligst bemüht, das Gespräch in andere Bahnen zu lenken, verwickelte sich in banalen Betrachtungen. »Nur die Weißen unterwerfen die Frauen der Strenge ihrer härtesten Gesetze. Die Neger reißen ihrem Opfer die Beine auseinander, vergewaltigen es, schlitzen ihm den Bauch auf, aber sie wären nicht imstande, eine Frau kaltblütig hinzurichten. Wenigstens ist mir kein Beispiel dafür bekannt.« — »Für sie ist die Frau der Bauch«, sagte Esteban. »Und für uns ein Kopf«, ergänzte Sieger. »Einen Bauch zwischen den Hüften tragen — das ist weiter nichts als Schicksal. Einen Kopf auf den Schultern tragen ist eine Verantwortung.« Billaud zuckte die Achseln, um anzudeuten, daß er das Aperçu des Schweizers nicht für besonders geistreich hielt. »Kehren wir zur Sache zurück«, sagte er mit einem leisen Lächeln, das kaum sein Gesicht bewegte — sein Blick war so undurchdringlich, daß man nie genau wußte, ob er nachdachte oder aufmerksam dem Gespräch folgte. Der Pflanzer berichtete weiter von den Negersklaven: »Einer der größten Verbrecher der Geschichte war Bartolomé de las Casas, soviel steht für mich fest. Er hat vor fast drei Jahrhunderten ein Problem geschaffen, das sogar die Tragweite eines Ereignisses wie die Revolution übertrifft. Unsere Enkel werden diese Greuel von Sinnamary, von Kourou, Conanama und Iracoubo als unbedeutende Wechselfälle menschlichen Leidens betrachten, wenn das Negerproblem noch immer ungelöst sein wird. Jetzt legalisieren wir ihre Erhebung von Santo Domingo, und schon werfen sie uns von der Insel herunter. Bald werden sie fordern, mit den Weißen unter gleichen Bedingungen zusammenzuleben.« — »Das werden sie niemals erreichen!« rief Billaud. »Und warum nicht?« fragte Brottier. »Weil wir *anders* sind. Ich bin von gewissen philanthropischen Schwärmereien abgekommen, Herr Abbé. Von einem Numider zu einem Römer ist ein weiter Weg. Ein Garamante ist kein Athener. Dieser Pontus Euxinus, an dessen Rand wir verbannt sind, ist nicht das Mittelmeer.« . . . Da erschien Brigitte; Billauds junge Dienstmagd, die, als sie zwischen der Küche und dem unordentlichen, als Eßzimmer dienenden Raum hin und her gegangen war, bereits mit ihren für eine weder kraushaarige noch Anzeichen eines Doppelmischlings aufweisende Frau ungewöhnlich fein geschnittenen Zügen Estebans Aufmerksamkeit erweckt hatte. Sie mochte ungefähr dreizehn Jahre alt sein, aber ihr schlanker Körper war wohl ausgebildet und zeichnete sich in Rundungen ab, die den groben Stoff ihres Kleides spannten. Mit respektvoll ruhiger Stimme verkündete sie, daß das Abendessen – ein reichlich bemessener Eintopf von Bataten, Bananen und Rauchfleisch – aufgetragen sei. Billaud holte eine Flasche Wein, ein außerordentlicher Luxus, den er sich seit kaum drei Tagen leisten konnte, und die vier nahmen einander gegenüber Platz, ohne daß Esteban sich darüber klargeworden wäre, welches Zusammentreffen von ungewöhnlichen Umständen eine so enge Freundschaft zustande gebracht hatte zwischen dem Verhaßten, einem Abbé, der ihm vielleicht seine Deportation verdankte, und einem kalvinistischen Pflanzer, der wegen eben der Ideen, die der Herr des Hauses verkörperte, um sein Vermögen gekommen war. Jetzt redeten alle von Politik. Man erzählte, Hoche sei vergiftet worden, die Popularität Bonapartes nehme von Tag zu Tag zu, und man habe unter den Papieren des Unbestechlichen Briefe gefunden, aus denen hervorging, daß er, als er durch die Ereignisse des Thermidor gestürzt wurde, gerade im Begriff gewesen war, ins Ausland zu gehen, wo er über wohl verwahrte persönliche Mittel verfügte. Diese ewigen Klatschgeschichten um die Ehrgeizigen von gestern und die Mächtigen von heute ermüdeten Esteban seit geraumer Zeit. Alle Unterhaltungen steuerten das gleiche Ziel an, so daß der Jüngling schließlich die Gelegenheit zu einem friedlichen Gespräch über den Gottesstaat, das Leben der Biber oder die Wunder der Elektrizität herbeisehnte. Er fühlte sich sehr müde, und die Uhr zeigte noch nicht acht, als er sich für sein ständiges Einnicken entschuldigte und um die Erlaubnis bat, sich auf den Strohsack legen zu dürfen, den Billaud ihm angeboten hatte. Er griff nach einem Buch, das auf einem Schemel lag, wo es jemand liegengelassen haben mußte. Es war ein Roman von Ann Radcliff: ›Der Italiener oder der Beichtstuhl der schwarzen Büßer‹. Ein Satz, auf den sein Blick zufällig fiel, sprach ihn im Innersten an: *Alas! I have no longer a home: a circle to smile welcome upon me. I have no longer even one friend to support, to retain me! I am a miserable wanderer on a distant shore!...* Kurz nach Mitternacht wachte er auf: Im Nebenzimmer, mit bloßem Oberkörper wegen der Hitze, saß Billaud-Varenne und schrieb im Schein einer Lampe. Ab und zu tötete er mit kräftigem Hieb ein Insekt, das sich auf seine Schulter oder seinen Nacken gesetzt hatte. Neben ihm, auf einem Lager ausgestreckt, nackt, befächelte sich die junge Brigitte Brüste und Schenkel mit einer alten Nummer der ›Décade Philosophique‹.

33

Dieser Monat Oktober – ein zyklongeladener Oktober mit heftigen nächtlichen Regenfällen, unerträglicher Hitze in den Morgenstunden, plötzlichen Schauern am Mittag, die die Schwüle mit Ausdünstungen, die nach Schlamm, Ziegelstein und feuchter Asche rochen, nur noch drückender machten – bedeutete für Esteban eine ständige schwere Krisis. Der Tod des Abbé Brottier – er war während eines kurzen Aufenthalts in Cayenne ganz plötzlich gestorben an den Folgen einer aus Sinnamary mitgebrachten Seuche – traf ihn im höchsten Maße. Der Jüngling hatte einige Hoffnung auf die möglichen Beziehungen des aktiven und ungezwungenen Kirchenmanns gesetzt, was seine Ausreise nach Surinam betraf. Jetzt aber, da er niemanden hatte, dem er vertrauen konnte, blieb Esteban gefangen, und eine ganze Stadt, ein ganzes Land war sein Gefängnis. Und dieses Land hatte so dichte Urwälder, daß nur das Meer als Tür nach draußen in Frage kam, und diese Tür war mit den schlimmsten aller Schlüssel versperrt, denen aus Papier. Man erlebte zur Zeit eine Vervielfältigung, eine allgemeine Wucherung von Papieren, bedeckt mit Stempeln, Siegeln, Unterschriften und gegenzeichnenden Unterschriften, deren Namen alle Synonyme von ›Erlaubnisschein‹, ›Geleitbrief‹ und ›Passeport‹ und alle sonstigen Vokabeln in Anspruch nahmen, die irgendeine Ermächtigung bedeuten mochten – Ermächtigung zur Reise in ein anderes Land, eine andere Gegend und manchmal nur in eine andere Stadt. Die Steuereinnehmer, Zehntempfänger, Mautner und Zöllner früherer Zeiten waren kaum mehr als eine malerische Vorhut der polizeilichen und politischen Heerscharen, die jetzt überall ihren Eifer daransetzten – die einen aus Furcht vor der Revolution, die anderen aus Furcht vor der Konterrevolution –, die Freiheit des Menschen einzuschränken, soweit es um seine elementare, fruchtbare, schöpferische Möglichkeit der Fortbewegung auf der Oberfläche des Planeten ging, den zu bewohnen das Schicksal ihn nun einmal bestimmt hatte. Esteban verzweifelte, stampfte vor Wut auf, wenn er daran dachte, daß der Mensch, nachdem er auf das Nomadentum seiner Ahnen verzichtet hatte, nun seinen souveränen Willen zur Ortsveränderung *einem Papier* unterwerfen mußte. ›Kein Zweifel‹, dachte er, ›ich bin nicht zu dem geboren, was man heute unter einem guten Staatsbürger versteht . . .‹ Während dieses Monats war alles Verwirrung, Lärm und Unordnung in Cayenne. Erregt über seine angekündigte Absetzung, hetzte Jeannet die schwarze Miliz auf die elsässischen Truppen, die ihren seit Monaten ausstehenden Sold forderten. Aber dann erschrak er und kündigte eine unmittelbar bevorstehende Blockade der Kolonie durch nordamerikanische Geschwader an und beschwor das Gespenst einer möglichen Hungersnot herauf, was die Leute dazu veranlaßte, vor den Lebensmittelgeschäften Schlange zu stehen. »Auf diese Weise verkauft er die Waren, die er aufgestapelt hat, ehe der andere sie ihm abnimmt«, sagte Hauguard als alter Kenner gewisser Machenschaften in den Kolonien . . . Anfang November legte sich die Spannung mit dem Eintreffen Burnels an Bord der Fregatte ›L'Insurgée‹, die vom Fort aus mit Kanonendonner begrüßt wurde. Kaum hatte sich der neue Agent des Direktoriums im Regierungsgebäude eingerichtet, ließ er auch schon, ohne die zu beachten, die in seinem Vorzimmer warteten und ihn nur zu gern über viele Dinge ›unterrichtet‹ hätten, Billaud-Varenne aus Sinnamary herüberkommen und umarmte ihn überschwenglich zum Entsetzen derer, die geglaubt hatten, der Schreckliche von einst sei in noch tiefere Vergessenheit geraten. Man erfuhr in Cayenne, daß die beiden Männer, die sich drei Tage lang in ein Amtszimmer einschlossen, in das sie sich sogar den Käse und den Wein ihrer kleinen Imbißmahlzeiten bringen ließen, eine Reihe lokaler politischer Probleme besprochen hatten. Vielleicht hatten sie auch die Lage der Deportierten untersucht, denn einige der Kranken aus Kourou wurden auf einmal nach Sinnamary gebracht. »Etwas spät«, murmelte Hauguard zwischen den Zähnen. »In Kourou, Conanama und Iracoubo beträgt die Sterblichkeit in den besten Monaten dreißig Prozent. Ich weiß von einer Gruppe von achtundfünfzig Gefangenen, die die ›Bayonnaise‹ vor einem Jahr gebracht hat — von denen sind nur noch acht am Leben. Unter den letzten Toten war ein Gelehrter, Havelange, Rektor der Universität von Löwen.« Der Wirt hatte recht: Die Deportation hatte in diesen von schwarzen Geiern, Gebeinen und Gräbern bedeckten Todeslagern ihre eigenen Zwecke übertroffen. Vier große guayanische Flüsse hatten ihre indianischen Namen riesigen Friedhöfen von Menschen weißer Hautfarbe gegeben — viele von ihnen waren gestorben, weil sie einer Religion die Treue gehalten hatten, die der Weiße seit drei Jahrhunderten den Indianern einzuimpfen suchte ... Sieger, der Schweizer, der in die Stadt gekommen war, um in aller Verschwiegenheit über den Ankauf eines Landguts für Billaud-Varenne zu verhandeln, machte Esteban eine überraschende Eröffnung, die bewies, wie sehr sich der Geist der Jakobiner, der *Cordeliers* und *Enragées* in der Regierung von Cayenne wieder durchzusetzen begann: im stillen vom Direktorium unterstützt, hatte Burnel die Absicht, Geheimagenten nach Surinam zu entsenden zu dem Zweck, dort unter Hinweis auf den Pluviôse-Erlaß vom Jahre II einen allgemeinen Sklavenaufstand auszulösen und dann diese Kolonie zu annektieren — ein ganz besonders gemeines Vorhaben, wenn man bedachte, daß Holland zur Zeit der einzige loyale Bundesgenosse war, den Frankreich in Südamerika besaß. In dieser Nacht lud Esteban den Schweizer auf sein Zimmer ein und traktierte ihn mit den besten Weinen des Hauses in Gesellschaft der Dienstmägde Angesse und Scholastique, die sich nicht lange bitten ließen, ihre Blusen und Röcke auszuziehen, als Hauguard, keineswegs empört über die Gelüste seiner Gäste, zu Bett ging. Nachdem sie die Orgie gehörig ausgeschlafen hatten, sprach der Jüngling ganz offen mit Sieger und bat ihn, seinen Einfluß zu benutzen und ihm einen Paß für Surinam zu beschaffen. »Dort«, versicherte er mit einem Augenzwinkern, »könnte ich als Propagandist und Agitator sehr nützlich sein.« — »Sie tun gut daran, sich aus dem Staub zu machen«, sagte der andere. »Dieses Land kann jetzt nur noch die Spekulanten und Freunde der Regierung interessieren. Entweder man ist Politiker oder man ist Strohmann. Sie haben auf Billaud einen guten Eindruck gemacht. Versuchen wir, Ihnen das Papier zu verschaffen, das Sie brauchen.« . . . Eine Woche später lichtete die ›Diomède‹ die Anker, die jetzt ›L'Italie Conquise‹ hieß, mit Kurs auf die Nachbarkolonie und dem Auftrag, dort eine Ladung Waren zu verkaufen, die noch Jeannets Korsarenkapitäne erbeutet hatten — nur daß der Profit jetzt in Burnels Tasche wanderte.

Als Esteban nach seiner beklommenen Wartezeit im niederdrückenden und schmutzigen Milieu Cayennes — einer Welt, deren Geschichte eine einzige Aufzählung von Raub, Epidemien, Blutbädern, Verbannungen und Todeskämpfen en masse war — als Esteban nun auf einmal durch die Straßen Paramaribos schritt, hatte er den Eindruck, plötzlich in eine Stadt geraten zu sein, die sich zu einem großen Fest herausgeputzt hatte, eine Stadt, der ein wenig von einer flämischen Kirmes und viel von einem tropischen Schlaraffenland anhaftete. Ein Garküchenüberfluß schien sich über die von Orangenbäumen, Tamarinden und Zitronenbäumen beschatteten Alleen mit ihren freundlichen Häusern aus schönem Holz ergossen zu haben — es waren Häuser von drei und vier Geschossen darunter, und die scheibenlosen Fenster hatten Gazevorhänge. Die Räume waren ausgestattet mit großen Schränken, die von Wohlhabenheit überquollen, und unter hohen Fliegenschleiern aus Tüll schaukelten breite Hängematten mit Zierquasten. Esteban entdeckte die Armleuchter und Lüster, die geheimnisvollen Spiegel, die Windschirme, das vertraute Kristallglas seiner Kindheit wieder. Fässer rollten über Laderampen, Gänse schnatterten in den Hinterhöfen, die Querpfeifer der Garnison lärmten, und von der Höhe des Forts Zeelandia herab verkündete ein Wachtposten, der mit ausholend-steifem Schwung gegen eine Glocke schlug, das Fortschreiten der Stunden auf der Sonnenuhr. Die Metzgerei bot Schildkrötenfleisch und Schweinskeulen, gespickt mit Knoblauch, feil, und in den Lebensmittelgeschäften waren Wunderdinge aufgetaucht, die Esteban schon beinahe vergessen hatte: Porterbier, dicke westfälische Schinken, geräucherte Aale und Streifenbarben, Sardellen in Kapernmarinade mit Lorbeerblättern und kräftiger Durham-Mostrich. Auf dem Fluß schwammen Barken mit vergoldetem Bug und Laternen im Heck, mit ihren schwarzen, von weißen Lendenschurzen bedeckten Ruderern, die im Paddeltakt die Arme bewegten zwischen Sonnenplanen und Baldachinen aus heller Seide oder Genueser Samt. Zu einer solchen Verfeinerung war man in diesem überseeischen Holland gelangt, daß die Fußböden aus Mahagoniholz mit bitteren Orangen abgerieben wurden, deren Saft, vom Holz aufgeschluckt, einen köstlichen Gewürzduft verbreitete. Die katholische Kirche, die protestantischen Gotteshäuser, die portugiesische Synagoge, die deutsche Synagoge, mit ihren Glokken, Orgeln, Gesängen, Hymnen und Psalmodien, die machtvoll erklangen an Sonntagen und Festtagen, von Weihnachten bis zum Versöhnungsfest, vom Passahfest bis Ostersamstag, die Tempel mit ihren Texten und Liturgien, ihren vergoldeten Kerzen, Lichtern und prächtigen Hanukkah-Memorah-Lampen ragten vor Estebans Augen auf als Symbole einer Toleranz, die der Mensch in bestimmten Teilen der Welt zu erringen und zu bewahren sich bemüht hatte, ohne vor religiösen oder politischen Inquisitionen zu verzagen ... Indes die ›Italie Conquise‹ ihre Waren entlud und verkaufte, trieb sich der Jüngling am Ufer des Surinam-Flusses umher, das so etwas wie der öffentliche Badestrand der Stadt war, und ließ sich erzählen, daß häufig nordamerikanische Schiffe eintrafen, zu denen auch ein schlanker Segler mit Namen ›Arrow‹ gehörte. Esteban wagte nicht zu hoffen, daß sein Aufenthalt in Paramaribo mit dem Einlaufen des Schiffes von Kapitän Dexter zusammenfiel – außerdem waren sechs Jahre eine lange Zeit, vielleicht hatte ein anderer jetzt das Kommando –, aber er sah doch die letzte Etappe seines Abenteuers vor sich. Er würde, wenn der französische Schoner in See stach, in Paramaribo bleiben als ›Handelsagent‹ der Regierung von Cayenne mit dem Auftrag, mehrere hundert gedruckte Kopien des Erlasses vom Monat Pluviôse des Jahres II, in holländischer Übersetzung und mit einem Aufruf zur Erhebung am Schluß, dort zu verteilen, wo mit der größten Wirkung gerechnet werden konnte.

Esteban hatte schon die Stelle ausgewählt, an der er den ganzen Papierstoß ins Wasser werfen wollte, fest verschnürt und mit großen Steinen beschwert, damit er für immer in den Tiefen des Flusses verschwand. Dann wollte er auf ein Yankeeschiff warten, das auf der Rückreise nach Baltimore oder Boston in Santiago de Cuba oder Havanna Station machte. Inzwischen konnte er sich vielleicht mit einer der blonden Holländerinnen vergnügen, mit einem jener üppigen, sanften, in der Hülle, die ihre fleischliche Fülle umspannte, fast golden strahlenden Mädchen, die sich zum Fenster hinauslehnten nach dem Abendessen, um die Nachtluft einzuatmen. Die einen sangen und begleiteten sich zur Laute, andere benutzten als Vorwand für nicht angekündigte Besuche ihre Stickarbeiten, mit denen sie von einer Tür zur anderen gingen und die die wehmütige Vision einer Delfter Gasse zeigten, die Fassade eines aus dem Gedächtnis nachgebauten Rathauses oder ein buntes Gemisch von Wappenschilden und Tulpen. Man hatte Esteban gesagt, daß die Ausländer sich der besonderen Gunst dieser liebenswürdigen Personen erfreuten, die wußten, daß ihre Gatten dunkelhäutige Geliebte hatten draußen auf den Haziendas, wo sie nur zu oft über Nacht blieben. *Nigra sum, sed Formosa, filiae Ierusalem. Nolite me considerare quod fusca sum quia decoloravit me sol.* Der heimlich schwelende Konflikt, der sich hier andeutete, betraf im übrigen nicht nur diese Stadt und nicht nur dieses Land. Viele weiße Männer hingen, wenn sie erst anfängliche Skrupel überwunden hatten, mit solcher Leidenschaft der dunklen Haut an, daß man von Hexerei hätte sprechen können. Man erzählte sich Geschichten von Aufgüssen, Drogen, geheimnisvollen Tränken, die verstohlen dem weißen Geliebten eingeflößt wurden, um ihn zu ›binden‹, zurückzuhalten, seinen Willen in solchem Maße zu beeinflussen, daß ihn schließlich eine Frau seiner eigenen Rasse überhaupt nicht mehr zu reizen vermochte. Der Herr gefiel sich in den Rollen des Stiers und des Schwans und des Goldregens, in denen er nicht nur seinen edlen Samen, sondern auch Armbänder, Tücher, Röcke aus feinem Kattun und Blumenessenzen aus Paris verschenken konnte. Der Weiße, dessen Verirrungen in die Regionen der weiblichen Dienerschaft nachsichtig beurteilt wurden, verlor nichts von seinem Prestige, wenn er sich der Negerin näherte, und eine zahlreiche Nachkommenschaft in allen Schattierungen von Hellbraun bis Dunkelbraun verlieh ihm nur den beneidenswerten Ruf eines patriarchalischen Befruchters. Die weiße Frau dagegen, die sich einem Mann von farbiger Haut näherte – was äußerst selten vorkam –, wurde als ein Greuel angesehen. Von den Landen der Natchez bis zum Strand von Mar del Plata konnte man auf keine schlimmere Rolle verfallen als die einer kolonialen Desdemona ... Mit dem Einlaufen der ›Amazon‹, eines Frachters aus Baltimore, der vom Rio de la Plata zurückkehrte, ging für Esteban nach der Abreise der ›Italie Conquise‹ der Aufenthalt in Paramaribo zu Ende. Er hatte während der Wartezeit die Gunst einer reifen Dame genossen, die Romane las, welche sie noch für sehr neu hielt – ›Clarissa Harlowe‹ und ›Pamela‹ von Richardson zum Beispiel –, aber einen noch frischen, wohlriechenden Körper besaß, den sie stets mit verschwenderischen Mengen von Reispulver geschmeidig machte. Sie traktierte ihn mit portugiesischen Weinen, indes der Gatte aus hinlänglich bekannten Gründen auf der Hazienda ›Egmont‹ nächtigte ... Zwei Stunden ehe er sein Gepäck an Bord der ›Amazon‹ schaffte, ging Esteban zu Chefarzt Greuber ins städtische Hospital, um sich der Gutartigkeit einer kleinen Schwellung zu vergewissern, die ihn unterm linken Arm plagte. Nachdem man ihm eine erweichende Salbe auf die schmerzende Stelle gestrichen hatte, wurde er von dem guten Doktor in einem Zimmer verabschiedet, in dem neun von bewaffneten Posten bewachte Neger friedlich einen beißenden, fermentierten, nach Essig riechenden Tabak rauchten in Tonpfeifen mit so weit abgenagtem Mundstück, daß ihnen der Pfeifenkopf fast an den Lippen klebte. Und der Jüngling erfuhr zu seinem Entsetzen, daß diese Sklaven, die sich des Fluchtversuchs schuldig gemacht hatten, vom Gerichtshof zur Amputation des linken Beines verurteilt worden waren. Und da das Urteil sauber und auf wissenschaftliche Art vollstreckt werden mußte und keine altertümlichen, barbarischen Zeiten angehörende Methoden angewandt werden durften, die übermäßige Schmerzen bedingten und das Leben des Verurteilten in Gefahr brachten, wurden die neun

Sklaven zum besten Chirurgen Paramaribos gebracht, damit dieser, mit der Säge in der Hand, das vom Gericht Verfügte ausführte. »Es werden auch Arme amputiert«, sagte Doktor Greuber, »wenn der Sklave die Hand gegen seinen Herrn erhoben hat.« Und damit wandte sich der Arzt zu den Wartenden um: »Der erste, bitte!« Als Esteban sah, wie ein großer Neger mit eigenwilliger Stirn und muskulösem Körperbau sich stumm erhob, rannte er, der glaubte, ohnmächtig zu werden, in die nächste Taverne, wo er nach einem Schnaps verlangte, um sein Entsetzen hinunterzuschlucken. Und er blickte zur Fassade des Hospitals hinüber und konnte den Blick nicht von einem gewissen geschlossenen Fenster losreißen und dachte daran, was dort vor sich ging. »Wir sind die schlimmsten Bestien der Schöpfung«, sagte er wieder und wieder voller Zorn, wütend auf sich selbst — er wäre fähig gewesen, dieses Gebäude in Brand zu stecken, hätte er die Mittel dazu besessen ... An der Reling der ›Amazon‹ stehend, die schon langsam in der mittleren Strömung des Surinam dem offenen Meer entgegenglitt, warf Esteban mehrere Packen mitten in ein Fischerboot hinein, das von Negern gerudert wurde: »Da — lest das!« rief er ihnen zu. »Und wenn ihr nicht lesen könnt, dann laßt es euch von einem anderen vorlesen.« Es waren die Flugblätter mit dem ins Holländische übersetzten Text des Erlasses vom Pluviôse des Jahres II, die der Jüngling, wofür er sich jetzt glücklich pries, nicht im Wasser versenkt hatte, wie dies eigentlich seine Absicht gewesen war.

34

Er befand sich vor dem Drachenschlund, in der endlos weiten Sternennacht, an der Stelle, wo schon der Großadmiral Fernandos und Isabellas das Süßwasser im Kampf mit dem Salzwasser gesehen hatte, den die beiden seit den Tagen der Schöpfung ausfochten. ›Das süße schob das salzige fort, damit es nicht eindringe, und das salzige das süße, damit es nicht herauskönne.‹ Doch heute wie gestern nahmen die großen, aus dem Binnenland kommenden, von der Augustüberschwemmung ausgerissenen, von den Klippen gestoßenen Stämme Kurs auf das Meer, dem Süßwasser entfliehend, um sich über die Weite des Salzwassers zu zerstreuen. Esteban sah sie dahintreiben nach Trinidad, nach Tobago, zu den Grenadinen, schwarz sich abzeichnend von dem zitternden Meeresleuchten gleich den großen, den ganz großen Barken, die vor nicht allzu vielen Jahrhunderten dieses selben Wegs gefahren waren auf der Suche nach einem Gelobten Land. In jenem Steinzeitalter – einer für viele dennoch kaum vergangenen, noch aktuellen Zeit – war das Reich des Nordens die fixe Idee aller, die sich nachts um die Feuer versammelten. Und trotzdem wußte man sehr wenig von ihm. Die Fischer hatten ihre geringen Kenntnisse von anderen Fischern, die sie wiederum von anderen Fischern weiter fort und weiter oben hatten, welche ihrerseits von noch weiter entfernt lebenden Fischern unterrichtet worden waren. Aber die *Gegenstände* waren gereist, durch Tauschhandel und zahllose Meeresfahrten auf den Weg geschickt. Die Gegenstände waren hier, rätselhaft und feierlich, mit dem ganzen Geheimnis ihrer Herstellung. Es waren kleine Steine – was kam es auch auf die Größe an? –, die durch ihre Formen sprachen; Steine, die schauten, herausforderten, lachten oder sich zu seltsamen Grimassen verzerrten, gekommen aus dem Land, wo es riesige Esplanaden, Jungfrauenbäder und unerhörte Gebäude gab. Weil die Männer so oft vom Reich des Nordens sprachen, erlangten sie allmählich ein Eigentumsrecht darauf. So viele Dinge hatten die von Generation zu Generation weitergegebenen Worte geschaffen, daß diese Dinge schließlich eine Art Gemeinschaftsvermögen geworden waren. Diese ferne Welt stellte ein Land in Erwartung dar, wo sich das Auserwählte Volk zwangsläufig eines Tages niederlassen würde, wenn die Zeichen des Himmels die Stunde des Aufbruchs verkündeten. Dieser Stunde harrend, nahm die Zahl der Menschen immer mehr zu und verdichtete das Ameisengewimmel der Leute an der Mündung des Flusses-ohne-Ende, des Mutter-Flusses, die Hunderte von Tagereisen südlich des Drachenschlundes lag. Ganze Stämme waren aus ihren Gebirgslanden herabgestiegen und hatten die Siedlungen aufgegeben, die ihnen seit undenklichen Zeiten als Wohnstätten dienten. Andere hatten das rechte Flußufer verlassen, während die, die tiefer im Urwald lebten, jeweils bei Neumond in Gruppen erschienen, erschöpft aus dem Dickicht auftauchten mit dem geblendeten Blick derer, die lange Monate hindurch im grünen Dämmerlicht den Flußläufen gefolgt waren und die Sümpfe umgangen hatten ... Das Warten zog sich jedoch hin. Solche Ausmaße nahm das Unternehmen an, so lang sollte der zurückzulegende Weg sein, daß die Führer sich nicht entscheiden konnten. Die Kinder wuchsen heran und die Enkel, und noch waren alle hier, in wimmelnder Zahl, untätig, und sprachen von nichts anderem und betrachteten die Gegenstände, deren Verlockung mit dem Warten wuchs. Und eines Nachts – man würde sich dessen immer erinnern – zog mit lautem Zischen ein flammendes Ding über den Himmel und zeigte die Richtung an, die die Menschen sich seit vielen Jahren gesetzt hatten, um zum Reich des Nordens zu gelangen. Da machte sich die Horde auf den Weg, in Hunderte von Kampftrupps unterteilt, und fiel in die fremden Länder ein. Die Männer wurden unbarmherzig ausgerottet, während man die Frauen zur Vermehrung des siegreichen Volkes am Leben ließ. So entstanden die Idiome: das der Frauen, Sprache von Küche und Geburten, das der Männer, Sprache von Kriegern, deren Kenntnis für ein erhabenes Vorrecht galt ... Über ein Jahrhundert dauerte der Zug durch den Urwald, über Ebenen, durch Engpässe, bis die Eindringlinge am Meeresufer standen. Man hatte erfahren, daß die Menschen anderer Völker, von dem schrecklichen Vormarsch der Leute aus dem Süden unterrichtet, zu Inseln aufgebrochen waren, die weit hinter dem Horizont lagen, wenn auch wieder nicht *so sehr* weit. Neue Gegenstände, den schon bekannten ähnelnd, deuteten an, daß der Kurs über die Inseln vielleicht der geeignetste war, um zum Reich des Nordens vorzudringen. Und da die Zeit nicht zählte, sondern nur die Vorstellung, eines Tages das Land in Erwartung zu erreichen, hielten die Männer inne, um die Kunst der Seefahrt zu erlernen. Die an den Küsten zurückgelassenen zerbrochenen Kanus dienten als Modelle der ersten Boote, die die Eindringlinge aus hohlen Baumstämmen zurechtzimmerten. Aber da man große Entfernungen zu überwinden hatte, bauten sie sie immer größer und länger, mit hohem, schlankem Bug, so daß bis zu sechzig Mann darin Platz fanden. Und eines Tages machten sich die Ururgroßenkel derer, die die Wanderung zu Land begonnen hatten, auf die Wanderung zur See und brachen, in Gruppen zu mehreren Barken, zur Entdeckung der Inseln auf. Nicht schwer fiel es ihnen, die Meerengen zu überqueren, der Strömungen zu spotten, von Land zu Land springend und die Bewohner tötend — friedliche Ackerbauern und Fischer, die von der Kriegskunst nichts verstanden. Von Insel zu Insel rückten die Seefahrer vor, jedesmal um ein weniges klüger und kühner, daran gewöhnt schon, den Kurs nach dem Stand der Sterne zu richten. Und je weiter sie ihrer Route folgten, um so mehr wuchsen vor ihren Augen die Türme, die Esplanaden, die Gebäude des Reichs des Nordens in die Höhe, in die Breite. Man fühlte, daß man dem Ziel nahe war, wo die Inseln immer größer, immer gebirgiger, immer reicher wurden. Noch drei Inseln, noch zwei, vielleicht nur noch eine — man zählte jetzt schon nach Inseln —, und man würde endlich das Land in Erwartung erreicht haben. Schon standen die Vorhuten auf der größten Insel von allen — vielleicht der letzten Etappe. Die nahen Schätze würden nicht mehr erst von den Enkeln der Eindringlinge geschaut werden, noch diese ihre eigenen Augen würden sie sehen. Und beim bloßen Gedanken daran beschleunigte sich der Rhythmus der Taktlieder, und die Ruder tauchten, bewegt von ungeduldigen Händen, in langer Reihe ins Meer.

Doch da begannen sich am Horizont eigenartige, unbekannte Formen abzuzeichnen, Wasserfahrzeuge mit Höhlen an den Seiten und obendrauf wachsenden Bäumen, zwischen denen Tücher gespannt waren, die sich aufblähten oder flatterten und nie gesehene Zeichen trugen. Die Eindringlinge stießen mit anderen Eindringlingen zusammen, von denen sie nichts geahnt hatten, nichts hatten ahnen können und die, von wer weiß woher kommend, gerade rechtzeitig eintrafen, um einen jahrhundertealten Traum zu zerstören. Die Große Wanderung sollte kein Ziel mehr haben: das Reich des Nordens sollte in die Hände der Unvermuteten übergehen. In ihrer Erbitterung, ihrem aus dem Innersten heraufdrängenden Zorn stürzten sich die Kariben auf diese ungeheuren Schiffe, deren Verteidiger sie mit ihrer Kühnheit in Erstaunen versetzten. Sie kletterten die Bordwände hinauf und griffen in einer blutrünstigen Verzweiflung an, die sich die Neuankömmlinge nicht erklären konnten. Zwei miteinander unvereinbare historische Zeiten standen sich in diesem Kampf gegenüber, der keinen Waffenstillstand zuließ und in dem der Mensch der Totems dem Menschen der Theologie begegnete. Denn das umstrittene Archipel war plötzlich zu einem theologischen Archipel geworden. Die Inseln änderten ihre Identität und fügten sich dem Mysterienspiel des Großen Welttheaters ein. Die erste Insel, die der Eindringling entdeckt hatte, der von einem für die Leute dort unten unvorstellbaren Kontinent kam, hatte den Namen Christi erhalten, als man an ihrem Gestade ein erstes Kreuz aus Zweigen aufgerichtet hatte. Bei der zweiten war man auf die Mutter zurückgegangen und hatte sie Santa Maria de la Concepción genannt. Die Antillen verwandelten sich in ein riesiges, lichtdurchflutetes Kirchenfenster, in dem die Stifter schon in der Gestalt der Fernandina und der Isabella gegenwärtig waren, während der Apostel Thomas, Johannes der Täufer, die heilige Lucia, der heilige Martin, Unsere Liebe Frau von Guadeloupe und die erhabenen Darstellungen der Trinität sich an ihrem jeweiligen Ort ansiedelten und die Städte Navidad, Santiago und Santo Domingo entstanden auf dem himmelblauen Grund, gebleicht durch das korallenartige Labyrinth der Elftausend Jungfrauen, die so zahllos waren wie die Sterne des *Campus Stellae*. Durch einen Sprung über Jahrtausende rückte dieses Mittelmeer zum Erben des anderen Mittelmeers auf und empfing, zusammen mit dem Getreide und dem Latein, dem Wein und der Vulgata, die christlichen Zeichen. Nimmer würden die Kariben zum Reich der Mayas gelangen; sie sollten ein um seine Belohnung gebrachtes, auf dem Höhepunkt seines jahrhundertelangen Mühens zu Tode getroffenes Volk bleiben. Und von ihrer Großen Wanderung, die vielleicht am linken Ufer des Amazonas begann, als die Chronologien *der anderen* ein 13. Jahrhundert anzeigten, das nur für sie das dreizehnte war, blieb an Stränden und Ufern allein die Wirklichkeit der karibischen Petroglyphen zurück – Marksteine eines nie geschriebenen Heldenliedes – mit ihren unter stolzen Sonnenemblemen in den Stein eingefügten gezeichneten Wesen ... Vor den Mündungen des Drachenschlundes befand sich Esteban im immer noch sternenfunkelnden Morgengrauen, dort, wo der Großadmiral das Süßwasser im Kampf mit dem Salzwasser sah, einem Kampf, der mit der Schöpfung begonnen hatte. ›Das süße schob das salzige fort, damit es nicht eindringe, und das salzige das süße, damit es nicht herauskommen könne.‹ Doch dieses so mächtige Süßwasser konnte nur von der Terra Infinita kommen oder, was Menschen, die noch an die Existenz der von Isidor von Sevilla aufgeführten Ungeheuer glaubten, viel wahrscheinlicher klang, aus dem irdischen Paradies. An immer andere Stellen hatten die Kartographen dieses irdische Paradies versetzt, von Asien nach Afrika mitsamt seiner Quelle, die die größten Flüsse speiste. So weit herumgekommen war es, daß der Großadmiral, als er das Wasser kostete, auf dem sein Schiff schwamm, und es ›immer süßer und schmackhafter‹ fand, glaubte, der Fluß, der sich hier ins Meer ergoß, müsse am Fuß des Lebensbaums entspringen. Dieser blitzartige Gedanke läßt ihn an den klassischen Texten zweifeln: ›Ich finde keine Schrift der Lateiner oder der Griechen und habe auch noch nie eine gefunden, die in beglaubigter Weise den Ort des irdischen Paradieses auf dieser Welt nennt, noch habe ich ihn auf einer Karte eingezeichnet gesehen.‹ Und da der ehrwürdige Beda und der heilige Ambrosius und Duns Scotus das Paradies im Osten ansiedelten und die Menschen von Europa in diesen Osten gekommen zu sein glaubten, indem sie mit der Sonne gesegelt waren und nicht gegen sie, lag in verblüffender Weise offenkundig zu Tage, daß die nach dem heiligen Dominicus benannte spanische Insel Tarsis und Caethia und Ophir und Ophar und Cipango war – ja, alle von den Alten erwähnten Inseln oder Lande, die man bis jetzt schlecht hatte unterbringen können in einer durch Spanien *abgeschlossenen* Welt, wie auch die ganze Halbinsel abgeschlossen gewesen war, weil es ihre Rekonquistadoren so gewollt hatten. Jetzt waren die von Seneca angekündigten ›säumigen Jahre‹ angebrochen, ›in denen das ozeanische Meer die Verknüpfungen der Dinge lockern und eine große Erde sich öffnen wird; und ein neuer Seefahrer gleich dem, der Jason den Weg wies, wird eine neue Welt entdecken; und dann wird die Insel Thule nicht mehr die hinterste der Erde sein‹. Auf einmal bekam die Entdeckung eine gigantische theologische Dimension. Diese Reise zum Perlengolf des Landes der Gnade stand mit leuchtendem Nachdruck im Buch der Prophezeiungen Jesajas geschrieben. Es bestätigte sich die Verkündung des Abts Joaquín Calabrés, der gesagt hatte, aus Spanien werde der kommen, der den Auftrag habe, das Haus des Berges Zion wieder aufzubauen. Die Welt hatte die Form einer Frauenbrust, mit einer Warze, auf deren Spitze der Lebensbaum wuchs. Und jetzt wußte man, daß an ihrem unerschöpflichen Quell, der genügte, den Durst aller Lebewesen zu stillen, sich nicht nur der Ganges, der Tigris und der Euphrat nährten, sondern auch der Orinoco, der Fluß der großen, zum Meer hinabeilenden Baumstämme, an dessen oberem Ende nun endlich nach so langer Wartezeit — erreichbar jetzt, zugänglich, ergründbar in all seinem Glanz — das irdische Paradies festgestellt worden war. Und hier im Drachenschlund, dessen Wasser die aufgehende Sonne durchleuchtete, konnte der Großadmiral seinen Jubel hinausschreien, nachdem er den Sinn des weltenalten Kampfes des Süßwassers mit dem Salzwasser begriffen hatte: »So mögen denn der König und die Königin, die Fürsten und ihre Reiche unserem Heiland Jesus Christus danken, der uns einen solchen Sieg schenkte. Mögen Prozessionen und feierliche Feste abgehalten werden und die Tempel sich füllen mit Zweigen und Blumen; möge Christus auf Erden frohlocken, wie er im Himmel frohlocken mag über die bevorstehende Rettung so vieler Völker, die bis jetzt dem Verderben anheimgegeben waren.« Das viele Gold dieser Länder würde ein Ende machen mit der erbärmlichen Knechtschaft, in der das seltene Gold Europas den Menschen gefangenhielt. Erfüllt waren die Weissagungen der Propheten, bestätigt die Vermutungen der Alten und auch die Inspirationen der Theologen. Der ewige Kampf der Wasser an einer solchen Stelle der Welt wollte besagen, daß man endlich nach jahrhundertelangem Warten und Hoffen das Land der Verheißung erreicht hatte . . . Esteban befand sich im Drachenschlund, der so viele Expeditionen verschlungen hatte, die aus dem Salzwasser in das Süßwasser hineinfuhren auf der Suche nach dem Land der Verheißung, das sich von neuem fortbewegte und dem Zugriff entziehen wollte – so hartnäckig, daß es sich schließlich für alle Zeiten hinter dem kalten Spiegel der Seen Patagoniens verbarg. Und er dachte, an die Bordbrüstung der ›Amazon‹ gelehnt gegenüber der gebirgigen, bewaldeten Küste, die sich nicht verändert hatte, seit der Großadmiral Isabellas und Fernandos sie geschaut – er dachte an das Fortbestehen des Mythos vom Land der Verheißung. Je nach der Färbung des Jahrhunderts wandelte sich der Charakter des Mythos, immer neuen Begierden sich anpassend und doch stets der gleiche bleibend: eine bessere Welt – es gab sie, mußte sie geben, es war einfach notwendig, daß es sie gab in der gegenwärtigen Zeit, irgendeiner gegenwärtigen Zeit. Die Kariben hatten sich diese bessere Welt auf ihre Weise ausgemalt, wie schon der Großadmiral Isabellas und Fernandos, im sprudelnden Drachenschlund, geblendet, erleuchtet durch den Geschmack dieses aus der Ferne gekommenen Wassers, sie sich ausgemalt hatte. Die Portugiesen hatten vom wunderbaren Reich des Priesters Johannes geträumt, wie eines Tages die Kinder der kastilischen Hochebene von einem Eldorado träumen sollten, nachdem sie mit einem Stück Brot, Öl und Knoblauch ihre Abendmahlzeit gehalten hatten. Eine bessere Welt hatten die Enzyklopädisten in der Gesellschaft der Inkas gefunden, als bessere Welt galten auch die Vereinigten Staaten, als von dort Botschafter ohne Perücke und mit Schnallenschuhen nach Europa kamen, die sich in schlichten, klaren Worten ausdrückten und im Namen der Freiheit ihren Segen erteilten. Und zu einer besseren Welt war Esteban aufgebrochen vor einiger Zeit, geblendet von der hohen Feuersäule, die sich im Osten zu erheben schien. Und jetzt kehrte er vom Unerreichten zurück, von einer ungeheuren Müdigkeit erfüllt, die sich vergeblich mit der Erinnerung an ein angenehmes Abenteuer Erleichterung zu verschaffen suchte. Indes die Tage der Seereise verstrichen, zeichnete sich das Erlebte wie ein großer Alptraum ab – ein Alptraum von Bränden, Verfolgungen und Bestrafungen, angekündigt durch Cazotte, dessen Kamele Windhunde ausspien, durch die Auguren mit ihrem Gerede vom Ende der Zeiten, die es in so großer

Zahl gegeben hatte in diesem so langen Jahrhundert, das die Ereignisfülle mehrerer Jahrhunderte in sich barg. Die Farben, die Laute, die Worte, die ihn noch verfolgten, bereiteten ihm ein tiefes Unbehagen ähnlich dem, wie es an irgendeiner Stelle der Brust, dort, wo die Beklemmung fühlbar wird in Klopfschlägen und in der Asymmetrie der Rhythmen des Leibes, die letzten Nachwirkungen einer Krankheit hervorrufen, die tödlich hätte sein können. Was hinter ihm zurückblieb, was sich in der Erinnerung verband zu einer Symphonie von Schwärze und Aufruhr, von Trommelwirbeln, Todeskämpfen, Schreien und Beilhieben, gesellte sich in seinen Gedanken zu Vorstellungen von einem Erdbeben, von einem Massenkampf, einer rituellen Raserei ... »Ich habe unter Barbaren gelebt«, sagte Esteban zu Sofia, als sich ihm mit feierlichem Scharnierknarren die dicke Tür des Hauses seiner Jugend auftat, das noch immer an seiner Ecke stand im einzigartigen Schmuck der hohen, weißgestrichenen Fenstergitter.

FÜNFTES KAPITEL

35

Con razón o sin ella. GOYA

»Du!« hatte Sofia ausgerufen, als sie diesen jungen Mann vor sich stehen sah, der breiter und größer geworden war und harte, rauhe Hände bekommen hatte und der, von der Sonne gebräunt, gleich den Seeleuten seine wenigen Habseligkeiten in einem Segeltuchsack über der Schulter trug. »Du!« Und sie küßte ihn auf den Mund, auf die schlecht rasierten Wangen, auf die Stirn, auf den Hals. »Du!« sagte Esteban, verblüfft, erstaunt der Frau innewerdend, die er jetzt umarmte und die so sehr Frau, erblühtes junges Weib und so ganz anders war als das Mädchen mit den schmalen Hüften, dessen Bild er in sich getragen hatte – so ganz anders als jenes Wesen, das zu sehr jungfräuliche Mutter gewesen war, um eine Cousine, zu sehr Kind, um Frau zu sein: geschlechtslose Spielgefährtin, hilfreiche Gegenwart bei seinen häufigen Erstickungsanfällen – die Sofia von einst. Er blickte sich jetzt um, sah alles wieder, aber mit dem deutlichen Gefühl, ein Fremder zu sein. Er, der so oft von dem Augenblick der Heimkehr geträumt hatte, empfand nicht das, was er erwartet hatte. Alles Vertraute – zur Genüge Vertraute – war ihm so gut wie fremd, und er konnte keine Verbindung mit den Dingen mehr herstellen. Da war die Harfe, zu Füßen der Wandbehänge mit den Kakadus, Einhörnern und Windhunden, hier die schrägkantig geschliffenen Spiegel, der venezianische Spiegel mit seinen nebelhaften Blumen, dort die Bibliothek mit ihren jetzt wohlgeordneten Bücherreihen. Gefolgt von Sofia betrat er das Eßzimmer mit den breiten Schränken und den von der Zeit geschwärzten Stilleben mit ihren von Früchten eingerahmten Hasen und Fasanen. Er ging auf das Zimmer neben der Küche zu, das seit seiner Kindheit das seine gewesen war. »Warte, ich muß den Schlüssel holen«, sagte Sofia. (Esteban erinnerte sich, daß es in den alten kreolischen Häusern Sitte war, die Zimmer der Toten für alle

Zeiten abzuschließen.) Als die Tür aufging, stand er vor einem staubbedeckten Wirrwarr von Marionetten und physikalischen Apparaten, die auf dem Fußboden lagen, auf den Sesseln, auf dem eisernen Bett, das so lange eine Folterbank gewesen war. Noch hing der verblaßte Montgolfier-Ballon an seinem Bindfaden, noch immer zeigte die kleine Puppenbühne ihre mittelmeerische Hafenkulisse, vor der man sogleich ›Les Fourberies de Scapin‹ hätte spielen können. Da lagen, im Umkreis des Affenorchesters, die zerbrochenen Leydener Flaschen und kommunizierenden Röhren von damals. Urplötzlich brachte diese Wiederbegegnung mit der Kindheit – oder einer kindlichen Jugendzeit, was dasselbe war – Esteban zum Weinen. Er weinte lange, den Kopf in Sofias Schoß getaucht, wie damals, als er ihr, ein Knabe noch, seine Kümmernisse anvertraut hatte, die Ängste des Kranken, der glaubte, für das Leben nicht zu taugen. Vergessene Bande strafften sich wieder. Schon begann dieser und jener Gegenstand zu sprechen. Sie gingen zurück in den Salon, wobei sie durch das Vestibül mit den Bildern schritten. Sie folgten den Harlekinen, die sich dem Karnevalstreiben und der Liebe ergaben; stets zeitlos und schön strahlten die Stilleben: Töpfe, Obstschalen, zwei Äpfel, ein Stück Brot, ein Lauchstengel, von irgendeinem Epigonen Chardins, neben dem Bild von dem monumentalen verlassenen Platz, das in seiner Ausführung – es wirkte wie ›luftlos‹, ohne atmosphärische Dichte – an den Stil Jean Antoine Carons erinnerte. An ihrem alten Ort waren auch noch die phantastischen Gestalten Hogarths und führten wie früher zur ›Enthauptung des heiligen Dionysius‹, dessen Farben, anstatt im Lichterspiel der Tropen zu verblassen, einen außerordentlichen Glanz gewonnen zu haben schienen. »Wir haben es vor kurzem restaurieren und firnissen lassen«, erklärte Sofia. »Das sehe ich«, sagte Esteban. »Das Blut leuchtet wie frisch.« Aber ein Stück weiter, wo früher Bilder mit Szenen aus der Zeit der Ernte und Weinlese gehangen hatten, sah man jetzt neue Ölgemälde von kaltem Stil und peniblem Pinselstrich, die erbauliche Szenen aus der Antike darstellten, ›Tarquinaden‹ und ›Lykurgerien‹, wie sie Esteban während seiner letzten Zeit in Frankreich leider so oft hatte sehen können. »Ist dieses Zeug jetzt schon bis hierher vorgedrungen?« fragte er. »Diese Kunst findet jetzt großen Beifall«, erwiderte Sofia. »Sie ist etwas mehr als nur Farbe: sie enthält Ideen, sie stellt Beispiele dar, sie regt zum Denken an.« Esteban blieb unvermittelt, bis ins Innerste getroffen, vor der ›Explosion in der Kathedrale‹ des unbekannten neapolitanischen Meisters stehen. Das Bild war wie eine vorweggenommene Darstellung so vieler bekannter, miterlebter Ereignisse, daß Esteban der Atem stocken wollte angesichts der Vielzahl der Deutungen, die dieses prophetische antiplastische, in keine Malrichtung passende Gemälde zuließ, das durch einen geheimnisvollen Zufall ins Haus gefunden hatte. Wenn die Kathedrale, entsprechend den Doktrinen, die man ihn früher gelehrt hatte, der Inbegriff – Zuflucht und Tabernakel – seines eigenen Seins war, dann hatte sich in ihr wahrhaftig eine Explosion ereignet, wenn auch eine verzögerte, allmähliche, die Altäre, Symbole und Gegenstände der Verehrung zerstörte. Wenn die Kathedrale eine Epoche war, dann hatte tatsächlich eine Explosion ihre Stützmauern eingerissen und unter einer Trümmerlawine gerade die begraben, die vielleicht die Höllenmaschine konstruierten. Wenn die Kathedrale die Kirche Christi war, so blieb, wie Esteban bemerkte, eine Reihe starker Säulen noch stehen, den anderen gegenüber, die, in Stücke gerissen, auf dem apokalyptischen Gemälde einstürzten – blieb stehen, als wollte sie Widerstand, Dauerhaftigkeit und Wiederaufbau voraussagen nach den Tagen der Verheerung und der Unheil kündenden Sterne. »Du hast dieses Bild schon immer gern betrachtet«, sagte Sofia, »und mir kommt es dumm und häßlich vor!« – »Häßlich und dumm ist unsere Zeit«, entgegnete Esteban. Und da fiel ihm plötzlich ein, daß er einen Vetter hatte, und er erkundigte sich nach Carlos. »Er ist schon früh aufs Land hinausgegangen, zusammen mit meinem Mann«, sagte Sofia. »Sie kommen erst später zurück.« Und sie bemerkte erstaunt den Ausdruck der Entgeisterung, der erschrockenen Verblüffung, der sich auf Estebans Gesicht ausbreitete. Einen leichteren Ton anschlagend und wortreich daherredend, wie dies gar nicht ihre Art war, erzählte Sofia, daß sie vor einem Jahr den Mann geheiratet habe, der jetzt Carlos' Geschäftspartner war – und sie deutete auf die Verbindungstür, die wie eh und je in die Wand versenkt war neben dem Beet, aus dem die zwei Palmenstämme herausragten wie Säulen, die mit der übrigen Architektur des Hauses nichts zu tun hatten. Ja, als die Aktion gegen die Freimaurer ein friedliches Ende genommen hatte – es war nichts weiter als eine Warnung gewesen –, hatte sich Carlos von Don Cosme getrennt und dann daran gedacht, sich einen Partner zu suchen, der gegen eine angemessene Beteiligung am Gewinn seine Arbeitskraft und vor allem seine geschäftlichen Kenntnisse zur Verfügung stellte, an denen es ihm, Carlos, gebrach. So war er dann auf den sehr tüchtigen, in allen geschäftlichen Angelegenheiten versierten Mann gestoßen, den er in der Loge kennengelernt hatte. »In der Loge?« fragte Esteban. »Ja, wir fangen jetzt an«, sagte Sofia und begann das Loblied dessen zu singen, der schon nach kurzer Zeit das Geschäft vollkommen saniert hatte und den Wohlstand, den das Land gerade erlebte, ausnutzte, so daß der Warenhandel jetzt das Dreifache, das Fünffache abwarf. »Du bist jetzt reich!« rief sie Esteban zu, die Wangen vor Begeisterung gerötet. »Richtig reich! Das verdankst du – das verdanken wir Jorge. Wir haben vor einem Jahr geheiratet. Seine Großeltern waren Iren. Er ist mit den O'Farrils verwandt.« Es mißfiel Esteban, daß Sofia sich auf diese Verbindung mit einer der ältesten und mächtigsten Familien der Insel versteifte. »Dann gebt ihr jetzt viele Feste?« fragte er unfreundlich. »Stell dich doch nicht so an! Nichts hat sich verändert. Jorge ist genauso wie wir. Du wirst dich gut mit ihm verstehen.« Und sie sprach weiter von ihrer augenblicklichen Zufriedenheit, von der Freude, die es ihr bereite, einen Mann glücklich zu machen, von der Sicherheit und Geborgenheit der Frau, die einen Gefährten und Beschützer an ihrer Seite wußte. Und als wolle sie für einen Verrat Verzeihung erlangen, setzte sie hinzu: »Ihr seid Männer. Ihr werdet einen Hausstand gründen. Schau mich nicht so an. Ich sage dir doch – es ist alles so wie früher.« Aber der Mann, der sie anschaute, tat dies mit sehr traurigem Blick. Zu keiner Zeit hatte er damit gerechnet, aus Sofias Mund eine solche Aufzählung von spießbürgerlichen Gemeinplätzen zu hören: ›einen Mann glücklich machen‹, ›die Sicherheit, die eine Frau empfindet, wenn sie einen Beschützer an ihrer Seite weiß‹. Die Vorstellung war ihm schrecklich, daß ein zweites, im Schoß angesiedeltes Gehirn jetzt seine Gedanken äußerte durch Sofias Mund – Sofias, deren Name seiner Trägerin ›lächelnde Weisheit‹, fröhliche Wissenschaft bescheinigte. Stets hatte sich in Estebans Phantasie der Name Sofia mit der großen Kuppel von Byzanz verbunden; er war etwas von Zweigen des Lebensbaums Umhülltes, von Archonten Umgebenes gewesen innerhalb des Mysteriums der unberührten Frau. Und jetzt hatte eine körperliche Wonne, vielleicht die noch verborgene Freude einer beginnenden Schwangerschaft – angekündigt durch die Feststellung, daß ein tiefen Quellen entströmendes Blut zum ersten Mal seit der Pubertät zu fließen aufgehört hatte – genügt, um aus der großen Schwester, der jungfräulichen Mutter, der reinen weiblichen Entelechie früherer Zeiten eine brave, gesetzte Gattin werden zu lassen, deren Denken auf ihren behüteten Leib und das zukünftige Wohlergehen seiner Früchte gerichtet war, stolz darauf, daß ihr Gemahl sich rühmen konnte, mit einer Oligarchie verwandt zu sein, die ihren Reichtum der jahrhundertelangen Ausbeutung schwarzer Sklavenheere verdankte. War Esteban sich fremd – als Fremdling – vorgekommen, als er nach so langer Zeit *sein* Haus wieder betrat, so fühlte er sich noch fremder, noch mehr als Fremdling, gegenüber der Frau, die so sehr Königin, Herrin dieses Hauses war, in dem sich für seinen Geschmack alles viel zu wohlgeordnet, sauber und gegen Stöße und Beschädigungen abgeschirmt darbot. ›Alles riecht hier nach Ire‹, sagte sich Esteban und bat um die Erlaubnis (ja, er bat darum), ein Bad nehmen zu dürfen, wozu ihn Sofia aus Gewohnheit begleitete und noch mit ihm plauderte, bis er nur noch eine Unterhose anhatte. »Soviel Geheimnis um etwas, das ich doch so oft gesehen habe«, sagte sie lachend, als sie ihm ein Stück kastilischer Seife über die spanische Wand warf. Sie aßen allein, nachdem Esteban einen Rundgang durch Küche und Vorratskammer gemacht und Rosaura und Remigio umarmt hatte, die laut ihrer Freude Ausdruck gaben und noch genauso aussahen, wie er sie verlassen hatte: sie voll Anmut und Witz, er im undefinierbaren mittleren Alter des Negers, der dazu bestimmt ist, sein ganzes Lebensjahrhundert im Reich dieser Welt hinter sich zu bringen. Sie sprachen wenig und auch dann nur von Belanglosigkeiten, sich oft anblickend, und hatten sich doch so vieles zu sagen, was keines in Worte zu fassen vermochte. Esteban spielte mehrmals auf die Orte an, wo er sich aufgehalten hatte, ohne bei Einzelheiten zu verweilen. Wenn er, nachdem eine vertraute Atmosphäre wiederhergestellt war, die seine lange Abwesenheit zerstört hatte, richtig zu erzählen anfing, würde er viele Stunden brauchen, um von seinen Erlebnissen während der wirren, gewalttätigen Jahre zu berichten, die er durchlebt hatte. Diese Jahre dünkten ihn kurz jetzt, da sie hinter ihm zurückgeblieben waren, und dennoch hatten sie die Macht besessen, bestimmte Dinge in erschreckendem Maße altern zu lassen: gewisse Bücher vor allem. Eine Begegnung mit dem Abbé Raynal in den Regalen der Bibliothek reizte ihn zum Lachen. Baron von Holbach, Marmontel mit seinen Inkas, die aus der komischen Oper hätten entsprungen sein können, und Voltaire mit seinen vor kaum zehn Jahren noch so aktuellen, so umstürzlerisch aktuellen Tragödien dünkten ihn veraltet — so überholt, wie jetzt ein Arzneimittelbuch aus dem 16. Jahrhundert angemutet hätte. Aber nichts erschien ihm so anachronistisch, so unglaublich rissig und durch die Ereignisse herabgemindert wie der ›Contrat Social‹. Er schlug den Band auf, dessen Seiten voller Ausrufe der Bewunderung, voller Glossen, Bemerkungen waren, die von seiner eigenen Hand stammten — seiner Hand von damals. »Erinnerst du dich?« sagte Sofia, den Kopf an seine Schulter legend. »Früher habe ich das nicht verstanden. Jetzt verstehe ich es sehr gut.« Sie stiegen ins Obergeschoß hinauf. Esteban blieb stehen und betrachtete, was ihn an die mit einem Unbekannten geteilte Intimität denken ließ: dieses breite Ehebett, das ihm dennoch zu schmal vorkam — die beiden Nachttischchen mit unterschiedlich eingebundenen Büchern, die Pantoffeln aus Korduanleder neben denen Sofias. Abermals kam er sich fremd vor. Als sie sich erbot, ihm ein Nebenzimmer herzurichten, »das Jorge als Schreibzimmer diente, das Jorge aber nie benutzte«, ging Esteban in sein altes Zimmer hinunter, trug die physikalischen Apparate, Spieldosen und Marionetten in einer Ecke zusammen und hängte die Hängematte an den beiden in die Wände geschlagenen Ringen auf – denselben, die einst die zum Strick gedrehte Decke trugen, auf der sein Kopf während der Asthmaanfälle ruhte. Sofia fragte ihn unvermittelt nach Victor Hugues. »Sprich mir nicht von Victor Hugues«, sagte er, während er in seinem Seesack wühlte. »Ich habe einen Brief für dich dabei. Er hat sich zu einem Ungeheuer entwickelt.« Dann steckte er sich ein paar Münzen in die Tasche und ging auf die Straße hinaus. Es drängte ihn, die Luft einer Stadt einzuatmen, die ihm bei der Landung sehr verändert vorgekommen war. Bald schon stand er vor der Kathedrale mit ihren nüchternen Simsen aus Küstengestein – das schon alt gewesen war, als man es den Steinmetzen übergeben hatte –, die Schnörkel in gemäßigtem Barockstil krönten. Dieser Tempel, umgeben von Herrenhäusern mit Fenstergittern und Balkonen, offenbarte eine Entwicklung im Geschmack derer, die die architektonischen Geschicke der Stadt lenkten. Bis zum Dunkelwerden irrte er umher, durch die Straße der Kontore, die Straße des Inquisitors, der Krämer, von der Plaza del Cristo bis zur Espíritu-Santo-Kirche, von der verjüngten Alameda de Paula bis zum Exerzierplatz, unter dessen Arkaden sich schon im Abenddämmer lebhafte Grüppchen müßiger Passanten bildeten. Die Gaffer versammelten sich vor den Fenstern eines Hauses, aus dem die neuen Klänge eines kürzlich aus Europa herübergebrachten Pianofortes drangen. Die Barbiere spielten auf der Schwelle ihrer Läden Gitarre. In einem Patio bot sich das trügerische Schauspiel eines ›sprechenden Kopfes‹. Zwei wohlgebildete Sklavinnen, die sich vielleicht für irgendeine katholische und sehr ehrenwerte Dame prostituierten – der Fall war in der Stadt nicht selten –, boten sich ihm an, als er vorüberging. Esteban wog die Münzen, die er bei sich trug, in der Hand und begab sich mit den beiden in den Halbschatten eines zweifelhaften Absteigequartiers ... Es war Nacht, als er nach Hause zurückkehrte. Carlos stürzte auf ihn zu und umarmte ihn. Er hatte sich wenig verändert. Ein wenig reifer war er geworden, ein wenig stattlicher – vielleicht ein wenig dicker. »Wir Händler und seßhaften Leute ...«, sagte er lachend. Und da stellte Sofia auch schon ihren Gemahl vor: einen Mann von schlanker Gestalt, der wie ein Fünfundzwanzigjähriger aussah, obwohl er schon dreiunddreißig

Jahre alt war; die feinen, vornehmen Züge, die breite, hohe Stirn und der sinnliche, wenn auch kalte und verächtliche Mund verliehen ihm ein schönes Gesicht. Esteban, der sich schon auf einen nichtssagenden, geschwätzigen und oberflächlichen Handlungsgehilfen gefaßt gemacht hatte, hatte von ihm einen guten Eindruck, wenn ihm auch auffiel, daß er in Haltung, Gebaren und Kleidung den Stil herablassenden Ernstes, distanzierter Liebenswürdigkeit und leichter Melancholie pflegte, der zusammen mit einer Vorliebe für dunkle Stoffe, breite und weiche Kragen und scheinbar nachlässige Haartracht ein neues Charakteristikum derjenigen jungen Leute darstellte, die ihre Erziehung in Deutschland oder — wie im vorliegenden Falle — in England genossen hatten. »Sag mir nur nicht, er sieht nicht gut aus«, meinte Sofia, ihren Gemahl mit zärtlicher Bewunderung anblickend. Die Hausherrin hatte an diesem Abend für das erste gemeinsame Essen der wiedervereinten Familie nicht mit Leuchtern und Silbergeschirr gespart. »Ich sehe, ihr habt das fette Kalb geschlachtet«, sagte Esteban, als das köstlich zubereitete Geflügel, die kunstvollsten Soßen auf einer Folge von Kredenztellern aufgetragen wurden, die ihn an die Soupers erinnerten, welche sich die drei jungen Leute von einst in ebendiesem Eßzimmer gegönnt hatten, während sie davon träumten, sie befänden sich im Schloß zu Potsdam, in Karlsbad oder in der fürstlichen Atmosphäre irgendeines Rokokopalais in der Umgebung eines imaginären Wien. Sofia erklärte, all diese kalten Fleischgerichte, überbackenen Pasteten, getrüffelten und mit Jerez abgeschmeckten Füllsel gälten demjenigen, der infolge seines langen Aufenthalts in Europa einen für die Würdigung kulinarischer Köstlichkeiten gewiß besonders geschärften Gaumen habe. Doch Esteban mußte, in seinen Erinnerungen forschend, gestehen — er wurde sich dessen zum ersten Mal bewußt —, daß sein anfängliches Staunen über das Feuerwerk einer Küche, die überreich war an Aromen, Geschmacksnuancen, Feinheiten in der Verwendung von Fetten, in der Beigabe von Kräutern und Gewürzen, von Essenzen, die von ganz fern anklangen, nur recht kurze Zeit gedauert hatte. Vielleicht weil er gezwungen gewesen war, sich monatelang mit dem Paprika, dem Stockfisch und den ›Pilpiles‹ der baskischen

Küche zu befreunden, hatte Esteban an derber Hausmannskost und den Produkten des Meeres Geschmack gefunden, so daß er bald die unverfälschten Dinge dem vorzog, was er ›schlammige Speisen‹ nannte, wobei er mit besonderer Geringschätzung an die Soßen dachte. Und so rühmte er jetzt die duftende, reine, unter der Asche gebratene Batate, die grüne, in Öl goldbraun gebackene Banane, das Palmenherz, jenen wunderbaren, in luftiger Höhe wachsenden Spargel, der die ganze Kraft eines Baumes enthielt, den Schildkröten-Boucan und den Wildschwein-Boucan, den Seeigel und die Mangleauster, die kalte Gazpacho-Suppe, in die man Kommißbrot tunkte, und den jungen Flußkrebs, dessen gebratene Schale beim Beißen zu Staub zerbarst und dem eigenen Fleisch die Würze des Meersalzes beigab. Und er sprach vor allem von den noch lebend aus dem Netz geholten, nach dem mitternächtlichen Fischfang auf einem Glutfeuer gerösteten Sardinen, die man an Deck zu rohem Knoblauch und Brot verschlang, wobei man nach jedem Bissen zur Beutelflasche mit dem Rotwein griff. »Und dafür habe ich mich den ganzen Nachmittag über Kochbüchern abgerackert!« sagte Sofia lachend ... Man servierte den Kaffee im großen Salon, in dem Esteban die Unordnung von einst vermißte. Es war offenkundig, daß der Enkel irischer Vorfahren als Gemahl der Hausherrin dem häuslichen Leben gewisse Normen penibler Wohlanständigkeit aufzwang. Außerdem kam Sofia seinen Wünschen allzu eilfertig nach, sie huschte hin und her, brachte ihm Feuer für die Pfeife und setzte sich dann dicht neben seinem Sessel auf einen kleinen Schemel. Und dem Schweigen des Gemahls, dem erwartungsvollen Lächeln Carlos' und der übertriebenen Geschäftigkeit Sofias, die jetzt noch ein Kissen holte, entnahm Esteban, daß alle des Augenblicks harrten, da er, Esteban, wie die Reisenden der alten Zeit – für diese drei, die eine so große Entfernung von den Ereignissen trennte, war er eine Art Sir John Mandeville der Revolution – von seinen Abenteuern zu erzählen begann. Doch nur zögernd wollten ihm die Worte kommen, wenn er daran dachte, daß die ersten Abenteuer so viele andere nach sich ziehen würden, daß ihn gewiß das Morgengrauen überraschen würde, während er noch immer auf diesem Diwan saß und von seinen Erlebnissen berichtete. »Erzähle uns von Victor Hugues«, sagte Carlos schließlich. Da er einsah, daß Odysseus sich an diesem Abend nicht der Verpflichtung würde entziehen können, seine Odyssee zu schildern, sagte Esteban zu Sofia: »Bring mir eine Flasche ganz gewöhnlichen Wein und stell noch eine für später kalt, denn das wird eine lange Geschichte geben.«

36

No hay que dar voces. GOYA

Er begann seinen Bericht in heiterem Ton, sprach von den widerspruchsvollen Abenteuern der Überfahrt von Port-au-Prince nach Frankreich an Bord jenes Schiffes, das vollgestopft war von Flüchtlingen, die, wie sich herausstellte, fast alle einem Freimaurerklub, den auf Saint-Domingue sehr mächtigen Philadelphiern, angehörten. Es war in der Tat malerisch, so viele Philanthropen zu sehen, die dem Perser, dem Chinesen, dem Algonkinindianer freund waren und die sich schon die exemplarischsten Strafen ausdachten für die Stunde, da sie nach der Niederschlagung des Negeraufstandes ein Hühnchen würden zu rupfen haben mit gewissen undankbaren Dienstboten, die als erste die Brandfackel in die Gebäude ihrer Landgüter geworfen hatten. Dann erzählte Esteban in spöttischen Worten von seinen Pariser ›Huronaden‹, von seinen Träumen und Hoffnungen, Fährnissen und Erlebnissen und gab Anekdoten zum besten: die von dem Bürger, der an der Grenze Frankreichs ein kolossales, mit einer so aggressiven Symbolik ausgestattetes Denkmal errichten wollte — es sollte einen bronzenen Riesen mit furchteinflößendem Gesicht darstellen —, daß die Tyrannen bei seinem Anblick samt ihren eingeschüchterten Armeen zurückwichen; und die von dem anderen Bürger, der im Augenblick der nationalen Gefahr einer illustren Volksversammlung kostbare Zeit raubte, indem er darauf hinwies, daß der den Frauen verliehene Titel ›Bürgerin‹ die beunruhigende Frage, ob es sich um ein Fräulein oder eine verheiratete Frau handelte, im Schatten der Ungewißheit beließ. Und er erzählte davon, wie man dem ›Misanthrope‹ eine revolutionäre Auflösung aufgepfropft hatte, indem man zu guter Letzt einen plötzlich mit dem Menschengeschlecht wiederversöhnten Alceste auftreten ließ; er machte sich über den ungeheuren Erfolg lustig, der in Frankreich nach seiner Abfahrt einem Roman zuteil geworden war, den er dann auf Guadeloupe gelesen hatte: dem ›Petit Emile‹, in dem ein Junge aus dem Volk, der nach Versailles gebracht wird, zu seiner Verwunderung feststellte, daß auch der Dauphin mit ›Dada‹ zu sprechen anfängt ... Er wollte sich seine gute Laune bewahren, aber ganz allmählich zeichneten sich die Ereignisse, die durch die Worte wieder heraufbeschworenen Bilder in immer dunkleren Farben ab. Das Rot der Kokarden wechselte zum dunklen Rot des Blutes über. Auf die Zeit der Bäume der Freiheit war die Zeit der Schafotte gefolgt. Einen verschwommenen, unbestimmbaren, aber ungeheuren Augenblick gab es, in dem in den Seelen der Menschen ein Tausch vorgenommen wurde: Wer sich am Abend als friedfertiger Mensch schlafen legte, erwachte als Mensch des Schreckens; wer nie über die Rhetorik des Wortes hinausgelangt war, begann Todesurteile zu unterschreiben. Und dann kam der große Taumel – ein Taumel, der, wenn man von ihm sprach, um so unverständlicher war, wenn man dabei an den Ort dachte, an dem er sich ereignet hatte: ebenda, wo es aussah, als habe die Zivilisation ihr höchstes Gleichgewicht gefunden; im Land der heiteren Architekturen, der gezähmten Natur, der unvergleichlichen handwerklichen Künste; in dem Land, in dem schon die Sprache dazu geschaffen zu sein schien, sich dem Maß des klassischen Verses anzupassen. Kein Volk schien einer Blutgerüstszenerie ferner zu stehen als das französische. Seine Inquisition war mild gewesen, wenn man sie mit der Spaniens verglich, seine Bartholomäusnacht eine Geringfügigkeit neben dem von König Philipp angeordneten allgemeinen Protestantenmord. Aus der Entfernung gesehen, bot sich ein Billaud-Varenne für Esteban als lächerliche Gestalt dar, die sich, umgeben von Houdonschen Statuen inmitten einer gepflegten Gartenlandschaft, von einem majestätischen Säulenhintergrund abhob mit dem exotischen, blutdürstigen Gepräge eines aztekischen Priesters, der gerade das Obsidianmesser schwingt. Diese Revolution hatte gewiß einem tausend Jahre alten dunklen Drang geantwortet, der zum ehrgeizigsten Abenteuer des Menschen führte, aber Esteban wurde vom Entsetzen gepackt, wenn er daran dachte, was das Unternehmen gekostet hatte: »Wir vergessen zu schnell die Toten.« Die Toten von Paris, von Lyon, von Nantes, von Arras (und er türmte die Namen von Städten übereinander, die jetzt, wie Orange, das Ausmaß ihrer Leiden offenbarten); die Toten auf den Kerkerschiffen im Atlantik, die Toten der Lager von Cayenne und so vieler anderer Orte, ohne die Toten zu vergessen, die man nicht mehr zählen konnte – die Menschen, die man entführt, zum Fenster hinausgestürzt hatte, die Menschen, die einfach verschwunden waren ... und zu diesen kamen noch jene lebenden Leichname hinzu – die Menschen, deren Leben und Lebensaufgabe man zerbrochen hatte und die nun bis an ihr Ende mühselig dahinvegetieren würden, wenn sie nicht die Kraft zum Selbstmord besaßen. Er rühmte die unglücklichen Babouvisten, die er für die letzten reinen Revolutionäre hielt, weil sie dem hellsten Ideal der Gleichheit treu geblieben und tragischerweise Zeitgenossen derer waren, die in den Kolonien noch eine Brüderlichkeit und Freiheit predigten, welche doch nur noch in politischen Kniffen bestanden, mit deren Hilfe man alten Grundbesitz festhalten und neuen dazuerwerben wollte. Der alte Jehova, dessen Kirchen und Kathedralen sich allenthalben dort wieder öffneten, wo man sich zeitweilig dem Atheismus hingegeben hatte, war als Sieger aus der Prüfung hervorgegangen. Seine Anbeter konnten jetzt sagen, alles Vorgefallene sei letztlich nichts anderes gewesen als eine Manifestation seines Zorns auf so viele Philosophen, die in diesem auf seine letzten Wochen zugehenden Jahrhundert es gewagt hatten, ihn am Bart zu ziehen und seinen Moses als Betrüger und seinen Apostel Paulus als Schafskopf hinzustellen, und sogar – wie dies Victor Hugues in einer zum großen Teil auf Gedanken des Barons von Holbach zurückgehenden Rede getan hatte – glauben zu machen, Jesu wirklicher Vater sei ein römischer Legionär gewesen. Und der Erzähler schloß, im Ton der Bitterkeit, das letzte Glas leerend: »Diesmal ist die Revolution gescheitert. Vielleicht ist die nächste die richtige. Aber wer mich dazu holen will, der muß mich am hellen Mittag mit der Laterne suchen gehen. Hüten wir uns vor den zu schönen Worten, vor den nur durch Worte geschaffenen besseren Welten. Unsere Zeit geht an einem Übermaß von Worten zugrunde. Das Gelobte Land kann der Mensch nur in sich selber finden – ein anderes gibt es nicht.« Und als Esteban dies sagte, dachte er an Ogé, der so oft einen Satz aus dem Munde seines Meisters Martínez de Pasqually zitierte: *Der Mensch kann nur erleuchtet werden mittels der Entwicklung der in ihm schlummernden, durch die Vorherrschaft der Materie unterdrückten göttlichen Kräfte . . .* Der Schein des Morgengrauens zeigte sich in den Fensterscheiben und auf den Spiegeln des Salons. Es läutete zur Frühmesse an einem Sonntag, der schon in aller Frühe von den Nordwinden gepeitscht wurde. Den noch aus der Kindheit vertrauten Glockenstimmen gesellte sich jetzt der dumpfe Baß der neuen Kathedrale. Die Nacht war wie in den glücklichen Zeiten der Unordnung eigenartig schnell verronnen. Und jetzt blieben die vier, die es nicht zum Schlafen drängte, eingehüllt in Decken, mit denen sie es sich in ihren Sesseln bequem gemacht hatten, noch sitzen, stumm, jeder wie in seine eigenen Gedanken eingetaucht. »Also *wir* sind da anderer Meinung«, sagte Sofia plötzlich mit einem süßsauren Stimmchen, das bei ihr immer eine kämpferische Laune ankündigte. Esteban glaubte sich zu der Frage verpflichtet, wer denn diese *wir* seien. »Wir drei«, erwiderte Sofia, wobei sie mit der Hand einen Kreis beschrieb, der ihn gewissermaßen aus dem Schoß der Familie ausschloß. Und dann hob sie, wie für sich allein sprechend, zu einem Monolog an, der bei Carlos und Jorge, nach ihren Gesichtern zu urteilen, volle Zustimmung fand. Man könne nicht ohne ein politisches Ideal leben, sagte sie; das Glück der Völker lasse sich nicht im ersten Anlauf erreichen; freilich, man habe schwere Fehler begangen, aber diese Fehler würden für die Zukunft eine nützliche Lehre sein; sie, Sofia, sei sich bewußt, daß Esteban gewisse schmerzliche Erfahrungen gemacht habe – und sie bedaure das sehr –, aber vielleicht sei er doch das Opfer eines übertriebenen Idealismus geworden; sie gebe durchaus zu, daß die Exzesse der Revolution beklagenswert seien, aber große menschliche Leistungen erforderten eben Leiden und Opfer. Kurz: auf der Erde geschehe nichts Großes, ohne daß dabei Blut vergossen werde. »Das hat Saint-Just schon vor dir gesagt«, rief Esteban aus. »Denn Saint-Just war jung. So jung wie wir. Wenn ich an Saint-Just denke, muß ich mich immer darüber wundern, wie nahe er noch der Schulbank war.« Sie sei über alles unterrichtet, was der Vetter erzählt habe – die Politik betreffend, natürlich –, und vielleicht *noch besser als er*, der er ja nur einen begrenzten, bruchstückhaften Einblick in die Tatsachen habe gewinnen können, einen Einblick, der sicher bisweilen noch getrübt worden sei durch die große Nähe zu belanglosen Lächerlichkeiten und unvermeidlichen Torheiten, welche die Größe einer übermenschlichen Anstrengung aber keineswegs minderten. »Daß ich in die Hölle hinabgestiegen bin, hätte mir also nichts genützt?« rief Esteban ... Sie wolle damit nur sagen, daß man aus der Ferne einen objektiveren, leidenschaftsloseren Eindruck von den Ereignissen gewinnen könne. Sie beklage die schönen zerstörten Klöster sehr und die verbrannten Kirchen, die verstümmelten Säulen, die zerbrochenen Fenster aus buntem Glas, aber die halbe Gotik könne sehr wohl vom Planeten Erde verschwinden, wenn das Glück des Menschen es erfordere. Das Wort ›Glück‹ versetzte Esteban in Wut: »Vorsicht! Die selig Gläubigen wie ihr, die Schwärmer, diejenigen, die humanitäre Traktate verschlingen, die Kalvinisten der Idee – die sind es, die die Guillotinen aufstellen!« – »Ach, könnten wir doch recht bald eine aufstellen auf dem Exerzierplatz dieser dummen und verfaulten Stadt«, entgegnete Sofia. Sie würde mit Freuden die Köpfe verschiedener unfähiger Beamten, Sklavenausbeuter, aufgeblasener Geldsäcke und Litzenträger rollen sehen, wie sie diese Insel hier bevölkerten, die am Rande jeder modernen Erkenntnis gehalten, ans Ende der Welt verdammt und zu einer Allegorie für Tabakdosen degradiert werde von der bejammernswertesten und schändlichsten Regierung der zeitgenössischen Geschichte. »Hier wären schon einige zu guillotinieren«, pflichtete Carlos bei. »Und nicht nur einige«, setzte Jorge sentenziös hinzu ... »Mit allem habe ich gerechnet«, sagte Esteban, »aber daß ich hier in einen Jakobinerklub gerate, darauf war ich doch nicht gefaßt.« Nun, das sei wohl übertrieben, erklärte man ihm, aber auf jeden Fall habe er es bei ihnen mit Menschen zu tun, die wohl unterrichtet waren (diese Wiederholung machte Esteban wütend) und entschlossen, »etwas zu tun«. Ja, man mußte sich seiner Zeit bewußt sein, ein Ziel haben im Leben, auf irgendeine Weise handeln in einer Welt, die sich wandelte. Carlos hatte sich in diesen Jahren bemüht, eine kleine Androgyne Loge zu gründen – ›androgyn‹, weil sie noch nicht zahlreich genug waren, um auf die Mitarbeit intelligenter und gebildeter Frauen zu verzichten – zu dem politischen Zweck der Verteilung jener philosophischen Schriften, welche die Revolution hervorgebracht hatten, sowie einiger ihrer grundlegenden Texte: der Erklärung der Menschenrechte, der französischen Verfassung, wichtiger Reden, bürgerlicher Katechismen und so weiter. Sie zeigten ihm verschiedene lose Blätter und Traktätchen, deren ungebräuchliche Typenzeichnung und grobe Machart sie als Untergrundarbeit einer Druckerpresse in Neugranada oder Havanna – vielleicht am Rio de la Plata oder in Puebla de los Angeles auswies. Esteban kannte diese Texte, kannte sie so gut, daß er sie vermittels der persönlichen Eigenart gewisser Wendungen, der Geschicklichkeit gewisser Wortumstellungen, des Vorhandenseins eines Adjektivs, dessen spanisches Äquivalent zu finden ihn Mühe gekostet hatte, als seine eigenen, in La Pointe-à-Pitre auf Anweisung Victor Hugues' für die Druckerpresse der Loeuillets hergestellten Übersetzungen identifizierte. Und jetzt, in diesem Augenblick tauchten diese Schriften, von den Pressen des Kontinents vervielfältigt, von neuem auf ... »*Vous m'emmerdez!*« rief er und stürzte beim Hinausgehen einige Sessel um. Als er durch den Patio eilte, sah er, daß in der Tür zum Warenlager der Schlüssel steckte. Die Neugierde drängte ihn, diesen Ort aufzusuchen, der in gewisser Weise auch ihm gehörte und zu dieser sonntäglichen Stunde gewiß leer sein würde. Der Geruch nach Pökelbrühe, nach keimenden Kartoffeln, Rauchfleisch, Zwiebeln, der ihm einst so zuwider gewesen, stieg ihm nun wie der Duft eines satten, belebenden Humus in die Nase. Denn es war auch der Geruch von Schiffsladeräumen, von Hafenspeichern, von wohlversehenen Lagerkellern. Der Rotwein tropfte von den Hähnen, die Rinde des Manchakäses färbte sich grün, die Buttersorten gaben dem Ton ihrer bauchigen

Krüge einen fettigen Glanz. Und über allem herrschte eine früher unbekannte Ordnung. Alles war säuberlich ausgerichtet, aufgestapelt, aufgehängt, je nach den Erfordernissen seiner Materie: oben an den Zedernholzbalken hingen Schinken und Knoblauchstränge, das Getreide war zu richtigen Mauern aufgehäuft, und unten am Boden lagerten die Fässer mit Sardellen und Marinaden. Und drüben im jetzt überdachten Patio stand hinter Gittern eine Musterkollektion der Artikel zur Schau, die inzwischen den Rahmen des Geschäfts erweitert hatten: Salzfässer, Reliquienkästchen, Lichtscheren aus mexikanischem Silber, feine englische Porzellanwaren, anmutiges chinesisches Porzellan, über Acapulco eingeführt, mechanisches Spielzeug, Schweizer Uhren, Weine und Magenliköre aus den einstigen Kellereien des Grafen von Aranda. Esteban betrat das Kontor: Rechnungsbücher, Tintenfässer, Federmesser, Präsentierteller, Lineale und Waagschalen lagen und standen genau an ihrem Platz und harrten derer, die sie am nächsten Tag benutzen würden. Als der Jüngling sah, daß im besten Zimmer zwei besonders gewichtige Tische standen, dachte er an einen dritten, den man vielleicht für ihn aufstellen würde, dort, neben der mit Mahagoniholz verkleideten Stirnwand, an der ein Ölbild des Vaters und Gründers der Firma hing, eines Mannes, der mit zusammengezogenen Brauen — wie immer — Ehrbarkeit, Strenge und Unternehmungsgeist atmete. Und er dachte an sich selbst, an zukünftige strahlende Morgenstunden, die er hier eingeschlossen zubringen würde zwischen Warenprobesäckchen voller Reis und Bohnen, zwischen Abrechnungen und Zollbescheinigungen, mit einem säumigen Zahler verhandelnd oder mit einem Einzelhändler aus der Provinz, indes draußen die Sonne funkelte auf dem Wasser der Bucht, wenn ein Klipper vorüberfuhr mit Kurs auf New York oder Kap Horn — und wußte plötzlich, daß er sich nie genügend für *das hier* interessieren würde, um ihm die besten Jahre seines Lebens zu widmen. Er war verdorben durch seine Abenteuer zur See, sein In-den-Tag-hinein-Leben, durch die Gewohnheit, nichts zu besitzen. Jetzt, da er sich vorkam wie der Hölle entronnen, gelang es ihm nicht, sich in der Wirklichkeit, der wiedergewonnenen Normalität, zurechtzufinden. Er ging auf sein Zimmer.

Sofia, zwischen den Marionetten und physikalischen Apparaten sitzend, wartete auf ihn. Sie hatte noch nicht schlafen wollen, und auf ihrem Gesicht spiegelte sich eine große Traurigkeit. »Du bist böse auf uns«, sagte sie, »weil wir an etwas glauben.« – »Der Glaube an etwas, das Tag für Tag sein Aussehen wandelt, wird euch große und schreckliche Enttäuschungen bringen«, sagte Esteban. »Ihr wißt, was ihr haßt – weiter nichts. Und weil ihr es wißt, setzt ihr euer Vertrauen, eure Hoffnung einfach auf irgend etwas anderes.« Sofia küßte ihn wie damals, als er noch klein war, und deckte ihn in seiner Hängematte zu: »Soll jeder denken, was er will – bei uns soll alles wieder so werden wie früher«, sagte sie im Hinausgehen. Aber als sie die Tür hinter sich geschlossen hatte, wurde sich Esteban bewußt, daß das unmöglich war. Es gibt Epochen, die dazu gemacht sind, die Herden zu lichten, die Sprachen zu verwirren und die Stämme zu zerstreuen.

37

Die Tage vergingen, und Esteban konnte sich nicht entschließen, mit seiner Arbeit im Kontor zu beginnen. »Morgen«, sagte er, wie um sich bei denen zu entschuldigen, die nichts von ihm verlangt hatten. Und ›morgen‹ schlenderte er durch die Straßen oder fuhr in einem Boot über die Bucht hinüber und besuchte das Städtchen Regla. Dort gab es starken Zuckerrohrsirup und billige Pfirsichbowle an den Theken mit den Bratferkeln, die ihn an die ›Boucane‹ von einst erinnerten. Auf einem Schiffsfriedhof verschimmelten, dicht aneinander gedrängt wie Bettler in der Winternacht, die Segler, die alt und lahm und unbrauchbar geworden waren, stets von einem sanften Wellengang gewiegt, der ihre durchlöcherten, von Schnekken und violetten Algen bedeckten Bordwände benetzte. Noch standen an abgelegenem Ort die Ruinen der Baracken, in denen monatelang die über Portobello aus ihren fernen Andenklöstern hierhergebrachten, aus dem Bereich der spanischen Herrschaft verbannten Jesuiten eingesperrt gewesen waren. Die Händler, die Bittgebete, Votivbilder und Schwarzkunstutensilien – Magnete, Pechkohle, Eisen und Korallen – verkauften, gingen ihrem Gewerbe in aller Öffentlichkeit nach. Hier hatte jede christliche Kirche eine Obatala, Ochum oder Yemanya geweihte ›wilde‹ Kirche, gleich hinter der Sakristei, ohne daß ein Pfarrer dagegen aufbegehren konnte, verehrten doch die freigelassenen Neger ihre alten afrikanischen Götter in der Gestalt ebender Bilder, die auf den Altären der katholischen Gotteshäuser standen. Manchmal ging er auf dem Rückweg noch ins Teatro del Coliseo, wo eine spanische Truppe zu Volksmusikbegleitung eine Welt der Stutzer und Straßenjungen erstehen ließ, die jenes Madrid heraufbeschwor, zu dem ihm der Krieg den Zugang versperrt hatte ... Kurz vor Weihnachten wurden Sofia, Carlos und Esteban von Verwandten Jorges eingeladen, das Fest auf einem Landgut zu verbringen, das zu den reichsten und blühendsten Besitzungen der Insel gerechnet wurde. Da Carlos und Jorge noch mit der Jahresabrechnung zu tun hatten und das Geschäft nicht rechtzeitig verlassen konnten, wurde beschlossen, daß Sofia in Begleitung Estebans schon vorausreisen sollte, während sie ihre Arbeiten in der Stadt beendeten, um sich dann eine Woche später zu ihnen zu gesellen. Dieser Vorschlag kam Esteban gerade recht. Er fühlte sich stets durch die Anwesenheit des Gemahls von Sofia getrennt, während es ihm andererseits nicht gelang, wieder wirklich kameradschaftliche Bande mit Carlos anzuknüpfen, der allzusehr von seinen Geschäften in Anspruch genommen wurde, abends oft Freimaurerversammlungen beiwohnte oder von des Tages Arbeit so ermüdet war, daß er nach dem Abendessen in seinem Sessel einschlief, wenn er auch so tat, als lausche er dem Gespräch der anderen ... »Jetzt erst finde ich dich richtig wieder«, sagte Esteban zu Sofia, als er mit ihr allein war in der Zweisamkeit der Kalesche, die nach Artemisa rumpelte. Unter dem hochgeschlagenen Wachstuchverdeck saßen sie wie in einer von den schlechten Wegen durchgeschüttelten Wiege. Sie aßen in Gasthäusern und Herbergen, wo Reisende abstiegen, machten sich ein Vergnügen daraus, das Volkstümlichste oder Ungewöhnlichste zu verlangen — eine obskure Ajipfeffersuppe, auf dem Rost gebratene Ringeltauben —, und Sofia, die bei den häuslichen Soupers keinen Wein anrührte, widmete sich der Entdeckung vielversprechend aussehender Flaschen, die zwischen die Schnäpse und billigeren Gewächse geraten waren. Ihr Gesicht rötete sich, Schweißtropfen feuchteten ihre Schläfen, aber sie lachte ihr Lachen von damals, weniger Dame jetzt, weniger Hausherrin, wie befreit von einem geduldeten, aber hartnäckigen Zwang. Unterwegs mußte Esteban wieder von Victor Hugues erzählen. Er fragte Sofia nach dem Brief, den er ihr überbracht hatte. »Nichts Wichtiges«, sagte sie. »Ich hatte etwas mehr erwartet. Du kennst ihn ja: Witze, die jeden Witz verlieren, wenn man sie geschrieben sieht. Im Grunde spricht eine große Traurigkeit aus seinen Zeilen. Er sagt, er hat keine Freunde.« — »In seiner Einsamkeit liegt seine Strafe«, erwiderte Esteban. »Er glaubte, um groß zu sein, müsse er auf jede Freundschaft verzichten. Das hat nicht einmal Robespierre fertiggebracht.« — »Er hat immer dazu geneigt, zuviel von sich selbst zu erwarten«, entgegnete sie. »Als er sich über die eigene Person hinaus erheben wollte, hat er deshalb bewiesen, daß soviel nicht in ihm steckte. Er strebte die Rolle des tragischen Helden an und hat es nur bis zum Komparsen gebracht. Außerdem taugen seine Bühnenbilder nicht viel — Rochefort, Guadeloupe ... Hintertreppen!« — »Er ist ein Mensch von kleinem Format. Viele Tatsachen beweisen das.« Und Esteban forschte in seiner Erinnerung nach allem, was das stolze Gepräge des anderen mindern konnte: eine plumpe Phrase fiel ihm ein, die er eines Tages gehört hatte, ein trivialer Ausdruck, ein Liebesabenteuer mit einer schwarzen Dienerin, ein Zeichen der Schwäche — wie er es zum Beispiel an jenem denkwürdigen Tag zeigte, an dem er schwieg und nur gehässig lächelte, als Antoine Fuet ihm Peitschenhiebe angedroht hatte für den Fall, daß er sich uneingeladen in die Loge der Korsaren begab. Und dann dieser Robespierrekult, der in Nachäffung ausartete ... Und er bemühte sich, Anklagen zu sammeln gegen den Freund von gestern, ebendeshalb weil er ihn geliebt hatte und er seine Schwächen um so weniger zugeben konnte: »Ich möchte gern gut von ihm sprechen, aber ich kann es nicht. Zu viele Dinge beschmutzen das Bild, das ich von ihm in mir trage.« Sofia lauschte seinen Worten und pflichtete ihnen auf ihre Weise bei mit gedämpften Hmhms, die man als Ausdruck der Überraschung, der Miß-

billigung, der Verblüffung oder der Empörung über eine Grausamkeit, einen Irrtum, eine Gemeinheit oder einen Machtmißbrauch auslegen konnte. »Reden wir nicht mehr von Victor«, sagte sie schließlich. »Er war das schlechte Produkt einer großen Revolution.« — »Ein Produkt, das es zu guter Letzt zu Geld gebracht und eine reiche Frau geheiratet hat«, bemerkte Esteban, »wenn sie ihn in Paris nicht eingekerkert haben wegen seiner Veruntreuungen. Oder vielleicht wegen des Verbrechens der Rebellion — wenn wir einmal die Maßnahmen außer acht lassen, die die Beamten des neuen Terrors vielleicht gegen ihn ergriffen haben.« — »Reden wir nicht mehr von Victor.« Aber schon nach zwei Meilen Wegs sprachen sie wieder von Victor und tauschten erneut verdammende Gemeinplätze aus: »Er ist vulgär ...« — »Ich begreife nicht, wie er uns so interessant erscheinen konnte ...« — »Er ist ungebildet: er zitiert in seinen Reden, was er gerade im letzten Buch gelesen hat ...« — »Ein Abenteurer ...« — »Er war immer nur ein Abenteurer ...« — »Er hat uns nur deshalb in Erstaunen versetzt, weil er von so weither kam und weitgereist war ...« — »Ein tüchtiger Mann, gar kein Zweifel ...« — »Und mutig ...« — »Fanatisch, am Anfang; aber vielleicht hat er das aus Ehrgeiz nur vorgetäuscht ...« — »Eine politische Bestie ...« — »Das sind die Menschen, die eine Revolution in Verruf bringen ...«
Umgeben von Palmenhainen und Kaffeepflanzungen, war das Landgut der Verwandten von Jorge eine Art römischer Palast, dessen hohe dorische Säulen sich an Galerien entlang aufreihten, die Porzellanschalen, antike Vasen, Talaveramosaike und Blumenkästen voll schwellender Begonien zierten. Die Salons, die Laubengänge des mittleren Patios und die Eßzimmer hätten bequem hundert Menschen beherbergen können. Zu jeder Stunde brannten die Feuer in der Küche, und die Tage bestanden aus einer endlosen Folge von Mahlzeiten und Zwischenmahlzeiten vom Frühstück über den Imbiß bis zur Vesper, und stets war eine Kanne mit Schokolade oder Jerez zur Hand. Wie in einem Wunder kam man sich vor, wenn man zwischen den Granatäpfeln und Bougainvilleen einer von Winden eingefangenen Vegetation die weißen Marmorstatuen erblickte, welche die Gärten schmückten. Pomona und die Jägerin Diana

bewachten ein mit Farnkraut und Malangapflanzen ausgeschlagenes natürliches Wasserbecken, das in der Ausbuchtung eines Bachbettes angelegt war. Breite Alleen, denen Mandelbäume, Johannisbrotbäume und Königspalmen Schatten spendeten, verloren sich in grünen Fernen, wo man das Geheimnis einer von Kletterrosen überdachten italienischen Pergola entdeckte, einen kleinen griechischen Tempel, der irgendeiner mythologischen Göttin als Wohnstätte diente, und ein Buchsbaumlabyrinth, in dem man sich gern verirrte, wenn die Schatten der Abenddämmerung länger wurden. Die Herren des Hauses kümmerten sich stets um das Wohlergehen ihrer Gäste, drängten ihnen aber keine bestimmte Beschäftigung auf. Gemäß den alten Prinzipien kreolischer Gastfreundschaft ließ man alle das tun, was ihnen gerade gefiel, und während die einen die Wege entlangritten und andere auf die Jagd gingen oder einen Spaziergang machten, verstreuten sich die übrigen mit einem Schachbrett, einem Buch in der Weite der Gartenanlagen. Eine im hohen Turm hängende Glocke verlieh dem täglichen Leben seinen Rhythmus, indem sie zu den Mahlzeiten rief oder zu Zusammenkünften, denen beiwohnte, wer Lust hatte. Nach dem Souper, das in der Kühle der zehnten Abendstunde zu Ende ging, zündete man auf der großen Esplanade hinter dem Haus Lampengirlanden an, und dann begann das Konzert einer dreißig Mann starken Negerkapelle unter der Leitung eines deutschen Dirigenten, der dem Mannheimer Orchester als Violinist angehört hatte. Es erklang unter einem Himmel, der fast zuviel Sterne zu haben schien, die ernste Einleitung einer Symphonie von Haydn, oder die Instrumente lärmten im heiteren Elan eines Allegros von Stamitz oder Cannabich. Manchmal, wenn sich mit guter Stimme begabte Gäste fanden, wurden kleine Opern von Telemann oder ›La Serva Padrona‹ von Pergolesi aufgeführt. Und so verging die Zeit in diesen letzten Tagen eines Jahrhunderts der Aufklärung, das länger als dreihundert Jahre gedauert zu haben schien, so viele, viele Dinge waren in seinem Verlauf geschehen. »Ein herrliches Leben«, sagte Sofia. »Aber hinter diesen Bäumen ist *etwas*, das nicht zugegeben werden kann.« Und sie wies auf die Reihe hoher Zypressen hin, die aufragten wie schwarzgrüne Obelisken vor der Pflanzenwelt darum herum und eine andere Welt verbargen: die der Sklavenbaracken, die manchmal ihre Trommeln rührte, daß es klang wie ferner Hagel. »Ich bedaure es ebensosehr wie du«, erwiderte Esteban. »Aber unsere Kräfte werden nicht ausreichen, die Umstände zu verändern. Andere, die mit Vollmachten ausgestattet waren, sind daran gescheitert« ... Am Nachmittag des 24. Dezember, während einige letzte Hand an eine Krippe legten und hin und wieder in die Küche eindrangen, um sich zu vergewissern, daß die Truthähne auch schön goldbraun wurden in den Herden und die Soßen durch den Duft ihrer Essenzen zu sprechen begannen, gingen Esteban und Sofia zum großen Gittertor des Landguts hinaus, um auf Carlos und Jorge zu warten, die jetzt bald kommen mußten. Ein plötzlicher Schauer ließ sie in einer der Pergolen Schutz suchen, die ganz von gerade aufgeblühten Weihnachtssternen entflammt war. Der Regen intensivierte den Geruch der Erde und entlockte den auf die Wege gefallenen Blättern einen letzten Dufthauch. »Der Regen ging vorüber, die Blüten brachen auf, und die Zeit des Liedes ist gekommen«, murmelte Esteban, einen biblischen Text zitierend, der ihn an Bücher der Jugendzeit erinnerte. Da vollzog sich in ihm das blendende Erstaunen. Er fühlte sich wie losgekauft, wie dem eigenen Ich zurückgegeben durch eine jauchzende Offenbarung: Jetzt verstehst du alles. Du weißt, was in dir seit vielen Jahren herangereift ist. Du erblickst das Gesicht und begreifst das einzige, was du begreifen mußtest, du, der du dich so sehr abmühtest, Wahrheiten nachzuspüren, die über dein Verständnis hinausgingen. Es war sie, die erste Frau in deinem Leben, die Mutter, die du so oft umklammertest an Stelle der anderen, die du nie gekannt hast. Sie ist die Frau, die dir die strahlenden Zärtlichkeiten des Weibes enthüllte im Wachen an der Seite deiner Schlaflosigkeit, im Mitgefühl mit deinem Leiden und in der besänftigenden Liebkosung am frühen Morgen. Sie ist die Schwester, welche die sich wandelnden Formen deines Körpers erlebte, wie nur eine unvorstellbare, zusammen mit dir aufgewachsene Geliebte sie hätte erleben können. Esteban ließ den Kopf auf eine Schulter sinken, die wie aus seinem eigenen Fleisch gemacht war, und schluchzte so tief und herzzerbrechend auf, daß ihn Sofia entgeistert in die Arme nahm, auf Stirn und Wangen küßte und an sich zog. Aber begierige, durstende, allzu verlangende Lippen waren es, die jetzt die ihren suchten. Sie drückte seinen Kopf mit den Händen fort, entzog sich ihm und blieb vor ihm stehen, aufmerksam seine weiteren Bewegungen verfolgend, wie man einen Feind beobachtet. Esteban sah sie an mit schmerzlichem Blick, kraftlos, aber mit einer solchen Glut in den Augen, daß die Frau, die sich als Frau angeschaut sah, einen Schritt zurückwich. Jetzt sprach der andere zu ihr, sprach ihr von dem, was er gerade verstanden, was er gerade in sich selber entdeckt hatte. Eine Stimme, die nicht mehr die von früher war, sprach nicht für möglich gehaltene, unstatthafte Worte aus, die sie nicht bewegten, sondern denen in ihren Ohren der hohle Klang der Gemeinplätze anhaftete. Sie wußte nicht, was sie tun, was sie sagen sollte, schämte sich fast, diesen Monolog über sich ergehen lassen zu müssen, diese ärgerlichen Geständnisse, die sich auf triviale Schlafzimmerenttäuschungen bezogen, auf nie gestillte Sehnsüchte, auf das dunkle Warten auf etwas, das den Besucher dürrer Landstriche wieder an seinen Ausgangspunkt zurückversetzt hätte. »Genug!« rief Sofia mit zornigem Gesicht. Eine andere mochte sich das vielleicht mit Interesse anhören, aber ihrem ablehnenden Herzen klang alles wie falsches Wortgeklimper: Und je schneller er sprach, desto häufiger sagte sie: »Genug!«, bis sie einen Tonfall erreichte, der endgültig, abschließend, unüberbietbar war. Ein beklommenes Schweigen trat ein. Beide spürten heftige Pulsschläge in ihrem Innern, als hätten sie gemeinsam eine schwere Anstrengung hinter sich. »Du hast alles zerbrochen, du hast alles zerstört«, sagte sie. Und jetzt war es Sofia, die in Tränen ausbrach, indes sie in den Regen hinauslief ... Die Nacht brach herein über einen Menschen, der am Boden lag. Nichts würde mehr so sein wie früher. Was sich in einer Krisis Luft gemacht hatte, würde für alle Zeiten eine Mauer des Mißtrauens, des versteckten Schweigens, der harten Blicke errichten, die ihm unerträglich sein mußte. Er dachte daran, fortzugehen, das war wohl das beste – den Schoß der Familie zu verlassen, obwohl er wußte, daß es ihm dazu an Kraft gebrach. Die Zeiten waren so unsicher geworden, daß der Reisende mit dem Schlimmsten rechnete, wenn er sich auf den Weg machte, wie in den Tagen des Mittelalters. Und Esteban wußte jetzt, wieviel Überdruß in dem Wort *Abenteuer* stecken konnte ... Es hatte zu regnen aufgehört. Lichter und Masken begannen den Park zu bevölkern. Schäfer kamen daher, Müller mit mehlbestäubten Gesichtern, Neger, die keine Neger waren, alte Vetteln von zwölf Jahren, bärtige Gesellen und Leute mit Pappkronen auf dem Kopf, die Kürbisrasseln, Klappern, Tamburine und Schellen in den Händen schwangen. Und dann sangen Kinderstimmen im Chor:

Ya viene la vieja
Con el aguinaldo.
Le parece mucho.
Nos parece poco.

Pampanitos verdes.
Limones en flor.
Bendita la madre
De Nuestro Señor.

Hinter den Bougainvilleenbüschen erstrahlte das Haus im Glanz aller seiner Leuchter, Lampen und venezianischen Lüster. Jetzt mußte man, indes Punsch gereicht wurde, die Mitternachtsstunde abwarten. Dann würden zwölf Glockenschläge vom Turm herabtönen, und jeder mußte die rituellen zwölf Trauben hinunterschlingen. Und anschließend würde das endlose Abendessen folgen, nach dem man noch zusammen saß und Haselnüsse und Mandeln knackte, und natürlich das Negerorchester, das neue, in aller Eile einstudierte Walzer spielen wollte, deren Noten am Vortage eingetroffen waren. Esteban wußte nicht, wie er dem Fest entfliehen konnte, den Kindern, die ihn umdrängten, den Dienstboten, die ihn bei seinem Namen riefen, damit er an einem Spiel teilnähme oder den Getränken zuspräche, die bereits ihre Wirkung ausübten, wenn man nach dem lauten Lachen in den illuminierten Säulengängen urteilte. Da war plötzlich das Stampfen von Pferdehufen zu hören. Am Ende der Allee zeigte sich Remigio, auf dem

Bock der recht beschmutzten Kutsche sitzend. Aber in der Kutsche selbst saß niemand. Remigio brachte die Pferde jäh zum Stehen, als er Esteban erblickte, und teilte ihm mit, Jorge habe einen Ohnmachtsanfall erlitten und liege jetzt zu Bett, von einer neuen Seuche angefallen, welche die Stadt zur Zeit heimsuche — einer Seuche, die man auf die großen Leichenhaufen auf den Schlachtfeldern Europas zurückführte und deren pestilenzialische Dünste russische Schiffe mitgebracht hatten, die vor kurzem eingetroffen waren, um nie gesehene Waren einzutauschen gegen tropische Früchte, wie sie die reichen Herrschaften von Sankt Petersburg schätzten.

38

Das Haus roch nach Krankheit. Sogleich beim Eintreten spürte man in der Kehle, daß man hinten in der Küche mit Mostrich und Leinsamen hantierte. Auf Gängen und Treppen herrschte ein Kommen und Gehen von Aufgüssen und Senfpflastern, Arzneitränken und Kampferölen, während man in Eimern Eibischwasser und Lilienzwiebelwasser hinauftrug: es sollte die Haut des Mannes erfrischen, der von einem hartnäckigen Fieber gepackt war, das von Zeit zu Zeit bis zu den Phantasien des Deliriums hinaufschnellte. Nach einer traurigen, überstürzten Reise, in deren Verlauf sie kaum ein Wort wechselten, hatten Sofia und Esteban Jorge in sehr ernstem Zustand angetroffen. Und es handelte sich nicht um einen Einzelfall. Die halbe Stadt lag an einer neuen Seuche darnieder, die nur allzu häufig tödlich verlief. Als der Kranke seine Gemahlin neben sich erblickte, sah er sie aus geweiteten Augen an und umklammerte ihre Hände, als könnten sie ihm Rettung bringen. Da man die Türen geschlossen hatte, um jede Zugluft zu vermeiden, herrschte in dem Zimmer eine erstickende, dumpfe Atmosphäre, die nach Arzneidünsten, Einreibealkohol und nach dem Wachs der Kerzen roch, die immer brannten, weil Jorge das beklemmende Gefühl hatte, nicht mehr aufwachen zu können, wenn er in der Dunkelheit einschlief. Sofia deckte ihn zu, wiegte ihn in den Armen, legte ihm eine Essigkompresse auf die glühende Stirn und ging in das Kontor hinunter, um sich von Carlos ausführlich über die Behandlungsmethode berichten zu lassen, die von Ärzten vorgeschlagen worden war, welche im Grunde genommen gar nicht wußten, wie sie eine bisher unbekannte Krankheit bekämpfen sollten ... Und man trat in das neue Jahrhundert ein in schlaflosen Nächten und Nachtwachen, Tagen der Hoffnung und Tagen der Mutlosigkeit — in deren Stunden, wie von geheimen Stimmen herbeigerufen, auf dem Mosaik der Diele Soutanen auftauchten, die sich erboten, Heiligenbilder und wunderwirkende Reliquien zu bringen. Auf allen Möbelstücken des Obergeschosses lagen Rezepte und Arzneifläschchen umher und halb verbrannte Dochte, die beim Aufsetzen der Schröpfköpfe gebraucht worden waren. Schmerzerfüllt, wenn auch gefaßt, wich Sofia nicht vom Bett ihres Gemahls, obwohl man ihr immer wieder vorhielt, wie ansteckend die Krankheit sei. Indem sie zu ihrem eigenen Schutz keine weiteren Vorsichtsmaßnahmen traf, als daß sie sich mit aromatischen Essenzen wusch und stets eine Gewürznelke im Mund hatte, pflegte die Gemahlin den Kranken mit einer Hingabe und Zärtlichkeit, die Esteban die Jahre seiner vom Asthma geplagten Jugendzeit ins Gedächtnis zurückriefen. Jetzt galt die liebevolle Zuneigung Sofias — vielleicht eine unbewußte Vorwegnahme des Mutterinstinkts — einem anderen Manne, und dies mit ansehen zu müssen, war ihm, Esteban, besonders schmerzlich, hatte er doch mehr Grund denn je, die Zeiten eines verlorenen Paradieses herbeizusehnen — eines Paradieses jetzt so verloren wie damals unbemerkt vorübergeglitten, als es seine Aufgabe gewesen wäre, die Größe eines Glücks zu ermessen, das er in seiner alltäglichen Wiederholung hingenommen hatte als etwas, das ihm von Rechts wegen zustand. Nacht um Nacht verbrachte Sofia in ihrem Krankenschwesternsessel, wachend oder doch nur so leicht schlummernd, daß ein Seufzer Jorges sie aufweckte. Manchmal kam sie aus dem Zimmer heraus mit einem großen Kummer auf dem Gesicht: »Er phantasiert«, sagte sie, in Tränen ausbrechend. Aber sie faßte sich wieder, als sie sah, wie der andere, zu sich gekommen, mit unerwarteter Energie sich an das Leben klammerte und mit unglaublicher Willenskraft gegen die Stiche aufbegehrte, die ihm die Seiten zu durchbohren schienen, und schrie, er werde sich durch den Tod nicht besiegen lassen. Während der Augenblicke vorübergehender Besserung seines Zustands machte er Zukunftspläne: Nein, man durfte seine Jugend nicht zwischen Kontorwänden verschwenden. Dazu war der Mensch nicht geboren. Gleich nach seiner Genesung würden sie beide ins Ausland reisen, dorthin, wohin sie schon immer hatten reisen wollen. Sie wollten Spanien besuchen, Italien; im milden Klima Siziliens würde er dann vollends wieder zu Kräften kommen. Sie würden für immer dieser ungesunden Insel den Rücken kehren, wo die Leute ewig Seuchen ausgesetzt waren, wie sie Europa zu anderen Zeiten heimgesucht hatten. Esteban erfuhr von diesen Plänen und verspürte eine quälende Beklemmung bei dem Gedanken, daß sie verwirklicht werden könnten und er dann vielleicht der Gegenwart eines Menschen beraubt wäre, welche die einzige Rechtfertigung seines derzeitigen, jeden Ehrgeizes, aller Ideale und anderen Begierden beraubten Lebens darstellte. Und er ermaß die Enttäuschung, die seine persönlichen Erfahrungen in ihm hinterlassen hatten, wenn es ihm zufiel, diejenigen zu empfangen, die sich zu jeder Tagesstunde nach dem Kranken erkundigten. Keiner von ihnen dünkte ihn interessant. Die Gespräche ließen ihn kalt, und ganz besonders, wenn die Besucher verspätete Philanthropen waren, Leute, die zur kleinen Androgynen Loge gehörten, welche die Seinen gegründet hatten und der beizutreten er sich seit seiner Rückkehr nach Havanna weigerte. Die *Ideen,* die er hinter sich gelassen hatte, holten ihn jetzt ein in diesem Milieu, in dem alles dazu angetan schien, sie zu neutralisieren. Über das Schicksal der Sklaven bekümmerte sich, wer gestern noch neue Neger gekauft hatte, um sie auf seinem Landbesitz arbeiten zu lassen. Von der Korruption der Kolonialregierung sprach, wer sich's im Schatten ebendieser für Profite günstigen Korruption wohl sein ließ. Von einer möglichen Unabhängigkeit redete, wer sich aus königlicher Hand mit Freuden hatte einen Adelstitel verleihen lassen. Es bildete sich hier in der wohlhabenden Schicht die gleiche Geistesverfassung heraus, die in Europa so viele Aristokraten dazu gebracht hatte, ihre eigenen Blutgerüste zu errichten. Mit vierzig Jahren Verspätung las man hier Bücher, welche eine Revolution begünstigten, die ebendiese Revolution, in unvorhergesehene Bahnen gelenkt, als unzeitgemäß hatte erscheinen lassen ... Nach drei Wochen begann man ein wenig Hoffnung zu hegen, was den Zustand des Kranken betraf. Nicht daß es ihm besser gegangen wäre – er schien einfach in einem kritischen Stadium zu verharren nach einer Leidenszeit, der bei anderen der Tod bereits ein Ende gesetzt hätte. Die Ärzte, die aus der Beobachtung zahlreicher Fälle inzwischen einiges gelernt hatten, entschieden sich jetzt bei ihren Patienten für eine Behandlung, die der der Lungenentzündung recht ähnlich war. So standen die Dinge, als eines Abends am Haupteingang der Türklopfer dröhnte. Esteban und Sofia beugten sich über das Patiogeländer, um nachzuschauen, wer dort so laut Einlaß begehrte, als sie Kapitän Caleb Dexter hereinkommen sahen, in blauem Gehrock und weißen Handschuhen. Da er nicht wußte, daß das Haus einen Kranken beherbergte, sprach er unangemeldet vor, wie er das oft tat, wenn die ›Arrow‹ im Hafen von Havanna vor Anker ging. Esteban umarmte hocherfreut den Mann, dessen bloße Anwesenheit die Erinnerung an eine schöne Vergangenheit in ihm wachrief. Als der Nordamerikaner hörte, was vor sich ging, bekundete er sein großes Bedauern und erbot sich, zu seinem Schiff zurückzueilen und heiße Seemannsumschläge zu holen, die sich, wie er versicherte, als sehr wirksam erwiesen hatten. Sofia versuchte ihn davon abzuhalten, denn Jorges Haut war durch die ableitenden Mittel so angegriffen, daß er kaum mehr lauwarme Tücher vertrug, aber Caleb Dexter machte sich, überzeugt von der Unfehlbarkeit seiner Umschläge, sogleich auf den Weg und kehrte, gerade als man die Lampen anzündete, wieder zurück mit Salben und Pomaden, die nach ätzenden Säuren rochen. Man legte ein zusätzliches Gedeck auf, und mit dem Erscheinen einer englischen Suppenschüssel von adeligem Aussehen begann das erste hoffnungsvolle Abendessen seit Wochen. Jorge schlief, der Obhut einer Klarissin anvertraut, die Sofia hatte holen lassen. »Er wird davonkommen«, sagte Carlos. »Ich habe das Gefühl, daß er außer Gefahr ist.« – »Möge Gott deine Worte hören«, sagte Sofia, einen Ausdruck gebrauchend, der für sie ungewöhnlich war und der in ihrem

Munde wie eine Beschwörungsformel klang, ohne daß Esteban zu sagen vermocht hätte, ob der angerufene Gott der Jehova der Bibel, der Gott Voltaires oder der Große Baumeister der Freimaurer war, so ratlos stand man der Verwirrung der Götter gegenüber, die das gerade zu Ende gegangene Jahrhundert der Aufklärung hinterlassen hatte. Esteban mußte, das war unvermeidlich, von seinen Fährnissen in der Karibischen See berichten, aber diesmal tat er es mit Elan und fast heiteren Sinnes, denn der Seemann kannte die Schauplätze seines großen Abenteuers. »Fest steht, daß der Kriegszustand zwischen Frankreich und den Vereinigten Staaten nicht mehr lange dauern wird«, sagte er. »Man hat schon Friedensverhandlungen angeknüpft.« Was Guadeloupe betraf, so herrschten dort ständige Wirren, seit Victor Hugues, der sich geweigert hatte, sein Amt an Pélardy und Desfourneaux zu übergeben, mit Gewalt aufs Schiff gebracht worden war. Der militärische Handstreich gehörte dort jetzt zu den alltäglichen Ereignissen, und die gleichsam aus ihrer Asche wiedererstandenen ›Großen Weißen‹ von einst führten einen offenen Krieg gegen die neuen ›Großen Weißen‹ und gewannen allmählich ihre früheren Vorrechte zurück. Im übrigen bestand in den französischen Kolonien eine allgemeine Tendenz, zu den Praktiken des Ancien régime zurückzukehren, und dies besonders jetzt, da Victor Hugues sein neues Amt als Agent des Direktoriums in Cayenne angetreten hatte. »Das wußten Sie noch nicht?« rief der Seemann, als er die Verwunderung der anderen bemerkte, für die Victor Hugues ein geschlagener Mann ohne Zukunft war, den man vielleicht eingekerkert, vielleicht zum Tode verurteilt hatte. Jetzt erfuhren sie, daß Hugues, nachdem er in Paris seine Schlacht gewonnen hatte, als Sieger nach Amerika zurückgekehrt war, im Besitz eines neuen Zweispitzes und neuer Vollmachten. Als sich die Nachricht verbreitete, so erzählte der Yankee, fegte ein Wind des Schreckens über Guayana hinweg. Die Leute stürzten auf die Straßen und riefen, jetzt werde man ein ganz großes Unglück erleben. Die Deportierten von Sinnamary, Kourou, Iracoubo und Conanama, die nicht mehr zu hoffen wagten, die Seuchen zu überleben, schrien laut zum Allerhöchsten hinauf, er möge sie vor neuen Leiden bewahren. Es herrschte eine allgemeine Panik, wie sie die Ankunft eines Antichrist hätte auslösen können. Man mußte an verschiedenen Stellen von Cayenne Plakate anschlagen, um der Bevölkerung mitzuteilen, daß die Zeiten sich geändert hatten, daß die Ereignisse von Guadeloupe sich nicht wiederholen würden und daß der neue Agent, von einem großmütigen, gerechtigkeitsliebenden Geist beseelt, für Glück und Wohlergehen der Kolonie alles tun wollte, was in seiner Macht stand. (*»Sic«*, sagte Esteban, der alte rhetorische Wendungen wiedererkannte.) Und das Tragikomische dabei war, daß Victor Hugues, um seine guten Absichten zu demonstrieren, mit einer Musikkapelle in Cayenne eintraf, die ostentativ im Bug seines Schiffes Aufstellung genommen hatte — ebendort, wo einst die für Guadeloupe bestimmte Guillotine sich erhoben hatte zur schaurigen Warnung an die ganze Bevölkerung. Jetzt erklangen fröhliche Märsche von Gossec, neue Pariser Gassenhauer und ländliche Kontertänze an der Stelle, an der vor sechs Jahren das düstere Geräusch des von seinen Pfosten herabfallenden Beils zu hören gewesen war, als Monsieur Anse seine Maschine ausprobierte. Victor Hugues war allein herübergekommen und hatte seine Frau in Frankreich zurückgelassen — aber vielleicht war er auch gar nicht zum Heiraten gekommen: das wußte Caleb Dexter nicht genau, denn er brachte seine Nachrichten aus Paramaribo mit, wo man in diesen Augenblicken über die Nähe des gefürchteten Agenten Frankreichs sehr besorgt war. Und zur Verwunderung aller hatte sich dieser Agent großmütig gezeigt: er hatte die Deportierten besucht, ihre Lage ein wenig gebessert und versprochen, daß viele von ihnen bald in die Heimat zurückkehren würden. »Der Wolf stellt sich uns im Schafspelz vor«, sagte Esteban. »Ein bloßes politisches Werkzeug, das sich den Geboten des Tages anpaßt«, sagte Carlos. »Trotz allem eine außergewöhnliche Persönlichkeit«, sagte Sofia. Caleb Dexter brach früh auf, denn sein Schiff lichtete noch vor Morgengrauen die Anker. Sie wollten ausführlicher über alles sprechen, wenn er in einem Monat auf dem Weg nach Süden wiederum in Havanna Station machte. Dann würden sie auch die Genesung des Kranken feiern — mit einigen guten Flaschen. Esteban begleitete ihn auf dem Bock der Kutsche bis zum Kai ...

Als er zurückkam, begegnete er im Hauseingang Carlos, der ihm zurief: »Hol sofort den Arzt! Jorge bekommt keine Luft mehr. Ich fürchte, er überlebt diese Nacht nicht.«

39

Der Kampf des Kranken ging weiter. Man vermochte sich nicht vorzustellen, daß dieser bleiche, schmächtige Mann, der die Züge eines Letzten seines Geschlechts trug, über solche Reserven an Lebensenergie verfügte. Fast ständig unter Atemnot leidend, vom Fieber zerrüttet, hatte er noch die Kraft, in seinem Delirium mit lauter Stimme den Tod von sich zu weisen. Esteban hatte hin und wieder einen Indio, einen Neger sterben sehen: für sie spielte sich das alles ganz anders ab. Sie legten sich ohne Murren nieder wie schwerverletzte Tiere, immer weiter dem entrückt, was sie umgab, immer stärker von dem Wunsch erfüllt, in Ruhe gelassen zu werden, als hätten sie sich von vornherein mit der letzten Niederlage abgefunden. Jorge dagegen bäumte sich auf, protestierte, stöhnte, unfähig, das zu akzeptieren, was für die anderen schon unabänderlich geworden war. Es sah so aus, als hätte die Zivilisation den Menschen jeder Charakterfestigkeit gegenüber dem Tode beraubt, trotz der vielen Argumente, die er sich im Laufe der Jahrhunderte zurechtgeschmiedet hatte, um ihn sich im Lichte der Vernunft zu erklären und mit Gelassenheit hinzunehmen. Und nun, da der Tod unerbittlichen Schritts näher kam mit dem Pulsschlag der Uhren, mußte man sich noch davon überzeugen, daß der Tod kein Ende war, sondern ein Übergang, und daß hinter ihm ein anderes Leben wartete und daß man in dieses Leben einzutreten hatte versehen mit gewissen Garantien, die diesseits der Schranke erteilt wurden. Jorge selber war es, der nach einem Priester verlangte, welcher als letzte Beichte entgegennahm, was sich nur als Gestammel ungereimter Sätze darbot. Rosaura, die wußte, daß die Ärzte sich geschlagen gegeben hatten, überredete Sofia dazu, nach einem alten, mit Zauberkünsten vertrauten Neger zu schicken. »Was macht's schon aus!« sagte die junge Frau. »Ogé hat die Hexenmeister auch nicht verabscheut . . .« Der Zauberer nahm mit Hilfe von Duftwasser eine

›Reinigung‹ des Zimmers vor, warf Schnecken auf den Fußboden, um zu sehen, ob sie auf dem Rücken oder auf dem Bauch zu liegen kamen, und wandte schließlich Kräuter an, die bei einem Händler gekauft waren, der in der Nähe des Marktes seinen Laden hatte. Wie dem auch war, man mußte zugeben, daß seine Kunst die Erstickungsanfälle des Kranken linderten und das Herz wiederbelebten, das bisweilen nur noch ganz schwach schlug . . . Aber man brauchte nicht mehr lange zu warten. Die körperlichen Mechanismen des Kranken setzten einer nach dem anderen aus. Die Heiltränke des Negers waren nur von vorübergehender Wirkung. Die Männer von der Leichenbestattung, von ihrem Instinkt herbeigerufen, machten ständig die Runde ums Haus. Es überraschte Esteban nicht, als er Carlos' Schneider mit Trauerkleidern erscheinen sah. Sofia hatte bei ihrer Modistin so viele Gewänder bestellt, daß mehrere Körbe damit angefüllt waren, die man fürs erste in einem Zimmer untergebracht hatte, in dem die junge Frau sich seit Beginn der Krankheit ihres Mannes an- und auskleidete. Sie konnte sich nicht entschließen, die Körbe zu öffnen – vielleicht um eines geheimen Aberglaubens willen. Esteban verstand sie: indem sie diese schwarzen Kleider bestellte, hatte sie ein Beschwörungsritual vollzogen. Sie vorzeitig herausholen hieß das akzeptieren, was man nicht akzeptieren wollte. Jeder mußte sich selber vormachen, daß er glaubte, das schwarze Tuch brauche nicht hervorgeholt zu werden, wenn es erst einmal unter dem Dach des Hauses war. Aber drei Tage später, nach einer letzten Herzschwäche, hielt das schwarze Tuch seinen Einzug durch die Haupteingangstür, als gerade die vierte Nachmittagsstunde geschlagen hatte: das Schwarz der Kutten, der Soutanen, der Gewänder der Freunde und Kunden des Hauses, der Logenbrüder, der Bekannten und Angestellten; das Schwarz der Männer vom Bestattungsinstitut mit ihren Katafalken und Requisiten; und das Schwarz der richtigen Schwarzen, die seit vier Generationen mit der Familie durch die Dienstbotenstuben von fern verbunden waren und die jetzt wie vergessene Schatten aus ihren entlegenen Stadtvierteln hervorkamen, um Klagelieder anzustimmen unter den Arkaden des Patios. In dieser unerbittlich unterteilten Gesellschaft war die

Totenwache die einzige Zeremonie, welche die Schranken des Standes und der Rasse niederriß und bei der man es zuließ, daß der Barbier, der vielleicht einmal die Wangen des Verstorbenen eingeseift hatte, neben dem Sarg Seite an Seite stand mit dem Generalkapitän der Kolonie, dem Rektor der Ärzteschaft, dem Grafen von Pozos Dulces oder dem reichen Landgutbesitzer, dem kürzlich durch königlichen Erlaß der Titel eines Marquis verliehen worden war. Betäubt von der Vielhundertzahl unbekannter Gesichter – die ganze Geschäftswelt Havannas hatte sich in dieser Nacht in das Haus mit den hohen Stützbalken ergossen – kam Sofia, abgemagert durch die vielen Nachtwachen und abgehärtet durch den ans Herz greifenden Schmerz, der über dekorative Tränen erhaben ist, ihrer Funktion als Witwe mit einer selbst für Esteban erstaunlichen Würde und Beherrschung nach. Bleich, stirnrunzelnd, benommen vielleicht von dem Duft der Blumen, die in solcher Vielfalt auftraten, daß sich ihre vermischten Gerüche in einen wächsernen Dunst verwandelten, dem sich der Dunst der großen und kleinen Kerzen und der medizinischen Heilmittel hinzugesellte, deren Spuren noch deutlich wahrnehmbar waren – vor allem die des Senfs und des Kampfers –, zeigte sich die junge Frau in ihrer unbeholfenen Trauerkleidung von einer Schönheit, der selbst ihre Unvollkommenheiten nichts anzuhaben vermochten. Ihre Stirn war vielleicht zu eigenwillig, die Brauen waren zu buschig, die Augen zu zögernd im Blick, die Arme ein wenig zu lang, die Beine vielleicht zu schmächtig für die kräftigen Schenkel. Aber von ihr ging, selbst in der gegenwärtigen schweren Prüfung, ein Licht umfassender Weiblichkeit aus, das aus der Tiefe kam und das Esteban für kurze Augenblicke schauen durfte, indem er gleichzeitig die geheimen Triebfedern ihres starken menschlichen Wesens erkannte. Er ging in den Patio hinaus, um dem Gebetsgemurmel zu entfliehen, das den Salon erfüllte, wo man den Leichnam aufgebahrt hatte. Er suchte sein Zimmer auf, in dem die Figuren des Puppentheaters jetzt zu der Szene draußen einen gespenstischen Kontrast in Callotscher Manier darstellten. Er ließ sich in seine Hängematte fallen und bekam einen hartnäckigen Gedanken nicht mehr aus dem Sinn: Morgen würde ein Mann weniger im Hause sein. Bloße Worte blieben die Reisepläne, die ihn noch vor Tagen so sehr bekümmert hatten. Jetzt würde das Jahr in lästiger Trauer verrinnen, mit den Seelenmessen für den Verstorbenen und den obligatorischen Besuchen auf dem Friedhof. Ein Jahr hatte er vor sich, ein Jahr hatte er Zeit, um die anderen von der Notwendigkeit eines Wandels ihrer Lebensweise zu überzeugen. Es würde nicht schwer sein, zu einem Thema zurückzukehren, das ihre Gespräche seit der Jugendzeit genährt hatte. Carlos, der zu sehr vom Geschäft abhängig war, würde sie vielleicht zwei, drei Monate lang begleiten. Er, Esteban, würde es schon einzurichten verstehen, daß er anschließend zusammen mit Sofia irgendwo in Europa bleiben konnte, und er dachte dabei an Spanien, das jetzt weniger als früher durch die französischen Kriege bedroht war, die, einen Sprung über das Mittelmeer machend, lächerlicherweise nach Ägypten gelangt waren. Es kam darauf an, nichts zu überstürzen, sich nicht von Impulsen des Augenblicks hinreißen zu lassen. Man mußte sich die unerschöpflichen Hilfsmittel der Heuchelei zunutze machen. Lügen, wenn es angebracht war. Bewußt die Rolle des Tartuffe spielen . . . Er kehrte in das Dunkel der Totenwache zurück, drückte Hände und nahm teilnahmsvolle Umarmungen von Leuten entgegen, die immer noch zur Tür hereinkamen und die Gänge füllten. Er blickte zum Sarg hinüber. Der dort lag, war ein Eindringling. Ein Eindringling, den man morgen forttragen würde, auf den Schultern, ohne daß er, Esteban, das nur ihm bewußte Verbrechen begangen hätte, seine ›physische Eliminierung‹ herbeizuwünschen—wie die Philosophen des vergangenen Jahrhunderts pedantischerweise die Hinrichtung eines unheilvollen Wesens nannten. Das Trauerjahr würde, wenn es sich wie eine Mauer um das Haus legte und den Familienkreis auf seine genauen Proportionen zurückführte, wiederum die Atmosphäre früherer Tage schaffen. Man würde vielleicht zur Unordnung von einst zurückfinden, als ob die Zeit ihren Lauf umgekehrt hätte. Nach der langen Totenwache, nach dem Begräbnis mit seinen Zeremonien, Wechselgesängen, Kreuzträgern, Opfergaben, Trauerkleidern, Wachskerzen, schwarzem Tuch und Blumen, Nachruf und Requiem — und man würde davon sprechen, daß der eine in Galauniform gekommen war und der andere dies und das gesagt und der dritte geweint und gestöhnt hatte, wir seien alle nichts –, nach der Verabschiedung der Trauergäste, bei der man hundert schweißfeuchte Hände schütteln mußte unter einer Sonne, die den Augen eine Qual bedeutete im Widerschein der Marmorgrabsteine, würde sich ein natürliches Band schlingen, das sie mit dem verknüpfte, was zurückgeblieben war... Und als sie ihre anstrengenden Trauerpflichten erfüllt hatten, fanden sie sich wieder am großen Eßzimmertisch zusammen wie einst, Carlos, Esteban und Sofia – es war ein Sonntag –, vor einem Abendessen, das im nahen Hotel bestellt worden war. Remigio, der nicht auf den Markt hatte gehen können, weil er auf dem Friedhof gewesen war, trug Kredenzteller herein, bedeckt mit Tüchern, unter denen Pargofische mit Mandeln zum Vorschein kamen und Marzipangebäck, junge Tauben *à la crapaudine,* Getrüffeltes und Überzuckertes, das Esteban persönlich bestellt hatte – verbunden mit dem Auftrag, man solle um jeden Preis beschaffen, was vielleicht nicht vorrätig war. »Was für ein Zufall!« sagte Sofia. »Ich glaube mich zu erinnern, daß wir fast das gleiche gegessen haben damals, nach der Beerdigung...« (und sie verstummte, denn vom Vater wurde im Hause nie gesprochen). »Das gleiche, ja«, bestätigte Esteban. »In den Hotels ist die Speisekarte recht eintönig.« Und er bemerkte, daß seine Cousine in sehr nachlässiger Haltung am Tisch saß, als wären bei ihr die ungraziösen Manieren von einst wieder durchgekommen. Sie kostete von diesem und jenem, starrte auf das Tischtuch und spielte mechanisch mit den Gläsern. Da die durchwachten Nächte sie erschöpft hatten, zog sie sich früh zurück. Aber jetzt wäre es unnütz gewesen, sich einer postumen Ansteckung auszusetzen, und so ließ sie ihr schmales Jungmädchenbett, das in einem als Abstellkammer benutzten Raum stand, herausschaffen und in dem Zimmer aufschlagen, in dem noch immer die ungeöffneten Körbe mit Trauerkleidern ihrer harrten. »Arme Sofia!« sagte Carlos, als die Männer unter sich waren. »Witwe werden in ihrem Alter!« – »Sie wird bald wieder heiraten«, meinte Esteban und klopfte an ein graues, von einem Goldfaden umgebenes Samenkorn, das ihn in seinen Seemannstagen als persönlicher Talisman vor Stürmen und Unheil bewahrt hatte ... Um sich nützlich zu machen, ging er an den folgenden Tagen ins Kontor, setzte sich an Jorges Pult und tat so, als begännen ihn die Geschäfte in hohem Maße zu interessieren. Dort erfuhr er im Verkehr mit den ortsansässigen Kaufleuten und den Leuten, die aus der Provinz in die Stadt gekommen waren, von überraschenden Ereignissen. Eine dumpfe Erregung machte sich auf der ganzen Insel bemerkbar. Die reichen Gutsbesitzer lebten in ständiger Unruhe und Angst vor einer Verschwörung, weil sie mit der Möglichkeit rechneten, daß die Neger von Kuba das taten, was die Neger von Santo-Domingo getan hatten. Man erzählte sich von einem legendären Mulattenanführer unbekannten Namens, der stets unsichtbar blieb und draußen von einer Pflanzung zur anderen eilte, um die Sklavenarbeiter der Zuckermühlen aufzuwiegeln. In zu vielen Taschen verbarg sich die Literatur der ›verdammten Franzosen‹, und es tauchten, nachts von heimlicher Hand an die Mauern der Stadt geklebt, drohende Schmähschriften auf, die im Namen der ›Gewissensfreiheit‹ die Revolution verherrlichten und die baldige Aufstellung von Guillotinen auf den öffentlichen Plätzen ankündigten. Jeder von einem Neger begangenen Gewalttat unterlegte man, auch wenn es sich um einen Verrückten oder Betrunkenen handelte, einen aufrührerischen Sinn. Andererseits brachten die Schiffe Nachrichten von politischen Unruhen in Venezuela und Neugranada mit. Es hieß, die Garnisonen befänden sich im Alarmzustand, und aus Spanien seien neue Kanonen eingetroffen zur Verstärkung der Batterien des Castillo del Príncipe. »Geschwätz!« sagte Carlos, wenn man ihm mit solchen Dingen kam, und lenkte das Gespräch klugerweise auf das Gebiet der Geschäfte. »In diesem großen Dorf wissen die Leute nicht, wovon sie reden.«

40

Amarga presencia. GOYA

Eines Abends, als Carlos und Sofia wegen einer Zeremonie in ihrer Androgynen Loge nicht zu Hause weilten, ließ sich Esteban, der sich ein wenig verkühlt hatte, mit einem großen Glas Punsch in Reichweite im Salon nieder, um in einer alten Sammlung von Prognosen und Prophezeiungen zu blättern, die ein halbes Jahrhundert zuvor von Torres Villarroel im Großen Almanach von Salamanca veröffentlicht worden war. Er verwunderte sich nicht wenig, als er entdeckte, daß der Mann, der sich, um des besseren Absatzes seiner Kalender willen, der Titel eines Doktors der Goldmacherkunst, der Magie, der Naturphilosophie und der Transmutation rühmte, mit geradezu haarsträubender Genauigkeit den Sturz des französischen Thrones vorausgesagt hatte:

Wenn du tausend gezählt hast
und zweimal dreihundert dazu
und noch zweimal fünfzig
und noch neunmal zehn,
dann, so wirst du sehen,
armes Frankreich, erwartet dich
dein letztes Unglück
samt deinem König und Dauphin,
und dann wird ein Ende haben
deine einstige Herrlichkeit.

Anschließend ging er zu Villarroels Autobiographie über, die sich wie ein Schelmenroman las. Der Dichter schien alle Höhen und Tiefen des Lebens ausgekostet zu haben, denn er war Laufjunge bei Einsiedlern, Student, Stierkämpfer, Quacksalber, Tänzer, Testamentsvollstrecker und Mathematiker gewesen, hatte in Oporto als Soldat gedient, war dann Universitätsprofessor geworden und hatte nach diesem bewegten Dasein zu guter Letzt im Mönchsgewand Ruhe gefunden. Er kam gerade zu der geheimnisvollen Geschichte von den Klopfgeistern, die den Frieden eines Madrider Hauses störten, indem sie die Bilder von den Wänden lösten, als er bemerkte, daß ein frühabendlicher Schauer sich in einen festen Regen verwandelte, den ab und zu ein Windstoß vor sich her trieb. Er vertiefte sich aber wieder in seine Lektüre, ohne sich um ein Fenster zu kümmern, das im Obergeschoß klappte, als ob es offengelassen worden wäre. Er erblickte ein lustiges Zusammentreffen in dem Umstand, daß ein Fensterflügel des Hauses gerade in dem

Augenblick zu rütteln begann, als er, Esteban, an die Stelle gelangte, wo von schaurigen Dingen und Gespenstern die Rede war. Da aber das Geräusch nicht aufhörte, bequemte er sich widerwillig dazu, ins obere Stockwerk hinaufzusteigen. Die Ursache war eine offenstehende Fenstertür in dem Zimmer, in dem Sofia jetzt schlief, und es war sehr nachlässig von ihm gewesen, nicht früher nachzusehen und sie zu schließen, denn der Regen hatte sich wie aus Eimern geschüttet in das Zimmer ergossen und den Bettüberzug durchnäßt. In einer Bodenmulde neben dem Schrank bildete sich schon eine Lache. Und in dieser Lache standen die noch ungeöffneten Körbe mit den Trauerkleidern, deren trockenes Weidengeflecht begierig das Wasser aufsog. Esteban stellte sie auf einen Tisch, aber sie waren so feucht, daß er es für angebracht hielt, die Kleider herauszunehmen. Er öffnete den ersten Korb, aber hatte er damit gerechnet, mit den Händen in die Düsternis schwarzen Tuches einzutauchen, so kam nun eine Pracht von Gewändern und Kleiderzierat aus hellen Stoffen, Atlas und Seide zum Vorschein, so festlich und elegant, wie er sie nie in Sofias Schränken gesehen hatte. Er hob den Deckel des nächsten Korbs in die Höhe: zarteste Unterwäsche aus feinstem Material, mit Spitzen besetzt. Verblüfft und mit dem Gefühl, sich der Verletzung eines Geheimnisses schuldig gemacht zu haben, verschloß Esteban die Körbe wieder und ging hinunter, um Wolldecken zu holen, mit denen er das Wasser auftrocknen konnte. Und während er aufwischte, mußte er immer wieder die Weidenkörbe ansehen, die samt ihrem Inhalt ins Haus geschafft worden waren, als Jorge im Zimmer nebenan unter seinen letzten Fieberanfällen schwitzte. Bei der Totenwache hatte seine Cousine wohl Schwarz getragen, aber das waren nur drei Kleider gewesen, zwischen denen sie abgewechselt hatte, und sie hatte dafür sogar recht ärmliche und unscheinbare ausgesucht — vielleicht von einem Gefühl geleitet, das Esteban als Wille zur Selbsterniedrigung ausgelegt hatte. Und nun wußte er nicht, wie er diesen Willen mit jenem anderen, jetzt offenbar gewordenen Willen zur Anschaffung einer so teuren und unpassenden Garderobe in Einklang bringen sollte, wie er sie gerade entdeckt hatte. Da waren Kleider, die gewiß im Ballsaal oder Theaterfoyer bewundernde Blicke auf sich zogen; da waren Strümpfe zu Dutzenden, bestickte Sandalen, prunkvolle Festgewänder, mit denen eine Frau in der Öffentlichkeit nicht weniger Aufmerksamkeit erweckte als im Boudoir. Esteban hob den Deckel des Korbes an, den er noch nicht geöffnet hatte: Straßenkleider, Sachen für den alltäglichen Gebrauch, sowie Morgenröcke aus hellem, farbenfrohem, sehr feinem und bis ins feinste verarbeitetem Atlasstoff. Hier bot sich das gleiche Rätsel: kein einziges schwarzes Kleidungsstück war darunter, kein einziges Gewand, das irgendwie zu einer Zeit der Trauer paßte oder mit dem man seinen Schmerz hätte ausdrücken können. Sofia wußte, wie schnell gerade in diesen Zeiten sich die weibliche Mode wandelte. In der Stadt, die gerade eine neue Periode des Wohlstands erlebte, war den Frauen sehr wohl bekannt, was man in Europa trug. Es war deshalb unerklärlich, daß Sofia sich gerade jetzt erst einen solchen Kleiderschatz gekauft hatte, wo sie doch wissen mußte, daß nach dem unvermeidlichen Trauerjahr – und auch dann noch würden ihr die Regeln des Jahres der Halbtrauer Beschränkungen auferlegen – alle diese Sachen aus der Mode gekommen sein würden ... Esteban stellte sich die quälendsten, unangenehmsten Fragen – er faßte sogar die Möglichkeit ins Auge, daß seine Cousine ein Doppelleben führte, von dem nicht einmal ihr Bruder etwas wußte –, als er die Kalesche zur Toreinfahrt hereinrumpeln hörte. Sofia erschien auf der Türschwelle des Zimmers und blieb überrascht stehen. Esteban, der eine Wolldecke über einem Eimer auswrang, erklärte ihr, was geschehen war. »Die Kleider sind sicher feucht geworden«, sagte sie, auf die Körbe deutend. »Ich werde sie selbst herausnehmen. Laß mich allein.« Sie geleitete ihn zur Tür und drehte, nachdem sie sich gute Nacht gesagt hatten, den Schlüssel im Schloß herum.

Am nächsten Tag saß Esteban, der sich vergeblich auf seine Arbeit zu konzentrieren versuchte, im Kontor, als draußen auf der Straße ein Tumult losbrach. Man schloß eiligst die Fenster bei dem Schreckensruf, die Neger hätten sich erhoben und eiferten dem Beispiel ihrer Rassegenossen von Haiti nach. Die Kleinkrämer packten ihre Kisten und Kästen und eilten in wilder Flucht nach Hause, der eine mit einem Wägelchen voller

Spielsachen, der andere mit einem Sack voller Altarrequisiten. Von Tür zu Tür erzählten sich die Klatschweiber von Toten und Vergewaltigungen inmitten eines Stimmenlärms, der noch durch das Krachen eines Wagens untermalt wurde, der umstürzte, als er zu schnell um eine Ecke bog. Hier und dort zu Grüppchen versammelt, nahm man die widersprüchlichsten Nachrichten entgegen: Zwei Regimenter seien ausgeschickt worden, um die Stadtmauern gegen eine anrückende Kolonne von Sklaven zu verteidigen; die Schwarzen hätten versucht, die Pulvermagazine in die Luft zu sprengen; an Bord von Schiffen aus Baltimore eingeschleuste französische Agitatoren stifteten in der Stadt Aufruhr; im Werftviertel seien Brände ausgebrochen. Bald erfuhr man, daß der ganze Aufruhr auf ein Handgemenge zwischen Leuten aus der Spelunkenwelt und einigen amerikanischen Seeleuten zurückging, die, nachdem sie alles genossen hatten, was es in Lolas berüchtigter Lasterhöhle an Frauen, Branntwein und Kartenspiel zu genießen gab, den Kneipwirt niederschlugen, der Hausmutter Fußtritte versetzten, Konsolen und Spiegel zerbrachen und die Zeche schuldig bleiben wollten. Zu einer wahren Schlacht war die Sache ausgeartet, als sich eine Gruppe von Kongonegern einmischte, die, Lämpchen in den Händen haltend, der Kirche von Paula zustrebten, um irgendeinem Schutzheiligen ihre Verehrung darzubringen. Mehrere Verletzte blieben am Boden liegen nach einem Wirbel von Messerstichen und Knüppelhieben, zu dem auch die herbeieilenden Gendarmen einiges beitrugen. Eine Stunde später war in dem immer unruhigen Viertel die Ordnung wiederhergestellt, aber der Gouverneur benutzte die Gelegenheit, um gewissen Vorfällen Einhalt zu gebieten, die ihm Sorgen zu machen begannen, und ließ durch öffentlichen Ausruf verkünden, man werde strenge Maßnahmen gegen alle ergreifen, die den Verdacht erregten, aufrührerische Ideen zu verbreiten, Schmähschriften an die Wände zu kleben – eine Sache, die sehr häufig vorkam –, für die Abschaffung der Sklaverei einzutreten oder abfällige Äußerungen über die spanische Krone zu tun... »Sollen sie weiter Revolution spielen«, sagte Esteban, als er an jenem Abend nach Hause kam. »Es ist besser, man spielt etwas, als man spielt gar nichts«, erwiderte

Sofia schroff. »Wenigstens habe ich keine Geheimnisse zu verbergen«, sagte Esteban, indem er sie fest ansah. Sie wandte sich achselzuckend ab. Ihr Gesichtsausdruck wurde hart und eigenwillig. Während des Essens blieb sie stumm und wich den Blicken dessen, der ihr mit den Augen allzu forschende Fragen stellte, aus. Aber sie tat dies nicht mit der verwirrten Miene eines, der sich bei einer tadelnswerten Absicht ertappt weiß, sondern mit dem erhabenen Gebaren der Frau, die entschlossen ist, für ihr Verhalten keine Gründe anzugeben. Indes Esteban und Carlos sich an jenem Abend damit unterhielten, eine etwas langweilige Partie Schach zu Ende zu spielen, verbarg Sofia ihr Gesicht hinter einem riesigen Band mit Himmelskarten. »Die ›Arrow‹ ist heute nachmittag eingelaufen«, sagte Carlos plötzlich und griff mit einem schwarzen Läufer Estebans letzten Springer an. »Morgen haben wir den Yankee zum Essen hier.« – »Ich freue mich, daß du daran gedacht hast«, sagte Sofia aus der Ferne ihrer Konstellationen. »Dann legen wir noch ein weiteres Gedeck auf.«
Und es war am nächsten Tag um die Abendessenszeit, als Esteban nach Hause zurückkehrte und erwartete, alle Lichter brennen zu sehen. Beim Betreten des Salons bemerkte er aber, daß etwas nicht in Ordnung war. Dexter schritt unruhig von einer Wand zur anderen, während er zu einem zusammengesunkenen, weinerlichen Carlos, dessen beginnende Korpulenz unter dem Eindruck der Angst recht lächerlich wirkte, von höchst seltsamen Dingen sprach. »Ich kann nichts machen«, rief der Nordamerikaner und breitete die Arme aus. »Sie ist Witwe und volljährig. Ich muß sie als einen ganz gewöhnlichen Passagier betrachten. Ich habe mit ihr gesprochen. Sie will keine Vernunft annehmen. Und wenn sie meine eigene Tochter wäre – ich könnte nichts machen.« Und er erging sich in weiteren Einzelheiten: sie hatte ihre Überfahrt bei Miralla & Cie. gebucht und mit gutem Geld bezahlt. Ihre Papiere, die ihr ein Logenbruder besorgt hatte, waren mit den erforderlichen Stempeln versehen. Sie würde bis nach Barbados fahren, dort die ›Arrow‹ verlassen und an Bord irgendeines der holländischen Schiffe steigen, die nach Cayenne fuhren. »Nach Cayenne!« rief Carlos wie betäubt. »Was sagen Sie dazu! Ausgerechnet

nach Cayenne – anstatt nach Madrid zu reisen, nach London, nach Neapel!« Als er bemerkte, daß Esteban hinzugekommen war, sprach er zu ihm, als wüßte er über etwas Bescheid: »Sie ist wie verrückt. Sie sagt, sie hat das Leben hier im Hause satt und die Stadt dazu. Und sie reist einfach so ab, ohne vorher etwas zu sagen, ohne sich zu verabschieden. Seit zwei Stunden ist sie schon an Bord, samt ihrem Gepäck.« Er, Carlos, sei hingegangen und habe versucht, sie von ihrem Vorhaben abzubringen. »Als wenn man gegen eine Wand redete. Ich kann sie schließlich nicht an den Haaren wieder vom Schiff herunterzerren. Sie will fort.« Und jetzt wandte er sich an Dexter: »Sie als Kapitän haben doch das Recht, einen Passagier zurückzuweisen. Sagen Sie mir nicht, das könnten Sie nicht.« Der andere, den dieses hartnäckige Zweifeln an seiner Redlichkeit ärgerte, gab in heftigerem Ton zurück: »Kein gesetzlicher und kein moralischer Grund ermächtigt mich dazu. Lassen Sie sie tun, was sie will. Keiner wird sie daran hindern können, daß sie nach Cayenne fährt. Wenn sie sich diesmal nicht einschifft, dann eben beim nächsten Mal. Und wenn Sie die Türen abschließen, wird sie zum Fenster hinaussteigen.« – »Aber warum?« bestürmten sie ihn beide, nicht nur mit diesen Worten, sondern auch mit ihrer Person. Dexter schob sie mit fester Handbewegung von sich: »Verstehen Sie doch endlich ein für allemal, daß sie sehr wohl weiß, warum sie nach Cayenne fahren will – gerade nach Cayenne.« Und den Zeigefinger erhebend wie ein Kanzelredner, zitierte er ein biblisches Sprichwort: »Die Worte des Schwätzers sind Leckerbissen, und sie dringen hinab in das Innerste des Leibes.« Diese durch das letzte Wort so vulgär klingende Prosa wirkte auf Esteban wie ein ableitendes Mittel. Er packte den Seemann an den Aufschlägen seines Gehrocks und ersuchte ihn, sich deutlich und ohne Umschweife auszudrücken. Dexter gab einen brutalen Satz zur Antwort, der alles klärte: »Während Ogé und Sie am Kai von Santiago nach Dirnen Ausschau hielten, blieb sie mit *dem anderen* an Bord zurück. Meine Matrosen haben mir alles erzählt. Es war ein Skandal. Die Sache hat mich so angewidert, daß ich möglichst schnell die Anker lichten ließ« . . . Und jetzt brauchte Esteban keine Fragen mehr zu stellen. Alles entwirrte sich. Er wußte jetzt, weshalb jene prunkvollen Kleider bestellt worden waren, nachdem man gerade eben erfahren hatte, daß ein gewisser Jemand wieder allmächtig war in einem nahen amerikanischen Land; er verstand den geheimen Sinn zahlloser Fragen, durch die es ihr, im Tausch gegen einige *den anderen* beschimpfende Ausdrücke, gelungen war, alles das zu erfahren, was sie von seinem Leben, seinen Erfolgen, seinen Irrtümern hatte wissen wollen. Sie bezeichnete ihn heuchlerisch als ein Ungeheuer, ein verabscheuungswürdiges Wesen, eine politische Bestie, um immer mehr zu erfahren — stückchenweise, flüchtig, nebenbei — über das Gebaren, die Gelüste und die Taten des gestürzten und rehabilitierten Bevollmächtigten. Und hartnäckig hatte sie den unterdrückten, zum Schweigen gebrachten Willen aufgepeitscht, bis er Begierden gebar, die nicht einmal durch die Gegenwart eines Todkranken im Zaum gehalten worden waren. Alldem wohnte eine ekelhafte Vermischung von Trauerblumen und Wachskerzen mit dem unruhigen, nur allzu offenkundigen Gedanken an den Kauf luxuriöser Unterwäsche inne, die dazu gemacht war, sich den Formen der Nacktheit anzupassen. Esteban sah Sofia plötzlich ganz anders, er sah sie als larvenhaftes, niedriges, unvorstellbares Wesen, als hingegebenes, einwilligendes Weib, das Lust empfand unter dem Körpergewicht eines Mannes, der den Widerstand ihres unberührten Fleisches kennengelernt hatte. Wenn er sich daran erinnerte, welchen Ekel sie in einer gewissen Nacht vor einer Welt der Dirnen verspürt hatte, die nur die dienenden — und vielleicht *uneigennützigsten* — Mitspieler der menschlichen Vereinigung waren —, vermochte er nicht die beiden Persönlichkeiten miteinander in Einklang zu bringen, die hier in einem einzigen Menschen wohnten: die eine Sofia, die errötet war vor Empörung und Zorn über einen Akt, den alle religiöse Erziehung ihr in einem schmutzigen Licht darstellte, und die andere, die kurze Zeit darauf dem Verlangen hatte erliegen und sich dem häßlichen Spiel der Verstellung und der Mittäterschaft hatte verschreiben können. »Schuld daran bist du — du hast sie mit einem Schwachkopf verheiratet!« rief Esteban jetzt, der jemanden brauchte, den er für das verantwortlich machen konnte, was er als einen ungeheuerlichen

Treubruch betrachtete. »Diese Ehe hat zu keiner Zeit etwas getaugt«, sagte Dexter, während er vor einem Spiegel seine zerknitterten Rockaufschläge glättete. »Wenn Mann und Frau sich im Bett verstehen, dann merkt man ihnen das sogar an, wenn sie sich streiten. Hier war alles nur Komödie. Es hat *etwas* gefehlt. Man brauchte sich ja nur seine Hände anzusehen: Hände einer katholischen Nonne, mit weißen Fingern, die nicht zupacken konnten.« Und Esteban erinnerte sich der übertriebenen Sorgfalt, mit der Sofia – noch am Rande eines Grabes – ihre Rolle als mustergültige Gattin gespielt hatte, ganz Hingabe, Eifer und Schicklichkeit, ein äußerer Schein, der nicht zu ihren ungezügelten innersten Empfindungen paßte. Und er war fast froh darüber, daß sie nicht jungfräulich in diese Ehe eingetreten war, die ihn das verwerflichste Zugeständnis an die Moral einer verabscheuten Gesellschaft dünkte. Doch ebendies rief ihm die machtvolle Gegenwart wieder ins Gedächtnis zurück, die aus so weiter Entfernung über dem Haus lastete. Als Carlos noch immer in seiner hilflosen Benommenheit verharrte, erhob er sich und sagte: »Ich bringe sie wieder zurück, so oder so.« – »Mit einem Skandal erreichen Sie gar nichts«, meinte Dexter. »Sie hat das Recht, zu reisen, wohin sie will.« – »Geh«, sagte Carlos, »unternimm noch einen letzten Versuch.« ... Esteban schlug heftig die Tür hinter sich zu und machte sich auf den Weg zum Hafen. Als er zu der Mole gelangte, an der die ›Arrow‹ festgemacht hatte, verschlug ihm der Geruch der gerade an Land gebrachten Fangbeute fast den Atem: er schritt zwischen Körben mit Pargofischen, Forellenbarschen und Sardinen hindurch, deren Schuppen im Schein der Pechfackeln aufleuchteten. Ab und zu griff ein Fischer unter ein Jutetuch, holte eine Handvoll Kalmare hervor und warf sie auf die Waagschale. Sofia stand an der Bugbrüstung, noch mit ihren Trauerkleidern angetan, dunkel, groß, ungerührt, als nähme sie den Gestank von Fischschuppen, Tintenfischtinte und Blut, der zu ihr aufstieg, gar nicht wahr. Ihr haftete etwas von der Unerschütterlichkeit einer Sagenheldin an, welche die Gaben betrachtet, die ihr irgendein Meervolk ins Haus gebracht hat. Estebans heftige Stimmung besänftigte sich, als er diese unbewegliche Frau erblickte, die ihn auf sich zukommen sah, ohne auch nur die Hand zu rühren, und ihn mit Augen von entwaffnender Starrheit beobachtete. Und auf einmal hatte er Angst. Er kam sich wehrlos vor angesichts der Möglichkeit, gewisse Worte hören zu müssen, die in ihrem Munde eine betäubende Beredsamkeit gewinnen würden. Er wagte nicht, bis zu ihr hinaufzusteigen. Er sah sie lange stumm an. »Komm«, sagte er schließlich. Sie wandte sich zum Hafen um und lehnte sich an die Reling. Am anderen Ufer glänzten die Lichter nie gekannter Vorortviertel; hinter ihr verwirrte sich das Gefunkel der Stadt, einem riesigen Barockleuchter gleich, mit seinen roten, grünen und gelben Lampen, die unter den Arkaden brannten. Und nach links führte der dunkle Weg aufs ungewisse Meer hinaus, auf das Meer der Abenteuer, der gefahrvollen Seefahrten, der Kriege und Kämpfe, die von jeher dieses Mittelmeer der tausend Inseln blutig gefärbt hatten. Sie fuhr jetzt zu dem, der ihr das Bewußtsein ihrer selbst gegeben und in dem Brief, den dieser Jammernde dort unten ihr gebracht, von seiner Einsamkeit inmitten aller Triumphe gesprochen hatte. Dort, wo er weilte, gab es viel zu tun; in einem Mann von seinem Format mußten große Pläne heranreifen, das war gar nicht anders möglich; Vorhaben, bei denen jeder zeigen konnte, was in ihm steckte. »Komm«, wiederholte unten die Stimme. »Du überschätzest deine Kraft.« Umkehren hieße an dieser Kraft zweifeln, hieß eine zweite Niederlage hinnehmen. Zu gut hatte sie die Nächte des erstarrten Fleisches, der Vorspiegelung nicht vorhandener Wonnen kennengelernt. »Komm.« Hinter ihr – das Haus von eh und je, am Körper haftend wie eine Muschelschale, dort – der neue Morgen, Lichter der unendlichen Weite, fern vom Geschrei der Händler und vom Schellengebimmel der Herden. Hier – der enge Kreis um Pfarrkirche und Opferstock und das langweilige Geschehen des Alltags, dort – eine epische, von Titanen bewohnte Welt. »Komm«, wiederholte die Stimme. Sofia trat von der Bordbrüstung zurück und verbarg sich in den Schatten des Decks. Der andere redete weiter, redete lauter jetzt. Doch der Lärm der Fischer dämpfte diesen Monolog, der zu ihr heraufdrang in Wortstößen, die ihr von einem Haus sprachen, das für alle gebaut war und das jetzt verfallen würde. ›Als ob man ein wirkliches Haus bauen könnte unter guten Geschwistern‹, dachte sie. Esteban, der den Kiel des Schiffes umarmte, das senkrecht zur Mole festgemacht hatte, redete ungehört weiter. Dieser große hölzerne Leib, nach Salz riechend, nach Algen und Meeresflora, dünkte ihn sanft, fast weiblich, in der weichen Hingabe seiner feuchten Flanken. Oben war eine Galionsfigur mit dem Gesicht einer Frau, weiß, gipsern, mit Augen umgeben von einem dicken blauen Strich, an die Stelle des Menschen getreten, der im Morgengrauen ausfahren würde, beladen mit wunderbaren Schätzen, dem Verlangen zurückgegeben, von dem Schwarz befreit, das seine Schönheit minderte und seine Freude fesselte. Sofia würde aus dem Familienkreis heraustreten, um ihre Geheimnisse zu entweihen, sie einem anderen zu erzählen, der vielleicht schon auf sie wartete. Esteban kam sich elend vor und nackt – von einer Nacktheit, die sie zu gut kannte, um sie als Nacktheit zu sehen –, als er daran dachte, daß von seiner wilden Entschlossenheit nur eine flehentliche Bitte übriggeblieben war. Oben an Bord stand die, die darauf wartete, daß die Segel wuchsen und im Wind sich bauschten. Fremdem Samen ging sie entgegen mit der Furche, die er aufbrechen würde; Kelch und Arche würde sie sein, wie die Frau der Schöpfungsgeschichte, der, als sie sich dem Manne näherte, das Schicksal zuteil wurde, den Herd ihrer Väter zu verlassen ... Die Leute begannen zu ihm hinzublicken, die Ohren zu spitzen und lachten über das, was sie zu verstehen glaubten. Er entfernte sich von dem Schiff und stieß zwischen den Fischkörben mit Kapitän Dexter zusammen. »Alles klar?« fragte der Seemann. »Alles ganz klar«, erwiderte Esteban. »Allen eine gute Reise.«

41

An einer Straßenecke in der Nähe des Kais blieb er stehen, unentschlossen, beschämt über seine Niederlage. Er murmelte die Sätze, die er hätte sagen sollen und die ihm nicht über die Lippen gekommen waren. Dort lag das Schiff, ganz nahe noch, von Pechfackeln umgeben, fast bösartig anzusehen in seiner nächtlichen Gestalt. Die Sirene am Bug mit ihrem an den Bordwänden klebenden doppelten Schwanz tauchte bisweilen aus dem Dunkel heraus, wenn ein Lichtschein ihr Totenmaskengesicht traf, daß es wie aus einem Grab hervortrat. Esteban fühlte sich voll unausgesprochener Worte, die sich wieder zusammenfanden zu Reden, Verweisen, Warnungen, Vorwürfen, Ausbrüchen, welche sich zur Beleidigung steigerten und in der Beleidigung verharrten, nachdem gewisse, in höchstem Maße schimpfliche Worte gefallen waren, hinter denen die Sprache sich erschöpfte. Wenn sie diese Breitseitsalve von Injurien aushielt — und das hätte ihrem Charakter entsprochen —, dann blieb der Mann so wehrlos zurück wie zuvor. Nun meldeten sich die bösen Absichten. Es war acht Uhr. Um fünf Uhr in der Frühe würde Kapitän Dexters Schiff die Anker lichten. Blieben noch neun Stunden, in deren Verlauf man vielleicht etwas unternehmen konnte. Auf seinem heiß brennenden Groll baute Esteban die Theorie einer Pflicht auf: es war seine Pflicht, zu verhindern, daß Sofia nach Cayenne gelangte. Er durfte selbst vor den äußersten Mitteln nicht zurückschrecken, um einen moralischen Selbstmord abzuwenden. Dieses Abenteuer würde einem Abstieg in die Unterwelt gleichkommen. Sofia war volljährig, aber Carlos hatte, gesetzlich gesehen, das Recht, ihre Flucht zu verhindern, wenn er angab, es handelte sich um einen Fall von Geistesgestörtheit. Ein solcher Fall war schon dagewesen, vor einigen Monaten, als eine junge Witwe aus vornehmer Familie versucht hatte, nach Spanien zu reisen in Begleitung eines Komödianten von der Sorte, die im Coliseo Couplets sang. Mit der Unterstützung der Behörden durfte man rechnen in Fällen, in denen es um die Ehre angesehener Familien ging. Husarenstreiche aus Leidenschaft standen in üblem Ruch bei der Gesellschaft der Kolonie, die stets dazu neigte, sich des Büttels zu bedienen, wenn Liebesaffären oder unverschämte Frauenzimmer ihre Ruhe zu stören drohten. Auch die Kirche zeigte sich in diesen Fällen recht aktiv und stellte sich den Schuldigen in den Weg ... Entschlossen, zu jedem Mittel zu greifen, um das Unerträgliche zu verhindern, langte er atemlos und verschwitzt zu Hause an und platzte jäh in das unvermutete Treiben mehrerer Männer mit finsteren Polizeigesichtern hinein, die überall herumschnüffelten, Schränke öffneten, Schreibtische und Sekretäre durchsuchten, von den Pfer-

deställen bis hinauf ins Obergeschoß. Die Treppe kam gerade einer herunter, der ein Paket Druckschriften auf dem Kopf trug. Die Wühlmäuse reichten sich die Blätter von Hand zu Hand und stellten fest, daß es Kopien der ›Erklärung der Menschen- und Bürgerrechte‹ und der ›Französischen Verfassung‹ waren, die Sofia unter ihrem Bett aufbewahrt hatte. »Gehen Sie! Schnell!« sagte Rosaura, auf Esteban zukommend. »Der Herr Carlos ist übers Dach geflohen!« Der Jüngling wich leise, Schritt für Schritt, zur Diele zurück, um wieder auf die Straße hinauszugehen, aber zwei Männer standen schon vor dem Haupteingang. »Geben Sie sich gefangen«, sagten sie und geleiteten ihn in einen Winkel des Salons, wo sie ihn bewachten.
Stundenlang ließen sie ihn warten, ohne irgendwelche Fragen zu stellen. Sie kamen und gingen an ihm vorüber, als bemerkten sie ihn nicht, und sahen nach, ob etwas hinter den Bildern oder unter dem Teppich versteckt war. Sie senkten Eisenstäbe in die weiche Erde der Blumenbeete und forschten nach dem Widerstand einer vielleicht unter dem Hundsgras verborgenen Kiste. Ein anderer nahm Bücher aus den Regalen der Bibliothek heraus, untersuchte die Einbanddeckel, beklopfte ihre Dicke und warf, um eine Selektion vorzunehmen, Schriften von Voltaire, Rousseau, Buffon auf den Fußboden und schließlich alles, was in französischer Prosa gedruckt war – auf die Poesie kam es ihm dabei weniger an. Endlich, um drei Uhr morgens, erklärte man die Durchsuchung für beendet. Es lagen Beweise, oh, erdrückende Beweise dafür vor, daß dieses Haus ein freimaurerisches Verschwörernest war, ein Zentrum zur Verbreitung revolutionärer Schriften und Treffpunkt von Feinden der spanischen Krone, welche die Absicht verfolgten, in den überseeischen Besitzungen die Anarchie und die Gottlosigkeit einzuführen. »Wo ist die Hausherrin?« fragten jetzt alle, durch Zuträger davon unterrichtet, daß sie zu den gefährlichsten Verschwörern gehörte. Rosaura und Remigio antworteten, sie wüßten es nicht. Sie sei zeitig aus dem Haus gegangen. Gewöhnlich halte sie sich im Hause auf, aber diesmal sei sie zufällig zu dieser späten Stunde noch nicht zurück. Einer brachte dann den Gedanken auf, alle im Hafen liegenden Schiffe zu durchsuchen, um einem Fluchtversuch zuvorzukommen. »Das

wäre verlorene Mühe«, sagte Esteban, der sich aus seinem Winkel heraus zu Wort meldete. »Meine Cousine Sofia hat mit dieser ganzen Sache nichts zu tun gehabt, da sind Sie falsch unterrichtet worden. Diese Papiere habe ich selbst in ihr Zimmer gebracht, heute nachmittag erst, ohne daß sie etwas davon wußte.« – »Und Ihre Cousine schläft auswärts?« – »Das ist eine Frage, die ihr Privatleben betrifft.« Die Männer wechselten einen ironischen Blick. »Der Tote ist in der Grube, und die Lebenden amüsieren sich«, sagte einer mit vulgärem Lachen. Aber man sprach abermals davon, die Schiffe zu inspizieren ... Unterdessen wurde Esteban aufgefordert, einige Zeilen auf ein Stück Papier zu schreiben. Durch dieses Verlangen überrascht, kritzelte der Arretierte einige Verse von San Juan de la Cruz, die er sehr gut kannte, weil er sie gerade dieser Tage gelesen hatte: *›Oh, quien se viese presto – De este amoroso amor arrebatado!‹* ... »Die gleiche Handschrift«, sagte einer der Polizisten und hielt ein Exemplar des ›Contrat Social‹ in die Höhe – in ihm fanden sich die Monarchie beleidigende Randbemerkungen Estebans, die schon viele Jahre alt waren. Und jetzt konzentrierte sich die Aufmerksamkeit aller auf ihn. »Wir wissen, daß Sie kürzlich von einer langen Reise zurückgekehrt sind.« – »Ja, das ist richtig.« – »Und wo waren Sie?« – »In Madrid.« – »Das ist gelogen«, sagte einer. »Im Sekretär Ihrer Cousine haben wir zwei aus Paris datierte Briefe gefunden, in denen Sie offensichtlich einer revolutionären Begeisterung Ausdruck verleihen.« – »Das ist möglich«, erwiderte Esteban, »aber später bin ich nach Madrid gegangen.« – »Überlassen Sie ihn mir«, sagte ein anderer und trat auf Esteban zu, »denn ich bin kein Galicier und kein Katalane.« Und er begann nach Straßen, Volksfesten, Kirchen und ganz bestimmten Orten zu fragen, die Esteban nicht kannte. »Sie sind nie in Madrid gewesen«, schloß der Aushorcher. »Das ist möglich«, sagte Esteban. Und ein anderer trat vor: »Wovon haben Sie in Paris gelebt? Schließlich führte Spanien gegen Frankreich Krieg, und Sie konnten sich von Ihren Verwandten kein Geld schicken lassen.« – »Ich habe von Übersetzungen gelebt.« – »Was haben Sie da übersetzt?« – »Verschiedenes.« Es war jetzt vier Uhr. Wiederum sprach man von der unerklärlichen Abwesenheit Sofias und der Notwendigkeit, die Schiffe zu durchsuchen ... »Das ist doch alles idiotisch!« rief Esteban plötzlich und schlug mit der Faust auf den Tisch. »Sie glauben, wenn Sie in Havanna ein Haus überfallen, werden Sie mit der Idee der Freiheit in der ganzen Welt fertig! Dazu ist es zu spät! Niemand kann mehr aufhalten, was längst in Bewegung geraten ist!« Und die Halsadern schwollen ihm an, indes er das Gesagte wiederholte und noch Sätze über die Brüderlichkeit und Gleichheit hinzufügte, die die Feder eines Schreibers schneller über das Papier huschen ließen. »Sehr interessant, sehr interessant«, sagten die Befrager, »wir fangen an, uns zu verstehen.« Und der, der offenbar den bedeutendsten Rang unter ihnen einnahm, begann, den Rhythmus seiner Fragen beschleunigend, Esteban in die Enge zu treiben: »Sie sind Freimaurer?« — »Ja.« — »Verleugnen Sie Jesus Christus und unsere heilige Religion?« — »Mein Gott ist der Gott der Philosophen.« — »Teilen Sie die Ideen der Französischen Revolution und verbreiten Sie diese?« — »Mit vollem Bewußtsein.« — »Wo wurden die Aufrufe gedruckt, die wir oben gefunden haben?« — »Ich bin kein Verräter.« — »Wer hat sie ins Spanische übersetzt?« — »Ich.« — »Auch diese amerikanischen Carmagnolen?« — »Vielleicht.« — »Wann?« In diesem Augenblick erschien ein Polizist, der sich bis jetzt im Obergeschoß aufgehalten hatte, weil er unbedingt noch mehr finden wollte. »Sehen Sie mal hier die Fächer, die die Dame benutzte«, sagte er, indem er einen davon aufklappte, auf dem die Erstürmung der Bastille abgebildet war. »Und das ist noch nicht alles: sie besitzt eine ganze Kollektion von Kästchen und Nadelbüchschen, deren Farben höchst verdächtig sind.« Als Esteban diesen Plunder in den Farben der Trikolore erblickte, erfaßte ihn eine große Rührung beim Gedanken an die jugendliche Begeisterung, die ein so starkes, selbstsicheres Wesen wie Sofia dazu gebracht hatte, sich diese Musterexemplare eines Blechwarenstroms zu verschaffen, der seit Jahren die ganze Welt überflutete. »Diesen Vogel müssen wir uns schnappen, so oder so«, sagte der eine, der die Aktion zu leiten schien. Und wieder war von einem Gang zum Hafen die Rede ... Da ließ Esteban alles in einem einzigen, mit sämtlichen Einzelheiten versehenen Zug herausschießen: er ging bis zum Eintreffen Victor Hugues' in Havanna zurück, um dann einen langsamen, ausführlichen Bericht anzuschließen, den der Schreiber mit völlig aus dem Gleichmaß geratener Schrift zu Papier brachte. Er erzählte von seinen persönlichen Begegnungen mit Brissot und Dalbarade, von seiner Propagandatätigkeit im Baskischen, von seiner Freundschaft mit so verabscheuenswürdigen Persönlichkeiten wie den Verrätern Marchena und Martínez de Ballesteros. Dann folgten die Fahrt nach Guadeloupe, die Druckerei der Loeuillets, die Episode in Cayenne und in diesem Zusammenhang sein intimes Verhältnis zu Billaud-Varenne, dem erbitterten Feind der Königin von Frankreich. »Notieren Sie das, Schreiber, notieren Sie das«, sagte der Leiter der Hausdurchsuchung, über solche Enthüllung in höchstem Maße erfreut. »Biyó — schreibt sich das mit Ypsilon?« fragte der Schreiber. »Nein, mit zwei L«, sagte Esteban und hob sogleich zu einem Vortrag über französische Orthographie an. »Mit zwei L, weil ...« — »Wir werden uns doch wegen ein oder zwei L nicht streiten!« rief die Hauptperson unter den Polizisten und hob die Arme in die Höhe. »Wie sind Sie nach Havanna zurückgekommen?« — »Den Freimaurern ist nichts unmöglich«, erwiderte Esteban und flocht seinen Bericht fort, in dem er sich zur Statur eines bedeutenden Verschwörers erhob. Je näher aber die Uhrzeiger der Zahl Fünf rückten, desto mehr ähnelten seine Worte einer Karikatur. Seine Befrager begriffen einfach nicht, weshalb ein Mensch, anstatt sich zu verteidigen, sich einer so lückenlosen Reihe von Vergehen bezichtigte, die für ihn sehr wohl den Tod durch das schändliche Halseisen bedeuten konnten. Als Esteban schließlich nichts mehr zu berichten hatte, gab er vulgäre Witze zum besten, sprach von bourbonischen Messalinen, von den Hörnern, die der Friedensfürst Seiner Majestät aufgesetzt hatte, und von den Raketen, die bald unter dem Hintern von König Carlos explodieren würden. »Der Mann ist ein Fanatiker«, sagten alle. »Ein Fanatiker oder ein Wahnsinniger. In Amerika wimmelt es von dieser Art von Robespierres. Wenn wir nicht auf der Hut sind, erleben wir hier bald ein allgemeines Blutbad.« Und Esteban erzählte weiter, klagte sich bereits ruchloser Taten an, die er gar nicht begangen hatte, brüstete sich damit, seine revolutionäre Literatur persönlich nach Venezuela und Neugranada geschafft zu haben. »Notieren Sie das, Schreiber, notieren Sie das. Daß Ihnen nur ja nichts im Tintenfaß zurückbleibt«, sagte die Hauptperson, die schon gar keine Fragen mehr zu stellen brauchte ... Es war halb sechs. Esteban bat, jemand möge ihn auf den Söller hinaufbegleiten, wo eine die obere Balustrade zierende antike Vase stehe, in der er einen persönlichen Gebrauchsgegenstand versteckt habe. Angelockt durch die Aussicht auf weiteres Beweismaterial hefteten sich mehrere Polizisten an seine Fersen. In der Vase war nur ein Wespennest, und die aufgestörten Insekten versuchten mehr als einen Neugierigen zu stechen. Ohne auf die ihm geltenden Schimpfworte zu hören, blickte Esteban zum Hafen hinüber: Die ›Arrow‹ hatte ihre Reise schon angetreten – die Stelle, an der das Schiff vor Anker gelegen hatte, war leer ... Er kehrte in den Salon zurück. »Notieren Sie, Herr Schreiber«, sagte er. »Ich erkläre vor Gott, an den ich glaube, daß alles, was ich gesagt habe, Lüge war. Man wird niemals den geringsten Beweis für die Vergehen beibringen können, deren ich mich beschuldigt habe, außer was meinen Aufenthalt in Paris betrifft. Es gibt keine Zeugen und keine Papiere, auf die man zurückgreifen könnte. Alles, was ich gesagt habe, habe ich gesagt, um einem anderen Menschen zur Flucht zu verhelfen. Ich habe getan, was mir wichtig erschien.« – »Du rettest dich vielleicht vor dem Halseisen«, sagte die Hauptperson, »aber keiner wird dich vor dem Zuchthaus von Ceuta bewahren. Um geringerer Vergehen willen haben wir schon Leute in die Steinbrüche Afrikas geschickt.« – »Was kümmert's mich jetzt noch, welches mein Schicksal ist!« sagte Esteban. Er blieb vor dem Bild mit der Explosion in der Kathedrale stehen, auf dem große Säulenstücke, schon in die Luft gesprengt, noch immer in der Schwebe hingen in einer alpdruckhaften Atmosphäre: ›Sogar die Steine, die ich brechen werde, waren auf diesem Bild schon vorhanden!‹ Und er ergriff einen Schemel, schleuderte ihn gegen das Ölgemälde, daß in der Leinwand ein Riß entstand und das Bild polternd zu Boden fiel. »Bringen Sie mich endlich fort«, sagte Esteban, so erschöpft, so müde, daß er nur noch ans Schlafen dachte, und wäre es auch in einem Kerker.

SECHSTES KAPITEL

42

Die Wellen rollten von Süden heran, ruhig, rhythmisch, das Gewebe ihrer schlanken Schaumkronen flechtend und wieder entwirrend, die dem Geäder dunklen Marmors glichen. Zurückgeblieben waren die grünen Farben der Küste. Man fuhr jetzt auf Wassern so dunkelblau, daß sie aus einer Schmelzmasse gemacht zu sein schienen, die gleichwohl winterlich und gläsern war und wie von einem fernen Pulsschlag bewegt wurde. Keine Lebewesen zeichneten sich ab in diesem ganzen Meer, das sich über seinen Tiefen aus Gebirgen und Abgründen schloß wie das erste Meer der Schöpfung vor der Purpurschnecke und dem Papiernautilus. Nur die doch von Leben wimmelnde Karibische See sah bisweilen so unbewohnt aus. Wie von einem geheimnisvollen Bedürfnis abgerufen, flohen die Fische in die Tiefe, tauchten die Medusen unter, verschwand das Seegras, daß vor dem Auge des Menschen einzig zurückblieb, was Unendlichkeitswert besaß: die immer weiter sich hinausschiebende Grenze des Horizonts, der Raum und jenseits des Raums die Sterne, die Sterne an einem Himmel, dessen bloßer Name, wenn man ihn aussprach, hier die erdrükkende Majestät gewann, die das Wort einst für die besaß, die es erfanden — vielleicht war es gleich nach den Worten erfunden worden, die man gerade zur Bezeichnung des Schmerzes, der Angst und des Hungers geprägt hatte. Hier, auf einem wüsten Meer, bekam der Himmel ein ungeheures Gewicht mit seinen seit jeher geschauten Konstellationen, die der Mensch voneinander getrennt und mit Namen genannt hatte im Laufe der Jahrhunderte, wobei er seine eigenen Mythen ins Unerreichbare versetzte und die Position der Sterne dem Umriß der Figuren anpaßte, die seiner, des ewigen Fabelschmieds, Phantasie entsprungen waren. So etwas wie naive Kühnheit wohnte dem Bestreben inne, den Himmel mit Bären, Hunden, Stieren und Löwen zu bevölkern – dachte Sofia, an die Bordbrüstung der ›Arrow‹ gelehnt, mit dem Gesicht zur Nacht. Aber es war ein Mittel, die Ewigkeit zu vereinfachen, sie einzuschließen in kostbare Bilderbücher wie jenes mit den Himmelskarten, das in der Familienbibliothek zurückgeblieben war und auf dessen Bildtafeln sich die Kentauren, die Skorpione, die Adler und die Drachen furchtbare Kämpfe zu liefern schienen. Durch den Namen der Sternbilder griff der Mensch auf die Sprache seiner ersten Mythen zurück, der er so treu blieb, daß die Menschen Christi, als sie eines Tages erschienen, keinen Raum mehr fanden an einem Himmel, der allein von heidnischem Volk bewohnt war. Die Sterne waren an Andromeda und Perseus, an Herkules und Kassiopeia vergeben worden. Da gab es als Familienbesitz garantierte Eigentumsrechte, die sich nicht auf schlichte Fischer vom See Tiberias übertragen ließen – Fischer, die zudem nicht der Sterne bedurften, um ihre Boote dorthin zu lenken, wo einer, der bald sein Blut vergießen sollte, eine Religion schöpfen würde, die keine Sterne kannte ... Als die Plejaden verblaßten und es Licht wurde, rückten Tausende von marmorierten Helmen gegen das Schiff vor, lange rote Girlanden beschattend, die sich unter Wasser wie Silhouetten eigenartig mittelalterlicher Krieger abzeichneten, weil sie an lombardische Fußsoldaten in durchlöcherten Kettenhemden erinnerten – denn einem Kettengewebe ähnelten die Meeresfasern, die sie unterwegs aufgesammelt hatten und querüber an sich trugen, von der Schulter zur Hüfte, vom Hals zum Knie, vom Ohr zum Schenkel, diese seltsamen, von Lichtsplittern durchbohrten Wesen, die Kapitän Dexter *men-of-war* nannte. Das unter Wasser dahinziehende Heer zerteilte sich beim Herannahen des Seglers und schloß dann wieder seine Reihen zu einem schweigenden Marsch, der aus dem Unbekannten kam und Tage um Tage dauern würde, bis den Wesen die Köpfe platzten unter der Sonnenhitze und die Girlanden sich selbst zerfraßen ... Gegen Mittmorgen fuhr man in ein neues Land ein: in das der Gorgonen, die geöffnet wie Vogelflügel dahinschwammen auf der Spur des von ihrem Zug gebleichten Wassers. Später tauchten in graubraunen Schwärmen die geöffneten oder geschlossenen, hungrige Kontraktionen ausführenden Fingerhütchen auf, gefolgt von einer Gruppe wandernder Schnekken, die an einem Floß aus hart gewordenen Wasserblasen hingen ... Doch ein plötzlicher Schauer verwandelte das Meer in wenigen Augenblicken, daß es stumpf wurde und seine Transparenz verlor. Ein kräftiger Salzgeruch stieg vom Wasser auf, als der Regen es schlug, dessen Tropfen von den Holzplanken des Decks aufgesogen wurden. Die Segel knatterten wie Schiefer, auf den der Hagel trommelt, indes die Taue in allen Fibern knisterten und sich strafften. Der Donner reiste von West nach Ost, zog mit anhaltendem Grollen über das Schiff hinweg, stürmte davon mit seinen Wolken und ließ das Meer auf der Höhe des Nachmittags in einer eigenartigen frühmorgendlichen Klarheit zurück, die es glättete und schillern machte wie ein See auf einer Hochebene. Der Bug der ›Arrow‹ wurde zum Pflug, der die sanfte Wasserfläche umbrach zu schäumenden Arabesken, welche eine Kielspur bildeten, die noch nach Stunden davon künden würde, daß hier ein Schiff gefahren war. Im Abenddämmer hoben sich die Kielwellen hell ab von dem schon nachterfüllten Grund und zeichneten eine Karte von Wegen und Kreuzwegen auf das abermals verlassene Wasser – ein Wasser so verlassen, daß der Betrachter glauben mochte, an Bord des einzigen Schiffes zu sein, daß in diesem Zeitabschnitt der Geschichte die Meere befuhr. Und bis zum nächsten Morgengrauen würde man in das Land des Meeresleuchtens eindringen mit seinen aus der Tiefe kommenden Lichtern, die sich zu Garben entfalteten, zu blitzenden Bahnen, und Formen hervorbrachten, die an einen Anker oder eine Traube, eine Anemone oder an Kopfhaar erinnerten – oder auch eine Handvoll Geldmünzen, an Altarlämpchen oder ferne Fenster versunkener Dome, die Tiefseesonnen mit ihrem kalten Licht durchbohrten ... Auf dieser Reise wurde Sofia nicht wie damals – als sie sich an dieselbe Bordbrüstung lehnte und sich die Brise vom Scheitelpunkt dieses selben Bugs ins Gesicht wehen ließ – von den wirren Gefühlen und Empfindungen des zur Frau heranwachsenden Mädchens geplagt. Durch ihren Entschluß gereift, ging sie jetzt auf etwas zu, das gar nicht anders sein konnte, als sie es sich vorstellte. Zwei Tage noch hatte das, was sie hinter sich zurückließ, auf ihrer Seele gelastet, aber am dritten

Tag war sie mit einem beschwingenden Gefühl der Freiheit aufgewacht. Die Haltetaue waren zerrissen. Sie war aus dem Alltäglichen herausgetreten, um in eine zeitlose Gegenwart einzudringen. Bald würde sie mit dem beginnen können, wonach sie sich seit Jahren sehnte: der Verwirklichung der eigenen Persönlichkeit im selbst auserwählten Maße. Sie empfand wiederum die Freude, am Ausgangspunkt zu stehen, an der Schwelle ihrer selbst, wie damals, als auf dem Schiff eine neue Etappe ihres Lebens eingeleitet worden war. Wieder nahm sie den kräftigen Geruch nach Teer, Pökelbrühe, Mehl und Kleie wahr, den sie aus früheren Tagen kannte und dessen bloße Gegenwart die inzwischen verflossene Zeit auslöschte. Und am Tisch Kapitän Dexters schloß sie die Augen, als sie abermals das Aroma der geräucherten Austern, des englischen Ciders, der Rhabarberkuchen und der Pensacola-Mispeln auf der Zunge hatte, die sie den Empfindungen ihrer ersten Seereise gegenüberstellte. Man folgte aber nicht mehr demselben Kurs. Wenn auch Toussaint Louverture sich bemühte, Handelsbeziehungen mit den Vereinigten Staaten anzuknüpfen, mißtrauten die nordamerikanischen Kaufleute doch der Zahlungsfähigkeit des Negerführers und überließen diesen unsicheren Markt denen, die Waffen und Munition verkauften — die einzigen Waren, die stets bar bezahlt wurden, auch wenn man nicht genug Mehl hatte, um das tägliche Brot zu backen. Nachdem man die Küste Jamaicas hatte vorübergleiten lassen, fuhr man schon seit einigen Tagen im freiesten Teil des Antillenmeeres — mit Kurs auf den Hafen von La Guaira —, auf dem sich die letzten Korsaren nur selten zeigten mit Seglern, die jetzt ›Napoléon‹, ›Campo-Formio‹ oder ›La Conquête de l'Egypte‹ hießen. Eines Morgens glaubte man schon, es werde zu einer unangenehmen Begegnung kommen, als ein kleines Schiff gesichtet wurde, das mit verdächtiger Geschwindigkeit auf die ›Arrow‹ zuhielt. Die Unruhe eines Augenblicks verwandelte sich jedoch in Jubel, als man feststellte, daß es sich um die von einem höchst weltlichen Franziskanermissionar befehligte ›Balandra del Fraile‹ handelte, die sich seit Jahren im karibischen Raum dem Schmuggel widmete. Im übrigen begegnete man nur Rauchfleischschonern, die regelmäßig zwischen Havanna und Nueva Barcelona verkehrten und als Kielspur den heftigen Gestank ihrer Ladung nach sich zogen. Weil es Sofia vor Ungeduld kaum noch aushielt, versuchte sie sich mit der Lektüre einiger englischer Bücher abzulenken, die in Dexters Bibliothek standen, neben der Akazie, den Säulen und dem Tabernakel seines Freimaurerschurzes in der Vitrine von einst. Aber die Stimmung der ›Nights‹ war ihrer derzeitigen seelischen Verfassung ebenso fremd wie die drückende Atmosphäre des ›Castle of Otranto‹. Schon nach wenigen Seiten klappte sie das Buch wieder zu, ohne genau zu wissen, was sie eigentlich gelesen hatte, ohne weitere Überlegungen allem hingegeben, was durch die Haut in sie eindrang und mehr ihre Sinne in Anspruch nahm als ihre Phantasie ... Eines Morgens begann sich eine violette Masse abzuzeichnen über dem vagen Grün, das den Horizont verschwimmen ließ. »Der Sattel von Caracas«, sagte Dexter. »Jetzt sind wir noch etwa dreißig Meilen vom Festland entfernt.« Und man konnte das geschäftige Treiben der Matrosen beobachten, das auf das baldige Anlaufen eines Hafens hindeutete: die gerade nichts zu tun hatten, putzten sich heraus, rasierten sich, schnitten sich die Haare, reinigten sich die Nägel, wischten die Flecken von den Händen. Messer, Kämme, Seife und Nähzeug kamen zum Vorschein, und von Haarwasser wurde reichlicher Gebrauch gemacht. Der eine stopfte ein durchlöchertes Hemd, der andere nähte einen Flicken auf seinen Schuh, der dritte betrachtete kritisch sein verbranntes Gesicht in einem winzigen Damenspiegel. Und alle waren von einer Unruhe gepackt, die nicht nur durch die bloße Freude darüber ausgelöst wurde, daß man am Ziel einer glücklichen Überfahrt angelangt war: Am Fuße dieses Berges, dessen Umrisse sich immer deutlicher abhoben von der hohen Kordillere, die am Meeresufer in die Höhe stieg, wartete die Frau – die unbekannte, fast abstrakte Frau, ohne Gesicht noch, aber durch den Hafen schon angezeigt. Zu dieser Gestalt hin, die über die Dächer hinausragte, die sich auf ihrer Türschwelle schon darbot, blähten sich die Segel des Schiffes an den steil aufschießenden Masten, die gleichsam verkündeten, daß Männer kamen. Und diese Segel, die man von der Küste aus bereits sah, riefen in den Häusern des Hafenviertels ein Kommen und Gehen zum Brunnen wandernder Eimer hervor, ein weibliches Klarschiffmachen mit Schminke, Parfüm, Unterkleidern und Schmuck. Ohne der Worte zu bedürfen, war die Zwiesprache schon aufgenommen worden über ein Meer hinweg, das sich jetzt mit Fischerbooten füllte. Die ›Arrow‹ drehte und stand dann parallel zu den Bergen, die vom Nebeldunst zum Wasser hinunterstiegen in so jähem Abfall, daß man keine bestellten Felder an ihren Flanken erblickte. Manchmal zerbrach die rissige Wand und gab das Geheimnis eines schattigen Strandes zwischen zwei Mauern preis, die von einer dunklen, dichten Vegetation fast wie mit einem schwarzen Mantel überzogen waren, der in seinen Falten noch Fetzen der Nacht zu bergen schien. Ein wunderbarer Geruch nach den Ausdünstungen eines noch kaum erwachten Kontinents ging von diesen Stauwasserwinkeln aus, in denen die Saat des Meeres, von einem letzten Wellenstoß hineingedrückt, zur Ruhe kam. Doch jetzt wichen die Berge zurück, ohne zu enthüllen, was sich hinter ihnen versteckte, und gaben einen schmalen Landstreifen frei, auf dem sich Wege und Behausungen abzeichneten zwischen Hainen von struppigen Kokospalmen, Uverobäumen und Mandelbäumen. Man umschiffte ein Kap, das aus einem Quarzblock herausgeschnitten zu sein schien, und dann öffnete sich zum Meer hin wie ein riesiges Amphitheater der Hafen von La Guaira, auf dessen Stufen die Dächer hintereinander in die Höhe stiegen . . . Sofia hätte gern Caracas besucht, aber der Weg dort hinauf war lang und anstrengend, und die ›Arrow‹ mußte bald weiterfahren. Sie ließ die Seeleute an Land gehen, die dienstfrei hatten und ungeduldig waren, weil sie sich erwartet wußten, und bestieg eine Schaluppe in Begleitung von Dexter, der einige routinemäßige Formalitäten erledigen mußte. »Sie dürfen nicht glauben, daß Sie verpflichtet sind, sich um mich zu kümmern«, sagte die junge Frau, als sie merkte, daß dem Kapitän die Ungeduld seiner Matrosen nicht fremd war. Sie schritt auf die steilen Straßen zu, die ein ausgetrocknetes Gießbachbett säumten, und verwunderte sich, als sie hübsche kleine, mit Statuen geschmückte Plätze entdeckte zwischen Häusern mit Fenstergittern und vorspringenden Windschirmen, die sie an Santiago de Cuba erinnerten. Auf einer steinernen Bank sitzend, sah sie die Lasttiere koppelweise vorüberziehen, dem Gebirge entgegen, auf Wegen, die von Duftakazien beschattet wurden, welche sich im Nebel der Gipfel verloren oberhalb einer Festung, gekrönt von Warttürmen ähnlich den vielen anderen, die die spanischen Häfen der Neuen Welt bewachten – sie glichen einander so sehr, daß sie das Werk desselben Baumeisters zu sein schienen. »Dort wurden bis vor kurzem einige Freimaurer aus Madrid gefangengehalten«, erzählte ihr ein von den Kanarischen Inseln stammender Hausierer, der ihr Bänder aus Atlasstoff verkaufen wollte. »Es waren Leute von diesem San-Blas-Aufruhr, die versucht haben, in Spanien Revolution zu machen. Und Sie werden es nicht glauben: Die Kerle haben noch im Kerker weiterkonspiriert!« Dann war das Ereignis also im Gange. Sie hatte sich nicht getäuscht, als sie seinen baldigen Eintritt ahnte. Jetzt sehnte sie sich ungeduldiger denn je nach dem Ziel ihrer Reise und fürchtete schon, zu spät zu kommen, erst einzutreffen, wenn der Mann der ›Großen Aufgabe‹ schon das Grün der Urwälder zerteilte wie die Hebräer die Wasser des Roten Meeres. Es bestätigte sich, was Esteban so oft gesagt hatte: daß Victor vor der thermidorianischen Reaktion mit seinen ins Spanische übersetzten Texten der Verfassung, seinen amerikanischen Carmagnolen in das Festland Amerikas eindrang, um ihm wie zuvor schon das Licht der Aufklärung zu bringen, das in der Alten Welt bereits wieder erlosch. Um das zu verstehen, brauchte man nur die Windrose anzusehen: Von Guadeloupe aus war der Sturmwind nach Guayana geweht, um hierher, nach Venezuela, abzudrehen und die Route einzuschlagen, auf der man gewöhnlich an den anderen Rand des Kontinents gelangte, wo die Barockpaläste des Reiches Peru aufragten. Ebendort waren – Jesuiten hatten sie ausgesprochen – die ersten Worte gefallen – und Sofia kannte die Schriften eines Vizcardo Guzmán –, die für diese irdische Welt eine Unabhängigkeit forderten, wie sie nur durch eine Revolution denkbar war. Alles stellte sich ganz klar dar: Die Anwesenheit Victors in Cayenne war der Beginn einer Entwicklung, die zu Reiterkavalkaden über das flache Land, zu abenteuerlichen Fahrten auf märchenhaften Flüssen und zur Überquerung riesiger Kordilleren führen würde. Ein Heldenepos würde geboren werden, das hier in Amerika vollendete, was im hinfälligen Europa gescheitert war. Alle, die sie, Sofia, zu Hause in Havanna vielleicht jetzt schlechtmachten – sie würden schon erfahren, daß ihr Ehrgeiz die Welt der Schnittmuster und Windeln, in die man die Frau dort verweisen wollte, überstieg. Man würde von einem Skandal sprechen und nicht ahnen, daß der Skandal vielleicht viel größer war, als man dachte. Diesmal würde man ›Auf sie!‹ spielen und auf Generäle, Bischöfe, Richter und Vizekönige anlegen.

Die ›Arrow‹ lichtete zwei Tage darauf die Anker und fuhr, an der Insel Margarita vorbei, zwischen Granada und Tobago hindurch, im Schutz britischer Besitzungen, mit Kurs auf Barbados. Und nach einer sehr ruhigen Reise befand sich Sofia in Bridgetown und entdeckte eine Welt, die ganz anders war als die ihr bisher bekannte Welt der Karibischen See. Anders war die Atmosphäre, die diese englische Stadt umgab, anders die Architektur, anders die breiten, dem Holztransport dienenden Kutter aus Scarborough, Saint-Georges und Port of Spain. Lustige Geldmünzen kursierten hier, die ›Pineapple Penny‹ und ›Neptune Penny‹ hießen und erst kürzlich geprägt worden waren. Man glaubte sich in eine Stadt des alten Kontinents versetzt, wenn man feststellte, daß es hier eine ›Freimaurerstraße‹ und eine ›Synagogenstraße‹ gab. Sofia mietete sich in einer sauberen Herberge ein, die ihr Kapitän Dexter empfohlen hatte und der eine verschwitzte Mulattin vorstand. Nach einem Abschiedsessen, bei dem die junge Frau – so groß war ihre Freude – von allem kostete, auch von dem Porter, dem Madeira und den französischen Weinen, die aufgetragen wurden, unternahmen sie beide eine Spazierfahrt in die Umgebung. Stundenlang fuhren sie über die Wege einer gezähmten Antille, deren von sanften Hügeln begrenzte Landschaft – hier gab es nichts Großes, Erdrückendes, drohend Aufragendes – bis ans Meeresufer hin kultiviert war. Hier sah das Zuckerrohr wie grüner Weizen aus, das Gras besaß die Weichheit und Urbanität des Rasens, und sogar die Palmen schienen keine tropischen Bäume mehr zu sein. In dichtem Laubwerk verborgene, schweigende Herrensitze gab es da, die griechische Tempelsäulen zu grasverhangenen Giebeln hinaufsandten, Häuser, deren Fenster die Pracht von Salons preisgaben, wo im Übermaß an Licht der Firnis der Porträts auffunkelte; ziegelgedeckte Häuser gab es, die so klein waren, daß ein Kind, wenn es zum Fenster hinausschaute, den Blick auf vielköpfige Familien verdeckte, die sich zum Abendessen versammelt hatten in einem Raum, in dem ein Schachbrettisch im Wege gewesen wäre; von Schlingpflanzen behaarte Ruinen gab es, wo die Geister – auf der Insel, so sagte der Kutscher, wimmelte es von Geistern – in winddurchheulten Nächten zusammenkamen und seufzten; und vor allem gab es dicht am Meer, fast in den Strand übergehend, stets verlassen daliegende, von Zypressen beschattete Friedhöfe, deren Male aus grauem Stein – verschämt sahen sie aus, wenn man an die mit Ornamenten verzierten Mausoleen der spanischen Nekropolen dachte – von einem Eudolphus und einer Elvira kündeten, hier bestatteten Schiffbrüchigen, die, es war gar nicht anders möglich, die Helden eines romantischen Idylls gewesen sein mußten. Sofia erinnerte sich an die ›Nouvelle Héloise‹ – der Kapitän dachte eher an die ›Nights.‹ Und obwohl sie recht weit zu fahren hatten und die Pferde müde waren und man erst spät in der Nacht würde zurückkehren können, weil man das Gespann wechseln mußte, erreichte es Sofia mit Schmeichelreden, die den Nordamerikaner fast übertrieben dünkten, daß sie die kleine felsige Bastion St. John besuchten, hinter deren Kirche man dann vor einen Grabstein trat, dessen Epitaph besagte, daß auf dieser Insel ein Mensch unerwartet gestorben war, dessen Name plötzlich vergangene Jahrhunderte fast greifbar gegenwärtig sein ließ: ›*Hier ruht – Ferdinand Palaeologus – Abkömmling des kaiserlichen Geschlechts – der letzten Kaiser von Griechenland – Kaplan dieser Insel – 1655–1656 . . .*‹ Caleb Dexter, den eine unterwegs geleerte Flasche Wein gefühlvoll gemacht hatte, entblößte respektvoll das Haupt, und Sofia, im Schein des späten Nachmittags, der die Wellen rötete, die sich in riesigen Schaumkronen brachen an den felsigen Monolithen von Bathsheba, schmückte das Grab mit Bougainvilleen, die sie im Garten des Presbyteriums gepflückt hatte. Bei seinem ersten Besuch im Hause von Havanna hatte Victor Hugues lange von dem Grab des vergessenen Abkömmlings dessen erzählt, der als Ökumenischer Patriarch im letzten Widerstand des Byzantinischen Reiches gefallen war, ehe er den siegreichen Ottomanen in die Hände fiel. Jetzt hatte sie es gefunden, genau an der bezeichneten Stelle. Über den mit dem Zeichen des Konstantinkreuzes versehenen grauen Stein hinweg folgte jetzt eine Hand dem fernen Weg einer anderen Hand, die auch mit den Fingerspitzen die Rillen der Buchstaben gesucht hatte ... Um eine unverhoffte Zeremonie abzukürzen, die ihm schon zu lange dauerte, bemerkte Caleb Dexter: »Wenn man bedenkt, daß er hier auf diese Insel verschlagen wurde, der letzte rechtmäßige Eigentümer der Basilika der heiligen Sophia ...« – »Es ist schon spät«, meinte der Kutscher. »Ja, fahren wir zurück«, sagte sie, verwundert darüber, daß ihr Name so ganz plötzlich in der törichten Überlegung des anderen aufgetaucht war – ein außergewöhnlicher Zufall, der nur als Ankündigung, als Wink, als Vorahnung gedeutet werden konnte. Es erwartete sie ein erstaunliches Schicksal. Die Zukunft war im stillen herangereift, seit ein herrischer Wille eines Nachts die Türklopfer des Hauses hatte erdröhnen lassen. Es gab Worte, die nicht aufs Geratewohl hervorkeimten. Eine geheimnisvolle Macht formte sie im Munde ihrer Orakel. *Sophia.*

43

Davon unterrichtet, daß der Felsen des Grand Connétable kurz nach Tagesanbruch in Sicht kommen werde, stand Sofia im Morgengrauen an Deck der ›Batavischen Republik‹, eines alten, auf diesen neuen Namen umgetauften holländischen Frachters, der das ganze Jahr hindurch vom Kontinent der Urwälder zum baumlosen Barbados fuhr und Holz herbeischaffte für die Kunsttischler von Bridgetown und Bretter und Balken zur Verschönerung der Häuser von Oistin, die berühmt waren für ihre nach normannischer Art vorspringenden Geschosse. Wochenlang hatte die junge Frau in ihrer Hafenherberge auf die Stunde gewartet, da sie sich erneut einschiffen konnte. Die Ungeduld folterte sie, die Straßen der kleinen Stadt konnte sie schon nicht mehr sehen, und voller Ingrimm mußte sie auch noch hören, daß Frankreich und die Vereinigten Staaten inzwischen Frieden geschlossen hatten. Diese Nachricht hätte, wenn sie früher eingetroffen wäre, ihre Reiseroute vereinfacht, denn sie hätte dann in Havanna an Bord eines der nordamerikanischen Schiffe gehen können, die den Verkehr mit Cayenne wiederaufgenommen hatten. Dies alles war aber vergessen, als die in der Morgenstunde vom frohen Flug der Pelikane und Möwen umkreisten Klippen und kleinen Inseln näher kamen, die das Festland ankündigten. Und das Schiff fuhr schon an der ›Mutter‹ und den ›Töchtern‹ vorbei, die Esteban ihr manchmal beschrieben hatte, und die Küste zeichnete sich deutlicher ab und ließ Pflanzenwuchs und Anzeichen menschlicher Tätigkeit erkennen. Alles dünkte Sofia prunkvoll, faszinierend, außerordentlich in diesem ersten Augenblick der Ankunft. Alle Schattierungen des Grüns der Welt schienen sich in einer einzigen Landschaft zusammengefunden zu haben, um sie willkommen zu heißen. Die Vertreter der militärischen Behörden, die an Bord gekommen waren, zeigten sich ein wenig verblüfft, als sie erfuhren, daß eine alleinstehende Frau aus einer so strahlenden Stadt wie Havanna den Wunsch hatte, in Cayenne zu bleiben, aber Sofia erwähnte nur den Namen Victor Hugues, und schon verwandelte sich Argwohn in Ehrerbietung. Es war schon Nacht, als die junge Frau in der Stadt mit ihren schlafenden Straßen Einzug hielt und im Gasthof Monsieur Hauguards abstieg, wo sie sich wohl hütete, von ihrem Verwandtschaftsverhältnis zu Esteban zu sprechen, eingedenk des Umstands, daß die Reise ihres Vetters nach Paramaribo schließlich einer Flucht geglichen hatte ... Am nächsten Morgen schickte sie eine Botschaft an den, der es vom Agenten des Direktoriums zum Agenten des Konsulats gebracht hatte, und meldete ihm ihre Ankunft. Kurz nach Einbruch der Dunkelheit erhielt sie eine auf Amtspapier gekritzelte Nachricht: *Willkommen. Morgen wird Sie eine Kutsche abholen. V.* Hatte Sofia eine Antwort der verlangenden Ungeduld erwartet, so stürzten sie diese kalten Worte in eine Nacht der verwirrten Gedanken. In einem Hof in der Nachbarschaft bellte ein Hund, in Wut gebracht durch einen Betrunkenen, der die Straße entlang seiner Unzufriedenheit Luft machte und schreckliche Prophezeiungen in die Dunkelheit hinausrief, die sich auf die Zerstreuung der

Gerechten bezogen, auf die Strafe, die alle Königsmörder treffen würde, und auf eine künftige Versammlung aller vor dem Thron Gottes zu einem Jüngsten Gericht, zu dem es — warum ausgerechnet dort? — in einem Tal in Neuschottland kommen sollte. Als die Stimme sich in der Ferne verlor und der Wachhund wieder einschlief, nahm man die rastlose Tätigkeit der unsichtbaren Insekten wahr, die in allen Zwischenwänden des Hauses das Holz zerschabten, zernagten, durchbohrten. Ein Baum ließ Samen mit bleierner Schwere auf einige umgestülpte Schüsseln fallen. Vor dem Gasthof hatten zwei Indios mit Stimmen von Menschen, die der Erzählung eines Entdeckers hätten entsprungen sein können, einen lauten Wortstreit. Nichts kam dem ruhigen Schlaf einer jungen Frau entgegen, die von ratlosen Vermutungen gemartert wurde. Deshalb fühlte sich Sofia, als am nächsten Morgen die Kutsche eintraf, steif und übernächtig, und als sie schon glaubte, samt ihren Koffern und Reisetaschen zum Regierungsgebäude gebracht zu werden, trabten die Pferde auf eine Anlegestelle zu, an der eine hochbordige, mit Kissen, Sonnendächern und Segeltuchwindschirmen ausgestattete Schaluppe wartete. Sie erfuhr, daß das Ziel der Reise ein wenige Fahrtstunden entferntes Landgut war. Entsprach dies alles auch keineswegs ihren Vorstellungen, so empfand Sofia doch die Höflichkeit, die ihr von der Besatzung erwiesen wurde, fast wie eine Liebkosung. Das Boot stand unter dem Befehl eines jungen Offiziers namens De Sainte-Afrique, der während der Fahrt die Fortschritte aufzählte, die man in der Kolonie seit Victor Hugues' Amtsantritt erzielt hatte. Die Landwirtschaft hatte neuen Auftrieb erhalten, die Läden waren zum Bersten voll, und überall genoß man Frieden und Wohlstand. Fast alle Deportierten waren nach Frankreich zurückgebracht worden; an ihre Leiden erinnerte in Iracoubo ein großer Friedhof, dessen Grabsteine die Namen berühmter Revolutionäre trugen ... Am hohen Nachmittag bog die Schaluppe in einen Fluß mit sumpfigen Ufern ein, auf dem Blätter einer Art Wasserrose schwammen, deren maulbeerfarbene Blüten sich unmittelbar auf dem Wasserspiegel entfalteten. Bald darauf kam man an einen Landesteg, von dem aus auf einer kleinen Anhöhe zwischen Zitronen- und Orangenbäumen ein

elsässisch anmutendes Haus zu sehen war. Von diensteifrigen Negerinnen umschwärmt, richtete sich Sofia in einem Zimmer des ersten Stocks ein, an dessen Wänden von leichter Hand gestochene Bilder die Vorfälle aus der Zeit des Ancien régime festhielten: die Belagerung von Namur, die Bekränzung der Büste Voltaires, die unglückliche Familie Calas, aufgelockert durch hübsche Küstenansichten von Toulon, Rochefort, Saint-Malo und der Insel Aix. Während die schnatternden Dienstbotinnen ihre Sachen in die Schränke räumten, trat Sofia an die Fenster, die auf dieser Seite aufs freie Land hinausblickten: ein Garten ging schon bald in eine Gemüseplantage und in Zuckerrohrfelder über, ein Gelände, das umgeben war von einer Mauer dichter Urwaldvegetation. Einige Mahagonibäume mit hohen, silbrigen Stämmen spendeten Wegen Schatten, an deren Säumen Perubalsam, Muskatnußbüsche und gelber Pfeffer wuchsen.
Die Stunden verrannen in beklommener Erwartung, bis endlich eine mit Rudern vorwärts bewegte Schaluppe am Landesteg anlegte. In den Schatten der Dämmerung, die schon den Zugangsweg erfüllten, zeichnete sich funkelnd mit Spangen und Litzen ein mehr oder weniger militärischer Anzug ab, der durch einen Federbusch noch stattlicher wirkte. Sofia trat auf den Vorhof hinaus, ohne in der Eile zu bemerken, daß gegenüber dem Eingang eine Herde schwarzer Schweine genüßlich die Blumenbeete umwühlte, die Tulpen herausriß und sich unter zufriedenem Grunzen in der erst vor kurzem begossenen Erde suhlte. Als die Tiere die Tür offenstehen sahen, stürzten sie sich scharenweise ins Haus und streiften mit ihren verschmierten Wänsten an den Rockfalten Sofias vorbei, die sie mit Gesten und Schreien zurückzuhalten suchte. Victor lief schnell auf das Haus zu und rief: »Wieso laufen die denn frei herum? Das ist doch der Gipfel!« Und er eilte in den Salon und ging, Hiebe mit der flachen Klinge austeilend, auf die Schweine los, die in die Gemächer schlüpfen und die Treppe hinaufhopsen wollten, indes die Dienerinnen und einige Neger aus den Tiefen des Hauses zu seiner Hilfe herbeistürzten. Schließlich wurden die Tiere eines nach dem anderen an den Ohren gepackt, am Schwanz gezerrt, in die Höhe gehoben und

mit Fußtritten hinausbefördert, was nicht ohne entsetzliches Gequieke abging. »Hast du dich schon betrachtet?« fragte Victor, als sich der Lärm des Borstenviehs gelegt hatte, und deutete auf ihr schmutzbeflecktes Kleid. »Kleide dich um, ich lasse inzwischen hier sauber machen ...« Als Sofia in ihrem Zimmer vor dem Spiegel stand, fühlte sie sich so elend, daß sie in Tränen ausbrach bei dem Gedanken, was aus der ›großen Begegnung‹ geworden war, die sie sich während der Tage der Überfahrt so ganz anders ausgemalt hatte. Das Kleid, das sie sich eigens für diese Gelegenheit hatte machen lassen, fiel ihr beschmutzt, zerrissen, nach Stall stinkend vom Leibe. Sie schleuderte die Schuhe in die dunkelste Ecke und zog sich zornig die Strümpfe von den Beinen. Ihr ganzer Körper roch nach Schwein und Unrat. Sie mußte sich Eimer mit Wasser heraufbringen lassen, um sich zu baden, und dachte daran, wie grotesk das Umfüllen in solchen Augenblicken wirkte. Etwas Lächerliches haftete dieser erzwungenen Schönheitspflege an, dem Geplätscher im Zuber, das gewiß unten zu hören war. Zu guter Letzt warf sie sich das erste beste Kleid über und ging zögernden Schritts in den Salon hinunter, ohne sich um Haltung und Aussehen zu kümmern, mit dem Trotz des Schauspielers, der bei einem markanten Auftritt versagt hat. Victor ergriff ihre Hände und ließ sie an seiner Seite Platz nehmen. Er hatte seine funkelnde Uniform mit der bequemen Kleidung des wohlhabenden Landmannes vertauscht: weiße Hose, Hemd mit breitem, offenem Kragen und Jacke aus feinem Kattun. »Du verzeihst mir wohl«, sagte er, »aber hier laufe ich immer so herum. Ich muß mich ab und zu einmal von den Schärpen und Kokarden erholen.« Er erkundigte sich nach Esteban. Er wußte, daß sich der Jüngling nach Paramaribo begeben hatte, also war er wohl auch nach Havanna gelangt. Und da er ihr einen Eindruck von seinem Leben seit dem Ende seiner Regierungszeit auf Guadeloupe geben wollte, schilderte er ihr das Hin und Her seines Widerstandes gegen Desfourneaux und Pélardy, an dessen Ende er entwaffnet, arretiert und mit Gewalt nach Frankreich eingeschifft worden war. In Paris hatte er mit einer energischen Verteidigungsrede die Anklagen ebendieses Pélardy zunichte gemacht und war schließlich vom Konsul Bonaparte mit der Leitung der Regierungsgeschäfte in Cayenne betraut worden ... Er redete und redete, so gewandt und flüssig wie einst, als wolle er sich von einem Übermaß zu lange zurückgehaltener Worte befreien. Als er auf gewisse Einzelheiten seiner jüngsten Vergangenheit zu sprechen kam, unterstrich er den vertraulichen Charakter dieser Mitteilungen mit einer nur allzu abgenutzten Formel: »Das sage ich nur dir, dir ganz allein. Denn ich kann mich hier keinem Menschen anvertrauen.« Und er zählte die Frondienste der Macht auf, die vielen Enttäuschungen, die ihm zuteil geworden waren, und sprach von der Unmöglichkeit, Freunde zu haben, wenn man wirkliche Befehlsgewalt ausüben wollte. »Man hat dir gewiß erzählt, daß ich auf Guadeloupe mit strenger, sehr strenger Hand regiert habe; auch in Rochefort. Das ging einfach nicht anders. Eine Revolution erredet man nicht – eine Revolution *wird gemacht.*« Während er unablässig sprach und nur eine Pause einlegte, um ihre Billigung zu erbitten mit einem »nicht wahr?«, »meinst du nicht auch?«, »denkst du anders darüber?«, »wußtest du das?«, »hat man dir das gesagt?«, »war man bei euch darüber unterrichtet?«, vermerkte Sofia die Veränderungen, die an seiner Person sichtbar waren. Er war recht korpulent geworden, wenn auch seine kräftige Statur ein wenig Fett vertrug, das sie als Muskeln erscheinen ließ. Sein Ausdruck hatte sich verhärtet, trotz der neuen weichen Stellen, die seine kräftig geschnittenen Züge verwischten. Durch die ein wenig blasse Haut schienen die Entschlossenheit und gesunde Kraft von einst hindurch ... Die Türen zum Eßzimmer öffneten sich: Zwei Dienerinnen hatten gerade die Leuchter auf den Tisch gestellt, auf dem ein kaltes Abendessen angerichtet war, serviert auf sehr schwerem Silbergeschirr, das von einem Schiff stammen mußte, auf dem irgendein Vizekönig von Mexiko oder Peru gereist war. »Bis morgen«, sagte Victor zu den Dienerinnen. Dann wandte er sich, seinen Worten eine vertraulichere Färbung verleihend, an Sofia: »Und jetzt erzähl mir von dir.« Ihr aber wollte kein einziger bedeutsamer Vorfall, kein einziges interessantes Ereignis aus dem eigenen Leben einfallen. Neben dem Aufruhr und den Furien, die das Leben des anderen erfüllt und ihn mit Menschen zusammengebracht hatten, deren

Namen eine ganze Epoche kennzeichneten, war ihr Dasein von kümmerlicher Armut. Sie hatte einen Bruder, der Kaufmann war; einen dem Heldentum abgeneigten Vetter, dessen Abschwörungen sie hier, angesichts der Größe dieses Mannes, so hohl dünkten, daß man am besten davon schwieg; und die Geschichte ihrer Ehe war eine recht klägliche. Sie hatte als Hausherrin fungiert und dabei nicht einmal einen Gott in ihren Kochtöpfen gefunden wie die Ordensschwestern von Avila. Sie hatte gewartet. Weiter nichts. Die Jahre waren vergangen in monotonem Gleichmaß zwischen einem Dreikönigsfest ohne Könige und einem Weihnachten, das für Menschen, die den Großen Baumeister nicht in die Wiege legen konnten, jeden Sinnes entbehrte. »Nun?« sagte der andere, um sie zum Sprechen zu ermuntern. »Nun?« Aber ein eigenartiger, unüberwindlicher Trotz verschloß ihr den Mund. Sie bemühte sich zu lächeln, blickte in die Kerzenflammen, fuhr mit dem Fingernagel übers Tischtuch, streckte die Hand nach einem Glas aus, ohne es in die Höhe zu heben. »Nun?« Plötzlich drängte Victor auf sie zu. Die Lichter veränderten ihren Standort; es entstanden Schatten, in deren Dunkel sie sich ergriffen, umspannt, erfüllt fühlte von einer Begierde, die sie in ihren jugendlichen Elan zurückversetzte . . . Sie nahmen wieder am Tisch Platz, verschwitzt, mit zerzaustem Haar, über sich selbst lachend. Sie sprachen die Sprache von einst, die Sprache, die sie im Hafen von Santiago gesprochen hatten, als sie die niedrige Neugier der Matrosen mißachteten, wenn sie, umgeben von der Hitze und dem Geruch des Laderaums, zueinander fanden in der engen Kajüte im Zwischendeck, eingeschlossen von Holzwänden, die gleich denen dieses Hauses hier nach frischem Firnis rochen. Die Brise, die von der Küste herüberwehte, erfüllte das Haus mit dem Atemhauch des Meeres. Man hörte die Wasser eines nahen Stauwerks rauschen. Ein Schiff war das Haus, ein Schiff, bespült vom Gewoge der Bäume, das mit leisem Klopfen ans Fenster schlug.

44

Sofia entdeckte voller Verwunderung die Welt ihrer eigenen Sinnlichkeit. Ihre Arme, Schultern, Brüste, Hüften, Kniekehlen hatten auf einmal zu sprechen angefangen. Erhöht durch die Hingabe, gewann der ganze Körper ein neues Bewußtsein seiner selbst, Impulsen der Großmut und des Verlangens gehorchend, die keineswegs die Zustimmung des Geistes forderten. Die Taille jubilierte, wenn sie sich umfaßt fühlte; die Haut spannte ihre bebende Oberfläche bei der leisesten Ahnung einer Annäherung. Ihr Haar, in den Nächten der Wonne aufgelöst, war etwas, das man jetzt auch dem *geben* konnte, der mit vollen Händen in es hineingriff. Eine erhabene, höchste Freigebigkeit lag in diesem Hingeben der ganzen Person, in diesem ›Was kann ich geben, das ich noch nicht gegeben habe?‹, das in den Stunden der Umarmung und Verwandlung den Menschen dazu brachte, sich in äußerster Armut als *nichts* vorzukommen angesichts des Reichtums des Empfangenen, sich so sehr von Zärtlichkeit, Kraftströmen und Jubel überhäuft und erfüllt zu wissen, daß der Geist wie gelähmt verharrte angesichts der Angst, nichts zu besitzen, um solch große Geschenke zu vergelten. Zu ihren Wurzeln zurückgekehrt, suchte die Sprache der Liebenden das nackte Wort, das jeder Poesie vorausgehende Stammeln eines Wortes – eines Wortes des Dankes an die Sonne, die brannte, an den Fluß, der sich über die umgebrochene Erde ergoß, an den von der Furche empfangenen Samen, an die steil wie eine Spindel aufragende Ähre. Das Wort entsprang der Berührung, elementar und rein wie die Tätigkeit, die es hervorbrachte. So innig verbanden sich die Rhythmen des Körpers mit den Rhythmen der Schöpfung, daß ein plötzlicher Regen, ein Aufblühen der Pflanzen in der Nacht, eine Richtungsänderung der Brise genügte – ob nun das Verlangen im Morgengrauen oder in der Abenddämmerung aufkeimte –, um den Körpern das Gefühl zu geben, daß sie sich in einem neuen Klima befanden, in dem die Umarmung die Offenbarungen der ersten Begegnung erneuerte. Alles war gleich, gegenwärtig waren die Formen, und doch war immer alles anders. Diese Nacht – die Nacht, die jetzt gerade begann, unentschlossen und säumig noch – würde ihre eigene Chronik, ihr eigenes Frohlocken haben, eine Nacht, die nicht die von gestern war und nicht die von morgen sein würde. Der Zeit entrückt, die Stunden verkürzend oder verlängernd, nahmen die auf ihrem Lager Ausgestreckten als Dauer, als Ewigkeit ein *Jetzt* wahr, das sich äußerlich in dem ausdrückte, dessen ihre Sinne, der großen Aufgabe eines umfassenden Verstehens ihrer selbst hingegeben, nur beiläufig und wie von fern inne wurden; es war der lastende Druck eines Gewitters, das hartnäckige Krächzen eines Vogels, ein Urwaldgeruch, den der meerwärts wehende Morgenwind mitbrachte. Vielleicht war es nur ein Windstoß, ein flüchtiges Geräusch, ein Hauch gewesen, aber seine Gegenwart, zwischen dem Aufstieg zum Taumel und dem Abstieg zum Halbschlaf – der beglückten Ruhe im Zustand der Gnade –, schien die ganze Nacht gedauert zu haben. Die Erinnerung der Liebenden hielt eine Umarmung von Stunden fest im Rhythmus eines Sturms, der sie noch inniger vereinigt hatte, und beim Erwachen wurden sie sich bewußt, daß sich der Wind nur einige Minuten lang bemerkbar gemacht haben konnte ... Dem Licht des Alltags zurückgegeben, fühlte sich Sofia auf königliche Weise Herrin ihrer selbst. Sie verspürte den Wunsch, alle an ihrem großen innerlichen Glück, an ihrer Zufriedenheit, ihrer erhabenen Ruhe teilhaben zu lassen. Erfüllten Fleisches wandte sie sich wieder den Menschen, den Büchern, den Dingen zu, gelassenen Sinnes und sich darüber verwundernd, wie *klug* die körperliche Liebe war. Sie hatte davon gehört, daß gewisse orientalische Sekten die Befriedigung des Fleisches als eine notwendige Stufe auf dem Wege zur Transzendenz betrachteten, und sie vermochte das jetzt zu glauben, wenn sie beobachtete, daß in ihr eine unvermutete Fähigkeit zum *Verstehen* mit jedem Tag wuchs. Nach den Jahren der freiwilligen Gefangenschaft zwischen Wänden, Gegenständen und Menschen, die ihr allzusehr zur Gewohnheit geworden waren, ergoß sich ihr Geist nun nach draußen und entdeckte in allem einen Grund zum Nachdenken. Sie las zum zweiten Mal gewisse klassische Texte, die bisher nur mit der Stimme ihrer Fabeln zu ihr gesprochen hatten, und entdeckte jetzt das ursprüngliche Wesen der Mythen. Sie schob die allzu rhetorischen Schriften ihrer Gegenwart und die von ihren Zeitgenossen so sehr geschätzten tränenreichen Romane beiseite und kehrte zu den Texten zurück, die mit unvergänglichen Zügen oder mit ewig gültiger Symbolik die Art und Weise des innigen Zusammenlebens von Mann und Frau in einer Welt voller feindseliger Möglichkeiten und Zufälle festgelegt hatten. Sie kannte jetzt die Geheimnisse der Lanze und des Kelchs, in denen sie bisher nur Symbole gesehen hatte. Ihr schien, als wäre ihr Sein *nützlich* geworden, als hätte ihr Leben endlich eine Richtung und einen Sinn bekommen. Gewiß, sie ließ Tage und Wochen als Gegenwart verstreichen, vollkommen glücklich, ohne an das Morgen zu denken, aber dabei träumte sie doch weiter davon, eines Tages große Dinge zu vollbringen an der Seite des Mannes, an den sie sich gebunden hatte. Ein Wesen von solcher Kraft, glaubte sie, würde nicht lange zögern, sich in ein wunderbares Unternehmen zu stürzen. Aber sein Handeln hing in vielen Dingen von dem ab, was in Europa geschah. Und im Augenblick boten die Nachrichten, die aus Paris eintrafen, keine Handhabe. Die Ereignisse dort folgten so schnell aufeinander, daß die Zeitungen, wenn sie in Cayenne eintrafen, längst Überholtes berichteten, das vielleicht zu dem, was inzwischen geschah, in völligem Widerspruch stand. Im übrigen sah es auch so aus, als sei Bonaparte an einer Fortsetzung der revolutionären Tätigkeit in Amerika nicht viel gelegen; seine Aufmerksamkeit galt näher liegenden Problemen. Ebendeshalb widmete Victor Hugues den größten Teil seiner Zeit Angelegenheiten der Verwaltung, sorgte für Handelsbeziehungen mit Surinam und förderte die Landwirtschaft der Kolonie. Seine Regierung wurde als väterlich und vernünftig bezeichnet. Die alten Pflanzer waren zufrieden, denn es wehte der Wind des Wohlstands. Da man sich in Cayenne schon seit langem nicht mehr an das System der Dekaden hielt und zum Gregorianischen Kalender zurückgekehrt war, begab sich der Bevollmächtigte montags in die Stadt und kehrte donnerstags oder freitags zum Landgut zurück. In der Zwischenzeit kümmerte sich Sofia jeden Morgen einige Stunden um den Haushalt, erteilte Anweisungen, gab irgendeine Schreinerarbeit in Auftrag und sorgte für die Verschönerung der Gärten – so beschaffte sie sich zum Beispiel durch Vermittlung eines Schweizers namens Sieger, eines sehr rührigen Geschäftsagenten, Tulpenzwiebeln aus Paramaribo. Die übrige Zeit verbrachte sie in der Bibliothek, wo es nicht an ausgezeichneten Werken fehlte inmitten einer üppigen Vielfalt von Abhandlungen über Befestigungsanlagen, Büchern über die Navigationskunst und physikalischen und astronomischen Texten. So verstrichen mehrere Monate, und nie brachte Victor, wenn er gegen Ende der Woche aus der Stadt zurückkam, Nachrichten mit, die das friedliche, blühende Leben der Kolonie in irgendeiner Weise hätten stören können.

An einem Tag im September begab sich Sofia, ausnahmsweise ihre ländliche Zurückgezogenheit aufgebend, nach Cayenne, weil sie einige Einkäufe machen wollte. In der Stadt geschahen merkwürdige Dinge. Seit dem frühen Morgen läuteten die schrillen Glocken der Kapelle der Ordensschwestern von Saint-Paul-de-Chartres. Und diesen Glocken hatten sich die Stimmen anderer vergessener, vielleicht bis jetzt auf Dachböden und in Warenlagern verborgener Glocken gesellt, an die jetzt an verschiedenen Stellen der Stadt mit Hämmern, Holzscheiten, Hufeisen geklopft wurde – weil sie noch nicht aufgehängt waren. Aus einem gerade eingetroffenen Schiff stiegen Mönche und Nonnen an Land. Ein höchst ungewöhnliches Heer des Glaubens schien sich über die Stadt zu ergießen, ein Heer in schwarzen, kaffeebraunen und grauen Gewändern und Priesterhüten, das, ausgestattet mit den vergessenen Zeichen seines Amtes, mit Rosenkränzen, religiösen Medaillen, Skapulieren und Meßbüchern, von den Passanten begrüßt durch die Straßen zog. Einige Mönche erteilten im Vorübergehen denen, die neugierig ans Fenster eilten, ihren Segen. Andere versuchten das Getöse mit dem Gesang eines Loblieds zu übertönen, aber ihre Stimmen fanden sich nicht zum Chor zusammen. Verwirrt durch dieses Schauspiel begab sich Sofia zum Regierungsgebäude, wo sie sich mit Victor Hugues treffen wollte. In seinem Amtszimmer traf sie aber nur Sieger an, der, eine Flasche Zuckerrohrschnaps neben sich, in einem Sessel saß. Der Geschäftsagent empfing sie mit fröhlichem Getue und knöpfte sich den Rock zu: »In der Tat eine schöne Kapuzinade, meine Verehrte!

Pfarrer für alle Gemeinden! Nonnen für alle Hospitäler! Die Zeiten der Prozessionen brechen wieder an! Wir haben das Konkordat! Paris und Rom umarmen sich! Die Franzosen werden wieder katholisch. In der Kapelle der Grauen Schwestern findet ein Dankgottesdienst statt. Dort treffen Sie alle Herren der Regierung an, wie sie in ihrer besten Uniform unter den kirchlichen lateinischen Brocken die Köpfe senken: *Preces nostrae, quaesumus, Domine, propitiatus admitte.* Und wenn man sich dann überlegt, daß über eine Million Menschen gestorben ist, um das zu zerstören, was uns heute wieder vorgesetzt wird!« ... Sofia ging wieder auf die Straße hinaus. Aus dem Schiff der Mönche stiegen noch immer Reisende an Land, die große rote und grüne Schirme aufspannten, indes die schwarzen Lastträger sich Bündel und Taschen auf die Köpfe luden. Vor Hauguards Gasthof stellten einige Pfarrer ihr verstreutes Gepäck zusammen und trockneten sich mit großen karierten Taschentüchern den Schweiß vom Gesicht. Da geschah plötzlich etwas Merkwürdiges: Zwei Sulpizianer, die als letzte das Schiff verlassen hatten, wurden von ihren Brüdern mit wütendem Geschimpf empfangen. »Eidesverpflichtete!« schrien die anderen ihnen zu. »Judasse! Judasse!« Und Ananasschalen, die man aus dem Bach heraufgeholt hatte, und Steine und Unrat begannen auf die beiden herabzuregnen. »Fort mit euch! Schlaft im Urwald! Eidesverpflichtete! Eidesverpflichtete!« Und da die gar nicht feigen Sulpizianer, Hiebe und Tritte austeilend, in den Gasthof zu gelangen versuchten, entstand um sie her ein drohender Strudel schwarzer Kutten. Jetzt standen die Priester, die den Eid auf die revolutionäre Verfassung geleistet hatten, mit dem Rücken an der Hauswand und antworteten verwirrt auf die Angriffe, die ihnen entgegengeschleudert wurden von den ›Unbezwungenen‹, den ›wirklichen Pfarrern‹, denen das Konkordat auf einmal das Prestige von Soldaten Christi, von Widerstandskämpfern in harter Verfolgungszeit, Zelebranten heimlicher Messen und würdigen Nachkommen der Diakone der Katakomben verliehen hatte. Wachsoldaten eilten herbei und zerstreuten die Kirchenleute mit Kolbenstößen. Es schien, als wäre die Ordnung wiederhergestellt, da trat ein junger Priester aus einer nahen Fleischerei heraus und goß einen Eimer frisches Blut — von einem gerade geschlachteten Stück Vieh — über die beiden Sulpizianer, die jetzt eine Aureole in Gestalt eines großen roten Flecks bekamen, der, nachdem er sich an ihren Körpern gebrochen hatte, an der weißen Fassade in ekelhaftem Gerinnsel und Spritzern kleben blieb. Wieder erdröhnten laut die Glocken. Nach dem Dankgottesdienst verließ Victor Hugues, gefolgt von den Beamten seiner Regierung, die Kapelle der Grauen Schwestern ... »Hast du's schon erfahren?« fragte er Sofia, als er sie im Regierungsgebäude traf. »Das ist alles ziemlich grotesk«, erwiderte sie und erzählte ihm von dem Zwischenfall mit den Sulpizianern. »Ich werde veranlassen, daß man sie wieder zurückschafft: hier wird man ihnen das Leben unmöglich machen.« — »Mir scheint, es wäre deine Pflicht, sie zu beschützen«, sagte Sofia. »Sie müßten dir lieber sein als die anderen.« Victor zuckte die Achseln: »Sogar in Frankreich will keiner mehr etwas von eidesverpflichteten Pfarrern wissen.« — »Du riechst nach Weihrauch«, entgegnete sie ... Sie kehrten zum Landgut zurück und sprachen unterwegs nur wenig. Als sie anlangten, trafen sie ›die Billauds‹ an — so wurden sie genannt —, die seit der Mittagsstunde in Begleitung ihres treuen Hundes mit Namen Patience hier auf sie warteten. Sie kamen oft für mehrere Tage zu Besuch, ohne sich vorher anzumelden. »Wieder einmal nützen Philemon und Baucis eure Gastfreundschaft aus«, sagte der Schreckliche von einst, ein Bild gebrauchend, das ihm teuer war, seit er mit seiner Dienerin Brigitte in ehelicher Bindung zusammenlebte. Sofia hatte während der letzten Monate beobachten können, daß sich Baucis' Autorität im Haushalt Philemons immer mehr durchsetzte. Die recht aufgeweckte Negerin umgab Billaud-Varenne mit einer Betulichkeit, die sich in lauten Ausrufen der Bewunderung und des Erstaunens über seine Worte und Taten äußerte. Von den Nachbarn seines in Orvilliers nahe der Küste gelegenen kleinen Gutes gehaßt, war der ehemalige Präsident des Nationalkonvents seit einiger Zeit jähen moralischen Depressionen unterworfen. Viele in der Kolonie schickten ihm anonym die Pariser Zeitungen, in denen sein Name von Zeit zu Zeit noch mit Grauen erwähnt wurde. Traf eine solche Zeitung ein, geriet Billaud-Varenne in

Verzweiflung und rief, er sei das Opfer schrecklicher Verleumdungen, und niemand vermöchte offenbar die historische Rolle zu begreifen, die er gespielt habe, und keiner zeige Teilnahme an seinen Leiden. Brigitte hatte, wenn sie ihn hilflos und weinerlich antraf, einen Satz parat, der wie kein anderer geeignet war, ihn wieder aufzurichten: »Wie denn, Herr, nachdem du so viele Gefahren überstanden hast, läßt du dich jetzt so sehr von denen beeindrucken, die dieses Zeug schreiben?« Dann überzog wieder ein Lächeln Billauds Gesicht. Und um den Preis dieses Lächelns schaltete und waltete Brigitte auf dem kleinen Gut in Orvilliers nach eigenem Ermessen, hochmütig gegenüber der Dienerschaft, herrisch im Verkehr mit den Knechten, wachsam und unermüdlich, sich um alles kümmernd, zur Herrin über einen Besitz aufgestiegen, dessen Ertrag sie mit erstaunlichem Geschick verwaltete... Sofia fand sie in der Küche, wo sie wie bei sich zu Hause Anweisungen gab, um die Vorbereitungen des Abendessens zu beschleunigen. Sie trug ein Kleid, wie Cayenne kein besseres zu bieten hatte, und goldene Armreifen und Armbänder aus Filigranarbeit. »O Liebste!« rief die Negerin aus und ließ den hölzernen Schöpflöffel los, mit dem sie gerade eine Soße gekostet hatte, um zu sehen, ob sie schon fertig war. »Wunderschön bist du heute wieder! Da muß er sich ja jeden Tag mehr in dich verlieben!« Sofia antwortete mit einer ausweichenden Grimasse. Gewisse Vertraulichkeiten Brigittes, die sie allzusehr in die Position der Geliebten eines mächtigen Mannes versetzten, behagten ihr nicht. »Was gibt es zu essen?« fragte sie, wobei sie, obwohl sie ›la petite Brigitte‹ sehr schätzte, nicht den Tonfall der Hausherrin unterdrücken konnte, die sich an ihre Köchin wendet... Im Salon hatte sich Billaud-Varenne gerade vom Konkordat und von den Vorfällen erzählen lassen, die sich am Morgen in Cayenne zugetragen hatten. »Das hat gerade noch gefehlt!« rief er, mit den Fäusten im Takt der Worte auf ein englisches Marketerietischchen klopfend. »Jetzt versinken wir langsam in der Scheiße!«

45

Wie ein lang dahinrollender schrecklicher Sommerdonner, der den Zyklonen vorauseilt, die den Himmel schwärzen und Städte in Trümmer legen, hallte durch den weiten karibischen Raum die barbarische Nachricht, die ein großes Geschrei auslöste und Brandfackeln entzündete: Das Gesetz vom 30. Floréal des Jahres X war veröffentlicht worden, das in den französischen Kolonien in Amerika die Sklaverei wieder einführte und den Erlaß vom 16. Pluviôse des Jahres II aufhob. Ungeheure Freude brach aus bei Grundbesitzern und Gutsherren, die sehr schnell erfahren hatten, was sie anging — so schnell, daß die Kunde den Schiffen vorausgeeilt sein mußte —, und die außerdem vernahmen, daß man zum Kolonialsystem der Zeit vor 1789 zurückkehren und somit ein für allemal mit den humanitären Mätzchen der verdammten Revolution Schluß machen würde. Auf Guadeloupe, auf Dominica, auf der Insel Marie-Galante wurde die Nachricht mit Salutschüssen und Festbeleuchtung begrüßt, während Tausende von ›*ci-devant* freien Bürgern‹ unter einem Hagel von Stockschlägen und Peitschenhieben wieder in ihre alten Baracken geführt wurden. Die ›Großen Weißen‹ von einst streiften, von Hundemeuten gefolgt, über die Felder auf der Suche nach ehemaligen Sklaven, die man den Aufsehern mit Ketten um den Hals übergab. So groß war die Furcht vor einer möglichen Verwechslung angesichts dieser rücksichtslosen Jagd, daß viele Freigelassene aus der monarchischen Epoche, die Geschäfte und kleine Ländereien besaßen, ihr Vermögen zusammenlegten, um nach Paris auszureisen. Aber beizeiten noch wurde ihr Plan vereitelt durch einen neuen Erlaß, den vom 5. Messidor, der allen Farbigen die Einwanderung nach Frankreich untersagte. Bonaparte war der Ansicht, daß sich schon mehr als genug Neger im Mutterland befänden — er fürchtete, ihre große Zahl könnte dem europäischen Blut eine schädliche Farbe verleihen, »jene Tönung, die sich seit dem Einfall der Mauren in Spanien verbreitet hatte« . . . Victor Hugues erhielt die Nachricht eines Morgens in seinem Amtszimmer im Regierungsgebäude, als gerade Sieger bei ihm war. »Da wird es wieder zu einer allgemeinen Negerflucht kommen«, meinte der Geschäftsagent. »Wir werden ihnen keine Zeit dazu lassen«, erwiderte Victor. Und sogleich sandte er dringende Botschaften an die Plantagenbesitzer in der Nähe und an die militärischen Führer und bestellte sie zu einer geheimen Besprechung, die am nächsten Tag stattfinden sollte. Es ging darum, unverzüglich zu handeln und das Gesetz vom Floréal erst bekanntzumachen, wenn die Sklaverei praktisch schon wieder eingeführt war ... Nachdem man in wilder Freude, die fast in sofortige Ausschreitungen ausgeartet wäre, einen Aktionsplan umrissen hatte, wartete man auf die Stunde der Abenddämmerung. Die Stadttore wurden geschlossen und die in der Nähe gelegenen Güter von Truppen besetzt, und als um acht Uhr ein Kanonenschuß abgefeuert wurde, sahen sich auf einmal alle Neger, die durch den Erlaß vom 16. Pluviôse freie Menschen geworden waren, von Gutsbesitzern und Soldaten umzingelt, die sie gefangennahmen und zu einer Stelle ebenen Geländes am Ufer des Mahury führten. Um Mitternacht standen dort mehrere hundert zitternde, entgeisterte Neger zusammengedrängt, die sich nicht erklären konnten, was dies alles bedeuten sollte. Wer sich aus der schwitzenden, eingeschüchterten Menschenmasse lösen wollte, wurde mit Fußtritten und Kolbenhieben zurückgetrieben. Schließlich erschien Victor Hugues. Er stieg — im Schein von Fackeln, damit ihn alle sehen konnten — auf ein Weinfaß, entrollte langsam das Dokument, auf dem der Gesetzestext geschrieben stand, und las diesen in feierlichem, getragenem Ton vor. Von denen, die am besten verstehen konnten, sogleich ins lokale Kauderwelsch übersetzt, eilten die Worte von Mund zu Mund bis hinter zu den letzten Reihen. Anschließend teilte man den Anwesenden mit, daß diejenigen, die sich weigerten, die alte Sklaverei hinzunehmen, mit den härtesten Strafen zu rechnen hätten. Am nächsten Tag würden ihre Eigentümer kommen, wieder von ihnen Besitz ergreifen und sie zu ihren jeweiligen Gütern, Pflanzungen und Behausungen führen. Diejenigen, die keiner beanspruchte, würden öffentlich zum Verkauf angeboten werden. Ein großes, verkrampftes, verzweifeltes Schluchzen — ein kollektives Geheul ähnlich dem lauten Gebrüll in die Enge getriebener Tiere — stieg von der Masse der versammelten Neger auf, indes die Behördenvertreter sich unter ohrenbetäubendem Trommelschlag zurückzogen ... Aber schon tauchten hier und da Schatten in der Nacht unter und suchten den Schutz des Dickichts und des Urwalds auf. Die nicht beim ersten Fischzug gefangen worden waren, gingen in die Berge, stahlen Pirogen und Boote und fuhren die Flüsse hinauf, fast nackt, ohne Waffen, entschlossen, wieder das Leben ihrer Ahnen zu führen dort, wo die Weißen sie nicht erreichen konnten. Kamen sie an entlegeneren Gütern vorüber, teilten sie den Ihren die Kunde mit, und dann waren es schon zehn, zwanzig mehr, die ihre Arbeit und die Indigo- und Gewürznelkenplantagen im Stich ließen, um die einzelnen Gruppen entlaufener Neger zu verstärken. Und hundert, zweihundert waren es, die, gefolgt von ihren Frauen mit den Kindern auf dem Rücken, in Dschungel und Dickicht verschwanden auf der Suche nach einem Ort, wo sie eine Palisadenbefestigung bauen konnten. Auf ihrer Flucht warfen sie Königskerzensamen in Flüsse und Bäche, damit die Fische, wenn sie vergiftet waren, das Wasser mit den Dünsten ihrer Fäulnis verpesteten. Hinter jenem Gießbach, jenem von Kaskaden benetzten Berg würde wiederum Afrika beginnen; man würde zu den vergessenen Idiomen zurückkehren, zu den Riten der Beschneidung, zu der Anbetung der frühen Götter, die den Göttern des Christentums vorausgegangen waren. Das Dickicht schloß sich hinter Menschen, die den Weg der Geschichte zurückgingen, um jene Zeiten aufzusuchen, in denen die Schöpfung regiert wurde von der fruchtbaren Venus mit den großen Brüsten und dem üppigen Leib, die man in tiefen Höhlen verehrte, wo die noch zögernde Hand ihre ersten Darstellungen von den Geschäften der Jagd und den Festen zu Ehren der Gestirne an die Wand kritzelte ... In Cayenne, in Sinnamary, in Kourou, an den Ufern des Oyapec und des Maroni lebte man in Angst und Schrecken. Alle widerspenstigen und aufwieglerischen Neger wurden zu Tode gepeitscht, gevierteilt, enthauptet, den gräßlichsten Folterqualen unterworfen. Viele hängte man an den Haken der öffentlichen Schlachthäuser an den Rippen auf. Überall machte man zur großen Freude der guten Schützen Jagd auf Menschen inmitten brennender Hütten und Espartograsfelder. Wo so viele Kreuze die von der Deportation hinterlassenen Gräber kennzeichneten, hoben sich jetzt vor Sonnenuntergängen, gerötet von Flammen, die von den Häusern auf die Felder übergegriffen hatten, die düsteren Umrisse der Galgen oder – was noch entsetzlicher war – der dichtbelaubten Bäume ab, an deren Zweigen Trauben von Leichen hingen, denen Geier die Schultern aufgerissen hatten. Cayenne erfüllte wieder einmal sein Schicksal, ein greulicher Fleck Erde zu sein. Sofia, die an einem Freitag erfuhr, was sich am Dienstag davor ereignet hatte, nahm die Nachricht mit Entsetzen auf. Alles, was sie hier, in der vorgeschobenen Bastion der neuen Ideen, vorzufinden gehofft hatte, wurde ihr zu einer unerträglichen Enttäuschung. Sie hatte davon geträumt, sich nützlich machen zu können unter mutigen, gerechten und harten Männern, die nichts von Göttern mehr wußten, weil sie keines Bundes mit dem Himmel mehr bedurften, um sich für fähig zu halten, die Welt zu regieren, die ihnen gehörte; sie hatte geglaubt, an einer Titanenarbeit mitwirken zu können, ohne Furcht vor dem Blut, das vielleicht bei großen Unternehmungen vergossen werden mußte, und sie erlebte jetzt nichts anderes als die allmähliche Wiedereinführung alles dessen, was abgeschafft zu sein schien – alles dessen, was, wie sie die erhabensten Bücher der Epoche gelehrt hatten, abgeschafft sein sollte. Nun folgte auf den Wiederaufbau der Gotteshäuser die neuerliche Gefangenschaft der Geketteten. Und die die Macht hatten, dies zu verhindern auf einem Kontinent, wo man noch retten konnte, was auf der anderen Seite des Ozeans bereits verloren war, taten nichts, um dem ihnen bestimmten Schicksal treu zu bleiben. Der Mann, der auf Guadeloupe England besiegt hatte, der Bevollmächtigte, der nicht zurückgewichen war vor der Gefahr der Entfesselung eines Krieges zwischen Frankreich und den Vereinigten Staaten, ließ sich das abscheuliche Gesetz vom 30. Floréal bieten. Eine hartnäckige, fast übermenschliche Energie hatte er acht Jahre früher daran gewandt, die Sklaverei abzuschaffen, und jetzt bewies er die gleiche Energie bei ihrer Wiedereinführung. Die Frau stand verwirrt der gespaltenen Integrität eines Mannes gegenüber, der imstande war, mit derselben Gleichgültigkeit das Gute wie das Böse zu wirken. Er konnte ebensogut Ormuzd wie Ahriman sein, konnte über die Finsternis wie über das Licht herrschen. Je nach den Zeitläuften konnte er plötzlich zum Widerpart seiner selbst werden. »Man könnte ja meinen, ich wäre der Urheber dieses Gesetzes«, sagte Victor, als er zum ersten Mal aus ihrem Mund eine Reihe harter Vorwürfe hörte, wobei er sich nicht ohne einige Gewissensbisse gleichzeitig daran erinnerte, wieviel er, was seine Machtposition betraf, dem erhabenen Erlaß vom Pluviôse des Jahres II verdankte. »Man könnte eher meinen, ihr hättet alle darauf verzichtet, die Revolution fortzuführen«, sagte Sofia. »Es gab einmal eine Zeit, da wolltest du sie hier nach Amerika hinübertragen.« — »Vielleicht war ich damals noch von Brissot beeinflußt, der die Revolution überallhin tragen wollte. Wenn er aber, mit den Mitteln, über die er verfügte, nicht einmal die Spanier überzeugen konnte, dann werde ich mich nicht anheischig machen, die Revolution nach Lima oder nach Neugranada hinüberzutragen. Einer, der jetzt das Recht hat, für alle zu sprechen (und dabei deutete er auf das Bild Bonapartes, das seit kurzem auf seinem Schreibtisch stand), hat es ja gesagt: *Wir haben den Roman der Revolution beendet; jetzt müssen wir mit ihrer Geschichte beginnen und allein das im Auge haben, was sich bei der Anwendung ihrer Prinzipien als real und möglich erweist.*« — »Es ist sehr traurig, daß man diese Geschichte mit der Wiedereinführung der Sklaverei beginnt«, sagte Sofia. »Es tut mir leid — aber ich bin Politiker. Und wenn die Wiedereinführung der Sklaverei eine notwendige Politik ist, dann muß ich mich dieser Notwendigkeit beugen« ... Der Disput ging weiter, Sofia kehrte angesichts der widerspruchsvollen Haltung, die das Format gewisser Menschen verkleinerte, immer wieder zu denselben Ideen, empörten, ungeduldigen Bemerkungen und Ausdrücken des Zorns zurück, als am Sonntag Sieger in ein erneutes, hitziges Wortgefecht hineinplatzte. »Unglaublich, aber wahr!« rief er schon von der Tür aus im Vorstadtton eines Zeitungsverkäufers. Und er zog einen alten Wintermantel aus, einen verschwitzten Pelzmantel mit mottenzerfressenem Kragen, den er an Regentagen trug — und es regnete tatsächlich in Schauern, die vom Hochland herunterkamen, vielleicht von den unbekannten Fernen her, denen die großen Flüsse entsprangen, vielleicht dorther, wo zwischen Wolken felsige Monolithe aufragten, zu denen noch nie ein Mensch aufgestiegen war. »Unglaublich, aber wahr«, wiederholte er, während er einen riesigen grünen Regenschirm zusammenklappte, der aus Salatblättern gefertigt zu sein schien, »Billaud-Varenne kauft Sklaven. Er ist schon glücklicher Besitzer von Cato, Franche-Montagne, Hippolyte, Nicolas, Joseph, Lindore und von drei Frauen, die für die häuslichen Arbeiten bestimmt sind. Wir machen Fortschritte, Herrschaften, wir machen Fortschritte. Es ist natürlich klar, daß man für alles seine Gründe hat, wenn man einmal Präsident des Nationalkonvents war: *›Ich bin mir sattsam bewußt geworden* (und er ahmte dabei Billauds affektierte Sprechweise nach), *daß die mit vielen Lastern zur Welt gekommenen Neger zugleich der Vernunft und des Gefühls entbehren und keine anderen Normen kennen als die, welche ihnen die Angst auferlegt.‹* « Und der Schweizer lachte, da er glaubte, auf sehr lustige Weise den Ton des Schrecklichen von einst getroffen zu haben. »Lassen wir das«, sagte Victor übelgelaunt und fragte nach Plänen, die Sieger in einer Schweinsledertasche bei sich trug ... Und sehr bald, vielleicht als Auswirkung dieser Pläne, begannen die großen Arbeiten. Hunderte von Negern, die man unter Peitschenhieben auf das Landgut gebracht hatte, schickten sich an, den in erweitertem Umfang dem Urwald abgerungenen Boden zu pflügen, umzugraben und aufzulockern. An dem immer weiter zurückweichenden Saum des Ackerbodens fielen jahrhundertealte Stämme mit Wipfeln, die so dicht von Vögeln, Affen, Insekten und Reptilien bewohnt waren wie die symbolischen Bäume der Alchimie. Es rauchten die gestürzten Giganten, in Brand gesetzt von Feuern, die ihnen in die Eingeweide drangen, ohne die Rinde zu durchbohren; es stapften die Ochsen von den menschenwimmelnden Feldern zur jüngst errichteten Sägemühle, große hölzerne Leiber hinter sich her zerrend, die noch voller Saft und Kraft waren, voller neuer, aus ihren Wunden gewachsener Schößlinge, ungeheure Wurzeln nachschleifend, die sich in die Erde krallten und unter der Axt ihre Glieder einbüßten und Arme von sich warfen, die sich noch an etwas zu klammern schienen. Und man wohnte einem Durcheinander von Flammen, Schlägen, rhythmischen Arbeitsgesängen und Flüchen bei im Umkreis der Zuggespanne, deren Pferde nach der schweren Anstrengung, die das Niederreißen eines Quebrachobaumes mit sich brachte, aus dem Wirrwarr hervortauchten, schweißnaß, das Fell vom Schaum geglättet, das Kummet verschoben, die Nüstern bis auf die Furchen hängend, gegen die ihre Hufe anstampften. Und als genug Holz vorhanden war, wuchsen die Gerüste in die Höhe: auf Pfählen, die mit der Machete geschält worden waren, spannten sich Laufstege und Plattformen, Konstruktionen ankündigend, die nicht so recht auszumachen waren. Eines Morgens entstand jene kreisrunde Galerie, die skeletthaft schon auf eine zukünftige Rotunde hinwies. Ein Turm erhob sich, irgendeinem unbekannten Zweck bestimmt, gerade eben angedeutet durch einen Umriß sich kreuzender Balken. Dort, zwischen den Wasserlilien, waren die Neger damit beschäftigt, den Grund für einen Landesteg zu legen, vor Schmerz aufheulend, wenn sie der Degen eines Rochens traf oder die elektrische Entladung eines Zitterrochens sie in die Luft schleuderte oder der Fangzahn der grauen Muräne sich ihnen so fest wie ein Vorhängeschloß in den Unterleib biß. Ein Stück weiter entstanden Dammaufschüttungen, Freitreppen, Wasserleitungen, Arkaden aus Steinen, die in der Nähe zu finden waren; die Arbeiter stießen sich an den harten Brocken die Hände blutig, und die Meißel wurden schon nach zehn Hammerschlägen schartig, so daß sie immer wieder in die Schmiede wanderten. Überall sah man Bindebalken und Träger, Streben und Kragsteine, überall wurde geklopft und genagelt. Man lebte inmitten von Staub, Gips, Sägemehl, Sand und Steingrieß, ohne daß Sofia sich erklären konnte, worauf Victor hinauswollte mit diesen zahlreichen Vorhaben, die er immer wieder abänderte, indem er von den Linien der Pläne abwich, deren Papierrollen ihm aus allen Taschen quollen. »Ich werde die Natur dieses Landes besiegen«, sagte er. »Ich werde Statuen und Säulengänge errichten, ich werde Wege bahnen und Forellenteiche anlegen, so weit das Auge reicht.« Sofia beklagte es, daß Victor solche Energie verschwendete an den vergeblichen Versuch, in diesem dichten Urwald, der ohne Unterbrechung bis zum Amazonas, vielleicht bis zum Pazifik reichte, die ehrgeizige Kopie eines fürstlichen Parks zu schaffen, dessen Statuen und Rotunden bei der ersten Nachlässigkeit vom Buschdickicht überwuchert werden und der üppigen Vegetation, die unablässig damit beschäftigt war, Steine zu verschieben, Mauern zu zerteilen, Mausoleen zu spalten und alles Gebaute zu vernichten, einzig als Stütze und Nahrung dienen würden. Der Mensch wollte seine winzige Gegenwart beweisen in einem grünen Meer, das von Ozean zu Ozean wie ein Bild der Ewigkeit war. »Zehn Radieschenbeete würden mich glücklicher machen«, sagte Sofia, um den Erbauer zu ärgern. »Mir ist, als hörte ich den ›Devin du village‹ sprechen«, erwiderte Victor, in seine Pläne vertieft.

46

Die Arbeiten gingen in Staub und Morast weiter. Sofia, die den Lärm der Spitzhacken und Sägen, der Flaschenzüge und Hämmer nicht mehr hören konnte, der bis an die Grenzen des Landgutes drang, schloß sich im Haus ein, verschanzt hinter den Falten kürzlich aufgehängter Vorhänge und über Fenster gespannter Umschlagtücher, hinter der Schutzmauer spanischer Wände und Windschirme, indes überall Wachen und Posten patrouillierten, seit die Besitzung einer wirren Vielfalt von Negerdialekten preisgegeben war. Auf der obersten Sprosse einer Stehleiter hockend, auf irgendeinem Teppich ausgestreckt, auf der kühlen Mahagoniplatte eines Tisches liegend, hatte sie die ganze Bibliothek ausgelesen mit Ausnahme der Abhandlungen, die sie nicht ansprachen mit der Stimme ihrer algebraischen Formeln, geometrischen Zeichnungen und allzusehr mit wissenschaftlichen Anspielungen belasteten Abbildungen, deren Gestalten, ein ›A‹ oder ein ›B‹ auf dem Rücken, in Lehrsatzfiguren zu finden waren, welche sie vielleicht zu der Bahn der Sterne oder den wunderbaren Phänomenen der Elektrizität in Beziehung setzten. Deshalb war sie auch dem jungen Sainte-Affrique dankbar dafür, daß er in ihrem Auftrag oft bei dem Pariser Buchhändler Buisson nach interessanten Neuerscheinungen anfragte. Aus Frankreich kam aber in diesen Tagen nichts Bemerkenswertes herüber, abgesehen von Reiseberichten – über Kamtschatka, über die Philippinen, die Fjorde,

Mekka – und Erzählungen von Entdeckungen und Schiffbrüchen, deren Erfolg vielleicht damit zusammenhing, daß die Leute die vielen polemischen, moralisierenden, ermahnenden Schriften, die vielen Selbstverteidigungen, Memoiren, Lobreden und wahren Geschichten von diesem und jenem, wie sie in den letzten Jahren veröffentlicht worden waren, nicht mehr ausstehen konnten. Da die Säulenstümpfe, die Bogenbrücken über künstliche Bäche, die Tempelchen in der Manier von Ledoux, die sich im Umkreis des Hauses abzuzeichnen begannen, ohne sich doch letztlich einer Vegetation aufzuprägen, die viel zu feindselig und störrisch war, um sich Proportionen und geraden Linien unterworfenen architektonischen Stilen zu vermählen – da dies alles Sofia nicht reizte, zog sie sich vor der Wirklichkeit zurück, um im Geist an Bord der Schiffe eines Kapitän Cook, eines La Pérouse auf Reisen zu gehen, wenn sie nicht Lord Macartney auf seinen Fahrten durch die Wüsten der Tatarei folgte. Die für das Verkriechen hinter Büchern günstige Regenzeit ging vorüber, und es kam wieder die Zeit herrlicher Sonnenuntergänge über dem Geheimnis ferner Urwälder. Doch jetzt wirkten diese Abendstunden allzu drückend. Mit ihrem Nachschein kennzeichneten sie das Ende von Tagen ohne Ziel und Zweck. De Sainte-Affrique sagte, hinter diesen schwer zugänglichen Landstrichen erhöben sich wunderbare, von Wassern bedeckte Berge. Sie wußte aber, daß kein Weg dorthin führte und daß im Dschungel zu viele feindliche Wesen hausten, die in ihren Urzustand zurückgefallen waren und den Bogen mit sicherer Hand zu bedienen wußten. Ihre Schritte hatten sie, getrieben von Tatendurst, von der Sehnsucht nach einem nützlichen und erfüllten Leben, in eine Abgeschiedenheit zwischen Bäumen geführt, an den unbedeutendsten und unbekanntesten Ort der Erde. Sie hörte nur von Geschäften reden. Die Wogen der Epoche hatten triumphal, lautstark, grausam an die Ufer eines gestern noch von dem Bild seiner Vizekönigreiche und Generalkapitanate bestimmten Amerika geschlagen und es umzugestalten begonnen, und jetzt versteckten sich diejenigen, die diese Wogen angetrieben hatten und dabei nicht vor den Hilfsmitteln des Blutes zurückgeschreckt waren, hinter Kontobüchern, um die von ihnen ausgelöste Brandung

nicht hören zu müssen. Zwischen verlorenen Kokarden und befleckten Würden trieben die ihr Spiel, die ihre stürmische, kraftvolle Vergangenheit vergessen zu haben schienen. Aus Exzessen — so sagten einige — hatte diese Vergangenheit bestanden. Aber wegen solcher Exzesse würde man sich gewisser Männer erinnern, die jetzt Namen trugen, welche zu hell leuchteten, als daß sie sich ihrem jetzt schwächlichen Bild noch würden anpassen können. Als davon gesprochen wurde, die Kolonie könnte jeden Tag von Holland oder England angegriffen werden, wünschte Sofia, daß es bald geschähe, damit ein Ereignis, so hart es auch sein mochte, die Schläfrigen, die Trägen aus ihrem Krämerdasein und Benefizdenken herausrisse. Andernorts ging das Leben weiter, wandelte sich, beleidigte oder erhöhte den Menschen, veränderte die Stile, den Geschmack, die Sitten, den Rhythmus der Existenz — doch hier war man zu den Lebensformen zurückgekehrt, die vor einem halben Jahrhundert geherrscht hatten. Es war, als hätte sich auf der Welt nichts ereignet. Sogar die Kleider, die die wohlhabenden Siedler trugen, waren, was Tuch und Schnitt betraf, die gleichen wie vor hundert Jahren. Sofia sah sich in der ihr so wohlbekannten stehengebliebenen Zeit des Heute gefangen, das genauso ist wie das Gestern und das Morgen.
Der Sommer verging zögernd, saumselig, seine Hitze steigernd zu einem Herbst hin, der jedem anderen Herbst gleichen würde — als eines Dienstags dem Glockenschlag, der die Neger zur Arbeit rief, ein so langes Schweigen antwortete, daß die Wachen mit Peitschen bewaffnet zu den Unterkunftsbaracken eilten. Aber die Baracken waren leer. Die Wachhunde lagen vergiftet im Schaum ihrer letzten erbrochenen Nahrung. Aus den Ställen geholt, brachen die Kühe zusammen, nachdem sie noch einige Schritte wie trunkene Tiere dahingetaumelt waren. Die Köpfe unter die Krippen gestreckt, die Bäuche aufgebläht, ließen die Pferde Blutströme aus den Nüstern rinnen. Bald stürzten Leute aus den umliegenden Pflanzungen herbei: überall hatte sich das gleiche zugetragen. Die Sklaven hatten, indem sie Zwischenwände so geschickt entfernten, daß kein Mensch etwas hörte, und hier und dort kleine Brände legten, um die Aufmerksamkeit ihrer Wächter abzulenken, in nächtlicher Ar-

beit Tunnel gegraben und waren in den Urwald entkommen. Sofia erinnerte sich jetzt daran, daß in der vergangenen Nacht in der Ferne des Dschungels viele Trommeln gedröhnt hatten. Aber niemand hatte einem Vorgang Beachtung geschenkt, den man mit Indianern in Zusammenhang brachte, die sich irgendeinem barbarischen Ritual hingaben. Da Victor sich in Cayenne aufhielt, wurde in aller Eile ein Bote auf den Weg geschickt. Und die Siedler verwunderten sich in ihrer wachsenden Angst vor dem immer drohender auf ihnen lastenden nächtlichen Dunkel, daß eine ganze Woche verging und der Agent noch immer nicht zurückkehrte. Aber dann tauchte eines Nachmittags auf dem Fluß ein nie gesehenes Geschwader von Schaluppen, flachen Wasserfahrzeugen und leichten Schuten auf mit Truppen, Proviant und Waffen an Bord. Victor Hugues ging sofort auf das Haus zu, rief alle zusammen, die etwas über das Vorgefallene zu berichten wußten, machte sich Notizen und zog die wenigen Landkarten zu Rate, über die man verfügte. Auf einer Generalstabsbesprechung im Kreis von Offizieren erteilte er dann seine Befehle zu einer unbarmherzigen Strafexpedition gegen die Palisadendörfer der Neger, die im Urwald in immer größerer Zahl entstanden. Von einer Tür aus sah Sofia den Mann an, der seine einstige Autorität zurückgewonnen hatte, der knappe, präzise Darlegungen gab, sicher in seinem Auftreten, wieder ganz der militärische Führer früherer Tage. Aber dieser militärische Führer stellte seinen Willen, seinen wiedererlangten Mut in den Dienst eines verabscheuenswürdigen und grausamen Unternehmens. Die Frau machte eine verächtliche Handbewegung und schritt in die Gärten hinaus, wo die Soldaten, die nicht in den zu sehr nach Neger riechenden Baracken kampieren wollten, unter freiem Himmel ihr Biwak aufschlugen. Diese Soldaten unterschieden sich sehr von den ruhigen, sanftmütigen Elsässern, die Sofia bis dahin kennengelernt hatte. Von der Sonne gebräunt, angeberisch, die Gesichter von Narben bedeckt, mit lauter Stimme redend, die Frau mit Augen durchbohrend, die ihr förmlich die Kleider vom Leib rissen, schienen sie einem neuen militärischen Stil zu entsprechen, der trotz seiner Unverschämtheit Sofia gefiel, weil er sich in einem männlich-sicheren Auftreten äußerte.

Durch den jungen De Sainte-Affrique, der, beunruhigt darüber, sie inmitten von solchen Leuten zu sehen, herbeigeeilt war, um ihr als Eskorte zu dienen, erfuhr sie, daß es sich bei diesen Männern um die Überlebenden der Pestepidemie von Jaffa handelte, die, obwohl noch etwas mitgenommen, nach dem ägyptischen Feldzug in die Kolonie entsandt worden waren, weil man glaubte, sie würden sich dem guayanischen Klima besser anpassen können als die Elsässer, die in großer Zahl dahinsiechten. Jetzt betrachtete Sofia voller Erstaunen jene von der Legende umrankten Soldaten, die in hieroglyphenverzierten Gräbern geschlafen und mit koptischen und maronitischen Dirnen gebuhlt hatten und sich rühmten, den Koran zu kennen und Götter mit den Gesichtern von Schakalen und Vögeln verspottet zu haben, deren Statuen noch heute in Tempeln mit riesigen Säulen standen. Ein Hauch des großen Abenteuers begleitete sie, der über das Mittelmeer geweht war, von Abukir, vom Berg Tabor, von Saint-Jean d'Acre her. Sofia wurde nicht müde, diesen und jenen zu fragen, was er gesehen, was er gedacht hatte während dieses ungewöhnlichen Unternehmens, das eine französische Armee an den Fuß der Pyramiden verschlagen hatte. Sofia verspürte Lust, sich neben den Feldküchen niederzusetzen, von der Suppe zu essen, die jetzt mit großen Kellen in die Näpfe gegossen wurde, die Würfel über das Trommelfell rollen zu lassen, auf dem sie knöchern aneinanderprallten, von dem Schnaps zu trinken, den alle in flachen Feldflaschen mit arabischen Schriftzeichen bei sich trugen. »Sie dürfen hier nicht bleiben, Madame«, sagte De Sainte-Affrique, der seit einiger Zeit mit dem eifersüchtigen Gebaren eines Verehrers über Sofia wachte. »Das sind lärmende, vulgäre Kumpane.« Aber die Frau hörte weiter irgendeiner Erzählung, irgendeiner heldischen Aufschneiderei zu und fühlte sich insgeheim geschmeichelt – sie schämte sich dessen nicht –, als sie spürte, daß sie begehrt, im Geist entkleidet und betastet wurde von diesen der biblischen Krankheit entronnenen Männern, die der Erinnerung der Zuhörerin ihre kräftig geschnittenen, harten Gesichter einzuprägen schienen, indes sie ihre Abenteuer ausschmückten... »Bist du zur Marketenderin geworden?« fragte Victor sie barsch, als er sie zurückkommen sah. »Marketenderinnen tun wenigstens etwas«, erwiderte sie. »Etwas tun! Etwas tun! Immer kommst du mir mit derselben Litanei. Als ob ein Mensch mehr tun könnte, als er tun kann!« . . . Victor ging hin und her, erteilte Befehle, bestimmte Einsatzziele, diktierte Anweisungen, die die Ausrüstung der Truppen für den Vormarsch auf dem Fluß betrafen. Fast bewunderte Sofia seine Tatkraft, aber rechtzeitig dachte sie noch daran, was unter diesem Dach vorbereitet wurde: ein großes Negergemetzel. Sie schloß sich in ihr Zimmer ein, um einen plötzlichen Wutanfall zu verbergen, der sich bald in Tränen auflöste. Draußen zündeten die Soldaten des Ägyptenfeldzugs kleine Pyramiden trockener Kokosnußschalen an, um die Mücken zu vertreiben. Und nach einer von allzu vielen Geräuschen, von lästigem Lärm und lautem Lachen erfüllten Nacht erklang im Morgengrauen der Weckruf. Das aus Schaluppen, Barken und Schuten bestehende Geschwader zog, Strudel und Stromschnellen umschiffend, flußaufwärts davon.

Sechs Wochen vergingen. Endlich kehrten im dichten Trommellärm eines Regens, der seit drei Tagen anhielt, mehrere Fahrzeuge zurück. Ihnen entstiegen erschöpfte, vom Fieber befallene Männer, die Arme in der Schlinge, verschmutzt, übelriechend, mit schlammfarbenen Binden umwickelt. Viele von ihnen, die von Indianerpfeilen und Machetehieben der Neger getroffen worden waren, wurden auf Bahren an Land gebracht. Als letzter kam Victor, zitternd, die Beine nachziehend, die Arme auf die Schultern zweier Offiziere gestützt. Er ließ sich in einen Sessel fallen und verlangte Decken und immer neue Decken, um sich darin einzuhüllen. Aber selbst eingehüllt, eingewickelt, in wollene Bettdecken gesteckt, in Ponchos aus Lamahaar eingeschlagen, zitterte er noch. Sofia bemerkte, daß er gerötete, eitrige Augen hatte. Das Schlucken fiel ihm schwer, als wäre sein Hals geschwollen. »Das ist kein Krieg«, sagte er schließlich mit rauher Stimme. »Mit Menschen kann man kämpfen — aber nicht mit Bäumen.« De Sainte-Affrique, dessen Wochen alter Bart bläulich über einer unreinen, grünlichen Haut lag, sprach allein mit Sofia, nachdem er in gierigen Zügen eine Flasche Wein geleert hatte: »Eine Katastrophe. Die Palisadenbefestigungen waren geräumt, aber Stunde für Stunde sind wir in einen Hinterhalt geraten. Es waren immer nur wenige Männer, die sofort wieder verschwanden, als sie mehrere unserer Soldaten getötet hatten. Als wir zum Fluß zurückkehrten, haben sie uns von den Ufern aus mit Pfeilen beschossen. Wir mußten durch Sümpfe waten, bis an die Brust im Wasser. Und dann obendrein noch die ägyptische Krankheit.« Die Soldaten, die die Pest von Jaffa überwunden hatten, schleppten eine geheimnisvolle Krankheit mit sich herum, mit der sie schon halb Frankreich angesteckt hatten, wo die Seuche zahllose Opfer forderte. Die Krankheit war wie ein bösartiges, mit Gelenkschmerzen verbundenes Fieber, das den Körper anfiel und zu den Augen herauskam; die Pupillen entzündeten sich, und die Lider füllten sich mit Eiter. Am nächsten Tag würden noch mehr Kranke, noch mehr Verwundete eintreffen, noch mehr Männer, die besiegt worden waren von den Bäumen des Urwalds und von Waffen, welche mit ihrer vorgeschichtlichen Machart, ihren Spitzen aus Affenknochen, ihren Pfeilen aus Zuckerrohr, ihren Speermessern und ländlichen Macheteklingen der modernen Artillerie getrotzt hatten: »Feuern Sie einmal im Dschungel einen Kanonenschuß ab, und Sie werden sehen, daß da weiter nichts passiert, als daß Ihnen eine Lawine von verfaulten Blättern auf den Kopf fällt.« Auf einer Beratung von Lahmen und Verwundeten wurde beschlossen, Victor zusammen mit denen, die am schwersten verletzt waren, am nächsten Tag nach Cayenne zu schaffen. Sofia, die sich über den Mißerfolg der Expedition freute, holte, unterstützt von dem jungen Offizier De Sainte-Affrique, ihre Kleider aus den Schränken und packte sie in Körbe aus Webzeug, die nach Vetiver dufteten. Sie hatte das Gefühl, daß sie nicht mehr in dieses Haus zurückkehren würde.

47

Die ägyptische Krankheit war auch in Cayenne ausgebrochen. Das Hospital des heiligen Paul-de-Chartres konnte die Kranken schon nicht mehr alle aufnehmen. Man rief die Heiligen Rochus, Prudentius und Carlo Borromeo an, deren man sich zu Seuchenzeiten stets erinnerte. Die Leute verfluchten die Soldaten, die diese neue Pest mitgebracht hatten, welche aus Gott weiß was für einem Mumiengewölbe, aus Gott weiß was für einer Welt von Sphinxen und Einbalsamierten stammte. Der Tod weilte in der Stadt. Er ging von Haus zu Haus und brachte mit der verwirrenden Plötzlichkeit seines Erscheinens immer mehr angsterfüllte Gerüchte und Ratschläge in Umlauf. Es hieß, die Soldaten des Ägyptenfeldzugs hätten, wütend darüber, daß man sie aus Frankreich fortgeschickt, die Bevölkerung ausrotten wollen, um sich dann der Kolonie zu bemächtigen; sie stellten mit Unrat versetzte Salben, Tropfen und Schmieren her, mit denen sie die Fassaden der Häuser kennzeichneten, deren Bewohner die Krankheit bekommen sollten. Man betrachtete alle Flecken mit argwöhnischem Auge. Wer bei Tage die Hand an eine Wand legte, daß die Spur ihres Schweißes daran haften blieb, wurde von den Passanten gesteinigt. Weil er zu schwarze, schmierige Finger hatte, wurde eines Morgens ein Indianer von Leuten, die neben einem Leichnam wachten, mit Stöcken totgeschlagen. Wenn auch die Ärzte versicherten, die Krankheit habe nichts mit der Pest zu tun, so nannten sie schließlich doch alle ›die Geißel von Jaffa‹. Und da man sie erwartete – früher oder später würde sie kommen –, wurde die Ausschweifung mit der Furcht eins. Das gedämpfte Licht der Schlafzimmer lud ein, wen danach begehrte. Im Nebeneinander mit dem Todeskampf suchten sich die Leiber. Man veranstaltete Bälle und Festmähler mitten in der Zeit der Plage. Menschen gaben in einer Nacht aus, was sie in Jahren der Pflichtvergessenheit angehäuft hatten. Wer Louisdors versteckt hatte, obwohl er sich für einen Jakobiner ausgab, warf sie auf den Spieltisch. Hauguard schenkte seine Weine kostenlos an diejenigen Damen der Kolonie aus, die in den Zimmern seines Gasthofs auf Liebhaber warteten. Während die Glocken der Stadt zu Beerdigungen läuteten, erklangen bei Tanz und Gelage bis zum frühen Morgen die Instrumente der Orchester, und man schob die auf die Straße hinausgestellten Bänke und Tische beiseite, um den Särgen Platz zu machen, die auf Leiterwagen, Karren und alten Karossen mit dem aufkommenden Tageslicht vorüberzogen, den Teer ausschwitzend, mit dem man ihre Bretter verschmiert hatte. Zwei vom Dämon besessene Graue Schwestern gaben sich am Kai den Männern hin, während der alte Akadier, der immer häufiger Jesaja und Jeremias zitierte, je deutlicher ihm die Knochen aus der Haut herausschauten, sich auf freien Plätzen und an Straßenecken aufstellte und laut rief, die Zeit, vor dem Gericht Gottes zu erscheinen, sei jetzt gewiß gekommen.

Die Augen verbunden mit dicken, mit Eibischwasser getränkten Binden, wandelte Victor Hugues in seinem Zimmer im Regierungsgebäude wie ein Blinder umher; er klammerte sich an die Rückenlehne der Stühle, stolperte, stöhnte, tastete nach Dingen, die er suchte. Sofia sah ihn an und fand ihn schwächlich, weinerlich, aufgeschreckt durch die Geräusche der Stadt. Trotz des Fiebers, das in ihm brannte, weigerte er sich, im Bett zu bleiben, da er fürchtete, für immer in die Finsternis einzutauchen, die sich über der anderen Finsternis verdichtete, welche er seinen feuchten Binden verdankte. Er berührte, betastete, hob auf, was seine Hände fanden, um zu spüren, daß er lebte. Die ägyptische Krankheit hatte sich in seinem kräftigen Organismus eingenistet mit einer Macht, die nur durch die Macht dessen bekämpft wurde, der ihr Widerstand leistete. »Nicht besser und nicht schlimmer«, sagte der Arzt jeden Morgen, nachdem er sich von der Wirkung irgendeines neuen Medikaments überzeugt hatte. Das Regierungsgebäude war von einem Soldatenkordon abgesperrt, der allen Unbefugten den Zutritt verwehrte. Das Dienstpersonal, die Wachen und die Beamten hatte man ausquartiert, und Sofia war allein mit dem Bevollmächtigten – der darüber klagte, daß seine Knochen steif würden, daß der Schmerz groß, das Brennen der Augen unerträglich sei – allein mit ihm in dem Gebäude, dessen Wände mit Erlassen und Aufrufen bedeckt waren, und wohnte vom Fenster aus den Beerdigungsprozessionen bei. (›*Ils ne mouraient pas tous, mais tous étaient frappés*‹, rezitierte sie in Gedanken, sich an einen Vers von La Fontaine erinnernd, den Victor Hugues ihr im Haus in Havanna vorgelesen hatte, als er ihr eine bessere Aussprache des Französischen beibringen wollte.) Sie wußte, daß sie sich mit ihrem Bleiben einer unnützen Gefahr aussetzte. Sie sah dieser Gefahr aber ins Auge, um sich selber das Schauspiel einer Treue zu bieten, deren sie sich schon nicht mehr ganz sicher war. Angesichts der Furcht des anderen wuchs ihre eigene Persönlichkeit. Nach einer Woche war sie überzeugt, daß die Krankheit nicht auf ihren Körper übergreifen würde. Sie fühlte sich stolz, prädestiniert bei dem Gedanken, daß der Tod, der über das Land herrschte, ihr eine Sonderbehandlung zuteil werden ließ. Jetzt rief man in der Stadt den heiligen Sebastian an, um der Trias von Rochus, Prudentius und Carlo noch einen vierten Fürsprecher hinzuzufügen. *Dies Irae, Dies Illae.* Ein mittelalterliches Schuldgefühl hatte sich in die Köpfe derer eingeschlichen, die sich nur allzugut der eigenen Gleichgültigkeit gegenüber den Greueln von Iracoubo, Conanama und Sinnamary erinnerten — und weil er sie allzu laut daran erinnerte, wurde der alte Akadier mit Stockschlägen von einer Straße in die andere gejagt. Victor, der immer tiefer in seinen Sessel sank und nach Gegenständen suchte in der Nacht seiner Blindheit, redete schon die Sprache der Todkranken: »Ich möchte in meiner Uniform als Kommissar des Nationalkonvents begraben werden«, sagte er. Und er nahm sie mit tastenden Bewegungen aus dem Schrank und zeigte sie Sofia, ehe er sich den Rock über die Schultern warf und den Federbuschhut über die Augenbinden stülpte: »Im Laufe von noch nicht einmal zehn Jahren wurde ich, der ich mein Schicksal selbst zu lenken glaubte, von den anderen, von *jenen*, die immer uns groß und klein machen, auch wenn wir sie gar nicht kennen, auf so viele Bühnen geschickt, daß ich nicht mehr weiß, auf welcher ich eigentlich meine Rolle zu spielen habe. Ich habe so viele Uniformen getragen, daß ich nicht mehr weiß, welche mir zusteht.« Unter großer Anstrengung und pfeifenden Atemlauten wölbte er die Brust vor: »Aber eine ziehe ich doch allen anderen vor: diese hier. Sie wurde mir verliehen von dem einzigen Menschen, den ich einmal über meine eigene Person gestellt habe. Als sie ihn stürzten, habe ich mich selbst nicht mehr begriffen. Seitdem mache ich gar nicht mehr den Versuch, etwas zu begreifen. Ich gleiche jenen Automaten, die Schach spielen, marschieren, Flöte spielen, die Trommelschlegel schwingen, wenn man sie aufzieht. Eine Rolle fehlte mir noch in meinem Repertoire: die des Blinden. Und sie spiele ich jetzt.« Und er setzte mit leiser Stimme, an seinen Fingern ab-

zählend, hinzu: »Bäcker, Kaufmann, Freimaurer, Antifreimaurer, Jakobiner, militärischer Held, Rebell, Gefangener, Losgesprochener von Gnaden derer, die den töteten, der mich groß machte, Agent des Direktoriums, Agent des Konsulats ...« Und seine Aufzählung, für die die Finger nicht mehr ausreichten, ging in ein undeutliches Gemurmel über. Trotz der Krankheit und der Binden gewann Victor, halb als Kommissar des Nationalkonvents gekleidet, etwas von der Jugend, der Kraft, der Härte dessen zurück, der eines Nachts unter dem dröhnenden Lärm der Türklopfer in Havanna in ein Haus einzudringen versucht hatte. Er wurde wieder zu einem Menschen, der vor dem gegenwärtigen Victor Hugues gewesen war — vor dem habgierigen Gouverneur, dem Skeptiker, der jetzt, von Grabeslüften angeweht, seine unnützen Reichtümer, die Nichtigkeit der Ehren und Würden verwünschte und dabei die Ausdrücke eines Leichenredners gebrauchte. »Schön war diese Uniform«, sagte Sofia und strich die Federn des Hutes glatt. »Sie ist aus der Mode gekommen«, erwiderte Victor. »Sie taugt jetzt nur noch als Totenhemd.« Eines Tages wandte der Arzt ein neues Heilmittel an, das in Paris bei der Behandlung der von der ägyptischen Krankheit in Mitleidenschaft gezogenen Augen Wunder gewirkt hatte: dünne Scheiben frischen, blutigen Kalbfleischs. »Du könntest ein Vatermörder aus einer antiken Tragödie sein«, sagte Sofia, als sie den neuen Menschen erblickte, der sie, dem Alkoven entstiegen, in dem man ihn behandelte, an Ödipus gemahnte. Für sie war die Zeit des Mitleids beendet.
Und Victor erwachte ohne Fieber und verlangte nach einem Glas Likör. Seine Binden aus blutigem Fleisch fielen ab, und ein wolkenloses, reines Gesicht kam zum Vorschein. Er war erstaunt, wie benommen, geblendet von der Schönheit der Welt. Er ging auf und ab, rannte, hüpfte durch die Räume des Regierungsgebäudes nach seinem Abstieg in die Nacht der Blindheit. Er sah die Bäume an, die Schlingpflanzen, die Katzen, die Dinge, als wären sie gerade erst erschaffen worden und als müsse er, wie Adam, ihnen Namen geben. Die ägyptische Krankheit raffte ihre letzten Opfer hinweg, die eiligst zum Friedhof gekarrt wurden, ohne Glöckchenläuten und Feierlichkeiten, in fröhlichen Beerdigungszügen, die bald ein Ende nahmen. Man

hielt prunkvolle Dankesmessen ab zu Ehren von Rochus, Prudentius, Carlo und Sebastian, wenn auch einige Gottlose, die ihre Bittgebete vergessen hatten, davon zu flüstern begannen, daß man mit einer Schnur Knoblauch um den Hals mehr erreicht habe als mit allen Anrufungen der Heiligen. Von den Salutschüssen der Batterien begrüßt, fuhren zwei Schiffe in den Hafen ein. »Du warst wunderbar«, sagte Victor und gab Anweisungen für die Rückfahrt zum Landgut. Aber die Frau griff, ihn schräg anblickend, nach einem Reisebuch über Arabien, in dem sie während der letzten Tage gelesen hatte, und deutete auf einen Absatz, in dem ein Stück aus dem Koran zitiert wurde: »Die Pest wütete in Dewardan, einer Stadt in Judäa. Der größte Teil der Bevölkerung flüchtete. Gott sagte den Menschen: ›Sterbt.‹ Und sie starben. Jahre danach weckte er sie auf Bitten Ezechiels wieder auf. *Aber alle bewahrten auf ihren Gesichtern die Spuren des Todes.*« Sie machte eine Pause und fuhr dann fort: »Ich bin es müde, unter Toten zu leben. Daß die Pest die Stadt verlassen hat, ist nicht wichtig. Ihr habt schon vorher die Spuren des Todes auf dem Gesicht getragen.« Und sie sprach, sprach sehr lange, ihm den Rücken zukehrend, daß ihre dunkle Silhouette sich vom hellen Rechteck eines Fensters abhob – sprach von ihrem Entschluß, von Cayenne fortzugehen. »Du willst nach Hause zurückkehren?« fragte Victor entgeistert. »Nie werde ich in ein Haus zurückkehren, das ich auf der Suche nach einem besseren verlassen habe.« – »Und wo ist das bessere Haus, das du jetzt suchst?« – »Ich weiß es nicht. Dort, wo die Menschen anders leben. Hier riecht alles nach Leichnam. Ich will zur Welt der Lebenden zurückkehren, zur Welt derer, die an etwas glauben. Ich erwarte nichts von denen, die selber nichts erhoffen.« Im Regierungsgebäude wimmelte es von Dienstboten, Wachen, Beamten, die sich erneut auf ihre Posten begaben. Das Licht, das wieder durch die von Vorhängen befreiten Scheiben hereinfiel, fing winzige Stäubchen ein, die in schrägen Säulen zu den Fenstern aufstiegen. »Jetzt«, sagte sie, »wirst du eine zweite Expedition in den Urwald unternehmen. Es kann gar nicht anders sein. Dein Amt erfordert es. Du bist es deiner Autorität schuldig. Ich aber werde ein derartiges Schauspiel nicht mehr mit ansehen.« – »Die Revolution hat mehr als einen verwirrt«, sagte Victor. »Das ist vielleicht das Herrlichste, was die Revolution getan hat: mehr als einen zu verwirren«, entgegnete Sofia, die schon ihre Kleider abzuhängen begann. »Ich weiß jetzt, was man zurückweisen und was man annehmen muß.« Ein weiteres Schiff, das dritte an diesem Morgen, wurde von den Batterien begrüßt. »Es sieht aus, als hätte ich sie gerufen«, sagte Sofia. Victor schlug mit der Faust an die Wand. »Nun such endlich deinen Kram zusammen und geh, wohin du willst!« rief er. »Danke«, erwiderte Sofia. »So gefällst du mir besser.« Da packte der Mann sie an den Armen, zerrte sie, wobei er ihr weh tat, quer durchs Zimmer und schob sie weiter, bis er sie mit einem Stoß aufs Bett schleuderte. Er warf sich über sie und besaß sie, ohne Widerstand brechen zu müssen: was sich ihm bot, war ein kalter, lebloser, entrückter Körper, der sich allem fügte, wenn es nur schnell vorüberging. Er sah sie an, wie er sie früher in solchen Augenblicken angesehen hatte, die Augen so nahe, daß sich ihr Blick verschmolz. Sie wandte das Gesicht ab. »Ja, es ist besser, wenn du gehst«, sagte Victor und ließ sich zur Seite rollen, keuchend noch, unbefriedigt, von einer ungeheuren Traurigkeit erfüllt. »Vergiß nicht den Geleitbrief«, sagte Sofia ruhig und rutschte nach der anderen Seite des Bettes, wo der Sekretär mit den Formularen stand: »Warte, das Tintenfaß ist leer.« Sie strich sich noch ihre Strümpfe glatt, ordnete ihre Kleider, ergriff ein Fläschchen, tauchte die Feder hinein und reichte sie Victor. Dann fuhr sie fort, Sachen von Haken abzuhängen, und beobachtete dabei, wie der Mann mit zorniger Hand das Schriftstück ausfüllte. »Dann ist das also das Ende?« fragte Victor noch. »Es bleibt uns nichts?« – »Doch – einige Bilder der Erinnerung«, erwiderte Sofia. Der Bevollmächtigte ging zur Tür. Er rang sich ein gräßliches Versöhnungslächeln ab: »Willst du also nicht mitkommen?« Und als sie schwieg: »Gute Reise!« Und er stieg mit lautem Schritt die Treppe hinunter. Unten wartete eine Kutsche auf ihn, die ihn zur Anlegestelle bringen sollte ... Sofia blieb allein zurück, ihren verstreuten Kleidern überlassen. Ihr Blick, der über die Atlasseide und die Spitzen wanderte, blieb an der Uniform des Kommissars des Nationalkonvents haften, die Victor ihr in den Tagen seiner Blindheit gezeigt hatte. Über einen Sessel mit zerrissenem Bezug gebreitet, mit den nebeneinander liegenden Hosenbeinen, dem Rock mit der blau-weiß-roten Schärpe, dem Hut auf der Stelle, wo die Schenkel gewesen wären, wirkte sie wie eine jener Familienreliquien, die durch ihre von Knochen und Fleisch entblößte Form von der Gestalt eines entschwundenen Menschen sprechen, der zu seiner Zeit eine große Rolle gespielt hat. So stellte man in den Städten Europas die Kleider illustrer Persönlichkeiten der Vergangenheit zur Schau. Jetzt, da die Welt sich so sehr verändert hatte, daß das ›Es war einmal‹ der Märchenerzähler durch die Begriffe ›vor der Revolution‹ und ›nach der Revolution‹ ersetzt worden war, erfreuten sich die Museen großer Beliebtheit. Um sich wieder an die Einsamkeit zu gewöhnen, gab sich Sofia in jener Nacht dem jungen De Sainte-Affrique hin, der sie seit seiner Ankunft in der Kolonie mit wertherscher Zurückhaltung liebte. Sie wurde wieder Herrin über den eigenen Körper, indem sie durch einen ihrem Willen entsprungenen Akt den Zyklus einer langen Entfremdung schloß. Sie würde von neuen Armen umfangen werden, ehe sie sich am darauffolgenden Mittwoch nach Bordeaux einschiffte.

SIEBTES KAPITEL

›Und siehe, da kam ein großer Wind und stieß auf die vier Ecken des Hauses und warf's auf die jungen Leute, daß sie starben; und ich bin allein entronnen, daß ich dir's ansagte.‹ HIOB I, 19.

Absätze stampften lärmend im Takt von Gitarrenmusik auf den Fußboden des Hauptgeschosses, als der Reisende einen kältestarren Arm aus dem Bündel von Schottenplaids herausholte, in die er eingehüllt war, und den schweren Griff des Türklopfers mit der Figur des Wassergottes in die Höhe hob, der die große Tür zierte, die auf die Calle de Fuencarral hinausging. Hallte der Schlag drinnen auch wie ein Flintenschuß wider, so schwoll der Lärm oben nur noch an, verstärkt durch die übernächtige Stimme eines Vorsängers, die sich vergeblich bemühte, die richtige Melodie zum ›Polo del Contrabandista‹ zu finden. Aber die Hand, von der eiskalten Bronze wie verbrannt, klopfte weiter, indes gleichzeitig ein dicker Stiefel gegen das Holz der Tür stieß, daß der Rauhreif auf die kalte Steinschwelle splitterte. Endlich knarrte ein Türflügel, geöffnet von einem Dienstboten, der dem Reisenden mit einer Lampe ins Gesicht leuchtete. Als der Mann sah, daß das Gesicht den Zügen des Porträts glich, das oben über dem Kopfende eines Bettes hing, ließ er erschrocken den achtunggebietenden Friedensstörer eintreten und erging sich in Entschuldigungen und Erklärungen, wobei dem Fremden weinsäuerlicher Atem entgegenschlug. Er habe den Herrn so zeitig nicht erwartet; hätte er gewußt, daß er so früh eintreffen würde, hätte er ihn bei der Post abgeholt. Heute seien nun, weil man den ersten Januar habe, den Manuelstag – und er heiße mit Vornamen Manuel – heute also seien einige Bekannte vorbeigekommen – brave Leute, wenn auch freilich etwas lebhaft –, um ihn zu überraschen, als er schon zu Bett gegangen war, nachdem er zu Gott gebetet hatte, er möchte den gnädigen Herrn sicher hierherbringen. Ja, und diese Leute hätten sich nichts sagen lassen und einfach zu singen und zu trinken angefangen »von dem Wein, den sie dabei hatten« – wirklich nur von dem Wein, den sie dabei hatten. Der Herr solle doch bitte ein paar Minuten warten, er, Manuel, werde die ganze Gesellschaft über die Lieferantentreppe hinausbefördern ... Den Dienstboten beiseite schiebend, stieg der Reisende die breite Treppe hinauf, die zum Salon führte. Dort, inmitten von Möbelstücken, die von ihrem Platz gerückt worden waren, auf einem Fußboden, dessen Teppiche man aufgerollt vor eine Wand gelegt hatte, ging das lärmende Treiben weiter, unter dem frechen Gehopse draller Gassenmädchen und junger Burschen von der übelsten Sorte, die sich aus großen Gläsern Wein in die Kehle stürzten und nach links und rechts ausspien. An der Zahl der leeren Flaschen, die in den Ecken lagen, ließ sich erkennen, daß das Fest seinen Höhepunkt erreicht hatte. Ein Mädchen pries heiße Kastanien an, die nirgendwo zu sehen waren; ein anderes gab, auf einem Diwan stehend, mit heiserer Stimme das Lied vom Marabu zum besten; einige Schritt weiter fort betastete ein Bursche ziemlich schamlos eine Frau; eine Gruppe Betrunkener umdrängte einen Blinden, der sich gerade mit Begleitkoloraturen zu andalusischen ›Soleares‹ die Kehle rauh geschrien hatte. Ein mit Donnerstimme gebrülltes »Hinaus!« des Dienstboten löste die Gesellschaft auf; alle eilten, im Fluge noch möglichst viele Flaschen ergreifend, die Treppe hinunter, als sie sahen, daß sich aus den Schottenplaids das Gesicht eines Mannes herausschälte, der eine Standesperson sein mußte. Wirkungslose Klagelieder hervorsprudelnd, beeilte sich jetzt der Dienstbote, die Möbel wieder an ihren Platz zu rücken, die Teppiche auszubreiten und die leeren Flaschen fortzuräumen. Dann legte er einige Holzscheite auf das Feuer, das schon seit langem im Kamin brannte, und nahm Besen, Flederwisch und Staubtuch zur Hand, um die Spuren zu tilgen, die der Hausball auf den Sesseln, auf dem Fußboden und sogar auf dem Deckel des Klaviers hinterlassen hatte, der von einer nach Branntwein riechenden Flüssigkeit beschmutzt worden war. »Brave Leute«, keuchte der Dienstbote, »Leute, die nicht fähig sind, etwas mitzunehmen. Aber leider Leute mit ziemlich wenig Bildung. Hier ist das nicht so wie in anderen Ländern, wo man den Menschen Respekt beibringt vor ...« Von seinem letzten Umhang befreit, näherte sich der Reisende schließlich dem Feuer und verlangte eine Flasche Wein. Als sie ihm gebracht wurde, konnte er feststellen, daß sie von ebender Sorte war, von der die ungebärdige Gesellschaft getrunken hatte. Aber er ließ sich nichts anmerken: sein wandernder Blick war gerade an einem Bild haftengeblieben, das er gut kannte. Es war das Gemälde, das eine gewisse ›Explosion in der Kathedrale‹ darstellte; man hatte den Riß, der ihm einmal zugefügt worden war, nur mangelhaft geklebt, so daß dort, wo die Wunde geklafft hatte, die Leinwand Falten schlug. Gefolgt von dem Dienstboten, der einen großen Leuchter mit neuen Kerzen in der Hand trug, betrat er das anstoßende Zimmer, die Bibliothek. Zwischen den Bücherregalen hing an der Wand eine von Helmen und Sturmhauben italienischer Machart gekrönte Waffensammlung, der einige Stücke fehlten, die, wie man an den verbogenen Haken erkennen konnte, offenbar mit äußerster Gewalt abgerissen worden waren. Zwei Lehnstühle standen noch wie zu einem Gespräch zu beiden Seiten eines schmalen Tisches, auf dem ein aufgeschlagenes Buch lag neben einem halb geleerten Glas, dessen Malagawein beim Austrocknen am Kristall seine Farbe hinterlassen hatte. »Wie ich dem gnädigen Herrn zu schreiben die Ehre hatte, ist seitdem hier nichts mehr berührt worden«, sagte der Dienstbote, der eine weitere Tür öffnete. Jetzt stand der Reisende in dem Zimmer einer Frau, die vor kurzem das Bett verlassen hat. Auch hier war nichts verändert worden. Die Decken waren noch vom morgendlichen Gliederrecken zerknüllt, und man erriet, daß das Ankleiden in Eile vor sich gegangen war, denn das Nachthemd lag auf dem Boden, und man erblickte einen Wirrwarr verstreuter Kleider, die man aus dem Schrank herausgeholt und unter denen man gewiß das ausgesucht hatte, das jetzt fehlte. »Es war tabakfarben, mit Spitzen daran«, sagte der Dienstbote. Die beiden Männer traten auf eine Flurgalerie hinaus, deren Außenfenster milchig von Rauhreif überzogen waren. »Das war das Zimmer von ihm«, sagte der Dienstbote, während er nach einem Schlüssel suchte. Was der Fremde nun erblickte, war ein schmales, mit fast strenger Nüchternheit ausgestattetes Gemach. Sein einziges Schmuckstück, ein Wandteppich gegenüber dem Bett, stellte ein anmutiges Affenkonzert dar mit Musikanten, die Spinett, Cello, Querflöte und Trompete spielten. Auf einem Nachttisch sah man mehrere Arzneifläschchen sowie einen Wasserkrug und einen Löffel. »Das Wasser mußte ich ausgießen, weil es faulig wurde«, sagte der Dienstbote. Alles war hier aufgeräumt und sauber wie auf einer Soldatenstube. »Er hat immer selbst sein Bett gemacht und seine Sachen geordnet. Er wollte nicht, daß das Personal sein Zimmer betrat, auch nicht, wenn er krank war.« Der Reisende ging in den Salon zurück. »Erzählen Sie mir, was an jenem Tag geschah«, sagte er. Doch der Bericht, den der andere ihm erstattete, war recht dürftig, obwohl der Mann sich alle Mühe gab und das mit dem Hausball und dem Wein vergessen zu machen versuchte mit einem Schwall von Worten und darin eingeflochtenen maßlosen Lobeshymnen auf die Güte, Großzügigkeit und Vornehmheit der Herrschaften. Was er zu sagen wußte, stand schon in einem Brief, den er vorher abgesandt hatte, wobei er sich der Handschrift eines öffentlichen Schreibers bediente, der, ohne den Fall selbst zu kennen, Bemerkungen aus eigener Erfindung hinzugefügt hatte, die mit ihren Hypothesen ein viel deutlicheres Bild zeichneten als die wenigen Tatsachen, an die sich der Lakai erinnerte, der im Grunde fast nichts wußte. Von der Begeisterung gepackt, die an jenem Morgen die Straßen erfüllte, hatte die Dienerschaft Küchen, Waschzuber, Vorratskammern und Remisen im Stich gelassen. Dann waren die einen zurückgekommen, die anderen nicht ... Der Reisende bat um Papier und Feder und notierte die Namen derer, die aus irgendeinem Grund etwas mit den Herrschaften des Hauses zu tun gehabt hatten, die Namen von Ärzten, Lieferanten, Friseusen, Schneiderinnen, Buchhändlern, Tapisseriewarenhändlern, Apothekern, Parfümeriehändlern, Kaufleuten und Handwerkern, und verschmähte auch den Hinweis nicht, daß eine Fächermacherin oft gekommen war, um ihre Fächer anzubieten, noch den Umstand, daß ein Barbier, dessen Geschäft ganz in der Nähe lag, genau Bescheid wußte über das Leben und Treiben aller Leute, die im Laufe der letzten zwanzig Jahre in der Calle de Fuencarral gewohnt hatten.

Aus dem, was er in Läden und Werkstätten erfuhr, was er in einer nahen Taverne hörte, wo im Feuer des Branntweins viele Erinnerungen aufgefrischt wurden, aus dem, was ihm Personen der verschiedensten Stände erzählten, begann sich allmählich stückweise eine Geschichte zusammenzufügen, mit vielen Lücken und abgerissenen Kapiteln in der Manier einer alten Chronik, die teilweise wiedererstand aus einer Vielzahl verstreuter Fragmente . . . Das Haus der Gräfin von Arcos war – der Darstellung eines Notars zufolge, der, ohne es zu wissen, als Prologdichter des Flickwerks fungierte – lange Zeit unbewohnt gewesen, nachdem sich in dem Gebäude seltsame und aufsehenerregende Gespenstererscheinungen ereignet hatten. Die Zeit verging, und das schöne Herrenhaus stand leer, durch seine eigene Legende von seiner Umgebung abgetrennt, indes sich die Lieferanten des Viertels sehnsüchtig der Tage erinnerten, da die Feste und Bälle, die die Herrschaften gaben, zu splendiden Bestellungen von Dekorationsschmuck, Beleuchtungsartikeln, feinen Eßwaren und köstlichen Weinen geführt hatten. Deshalb wurde auch der Abend, an dem die Fenster des Hauses sich wieder erhellten, als ein Ereignis begrüßt. Die Nachbarn kamen neugierig näher, als sie ein geschäftiges Hin und Her von Dienern beobachteten von den Remisen bis hinauf zum Dachboden – Koffer wurden hinaufgeschleppt und Bündel und neue Lüster an die kahlen Plafonds gehängt. Am nächsten Tag erschienen die Anstreicher, die Tapezierer, die Stukkateure mit ihren Leitern und Gerüsten. Ein frischer Wind wehte durch die Räume und verscheuchte Hexengerüche und Zauberkünste. Helle Vorhänge heiterten die Salons auf, während zwei herrliche Füchse von einem Pferdeknecht in Livree in den Stall geführt wurden, der nun wieder nach Heu, Hafer und Platterbsen roch. Man erfuhr sodann, daß eine kreolische Dame, die wenig Furcht vor Phantomen und Poltergeistern an den Tag legte, das Haus gemietet habe . . . An dieser Stelle spann eine Spitzenmacherin aus der Calle Mayor die Chronik weiter: Bald war die Herrin der Casa de Arcos, wie das Haus noch immer hieß, als ›die Kubanerin‹ bekannt. Sie war eine schöne Frau mit großen, dunklen Augen, die allein lebte und weder Besuche empfing noch zu den Leuten der Hauptstadt Beziehungen anknüpfte. Ihr Gesicht war von einem ständigen Kummer überschattet, aber sie suchte nicht die Tröstungen der Religion, denn man bemerkte, daß sie nie zur Messe ging. Sie war reich, wenn man nach der Zahl ihrer Dienstboten und dem Aufwand ihres Haushalts urteilen durfte. Dennoch ging sie meist schlicht gekleidet, wenn sie auch beim Kauf einer Spitze oder bei der Auswahl eines Stoffes immer das Beste verlangte und sich nicht am Preis störte . . . Von der Spitzenmacherin, aus der nichts weiter herauszubekommen war, ging es nun zu den Erzählungen Pacos, des Gitarre spielenden Barbiers über, dessen Laden zu den bekanntesten Klatschecken der Stadt zählte: Die ›Kubanerin‹ war nach Madrid gekommen wegen der Regelung einer sehr delikaten Angelegenheit: sie wollte die Begnadigung eines Vetters erreichen, der seit Jahren in Ceuta eingekerkert war. Man sagte, dieser Vetter sei in den spanischen Besitzungen in Amerika als Verschwörer und Freimaurer tätig gewesen. Er sei ein Französling, der sich den Ideen der Revolution verschrieben und aufrührerische Schriften und Lieder gedruckt hatte zu dem Zweck, in den Kolonien die Autorität des Königs zu untergraben. Die ›Kubanerin‹ selber schien etwas von einer Verschwörerin und Atheistin zu haben, wo sie so zurückgezogen lebte; sie wollte nichts wissen von Prozessionen, die an der Casa de Arcos vorüberzogen, und nicht einmal, wenn das Allerheiligste vorbeigetragen wurde, zeigte sie sich am Fenster. Man munkelte schließlich, in der Casa de Arcos habe man die gottlosen Säulen einer Loge errichtet, und man veranstalte dort schwarze Messen. Doch die Polizei, die durch das Gerede aufmerksam geworden war und das Haus mehrere Wochen hindurch überwacht hatte, mußte zu guter Letzt feststellen, daß dort weder verschwörerische noch gottlose, noch freimaurerische Zusammenkünfte stattfinden konnten, einfach deshalb, weil dort niemand zusammenkam. Die Casa de Arcos, geheimnisumwittert wegen ihrer Gespenster und Kobolde von einst, blieb geheimnisumwittert auch jetzt, da in ihr eine schöne Frau wohnte, der die Männer heiße Blicke zuwarfen, wenn sie einmal zu Fuß ein nahe gelegenes Geschäft besuchte oder vor

Weihnachten Toledo-Marzipan einkaufte in der Gegend um die Plaza Mayor ... Jetzt erhielt ein alter Arzt das Wort, der eine Zeitlang die Casa de Arcos häufig besucht hatte: er war gerufen worden, um sich eines Mannes anzunehmen, dessen an sich gesunde Konstitution sehr stark gelitten hatte durch den Aufenthalt im Zuchthaus von Ceuta, aus dem er durch einen königlichen Gnadenerweis gerade entlassen worden war. An den Beinen trug er noch die Spuren, die die Fußschellen hinterlassen hatten. Er klagte über Wechselfieber und auch ein aus der Kindheit herrührendes Asthma, das ihn manchmal quälte, obschon die Anfälle an Heftigkeit nachließen, wenn er Zigaretten rauchte, die in Datura-Blütenblätter gewickelt waren, welche ein Apotheker im Tribulete-Viertel aus Kuba bezog. Einer auf seine Kräftigung ausgerichteten Behandlung unterworfen, hatte er langsam seine Gesundheit wiedererlangt. Der Arzt wurde dann nicht mehr in die Casa de Arcos gerufen ... Nun kam ein Buchhändler zu Wort: Esteban wollte nichts von Philosophie und nichts von den Arbeiten der Wirtschaftler und nichts von den Schriften wissen, die von der Geschichte Europas in den letzten Jahren handelten. Er las Reiseberichte; er las die Dichtungen Ossians, den Roman von den Leiden des jungen Werther, neue Übersetzungen Shakespeares, und ganz besonders begeistert hatte er sich für ›Le Génie du Christianisme‹, ein Werk, das er als »einfach außergewöhnlich« bezeichnet und in Samt hatte einbinden lassen, mit einer kleinen goldenen Schließe, wie man sie bei Büchern benutzt, auf deren Seiten man persönliche Bemerkungen an den Rand schreibt, die kein anderer lesen soll. Carlos, der das Buch von Chateaubriand gelesen hatte, vermochte sich nicht zu erklären, was Esteban, einen Atheisten, an diesem der Einheitlichkeit ermangelnden, bisweilen recht wirren und für einen des wahren Glaubens entbehrenden Menschen wenig überzeugenden Text gefunden hatte. Er suchte das Werk überall und fand schließlich einen seiner sieben Bände im Zimmer Sofias. Er blätterte darin und stellte zu seiner Überraschung fest, daß diese Ausgabe in ihrem zweiten Teil eine romanhafte Erzählung mit dem Titel ›René‹ enthielt, die in einer jüngeren Auflage, welche er, Carlos, in Havanna erworben hatte, offenbar gestrichen worden war. Und während die übrigen Seiten keinerlei Zeichen oder Notizen aufwiesen, waren in dieser Erzählung zahlreiche Sätze und Absätze mit roter Tinte unterstrichen: ›*Dieses Leben, das mich zuerst gereizt hatte, wurde mir bald unerträglich. Ich wurde der ständigen Wiederholung derselben Szenen und Bilder überdrüssig, und ich begann mein Herz zu erforschen, mich zu fragen, was ich ersehnte . . . Ohne Eltern, ohne Freunde, sozusagen allein auf der Welt, und ohne je geliebt zu haben, wurde ich von einer Überfülle des Lebens niedergedrückt . . . Ich stieg ins Tal hinab, stieg zum Berg empor und rief mit der ganzen Kraft meines Verlangens den idealen Gegenstand einer zukünftigen Flamme herbei . . . Man muß sich vorstellen, daß sie der einzige Mensch auf der Welt war, den ich geliebt hatte, und daß alle meine Gefühle in ihr zusammenflossen und sich mit der Süße meiner Kindheitserinnerungen verbanden . . . Eine Regung des Mitleids hatte sie zu mir zurückgerufen . . .*‹ Ein Argwohn begann in Carlos aufzukeimen. Und jetzt erkundigte er sich bei einer Zofe, die eine Zeitlang Sofia gedient hatte, und stellte ihr vorsichtige Fragen, die, ohne größeres Interesse für die Umstände zu offenbaren, die Frau vielleicht zu einer vertraulichen Mitteilung veranlaßten, welche manches erklärte: Nein, man konnte nicht daran zweifeln, daß Sofia und Esteban einander sehr zugetan waren und in einem sehr engen herzlichen und friedlichen Verhältnis zueinander lebten. An den rauhen Wintertagen, wenn die Brunnen des Retiro zugefroren waren, nahmen sie ihre Mahlzeiten in Sofias Zimmer ein, die Sessel dicht an ein Kohlebecken gerückt. Im Sommer unternahmen sie weite Spazierfahrten in der Kutsche und hielten unterwegs an, um an den Verkaufsständen Mandelmilch zu trinken. Auch hatte man sie einmal auf dem Jahrmarkt von San Isidro gesehen, wo sie sich an dem volkstümlichen Treiben recht ergötzten. Sie hielten sich an den Händen gefaßt, so wie das Geschwister tun mochten. Nein, sie konnte sich nicht erinnern, jemals gesehen zu haben, daß sie sich stritten oder heftig miteinander redeten. Nein, das hatte es nie gegeben. Er nannte sie einfach Sofia, und sie nannte ihn einfach Esteban, weiter nichts. Nie hatten es böse Zungen – denn die gab es ja immer, in den Küchen, in den Anrichtekammern – gewagt, zu behaupten, sie unterhielten

allzu vertraute Beziehungen zueinander. Nein, das hatte niemand gesagt. Jedenfalls hatte man nie etwas bemerkt. Wenn er wegen seiner Krankheit eine schlechte Nacht hatte, war sie mehr als einmal bis zum Morgengrauen an seiner Seite geblieben. Im übrigen wirkten die beiden wie Bruder und Schwester. Nur wunderten sich die Leute darüber, daß eine so hübsche Frau sich nicht entschließen konnte, zu heiraten, wo es ihr doch an Bewerbern von Stand und vornehmer Abkunft nicht gefehlt hatte ... ›Es ist unmöglich, gewisse Umstände genau festzustellen‹, sagte sich Carlos, während er noch einmal die unterstrichenen Sätze in dem mit rotem Samt eingebundenen Buch las, die so viele Deutungen zuließen. *›Ein Araber würde mich darauf hinweisen, daß ich meine Zeit verliere, so wie der seine Zeit verliert, der die Spur eines Vogels in der Luft oder eines Fisches im Wasser sucht.‹*
Jetzt handelte es sich nur noch darum, den Tag ohne Ende zu rekonstruieren, jenen Tag, an dem zwei Menschenleben sich offenbar in einem tumultuarischen, blutigen Ganzen aufgelöst hatten. Einzige Zeugin der Einleitungsszene des Dramas: eine Handschuhmacherin, die, ohne zu ahnen, was bald darauf geschehen würde, sehr zeitig in die Casa de Arcos gegangen war, um Sofia mehrere Paare Handschuhe zu bringen. Sie war überrascht, als sie sah, daß nur noch ein ganz alter Dienstbote im Hause weilte. Sofia und Esteban blickten in der Bibliothek zum Fenster hinaus, über den Sims gelehnt, und lauschten aufmerksam auf das, was von draußen zu ihnen drang. Ein wirres Lärmen erfüllte die Stadt. Wenn auch auf der Calle de Fuencarral nichts Ungewöhnliches vor sich zu gehen schien, so hatten doch einzelne Läden und Tavernen auf einmal ihre Türen geschlossen. Hinter den Häusern, in benachbarten Straßen, schien eine dichte Menschenmenge zusammenzuströmen. Plötzlich brach der Tumult los. Gruppen von Männern aus dem Volk, gefolgt von Frauen und Kindern, tauchten an den Straßenecken auf und schrien: »Nieder mit den Franzosen!« Aus den Häusern stürzten Leute heraus, bewaffnet mit Kochlöffeln, Holzscheiten, Schreinergerätschaften, Gegenständen, mit denen man schneiden, verletzen, weh tun konnte. Schon knallten überall Schüsse, indes die Menschenmasse, von einem aus der Tiefe

kommenden Impuls getrieben, sich zur Plaza Mayor und zur Puerta del Sol wälzte. Ein Pfarrer, der an der Spitze einer messerschwingenden Gruppe von Straßenburschen schritt, drehte sich ab und zu um und schrie seinem Gefolge ein »Nieder mit den Franzosen! Nieder mit Napoleon!« zu. Das ganze Volk von Madrid hatte sich zu einer plötzlichen, unerwarteten und verheerenden Erhebung auf die Straße begeben, ohne daß es gedruckter Aufrufe oder verführender Redekünste bedurft hätte, sie auszulösen. Die Beredsamkeit wohnte hier den Gesten inne, dem schreienden Elan der Frauen, der unwiderstehlichen Kraft dieses Zugs der Gesamtheit, der Allgemeinheit des Zorns. Plötzlich schien die Menschenwoge anzuhalten, wie durch ihre eigenen Strudel in Verwirrung gebracht. Überall nahm das Gewehrfeuer zu, während zum ersten Mal die dumpfe, widerhallende Stimme einer Kanone ertönte. »Die Franzosen greifen mit ihrer Kavallerie an!« riefen einige, die schon verletzt, mit Säbelhieben im Gesicht, an den Armen, auf der Brust, von den ersten Zusammenstößen zurückkamen. Doch dieses Blut schreckte die Vorrückenden nicht, es beschleunigte nur noch ihren Schritt dorthin, wo das Gedröhn der Gewehrschüsse und des Artilleriefeuers am lautesten und also der Kampf am heftigsten war . . . Das war der Augenblick, in dem Sofia vom Fenster zurücktrat. »Wir gehen auch dorthin!« rief sie und riß Säbel und Dolche aus der Waffensammlung an der Wand heraus. Esteban suchte sie zurückzuhalten: »Mach keine Dummheiten: da draußen wird geschossen. Mit diesem alten Eisen richtest du doch nichts aus.« — »Bleib hier, wenn du willst! Ich gehe!« — »Und für wen kämpfst du?« — »Für die, die auf die Straße gegangen sind!« rief Sofia. »Wir müssen etwas tun!« — »Was?« — »Etwas!« Und Esteban sah sie aus dem Haus hinauseilen, stürmisch, entflammt, die eine Schulter entblößt und eine Klinge in die Höhe reckend — nie hatte er sie in solcher Kraft und Hingabe erlebt. »Warte!« schrie er. Und er griff nach einem Jagdgewehr und stürzte die Treppe hinunter . . . Das war alles, was sich in Erfahrung bringen ließ. Darauf folgte dann der Volkszorn und der Donner, das Gewühl und das Chaos der kollektiven Zuckungen. Die Mamelucken griffen an und die Kürassiere und die polnischen Wachsoldaten, stürmten an wider eine Menschenmenge, die mit der blanken Waffe antwortete, gegen jene Frauen, jene Männer, die sich auf die Pferde stürzten, um ihnen mit Messerhieben die Flanken aufzureißen. Menschen, eingefaßt von Truppenhaufen, die aus vier Straßen zugleich herausquollen, eilten in die Häuser hinein oder flüchteten, über Mauern und Ziegel springend. Von den Fenstern herab regnete es brennende Holzscheite und Steine; Tiegel und Töpfe mit siedendem Öl ergossen sich über die Angreifenden. Einer nach dem anderen fielen die Artilleristen einer Kanone, ohne daß das Geschütz zu schießen aufhörte – rasende Weiber legten die glimmende Lunte daran, wenn keine Männer mehr übrig waren, die es hätten tun können. In ganz Madrid herrschte die Atmosphäre der großen Umwälzungen, der mächtigen Erdbeben – wenn das Feuer, das Eisen, der Stahl, alles, was schneidet und zerspringt, sich gegen seine Herren kehrt – im ungeheuren Lärm eines *Dies Irae* ... Dann kam die Nacht. Nacht des dunklen Gemetzels, der Massenexekutionen, der Vernichtung, am Manzanares und beim Schloß von Moncloa. Die Gewehrschüsse, die jetzt ertönten, fielen in dichteren Salven, weniger verstreut, zusammengefaßt im furchtbaren Rhythmus derer, die anlegen und abdrücken auf einen Befehl hin, vor der düsteren Hinrichtungsszenerie der vom Blut geröteten Mauern. Jene Nacht zu Beginn eines Monats Mai dehnte ihre Stunden in einem vom Blut und von der Angst angeschwellten Lauf. Die Straßen waren übersät mit Leichen und stöhnenden Verwundeten, die sich wegen ihrer schweren Verstümmelungen nicht erheben konnten und den Fangstoß erhielten von Patrouillen finsterer Myrmidonen, deren zerschlissene Husarenjacken, zerrissene Litzen und verrutschte Tschakos von den Verheerungen des Krieges erzählten im Schein einer schüchternen Lampe, die einsam durch die ganze Stadt wanderte auf der Suche nach dem Gesicht eines Toten, das unter zu vielen Toten zu finden unmöglich war ... Weder Sofia noch Esteban kehrten in die Casa de Arcos zurück. Niemand wußte etwas über ihren Verbleib, niemand wußte, wo ihre sterbliche Hülle ruhte.

Zwei Tage nachdem er das wenige erfahren hatte, was zu erfahren war, ließ Carlos die Kisten versiegeln, in die er einige

Dinge, einige Bücher, Kleider gepackt hatte, die noch – durch ihre Form, ihren Geruch, ihre Falten – von der Existenz der Dahingegangenen kündeten. Unten warteten drei Kutschen, die alles zusammen mit seinem Gepäck zur Poststation bringen sollten. Ihren Eigentümern zurückgegeben, würde die Casa de Arcos wiederum unbewohnt bleiben. Die Türen wurden eine nach der anderen abgeschlossen. Und die Nacht richtete sich in dem Haus ein – es war ein Winter mit sehr früher Abenddämmerung –, indes seine Feuer erstickt wurden, indem man die halb verbrannten Scheite auseinanderschob, ehe man Wasser darauf goß aus einer Karaffe aus dickem, mit Goldschmiedearbeit verziertem rotem Kristall. Als die letzte Tür geschlossen war, verlor das Bild von der ›Explosion in der Kathedrale‹, das man an seinem Platz vergessen hatte – vielleicht absichtlich vergessen hatte –, sein Motiv; es verlosch, wurde zum bloßen Schatten vor dem dunklen Rot des Brokats, der die Wände verkleidete und der an einer Stelle, wo Feuchtigkeit den Stoff befleckt hatte, zu bluten schien.

Über den h[illegible] Victor Hugues

Da die Geschichte der Französischen Revolution – die viel zu sehr damit beschäftigt war, die europäischen Ereignisse von den Tagen des Nationalkonvents bis zum 18. Brumaire zu beschreiben, um noch einen Blick für den fernen karibischen Raum übrig zu haben – Victor Hugues fast übergangen hat, hält es der Autor für angebracht, einiges über die historische Rolle dieser Gestalt zu sagen.

Man weiß, daß Victor Hugues Marseiller war – Sohn eines Bäckers –, und einiges spricht sogar dafür, daß er einen Tropfen Negerblut in den Adern hatte, doch wäre der Beweis dafür nicht leicht zu erbringen. Den Verlockungen eines Meeres erliegend, das – gerade in Marseille – eine ewige Einladung zum Abenteuer ist seit den Zeiten des Pytheas und der phönizischen Kapitäne, fuhr er als Schiffsjunge nach Amerika und unternahm mehrere Reisen ins Karibische Meer. Zum Steuermann auf Handelsschiffen aufgestiegen, befuhr er, die Augen offenhaltend und immer dazulernend, das Gebiet der Antillen und ließ schließlich die Seefahrt sein, um in Port-au-Prince einen großen Laden – oder ›Comptoir‹ – für verschiedene Waren zu eröffnen, die er durch Kauf oder Schmuggel oder Tausch erwarb – man tauschte Seide gegen Kaffee, Vanille gegen Perlen –, ein Laden, wie es ihrer noch viele gibt in den Hafenstädten dieser schillernden, glänzenden Welt.

Sein wirklicher Eintritt in die Geschichte beginnt mit der Nacht, in der dieses Geschäft von den haitischen Revolutionären in Brand gesteckt wurde. Von diesem Augenblick an können wir seine Bahn Schritt für Schritt verfolgen, wie sie in diesem Buch erzählt wird. Die der Wiedereroberung Guadeloupes gewidmeten Kapitel folgen einem genauen chronologischen Schema. Was über den Krieg gesagt wird, den er den Vereinigten Staaten lieferte – und den die Yankees damals ›Seeräuberkrieg‹ nannten –, ebenso die Darstellung der Tätigkeit der Korsaren samt ihren Namen und den Namen ihrer Schiffe, gründet sich auf Unterlagen, die der Autor auf Guadeloupe und in den Bibliotheken der Insel Barbados sammeln konnte, sowie auf kurze,

aber lehrreiche Hinweise in Werken lateinamerikanischer Verfasser, die Victor Hugues beiläufig erwähnen.
Was die Tätigkeit Victor Hugues' in Französisch-Guayana betrifft, so findet sich in den ›Memoiren‹ der Deportation ausreichendes Material. Nach der Epoche, mit der die Handlung dieses Romans endet, mußte sich Victor Hugues in Paris vor einem Kriegsrat verantworten, weil er die Kolonie im Anschluß an die Kapitulation, die in Wirklichkeit unvermeidlich gewesen war, den Holländern übergeben hatte. Nach seinem ehrenvollen Freispruch kehrte Victor Hugues wieder in die Welt der Politik zurück. Wir wissen, daß er zu Fouché Beziehungen unterhielt. Wir wissen auch, daß er sich noch in Paris aufhielt, als das Napoleonische Reich unterging.
Aber dann verliert sich seine Spur. Einige Geschichtsschreiber – einige der wenigen, die sich zufällig mit ihm beschäftigt haben, abgesehen von Pierre Vitoux, der ihm vor mehr als zwanzig Jahren eine noch unveröffentlichte Studie widmete – teilen uns mit, er sei im Jahre 1820 in der Nähe von Bordeaux, wo er ›Ländereien besaß‹ (?), gestorben. Didots Universal-Bibliographie verlegt diesen Tod in das Jahr 1822. Aber auf Guadeloupe, wo Victor Hugues in der Erinnerung noch sehr stark gegenwärtig ist, versichert man, er sei nach dem Untergang des Empire nach Guayana zurückgekehrt und habe wieder von seinen Gütern Besitz ergriffen. Den Forschern von Guadeloupe zufolge scheint er eines langsamen, schmerzhaften Todes gestorben zu sein, von einer Krankheit befallen, die möglicherweise die Lepra, wahrscheinlich aber, wie bessere Indizien andeuten, ein krebsartiges Leiden war.
Welches war das wirkliche Ende Victor Hugues'? Wir wissen es noch nicht, wie wir auch nur sehr wenig über seine Geburt wissen. Zweifellos bietet aber sein für uns greifbares Wirken – entschlossen, aufrichtig, heroisch in der ersten und kleinmütig, widerspruchsvoll, opportunistisch und sogar zynisch in der zweiten Phase – das Bild einer außergewöhnlichen Persönlichkeit, die durch ihr eigenes Verhalten eine dramatische Zweiteilung darstellt. Deshalb schien es dem Autor interessant, das Leben dieser unbekannten historischen Gestalt in einem Roman zu enthüllen, der zugleich den ganzen karibischen Raum umfaßt.

Lateinamerikanische Literatur im Suhrkamp Verlag

Bioy Casares, Adolfo: Der Traum der Helden. Roman. Aus dem Spanischen von Joachim A. Frank. Gebunden
- Die fremde Dienerin. Phantastische Erzählungen. Aus dem Spanischen von Joachim A. Frank. st 962
- Fluchtplan. Roman. Aus dem Spanischen von Joachim A. Frank. st 378
- Morels Erfindung. Roman. Mit einem Nachwort von Jorge Luis Borges. Aus dem Spanischen von Karl August Horst. st 939
- Schlaf in der Sonne. Roman. Aus dem Spanischen von Joachim A. Frank. st 691
- Tagebuch des Schweinekrieges. Roman. Aus dem Spanischen von Karl August Horst. st 469

Borges, Jorge Luis: Ausgewählte Essays. Aus dem Spanischen von Karl August Horst, Curt Meyer-Clason und Gisbert Haefs. BS 790

Brandão, Ignácio de Loyola: Null. Prähistorischer Roman. Aus dem Brasilianischen und mit einem Nachwort von Curt Meyer-Clason. Gebunden und st 777
- Kein Land wie dieses. Aufzeichnungen aus der Zukunft. Roman. Aus dem brasilianischen Portugiesisch von Ray-Güde Mertin. es 1236

Carpentier, Alejo: Das Barockkonzert. Aus dem Spanischen von Anneliese Botond. BS 508
- Das Reich von dieser Welt. Roman. Deutsch von Doris Deinhard. BS 422
- Die Harfe und der Schatten. Roman. Aus dem Spanischen von Anneliese Botond. Leinen und st 1024
- Die verlorenen Spuren. Roman. Aus dem Spanischen von Anneliese Botond. st 808
- Explosion in der Kathedrale. Roman. Aus dem Spanischen von Hermann Stiehl. st 370
- Krieg der Zeit. Erzählungen. Aus dem Spanischen von Anneliese Botond. Gebunden und st 552
- Stegreif und Kunstgriff. Essays zur Literatur, Musik und Architektur in Lateinamerika. Aus dem Spanischen von Anneliese Botond. es 1033

Carvalho, José Candido de: Der Oberst und der Werwolf. Roman. Aus dem Brasilianischen von Curt Meyer-Clason. Gebunden

Castellanos, Rosario: Die neun Wächter. Roman. Aus dem Spanischen von Fritz Vogelgsang. BS 816

71/2/8.84

Lateinamerikanische Literatur im Suhrkamp Verlag

Cortázar, Julio: Album für Manuel. Roman. Aus dem Spanischen von Heidrun Adler. Gebunden und st 936
– Bestiarium. Erzählungen. Aus dem Spanischen von Rudolf Wittkopf. st 543
– Das Feuer aller Feuer. Erzählungen. Aus dem Spanischen von Fritz Rudolf Fries. st 298
– Der Verfolger. Erzählungen. Aus dem Spanischen von Rudolf Wittkopf, Fritz Rudolf Fries und Wolfgang Promies. Gebunden
– Die geheimen Waffen. Erzählungen. Aus dem Spanischen von Rudolf Wittkopf. st 672
– Ende des Spiels. Erzählungen. Aus dem Spanischen von Wolfgang Promies. st 373
– Rayuela. Himmel und Hölle. Roman. Aus dem Spanischen von Fritz Rudolf Fries. Leinen
– Reise um den Tag in 80 Welten. Miscellanea. Aus dem Spanischen von Rudolf Wittkopf. es 1045
– Letzte Runde. Aus dem Spanischen von Rudolf Wittkopf. es 1140

Drummond de Andrade, Carlos: Gedichte. Portugiesisch und deutsch. Auswahl, Übertragung und Nachwort von Curt Meyer-Clason. BS 765

Faguendes Telles, Lygia: Die Struktur der Seifenblase. Unheimliche Erzählungen. Phantastische Bibliothek. st 932

Fuentes, Carlos: Nichts als das Leben. Roman. Aus dem Spanischen von Christa Wegen. st 343

Gabeira, Fernando: Die Guerilleros sind müde. Aus dem brasilianischen Portugiesisch und herausgegeben von Henry Thorau und Marina Spinu. Nachwort von Hans Füchtner. st 737

Guillén, Nicolás: Gedichte. Spanisch und Deutsch. Herausgegeben und mit einem Nachwort von Dieter Reichardt. BS 786

Guimarães Rosa, João: Doralda, die weiße Lilie. Roman. Aus dem brasilianischen Portugiesisch von Curt Meyer-Clason. BS 775

Lezama Lima, José: Paradiso. Roman. Aus dem Spanischen von Curt Meyer-Clason unter Mitwirkung von Anneliese Botond. Leinen und st 1005

Aspekte von José Lezama Lima, ›Paradiso‹. Herausgegeben von Mechtild Strausfeld. st 482

Lins, Osman: Avalovara. Roman. Mit einem Nachwort von Modesto Carone Netto. Aus dem Brasilianischen von Marianne Jolowicz. Leinen
– Die Königin der Kerker Griechenlands. Roman. Aus dem Brasilianischen von Marianne Jolowicz. Gebunden

71/3/8.84

Lateinamerikanische Literatur im Suhrkamp Verlag

Lins, Osman: Verlorenes und Gefundenes. Erzählungen. Aus dem Brasilianischen von Marianne Jolowicz. Gebunden

Lispector, Clarice: Der Apfel im Dunkeln. Roman. Aus dem brasilianischen Portugiesisch von Curt Meyer-Clason. BS 826

– Die Nachahmung der Rose. Erzählungen. Aus dem brasilianischen Portugiesisch und mit einem Nachwort von Curt Meyer-Clason. BS 781

– Nahe dem wilden Herzen. Roman. Aus dem brasilianischen Portugiesisch von Ray-Güde Mertin. BS 847

Machado de Assis, Joaquim Maria: Dom Casmurro. Roman. Aus dem Brasilianischen von Harry Kaufmann. BS 699

– Quincas Borba. Roman. Aus dem brasilianischen Portugiesisch und mit einem Nachwort von Georg Rudolf Lind. BS 764

Neruda, Pablo: Gedichte. Zweisprachig. Aus dem Spanischen von Erich Arendt. BS 99

– Liebesbrief an Albertina Rosa. Zusammengestellt, eingeführt und mit Anmerkungen von Sergio Fernández Larraín. Aus dem Spanischen von Curt Meyer-Clason. Leinen (Insel) und st 829

Onetti, Juan Carlos: Das kurze Leben. Roman. Aus dem Spanischen von Curt Meyer-Clason. Leinen und st 661

– Die Werft. Roman. Aus dem Spanischen und mit einem Nachwort von Curt Meyer-Clason. BS 457

– So traurig wie sie. Zwei Kurzromane und acht Erzählungen. Aus dem Spanischen und mit einem Nachwort von Wilhelm Muster. BS 808

Paz, Octavio: Das Labyrinth der Einsamkeit. Essay. Aus dem Spanischen und mit einer Einführung von Carl Heupel. BS 404

– Der Bogen und die Leier. Poetologische Essays. Aus dem Spanischen von Rudolf Wittkopf. Leinen

– Der menschenfreundliche Menschenfresser. Essays zur Kultur und Gesellschaft. Aus dem Spanischen von Rudolf Wittkopf. es 1064

– Der sprachgelehrte Affe. Aus dem Spanischen von Anselm Maler und Maria Antonia Alsono-Maler. BS 530

– Essays. Aus dem Spanischen von Carl Heupel und Rudolf Wittkopf. 2 Bände. Leinen und st 1036

– Gedichte. Spanisch und Deutsch. Übertragung und Nachwort von Fritz Vogelgsang. BS 551

– Suche nach einer Mitte. Die großen Gedichte. Spanisch und Deutsch. Übersetzung Fritz Vogelgsang. Nachwort von Pere Gimferrer. es 1008

71/4/8.84

Lateinamerikanische Literatur im Suhrkamp Verlag

Paz, Oktavio: Zwiesprache. Aus dem Spanischen von Elke Wehr und Rudolf Wittkopf. es 1290

Puig, Manuel: Der Kuß der Spinnenfrau. Roman. Aus dem Spanischen von Anneliese Botond. st 896

– Der schönste Tango der Welt. Roman. Aus dem Spanischen von Adelheid Hanke-Schaefer. Leinen und st 474

– Die Engel von Hollywood. Roman. Aus dem Spanischen von Anneliese Botond. Gebunden

Ramos, Graciliano: Karges Leben. Roman. Aus dem Brasilianischen von Willy Keller. st 667

Ribeiro, Darcy: Der zivilisatorische Prozeß. Aus dem Spanischen übersetzt und mit einem Nachwort von Heinz Rudolf Sonntag. Theorie und stw 433

– Maira. Roman. Deutsch von Heidrun Adler. st 809

– Unterentwicklung, Kultur und Zivilisation. Ungewöhnliche Versuche. Aus dem Portugiesischen von Manfred Wöhlcke. es 1018

Ribeiro, João Ubaldo: Sargento Getúlio. Roman. Aus dem brasilianischen Portugiesisch und mit einem Nachwort von Curt Meyer-Clason. es 1183

Rose aus Asche. Spanische und lateinamerikanische Lyrik seit 1900. Herausgegeben, aus dem Spanischen übertragen und mit einem Nachwort von Erwin Palm. BS 734

Rubião, Murilo: Der Feuerwerker Zacharias. Erzählungen. Aus dem brasilianischen Portugiesisch und mit einem Nachwort von Ray-Güde Mertin. Gebunden

Rulfo, Juan: Pedro Páramo. Roman. Aus dem Spanischen von Mariana Frenk. BS 434

Roumain, Jacques: Herr über den Tau. Mit einem Nachwort von Hans Christoph Buch. st 675

Scorza, Manuel: Trommelwirbel für Rancas. Eine Ballade. Aus dem Spanischen von Wilhelm Plackmeyer. Gebunden und st 584

»Sie wollen nur, daß man ihnen dient . . «. Aus dem Leben des peruanischen Lastenträgers Gregorio Condori Mamani und seiner Frau Asunta. Autobiographie. Aus dem Spanischen von Karin Schmidt und mit einem Nachwort von Walter Haubrich. Mit Illustrationen. es 1230

Soriano, Osvaldo: Traurig, einsam und endgültig. Roman. Aus dem Spanischen von Heidrun Adler. Gebunden und st 928

Trevisan, Dalton: Ehekrieg. Erzählungen. Aus dem Brasilianischen von Georg Rudolf Lind. es 1041

71/5/8.84

Lateinamerikanische Literatur im Suhrkamp Verlag

Vallejo, Cesar: Gedichte. Zweisprachig. Aus dem Spanischen von Hans Magnus Enzensberger. BS 110

Vargas Llosa, Mario: Das grüne Haus. Roman. Aus dem Spanischen von Wolfgang A. Luchting. st 342

– Der Hauptmann und das Frauenbataillon. Roman. Aus dem Spanischen von Heidrun Adler. st 959

– Der Krieg am Ende der Welt. Roman. Aus dem Spanischen von Anneliese Botond. Gebunden

– Die kleinen Hunde. Erzählung. Aus dem Spanischen von Wolfgang Alexander Luchting. Mit einem Nachwort von José Miguel Oviedo. BS 439

– Die Stadt und die Hunde. Roman. Aus dem Spanischen von Wolfgang Alexander Luchting. st 622

– Gespräch in der Kathedrale. Roman. Aus dem Spanischen von Wolfgang A. Luchting. st 1015

Lateinamerika, Gedichte und Erzählungen. 1930-1980. Herausgegeben von José Miguel Oviedo. st 810

– Der lange Kampf Lateinamerikas. Texte und Dokumente von José Martí bis Salvador Allende. Herausgegeben von Angel Rama. st 812

– Die Neue Welt, Chroniken Lateinamerikas von Kolumbus bis zu den Unabhängigkeitskriegen. Herausgegeben von Emir Rodríguez Monegal. st 811

– Lateinamerikanische Literatur, Materialien. Herausgegeben und mit einem Vorwort von Mechthild Strausfeld. stm. st 2041

– Brasilianische Literatur, Materialien. Herausgegeben von Mechthild Strausfeld. stm. st 2024

71/6/8.84

Alphabetisches Gesamtverzeichnis
der suhrkamp taschenbücher

1/2/6.84

1/3/6.84

Ehrenberg/Fuchs: Sozialstaat und Freiheit 733
Ehrenburg: Das bewegte Leben des Lasik Roitschwantz 307
– 13 Pfeifen 405
Eich: Ein Lesebuch 696
– Fünfzehn Hörspiele 120
Eliade: Bei den Zigeunerinnen 615
Eliot: Die Dramen 191
Ellmann: James Joyce: 2 Bde. 473
Enzensberger: Gedichte 1955–1970 4
– Der kurze Sommer der Anarchie 395
– Der Untergang der Titanic 681
– Museum der modernen Poesie: 2 Bde. 476
– Politik und Verbrechen 442
Enzensberger (Hg.): Freisprüche. Revolutionäre vor Gericht 111
Eppendorfer: Der Ledermann spricht mit Hubert Fichte 580
Erbes: Die blauen Hunde 825
Erikson: Lebensgeschichte und hist. Augenblick 824
Eschenburg: Über Autorität 178
Ewen: Bertolt Brecht 141
Fanon: Die Verdammten dieser Erde 668
Federspiel: Paratuga kehrt zurück 843
– Der Mann, der Glück brachte 891
– Die beste Stadt für Blinde 979
Feldenkrais: Abenteuer im Dschungel des Gehirns 663
– Bewußtheit durch Bewegung 429
Fleißer: Der Tiefseefisch 683
– Eine Zierde für den Verein 294
– Ingolstädter Stücke 403
– Abenteuer aus dem Engl. Garten 925
Frame: Wenn Eulen schreien 692
Franke: Einsteins Erben 603
– Keine Spur von Leben 741
– Paradies 3000 664
– Schule für Übermenschen 730
– Sirius Transit 535
– Tod eines Unsterblichen 772
– Transpluto 841
– Ypsilon minus 358
– Zarathustra kehrt zurück 410
– Zone Null 585
Freund: Drei Tage mit J. Joyce 929
Fries: Das nackte Mädchen auf der Straße 577
– Der Weg nach Oobliadooh 265
– Schumann, China und der Zwickauer See 768
Frijling-Schreuder: Was sind das – Kinder? 119
Frisch: Andorra 277
– Der Mensch erscheint im Holozän 734
– Dienstbüchlein 205
– Forderungen des Tages 957
– Herr Biedermann / Rip van Winkle 599
– Homo faber 354
– Mein Name sei Gantenbein 286
– Montauk 700
– Stiller 105
– Stücke 1 70
– Stücke 2 81
– Tagebuch 1966–1971 256
– Wilhelm Tell für die Schule 2
Materialien zu Frischs »Biedermann und die Brandstifter« 503
– »Stiller« 2 Bde. 419

1/4/6.84

1/5/6.84

1/6/6.84

1/7/6.84

1/8/6.84

1/9/6.84

1/10/6.84

1/11/6.84

1/12/6.84

1/13/6.84